Über dieses Buch

Inmitten riesiger Weizen- und Baumwollfelder, unweit der Hafenstadt Savannah im amerikanischen Bundesstaat Georgia, liegt die Plantage Beulah Land, die seit Generationen im Besitz der Kendricks ist. Das bewegende Schicksal dieser Familie, ihrer Freunde und ihrer treuen Untergebenen schildert Lonnie Coleman mit großer Eindringlichkeit. Vor den Augen des Lesers läßt er jene romantische Welt des amerikanischen Südens mit den großen, prächtigen Plantagen erstehen – eine Welt, für die die Südstaatler in den Sezessionskriegen ihr Leben einsetzten. Zwanzig Jahre benötigte Lonnie Coleman, um den Plan für dieses große Buch heranreifen zu lassen, und zwölf Monate, um es zu schreiben. Daß ihm mit dieser Saga des amerikanischen Südens ein großer Wurf gelungen ist, beweist der internationale Erfolg dieses Romans.

Juli 1977
Vollständige Taschenbuchausgabe
Droemersche Verlagsanstalt Th. Knaur Nachf.
München/Zürich

Titel der Originalausgabe »Beulah Land«

Deutsch von Ulla H. de Herrera
Umschlaggestaltung Atelier Blaumeiser
Satz IBV Lichtsatz KG, Berlin
Druck und Bindung Augsburger Druckhaus, Augsburg
Printed in Germany
ISBN 3-426-00474-7

Lonnie Coleman:
Bis ans Ende aller Tage

Roman

Droemer Knaur

Für Gordon Reekie

Man soll dich nicht mehr die Verlassene
noch dein Land eine Wüstung heißen,
sondern du sollst »Hephzi-bah«,
das ist »Meine Lust an ihr«,
und dein Land »Beulah«,
das ist »Liebes Weib«, heißen;
denn der Herr hat Lust an dir,
und dein Land hat einen lieben Mann

Jesaja 62/4

Erster Teil

1

Savannah war eine der großen Hafenstädte des Südens, die dem Austausch von Kultur und Waren zwischen dem weiten Hinterland und der Welt jenseits ihrer Gestade dienten. Viele Straßen führten von Savannah zu anderen, kleineren Zentren. Eines davon, eine Stadt namens Highboro, fünfundachtzig Kilometer nordwestlich von Savannah, hatte wiederum seine eigenen Straßen, die zu anderen, kleineren Städten sowie zu Farmen und Plantagen führten. Die größte von diesen Straßen war eine Landstraße aus rotem Lehm, mit blauschwarzen Adern durchzogen. Bei gutem Wetter war sie hart wie Stein für die Hufe der Pferde und Maultiere, aber wenn es längere Zeit regnete, wurde sie zu einem glitschigen Morast. Zwei Straßen führten von dieser Hauptstraße zu der Plantage, die man Beulah Land nannte.

Die hintere Straße lief durch Baumwoll- und Getreidefelder, das beste Land der sechzehnhundert Morgen, und durch einen kleinen Wald mit Zypressen, Eichen und Kiefern, durch den sich ein kleiner Fluß schlängelte. Am Ende dieser Straße lagen Scheunen, Räucherhütten, Hühnerhöfe, Brunnen, ein Küchengarten und die vierzig Hütten, in denen die rund einhundertfünfzig Neger wohnten, die auf der Plantage arbeiteten. Ihre genaue Zahl war eher durch Geburten und Todesfälle als durch Verkäufe bedingt, und Arnold Kendrick sprach von ihnen nie als Sklaven, obgleich die Bezeichnung »meine Leute«, die er gebrauchte, sowohl Besitz als auch eine Art Verwandtschaft ausdrückte.

Die vordere Straße nach Beulah Land zog sich bogenförmig über einen Hügel, quer durch einen Obstgarten mit Pflaumen- und Pfirsichbäumen, bis sie sich in eine schnurgerade, stattliche Allee verwandelte, die, von Eichen und Zedern gesäumt, zum Haupteingang des Hauses führte. Das Haus war groß, fast ausschließlich aus Holz gebaut, und was immer es an Würde besaß, verdankte es weit mehr seinem Ausmaß als seiner Form. Über seine Vorderseite lief eine breite Veranda mit vierkantig behauenen Holzpfeilern, die bis über das zweite Stockwerk des Hauses emporragten und das Dach stützten. Das Haus war grau gestrichen, seine Fensterläden dunkelgrün. Die Nebengebäude auf der Rückseite waren grau von Wind und Wetter und hatten einen weicheren, wärmeren Farbton als das Haus. Die Sklavenhütten waren weiß getüncht, ebenso die unteren Enden der Baumstämme, die dem großen Haus am nächsten standen.

Die Veranda führte direkt in eine geräumige Halle, neben der auf beiden Seiten die Wohn- und Eßräume lagen. Die Treppe zum oberen Stockwerk befand sich im linken vorderen Wohnzimmer, so daß die Halle einen freien Durchlaß für jede Brise bot, die durch das Haus und den überdachten, aber seitlich offenen Laufgang zu den Küchen und Vorratskammern zog, in denen Deborah Kendrick einen großen Teil ihrer Zeit verbrachte.

Obwohl Lovey, die etwa im gleichen Alter wie sie war, als ihre Stellvertreterin fungierte, hatte Deborah selbst die Dienstboten angelernt, und sie wußte auch genau, womit jeder einzelne Arbeiter auf der Plantage beschäftigt war: wer eggte und pflügte, wer hackte und sägte, und wer für welche Tiere sorgte. Deborah und Lovey bildeten, bei näherer Betrachtung, ein seltsames Paar, aber das fiel niemandem auf, denn sie waren schon seit vielen Jahren das Zweigespann, das den Haushalt führte.

Deborah war eine hochgewachsene, energische Frau, in deren Gesicht, das ständig zu prüfen und abzuwägen schien, keine Spur von Sanftheit oder Humor lag. Ihr rötlichbraunes Haar war in der Mitte gescheitelt und im Nacken zu einem Knoten hochgesteckt, der von Jahr zu Jahr schwerer und größer wurde.

Lovey war kleiner und fülliger als ihre Herrin, aber nicht weniger energisch. Im Gegensatz zu Deborah lachte sie oft. Ihre Bewegungen waren, ebenso wie ihr Lachen, lebhaft und nervös, doch das lag wohl eher an ihrem Temperament als an irgend etwas anderem, denn Lovey fürchtete nichts und niemanden. Ihre innere Unabhängigkeit war das erste, was Deborah an ihr bemerkte, als sie nach ihrer Vermählung mit Arnold im Jahr 1800 nach Beulah Land kam.

In dem Kaufvertrag, der Lovey ein Jahr vor Deborahs Ankunft nach Beulah Land brachte, wurde ihr Name als Laverne La Vey angegeben, aber das war ihren neuen Gefährten zu phantasievoll, und so verwandelten sie La Vey sehr bald in Lovey und ließen Laverne vollkommen fallen.

Laverne La Vey war ein rundliches, reizvolles Mädchen, und ihr Temperament entzückte die übrigen Sklaven, deren einzige Abwechslung ihre gegenseitige Gesellschaft und der Lauf der Ereignisse auf der Plantage waren. Einer nach dem anderen machten sich die ledigen Männer an Lovey heran, die sie wie Fliegen verscheuchte und erklärte, sie habe weder Zeit noch Gedanken für Männer, ja, mehr noch, sie verachte sie allesamt und sei entschlossen, als Jungfrau zu sterben. Man lächelte darüber und betrachtete es als einen Ausdruck von Übermut, ja sogar Rebellion, denn es galt als selbstverständlich, daß die Aufgabe einer Frau, abgesehen von der ihr zugewiesenen Arbeit, darin bestand, Kinder zu gebären, die sie und ihren Mann ersetzen konnten. Außerdem war es doch absurd: Wie konnte sich ein Mädchen, so hübsch und munter wie Laverne, auf die Dauer gegen die drängende Leidenschaft der jungen Männer behaupten?

Aber sie behauptete sich tatsächlich zwei Jahre lang, bis dort, wo die Jugend versagt hatte, das Alter in der Person eines stillen Mannes namens

Ezra den Sieg davontrug. Ezra war Hufschmied, aber er war mehr als das. Natürlich wurde jedem seine Arbeit zugeteilt, doch letztlich bestimmten die Fähigkeiten eines Menschen seine Tätigkeit. Ezras Verständnis für Tiere – nicht nur für Pferde und Maulesel – nahm im Lauf der Jahre zu, so daß er schließlich, zusätzlich zu seiner Arbeit als Hufschmied, der Tierarzt von Beulah Land war. Er erinnerte sich an jedes Heilmittel, von dem er gehört hatte, verwarf diejenigen, die nicht die gewünschte Wirkung brachten, und stellte Versuche mit den Kräutern der Gegend an. Ezras Wort war in Beulah Land Befehl, was die Behandlung von Tierkrankheiten betraf, und da der Organismus von Männern und Frauen viel mit demjenigen von Tieren gemein hat, zogen ihn mit der Zeit die übrigen Sklaven, und manchmal sogar die Kendricks, auch für menschliche Leiden zu Rate; und es war nur natürlich, daß man anfing, ihn »Doktor« zu nennen.

Ezras Kenntnisse erfüllten seine Gefährten mit Ehrfurcht und Aberglauben. Es wurde angenommen, daß er sogar noch mehr wisse, als er tatsächlich wußte, und der Klatsch auf den Feldern und im Haus verbreitete Wundergeschichten über seine Zaubersprüche und Prophezeiungen, obwohl diese Prophezeiungen sich immer auf scharfsichtige Diagnosen stützten und er nicht das geringste mit Zaubersprüchen zu tun hatte.

Da er Kranke behandelte, war er natürlich auch hin und wieder zugegen, wenn jemand starb, und das wiederum brachte es mit sich, daß er die Toten für das Begräbnis »zurechtzumachen« hatte. Dieser Umgang mit den Toten vertiefte nur noch die ehrfürchtige Scheu vor ihm und trennte ihn von den übrigen Sklaven. Vielleicht wäre das anders gewesen, wenn er geheiratet hätte, aber zu der Zeit, als Laverne La Vey nach Beulah Land kam, um dort zu leben und zu arbeiten, war er, fast vierzigjährig, immer noch ledig und wurde schon seit langer Zeit als einer von denjenigen Männern angesehen, die zu sehr von ihrer Tätigkeit in Anspruch genommen waren, um sich für Frauen zu interessieren. In Wirklichkeit war Ezra jedoch, trotz seines arbeitsreichen Lebens, ein einsamer Mann. Wenn seine Dienste nicht benötigt wurden, was selten genug vorkam, ging er zum Fischen an den Bach, oder er saß in seiner Hütte, die er selbst in Ordnung hielt. Er hatte nicht einmal eine Katze oder einen Hund, denn wenn die Sorge eines Menschen allen Tieren gilt, wird er selten einem einzelnen seine besondere Liebe und Aufmerksamkeit widmen.

Ebenso wie die anderen war auch Ezra von den Reizen und dem Temperament Lavernes angetan, und wenn er des Nachts allein in seiner Hütte war, ertappte er sich oft dabei, daß er lächelnd an sie dachte – an irgend etwas, das er sie an diesem Tag hatte sagen hören, an ihr Lachen oder einen jähen, aber rasch wieder abklingenden Zornesausbruch.

Lovey hätte nicht sagen können, wann sie angefangen hatte, Ezra zu beachten, aber als sie es tat, war es, als hätte sie ihn schon von jeher gekannt und ihm vertraut. Inzwischen hatte die junge Herrin von Beulah Land sie zu ihrer persönlichen Helferin erkoren. Da sie den größten Teil der Zeit mit Deborah Kendrick oder zumindest in ihrer Nähe verbrachte und da Arnold Kendrick es sich zur Gewohnheit machte, Ezra nach beendeter Tagesarbeit zu sich zu holen, um sich mit ihm zu beraten, kamen Lovey und Ezra oft zusammen und gewöhnten sich daran, ungezwungen miteinander zu verkehren.

An manchem dunklen Abend begleitete Ezra sie vom großen Haus zu der Hütte, die sie mit der Witwe Jane und ihren häßlichen, unverheirateten Töchtern Posie und Buttercup teilte. Als er sah, daß sie ihn als Freund betrachtete, das heißt, daß sie in seiner Gegenwart ruhig sein konnte und offensichtlich nicht das Verlangen hatte, zurückzuscheuen, zu bocken und davonzulaufen, wie sie es in Gegenwart anderer tat, fing er an, ihr die kleinen Dinge zu schenken, die er zu verschenken hatte: einen schönen, reifen Pfirsich, einen hübsch zurechtgeschnittenen Federkiel, den sie als Zahnstocher benutzen konnte, und einmal ein Mittel gegen Ohrenschmerzen aus zerstoßenen Kampferblättern und Nelkenöl.

Als Lovey sich seiner bewußt wurde, wußte sie, was geschehen würde, und zu ihrer Ehre muß gesagt werden, daß sie Ezra nicht mit Launen und vagen Versprechungen quälte. Die Bewußtheit, die er in ihren Augen las, ermutigte Ezra zu sprechen; und als sie ruhig zuhörte, wagte er ihre Hand zu nehmen; und als sie nicht zurückwich, war die Sache rasch zwischen ihnen geregelt.

An einem Sonntag im September 1801 wurden sie in Anwesenheit von Deborah und Arnold im Wohnzimmer des großen Hauses getraut. Ezras Hütte wurde Loveys Heim, und von allen, die auf Beulah Land lebten, standen Lovey und Ezra den Kendricks am nächsten. Vor Loveys Heirat, die zu ihrer lebhaften Freude die übrigen Plantagenarbeiter in sprachloses Staunen versetzte, hatte sie eine Stellung von zunehmender, wenn auch nicht näher bestimmter Autorität eingenommen. Jetzt, da Ezras Reife ihre eigene Unreife ausglich, wurde sie allgemein – nach der Herrin selbst – als Herrin des Hauses anerkannt.

Lovey war durch und durch ehrlich; es wäre ihr nie in den Sinn gekommen, es nicht zu sein, denn das gehörte zu ihrer inneren Unabhängigkeit. Sie war nie schüchtern gewesen, und so fand sie sich jetzt mit der größten Selbstverständlichkeit in ihre neue Rolle als Plagegeist des Haushalts. Sie haßte Schmutz und Faulheit und erkannte, daß diese beiden Dinge sich in der Person eines schlechten Dienstboten vereinten; deshalb wußte sie, was sie zu tun hatte. Sie mahnte, sie schimpfte, sie lief umher und sorgte dafür, daß jeder seine Pflicht tat. Deborah empfand ihre Geschäftigkeit und ihre lebhafte gute Laune als wohltuend und beruhigend. Die Arbeit

wurde getan, und ihre Durchführung war die Befriedigung, die Lovey empfing und gab.
Die Mädchen und Frauen, die unter ihrer Aufsicht arbeiteten, waren natürlich verärgert und hegten manchmal vorübergehend einen ausgesprochenen Haß gegen sie. Aber sie konnten sie nicht lange hassen, denn selbst die Dümmsten unter ihnen erkannten, daß Lovey ebenso gerecht wie unnachsichtig war. Deborah mochte es hin und wieder vorziehen, irgendeine Nachlässigkeit zu übersehen; Lovey niemals. Das Haus gehörte ihr. Es hatte sauber zu sein. Die tadellose Ordnung des großen Hauses – das war immer ihr Ehrgeiz gewesen.
Aber zum Trost für alle, die faul und schlampig waren, hatte Lovey einen lächerlichen Fehler: Sie war eine schlechte Köchin. Jede andere Frau auf der Plantage war stolz auf ihr Talent, gewisse Gerichte für sich und ihre Familie und manchmal auch für die Kendricks besser zu kochen, als andere es konnten oder taten. Aber Lovey wußte um ihre Schwäche und bekannte sie freimütig. Sie sagte selbst, sie brauche nur eine Küche zu betreten, in der ein Kuchen gebacken wurde, und der Teig werde zusammenfallen. Lachend erklärte sie, daß der Ton ihrer Stimme Sahne sauer werden und auch den Reis festkleben und anbrennen ließ. Da sie zwar selbst nicht kochen konnte, aber großmütig die Kochkunst anderer Frauen anerkannte, war sie manchmal beinahe beliebt.

2

Die Zeit ging vorüber, und die zwei wichtigsten Familien von Beulah Land blieben kinderlos. Lovey hatte drei Fehlgeburten, und der Klatsch auf der Plantage erfand diverse Erklärungen dafür. Ezra sei so lange ohne Frau gewesen, und jetzt, da er eine habe, könnten Geist und Fleisch sich in ihren geheimnisvollen Eigenheiten einander nicht mehr anpassen. Ihr Blut wolle sich nicht vermischen; das, was jeder von ihnen sei, werde vom anderen aufgehoben. Er sei alt, sie jung; er still, sie ungestüm.
Was Deborah und Arnold betraf, so hatte niemand auf der Plantage sie jemals einander berühren, auch nur Hand in Hand oder Arm in Arm gehen sehen, und so wunderte man sich weniger darüber, daß Deborah unfruchtbar war. Doch sowohl Deborah als auch Arnold wünschten sich Kinder; nicht, weil sie sich liebten, sondern weil Kinder für die Erhaltung von Beulah Land notwendig waren – doch bisher vergebens.
Das Land blühte und gedieh. Der Ertrag von Baumwolle und Getreide, von Rindern, Schweinen und Geflügel nahm zu. Alte Sklaven starben oder wurden so schwach, daß sie zu nichts mehr taugten und nur noch vor ihren Hütten saßen, während die Fliegen ungestört über ihre Hand-

rücken liefen und sie sich fragten, wann wohl die nächste Mahlzeit fertig sein werde. Aber Kinder wurden geboren; strampelten, schrien, lebten.
Dann erkannten im Frühling 1805 sowohl Deborah als auch Lovey, daß sie schwanger waren, aber sie sagten einander nichts davon, bis ihre Figur es verriet. Während sie hintereinander umherwanderten und ihre Bäuche wie in einem langwierigen, absurden Wettbewerb immer mehr hervortraten, machte man heimlich Witze über sie. Deborah erfuhr natürlich nie etwas davon, aber als Lovey dahinterkam, geriet sie derart in Wut, daß niemand es mehr wagte, in ihrer Gegenwart zu lachen oder auch nur zu lächeln, bis ihr Kind zur Welt kam.
Deborahs Sohn wurde am 24. Dezember 1805 geboren und auf den Namen Leon getauft. Loveys Sohn wurde am 2. Januar 1806 geboren und Floyd getauft. Keine der beiden Entbindungen war schwer, obwohl Deborahs Niederkunft länger dauerte. Sie versuchte vergebens, ihr Baby zu nähren, während Loveys Brüste bald prall waren vor Milch, die manchmal aus ihren Brustwarzen rann und feuchte Flecken auf ihrem Kleid hinterließ.
Floyd trank und schlief. Die wenige Milch, die Deborah hatte, griff Leons Magen an und ließ ihn wimmern und weinen. Als sie eines Morgens in Deborahs Schlafzimmer saßen und ihre Babys nährten, während sie über die Arbeit des Tages sprachen, beobachtete Lovey, wie der arme Leon sich krümmte und mit den Füßen gegen Deborahs mageren Busen stieß; da nahm sie ihn ohne ein Wort aus den Armen seiner Mutter und legte ihn an ihre freie Brust. Beide Frauen sahen schweigend zu, wie die beiden Kinder Leben aus Loveys Körper saugten. Weiß und braun, tranken sie, bis sie gesättigt waren. Ihre Kinnbacken und ihre Münder entspannten sich, ihre Fäuste und Füße stießen nicht mehr gegen Loveys weiches Fleisch; sie schliefen. Lovey sah mit einem stolzen, zufriedenen Lächeln auf sie hinunter. Deborah bedeckte ihre Brust und bot sie Leon nie wieder an.
Von da ab nährte Lovey stets die beiden Jungen gleichzeitig. An den Anblick der jungen Frau mit den zwei Kindern an der Brust hatte man sich bald gewöhnt auf der Plantage. Deborah war Lovey dankbar, daß sie es ihr ermöglichte, sich wieder voll ihren Verpflichtungen als Herrin von Beulah Land zu widmen. Es herrschte in diesem Winter eine Grippeepidemie, und Deborah wurde häufiger von Ezra als von Lovey begleitet, während sie von einer Hütte zur anderen ging, Kopf und Hals der Kranken nach Fieber befühlte und ihnen eine flüssige Hustenmedizin verabreichte, die Ezra aus Pfirsichschnaps und Schwefel gebraut hatte.
Als der Winter zu Ende ging und es Frühling wurde, dufteten die umgepflügten, frisch besäten Felder vielversprechend nach feuchter Erde, und die beiden Babys waren fast den ganzen Tag zusammen. Wenn sie nicht

Seite an Seite tranken, lagen sie auf einer wattierten Decke, die von einem Platz zum anderen getragen wurde, während Lovey von einer Beschäftigung zur anderen überwechselte.
Posie, eine der beiden Töchter der Witwe Jane, wurde von Deborah beauftragt, Lovey bei der Pflege der Kinder zu helfen. Da Posie Angst vor ihnen hatte, nahm sie ihrerseits dankbar die Hilfe der halbwüchsigen Mädchen an, die plötzlich das Wunder von Geburt und Babys entdeckten und die, wenn Lovey nicht zugegen war, die Säuglinge auswickelten und ihre Genitalien kitzelten, bis die kleinen Glieder steif wurden; woraufhin die Mädchen unter gellendem Lachen erklärten, daß alle männlichen Wesen, ob jung oder alt, nur einen einzigen Gedanken hätten. Dann wickelten sie die Jungen mit plötzlich groben, strafenden Händen wieder in ihre Windeln und sangen ihnen halb erinnerte, halb erfundene Wiegenlieder.
In jenem Sommer machte Ezra zwei Schaukeln aus wattierten Kissenbezügen und hängte sie in den großen, alten Feigenbaum, der unweit der Küchentür stand. Wenn Lovey sich um andere Dinge zu kümmern hatte, wurden Floyd und Leon, von oben bis unten eingewickelt, fest und sicher aufrecht in die Schaukeln gesteckt. Sie schliefen, wachten auf und lachten, wenn sie einander sahen, während der Wind sie in der nach Feigen duftenden Luft hin und her schwang.

3

Deborahs zweites und – wie sich herausstellte – letztes Kind wurde im März 1808 geboren und nach Arnolds verstorbener Mutter Selma genannt. Das Baby hatte an jeder Hand fünf Finger, an jedem Fuß fünf Zehen. Es hatte zwei Beine, zwei Arme, zwei Augen. Kopf und Rumpf waren so, wie man es bei einem Neugeborenen erwartet. Und trotzdem wirkte es von Anfang an wie ein fremdartiges Wesen. Wenn es auf einem Schoß, einem Bett oder in seiner Wiege lag, bewegte es sich nicht und weinte auch nicht. Wenn man es aufnahm, schien es zu erschrecken. Als die Zeit gekommen war, da es lächeln sollte, lächelte es nicht. Es starrte auf jedes Gesicht, das sich dem seinen näherte, als wäre es aus der Geisterwelt erschienen.
Deborah überließ das Kind hauptsächlich der Obhut von Buttercup, die jedoch ebenso wie ihre Schwester Posie Angst vor Babys hatte, vor allem wenn sie mit der Kleinen allein war.
Lovey hatte wieder zwei Fehlgeburten, aber im Juni 1810 gebar sie ein Mädchen, das sie Pauline nannte. Paulines winzige Händchen schlossen sich wie Klammern um jeden Finger, der in ihre Reichweite kam, und ihre

starren, feuchten Augen waren dunkel vor Mißtrauen. Lovey zuckte lachend die Achseln und erklärte, Pauline sei offensichtlich ganz und gar Ezras Kind, denn sie könne nichts von sich an ihr entdecken und ihr Geheimnis nicht ergründen. Ezra lachte und schien meist kaum zu wissen, daß sie existierte, denn Floyd war für ihn etwas so Großartiges und Wunderbares, wie er es sich nie erträumt hatte.

4

»Floyd! *Floyd! Le*-on! Wo steckt ihr? Kommt her, wenn ich euch rufe!« Lovey war beunruhigt und klopfte nervös mit dem Fuß auf die Steinstufe, die zur Küche führte. Sie hatte Eier eingesammelt, eine Morgenbeschäftigung, die sie für gewöhnlich in gute Laune versetzte, denn obwohl einige Hennen ihre Eier, wie es sich gehörte, in die dafür bestimmten Nester legten, ließen andere sie in irgendwelche abgelegenen Winkel auf dem Hof oder in der Scheune fallen und machten damit die Suche immer zu einer Art Spiel. In ihrer Schürze, die sie mit einer Hand hochhielt, lagen siebzehn Hühnereier, weiß, braun und gesprenkelt, und vier Perlhuhneier, die sie zum Ausbrüten aufbewahren wollte.

»Kommt sofort her, alle beide!«

Plötzlich standen sie wie aus dem Boden gewachsen da und starrten zu ihr hinauf.

»Seid ihr hungrig?« fragte sie, und sie nickten bejahend mit dem Kopf, obwohl es erst eine Stunde her war, seit sie gegessen hatten. Sie ging, die Eier behutsam in der Schürze haltend, in die Küche, und sie folgten ihr.

»Posie! Bind die Schürze auf!« Posie kam vom Butterfaß herüber, löste mit einem flinken Ruck Loveys Schürzenbänder und legte die Eier in einen leeren Korb, der auf dem Hacktisch stand.

Lovey ging stirnrunzelnd zum Küchenherd und öffnete das Backrohr. Ein halbes Dutzend Brötchen, vom Frühstück übriggeblieben und langsam trocken und hart werdend, lagen auf einem Kuchenblech. Sie nahm zwei davon, bohrte seitlich Löcher hinein und füllte sie mit Sirup. Die Jungen griffen hastig nach den Brötchen und liefen hinaus. Aber sobald sie um die Ecke des Hauses waren, pfiffen sie nach der alten Belle, der Königin der Jagdhunde, die mit herabhängenden, schwingenden Zitzen, den Schwanz erwartungsvoll erhoben, auf sie zuwatschelte. Leon warf sein Brötchen in die Luft, und sie fing es auf und schluckte es, ohne zu wissen, was ihre Kehle hinuntergerutscht war. Floyd warf das seine, und die alte Hündin hielt es einen Augenblick in der Schnauze, ehe sie es schluckte. Ihr Schwanz zitterte vor Dankbarkeit, als die beiden Jungen lachend davonliefen.

5

Zu den vielerlei Eigenschaften, die Arnold Kendrick für seine Rolle im Leben befähigten, gehörten das aufrichtige Interesse und das Vergnügen, andere Menschen bei der Arbeit zu beobachten, vor allem wenn er die Kunstfertigkeit ihrer Arbeit verstand und respektierte. Das führte ihn häufig zur Schmiede, wo Ezra auf dem kleinen, heißen Feuer in seiner Werkstatt vielleicht einen neuen Kräutertrank braute und gleichzeitig eine Eisenstange erhitzte, um sie zu einem Hufeisen, einem Topfhenkel oder einem Wandhaken zu biegen. Gemächlich und ohne ein Wort der Begrüßung schob sich Arnold leise in den offenen Schuppen und lungerte wie ein wartendes Pferd friedlich herum, während er Ezra bei der Arbeit zusah. Die beiden mochten eine Stunde lang beisammen sein, ohne daß einer die Gegenwart des anderen zur Kenntnis nahm. Manchmal ging Arnold, nachdem er genug gesehen hatte, wieder wortlos hinaus.
Manchmal sprachen sie jedoch miteinander.
»Gestern abend war ein Mann da«, sagte Arnold. (Ezra wußte das.) »Ein freier Mann, der Arbeit sucht. Hat Papiere, die beweisen, daß er sich selbst gehört. War eine Weile in Highboro; davor in Savannah, sagt er. Heißt Roscoe Elk.« Ezra nahm eine Zange zur Hand, hob einen Streifen weißglühendes Metall aus dem Feuer und begann es behutsam zu hämmern. »Sagt, er versteht etwas vom Schmieden. Willst du's mit ihm versuchen?«
Ezra blickte mit ernstem Gesicht von seiner Arbeit auf. Dann fing er wieder an zu hämmern, noch leiser und sorgsamer als zuvor. Als Arnold sich zum Gehen wandte, sagte Ezra: »Versuchen wir's.«

6

Roscoe Elk behauptete, zur Hälfte Indianer zu sein, und es ist möglich, daß er es war. Aber es ist auch möglich, daß er es nur erfunden hatte, um sich interessant zu machen. Seine leicht gebogene Nase und das grobe schwarze Haar, das keinerlei Kräuselung zeigte, unterstützten seine Behauptung. Er war ein äußerst wortkarger Mensch, was einen eindrucksvollen Gegensatz zu der Schwatzhaftigkeit der Sklaven um ihn herum bildete. Es war schwer, sein Alter zu schätzen. Für die Jungen war er alt; die Alten betrachteten ihn als einen ausgewachsenen Mann, aber noch als jung.
Für einen Menschen mit Verstand ist es nicht schwer, im Leben vorwärtszukommen, ganz gleich, aus welchen Verhältnissen er stammt, denn die Welt ist voll von faulen Leuten, und Roscoe hatte beizeiten gelernt, daß

man an Einfluß gewann, wenn man bereit war, einen Teil der Arbeit eines anderen zu tun und auch etwas von seiner Verantwortung zu übernehmen.

Ezra war keineswegs faul, aber er machte sich keine Sorgen um seine Stellung: Es gab Arbeit genug für ihn, und er besaß einen regen Geist, der es ihm ermöglichte, sein Wissen und seinen Wirkungskreis ständig zu erweitern. Sechs Monate nach seiner Ankunft war Roscoe der offizielle Hufschmied von Beulah Land. Seine Arbeit führte die meisten Männer zu ihm, und es waren die faulen unter ihnen, die ihm Gelegenheit gaben, seinen Einfluß zu stärken. »Laß es einfach dort liegen.« – »Ich werde mich schon drum kümmern.« – »Schon gut.« – »Keine Sorge, es wird erledigt.«

Noch ehe er ein Jahr auf der Plantage war, hatten sich die Leute bereits angewöhnt zu sagen: »Frag Roscoe, Roscoe weiß es.« Seine Schmiede wurde bald zu einer Werkstatt, in der Arbeitsgeräte hergestellt oder repariert wurden. Und da dies alle Arten von Eisenwaren einschloß, bediente er auch die Waagen, auf denen die Arbeit der Sklaven gewogen wurde. Sie bekamen zwar kein Geld für das, was sie taten, wurden jedoch, wenn sie fleißig waren, mit Vergünstigungen und zusätzlichen Rationen von Lebensmitteln belohnt. Da Roscoe schreiben und rechnen konnte, wurde er sehr bald von den anderen zu ihrem Buchhalter und Rechnungsführer ernannt. Niemand außer den Ehrgeizigen mag sich mit dem Kleinkram des täglichen Lebens befassen, aber Roscoe beklagte sich nie. Wenn er erst einmal die nötige Autorität hatte, würde er natürlich nicht mehr so nachsichtig gegenüber der Faulheit anderer sein.

7

Genau wie heute wurden auch damals viele Ereignisse des Lebens von der Frage der Zweckdienlichkeit bestimmt. Es vereinfachte die Dinge, wenn ein Mann sich eine Frau unter denjenigen wählte, die er seit langem kannte. Die Stärken und Schwächen der diversen Familien waren ebenso bekannt wie ihr Besitz und wurden ebenso sorgsam abgewogen. Wenn ein Nachbar dem anderen half, so tat er es nicht allein aus freundschaftlicher Anteilnahme und Großmut, sondern auch, um sich selbst Unterstützung zu sichern, falls er sich vielleicht eines Tages in einer ähnlichen Notlage befand. Regen kann auf einen Acker fallen, während der danebenliegende trocken bleibt. Die Familien waren oft sehr groß, und man mußte häufiger mit vorzeitigen Todesfällen rechnen als heutzutage. Wenn ein Mann Gefallen an einer Frau fand und um sie warb, war es nicht ungewöhnlich, daß sein Bruder ihn bei seinen Besuchen begleitete und

um eine Schwester des Mädchens warb. So geschah es damals öfters als heute, daß zwei Brüder zwei Schwestern heirateten.
Gemäß dieser Sitte waren auch Arnold und sein jüngerer Bruder Felix seinerzeit zusammen von Beulah Land drei Meilen weit nach Highboro geritten, um den Singleton-Schwestern, Nell und Deborah, den Hof zu machen und sie zu heiraten. Arnold und Deborah ließen sich auf Beulah Land nieder. Felix hatte Jura studiert, verhandelte Fälle vor Gericht, kaufte Grundbesitz in der Stadt und wurde zu einem regelrechten Städter. Er zog mit Nell in das Haus, das ihre Eltern gebaut hatten, fügte ihm jedoch einen Flügel und einen weiteren Morgen Land hinzu, um es als sein Eigentum zu kennzeichnen.
Felix war ein heiterer, geselliger Mann, der die Gesichter und Stimmen seiner Mitmenschen mehr brauchte als sein Bruder, und er hätte vollkommen glücklich sein können, wenn seine Frau Nell, die viel zarter besaitet war als ihre Schwester Deborah, nicht so wenig Lebenskraft besessen hätte.
Nells größter Wunsch war, nicht belästigt zu werden. Diesen Zustand der absoluten Ruhe zu erreichen und aufrechtzuerhalten war ihr einziges Ziel. Alles andere hatte sich dem zu beugen. Ihre Hauptwaffe war das, was sie ihre zarte Konstitution nannte.
»Ich sage euch, ich muß tatsächlich daran *denken*, den nächsten Atemzug zu tun. Wenn ich es nicht täte, würde ich einfach wie eine Kerze erlöschen.«
In ihrer Hochzeitsnacht hatte sich Felix nichtsahnend und mit Begeisterung darangemacht, seine ehelichen Rechte in Anspruch zu nehmen. Nell wurde ohnmächtig, was Felix' Leidenschaft vorübergehend dämpfte. Sein nächster Vorstoß hatte zur Folge, daß sie das Abendessen erbrach. Nachdem er zwei Wochen gewartet hatte, versuchte er es abermals. Sie bekam einen Weinkrampf, der die sinnliche Begierde eines Tarquinius erstickt hätte, und Felix war kein Tarquinius.
Als ihm klarwurde, daß ihm sowohl Kinder als auch »häusliches Vergnügen« verwehrt bleiben sollten, sah er sich um und begnügte sich mit dem, was er fand. Hätte er zur Melancholie geneigt, so würden ihn die gewagten Improvisationen und Kompromisse, zu denen er sich gezwungen sah, wahrscheinlich zur Verzweiflung getrieben haben, aber da er ein lebensfroher Mensch war, machte er aus dem Impromptu eine Tugend und erwachte jeden Morgen mit einem Gefühl der Erwartung und Unternehmungslust. Wenn er Nells zarte Gesundheit als Ausrede akzeptierte, so nahm sie ihrerseits mit offenen Augen und vorsätzlich blind seine kleineren und größeren Seitensprünge hin; eine eheliche Verbindung also, wenn man es so nennen kann, die als ein Akt der Vernunft begonnen hatte und als solcher fortgeführt und ertragen wurde. Sie waren auf ihre Art

vollkommen loyal. Keiner duldete auch nur ein Wort gegen den anderen, und mit der Zeit stimmten sogar ihre Gedanken mit ihrem äußeren Verhalten überein.

»Hallo, Nellie«, rief Deborah, als der Wagen, den sie die Allee hatte heraufkommen sehen, vor der Haustür hielt, »da seid ihr ja endlich! Ich hatte euch schon früher erwartet.«

»Ich habe mich beim Aufwachen so elend gefühlt, daß ich schon fast die Hoffnung aufgegeben hatte, überhaupt kommen zu können. Aber ich wollte Felix nicht enttäuschen.« Nell saß regungslos da, die Augen halb geschlossen, die Hände müde im Schoß, während Felix aus dem Wagen sprang und seine Schwägerin umarmte. Dann lief er lachend an ihr vorbei ins Haus und rief über die Schulter zurück: »Wo ist Arnold? Vermutlich draußen auf dem Feld?«

Deborah half Nell von ihrem Sitz herunter, während Plumboy, ein magerer, grinsender Junge, der in den Ställen arbeitete, die Pferde hielt, bis die Dame ausgestiegen war und er den Wagen ums Haus herum zum Stall bringen konnte, wo man die Pferde ausspannen und versorgen würde.

»Wie geht es dir, Deborah?« fragte Nell mit klagender Stimme, als ihre Schwester sie auf die Veranda führte.

»Ausgezeichnet«, sagte Deborah, »und es freut mich zu sehen, daß es dir ebenso gut geht wie mir.«

Nell lächelte nachsichtig. »Ich wünschte, du hättest recht. Aber ich sage mir immer wieder, jeder von uns muß sich Gottes Willen fügen.«

»Unsinn, Nellie. Du bist kräftig wie ein Ochsengespann.«

Nachdem die Begrüßung beendet war – sie verlief jedesmal mit fast genau den gleichen Worten –, betraten sie Arm in Arm die große Halle und wandten sich nach links, um durch den vorderen Wohnraum in das Schlafzimmer hinaufzugehen, das Nell und Felix bewohnten, wenn sie zu Besuch kamen. Auf der Treppe hörten sie Gelächter aus dem Küchenflügel, dann Loveys resolute Stimme: »Mister Felix, ich hab' Ihnen gesagt, und ich sage Ihnen noch einmal – lassen Sie die Hände in den Taschen und die Taschen in der Hose stecken! Und du, Buttercup, hör auf zu kichern und halt die kleine Selma fest, bevor sie hinfällt! Bin ich denn hier die einzige, die Augen im Kopf hat?«

Gleichgültig, als hätte sie nichts gehört, stieg Nell, von Deborah gefolgt, die gewundene Treppe hinauf.

8

Die Plantage der Familie Davis, schlicht Oaks genannt, grenzte nicht an Beulah Land, aber die Familie Davis war die am nächsten wohnende angesehene Familie des Bezirks, und so gab es vielerlei gesellschaftliche Veranstaltungen, bei denen die beiden Familien zusammentrafen. Und die Tatsache, daß zwischen ihnen zwei kleine Farmen lagen – beide nur wenig über hundert Tagwerk –, gab ihnen vielleicht sogar ein stärkeres Gefühl der Verbundenheit, als wenn ihre Ländereien unmittelbar nebeneinander gelegen hätten.

Benjamin und Edna Davis waren unscheinbar wie Kartoffeln, dachte Deborah im stillen, aber gutherzig. Beide waren untersetzt, robust, mit einem offenen, freundlichen Gesicht, und man hätte sie für Geschwister halten können, wäre ihre wahre Beziehung nicht allgemein bekannt gewesen. Beide hatten große rote Hände, die, wenn sie leer waren, wie unbenutzte Farmwerkzeuge aussahen. Arnold und Benjamin gingen zusammen auf die Jagd, sprachen über Sklaven, Ernten und Tiere. Deborah und Edna tauschten Samen und Setzlinge von Gemüse und Blumen, Kochrezepte und Schnittmuster aus.

Die Familie Davis hatte zwei Söhne: Bonard, der drei Jahre älter als Leon war, und Bruce, mit dem Spitznamen Rooster, der ein Jahr jünger war als Leon. Rooster war in jeder Hinsicht der Sohn seiner Eltern, ein netter, unbeschwerter, grobschlächtiger Junge. Bonard fiel völlig aus dem Rahmen seiner Familie: dunkel, schon als Kind sehr gut aussehend, hochmütig und verschlagen.

Bei einem Essen im Freien, das die Kendricks am 4. Juli veranstalteten, gerieten die Jungen, die sich von klein auf kannten und deshalb nie viel übereinander nachdachten, bei einem Murmelspiel in wilden Streit. Leon, der damals acht Jahre alt war, beschuldigte Bonard, er habe gemogelt, um sich eine schön gefleckte Glasmurmel anzueignen, die er, Leon, besonders liebte. Bonard nannte Leon einen Lügner und versetzte ihm einen heftigen Stoß, der ihn stolpern und zu Boden fallen ließ.

Er war schnell wieder auf den Beinen, stürzte sich mit gesenktem Kopf auf Bonard und stieß dem älteren Jungen so ungestüm in den Magen, daß Bonard nach Atem rang. Daraufhin kam Rooster, der zwar für sein Alter klein, aber bereits recht stämmig war, seinem Bruder zu Hilfe und fing an, Leon von hinten gegen die Beine zu treten. Bonard hatte sich bald wieder erholt, packte mit der einen Hand Leons Ohr und benutzte die andere, um sein Kinn nach oben zu drücken. Floyd, der beim Spiel zugesehen, aber nicht daran teilgenommen hatte, obwohl er und Leon oft zusammen Murmeln spielten, wenn kein Besuch da war, sprang Bonard von hinten an und begann, ihn zu würgen.

Rooster ließ von Leon ab und versuchte, Floyd von Bonard wegzuziehen. Das alles geschah binnen weniger Sekunden und ohne irgendwelche Worte, abgesehen von den Beschimpfungen Dieb, Betrüger und Lügner, die den Kampf verursacht hatten. Und wenige Sekunden später war es vorüber, denn Felix und Benjamin, die Zigarren rauchend in der Nähe standen und sich über den Bau eines neuen Gerichtsgebäudes in Highboro unterhielten, machten sich sofort daran, die Kampfhähne zu trennen.

»Dreckiger Nigger!«

»Dieb! Betrüger!«

Felix übergab Floyd seinem Vater, der herbeigeeilt war, als der Kampf begann, und Ezra brachte seinen Sohn fort. Arnold kam dazu, überblickte leicht verwirrt die Szene und erklärte Leon, daß er der Gastgeber der beiden anderen Jungen sei und sich sofort entschuldigen müsse. Während Leon heftig widersprach, steckte Bonard die gefleckte Murmel ein, und Rooster, der ihn dabei beobachtete, starrte ihn sprachlos vor Erstaunen über seine Unverfrorenheit an.

Rooster hatte seinem Bruder lediglich aus einem Gefühl der Familienzusammengehörigkeit heraus und nicht aus besonderer Zuneigung geholfen, denn obwohl er vier Jahre jünger war als Bonard – ein Altersunterschied, bei dem man hätte annehmen sollen, daß sie sich relativ gut vertrugen, daß der Jüngere den Älteren bewunderte und ihm nacheiferte, während dieser seinerseits ihn anspornte und belehrte –, gerieten sie sich zu Hause häufig in die Haare. Bonard war ein Tyrann. Er gab seinem jüngeren Bruder Befehle und ohrfeigte ihn, wenn sie nicht befolgt wurden. Rooster war ein liebenswürdiges Kind, aber er ließ sich nichts gefallen. Da er seinem Bruder an Größe und Kraft unterlegen war und sich deshalb körperlich nicht gegen ihn wehren konnte, dachte er sich Streiche aus, die Bonards überheblichen Stolz verletzten. Als Bonard ihn einmal ohne jeden Grund verprügelt hatte, nur weil er seine schlechte Laune an jemandem auslassen mußte, wartete Rooster geduldig, bis Bonard schlief, dann goß er ihm eine Kanne kaltes Wasser übers Gesicht. Er wurde wieder verprügelt, aber es war ihm die Sache wert.

Als Rooster jetzt Bonard die Murmel einstecken sah, schlug er sich ohne zu zögern auf die andere Seite. Während Arnold noch von den Verpflichtungen eines Gastgebers sprach und seinen Sohn dringend ersuchte, seinen Gegnern die Hand zur Versöhnung zu reichen, ging Rooster mit strahlendem Lächeln auf Leon zu, ergriff seine Hand und schüttelte sie herzhaft. Der allgemeine Beifall, mit dem diese kameradschaftliche Geste begrüßt wurde, bot Bonard eine willkommene Gelegenheit, sich davonzuschleichen und einer Gruppe von jungen Mädchen nachzuspionieren, die sich etwas zugeflüstert hatten und danach in einem Gehölz verschwunden waren, um sich zwischen die Büsche zu hocken und zu pinkeln.

Jetzt, nachdem einmal die Aufmerksamkeit der Eltern auf ihre Söhne gelenkt worden war, wurde noch am selben Tag ein Plan für die künftige Erziehung der Jungen aufgestellt. Bisher war Leon in Lesen, Schreiben,

Rechnen und Religion von Deborah unterrichtet worden, die zwar gewiß keine sehr hohe Bildung besaß, aber auf jeden Fall mehr als ihr Sohn von diesen Dingen wußte. Der Pfarrer der Episkopalkirche von Highboro hatte Bonard zweimal wöchentlich in Latein und Mathematik unterrichtet, und Bonard sollte die somit erworbenen Kenntnisse an Rooster weitergeben, sollte sich selber lehren, indem er Rooster lehrte. Aber diese Regelung war nicht sehr zufriedenstellend, und so hatte Benjamin gerade vor einer Woche bei einer Geschäftsreise nach Savannah einen Hauslehrer engagiert, der Ende August nach Oaks kommen sollte, um die beiden Davis-Jungen in Latein, Algebra, englischer Grammatik und alter Geschichte zu unterrichten. Und jetzt wurde vereinbart, daß Leon am Unterricht im Haus der Familie Davis teilnehmen und Arnold die Hälfte des Lehrergehalts zahlen würde.
Der Hauslehrer, ein gewisser Mr. Jeremy Bartam, traf Anfang September 1814 in Oaks ein. Da er direkt aus Savannah kam, vermißte er die Zivilisiertheit der Stadt und legte zunächst ein recht gönnerhaftes Gebaren an den Tag, bis die Einsamkeit ihn zwang, freundschaftlichen Umgang mit den Landbewohnern zu suchen. Und von da ab machte er es sich ernsthaft zur Aufgabe, den Menschen Wissen zu vermitteln, deren Unwissenheit ihn hierhergebracht hatte. Außer einem Koffer, der hauptsächlich mit Büchern und Landkarten für den Unterricht gefüllt war, brachte er eine Flöte mit. Er holte sie hin und wieder heraus und blies ein paar Takte, aber es gelang ihm nicht, sich das Flötenspiel beizubringen, und schließlich gab er es auf und dachte auch nicht mehr an seine romantische Idee, sich von der idyllischen Szenerie zu Kompositionen inspirieren zu lassen.
An jedem Wochentag sattelte Plumboy morgens das Pferd für Leon, der allein zu seinem täglichen Unterricht nach Oaks reiten sollte. Am Dienstag der zweiten Woche weigerte sich Leon, nach Oaks zu reiten, wenn man Floyd nicht erlaube, ihn zu begleiten. Deborah verabreichte ihm eine Tracht Prügel und befahl Ezra, ihn aufs Pferd zu setzen. Solange sie dastand und ihn beobachtete, ließ er sich langsam die Auffahrt hinunter zu der Landstraße tragen, die ihn nach Oaks bringen würde, aber sobald sie wieder ins Haus ging, um sich ihrer morgendlichen Arbeit zu widmen, kehrte er zurück. Er saß nicht ab, sondern blieb mit dem Pferd im Schatten eines Baumes stehen, in dessen Ästen Floyd mit schlenkernden Beinen hockte und auf seinen Freund hinunterstarrte. Arnold entdeckte sie, als er zum Mittagessen von den Feldern kam. Nachdem er sich vergewissert hatte, daß sein Sohn nicht einer Krankheit wegen nach Hause gekommen war, befahl er ihm, vom Pferd zu steigen. Aber als er versuchte, vernünftig mit ihm zu reden, preßte Leon die Lippen zusammen und schwieg störrisch.

Um ihn durch Förmlichkeit einzuschüchtern, nahm Arnold ihn schließlich ins vordere Wohnzimmer, denn dies war der Ort, wo sie ihre seltenen ernsten Gespräche zu führen pflegten. Und dort fand Deborah sie, nachdem sie wiederholt im Eßzimmer die Handglocke geläutet hatte und Arnold nicht gekommen war.
Kurz nach ihr kam Lovey, die im Türrahmen stehenblieb und stirnrunzelnd zuhörte, wie ihr Herr und ihre Herrin mit dem Jungen sprachen. Allmählich wurden ihre Stimmen strenger, und die Runzeln auf Loveys Stirn vertieften sich. Leon warf ihr einen verzweifelten Blick zu, und als er sah, daß ihre Schultern sich in einem mitfühlenden Seufzer hoben und senkten, lief er zu ihr und verbarg das Gesicht in ihrer Schürze. Sie legte unwillkürlich die Arme um ihn und sagte zu Deborah und Arnold, die sich nach ihr umwandten: »Was schadet es? Er und Floyd sind aneinander gewöhnt. Er wird besser lernen, wenn Floyd dabei ist. Außerdem ist er zu jung, um den ganzen Weg allein zu reiten. Was ist, wenn eine Schlange aus dem Gebüsch schießt und das Pferd erschreckt?« Der Gesichtsausdruck von Arnold und Deborah entspannte sich bei dem Gedanken an dieses unwahrscheinliche Ereignis. »Ich hab gehört, daß eine Indianerbande im östlichen Teil des Bezirks kampiert. Wir alle wissen, daß sie durch die Gegend ziehen, um zu stehlen – ein Pferd, ein Huhn, was immer sie erwischen. Nichts wäre ihnen lieber, als einem kleinen Jungen allein auf einem schönen Pferd zu begegnen. Wir bekämen das Pferd nie wieder zu sehen und vielleicht auch den Jungen nicht. Sie würden beide mitnehmen und nach Art der Indianer spurlos verschwinden. Denken Sie darüber nach!«
Als Plumboy am Mittwoch das Pferd sattelte und Leon aufsaß, kletterte Floyd hinter ihm hinauf, saß mit seitlich ausgestreckten Beinen da und kicherte so vergnügt, daß alle Anwesenden – Lovey, Deborah, Posie und Plumboy – in lautes Gelächter ausbrachen.
Rooster fand die ganze Sache höchst amüsant. Mr. Bartram hatte nichts gegen die Anwesenheit des Negerjungen in seinem Klassenzimmer einzuwenden. Schließlich hatten auch andere Jungen farbige Begleiter, sagte er sich. Bonard, der den Kampf um die Murmel und die Rolle des Jungen bei Leons Angriff nicht vergessen hatte, bestand darauf, daß Floyd, wenn man ihm überhaupt zu bleiben gestatte, auf dem Boden sitzen müsse.

9

Selma war sechs Jahre alt, ein stilles, verschlossenes Kind, das höflich reagierte, wenn man Notiz von ihm nahm, aber die Aufmerksamkeit der Erwachsenen nicht zu benötigen schien. Manche Menschen sind als Fremde in ihre Welt hineingeboren, zur falschen Zeit und am falschen Ort, fühlen sich nicht innerlich verwandt mit denen, die sie Familie nennen, nicht hingezogen zu dem größeren Kreis ihrer Umgebung. Ein solches Menschenkind war Selma.

Sie spürte von Anfang an, daß sie andersartig war, und sie fand sich damit ab, wie sie sich mit sich selbst abfand. Sie erfaßte das, was sie fühlte und sah, auf ihre eigene Art. Je älter sie wurde, um so mehr war sie gezwungen, ihrem wahren Selbst, wie sie es kannte, zu entsagen und die Welt, die sie umgab, so zu akzeptieren, wie ihre anderen Bewohner sie akzeptierten. Sie wußte, daß sie unrecht hatten, aber wer kann allein und ohne Freunde kämpfen, wenn Lachen und Liebe – oder vorgetäuschte Liebe – darauf verwendet werden, einen in Einklang mit anderen zu bringen?

Als Baby hatte Selma Spukgestalten und Fremde gesehen, wohin sie blickte, aber kein Gesicht oder Auge, welches ihre Eigenart erkannte und sie hinnahm, wie sie war. Niemand war grausam, aber niemand verstand sie. Sie hatte keine gesellige Art, wie die meisten Menschen sie selbst schon in der Kindheit haben oder vorgeben, sie zu haben. Die Mehrheit wird mit der Fähigkeit und der Neigung zur Anpassung geboren. Bei Selma war das nicht der Fall.

Ganz zu Anfang fürchtete man, daß sie »einfältig« sei. Sie starrte verwundert auf die großen Leute, die sie aufhoben, gezwungen lächelten, sie beutelten und ihr Kleid beiseite zogen, um ihre kleinen, vollkommen geformten Hände und Füße zu betrachten, die niemals zuckten und zu greifen suchten wie die der meisten Babys, sondern sich still wie verschreckte kleine Vögel den Blicken darboten.

Sie interessierte sich für etwas und freute sich daran, ohne ihre Gefühle mit anderen teilen oder zur Schau stellen zu müssen. Warmer Sonnenschein und die Berührung von weichem Stoff beruhigten sie. Das Gezwitscher von Vögeln fesselte sie, als ob sie ihre Sprache verstünde. Das Tröpfeln von Wasser auf die Hand war ein Vergnügen. Dadurch, daß sie Buttercup schon frühzeitig in Schrecken versetzte, sicherte sie sich soviel Ungestörtheit, wie ein kleines Kind nur haben kann.

Pauline blieb aus dem entgegengesetzten Grund die Anerkennung durch ihre Umwelt versagt. Nachdem sie das Mißtrauen, das zu Anfang in ihren Augen gelegen, verloren oder vielleicht auch unterdrückt hatte, wurden ihre sich ausstreckenden, gierig greifenden Babyfäuste zum Ausdruck ihres Temperaments. Vielleicht hatte das etwas mit den Begleitumständen ihres Lebens zu tun. Im Sommer geboren, war sie in den ersten Monaten immer leicht gekleidet, wenn auch niemals nackt, wie manche anderen Babys. Sie war an Luft und Sonne auf ihrer Haut und an die Berührung von anderer Haut gewöhnt. Ihre Hände öffneten sich, ihre Füße zuckten entgegenkommend. Ihre Liebenswürdigkeit wirkte zuerst bezaubernd, dann langweilig durch ihr Übermaß.

Lovey spielte mit Pauline, verlor sich aber nie in ihr. Sie erinnerte sich stets, wenn es an der Zeit war, daß etwas anderes zu tun sei. Deborah bezeichnete sie als ein nettes Baby, hielt sie in den Armen, ließ sie spielerisch in der Luft auf und ab hüpfen, bis sie zu weinen begann, und gab sie dann an Buttercup weiter.

Das erste Jahr ihres Lebens verbrachte Pauline auf Schlafdecken, wenn sie nicht in den Armen gehalten oder getragen wurde. Selma verbrachte ihr erstes Lebensjahr in der großen Wiege, die Leon vor ihr benutzt und die noch einen Geruch hatte, den sie als unangenehm empfand, obwohl sie ihn nicht als den seinen erkannte. Aber beide Mädchen fingen früh an, sich frei zu bewegen. Das eine langweilte, das andere verwirrte diejenigen, die sich mit ihnen befaßten, und so blieben beide weitgehend sich selbst überlassen.

Mit sechs war Selma unabhängig. Sie liebte den Küchengarten, und da der Sommer lang war, spielte sie häufig dort und nahm begierig alles in sich auf, was es zu sehen gab. Tomatenblätter und Gumboschoten glichen der Zunge einer Katze. Die blühenden Erbsen und die sich windenden Ranken der Bohnen waren von einer so zerbrechlichen und zarten Schönheit, daß man sie nur mit den Fingerspitzen zu berühren wagte. Die Kürbisse und Gurken, höckrig wie der Rücken eines Frosches, die saubere, trockene, rauhe Rinde der Kantalupen, die Überraschung, an einem Stengel zu ziehen und einen Rettich aus der Erde hervorkommen zu sehen – all dies zog sie in den Garten und erfüllte sie mit Staunen.

Am frühen Morgen war der Garten feucht, und ihr Kleid blieb an den nassen Pflanzen hängen, während sie umherwanderte, ohne auf die Küchenmädchen zu achten, die geschickt worden waren, das Gemüse für den Tag zu pflücken, solange der Tau noch auf ihm lag. Die Pflanzen – die meisten von ihnen – waren von einer Größe, die Selma nicht erschreckte, aber Menschen waren zu groß.

Da sie offensichtlich keinen Schaden anrichtete und auch keinen erlitt, ließ Deborah sie gewähren. Hin und wieder sprach sie mit ihr, aber wenn sie es tat, merkte sie, daß ihr nicht wohl dabei war, fragte sich, was wohl der Grund dafür sein mochte, und vergaß es oder nahm es einfach als eines der vielen unerklärlichen Dinge des Lebens hin. Sie hörte ihre eigene Stimme, die übertrieben eindringlich und unecht klang, und das steigerte noch ihre Unzufriedenheit mit sich selbst und dem Kind. Selma schien lediglich darauf zu warten, daß sie beendete, was immer sie zu sagen hatte, und es gibt nichts, was ein Erwachsener bei einem Kind so wenig versteht oder wünscht wie Geduld.

Ihrem Vater kam Selma näher. Sie erkannte seine Schüchternheit, und wenn es ihnen auch nicht gelang, wirklich vertraut miteinander zu werden, zeichneten sich ihre Begegnungen nichtsdestoweniger durch eine gewisse Zuneigung aus, die jedoch einzig und allein am Ausdruck ihrer Augen zu erkennen war; und wenn sie sich gelegentlich berührten, so taten sie es bewußt und scheinbar spielerisch formell, um einander zu versichern, daß sie sich nicht ins Gehege kommen wollten.

Leon war ihr ebenso fremd wie sie ihm. Sie kannte die Bedeutung der Wörter »Bruder« und »Schwester«, aber sie hatten für sie keinen gefühlsmäßigen Inhalt. Die Kinder waren, abgesehen von den Mahlzeiten, selten zusammen. Und es waren sowieso immer so viele Menschen um sie herum. Außerdem hatte Leon einen Freund, Floyd. Er und Floyd schienen ständig zusammen zu sein, wenn sie nicht aßen oder schliefen.

Seit Selma laufen konnte, hatte sie ein Gefühl für das Ausmaß ihrer Welt. Sie streifte überall umher, für gewöhnlich allein, denn Buttercup war weder ihrem Temperament noch ihrer Neigung nach ein sehr zuverlässiges Kindermädchen. Natürlich wußte jeder Mensch auf Beulah Land, wer Selma war, und wenn sie auf ihren Wanderungen müde wurde, brauchte sie nur zu bitten, man möge sie nach Hause bringen, und schon streckten sich Arme nach ihr aus, hoben sie auf und umfingen sie, während ihr Kopf bequem an einer schweißfeuchten Schulter ruhte. Mit dem angeborenen Instinkt der wahren Aristokratin ließ sie sich von denjenigen, die ihr dienten, eine körperliche Vertraulichkeit gefallen, die sie von ihresgleichen nicht geduldet hätte. Selbst in dem rüttelnden Schritt, der sie trug, lag Sicherheit.

Paulines Welt war enger eingegrenzt. Sie hatte nicht den Wunsch, umherzuwandern. Sie blieb, wo immer man sie absetzte, und hoffte, daß irgend jemand sie dort finden und ihr Beachtung schenken werde. Wenn das geschah, war sie glücklich, wenn nicht, war sie einsam.

Die meisten Hütten hatten einen kleinen Garten mit ein paar Steckrüben, Kohlköpfen oder Getreidehalmen, die mehr zum Vergnügen als aus Notwendigkeit dort angepflanzt worden waren, denn alle wurden mit Lebensmitteln versorgt, wenn auch die Auswahl an Gemüse auf das beschränkt war, was übrigblieb, nachdem das Beste ins große Haus gewandert war. Die Hütte von Lovey und Ezra hatte keinen Garten, denn keiner von beiden hätte Zeit gehabt, ihn zu bepflanzen. Es gab dort nur einen Zedrachbaum, der im Frühling den süßen Duft seiner violetten Blüten ausströmte und im Sommer wohltuenden Schatten spendete. Sobald Pauline die Kraft dazu hatte, kletterte sie auf den Baum. Er war nicht groß, obwohl er ihr, als sie vier Jahre alt war, sehr groß erschien, aber seine belaubten Äste gaben ihr ein herrliches Gefühl der Abgeschiedenheit. (Wenn sie keine Gesellschaft haben konnte, so mußte sie sich eben mit Abgeschiedenheit begnügen.) Sie beobachtete die drunten vorüberziehende Welt so heimlich wie eine Katze, die sich in einer Hecke versteckt.

Von diesem Sitz aus wurde ihr schon früh der Anblick von Selma auf ihren einsamen Wanderungen vertraut. Sie beobachtete sie, ohne sich zu zeigen. Obwohl es im Grunde ihrer Natur entsprach, sich nur allzu freimütig anzubieten, zog sie sich behutsam ins Laub zurück, wenn Selma vorüberkam. Sie wußte, daß Selma die Tochter der Herrin war. Während Pauline sie sah, ohne von ihr gesehen zu werden, sehnte sie sich verzweifelt danach, sie kennenzulernen.

Als sie ein wenig älter war, folgte Pauline ihrer Mutter in die Küche des großen Hauses. Es ist nicht schwer für ein ruhiges, respektvolles und gefälliges Kind, in einer großen Küche geduldet zu werden, und Pauline war dort bald völlig zu Hause; sie hielt den Kochlöffel bereit, noch ehe er gebraucht wurde, hob rasch ein heruntergefallenes Geschirrtuch auf, konnte schon nach kurzer Zeit Gemüse schälen und Töpfe scheuern, lernte zu warten und lernte, sich ein Urteil zu bilden.

In dem Sommer, als Pauline sieben wurde, war Selma neun. Die beiden kannten sich vom Sehen, hatten aber noch nie direkt miteinander gesprochen, immer nur innerhalb eines größeren Kreises. In diesem Sommer entdeckte Selma ihre Leidenschaft für Zitronen. Ihr Vater hatte einen großen Vorrat aus der Stadt mitgebracht, damit die Familie Tee mit Zitrone oder an heißen Tagen Limonade trinken konnte. Aber für diese Art der Zubereitung hatte Selma nicht viel übrig.

Dann klagte Lovey eines Morgens über Zahnschmerzen, und Ezra riet ihr, den Saft aus einer Zitrone zu saugen. Selma war zufällig in der Küche, als Lovey am unteren Ende ein kleines, rundes Loch ausschnitt, die Zitrone an den Seiten zusammenpreßte und den Saft auf den schmerzenden Zahn träufeln ließ. Ihre Augen tränten, ihr Mund füllte sich mit Speichel, sie stöhnte leise, erleichtert.

Der Geruch der Zitrone war verlockend. Selma bat um eine. Um ihr den Willen zu lassen, schnitt Lovey ein Loch in eine andere Zitrone und gab sie ihr, sagte ihr jedoch, daß sie den sauren Geschmack nicht mögen würde. Selma hielt die Zitrone an die Lippen, preßte die ölige, wohlriechende Schale zusammen und fand ein irdisches Vergnügen, das beinahe himmlisch war.

Danach erbat sie oft eine Zitrone, aber immer nur von Lovey, denn sie ahnte instinktiv, daß ihre Mutter ein Verlangen dieser Art nicht verstehen würde. Wenn es genügend Zitronen gab, kam Lovey widerspruchslos ihrer Bitte nach. Wenn sie knapp waren, wurden sie ihr verweigert.

Einmal, als Selma abgewiesen worden war und schmachtend in dem mittäglichen, sonnenheißen Küchengarten saß, kam Pauline auf sie zu und reichte ihr wortlos eine ganze Zitrone, die sie aus dem kleinen, geheimen Vorrat ihrer Mutter gestohlen hatte.

Der Einfluß von Roscoe Elk steigerte sich, bis er sich unter den obwaltenden Umständen einfach nicht mehr steigern konnte. Er erhielt ein Gehalt. Er lebte allein in einer Hütte, die von den Frauen jener Männer in Ordnung gehalten wurde, die ihm einen besonderen Gefallen schuldeten. Da er es verstand, liebenswürdig zu sein, wenn es ihm in den Kram paßte, erwiesen ihm die Frauen manchmal auch andere Gefälligkeiten. Alles hatte seinen Zweck, eine Hand wusch die andere, und wer würde auf ein vielsagendes Augenblinzeln nicht mit einem Lächeln reagieren?
Gerade die Leichtigkeit, mit der Roscoe seinen Weg auf Beulah Land machte, flößte ihm Verachtung für diejenigen ein, die es zuließen, daß sein Einfluß ständig wuchs, aber er dachte nie daran, seine Stellung aufzugeben und woandershin zu gehen.
Er wußte nicht, wer er war oder woher er stammte, aber er hatte eine schwache Erinnerung an Indianer, Kreolen und New Orleans; sie war zu vage, als daß er selbst ernsthaft daran hätte glauben können, diente ihm jedoch dazu, anderen gegenüber geheimnisvolle Andeutungen zu machen.
Das erste, woran er sich wirklich erinnerte, war, daß er mit einem Mann namens Alfonzo, halb Neger, halb weiß, umhergezogen war, der behauptete, ein echter Zigeuner zu sein, was sogar stimmen mochte. Er hatte einen Wagen und ein Maultier, fuhr durchs ganze Land, schliff Messer und Scheren, lötete Töpfe und Pfannen, und wenn er glaubte, daß er damit durchkam, gab er vor, Wasser mit der Wünschelrute finden zu können. Als Roscoe dreizehn war, lief er Alfonzo davon. Alfonzo hatte ihn vor seiner Flucht ein Jahr lang geschlagen und mißbraucht. Es war Sommer; er schlief tagsüber im Wald und wanderte während der Nacht.
Schließlich kam er nach Jacksonville, und da er unterdessen die Furcht abgeschüttelt hatte, daß Alfonzo ihm folgen könnte, suchte er sich Arbeit im Hafen und verdiente bald genug, um sich zu ernähren und zu kleiden. Weiter brauchte er nichts. Ein müder Junge kann überall schlafen.
Er freundete sich mit dem Negerkoch eines kleinen Restaurants unweit des Hafenviertels an. Der Koch, von allen schlicht Cuz genannt, war ein freier Mann. Während Roscoe mit ihm in einer Kammer hinter dem Restaurant hauste – es gab keine sexuellen Forderungen, nur Einsamkeit und Großmut von seiten des Kochs –, entwickelte er sich vom Jungen zum Mann und verschaffte sich durch die Beziehungen seines Freundes ein Dokument, das bezeugte, daß er selbst ein freier Mann war.
Danach wechselte er von einer Stellung zur anderen; zunächst blieb er noch eine Weile bei Cuz in Jacksonville, dann zog er gen Norden nach Savannah, wo er mühelos Arbeit fand. Von Savannah aus begab er sich

in ländlichere Gegenden und landete schließlich in Highboro, wo er ein paar Wochen als Laufbursche in einer Eisenwarenhandlung arbeitete. Da er gehört hatte, daß Beulah Land die bedeutendste Plantage der Umgebung war, beschloß er, dort sein Glück zu versuchen.

Während seiner Wanderschaft hatte Roscoe gelernt, den schwarzen Sklaven und den weißen Herrn gleichermaßen zu verachten. Er fühlte sich ihnen überlegen. Die Überzeugung, daß Deborah Kendrick diejenige war, die letztlich seine Zukunft entscheiden würde, wuchs in ihm, und er bemühte sich auf vielerlei Arten und unauffällig um ihre Anerkennung. Er unterschätzte weder ihren Scharfsinn, noch überschätzte er ihren Eigennutz. Aber während sie ihrer täglichen Arbeit nachging – und als gewissenhafte Herrin der Plantage war sie den ganzen Tag beschäftigt –, hatte er eine Ruhelosigkeit an ihr bemerkt, die danach strebte, zu erweitern und zu herrschen. Er gab sich damit zufrieden, den rechten Augenblick abzuwarten, zuversichtlich, daß er ihn erkennen würde, wenn es soweit war.

Sorgen bereiteten ihm nur die Jungen, Leon und Floyd. Sie paßten nicht in seinen Plan, und er wußte nicht, wie er sie einfügen sollte.

Seine Vorherrschaft über die Sklaven war eine unbestrittene Tatsache, der er nur hier und dort, hin und wieder ein wenig Nachdruck zu verleihen brauchte. Er wog ihre Arbeit, er führte Buch über ihre kleinen Konten. Ein Stirnrunzeln, ein Nicken, eine kurze Pause beim Sprechen – mehr war nicht nötig, sie in Schach zu halten, denn die Menschen sind stets bereit, sich im schlechtesten Licht zu sehen, und kennen ihre eigenen Schwächen besser, als irgendein anderer sie kennen kann.

Roscoe wußte, daß es vielerlei Schattierungen gibt, was den Charakter der Menschen und ihre Beziehungen zueinander betrifft, und daß diese sich ständig, wenn auch noch so unmerklich, verändern. Sein Beobachtungsvermögen sagte ihm, mit welchen Sklaven er grob umgehen konnte und welche er sanft anfassen mußte; und dann gab es noch einige wenige, die man lieber ganz in Ruhe lassen sollte. Zu diesen letzteren gehörten Lovey und Ezra, und nach einigen Jahren waren sie die einzigen, von denen er wußte, daß sein Einfluß ihnen nichts anhaben konnte. Sie verwirrten ihn, denn sie waren weder selbstsüchtig noch unterwürfig. Man konnte sie nicht verachten, wie er das kriecherische schwarze Gesindel verachtete, dem er an anderen Orten begegnet war, das vor den Weißen auf den Knien rutschte und sich mit der Erbärmlichkeit seiner Lage abfand, das Gott fürchtete und keinen anderen Wunsch hatte, als auch noch im Himmel seinen weißen Gebietern zu dienen.

Floyd war ihr Sohn. Floyd war der – er wollte nicht das Wort Freund gebrauchen, und er konnte nicht Diener sagen – Gefährte, der tägliche, nicht blutsverwandte Bruder des Sohnes des Herrn und der Herrin. Solange die Jungen noch klein waren, kümmerte es ihn nicht weiter, aber als sie heranwuchsen, wurde es zu einem Problem, das ihn häufig quälte. Die Kinder der Sklaven wurden früh zur Arbeit herangezogen. Man stellte keine großen Forderungen an sie, aber sie arbeiteten an der Seite ihrer Väter und Mütter auf den Feldern und im Wald, im Haus, in den Scheunen und Ställen. Sie waren stolz darauf, die Arbeit zu lernen, die sie ihr ganzes Leben lang zu leisten hatten, und sie wurden gelobt und belohnt, wenn sie sich als flink oder besonders geschickt erwiesen.

Zusätzlich zu seiner Buchführung war Roscoe zu einer Art Aufseher über die Arbeiter geworden, der es gut verstand, die Männer jeweils dort einzusetzen, wo sie am dringendsten gebraucht wurden. Arnold Kendrick erkannte das sehr bald und erwähnte es Deborah gegenüber, die es natürlich schon längst selbst bemerkt hatte. Arnold brauchte nur zu sagen: »Lassen Sie von ein paar Männern den Kartoffelacker umgraben«, und Roscoe wußte genau, wie viele Leute für die Arbeit benötigt wurden und wie lange sie dazu brauchen durften.

Floyd war ein aufgeweckter, schnell heranwachsender Junge, immer ein wenig zu groß für seine Kleidung, und Roscoe konnte ihn nicht sehen, ohne ihn zur Arbeit antreiben zu wollen. Floyd arbeitete hin und wieder, er war nicht faul. Er konnte Mais behacken, Baumwolle pflücken, Flachs zupfen, Zuckerrohr schneiden, als er noch nicht zehn Jahre alt war, und er half oft bei diesen Arbeiten. Aber ebensooft ließ er, ohne um Erlaubnis zu bitten, die Arbeit im Stich, um mit Leon in den Wald zu gehen, oder wohin immer die Laune sie trieb. Floyd war ein Sklavenjunge, aber er fühlte sich frei, und das war es, was Roscoe weder verstehen noch ertragen konnte.

Er erinnerte sich an seine eigene Kindheit und haßte Floyd. Sehr behutsam brachte er das Problem Arnold gegenüber zur Sprache; aber Arnold schien überrascht, daß überhaupt solch ein Problem existierte, gab ihm keine Genugtuung, ermächtigte ihn nicht, sich mit dem Jungen zu befassen.

»Natürlich muß er arbeiten«, sagte er langsam. Doch im gleichen Augenblick, als Roscoe erleichtert aufatmete, setzte er hinzu: »Allerdings hat er sehr viel mit Leon zu tun. Er ist der Sohn von Lovey und Ezra.« Er dachte einen Augenblick darüber nach. »Sie müssen verstehen – man kann ihn nicht einfach wie jeden anderen behandeln. Aber wenn er nicht mit Leon zusammen sein muß oder etwas tut, was seine Mutter oder sein Vater ihm aufgetragen haben, weisen Sie ihm eine Arbeit zu.«

Jungen erkennen sehr rasch, wer gegen sie ist, und Floyd und Leon wußten, daß Roscoe gegen sie war. Er überschritt seine Befugnisse nie so weit, daß Leon sich bei seinem Vater beklagen konnte. Und Leon war ohnedies nicht dazu geschaffen, Entschlüsse zu fassen und etwas zu unternehmen. Er ließ dem Leben seinen Lauf, und wenn es Schwierigkeiten gab, regte er sich nicht darüber auf, sondern wartete zunächst einmal ab, ob sie sich nicht von selber lösten. Roscoe schien ihnen überall zu begegnen, stellte Fragen, ohne auf die Antwort zu warten, runzelte die Stirn, sprach über Leute, die zu krank waren, um zu arbeiten, und wie dringend sie Arbeitskräfte für die Zuckerrohrernte brauchten. Hinter seinem Rücken machten die Jungen sich über ihn lustig, aber allmählich wurde Roscoe in ihrer Vorstellung zu einer drohenden Gefahr für sie – genau, wie Roscoe es beabsichtigte. Wenn man eine Fliege bemerkt und nicht verscheucht, wird sie dreist.

11

Clovis hatte bereits mit vier Jahren ihre Unschuld verloren, und bis sie fünfzehn war, kannte sie sich einigermaßen gut mit Männern aus und wußte sie zu nehmen. Obwohl Roscoe keinen direkten Annäherungsversuch gemacht hatte, war sie sich bewußt, daß er sie begehrte. Da ihre Mutter tot war und sie ihren Vater ebensowenig kannte wie er sie, lebte sie in einer Hütte für unverheiratete Frauen unterschiedlichen Alters, unter denen sich auch Posie und Buttercup befanden, deren Mutter vor kurzem gestorben war. Sie hatte von den Frauen gehört, die Roscoe auf die eine oder andere Art versorgten. Man erzählte sich, daß er den größten Schwengel habe, den sie je gesehen hatten, daß er es länger tat als andere Männer und daß er manchmal seltsame Dinge von ihnen verlangte, die überraschten und weh taten. Clovis wußte, daß es für ihre Zukunft von Nutzen sein würde, wenn sie ihn im geeigneten Augenblick richtig behandelte.

Sie mochte ihn nicht besonders. Eine Zeitlang dachte sie, es hätte etwas mit dem Klatsch zu tun. Dann kam sie zu dem Schluß, daß es wohl eher daran liegen mochte, daß er alt war. Später, als sie selbst älter wurde – und in einem Alter wie dem ihren sind Monate soviel wie Jahre in einem anderen –, erkannte sie, daß er keineswegs alt war, und daß lediglich die Art, wie er sich von anderen fernhielt, ihn älter erscheinen ließ.

Leon und Floyd waren vierzehn, ein Jahr jünger als sie selbst, als sie anfing, sich für sie zu interessieren. Sie wußte nicht warum, aber sie wurde den Gedanken an die beiden nicht mehr los. Vielleicht war es, weil das Versprechen ihrer künftigen Männlichkeit sich an ihrem Körper zu zeigen begann. Mit gleichermaßen großen Köpfen, Füßen und Händen, mit Knie- und Ellbogengelenken, die aussahen, als wären sie geschwollen, bewegten sie sich rasch und ohne Anmut – oder auch nur viel Gleichmaß –, und sie hielten sich für den Mittelpunkt des Universums.

Ihre Stimmen glichen sich, weil sie von jeher zusammen gewesen waren.

Leons Tonfall würde sein Leben lang für Weiße ein wenig negerhaft klingen, und Floyds Stimme würde sich für die Ohren der übrigen Neger anders anhören, als sie es voneinander gewöhnt waren. Sie unterlagen in diesem Alter den gleichen Stimmungen, obwohl Leon mehr Sinn für Humor hatte als Floyd, während Floyd öfter nachdenklich war als Leon und weniger dazu neigte, sich von der Laune des Augenblicks leiten zu lassen. Ihr ständiges Beisammensein wurde von allen ohne Kommentar als eine gegebene Tatsache hingenommen.

Angesichts ihrer Neugier und Neigung fragte sich Clovis, ob die Jungen nicht vielleicht interessanter für sie wären als Roscoe. Sie beobachtete die beiden. An einem Montagmorgen im Hochsommer erwischte Floyd sie dabei.

Es war ein klarer, heißer Tag, der noch heißer zu werden versprach, ohne eine Wolke am Himmel, ein idealer Waschtag. Clovis stand vor einem Kübel und schrubbte Wäsche; sie hatte die Ärmel aufgerollt, ihr Gesicht war vor Anstrengung mit Schweiß bedeckt, ihr Rock feucht von dem Wasser, mit dem sie sich bespritzt hatte. Die Arbeit, die sie zusammen mit vier anderen Frauen verrichtete, würde den größten Teil des Tages in Anspruch nehmen. Die großen, runden Kessel waren geheizt und voller Kochwäsche aus dem großen Haus.

Nachdem Clovis mit ihrem Kübel fertig war und die Wäsche zum Spülen an die nächste Frau weitergegeben hatte, rührte sie mit einem langen Holzlöffel in einem der Kessel, dann benutzte sie den Löffel, um eine feuchte Ladung herauszuheben und auf einen Steintisch zu befördern. Mit einem dicken Schlegel schlug sie die Wäsche und löste den Schmutz. Dann tat sie sie in ihren Waschkübel mit frischem Wasser, seifte sie ein und schrubbte sie, wobei ihr ganzer Körper sich kraftvoll im Rhythmus ihrer Arbeit bewegte.

Floyd sollte an diesem Tag die Stämme von zwei alten Bäumen zersägen, die vor einiger Zeit vom Blitz getroffen und vom Rand eines Maisfeldes entfernt worden waren. Er und Leon hatten eine Weile unter Lachen und Scherzen zusammen gearbeitet, waren aber trotzdem gut mit ihrer Arbeit vorangekommen. Dann hatten sie ein paar Minuten lang miteinander geflüstert und offenbar irgend etwas ausgeheckt; Floyd hatte anfangs den Kopf geschüttelt, aber schließlich lachte er und nickte zustimmend.

Daraufhin ging Leon fort, um Würmer zu suchen, denn sie hatten beschlossen, zum Fischen an den Bach zu gehen. Die Stelle, wo sie ihren Köder fanden, lag dicht bei dem alten, knorrigen Feigenbaum, der neben der Küchentür des großen Hauses stand: derselbe Baum, an dessen Ästen sie als Babys geschaukelt hatten.

Der Boden dort war selbst bei trockenem Wetter immer feucht von dem Spülwasser, das aus der Küchentür geschüttet wurde, und somit ein idealer Aufenthaltsort für Regenwürmer. Leon brauchte nur wenige Minuten, um ein Glas mit Erde und soviel Würmern zu füllen, wie sie für ihren Zweck benötigten. Hundert Meter entfernt zersägte Floyd in regelmäßigem, unbekümmertem Rhythmus den Baumstamm, als ob er vorhabe, den ganzen Tag mit dieser Arbeit zu verbringen. Nicht das leiseste Zucken seiner Augenlider verriet, daß er sah, wie Leon in den nahe gelegenen Schuppen ging und gleich darauf mit zwei Angelruten herauskam, die er so dicht zusammenhielt, daß sie aus einiger Entfernung wie eine einzige aussahen.

Aber als die Säge den Stamm durchschnitten hatte, an dem er arbeitete, legte Floyd eine kleine Ruhepause ein, wischte sich das Gesicht mit dem Ärmel seines Hemdes ab und seufzte. Leon ging fort. Er hatte bereits den Waschhof hinter sich gelassen und kam jetzt zu dem sicheren Gelände der Nebengebäude, die von hochaufgeschossenen, in schützender Blüte stehenden Sonnenblumen abgeschirmt wurden. Floyd legte die Säge nachlässig beiseite und sah sich um. Niemand schien ihn zu beachten.

Als er ein wenig später an Clovis vorbeischlenderte, sah sie ihn an und lächelte auf eine Art, die ihm zeigte, daß sie das ganze Spiel beobachtet hatte. Lachend lief er zwischen den Sonnenblumen hindurch und verschwand. Leon wartete ein wenig weiter hinten; er gab Floyd seine Angelrute, und sie liefen rasch auf den Wald zu.

Sobald sie bei den Bäumen angelangt waren, blieben sie aufatmend stehen. Beide Jungen waren barfuß. Sie genossen die Kühle des plötzlichen Schattens auf ihrem Körper, die Kühle des feuchten, schwarzen Bodens unter ihren heißen Füßen. Dann machten sie sich in schweigender Übereinstimmung wieder auf den Weg und schlugen einen gewundenen Pfad ein, den sie beide gut kannten. Leon trug die Angel in der rechten Hand, Floyd die seine in der linken, und sie hielten sie beide mehr oder weniger parallel zum Boden, damit die langen Ruten sich nicht im Laub der Bäume verfingen.

Es dauerte fünfzehn Minuten, bis sie zu der Stelle kamen, die gegenwärtig ihr Lieblingsplatz war. Unterwegs hatten sie einmal eine Pause eingelegt, um vorsichtig abseits des Weges zu urinieren. Ein andermal waren sie stehengeblieben, um Schmetterlinge zu beobachten, die über einer leicht angefaulten Pflanze flatterten; die obersten Blätter hatten sich in eine schwammige, weiße Masse verwandelt und schienen einen Geruch auszuströmen, der diese schönen Insekten anzog, deren Flügel zart die heiße, stille Luft bewegten.

Es gab keinen Sand an dem Platz, den die Jungen aufsuchten. Das Ufer fiel steil zum dunklen Wasser ab. Auf dem Grund wuchsen keine Pflanzen, die über die Oberfläche reichten. Tatsächlich sah das Wasser bodenlos aus, obwohl sie genau wußten, wie tief es war, denn sie hatten es über die Jahre hinweg des öfteren mit Stangen gemessen. Sie standen eine Weile ruhig da und lauschten. Ein summender, singender Ton war zu hören, der von einer Stimme oder von tausend Stimmen hätte stammen können.

Leon hob einen Kieselstein auf, streckte den Arm mit einer zielenden Bewegung nach hinten und schleuderte den Stein quer über den kleinen Fluß ins gegenüberliegende Gebüsch. Das summende Singen hörte jählings auf. Floyd nahm einen Stock zur Hand und schleifte ihn über die Wasseroberfläche, als ob er schriebe, dann ließ er ihn fallen und stromabwärts treiben.

Nachdem sie das Glas fest zwischen zwei Wurzeln gestellt hatten, prüften sie die Leinen und Senker an ihren Angelruten, bevor sie den Köder am Haken befestigten. Am Rand der mit Laub bedeckten Böschung kniend, schwang Leon seine Leine leicht durch die Luft und ließ sie ins Wasser fallen. Floyd runzelte die Stirn und ging ein paar Schritte am Ufer entlang, ehe er sich für eine Stelle entschied, wo er seine Leine auswerfen wollte. Das summende Singen auf der anderen Seite des Flusses setzte wieder ein.

Als Clovis mit der Wäsche fertig war, die sie in ihrem Kübel eingeseift und geschrubbt hatte, ging sie nicht zu einem der Kochkessel, um sich eine neue Ladung zu holen. Sie leerte den Kübel und ließ ihn auf dem alten Arbeitstisch stehen, der schon so lange an Ort und Stelle stand, daß das untere Ende seiner Beine im Boden verschwunden war und aus ihm herauszuwachsen schien. Theresa, die älteste der Wäscherinnen, sah sie davonschlendern, fragte sie jedoch, wie erwartet, nicht, wohin sie gehe. Clovis war bekannt als gewissenhafte Arbeiterin, die sich nie wie manche andere vor ihrem Pensum drückte.

Den Spuren der Jungen folgend, ging sie an den Nebengebäuden vorbei und dann weiter in den Wald. Dort blieb sie einen Augenblick stehen, genau wie sie es vor ihr getan hatten, dann wählte sie auf gut Glück einen Weg, von dem sie annahm, daß sie ihn eingeschlagen hatten. Nach ein paar Minuten sagte ihr irgendein Instinkt, daß sie sich geirrt hatte. Sie ging zurück zu ihrem Ausgangspunkt und wählte einen anderen Pfad, fest davon überzeugt, daß dies der richtige war, obgleich sie nicht wußte, warum.

Sie schlich lautlos voran und blieb zwischendurch hin und wieder stehen, um den Kopf zur Seite zu neigen und zu lauschen. Je weiter sie kam, um so langsamer ging sie und um so öfter zögerte sie. Nach einer Weile hielt sie inne und stand ein paar Minuten regungslos wie eine Bildsäule da, während um sie herum das Leben des Waldes – meist ungesehen und ungehört, aber ihr dennoch vertraut – seinen Fortgang nahm.

Dann bewegte sie sich, tief geduckt, wieder Schritt für Schritt voran.

Schließlich blieb sie endgültig stehen; obgleich kein Laut es ihr verriet und sie Leon und Floyd noch nicht gesehen hatte, wußte sie, daß sie angelangt war. Sie suchte sich einen trockenen Sitzplatz auf einem umgestürzten Baumstamm, der schon so lange dort lag, daß seine Rinde abgebröckelt war und grünes Moos die untere Seite des glatten Stammes bedeckte. Behutsam schob sie ein paar belaubte Zweige beiseite und erblickte die Jungen.

Sie saßen auf trockenen Blättern, ein paar Meter voneinander entfernt und so still, daß es aussah, als ob sie schliefen. Leon hielt ihr den Rücken zugewandt, aber Floyd war deutlich im Profil zu sehen. Clovis musterte sie eingehend, und ihr Körper entspannte sich allmählich zu einer bequemeren Haltung, während sie den Triumph genoß, sie aufgespürt zu haben.

Aus irgendeinem Grund, den sie sich nicht erklären konnte, hatte sie schon allein bei ihrem Anblick das Gefühl, etwas gewonnen oder geschenkt bekommen zu haben. Sie spürte ein leises Lachen in sich aufsteigen und unterdrückte es rasch. Was, zum Teufel, dachten sie sich eigentlich dabei, daß sie einfach so faul dort saßen? Sie hielten nicht einmal ihre Angelruten in der Hand, sondern hatten sie mit dem dicken Ende in die weiche Lauberde gesteckt und hockten da, Leon die Hände schlaff im Schoß, Floyd die seinen lose neben sich. Leons Rücken wurde bequem von einem Baumstumpf gestützt. Floyd saß an den Stamm eines Baumes gelehnt, der dicht am Rand des Wassers stand.

Weder gelangweilt noch belustigt beobachtete sie die Jungen eine Viertelstunde lang. Plötzlich bog sich Floyds Angelrute, und im gleichen Augenblick, als sei die Bewegung der Rute auf ihn übergegangen, noch ehe er sie berührte, hockte Floyd, die Angel in der Hand, auf einem Knie und einem Fuß. Leon sprang auf, als Floyd eine große dickschwänzige Brachse heraufbrachte und ans Ufer schwang. Der Fisch warf sich kurz in dem trockenen Laub auf und nieder, bis Floyd ihn vom Haken befreite. Er hielt ihn an den Kiemen in die Höhe.

»Ein Riesenvieh«, hörte sie Leon sagen, der jetzt neben Floyd stand. Floyd lief am Ufer entlang und kehrte mit vier Brachsen unterschiedlicher Größe zurück, die sie schon vorher gefangen hatten, und die jetzt an einem dünnen, gabelförmigen Zweig hingen; Leon hatte ihn abgeschnitten, nachdem vor fast einer Stunde der erste Fisch angebissen hatte. Floyd fügte die große, noch zuckende Brachse hinzu und hängte den Zweig wieder in einiger Entfernung ins Wasser.

»Komm, laß uns eine rauchen«, sagte Floyd danach.

Die Jungen befühlten ihre Taschen und holten jeder eine Maiskolbenpfeife hervor. Leon zog einen kleinen Stoffbeutel aus der Hüfttasche, und sie füllten die Pfeifen; es war, wie Clovis fast sicher wußte, kein richtiger

Tabak, sondern ein wildwachsendes Kraut, »Hasentabak« genannt. Floyd hielt die beiden Pfeifen, während Leon abermals in seinen Taschen wühlte, bis er einen Feuerstein und eine indianische Pfeilspitze fand. Selbst auf die Entfernung erkannte Clovis, was es war; sooft ein Feld umgegraben oder gepflügt wurde, kamen zahlreiche Pfeilspitzen zum Vorschein, und sie wurden allgemein dazu benutzt, Feuer zu schlagen.

Leon brachte Blätter zum Brennen und unterhielt das Feuer, war jedoch gleichzeitig sorgsam darauf bedacht, es nicht zu groß werden zu lassen. Jeder der Jungen hielt einen trockenen Zweig in die Flammen, mit dem er danach seine Pfeife anzündete. Der Hasentabak brannte ungleichmäßig, und sie mußten das Verfahren mehrmals wiederholen. Der süßliche, beißende Rauch drang zu Clovis herüber und verursachte ihr Übelkeit; sie erkannte, daß sie hungrig war und daß es schon beinahe Zeit fürs Mittagessen sein mußte.

Als die Jungen mit dem Rauchen fertig waren, erstickte Leon das kleine Feuer, das er angezündet hatte; sie klopften ihre Pfeifen aus und reinigten die Köpfe mit frischen Blättern. Dann prüften sie ihre Köder, und Leon ersetzte den seinen, nachdem er festgestellt hatte, daß die Fische unterdessen den Wurm fast völlig abgenagt hatten. Sie steckten beide ihre Angeln fest in den Boden und ließen sich wieder ein paar Meter voneinander entfernt am Ufer des kleinen Flusses nieder.

Der Hunger sagte Clovis, daß sie zurückgehen solle, und außerdem würde Theresa sich wahrscheinlich mittlerweile fragen, wo sie geblieben war. Sie würde eine Geschichte erfinden müssen – keine große Geschichte, je kürzer, desto besser, und um so glaubhafter würde sie klingen. Aber Clovis saß immer noch da, als wüßte sie, daß etwas Interessantes geschehen würde, sobald sie sich entfernte.

Ebenso zwanglos, wie er nach seiner Pfeife und dem Tabak gegriffen hatte, knöpfte Leon jetzt seine Hose auf und ließ die Hand eine Weile drinnen liegen, ehe er seinen Schwengel herauszog. Ihn durch ein leichtes Schütteln zur Erektion zu bringen, war eine Frage von Sekunden. Er starrte mit ernster Miene auf ihn hinunter und zog die Vorhaut über die Eichel hinauf. Als er sie losließ, bebte und hüpfte die Eichel wie ein selbständiges Lebewesen. Er schlug das steife Ding leicht von einer Seite zur anderen, nach vorn und nach hinten, dann ließ er es in Ruhe, so daß es sich langsam bog und herabsank.

Clovis beobachtete dies alles, ohne mit der Wimper zu zucken, und fragte sich, was wohl als nächstes geschehen werde. Floyd, der Leon ansah, verzog keine Miene. Sein Gesicht war während der ganzen Zeit ebenso ernst wie das seines Freundes. Dann machte er seine Hosenknöpfe auf und holte seinen eigenen Schwengel hervor. Er war bereits steif. Clovis starrte zuerst auf den einen, dann auf den anderen.

Aufmerksam die gegenseitigen Bewegungen verfolgend, aber ohne einander ins Gesicht zu sehen, fingen die Jungen an zu onanieren.

Clovis hatte das Verlangen, hinauszutreten, sich zu zeigen und zu sagen: »Ihr braucht so etwas nicht zu tun – hier habt ihr mich.« Aber die instinktive Reserve und Rücksichtnahme, die Tiere gegenüber dem Geschlechtsleben ihrer Artgenossen zeigen, ließ sie bleiben, wo sie war. Sie kochte innerlich. Sie zitterte und klammerte die Hände um den Baumstamm, auf dem sie saß. Sie haßte die Jungen: Wie konnten sie das tun und sie unbeachtet lassen?

Der gesunde Menschenverstand sagte ihr, daß sie ja nichts von ihrer Gegenwart und Bereitwilligkeit wußten, aber sie ließ ihrem leidenschaftlichen Groll über das, was sie taten, freien Lauf und brannte vor Zorn.

Es dauerte nicht lange, bis beide Jungen mit einem unwillkürlichen, ungehemmten Zucken ihrer Körper zum Orgasmus kamen. Nachdem sie sich einen Augenblick ausgeruht hatten, schüttelten sie nüchtern ihre schlaffen Schwengel und steckten sie wieder in die Hose. Leon trocknete sich die Hand mit Blättern, Floyd mit einem Bündel Greisenhaar, das er von einem überhängenden Ast herunterzog.

Was hätten sie gemacht, fragte sich Clovis wütend, wenn ein Fisch angebissen hätte, während sie das taten? Als sie sich im Geist den Konflikt vorstellte, wurde er zu einer lächerlichen Bagatelle, und ihr Zorn ging in lautlosem Gelächter unter.

Sie standen jetzt beide aufrecht da. Leon reckte sich und gähnte. Floyd hob seine Angel auf und schwang die Leine an Land. Leon reckte sich abermals, dann tat er das gleiche, was Floyd mit seiner Angel getan hatte.

»Wie kommt's, daß du's noch nie mit einem Mädchen getrieben hast?« fragte Leon.

»Das weiß ich nicht. Und du, warum hast du's nicht getan?« erwiderte Floyd.

»Es ist leichter für dich als für mich«, sagte Leon. »Ich könnte noch nicht einmal versuchen, es zu tun, ohne daß alle Welt es erfährt. Bei dir ist's anders. Niemand würde sich was dabei denken.«

»Ich wette, meine Mutter würde!« Floyd lachte. »Woll'n wir schwimmen, bevor wir gehn?«

In einer Minute waren sie beide ausgezogen. Clovis sah ihnen zu, wie sie in den Fluß tauchten, um sich schlugen und das dunkle Wasser aufwühlten, das sie zuvor um jeden Preis hatten ruhig halten wollen. Plötzlich erkannte Clovis mit Schrecken, wie lange sie fortgeblieben war. Sie sprang auf und ging, nicht mehr zur Vorsicht und Lautlosigkeit gezwungen, eilig den Pfad entlang.

Die Jungen schwammen umher und schrien, tauchten sich gegenseitig unter, wetteiferten, wer länger unter Wasser bleiben konnte, und wurden

schließlich müde. Zufrieden schlüpften sie, naß wie sie waren, in ihre Kleidung. Floyd hob die Fische auf, die sie gefangen hatten.
»Willst du sie?« fragte Leon.
Floyd schüttelte den Kopf. »Gib sie der alten Maggie.«
Als sie aus dem Wald traten, blieben sie stehen. Ohne daß sie ein Wort darüber zu verlieren brauchten, nahm Leon jetzt in eine Hand die beiden Angelruten und in die andere das Glas, das Floyd geleert hatte, sowie den gabelförmigen Zweig mit den Fischen. Floyd lief im Trab davon. Leon folgte ihm in einiger Entfernung.
Die alte Maggie freute sich über die Fische. Sie liebe Fische über alles, erklärte sie Leon mit den gleichen Worten und in dem gleichen Tonfall, wie sie es ihm schon hundertmal zuvor gesagt hatte, als ob sie fürchtete, daß dies eine seltsame Neigung sei, die zu verstehen ihm schwerfallen würde. Wann immer er einen Fisch habe, den er nicht brauche, werde sie ihn mit Freuden nehmen. Während sie das sagte, griff sie nach dem stumpfen Messer, das im Holz der Tür ihrer Hütte steckte, und fing an, die größte der Brachsen zu schuppen. Leon verließ sie und machte sich auf den Weg zum großen Haus.
Floyd würde vor ihm da sein und in der Küche essen. Lovey würde ihn ausschelten, daß er so spät kam, und ihm sagen, daß seine Eltern schon längst ihre Mahlzeit beendet hätten. Und wenn er ihr in die Küche folgte, würde sie einen Teller mit gekochten Erbsen, gerösteten Maiskolben und Tomatenscheiben volladen und ihm erlauben, bei Floyd zu bleiben und mit ihm zu essen; vielleicht würden sie sich auf die Stufe der Hintertür setzen, denn in der Küche war es zu heiß, und außerdem waren dort die Mädchen mit dem Abwasch beschäftigt. Und bei den Mädchen würde die seltsame kleine Pauline sein, die so gerne in der Küche half.

12

Deborah sagte Selma, daß sie zu alt sei, um barfuß zu gehen; tatsächlich sei sie schon fast eine junge Dame und müsse lernen, sich wie eine solche zu benehmen. Selma erwiderte, daß Schuhe für die Gegenden, die sie durchwanderte, nicht angebracht seien; sie seien klobig und plump. Wenn sie naß wurden, knarrten und rochen sie und brauchten Tage, bis sie wieder trocken waren. Sie stand oft an den seichten Stellen des Flüßchens, um einen Wasserkäfer zu fangen oder behutsam ein Spinnengewebe von einem Zweig zu nehmen, der bis zum Rand des Wassers herabhing.
Lovey löste das Problem mit einem Kompromiß. Sie machte leichte Schuhe aus einem alten Stück Segeltuch und färbte sie rot. Sie waren

nachgiebig genug, um für Selma bequem zu sein, und schützend genug, ihre Mutter zufriedenzustellen.

Mit zwölf war Selma immer noch am glücklichsten, wenn sie allein sein konnte. Sie hatte sich in ihr Schicksal ergeben, als Deborah darauf bestand, ihr Lesen, Schreiben und die Anfangsgründe des Rechnens beizubringen, hatte sich jedoch geweigert, mehr als das zu lernen, und ihre Mutter drängte sie nicht, denn junge Damen aus guter Familie brauchten keine Bildung außer dem, was ihr gesunder Menschenverstand sie lehrte.

Selma verkehrte zwanglos mit sämtlichen Negern von Beulah Land. Sie fühlte sich unbehaglich bei Menschen ihrer eigenen Sippe und Art – jetzt sogar auch bei ihrem Vater. Sie liebte ihn, aber das änderte leider nichts daran. Auch er liebte sie, verlor jedoch niemals seine Scheu ihr gegenüber. Tatsächlich zog er sich mit zunehmendem Alter immer mehr in sich selbst zurück, so daß es ihm schwerfiel, irgendwelche Entscheidungen zu treffen, die etwas mit Menschen zu tun hatten. Deborah und Roscoe waren diejenigen, die jetzt immer häufiger statt seiner diese Entscheidungen trafen.

Lovey war Selmas Freundin. Ezra war beinahe ein Gott. Sie folgte ihm auf Schritt und Tritt, bis er es lernte, sie nicht zu beachten, was sie veranlaßte, ihn nur noch mehr zu verehren. Sie beobachtete seine Art, mit Pflanzen umzugehen, sah zu, wie er von einigen die Blätter, Blüten oder Stiele abpflückte und andere unberührt ließ. Deborah war ein großes, uninteressantes Wesen, das man Mutter nannte. Leon war ein Junge. Alles an ihm schien sie daran zu erinnern. Er roch seltsam. Er machte Lärm. Er hatte kürzere Haare. Seine Kleidung gabelte sich – warum? Ging ihr Rumpf nicht auch in zwei Beine über?

Niemand sagte ihr etwas von den Dingen, die sie wissen mußte. Ihr Vater war scheu. Ihre Mutter war fade wie Maisbrot – alles, was sie sagte, war langweilig, alles, was sie tat, war vorauszusehen. Lovey war ständig beschäftigt. Ezra schien nicht einmal zu wissen, daß sie existierte. Tante Nell war verrückt. Soviel, was ihre Familie betraf.

Aber wenn sie auch keinen Menschen hatte, so hatte sie doch Dinge. Sie konnte stundenlang die Ameisen beobachten, aber Handarbeiten und die Bibel brachten sie zur Verzweiflung. Sie war sich selbst Gesellschaft genug, aber sie war allein, und sie fühlte sich einsam und verloren, obwohl zum großen Teil ihre eigene Wesensart daran schuld war.

Mit elf Jahren hatte sie einmal mehrere Tage lang das Gefühl gehabt, daß ihr ganzes sinnliches Wahrnehmungsvermögen sich ausschließlich auf ihr Gehör beschränkte. Ihre visuellen Eindrücke reichten nur zu ihrer physischen Orientierung aus, vermittelten ihr aber weder Freude noch Schmerz. Die Nahrung, die sie zu sich nahm, hatte keinen Geschmack. Ihre Finger hätten erfroren und abgebrochen sein können, so wenig taugten sie dazu, etwas zu fühlen. Aber ihr Gehör war qualvoll scharf. Sie hörte Dampf aufsteigen. Das Geräusch von Füßen auf dem Boden war wie Donner. Und Donner war das Ende der Welt. Das alles geschah an einem unerträglich heißen Tag, der mit einem Gewitter endete, und als die Blitze aufhörten, sie zu blenden, und der Donner sie nicht mehr in Stücke riß, war sie wie zuvor. Sie konnte schmecken und fühlen. Ihr Gehör war wieder ganz normal.

Sie hatte dieses seltsame Erlebnis seitdem vollkommen vergessen. Aber an diesem Tag fühlte sie sich sonderbar. Am Morgen dröhnten ihr die Ohren, als ob in jedem von ihnen das Herz eines Riesen pochte. Ihr Gesicht war vom ersten Fieber gerötet, das sie je gehabt hatte, abgesehen von der vorübergehenden leichten Temperatur, die Sonne ihr manchmal verursachte. Aber das kam von außen; dieses Fieber hingegen kam von innen. Die Welt um sie herum wurde unscharf und zerrann. Sie rieb sich die Augen, und daraufhin sah sie einen Glorienschein um jeden Gegenstand, auf den sie blickte.

Diese Eindrücke – oder Halluzinationen – hörten plötzlich auf, und sie fühlte, daß sie wieder die alte war: Selma im Garten, Selma auf der Veranda, Selma, die lief, Selma, die über den Hof lief und eine Schar von umherwandernden Perlhühnern aufscheuchte, die über die Felder und in den Wald liefen. Als sie zu dem kleinen Fluß kam, wurde sie ruhiger. Sie pflückte ein grünes Blatt und kaute es, und als sie den scharfen Geschmack auf der Zunge spürte, spuckte sie es aus. Sie folgte einer Schlange, die sich von ihr fortwand. Aber ihr Kleid verfing sich in einem Gestrüpp, und bis sie sich befreit hatte, war die Schlange verschwunden. In einem Zustand der Benommenheit ging sie zum Rand des Flusses. Jetzt geschah es. Sie würde sterben, das war alles, ja, das war es. Sie blickte hinunter auf das Blut zwischen ihren Füßen und auf dem Sand. Sie hatte schon im voraus gewußt, was sie dort sehen würde: Sie hätte nicht sagen können, warum, aber es war ein vorausgeahnter Greuel wie die häßlichen Lücken in ihrem Mund, als sie die ersten Zähne verlor, und schlimmer als die Pusteln, die sie in dem Sommer, als sie neun war, überall gehabt hatte, und die, sobald es kühler wurde, ebenso geheimnisvoll verschwanden, wie sie gekommen waren.

Sie ging nach Hause. Als sie dort ankam, ging sie, entgegen ihrer üblichen Art, ruhig und gesetzt über den letzten Hof in den Küchenflügel am hinteren Ende des Hauses, dann den überdachten Laufgang entlang und durch die große Halle ins Vorderzimmer, wo die Treppe war.

Ihre Mutter sprach mit Onkel Felix. Selma nahm keine Notiz von ihnen. Sie schienen sie nicht zu bemerken. Vielleicht war sie unsichtbar geworden? Sobald ihr der Gedanke kam, war sie überzeugt davon. Während sie die Treppe hinaufstieg, hörte sie Onkel Felix sagen: »Sprich mit ihm, Deb.

Erklär es ihm. Selbst wenn seine Anlage die größte ist, es kommt alles wieder herein, und mehr, viel mehr. Es wird Highboro zum Aufschwung verhelfen. Wir können die Baumwolle des ganzen Bezirks entkörnen. Er bekommt seine eigene gemacht und verdient an den anderen. Und wir brauchen nicht mehr die rohe Baumwolle mit Wagenzügen nach Savannah zu schicken.«

Auf halber Höhe der Treppe fing Selma an zu weinen und lief eilig in ihr Zimmer hinauf. Felix und Deborah sahen sich an. Deborah sagte: »Ich werde mit ihm reden. Du weißt, daß du auf mich zählen kannst. Aber es ist so schwer, ihn zum Antworten zu bringen. Natürlich hast du vollkommen recht mit allem, was du sagst. Warum sieht er es bloß nicht ein?«

Eine Weile herrschte Schweigen. Dann sagte Felix: »Fühlt das Kind sich nicht wohl?«

Deborah machte ein überraschtes Gesicht. Sie hatte ihre Tochter gesehen, aber keinen Augenblick über sie nachgedacht. Jetzt wandte sie sich von ihrem Schwager ab und ging die Treppe hinauf. Sie öffnete die Tür von Selmas Zimmer und trat ein. Das Kind war nirgends zu sehen; Deborah blieb regungslos stehen und blickte sich um. Es herrschte eine beklemmende Stille. Als sie den Kopf zur Seite neigte, hörte sie ein leises Atmen, blickte hinunter und sah einen roten Schuh unter dem hohen Himmelbett hervorragen. Sie ging hinüber und zog das Kind unsanft heraus. Selma sah sie nicht an, lag steif auf dem Boden, und als Deborah versuchte, sie aufzuheben, entwand sie sich ihr.

»Was hast du angestellt?« wollte Deborah wissen. »Was ist los mit dir?«

Selma zog sich soweit wie möglich von ihrer Mutter zurück und stand auf; sie zitterte vor Schwäche, hatte aber, zumindest für den Augenblick, ihren Körper in der Gewalt. »Ich sterbe. Gib Lovey meine Puppen. Leb wohl.«

Deborah blickte hinunter und sah Spuren dessen, was geschehen war. »O mein Gott!« sagte sie. »Bleibt mir denn heute überhaupt nichts erspart? Warte hier. Rühr dich nicht fort. Niemand darf dich sehen. Hast du mich verstanden?

Selma hatte keineswegs die Absicht, irgendwohin zu gehen. Sie wollte nur in Ruhe gelassen werden, um friedlich zu sterben. So stand sie da und wartete, daß der Herrgott sie zu sich rief. Sie hoffte nur, daß Er nicht singen würde, wie man es in der Kirche tat.

Deborah ging an Felix vorbei, ohne ihn zu beachten. Ein paar Minuten später lief Lovey keuchend und zornig die Treppe hinauf. Deborah kam zurück und setzte sich neben Felix. Sie blickte nicht einmal zur Treppe.

»Und wie geht es Nell?« fragte sie.

»Nicht besonders gut«, erwiderte Felix. »Es gibt Zeiten, wo ich um ihr Leben bange.«

Deborah nickte ernst.
Unterdessen ging Lovey zu Selma und nahm sie, groß wie sie war, schützend in ihre Arme. Sie setzte sich auf den Rand des Bettes und hielt das verängstigte Kind an ihre Brust gepreßt. Selma konnte sich zuerst nicht zusammenreimen, was Lovey sagte, aber allmählich begriff sie, daß das, was ihr widerfahren war, auch anderen widerfuhr, daß es nicht, wie sie geglaubt hatte, das erstemal war, daß so etwas auf der Welt geschah.
»Warum?« fragte sie und weinte wieder, halb erleichtert und halb im Zorn.
»Das weiß nur der Herrgott selbst«, sagte Lovey und wiegte und küßte das Kind.

13

Ein Tag hat verhältnismäßig wenig Stunden, aber viele Minuten und unzählige Sekunden; und die meisten Ereignisse des Lebens geschehen in Sekunden und Minuten, nicht in Stunden. Bei so vielen Menschen und so vielen Morgen Land war es unvermeidlich, daß sich jeden Tag auf der Plantage zahlreiche Dinge ereigneten.
Am Mittwoch nach dem Waschtag waren Clovis und ein Mädchen namens Myrtis draußen auf dem Feld, um Erdnüsse für die Schweine zu pflücken. Sie zogen die Pflanzen aus dem Boden und schüttelten die Erde von den Nüssen, die an den unterirdischen Wurzeln wuchsen. Die Arbeit war nicht schwer. Es war ein heißer Tag. Myrtis erzählte Clovis von einem Traum, den sie, wie sie sagte, in der vergangenen Nacht gehabt hatte, und in dem sie wie ein Engel über Beulah Land geschwebt war. In Wirklichkeit hatte sie gar keinen solchen Traum gehabt, aber sie wollte sich interessant machen, und so wiederholte sie einen Traum, den sie ihre Mutter einmal hatte erzählen hören. »Hat das zu bedeuten, daß ich bald sterben muß?«
Clovis dachte einen Augenblick nach. »Ja.«
Der Schreck verschlug Myrtis nur kurz die Sprache; dann schrie sie vor Lachen. Clovis kam sich sehr klug vor und war zufrieden mit ihrem Erfolg. Sie fing ebenfalls an zu lachen, und allmählich steigerten sie sich gegenseitig so in ihr Gelächter hinein, daß sie beide hysterisch wurden. Clovis schlug Myrtis auf die Hand. Myrtis packte Clovis und umarmte sie, immer noch brüllend vor Lachen. Als Myrtis ihre Freundin losließ, wurde Clovis zur Angreiferin, versetzte Myrtis einen Stoß – »Hör auf, Mädchen!« – und fing sie in den Armen auf. Sie fielen beide zu Boden, worauf sie noch mehr lachen mußten, und als sie sich müde gelacht hatten, als selbst die gezwungene Fortsetzung der einen kein Echo bei der anderen

hervorrief, blieben sie auf dem Boden sitzen und wischten sich die Tränen aus den Augen.

Myrtis pflückte eine Erdnuß, öffnete die feuchte, weiche Schale und aß die beiden Samenkörner, die drinnen lagen.

»Das bringt euch keinen Kattun zu Weihnachten ein.«

Sie blickten auf, dann erhoben sie sich, nicht hastig, aber auch nicht langsam, Myrtis zuerst, dann Clovis.

Roscoe Elk saß auf einem Maultier, April genannt, und sah auf sie hinunter.

»Wir haben doch nur'n bißchen 'rumgealbert«, sagte Myrtis.

Roscoe sah Clovis an; es schmeichelte ihr und machte sie verlegen. Sie sagte herausfordernd: »Ich will keinen Kattun zu Weihnachten, aber Seide könnt' mir gefallen.« Er lächelte beinahe, aber nicht ganz. »Möchten Sie Erdnüsse, Mr. Elk?«

»Hab' sie nie essen müssen.«

»Sie schmecken gut. Kinder lieben sie. Nachdem wir den größten Teil von diesen hier den Schweinen gegeben haben, koch' ich für die Kleinen welche in Salzwasser. Wenn Sie Lust haben, können Sie kommen und mitessen.«

Roscoe sah sie etwa eine Minute lang fest an, ehe er sein Maultier herumdrehte und langsam davonritt. April hatte eine offene Wunde neben dem After und hielt den Schwanz leicht nach oben gewölbt, was sowohl einen Kommentar als auch ein Fragezeichen unter die Begegnung zu setzen schien.

Als Myrtis annahm, daß er außer Hörweite war, sagte sie: »Hast du's gesehn?«

»Hab' ich was gesehn?«

»Hast du gesehn, was ich gesehn hab'?«

»Was hast du denn gesehn?«

»Der Mann hatte 'n großen Knochen in seiner Hose, während er da auf seinem Maulesel saß und mit uns sprach!« Myrtis lachte schrill. »Genug, um einem die Muschel heiß zu machen! Tut's das nicht? Glaubst du, 's war wegen dir oder wegen mir?«

»Wegen dir«, sagte Clovis. »Wegen derjenigen, die bald stirbt.«

Myrtis kicherte, dann lachte sie mit offenem Mund, dann brüllte sie, daß sich ihr ganzer Körper schüttelte. Es war heiß, das Leben war langweilig, und jede Kleinigkeit war für sie ein Anlaß zum Vergnügen. »Wegen dir – Mädchen!« schrie sie und versetzte Clovis einen Schlag und einen Stoß.

Clovis richtete sich auf und sagte: »Hör auf, mich zu puffen. Ich muß über was nachdenken.«

Myrtis wandte sich verdrießlich ab und begann, die welkenden Pflanzen in einen zerrissenen Sack zu stopfen. »Ich wünscht', ich hätt' auch was, worüber ich nachdenken muß.«

Clovis dachte mit Interesse, aber ohne Verlangen an ihn. Sie tat, was sie angekündigt hatte: Sie kochte einen Teil der frischen Erdnüsse mit der Hülse in Salzwasser. Und sie saß inmitten einer Schar von Kindern am Spätnachmittag auf der Erde neben der Hütte, wo sie mit den anderen ledigen Frauen wohnte. Vor ihr stand eine große Schüssel mit Erdnüssen. Clovis nahm eine, brach sie behutsam auseinander und ließ das salzige Wasser aus der Hülse in ihren Mund tropfen; dann aß sie die Samen und saugte an den feuchten Schalen, bis sie nicht mehr salzig schmeckten.

Roscoe Elk ging vorbei. Er blieb nicht stehen, sagte nichts und sah sie nicht einmal an. Die Kinder, die als natürliche Brücke zwischen den beiden hätten dienen können, waren derart von dem Bemühen in Anspruch genommen, die Erdnüsse auf genau die gleiche Art zu essen, wie Clovis es getan hatte, daß sie Roscoe überhaupt nicht beachteten und auch nicht sahen, wie Clovis jetzt zornig auf seinen Rücken blickte.

Sie hatte gewollt, daß er stehenbleiben und mit ihr sprechen sollte; nicht weil sie ihn mochte, sondern weil er damit, daß er es nicht tat, leugnete, daß er sie mochte. Dies war der Augenblick, wo sie wußte, daß sie ihn haben konnte. Aber dieses Bewußtsein beruhigte sie nicht, sondern lenkte ihre Gedanken auf Leon und Floyd. Sie hörte das Geplapper der Kinder, ohne darauf zu achten. Statt dessen aß sie noch eine Erdnuß und ließ das Salzwasser unter ihre Zunge tropfen.

14

Es war ein Tag der Mattigkeit. Die Leute arbeiteten, aber sie taten es rein mechanisch. Niemand beeilte sich. Niemand erhob in zorniger oder freudiger Erregung die Stimme. Nichts, was ruhig bleiben konnte, bewegte sich, abgesehen von den Jungen und Mädchen, bei denen die Hitze und die Stille Langeweile hervorriefen und deren Gegenmittel, sinnliche Begierde, weckten. Selbst Roscoe, den das Wetter für gewöhnlich nicht beeinflußte, vergaß, Floyd eine besondere Arbeit zu übertragen, und Floyd beschloß, sich nicht der allgemeinen Arbeitskolonne anzuschließen, die an diesem Tag Baumwolle pflückte. In dem heißen Juliwetter waren die Kapseln wie explodierende Sterne aufgesprungen, und die weißen Samenhaare quollen heraus.

So ging Floyd mit Leon in den Wald. Sie hatten eine runde Wassermelone mitgenommen und hielten sie abwechselnd auf dem Kopf oder unter dem Arm, denn sie war schwer und unbequem zu tragen.

Während des frühen Nachmittags war es still im großen Haus. Arnold war nach einer kurzen Mittagsruhe in die Stadt gefahren, um mit Felix über die geplante Aufstellung einer Entkörnungsmaschine zu sprechen. Er hätte bei diesem schwülen Wetter nicht daran gedacht, nach Highboro zu fahren, nur hatte er Felix seinen Besuch schon für gestern angekündigt und ihn auf heute verschoben.

Deborah ging auf ihr Zimmer, zog ihr Kleid aus und legte sich im Unterrock aufs Bett. Selma saß unter einem Baum im Pfirsich- und Pflaumengarten. Die reifsten Früchte wurden jeden Tag gepflückt, aber es war nicht zu vermeiden, daß einige übersehen wurden, und diese fielen faulend und gärend zu Boden. Der durchdringende Geruch hatte Selma benommen und schläfrig gemacht. Selbst die Bienen bewegten sich nur langsam. Im Küchenflügel hatte Lovey die Reste vom Mittagessen mit einem großen, dünnen Tuch zugedeckt, damit die Fliegen sich nicht auf ihnen niederlassen konnten, und dann war sie in ihre Hütte gegangen, um sich eine Stunde auszuruhen. Länger brachte sie es tagsüber nie fertig, sich hinzulegen, denn dazu war sie von Natur aus viel zu unruhig. Sie überließ es den Küchenmädchen, Clovis und Myrtis, den Abwasch zu beenden und die Sachen wegzuräumen.

Clovis trocknete ab, während Myrtis wusch. Beide Mädchen waren in erster Linie Dienerinnen für Haus und Hof. Sie wuschen und bügelten die Wäsche und halfen in der Küche. Im Hauptteil des Hauses kamen sie selten übers Eßzimmer hinaus. Nur hin und wieder wurden ihnen leichte Arbeiten auf dem Feld übertragen – wie zum Beispiel das Einsammeln von Erdnußpflanzen zum Füttern der Schweine.

Als sie mit dem Spülen fertig waren, breitete Clovis das letzte der feuchten Geschirrtücher auf dem Fensterbrett zum Trocknen aus. Die Köchin, die sofort nach dem Mittagessen die Küche verlassen hatte, kehrte jetzt zurück und überzeugte sich, daß alles in Ordnung war. Sie hatte aus dem Räucherhaus einen der letzten Schinken mitgebracht, die im vergangenen Winter geräuchert worden waren, und legte ihn auf den großen, blank gescheuerten Tisch, auf dem sie die Speisen zubereitete. Dann nahm sie ein trockenes Tuch und fing an, den weißen und grünen Schimmel vom Schinken abzuwischen. Später, wenn er eine Weile der Luft ausgesetzt gewesen war und seine geräucherte Rinde die Feuchtigkeit abgesondert hatte, würde sie ihn noch einmal abwischen und ihn dann in Scheiben schneiden, die Pauline zum Abendessen braten sollte. Pauline konnte gut mit Schinken umgehen und verstand es, ihn innen saftig zu halten, während sie ihn außen knusprig werden ließ.

Myrtis gähnte und sah zu, wie die Köchin sich am Schinken zu schaffen machte. Sie täuschte mehr Interesse vor, als sie in Wirklichkeit empfand, weil sie hoffte, von ihrer Stellung als Wäscherin zur allgemeinen Küchengehilfin befördert zu werden. Clovis näherte sich der Tür. Langsame

Bewegungen erregen ebensosehr die Aufmerksamkeit wie schnelle, und so bewegte sie sich mit einer sorgfältig berechneten normalen Geschwindigkeit, die sie angesichts der Schwüle des Tages instinktiv ein wenig verlangsamte. Sie wollte vermeiden, daß Myrtis sie fragte, ob sie mitkommen könne, oder, schlimmer noch, ihr einfach ohne zu fragen folgte.
Clovis hatte sich aus der Speisekammer einen der Eimer geholt, in denen gewöhnlich Sirup aufbewahrt wurde und die, wenn sie nicht dafür benötigt wurden, sehr handlich zum Beerenpflücken waren. Während der Sirup im Winter, Frühling und Sommer allmählich aufgebraucht wurde, häuften sich in der Speisekammer die leeren Eimer, um dann im Herbst, wenn das Zuckerrohr zermalmt und sein Saft zu Sirup eingedickt wurde, wieder gefüllt zu werden.
Falls irgend jemand Clovis fragte, wohin sie ging, konnte sie sagen, sie habe ein Gestrüpp mit spät reifenden Brombeeren entdeckt, die sie für einen Kuchen pflücken wolle. Die besten Lügen sind diejenigen, die sich der Wahrheit bedienen. Es gab tatsächlich reife Brombeeren im Wald, und wenn es ihr nicht gelang, Floyd und Leon aufzuspüren, die sie vom Küchenfenster aus zum Wald hatte gehen sehen, würde sie vielleicht wirklich einen Eimer Brombeeren sammeln. Sie waren rot gewesen und hatten gerade angefangen, sich schwarz zu färben, als Clovis sie entdeckt hatte. Unterdessen würden sie bestimmt reif sein.
Angesichts der Hitze und wegen der Wassermelone, die Floyd und Leon mitgenommen hatten, sagte sich Clovis, daß sie vermutlich schwimmen und gleichzeitig die Melone im Wasser kühlen wollten, und so schlug sie den Pfad ein, auf dem sie ihnen das letztemal gefolgt war. Als sie sich jedoch unterwegs überlegte, daß man selten an derselben Stelle fischte und schwamm, und daß die Jungen das neulich wahrscheinlich nur ausnahmsweise aus irgendeinem besonderen Anlaß getan hatten, ließ sie den Platz, an dem sie ihnen zuvor begegnet war, links liegen und ging weiter flußabwärts. Wenn sie unterhalb des Angelplatzes schwammen, würde ihr Toben und Lärmen die Fische nicht verscheuchen.
Sie hatte recht: Als sie vom Pfad abbog und sich dem Fluß näherte, hörte sie ihre Stimmen. Mit einem zufriedenen Lächeln kroch sie langsam am Fluß entlang durch das Gebüsch. Sie berechnete sorgfältig die Entfernung: Sie wollte in Hörweite ihrer Rufe bleiben, brauchte aber nicht zu verstehen, was sie sagten. Schließlich fand sie einen geeigneten Platz, zog ihr Kleid aus – das einzige, was sie anhatte – und hängte es über einen Busch; hoffentlich würden die Roten Ameisen es nicht entdecken, ehe sie zurückkam, denn sie bissen und juckten schrecklich. Sie stellte ihren Eimer neben den Busch und watete nackt in den Fluß. Nach der Hitze des Tages war es herrlich, die sanfte Berührung des Wassers zu fühlen, das kühl genug war, sie zu erfrischen, aber doch warm genug, sie nicht schau-

dern und zittern zu lassen, als es zuerst ihre Füße und dann ihre Waden, Knie und Schenkel umspülte. Während sie weiterging, stieg es über ihren Nabel hinauf und berührte den unteren Rand ihrer Brüste. Sie beugte die Knie und ließ sich treiben. Als sie wieder mit den Füßen den Grund berührte, spritzte sie Wasser über ihr Gesicht, ihren Hals und ihre Haare. Schließlich machte sie sich schwer und tauchte ganz und gar unter, dann kam sie erfrischt wieder herauf und lauschte auf die Stimmen jenseits der Biegung. Behutsam tastete sie nach dem Grund, richtete sich auf und begann, mit den langsamen Bewegungen, die das Wasser einem aufzwingt, in Richtung der Stimmen zu waten.

Ehe sie in Sichtweite der Jungen kam, drehte sie sich um und ließ sich auf dem Rücken treiben; da sie sich stromabwärts von ihnen befand, mußte sie mit den Füßen paddeln, um voranzukommen. Sie wußte, daß die Jungen sie gesehen hatten, als sie zu sprechen aufhörten. Sie drehte sich langsam auf den Bauch und fing an zu schwimmen, ehe sie sich ihnen von Angesicht zu Angesicht gegenübersah und sich scheinbar überrascht abwandte, um fortzuschwimmen.

»He, Mädchen!« rief Floyd. »Wir haben deinen Kopf gesehn und dich für eine Schildkröte gehalten!«

Sie stellte sich auf die Füße und wirbelte herum. »Wollt' euch nicht stören. Wußte nicht, daß ihr hier seid.«

Da Menschen selten ihren eigenen Lärm wahrnehmen, glaubten sie es ihr. Sie trieb stromabwärts, und Floyd rief: »Wo willst du hin?«

»Oh«, sagte sie vage, während sie wieder mit den Füßen den Grund suchte, »es ist heiß heute, nicht wahr? Ich hab' dort in der Küche geglaubt, ich muß sterben. Bin hergekommen, weil ich mich ein bißchen abkühlen wollte, aber ich wußte nicht, daß ihr alle...«

»Du brauchst nicht weggehn«, sagte Floyd. Leon schwieg, aber seine Augen ruhten unverwandt auf dem Mädchen und schweiften nur hin und wieder kurz zu Floyd, um ihm einen aufmunternden Blick zuzuwerfen.

Clovis ließ ein lautes, belustigtes Lachen hören. »Doch, ich muß gehn!«

»Wieso?«

»Ich hab' nix an!« Sie ließ sich weiter flußabwärts treiben, und die Jungen planschten hinter ihr her.

»Du bist doch vom Fluß bedeckt«, versicherte Floyd ihr.

Sie blieb stehen und wartete auf sie. »Ja, das stimmt«, sagte sie und kreuzte sittsam die Arme über der Brust. Obgleich ihr Lächeln Leon einschloß, ließ sie sich nicht anmerken, daß sie ihn erkannte.

Floyd lachte. »Soll ich dir was verraten? Wir haben auch nichts an!«

Sie lachte, als sei es das Komischste, was sie je gehört hatte, bis Floyd, der sich danach sehnte, sie zu berühren, auf eine Idee kam: Er stieß ihren Kopf unter Wasser. Als sie spuckend und nach Atem ringend auftauchte, gab sie vor, beleidigt zu sein. »Das ist gemein!« Sie tat wieder, als ob sie fortschwimmen wolle.

Floyd tauchte unter und griff nach ihrem Fußgelenk. Sie riß sich los, drehte sich um und fing an, ihn mit Wasser zu bespritzen. »Hör auf, hör auf, sag' ich dir, sonst kannst du was erleben!« schrie sie und lachte dabei, um ihnen zu zeigen, daß sie nicht wirklich verärgert war.

Leon spritzte ihr grinsend Wasser ins Gesicht. Sie kicherte und spritzte zurück. Sie lachten und planschten alle drei, die beiden Jungen auf der einen Seite, das Mädchen auf der anderen, und als Clovis sich schließlich kreischend geschlagen gab, begannen die Jungen, sich gegenseitig mit Wasser zu bespritzen. Um ihre Aufmerksamkeit wieder auf sich zu lenken, rief sie: »Ist das nicht ein toller Spaß?« Sie drehte sich um und ließ sich auf dem Rücken treiben, wobei ihre Brüste und die Rundung ihres Bauches sich herausfordernd über der Wasseroberfläche abhoben. Das Schweigen der Jungen sagte ihr, daß sie es sahen, und gleich darauf kamen sie beide dicht an sie heran, jeder auf einer Seite.

Sie trieben schweigend flußabwärts, die Jungen auf dem Bauch, das Mädchen auf dem Rücken.

Floyd streckte die Hand aus und berührte eine ihrer Brüste, und als das Mädchen nicht protestierte, umfaßte er sie. Leon sah zu, folgte ihnen und hielt inne, als Clovis plötzlich mit den Füßen den Grund des Flusses suchte, stehenblieb und sie beide mit gespieltem Ernst ansah; das Wasser reichte knapp bis zu ihren Brüsten und schien sie zu tragen. Nachdem sie Leon angesehen hatte, richtete sie ihre Aufmerksamkeit auf Floyd. Ihre Augen wanderten von seinem Gesicht bewußt langsam über seinen Hals und seine Brust hinunter und sahen unter dem Wasser, das nicht dunkel genug war, um einen Körper wirklich zu verbergen, daß sein Ding steif war. Sie wandte in scheinbarer Bestürzung rasch den Blick ab und ging ein paar Schritte auf das Ufer zu.

Leon packte sie am Arm. »Clovis!« Erstaunt über sich selbst ließ er sie los. Sie wandte sich nicht an ihn, sondern an Floyd. »Er kennt meinen Namen«, sagte sie.

Floyd lachte. »Wir kennen den Namen von jedem Mädchen der Umgebung.«

Sie ging fort. »Gut, dann macht euch doch an ›jedes Mädchen‹ ran – und laßt mich gefälligst in Ruhe!«

Er erwischte einen ihrer Füße, als sie die Uferböschung hinaufkletterte. Sie stieß nach ihm, aber nicht heftig. Dann war er mit ihr oben am Ufer, war neben ihr, über ihr, auf ihr. Quietschend und lachend gab sie vor, sich zu wehren, aber die Schläge ihrer Hand waren sanft – sie hatten nichts von der Kraft, mit der sie die schmutzige Wäsche zu klopfen pflegte –, und ihre zappelnden Bewegungen waren nicht dazu bestimmt, ihn zu

entmutigen. Tatsächlich reizten sie lediglich die Sensibilität seines jetzt vor Verlangen bebenden Schwengels.
Sie seufzte. Sie schloß die Augen und wartete. Seine Hände umspannten ihre Brüste, dann löste er sich von ihr. Sie öffnete die Schenkel und zog die Knie an, und dann berührte sein Ding das ihre, beide leicht mit Schleim bedeckt. Sie half ihm hinein und hielt die Augen geschlossen, bis er vollkommen in sie eingedrungen war. Er zog sich zurück und kam wieder und begann mit einem regelmäßigen Hinein und Heraus – langsam heraus und immer schneller hinein. Als sie die Augen öffnete, sah sie Leon, der neben ihnen auf dem Rand der Böschung lag; sein weißer Körper schimmerte feucht, sein Schwengel, der aus einem spärlichen Wuchs von blondem Schamhaar hervortrat, war steif und rot. Die Augen wieder schließend, griff sie nach seinem Ding, fühlte, wie es zitterte, und zog die Hand fort. Floyd keuchte und stieg immer schneller auf und nieder. Sie hielt sich zurück, ließ ihn weit vorauseilen; sein Körper war jetzt nicht mehr naß vom Wasser, sondern vom Schweiß, und er stieß Töne aus wie ein Ochsenfrosch im Frühling. Sie entspannte sich und lag schlaff da, als er sich in ihr entlud; sie war erfreut, zufrieden, aber keineswegs befriedigt. Nachdem er kurz auf sie herabgesunken war, stützte er die Hände auf den Boden, stemmte sich hoch und zog sich aus ihr zurück. Das Hinterteil wölbend, drehte er sich um, ließ sich zur Seite fallen und blieb, allmählich ruhiger atmend, auf dem Rücken liegen.
Leon, der auf der anderen Seite lag, sah sie beide an, bis Clovis ihm einladend ihren Körper zuwandte. Er berührte eine Brust. Sie war heiß, die Brustwarze hart. Clovis nahm seine Hand und führte sie zu seinem Schwengel, ließ seine Hand ihn berühren, bevor die ihre es tat. Als ihre Hand sich um sein Ding schloß, wurde er plötzlich von oben bis unten zu einem einzigen Muskel. Er schwang sich über sie, und sie führte seinen Schwengel auf den richtigen Weg. Die leidenschaftliche Erregung seines Kommens ließ auch sie kommen, und sie hielten sich umklammert, die schweißfeuchten Wangen fest aneinandergepreßt, aber ihre Lippen hatten sich nicht berührt.
Ein Gefühl der Erleichterung und Schwäche überwältigte ihn. Ein paar Sekunden lang schlief er beinahe oder war fast bewußtlos, bis ihn der erschreckende Gedanke weckte: Sie ist schwarz. Er glitt aus ihr heraus, als ob er damit leugnen könnte, in ihr gewesen zu sein. Mit fest geschlossenen Augen auf dem Rücken liegend, bedeckte er mit beiden Händen seinen zusammenschrumpfenden Schwengel und die schlaffen Hoden.
Er hörte die anderen flüstern, aber er gab vor zu schlafen, und als ihre Stimmen sich entfernten, schlief er tatsächlich ein. Wenige Minuten später wachte er auf, aber er hatte keine Vorstellung, wieviel Zeit vergangen war. Floyd stand am Rand der Uferböschung und blickte auf das Wasser.

Plötzlich drehte er sich um und lächelte Leon zu; es war ein so warmes und herzliches Lächeln, daß Leon seinen Schreck vergaß, sich aufsetzte und auf die Füße sprang.

»Los«, sagte Floyd. »Mal sehn, wer zuerst die Wassermelone findet.«

Sie sprangen mit dem Kopf voraus flach ins Wasser, berührten die Oberfläche fast im gleichen Augenblick, und die plötzliche Kälte brannte auf ihrer Haut. Sie schwammen und liefen stromaufwärts um die Biegung herum, und als sie innehielten, befanden sie sich an derselben Stelle, wo sie bei ihrer Ankunft hineingesprungen waren, und schwammen gemächlich umher, bis sie genügend Zeit zwischen jetzt und zuvor gelegt hatten, um sich wieder ohne ein Gefühl der Verlegenheit offen in die Augen sehen zu können.

Floyd schwamm zu einer Zypresse, deren Wurzeln ins Wasser hinunter wuchsen. Zwischen den Verzweigungen der Wurzeln fand er die Melone, die er dort eingeklemmt hatte. Er rollte sie ans Ufer und schwang sich hinter ihr hinauf. Leon folgte ihm. Dann hob Floyd die Melone in die Höhe und ließ sie auf den harten Boden fallen, so daß sie in vier Stücke zersprang.

Jeder der Jungen nahm ein Stück, holte mit der hohlen Hand das reife, mehlige Fleisch heraus, aß es und spuckte die kleinen schwarzen Kerne in den Fluß. Als sie fertiggegessen hatten, waren ihre Hände klebrig feucht, und so sprangen sie abermals ins Wasser und gingen dann am Ufer auf und ab, um sich in der schattigen, heißen Luft trocknen zu lassen.

»Wir haben's getan«, sagte Floyd mit Stolz. »Wir haben's wahrhaftig getan!«

Clovis hatte sich inzwischen schon längst ihr Kleid geholt und es angezogen. Sie brauchte mit niemandem zu reden. Sie war sehr zufrieden mit sich. Leon war für sie der erste weiße Junge, und sie sagte sich mit einem leichten Achselzucken, daß er es mehr oder weniger genauso tat wie alle anderen auch. Sie nahm den Blecheimer beim Drahtbügel und schwang ihn hin und her, als sie sich auf den Weg machte, um nach dem Beerenstrauch zu suchen. Die Beeren waren gerade richtig. Sie aß fast ebenso viele, wie sie pflückte, sammelte aber genügend Beeren, um einen Kuchen damit füllen zu können, und während sie gemächlich durch den Wald nach Hause ging, dachte sie bei sich, wie schön es doch sei, ein Mädchen zu sein.

15

Das Geheimnis, das sie miteinander teilten, führte zu einer Entfremdung zwischen ihnen. Floyd wäre nie auf den Gedanken gekommen, daß das, was geschehen war, sich nachteilig auf ihre Freundschaft auswirken könnte, aber als Leon sich in Schweigen hüllte und nicht darüber reden wollte, zog Floyd sich bestürzt und verletzt zurück. Er vermied es jetzt nicht mehr, Roscoe zu begegnen, und wurde daraufhin prompt zur Arbeit mit den anderen eingeteilt. Floyd ging mit ihnen fort und hoffte, daß Leon ihn gehen sah.

Leon hatte in Floyd immer nur den Floyd gesehen, der stets da war und stets da sein würde. Er hatte nie versucht, das, was sie waren, in Worte zu fassen. Aber als ihm bewußt wurde, daß Clovis schwarz war, kamen ihm zum erstenmal auch Floyds Farbe und Stand schmerzlich zum Bewußtsein. Er und Floyd hatten alles miteinander geteilt, sogar den Unterricht in Oaks, der fortgeführt worden war, bis Mr. Jeremy Bartram sich vor einem Monat entschlossen hatte, nach Savannah zurückzukehren, um zu sehen, was die Zukunft ihm dort bringen würde. Er hatte Edna Davis, die ihm all die Jahre hindurch eine mütterliche Freundin gewesen war, zum Abschied seine Flöte geschenkt, und sie hatte sie stolz auf den Kaminsims im Wohnzimmer gelegt.

Bonard war bereits auf dem College, und Rooster hatte so viel von Mr. Bartram gelernt, wie er lernen konnte. Er erklärte energisch, daß er sich künftig nur noch der Landwirtschaft widmen wolle, und daß weder Drohungen noch Versprechen ihn dazu bringen könnten, seinem Bruder auf die höhere Schule zu folgen. Edna und Benjamin waren insgeheim erfreut über die Standhaftigkeit ihres jüngeren Sohnes und erhoben keinen Einspruch, als Mr. Bartram ihnen mitteilte, daß er beschlossen habe, in die Stadt zurückzukehren.

Hinsichtlich Leons weiterer Ausbildung war nichts entschieden worden. Und jetzt war dies geschehen. Niemand hatte Leon beigebracht, wie man zu Negern stand; er hatte beobachtet und sich zu eigen gemacht, was die Menschen seiner Umgebung – weiße wie schwarze – dachten und taten. Er wußte, daß weiße Männer schwarze Frauen vögelten, daß niemand sie deswegen verachtete und ganz gewiß niemand sie zur Rechenschaft ziehen konnte. In den Geschichten, die Bonard ihm und Rooster erzählt hatte, bevor er aufs College ging, war dies ein ständig wiederkehrendes Thema. Der Ausspruch: »Verdammt nochmal, bis ich zwanzig war, hab ich überhaupt nicht gewußt, daß weiße Frauen eine Muschel haben«, war zu dieser Zeit ein allgemein üblicher Witz. Es gab sogar ein Wort für schwarzen Sex: *poontang*. Weiße Jungen hatten ihre ersten sexuellen Erlebnisse mit schwarzen Mädchen, die als willfährig bekannt waren, wenn sie nicht sogar von sich aus die Jungen dazu anspornten. Es wurde angenommen, daß diese Willfährigkeit teils dem Verlangen ihrer erdgebundenen Natur entsprach, teils der Hoffnung, damit ihre eigene Lage und die ihrer Familie zu verbessern.

Leon wollte Clovis vergessen und alles so lassen, wie es zuvor gewesen war; und gleichzeitig wollte er es wieder mit ihr tun. Er dachte nicht an sie, sondern an ihre Titten und ihre Muschel, an ihre Geilheit und ihre Bewegungen. Zitternd vor Widerwillen und Begierde dachte er an diese Dinge. Nachdem Floyd sich von ihm zurückgezogen hatte, war er einsam und bereit für jegliches Vorhaben, das ihm in den Sinn kam. Und es kam ihm das einfachste und offensichtlichste in den Sinn.

Als er Floyd ein paar Tage später nach dem Mittagessen und einer kurzen Ruhepause unter den Bäumen mit den anderen aufs Feld gehen sah, schlenderte Leon am Fenster der Küche vorbei, wo Clovis mit dem Abwasch beschäftigt war. Er starrte hinein, bis sie ihn erblickte, dann ging er auf den Wald zu und sah sich noch einmal bedeutungsvoll um, bevor er verschwand. Verzweifelt vor Angst und Verlangen wartete er fast eine Stunde, ehe sie kam. Als sie ihn fand, zogen sie sich aus und vögelten, ohne ein Wort zu sprechen. Als es vorüber war, zog er rasch sein Hemd und seine Hose an, entschlossen, sie wieder auszuziehen und sich im Fluß mit Sand zu waschen, sobald das Mädchen sich entfernt hatte. Aber sie lag schweigend da und sah ihn mürrisch an.

Schließlich fragte er sie, was los sei, und sie sagte: »Du solltest mir was schenken.«

»Was kann ich dir schenken?« erwiderte er betroffen.

»Ich weiß nicht. Irgendwas.« Sie wandte den Kopf ab.

Nach einer Weile sagte er, um sie zu versöhnen. »Hör zu – nächstes Mal bringe ich dir etwas mit.« Er hatte bis jetzt nicht daran gedacht, sie noch einmal zu treffen, und bereute es sofort, aber er konnte der Versuchung nicht widerstehen.

»Versprichst du's?«

»Ja«, sagte er, bemüht, sie so schnell wie möglich loszuwerden. Was war, wenn jetzt jemand vorbeikam und sie hier nackt liegen sah?

»Wann?«

»Morgen.«

»Was wirst du mir schenken?« beharrte sie, zum erstenmal lächelnd.

»Keine Sorge. Ich werd' schon was finden.«

Am nächsten Nachmittag trafen sie sich ungefähr zur gleichen Zeit an derselben Stelle. Er brachte ein bunt besticktes Taschentuch mit, das er aus Selmas Zimmer entwendet hatte. Tante Nell hatte ihr letztes Weihnachten mehrere dieser Art geschenkt, und vermutlich würde niemand merken, daß eins davon fehlte.

»Was ist das?« fragte sie unwirsch, als er es auf ihre Frage, was er ihr mitgebracht habe, aus der Tasche zog.

»Es gehört Selma. Ist es nicht hübsch? Ich hatte mir gedacht, es wird dir gefallen.«

Sie schüttelte den Kopf. »Ich wasch' und bügle ihre Kleidung; Lovey wäscht ihre feinen Sachen. Was soll ich damit anfangen? Wenn's jemand sieht, wird man sagen, ich hab's geklaut.« Sie gab ihm das Geschenk zurück, und er steckte es gekränkt wieder in die Tasche. »Du mußt mir was Beßres als das schenken.«
»Wer sagt, daß ich dir überhaupt was schenken muß?« erwiderte er.
»Wenn du's nicht tust, werd' ich dich vielleicht verraten.«
»Das würdest du nicht tun!«
»Warum nicht?«
»Tu's nicht – bitte nicht, Clovis.«
Sie schien nachzudenken. »Gut – ich werd's mir überlegen. Weißt du was? Ich werd' nichts sagen – noch nicht. He, was ist – willst du's tun?«
Ihre dreiste Aufforderung in diesem Augenblick, nachdem sie gerade erst ihre Beziehung auf eine kommerzielle Basis gebracht hatte, erregte ihn, statt ihn abzustoßen. Er zog sich rasch aus. Sie legte ihr Kleid erst ab, als seine Hände an ihren Schenkeln emporglitten und er sie bat, sich zu beeilen.
Am nächsten Tag brachte er ihr eine Goldmünze, die sein Onkel Felix ihm zu Weihnachten geschenkt hatte. Es fiel ihm schwer, sich davon zu trennen, aber als er es tat, dachte er im stillen, wie wenig Onkel Felix gegen diesen Verwendungszweck einzuwenden haben würde – falls er überhaupt etwas dagegen einzuwenden hatte. Mit vierzehn wußte Leon bereits über Felix und seine schwarzen Frauen Bescheid; er hätte nicht sagen können, woher er es wußte, denn Dinge dieser Art wurden zwar akzeptiert, aber man sprach nicht viel darüber.
Sie traf ihn noch an drei Nachmittagen hintereinander, denn Leon hatte ihr erklärt, daß sie ihm dies für ein so großzügiges Geschenk wie die Goldmünze schuldig sei. Der fünfte Tag nach ihrer ersten Begegnung war ein Sonnabend, und Leon ritt an diesem Morgen mit seinem Vater nach Highboro. Am Spätnachmittag kehrten sie im leichten Galopp Seite an Seite zurück, brachten Post und Neuigkeiten aus der Stadt mit, und außerdem eine Einladung von Nell, morgen nach der Kirche bei ihnen zu Mittag zu essen. Am Sonntag fuhr Leon mit seinen Eltern und Selma im Wagen nach Highboro, wo sie am Gottesdienst teilnahmen und hinterher in der überdachten Vorhalle der Kirche mit Gutsnachbarn und Freunden plauderten.
Nach einem ausgiebigen Mittagessen mit Nell und Felix fuhren sie in der geschlossenen Kutsche nach Beulah Land zurück. Es regnete leicht, was für diese Jahreszeit sehr ungewöhnlich war, denn meistens gab es im Juli Gewitter und Wolkenbrüche und manchmal ein Hagelunwetter.
Am Abend saßen sie nach dem Essen alle zusammen auf der Veranda. Deborah und Arnold stritten sich über die Frage der Entkörnungsmaschine;

Deborah war der Ansicht, daß sie genügend Geld in das Unternehmen investieren sollten, um der Familie Kendrick das Verfügungsrecht zu sichern, während Arnold zuerst eine vorsichtige Beteiligung erwog und letztlich überhaupt nichts von der Sache wissen wollte. Er hatte keine Lust, sich noch eine weitere Verantwortung aufzuladen. Sie gingen zu Bett, ohne etwas entschieden zu haben, und ließen Leon mit seinen Gedanken allein. Selma war bereits auf ihr Zimmer gegangen.

Leon hörte in der Ferne aus den Sklavenhütten Gesang und Händeklatschen. Dann wurde es still. Er erinnerte sich, daß Bonard ihm einmal erzählt hatte, ein anderer Junge habe ihm von einer Plantage berichtet, wo der Sohn des Hauses mit vierzehn Jahren sein eigenes Negermädchen bekommen hatte, das er vögeln konnte, wann immer er wollte. Als Leon darüber nachdachte und im stillen den unbekannten Jungen beneidete, wurde sein Glied steif. Er stand auf und ging eine Weile über die Höfe, aber er begegnete niemandem außer zwei neugierigen Jagdhunden, die herbeikamen, um zu sehen, wer dort in der Nacht umherwanderte.

16

Es gab einen Menschen, der über die Begegnungen von Leon und Clovis Bescheid wußte, und einen, der etwas davon ahnte.

Obwohl Selma es meistens vorzog, allein zu sein, war sie doch fast ständig von anderen Wesen, Menschen und Tieren, umgeben. Sie hatte auch hin und wieder ein oder zwei Tage bei ihrer Tante und ihrem Onkel verbracht, um zu Weihnachten oder an Geburtstagen an Kindergesellschaften teilzunehmen, und so kannte sie andere junge Mädchen, die zum großen Teil mehr als sie über das »Leben« wußten oder zu wissen vorgaben. Ihr Geflüster und Gekicher, so irrig auch das eine und so widerlich das andere war, bestätigten nichtsdestoweniger, was Selma, ob sie wollte oder nicht, bei den Tieren auf der Plantage beobachtet hatte. Sie war voller Phantasie, aber sie konnte auch logisch denken, und sie liebte von Natur aus die Wahrheit zu sehr, um sich wirklichkeitsfernen Illusionen hinzugeben. Daher wußte sie, was zwischen männlichen und weiblichen Wesen geschah, und die ganze Sache erschreckte sie. Es war alles so intim und verletzend.

Die Wälder der Plantage waren ihr ebenso vertraut wie ihrem Bruder, und im Gegensatz zu ihm hatte sie einen Hang zur Einsamkeit, der sie schon in jungen Jahren lehrte, wie sie es anstellen mußte, unbemerkt zu bleiben. Sie waren oft dicht beieinander gewesen, und sie hatte ihn beobachtet, ohne daß er sich ihrer Nähe bewußt war. Und so veranlaßte ihre Neugier sie eines Tages, nicht Leon, sondern Clovis in den Wald zu folgen und sie mit Leon zu entdecken – sie waren beide nackt und benahmen sich wie Schweine in einem schlammigen Koben.

Es kam ihr nicht in den Sinn, jemandem etwas davon zu erzählen. Sie hatte kein Gefühl für die Sittlichkeit oder Unsittlichkeit von menschlichem Verhalten. Sie wußte nur, was sie instinktiv billigte und was nicht. Ihren Bruder billigte sie nicht.

Sie hatte ihn nie gemocht. Schon in der Wiege, in der er vor ihr lag, war sein Geruch ihr unangenehm gewesen, ohne daß sie wußte, daß es der seine war. Diese frühe Abneigung war lediglich die Grundlage ihrer gefühlsmäßigen Haltung gegenüber allem, was männlich war. Die grobe, unelegante Art, wie männliche Wesen sich bewegten – jene zusätzlichen Dinge, die lose an ihrem Körper hingen, waren, so meinte sie, unordentlich und unnatürlich.

An dem Sonntag, als sie alle nach Highboro in die Kirche und dann zu Tante Nell fuhren, hatte sie Leon nicht beachtet und sich unterwegs in die entgegengesetzte Ecke des Wagens zurückgezogen, obgleich sie sich im allgemeinen gern hin und her bewegte, um die vorüberziehende Landschaft zu beobachten. Als die Unterhaltung zwischen ihren Eltern lebhaft wurde und sie fürchtete, daß man versuchen werde, sie hineinzuziehen, hatte sie ihre Bibel aufgeschlagen und so getan, als ob sie lesen oder über einen Passus nachdenken würde – sie, die sich überhaupt nicht für die Bibel interessierte. Sie hatte jedoch schon längst gelernt, wozu sie einem nützlich sein konnte. Nur selten, wenn überhaupt, wird jemand, der mit einer Bibel in der Hand dasitzt und sie zu lesen scheint, von seinen Mitmenschen gestört.

Sie hatte ihren Bruder und das Mädchen Clovis gesehen und sie wegen ihres Tuns verachtet. Ihr Abscheu kam ihr nicht übertrieben vor, obgleich sie aus eigener Anschauung wußte, daß das Verhalten, das sie beobachtet hatte, nicht ungewöhnlich und für den Fortbestand des Lebens notwendig war.

Ein anderer Mensch hatte zwar keine unmittelbare Kenntnis von dem, was geschehen war, schöpfte jedoch aufgrund eines Zufalls starken Verdacht. April, das Maultier, auf dem Roscoe häufig bei seinen Runden über die Felder ritt, hatte eines Nachmittags auf dem hoch gelegenen Gelände, wo die Baumwolle wuchs, zu lahmen begonnen. Er erinnerte sich, daß die Hornwand an Aprils Hinterhufen zu lang und schartig geworden war und daß er sie beschneiden wollte, es jedoch nicht getan hatte. Zweifellos waren die Hufe empfindlich geworden. Seit er sich mehr der Aufsicht über die Arbeiten auf der Plantage widmete, hatte er natürlich kaum mehr Zeit für die Schmiede. Der Gehilfe, den er angelernt hatte, ein junger Mann namens Ebenezer, war kräftig genug für die Arbeit, besaß jedoch keine eigene Initiative und wenig Urteilsvermögen, auf das man sich verlassen konnte. Es war ein Fehler gewesen, sich überhaupt mit ihm zu befassen, aber manchmal zeigte sich eben ein Mann zuerst unbeholfen bei einer Arbeit und wurde dann doch noch ganz geschickt, wenn er erst einmal den Kniff 'raushatte. Doch nicht Ebenezer! Roscoe würde jemand anderen anlernen müssen. Ezra wurde natürlich allmählich zu alt, und außerdem war er eine zu wichtige Persönlichkeit auf Beulah Land, als daß man ihn ersuchen konnte, diese Arbeit wiederaufzunehmen. Aber bei dem Gedanken an Ezra fiel ihm plötzlich ein: Warum nicht Ezras Sohn?

Sobald ihm die Idee kam, wußte er, daß sie logisch und richtig war. Der Junge war zwar unerfahren, aber er war geschickt und intelligent. Er hatte oft in der Schmiede herumgelungert und war seinem Vater zur Hand gegangen, solange Ezra dort gearbeitet hatte. Und während der letzten Tage hatte er sich bereit gezeigt, regelmäßig zu arbeiten, statt als Leons Spielgefährte durch die Gegend zu ziehen. Roscoe würde Floyd auf den ursprünglichen Posten seines Vaters setzen. Gegen eine so logische Regelung konnte gewiß niemand etwas einzuwenden haben. Ezra würde natürlich den Jungen anlernen wollen, was Roscoe die Möglichkeit gab, sich seinen anderen Aufgaben zu widmen. Es war eine glänzende Idee.

Roscoe hätte nie zugegeben, Wärme für irgend jemanden oder irgend etwas zu empfinden, aber da April ihm zuverlässig gedient hatte, empfand er einen gewissen Respekt vor ihr, und so stieg er jetzt ab, um die empfindlichen Hufe des Tieres nicht mit seinem Gewicht zu belasten, und führte es über die leicht abfallenden Felder auf die Nebengebäude hinter dem großen Haus zu. Er ging durch eines der Maisfelder, die schon im Frühsommer zum größten Teil abgeerntet worden waren. Das Dürrfutter war reif zum Ausreißen; er mußte daran denken, die nötigen Anweisungen zu geben. Hier und dort hingen noch ein paar vereinzelte Maiskolben an den Stengeln, aber sie waren inzwischen so grob und hart in ihren Lieschen geworden, daß sie nur noch zu Schweinefutter taugten; man könnte natürlich auch die Körner, vom Kolben entfernt, zum Mästen von Truthähnen verwenden. Vielleicht konnte man aus einigen sogar noch Maisbrei machen, der im Winter die Hauptnahrung der Sklaven war.

Die Maisstengel standen hoch, waren dicht mit Blättern besetzt, und die Reihen erstreckten sich bis zum Rand des Waldes. So geschah es, daß Roscoe an diesem Nachmittag zufällig Clovis sah, die von einer ihrer Begegnungen mit Leon kam. Als sie aus dem Wald in die Sonne trat, blieb sie stehen, öffnete die Hand und blickte auf einen kleinen, funkelnden Gegenstand, den ihre Finger umschlossen gehalten hatten. Sie betrachtete ihn mit offensichtlichem Vergnügen und Stolz, und sie war über das Alter hinaus, da ein kleines Mädchen sich über den Anblick hübscher Steine freut. Dann steckte sie den Gegenstand in den Mund, als wolle sie ihn verstecken, bewahren, sich seines Besitzes vergewissern, und trat in den

Schatten der Bäume, die neben den abseits gelegenen Hütten standen. Roscoe blieb instinktiv stehen und beobachtete den Waldrand. April wandte den Kopf und sah ihn mit ihren großen Augen an, als ob sie ihn fragen wolle, weshalb sie nicht weitergingen. Als er sich nicht rührte, knabberte sie ein Maisblatt an und scharrte leicht mit dem Fuß auf der Erde. Aber es half alles nichts, sie mußte sich gedulden. Roscoe stand immer noch da und wartete.

Dann sah er Leon. Mehr wie ein ausgewachsener Mann als wie ein Junge wirkend – in seiner Haltung lag ein Anflug von Stolz und Männlichkeit –, kam er aus dem Wald und sah der fernen Gestalt Clovis' nach. Seine Augen brauchten sie nicht zu suchen, sondern wußten genau, wohin sie zu blicken hatten. Er zuckte die Achseln und lächelte, als ob ihm ein Witz eingefallen sei oder er sich an etwas Angenehmes erinnere, das kürzlich geschehen war. Dann öffnete er den Hosenschlitz und zog seinen Schwengel heraus. Er sah auf ihn hinunter, schüttelte ihn nachsichtig, streichelte ihn zwei- oder dreimal und steckte ihn wieder in die Hose.

Roscoe wußte, daß Clovis und der Sohn des Herrn von Beulah Land es miteinander getrieben hatten. Er wartete, bis Leon, der denselben Weg wie Clovis zu den Bäumen bei den Hütten einschlug, außer Sicht war. »Hure«, murmelte er leise vor sich hin.

Ein oder zwei Tage später kam Leon zu dem Schluß, daß es zu gefährlich sei, sich noch weiter mit Clovis abzugeben. Deshalb waren ihm die beiden Ausflüge am Sonnabend und am Sonntag nach Highboro sehr willkommen. Und obwohl der Sonntagabend auf der Veranda ihn in eine Stimmung gebracht hatte, die ihn fast seine guten Vorsätze hätte vergessen lassen, erneuerte das Tageslicht seinen Entschluß, nichts mehr mit dem Mädchen zu tun zu haben. Ebenso wie eine Tat zur anderen führt, fördert auch Untätigkeit sich selbst.

Wenn eine Woche später irgend jemand plötzlich ihm gegenüber ihren Namen erwähnt hätte, wäre er imstande gewesen, ihn zu hören, ohne dabei schuldbewußt zusammenzufahren. Er kam sich beinahe wieder keusch vor und fühlte sich einsam in seiner Keuschheit. Er vermißte Floyd. Noch fast ein Kind, empfand er plötzlich eine schmerzhafte Sehnsucht nach seiner eigenen Kindheit.

Als er sich seinem alten Freund zu nähern versuchte, war Floyd sehr liebenswürdig, aber es herrschte nicht mehr jene selbstverständliche Kameradschaft zwischen ihnen, jene ungezwungene Vertraulichkeit, die sie bis vor kurzem ihr ganzes Leben lang verbunden hatte. Floyd erzählte ihm mit Begeisterung, daß sein Vater ihn das Schmiedehandwerk lehre. Leon sah ihnen zu, wie sie in dem alten Schuppen zusammen arbeiteten, aber das ließ ihn seine Einsamkeit und das Gefühl des Ausgeschlossenseins nur noch schmerzlicher empfinden.

Aus Langeweile versuchte er sogar, sich mit Selma anzufreunden, aber sie wies ihn so brüsk ab, daß er sich überrascht und beleidigt zurückzog. Es war wie ein Geschenk, als gegen Mitte August Bonard und Rooster Davis eines Tages zu Besuch aus Oaks herüberkamen. Er begrüßte sie, als wären sie seine ältesten und liebsten Freunde, drängte sie, zum Abendessen zu bleiben, und schmeichelte Bonard, indem er ihn bat, ihm über seine Erlebnisse im College zu berichten. Nach Beendigung des letzten Wintersemesters hatte Bonard zur großen Enttäuschung seiner Eltern die Ferien bei einem Freund und Studienkameraden in Atlanta verbracht. Erst jetzt war er nach Oaks zurückgekehrt, um ein paar Wochen mit ihnen zusammenzusein, ehe er wieder nach Savannah ging, um sein Studium fortzusetzen.

Waren die Lehrer sehr streng und anspruchsvoll, wollte Leon wissen, oder waren sie nachsichtig? Hatte Bonard nette Freunde unter den Schülern? Wie waren die Wohngelegenheiten? Was für Spiele spielten sie? Was gab es sonst noch an Vergnügungen?

Bonard zeigte sich gesprächig, schnitt auf und log, erzählte sogar einiges, was den Tatsachen entsprach, und brachte die beiden jüngeren Buben zum Lachen. Rooster hörte sich die Geschichten an, ohne etwas anderes zu empfinden als Belustigung über das, was er hörte. Aber Leon, der sich einsam und verlassen fühlte, beneidete Bonard und sehnte sich danach, selbst so etwas zu erleben. Als er am Spätnachmittag mit ihnen zum Fluß hinunterging und vorschlug zu schwimmen, schüttelte Bonard den Kopf. Und da Bonard jetzt eine Art Respektsperson für sie war, schwammen sie eben nicht. Aber fern vom Haus fühlten sie sich ungestört, selbständig und erwachsen, und Bonard fing an, von seinen Erlebnissen mit Mädchen in Savannah zu sprechen.

Es gab dort eine Frau, Mrs. Allendale genannt, die ein Haus mit einigen Mädchen unterhielt, und Bonard kannte sie alle. Man konnte dorthin gehen, etwas trinken, sich unterhalten, und wenn man wollte, arrangierte man mit Mrs. Allendale ein ungestörtes Beisammensein mit einem der Mädchen in seinem Zimmer. Einmal hatte er zwei auf einmal gehabt! Zitternd vor Neid und Bewunderung hörte Leon ihm zu. »Sind es weiße Mädchen?« fragte er.

»Natürlich«, erwiderte Bonard lässig und ließ geschickt einen Stein über die Oberfläche des Flusses hüpfen, so daß er zweimal das Wasser berührte, ehe er versank. Dann sah er seinen jüngeren Freund an und lächelte nachsichtig. »Hast du *poontang* bekommen?«

Als Leon errötete, stieß Bonard ihm den knochigen Ellbogen in die Seite und lachte. Rooster sah sie an, als ob sie den Verstand verloren hätten.

Nachdem auch Deborah die Jungen aufgefordert hatte, zum Abendessen zu bleiben, nahmen sie gern die Einladung an, und während der Mahlzeit

erneuerten sie ihre Bekanntschaft mit Selma. Sie war noch ein Kind, war gekleidet und sah aus wie ein Kind, aber irgend etwas an ihr schien Bonard zu reizen, denn er beschäftigte sich mehr mit ihr, als die Höflichkeit es erforderte. Als er merkte, daß es sie verlegen machte und ihre Antworten kurz angebunden und schroff wurden, fing er an, zum ganzen Tisch zu sprechen und von einer Schauspielertruppe zu erzählen, die im vergangenen Winter nach Savannah gekommen war und einige Stücke von Shakespeare gespielt hatte. Alle außer Rooster hörten interessiert zu. Rooster langweilte sich, wußte, daß sein Bruder sich nur wichtig machen wollte, und schmatzte geistesabwesend mit den Lippen, während er aß. Selma verfolgte gespannt Bonards Bericht, blickte dabei auf ihren Teller, aß jedoch kaum etwas, denn ihre ganze Aufmerksamkeit gehörte dem gutaussehenden Gast. Sie war zu dem Schluß gekommen, daß er wirklich sehr gut aussah, und daß sein dunkles, schmales Gesicht auf Feinfühligkeit schließen ließ. Deborah bemerkte ihre Reaktion und überlegte sich – nicht zum erstenmal, aber jetzt mit einer nicht mehr ganz so müßigen Hoffnung –, daß eine Verbindung der beiden Plantagen durch Heirat eine ebenso glückliche wie vorteilhafte Fügung des Schicksals sein könnte.
Als eine Gesprächspause eintrat, wandte sie sich an Bonard. »Was sagt denn Ihr Vater zum Bau der Entkörnungsmaschine in Highboro?«
Bonard lachte. »Er ist durchaus einverstanden, Madam – solange wie jemand anderes das Geld dafür aufbringt!«
Nur Leon und sein Vater lächelten darüber. Rooster starrte seinen Bruder verständnislos an. Deborah sagte stirnrunzelnd: »Tatsächlich? Mr. Kendrick ist so gut wie entschlossen, eine bedeutende Summe in ihren Bau zu investieren.«
Rooster grinste erleichtert. »Papa ebenfalls. Meine Mutter ist diejenige, die uns zurückhält. Sie ist gegen alles, was Geld vom Land fortnimmt.«
»Aber sie muß doch einsehen, wie vernünftig es wäre, eine Entkörnungsmaschine in Highboro zu haben«, sagte Deborah. »Überlegt euch doch nur, wieviel Zeit und Geld es kostet, die rohe Baumwolle mit Frachtwagen zum Entkörnen nach Savannah zu schicken. Wenn wir es hier machen, könnte ein einziger Wagen mehrere Ballen entkörnte Baumwolle befördern. Gar nicht zu reden von…« Als sie den Tisch hinunter blickte, merkte sie plötzlich, daß sich niemand für ihre Ausführungen interessierte, abgesehen von Rooster, der eifrig zustimmend mit dem Kopf nickte. Arnold sah sie beinahe zornig an; auf seinen Zügen lag jener Ausdruck verletzter Eitelkeit, den er manchmal annahm, wenn sie sich eindringlich über irgendwelche geschäftlichen Fragen äußerte, statt vorzugeben, daß sie sich von seiner Meinung leiten ließ wie eine Blume, die sich der Sonne zuwendet und ihrem Pfad folgt. Sie griff nach der silbernen Glocke neben ihrem Teller und klingelte laut, ebenso aus Zorn wie um

das Mädchen herbeizurufen. »Möchte nicht noch jemand etwas von der Poularde? Oder Schinken? Mr. Davis?« Bonard schüttelte lächelnd den Kopf. »Rooster, du würdest doch gewiß gern...?«

»Nein, vielen Dank, Madam«, sagte er.

»Wenn du sicher bist...« Hätte sie ihn angesehen, so würde sie bemerkt haben, daß er durchaus bereit war, sich gut zureden zu lassen, aber ihre Augen waren bereits zu ihrem Mann gewandert. »Mr. Kendrick?«

»Nein, Deborah. Vielen Dank.«

Sie gab sich mit einem fragenden Blick auf Selma und Leon zufrieden und wartete nicht auf ihre Antwort, sondern wandte sich zur Tür, die jetzt von der Halle her geöffnet wurde. Statt Myrtis, die an diesem Abend bei Tisch servierte, erschien Lovey. »Ich bitte um Entschuldigung, aber, Miss Deb, Sie sollten lieber mal rauskommen. Das Mädchen Clovis weint und ist völlig außer sich. Ich weiß nicht, wie ich's sagen soll.«

Noch ehe jemand sich erheben und ihren Stuhl zurückziehen konnte, war Deborah bereits aufgesprungen und rauschte, von Lovey gefolgt, aus dem Zimmer.

Leon saß starr vor Schrecken da.

Bonard sah sich um und lachte. »Irgendwas ist immer mit den Niggermädchen los!« Selma kam zu dem Schluß, daß Bonard im Grunde doch recht gewöhnlich war. Er lachte zu oft, und sein Lachen war ordinär. Aber er sah *wirklich* sehr gut aus. Mit seinem langen Haar und den schlanken, anmutigen Händen hätte er fast ein Mädchen sein können.

Als Deborah und Lovey in die Küche kamen, fanden sie dort nur die Köchin, Myrtis und Pauline vor. »Wo ist sie?« fragte Lovey.

»Hat gesagt, sie fühlt sich schlecht«, erklärte die Köchin. »Deshalb hab' ich sie nach Haus geschickt, und sie ist gegangen.«

Lovey wandte sich erstaunt an Deborah. »Sie hat geschrien wie eine Irre, daß sie Roscoe Elk umbringen wird, und dabei hat er, soviel ich weiß, nie auch nur einen Blick auf sie geworfen!«

»Nun, offenbar hat sich die Sache erledigt, was immer es gewesen sein mag«, sagte Deborah. Sie sah Myrtis an. »Deck den Tisch ab und servier das Mandelgelee.«

Myrtis und Clovis hatten in den letzten Tagen gemeinsam bei Tisch serviert, weil Flossie, das Mädchen, dem für gewöhnlich das Speisezimmer unterstand, sich beim Einmachen von Pfirsichen die Hand an einem zerbrochenen Glas verletzt hatte. Das Erscheinen von Clovis im Eßzimmer brachte Leon in Verlegenheit, besonders da er den Eindruck hatte, daß sie unnötig lange neben ihm stehenblieb, wenn sie ihm die Schüsseln hinhielt.

Ihr Zögern war nicht so betont, daß es die Aufmerksamkeit der anderen erregte, aber es war bewußt. Sie war überrascht gewesen, als er aufhörte, sich mit ihr zu treffen. Ihr Stolz war verletzt, und außerdem hatte das Zusammensein mit ihm ihr Spaß gemacht. Sie stellte sich ihm ein paarmal in den Weg, aber er schenkte ihr keine Beachtung. Ihr Zögern neben seinem Platz sollte ihn sowohl bestrafen als auch wieder in Versuchung führen, aber es war vergebens, und so hatte sie begonnen, sich nach einem anderen Partner umzusehen.

Es gab immer Jungen, die sie hätte haben können, aber nachdem sie mit dem Sohn des Hauses zusammengewesen war und noch dazu ein Geldgeschenk dafür bekommen hatte, war sie zu stolz, sich mit irgendeinem beliebigen Neger zufriedenzugeben, der auf dem Feld arbeitete und sich nur selten wusch. So war es nur natürlich, daß sie sich der Anerkennung entsann, die sie in Roscoes Augen gesehen hatte.

Nachdem die Arbeiter an diesem Nachmittag vom Feld zurückgekehrt waren und Roscoe das Gewicht der Baumwolle festgestellt und aufgeschrieben hatte, wieviel jeder von ihnen während des Tages gepflückt hatte, gingen sie, von ihren Kindern gefolgt, schwatzend zu ihren Hütten. Das Wiegen und die Eintragung waren das Hauptereignis des Tages, und die Kinder liebten es, dabeizusein, um an dem spannenden Augenblick teilzuhaben und die Scherze zu hören, die sich die Erwachsenen zuriefen. (»Tom hat gestern zweihundertvierzehn Pfund gepflückt, aber er muß wohl eine anstrengende Nacht gehabt haben, denn heute waren's nur hundertdreiundachtzig. Was hast du dazu zu sagen, Lottie?«)

Nachdem sich fast alle vom Eingang der Scheune entfernt hatten, in der die Baumwolle gespeichert wurde, saß Roscoe da und zählte den Gesamtertrag des Tages zusammen. Als er gerade das Buch schließen wollte und die Summe noch einmal mit der gestrigen verglich, ging Clovis an ihm vorbei in die Scheune. Roscoe sah sie überrascht an, denn er wußte, daß sie für gewöhnlich zu dieser Tageszeit in der Küche beschäftigt war. Er blickte sich um. Es war niemand außer dem Mädchen anwesend. »Suchst du etwas?« rief er. Sie schien ihn nicht zu hören, denn sie antwortete nicht, sondern ging tiefer in die Scheune hinein, wo es jetzt schon beinahe dunkel war.

Roscoe folgte ihr und sah sie ausgestreckt auf einem Baumwollballen liegen.

Wortlos setzte er sich neben sie und ließ die Hände langsam über ihren Körper gleiten. Clovis reagierte auf seine Berührung teils aus Gewohnheit, teils weil es sie erregte, von einem Mann angefaßt zu werden, den sie nicht wirklich begehrte, der ihr sogar einen gewissen körperlichen Widerwillen einflößte, ein Schaudern, das nicht unangenehm war, weil es eine Neuheit für sie bedeutete.

Wie erwartet führte eins zum anderen, aber als er sie schließlich herumdrehte, seinen Schwengel mit Spucke schmierte und versuchte, in ihren

Hintern einzudringen, stieß sie einen Schrei aus und fing an, sich zu wehren.
Er war stark und hielt sie fest, aber als er mit einem brutalen Stoß seiner Hüften in sie eindrang, ließ der Schmerz sie zuerst wimmern und dann schreien. Er hielt ihr die Hand vor den Mund und blieb, wo er war, aber sie wehrte sich immer ungestümer, so daß er die Lust verlor und sie plötzlich losließ.
Sie zog zitternd ihren Rock herunter und rannte weinend davon, so rasch sie konnte. In diesem Zustand war sie in der Küche erschienen, und als Lovey, die mit der Köchin über das Menü des nächsten Tages sprach, sie nicht beruhigen oder auch nur verstehen konnte, was Clovis in ihrer zunehmenden Hysterie sagte, hatte sie es für ratsam gehalten, ins Eßzimmer zu gehen und Deborah zu holen. Clovis, die erkannte, daß sie ihrer Herrin würde Rede und Antwort stehen müssen, flüchtete sich in ihre Hütte, wo sie sich, immer noch zornig weinend, das Gesicht und die Hände wusch. Mit einem wohlgefälligen, gezierten Lächeln ging Myrtis ins Speisezimmer, um das Mandelgelee zu servieren.

17

Die letzte verstreute Baumwolle, die erst nach dem allgemeinen Pflücken hervorgebrochen war, wurde eingesammelt, und damit war die Ernte für dieses Jahr beendet. Fast täglich fuhr ein Wagenzug von Beulah Land nach Savannah, wo die Baumwolle entkörnt, verpackt und verkauft wurde.
Arnold Kendrick und Benjamin Davis waren früher zusammen in die Hafenstadt gefahren, aber in den letzten Jahren hatten sie sich abgewechselt, wobei einer von ihnen jeweils als Bevollmächtigter des anderen fungierte. In diesem Sommer 1820 war die Reihe an Arnold.
Als die ersten Wagen Oaks und Beulah Land verließen, fuhr Arnold mit ihnen, ließ bei Einbruch der Nacht den Zug anhalten und schlief unter den Wagen Seite an Seite mit den Kutschern, die er stets unter seinen zuverlässigsten Leuten auswählte. Die Wagen fuhren hin und her, bis die gesamte Ernte von Oaks und Beulah Land befördert, entkörnt und verkauft war; einige der Ballen wurden mit Schiffen zu den nördlichen Häfen gebracht, andere nach England.
Deborah hatte mit Arnold vereinbart, daß sie kurz vor dem letzten Wagenzug mit der Kutsche nach Savannah fahren und ihn dort treffen würde. Er blieb in dem Gasthaus, wo er immer abstieg, wenn er allein in die Stadt fuhr. Deborah war von einer alten Freundin, mit der sie zusammen in die Schule gegangen war, eingeladen worden, bei ihr zu wohnen. Miss Penelope Pennington hatte ein kleines Einkommen aus verschiede-

nen Besitztümern, die ihr von ihrem Vater hinterlassen worden waren – sie war das einzige Kind ihrer Eltern gewesen –, und sie hatte kürzlich die Vormundschaft über die zwei verwaisten Töchter ihres Vetters Beufort, Lauretta und Sarah, übernommen. Beufort war im Juni an Gelbfieber gestorben. Lauretta Pennington war elf Jahre alt und ihre Schwester Sarah neun. Es waren hübsche kleine Mädchen mit guten Manieren, Lauretta sehr lebhaft, Sarah ein wenig stiller. Deborah, an Selma gewöhnt, die sie als exzentrisch betrachtete, fand die beiden Kinder reizend und verglich sie im Geist zu ihrem Vorteil mit Selma. Sie verbrachte den größen Teil ihrer Zeit mit den Einkäufen, die der Hauptzweck ihrer Reise nach Savannah waren. Es handelte sich dabei in erster Linie um all diejenigen Kleidungsstücke – sowohl für ihre Familie als auch für die Sklaven –, die nicht aus Produkten der Plantage hergestellt werden konnten. Außerdem bestellte sie Nüsse, Rosinen und andere Weihnachtsleckereien für alle, sowie Kautabak, Schnupftabak und gewisse Medikamente, die Ezra während des Winters für seine Patienten brauchen würde.

Für gewöhnlich aß Arnold mit ihnen im Haus von Miss Pennington zu Abend, während er weiter im Gasthaus wohnte; und Deborah sprach häufig über die Kosten und die Umständlichkeit dieser Regelung und erklärte, wieviel einfacher das Leben für sie alle wäre, wenn sie eine Entkörnungsmaschine in Highboro hätten. Arnold, für den diese Reise jedesmal eine angenehme Abwechslung bedeutete, nahm sich selten die Mühe, ihr darauf zu antworten.

In Beulah Land führte Lovey unterdessen ein strenges Regiment über das Haus und seine Dienstboten und nützte die Abwesenheit ihrer Herrschaft für einen gründlichen Herbstputz aus: Teppiche wurden geklopft, Zimmerdecken gefegt, Matratzen und Kopfkissen gelüftet, und die Steppdekken wurden aus den Schränken geholt, ausgeklopft und in die Sonne gehängt, damit sie für den Winter frisch und sauber waren. Eine der angenehmsten Beschäftigungen war für sie in jedem Herbst, die Äpfel und Pfirsiche zu prüfen, die auf flachen Brettern in der Sonne getrocknet worden waren, sie in dicke Baumwollsäcke zu packen und sie irgendwo hoch oben an einer trockenen Stelle aufzuhängen, wo sie genügend Luft bekamen, um nicht zu verschimmeln. Die großen Gläser mit Birnen, Pfirsichen, Pflaumenmarmelade, eingekochten Erdbeeren und Brombeeren, Honig, Tomaten, grünen Bohnen, sauren Gurken und roten Rüben wurden gezählt, numeriert und auf lange Regale in den Vorratskammern gestellt.

Roscoe Elk führte, ohne daß irgend jemand ihn ausdrücklich dazu ermächtigt hatte, die Aufsicht über alles, was nicht zu Loveys Bereich gehörte. Während dieser Zeit wohnte Leon bei der Familie Davis in Oaks und Selma bei ihrer Tante Nell und Onkel Felix in Highboro. Der Pfarrer der Episkopalkirche hatte versprochen, Leon und Rooster regelmäßig in Rechnen und Geographie zu unterrichten und die Schriften von Plato sowie Cäsars Buch über den Gallischen Krieg mit ihnen zu lesen.

Kurz nachdem Deborah und Arnold nach Beulah Land zurückgekehrt waren, ging Bonard aufs College nach Savannah. Leon bedauerte, wieder zu Hause zu sein; er hatte die Gesellschaft von Rooster und Bonard genossen, vor allem die des letzteren, der ebensowenig wie er Roosters Interesse für die Landwirtschaft teilte. Selma freute sich, wieder über die Felder und durch den Wald wandern zu können. Sie fühlte sich recht wohl bei ihrer sanften Tante Nell, aber die herzhafte Jovialität von Onkel Felix empfand sie meistens als bedrückend. Sie war deshalb froh, ihren Vater wiederzusehen.

Selma sollte während des Winters jeden Morgen mit Leon nach Highboro fahren, um eine Schule für junge Damen zu besuchen, die dort in Französisch, Zeichnen, Musik und englischer Literatur unterrichtet wurden. Selma hatte keine Freude am Lernen, obwohl sie sich sehr für die illustrierten Bücher auf Beulah Land interessierte, die von Naturgeschichte handelten. Eines Morgens im Oktober saß sie in dem kleinen vorderen Wohnzimmer, genau dort, wo ihre Mutter und Onkel Felix an dem Tag gesessen hatten, als sie dachte, daß sie sterben müßte, und wartete auf Leon, der mit ihr in dem kleinen Ponywagen nach Highboro fahren sollte. Auf ihrem Schoß lag ein aufgeschlagenes Buch, und als Arnold von einer frühmorgendlichen Jagd – er war um vier Uhr aufgebrochen – mit seinem guten Nachbarn Benjamin Davis zurückkehrte, fragte sie: »Papa, hast du jemals einen Chinesen gesehen?«

Er blieb am Fuß der Treppe stehen.

»Nein, Kätzchen, noch nie.«

»Ich kann mir nicht vorstellen, daß es überhaupt so etwas gibt«, sagte sie ernst.

Er lächelte auf sie herab. »O doch. Es gibt Chinesen und Japaner, die sich, nach allem, was berichtet wird, sehr ähnlich sind. Es gibt Russen, Türken und Eskimos – alle, soviel ich weiß, ziemlich barbarisch und ganz anders als wir.«

»Dann bin ich froh, daß sie nicht hier sind«, erwiderte sie stirnrunzelnd.

»Mach dir nicht soviel Gedanken, Kätzchen.« Er legte die Hand an ihren Hinterkopf, beugte sich hinunter und küßte sie auf die Stirn.

»Du riechst nach Fell«, sagte sie. »Was hast du erlegt?«

»Nur einen sehr alten Hirsch – halb blind – und einen verkrüppelten Truthahn. Ich versichere dir, es war für sie eine Erleichterung, von diesem Leben befreit zu werden.«

»Du machst dich über mich lustig, weil ich es nicht mag, daß du Tiere tötest.«

»Es gibt heute gebratenes Wildbret zum Abendessen. Ezra nimmt gerade den Hirsch aus.«

»Papa, ich mache mir Sorgen um dich.«

»Warum denn, Kätzchen?«

Leon kam die Treppe heruntergestürzt und blieb jählings stehen, als er seinen Vater sah. Nachdem er ihn begrüßt hatte, wandte er sich an Selma.

»Wir müssen gehn, sonst kommen wir zu spät.«

»Ich bin fertig. Plumboy hat den Wagen schon vor einer ganzen Weile herausgebracht.«

»Beeilt euch, alle beide«, sagte Arnold. »Und seid brav. Versucht, etwas zu lernen. Ich möchte, daß jeder von euch mir heute abend ein neues Gedicht aufsagt.«

Etwa eine Woche später erwies Flossie dem Haushalt den schlechten Dienst, einen Mann namens Monday Kendrick zu heiraten, der zu Oaks gehörte. Mondays Vater war ein Sklave von Arnolds Vater gewesen und hatte deshalb seinen Nachnamen angenommen. Er war an die Besitzer von Oaks verkauft worden, als er eines ihrer Küchenmädchen zur Frau nahm. Die Sklaven der beiden Plantagen heirateten manchmal untereinander, und wenn das geschah, einigten sich Arnold und Benjamin auf einen Tausch, damit das Ehepaar nicht getrennt wurde.

Die Hochzeit fand im Speisezimmer von Beulah Land statt, und Arnold Kendrick nahm die kirchliche Trauung vor, wie er es immer tat, wenn einer der Dienstboten oder andere privilegierte Sklaven heirateten. Da Monday Kendrick ein Mann war, den Benjamin nicht verlieren wollte, hatte man beschlossen, Flossie nach Oaks ziehen zu lassen und sie gegen eine Näherin auszutauschen, deren Geschicklichkeit Deborah sehr gelegen kam.

Flossie wurde in einem neuen Kleid getraut, das Deborah, die das Mädchen besonders gern mochte, selbst für sie gekauft und genäht hatte. Beide weinten, als Flossie mit Monday in dem Wagen fortfuhr, den er von Oaks für diese Gelegenheit herübergebracht hatte. Sie hatte zehn Dollar bei sich, die Deborah ihr als Hochzeitsgeschenk gegeben hatte, einen Korb mit zwölf Hühnern, die Arnold dem Paar geschenkt hatte, ihre Kleidung, Töpfe, Pfannen, Bettdecken und einen unangeschnittenen Hochzeitskuchen – einen von den zwölf Kuchen, die zur Feier des Tages gebacken worden waren. Die anderen hatte man mit dem frischen Zuckerrohrsaft gegessen, dessen größter Teil jetzt zu Sirup eingekocht wurde und einen süßlichen Geruch in der kühlen Luft verbreitete. Es hatte vor den Tränen viel Gelächter und Scherze gegeben, als das Paar den Wagen bestieg, um nach Oaks zu fahren.

Königskuchen wurden gebacken, reichlich mit Weinbrand besprengt, in Tücher gewickelt und in runden hölzernen Käseschachteln aufbewahrt. Als es kühler zu werden begann, wurden Rinder geschlachtet und zugerichtet. Und an einem kalten Tag Ende November, als der Boden hart war, als Eiszapfen an der Windmühle hingen und das welke Gras und die kahlen Hecken steif und weiß vom Frost waren, fand das erste Schweineschlachten des Winters statt. Es gab noch eins im Januar, aber dieses war aufregender und festlicher, weil es so lange her war, seit die Bewohner von Beulah Land frisches Schweinefleisch gegessen hatten: Schnitzel und Koteletts, Innereien, Sülze, Blutwurst, Schweinsfüße und -ohren, die gekocht und eingesalzen wurden, frische Würstchen sowie Wurstketten und Schinken, die im Räucherhaus aufgehängt wurden.

Es war ein Tag der schweren Arbeit, aber auch ein froher Tag, und jeder Mensch auf der Plantage beteiligte sich oder sah, in dicke, wollene Jacken gehüllt, den Kopf mit einem Wollstrumpf oder einer Mütze bedeckt, bei der Arbeit zu. Dreißig große, fette Schweine wurden geschlachtet und ausgenommen. Die Luft war schwer von dem Rauch des Holzkohlenfeuers und dem Geruch von kochendem Fett, das in den Waschkübeln, die sonst den Wäscherinnen für ihre Arbeit dienten, zu Schmalz und Schweinegrieben ausgelassen wurde. Die Kinder machten Luftballons aus Schweinsblasen, liefen lachend und schreiend umher, um sich warm zu halten, und verrichteten sogar ausnahmsweise mit Freuden jegliche Arbeit, die von ihnen verlangt wurde, denn an diesem Tag war es eine Befriedigung, beschäftigt zu sein, und es gab sogar den Kindern ein Gefühl der Wichtigkeit.

Die Kühe brüllten erschrocken, als sie das Feuer und das Blut rochen, und die Haushühner waren still wie an einem bewölkten Tag. Die Hunde trieben sich müßig herum, ängstlich bestrebt, niemandem in die Quere zu kommen, aber bereit, nach allem zu schnappen, was fortgeworfen wurde und zu Boden fiel.

In der Küche des großen Hauses überwachten Deborah und Lovey das Zermalmen der Wurstmasse und die Mischung der dazugehörigen Gewürze. Pauline sah ihnen bei allem aufmerksam zu. Die Köchin machte, von Clovis und Myrtis unterstützt, Sülze und Blutwurst. Jeder Mann, jede Frau und jedes Kind würden an diesem Tag frisches Schweinefleisch essen und, erschöpft von dem langen Tagewerk und der Erregung, in dieser Nacht gut schlafen.

Am nächsten Morgen gestand Clovis sich ein, daß sie schwanger war; sie hatte es schon seit einiger Zeit gewußt, sich jedoch geweigert, es zur Kenntnis zu nehmen. Jetzt ging sie zu Maggie, die so alt war, daß sie nicht mehr zu arbeiten brauchte, und nur noch in ihrer Hütte und ihrem kleinen Garten tat, was ihr Freude machte. Das Alter hatte ihr den Ruf eingetragen, daß sie über gewisse Zaubermittel verfüge, um Liebe zu entfachen, die Zukunft zu deuten und ein unerwünschtes Baby loszuwerden. Maggie rauchte ihre Pfeife und hörte dem Mädchen zu, sagte jedoch nichts, bis Clovis ihr eine Tüte mit Zucker gab, den sie aus der Küche entwendet hatte. Alle kannten Maggies Gier nach Zucker. Wenn man ihr welchen brachte, aß sie ihn manchmal direkt mit einem Löffel aus der Tüte.

Maggie sagte Clovis, sie solle am Abend wiederkommen. Als Clovis nach Einbruch der Dunkelheit die Hütte der Alten betrat, gab diese ihr ein übelriechendes Getränk, das sie den ganzen Nachmittag auf dem Feuer hatte kochen lassen. Es schmeckte so abscheulich, daß Clovis meinte, schon allein das Trinken müßte sie von ihrer Schwangerschaft befreien. Aber es geschah nichts weiter, als daß sie mitten in der Nacht mit einem starken Brechdurchfall aufwachte.

Während der nächsten Tage erkannte sie, daß das andere Leben noch immer in ihr war, und sie wußte, daß es nicht mehr lange dauern würde, bis Lovey und die Herrin ihren Zustand bemerken und sie fragen würden, wer der Vater sei, damit man eine Heirat veranlassen konnte. Deborah war darin unnachgiebig: Alle Kinder, die auf der Plantage geboren wurden, sollten einen Vater haben, der sie anerkannte. Was konnte Clovis antworten, wenn man sie fragte, wer ihr Kind gezeugt hatte?

Aber noch ehe irgend jemand etwas von Clovis' künftiger Mutterschaft erfuhr oder sich darum kümmerte, sollte ein anderes Ereignis alle Gemüter mit Kummer und Sorge erfüllen. Es war ein Ereignis, welches das Leben eines jeden Menschen auf der Plantage – ja, tatsächlich eines jeden im ganzen Bezirk – berührte, ein Ereignis, das einen endlosen Nachhall haben sollte wie ein Ton, der immer wieder zurückgeworfen wird, und von dem man nie sagen kann, daß er verklungen ist.

Es begann auf ganz normale Weise. Felix und Nell waren nach dem Schweineschlachten Ende November auf ein paar Tage zu Besuch aus Highboro gekommen. Für eine Frau, die sich so wenig für die Freuden des Fleisches interessierte, hatte Nell eine bemerkenswerte Vorliebe für Blutwurst und frische Koteletts.

Die kleinen gesellschaftlichen Pflichten eines Hausherrn seinem Besuch gegenüber langweilten Arnold, und so ritt er eines Nachmittags nach Oaks hinüber, um Benjamin für den nächsten Tag zur Jagd einzuladen. Es wurde kein Wild zur Ernährung der Familie benötigt; Arnolds einziger Gedanke war, sich eine kleine Abwechslung zu verschaffen.

Am nächsten Morgen ließ Benjamin die Pferde satteln und ritt mit Rooster, der bereits ein guter Schütze war und gern mit seinem Vater auf die

Jagd ging, nach Beulah Land hinüber. Um fünf Uhr machten sie sich, von drei der besten Hunde der Kendricks gefolgt, zusammen mit Arnold auf den Weg zu den kahlen Feldern. Als sie dort auf dem offenen Gelände kein Wild fanden, stiegen sie ab, banden ihre Pferde fest und gingen zu Fuß in den Wald.

Nach einer Weile trennten sie sich, blieben zuerst noch in Sichtweite und entfernten sich dann allmählich immer mehr voneinander. Rooster zielte gerade auf ein Eichhörnchen, das er inmitten einer Gruppe von Misteln zu sehen glaubte, als er den Knall eines Gewehrs vernahm. Er erkannte es als das von Mr. Kendrick. Dann war alles still, es folgte kein Freudenschrei, kein Fluch der Enttäuschung über einen Fehlschuß – nichts. Rooster ließ das Gewehr sinken und dachte nicht mehr an das Eichhörnchen, das ohnedies blitzschnell wie eine Eidechse um den Ast des Baums herum und den Stamm hinunter geflitzt war, als der Schuß ertönte. Rooster ging in die Richtung, aus der der Knall gekommen war und begegnete seinem Vater, der ihn ebenso seltsam ansah wie der Sohn den Vater. Wortlos gingen sie zusammen weiter. Einer der Hunde winselte. Die anderen schlossen sich ihm an. Benjamin und Rooster fingen an zu laufen, und kurz darauf fanden sie Arnold Kendrick, der offensichtlich ausgerutscht oder gestolpert war, wobei sein Gewehr sich entladen hatte. Er war tot, der Schuß hatte seinen Kopf beinahe vom Hals getrennt, und sein Blut sickerte in den mit Laub bedeckten Boden, auf dem er zusammengebrochen war.

19

Arnold Kendrick, zu Lebzeiten der scheueste und sanftmütigste aller Männer, war der Gegenstand von zügelloser, fast vulgärer Trauer, sein Tod eine wahre Anhäufung von Schmerz, die irgendein schwer ergründbares Bedürfnis der Neger von Beulah Land zu befriedigen schien. Es war, als ob sie einerseits auf die Jahre zurückblickten, in denen er sie in Knechtschaft gehalten hatte, und seine Vernichtung feierten, und andererseits in die Zukunft sahen und wußten, daß sein Fortgehen ihnen schwerere Zeiten bringen würde. Er war, zumindest im Vergleich zu anderen, ein gütiger und rücksichtsvoller Herr gewesen. Die Leute, die ihm gehört hatten, befriedigten ihre Sehnsucht nach Wundermärchen und Stolz, indem sie die ritterlichen Tugenden, die er im Leben besessen hatte, nach seinem Tod zu einem grandiosen Ausmaß steigerten.

Seine wahre Familie war weniger hart getroffen, abgesehen von Selma, die etwas verloren hatte, das nicht zu seiner vollen Entfaltung gelangt war und jetzt nie mehr dazu gelangen würde. Deborah, Leon und Felix dachten nach der anfänglichen Bestürzung mehr an die Auswirkungen, die dieses tragische Geschehnis auf die Zukunft haben würde, als an das, was ihnen verlorengegangen war. Der erste Blick, den Deborah mit Felix wechselte, drückte Erschütterung aus, aber als diese sich gelegt hatte und das Ereignis bis zur Bewußtlosigkeit zwischen ihnen durchgekaut worden war (Nell hatte sich ins Bett gelegt), sahen sie sich abermals an und wußten, ohne es in Worte zu fassen, daß die neue Entkörnungsmaschine in Highboro errichtet und vom Kapital der Kendricks beherrscht werden würde.

Benjamin und Rooster, die mehr praktisch als sensibel veranlagt waren, hatten Arnold auf seinem Pferd nach Hause gebracht. Sie trugen den Leichnam in die Halle und legten ihn auf einen langen Tisch.

Die Nachricht hatte sich rasch verbreitet, und die Leute kamen halb angezogen aus den Hütten, hüllten sich hastig in ihre Kleidung, flüsterten mit erschreckt aufgerissenen Augen und sammelten sich allmählich am hinteren Ende des Küchenflügels zu einer dichten Menge. Sie weinten, sprachen Gebete und Segenssprüche und wichen zur Seite, um Lovey und Ezra durchzulassen, die, von Floyd und Pauline gefolgt, zum großen Haus eilten.

Als das Mädchen, das früh in die Küche gekommen war, um das Feuer im Herd anzuzünden, Deborah und Felix benachrichtigte, schien es ihnen schwerzufallen, die Tatsache in sich aufzunehmen; es war beinahe, als ob ihr Verstand noch schliefe. Ezra begriff sehr rasch und ließ Benjamin und Rooster bei seiner Herrin zurück, während er zur Hintertür ging, um Skeeter und Bozo herbeizurufen, zwei der zuverlässigsten Männer von Beulah Land, an deren Seite Arnold im September unter den Wagen geschlafen hatte, als sie die Baumwolle nach Savannah brachten. Die Männer kamen scheu herein und trugen Arnolds Leiche die Treppe hinauf in das Zimmer, das er mit Deborah geteilt hatte. Ezra folgte ihnen; er wußte, daß es seine Aufgabe war, den Herrn des Hauses zu waschen, anzukleiden und in seinen Sarg zu betten.

Lovey war sofort zu Selma und Leon gegangen. Pauline blieb an Selmas Tür stehen, um zu warten, während ihre Mutter zuerst Leon die Nachricht brachte. Floyd ging mit Lovey in Leons Zimmer, das ihm seit langem vertraut war, das er jedoch seit einigen Monaten nicht mehr betreten hatte. Leon hatte den Tumult draußen gehört und war wach; auf seinen Zügen lag jener Ausdruck von Furcht und Hoffnung, den Prinzen schon von jeher getragen haben, wenn sie auf die Nachricht vom Tod des Königs und ihre eigene Thronbesteigung warteten. Lovey sagte ihm, was geschehen war. Als er sich in seinem Nachthemd im Bett aufsetzte, beugte sie sich unwillkürlich hinunter, um ihn in die Arme zu nehmen, doch dann ließ sie ihn wieder los, denn sie sah, daß es ihm nicht sehr naheging.

Floyd stand in der Türöffnung; er fühlte sich jetzt zum erstenmal in Leons Gegenwart wie ein Dienstbote und sah auch so aus. Leon schien ihn überhaupt nicht zu bemerken, sondern stieg aus dem Bett, zog das Nachthemd über den Kopf und begann, sich anzuziehen. Floyd ging mit seiner Mutter hinaus und schlich sich die Treppe hinunter und aus dem Haus, während Lovey zu Selmas Zimmer ging, wo Pauline vor der Tür Wache hielt. Selma hatte sich ganz und gar unter die Decken verkrochen, hielt den Rand der obersten über den Kopf und lag wie ein zitterndes Bündel da. Ihre Sinne sagten ihr, daß irgendein Unheil hereingebrochen war, obgleich die murmelnden Geräusche der Menschen vor dem Haus und das lärmende Kommen und Gehen auf der Treppe ihr nichts von seiner Art und Größe verraten hatten.

Lovey zog behutsam die Steppdecke zurück und nahm das Mädchen in die Arme, ehe sie sprach. Auf dem Rand des Bettes sitzend und das Kind in den Armen wiegend, sagte sie ihm, daß sein Vater tot sei. Selma lag steif, mit glasigen Augen, an Loveys Brust. Als Pauline, durch das Mitleid mutig gemacht, sich neben sie kniete und die Hand ausstreckte, um sie zu berühren und zu trösten, schrie Selma auf und stieß sie mit dem Fuß fort, während sie schluchzend auf Loveys Schoß zusammenbrach und wimmerte: »Ich wünschte, es wäre Mama!«

Unten hatte Felix offiziell die Dinge in die Hand genommen, obgleich es Deborahs Stimme war, die ihn ruhig in allem unterwies, was er tat und sagte.

Laura-Lou, die Näherin, die an Stelle von Flossie aus Oaks gekommen war, machte sich auf Deboras Befehl sofort an die Arbeit. Sie suchte sich im Nähzimmer, was sie finden konnte, und begann, von einem Lehrmädchen unterstützt, einige Kleider von Deborah und Selma in traditionelle Trauerkleidung umzuwandeln. Von allem, was schwarz oder grau war, wurde jegliche Verzierung abgetrennt und das jeweilige Kleidungsstück mit Schwarz gesäumt oder besetzt, so daß es schwarz und grau oder schwarz in schwarz war. Nur ein Strauß Stoffveilchen durfte an dem Brustteil von einem von Deborahs Kleidern bleiben, denn sie waren dunkel und trauervoll genug, um ein Symbol der Verzweiflung darzustellen.

Selma war entsetzt über das Zeremoniell der Tragödie. Als sie sich schließlich innerlich mit dem Tod ihres Vaters abgefunden hatte, wollte die fortgehen, wollte auf die Felder und in den Wald flüchten, um an ihn zu denken und ihm näherzukommen. Statt dessen verlangte man von ihr, daß sie im Haus blieb, sich still verhielt und mit niemandem sprach, außer mit ihrer Mutter und Tante, die beide nicht verstanden und auch gar nicht wissen wollten, was sie empfand, obwohl Nell ihr versicherte, daß sie selbst bestimmt nie wieder werde lächeln können.

Pauline, die so grob abgewiesen worden war, ging in die Hütte der Familie und weinte – sowohl über das, was war, als auch über das, was nicht war. Floyd suchte die Stelle im Wald, wo sich das Unglück zugetragen hatte. Er war froh, daß sie weit von dem Platz am Fluß entfernt lag, an dem er und Leon sich einst so gerne aufgehalten hatten.

Leon hielt sich die meiste Zeit still in der Nähe seiner Mutter. Er erkannte jetzt: Je mehr geschieht, um so weniger wird von einem verlangt. Draußen brüllten die Kühe, die gemolken werden wollten. Die Hühner gluckten und scharrten. Wie ein Niesen, das sich ständig wiederholt, krähte ein ums andre Mal ein Hahn, der den neuen Tag ankündigte.

Der erste, der aus Highboro kam, als er die Nachricht erfuhr, war der Pfarrer der St.-Thomas-Kirche, der Leon und Rooster, so gut er konnte, etwas Latein und Griechisch beibrachte. Er tröstete die Familie sozusagen mit der einen Hand und plante mit der anderen. Als er sich verabschiedete, waren die Augen trocken, der Atem normal, und man hatte die sogenannten »angemessenen Vorkehrungen« getroffen.

Die ganze Umgebung nahm an der Beerdigung teil. Die Leute sagten immer wieder, was für ein Glück es sei, daß das Wetter sich gehalten habe, obwohl man darüber streiten könnte, ob ein Mensch es vorzieht, bei gutem Wetter oder bei schlechtem beerdigt zu werden. Außerdem war nach der schweren Arbeit des Sommers und des Herbstes ein feierliches Ereignis zwischen dem Erntedankfest und Weihnachten nicht unwillkommen.

Alle Sklaven von Beulah Land – selbst die ältesten und schwächsten – waren bei der Totenfeier zugegen. Die Plantage blieb den Hunden und dem Vieh, den Schweinen und Hühnern, überlassen. Pferde und Maultiere wurden vor jedes verfügbare Vehikel – Karren, Wagen oder Kutschen – gespannt, um die Trauernden nach Highboro zu bringen. Wer keinen Platz auf den Wagen fand, ging zu Fuß. Ein großer Teil der Kirchenbänke war für die Familie und die Leute der Plantage reserviert. Die Zahl der weißen und schwarzen Gesichter war sowohl innerhalb als auch außerhalb der Kirche annähernd gleich groß.

Im letzten Augenblick weigerte sich Selma, bei ihrer Mutter und ihrem Bruder zu sitzen, und stahl sich fort, um bei Lovey und Ezra, Floyd und Pauline zu sein, die zusammen in der ersten Reihe der für die Neger von Beulah Land reservierten Bänke saßen. Sie hatte, wenn sie müde war, in ihren Armen geruht und war selbst von dem geringsten unter ihnen behutsam und sicher nach Hause getragen worden, und so zog sie es jetzt vor, diese schreckliche Stunde mit ihnen zu erdulden, ein weißer Fleck in einem Meer von schwarzen Gesichtern.

Als der Gottesdienst in der Kirche beendet war, gesellten sich diejenigen, die drinnen gewesen waren, zu denen, die draußen hatten warten und zuhören müssen, und sie gingen alle zusammen zu der abschließenden Zeremonie am Grab. Die letzten Worte wurden gelesen und gesprochen. Der Sarg wurde in die Grube hinuntergelassen. Als die ersten Schaufeln Erde auf ihn fielen, stimmten die Sklaven von Beulah Land ein klagendes Gesumm an, das dann in einen Gesang mit Worten überging. Sie sangen ihre Verzweiflung über den Tod hinaus und ihre Hoffnung auf Auferstehung – ihre eigene ebenso wie die von Arnold Kendrick. Aber jeder Mensch sah den Gesang als ein Zeichen der Verehrung für den toten Gebieter an. Rituelle Handlungen dienen nicht nur einem einzigen Zweck.

Am Spätnachmittag kehrten sie nach Beulah Land zurück. Sie melkten die Kühe, fütterten die Pferde, die Schweine und die Hühner. Dann zündeten sie in ihren Hütten das Feuer an und kochten das Abendessen. Sie aßen mit großem Appetit, getröstet in dem Bewußtsein, daß nicht sie die neue Spukgestalt in der Nacht waren.

20

Nach der Beerdigung übernahm Deborah die Aufsicht über Beulah Land. Nachdem sie sich – der Sitte gemäß und oft gegen ihren Willen – dem Urteil ihres Mannes unterworfen und sich von ihm hatte leiten lassen, genoß sie jetzt in vollen Zügen die Entfaltung ihres wahren Ichs. Sie liebte es, zu befehlen – das war's, wozu sie geboren war. Natürlich konnte sie sich nicht um alles kümmern, aber sie und Roscoe Elk arbeiteten – zumindest bis jetzt – recht gut zusammen. Er erkannte ihren Charakter, und obwohl er seine Machtbefugnisse erweiterte, hütete er sich wohlweislich, sich die ihren anzumaßen oder auf sie überzugreifen.

Alles, was er tat, mußte den Anschein haben, als entspreche es ihren Wünschen und Befehlen. Sollten andere, weniger geschickte Männer um Macht betteln oder kämpfen: Roscoe kannte feinere, sicherere Methoden. Bald erhob sich die nicht unwichtige Frage, welchen Posten er offiziell bekleiden und wie man ihn nennen sollte. Er selbst brachte diese Frage zur Sprache und schlug »Aufseher« vor – ein Titel, den die Sklaven sofort verstehen und letztlich auch akzeptieren würden, obgleich er ein Neger wie sie selber oder – wie er behauptete – ein halber Indianer war. Aber Deborah, nicht daran gewöhnt, wirkliche Autorität zu besitzen, wollte sie mit niemandem teilen und beschloß, daß man ihn »Stellvertreter« nennen solle. Das Wort nahm während der kurzen Zeit, in der es gebraucht wurde, eine besondere Bedeutung auf Beulah Land an. »Der Stellvertreter« war ein Ausdruck, der hundertmal am Tag gesagt und gehört wurde, und er wurde in völliger Unterwürfigkeit geäußert, obwohl die Sklaven wußten, daß Roscoe für ein Gehalt arbeitete, wenig besaß, was irgendeinen Wert hatte, daß er woandershin gehen konnte, wenn ihm der Sinn danach stand – oder damit rechnen mußte, von Mistress Deborah nach Belieben fortgeschickt zu werden.

Noch ehe sie ihn darum bitten konnte, zeigte er ihr die Bücher, die er führte, und sie lobte ihre Vollständigkeit und Klarheit, während sie im stillen beschloß, ihm allmählich wieder etwas von der Autorität zu entziehen, die Arnold ihm aus Bequemlichkeit zugestanden hatte. Er wartete jeden Morgen darauf, daß sie ihm Befehle erteilte, und wenn sie es nicht tat, übernahm er selbst zwanglos die Rolle des Befehlshabers.

Arnolds tödlicher Unfall hatte sich wenige Wochen vor Weihnachten zugetragen, aber da Deborah ihre Leute, die sich von einem Jahr zum anderen auf die Weihnachtsfeierlichkeiten freuten, nicht enttäuschen wollte, bestimmte sie, daß das Weihnachtsfest auf Beulah Land, soweit es mit dem Dekorum vereinbar war, auf die übliche Art und Weise gefeiert werden sollte. Nur große Gesellschaften, zu denen der halbe Bezirk zu kommen pflegte, waren untersagt, und Nell und Felix würden in diesem Jahr die einzigen Hausgäste sein. Dies dämpfte schon genügend die Stimmung, denn die Sklaven liebten Besuch und Gesellschaften. Es bedeutete eine Abwechslung in ihrem eintönigen Leben und gab ihnen außerdem Gelegenheit, alte Freunde wiederzusehen und neue Bekanntschaften unter den Dienern zu machen, die von den Gästen des großen Hauses mitgebracht wurden.

Deborah verteilte jedoch die neuen Kleidungsstücke und Weihnachtslekkereien, die sie und Arnold im September in Savannah bestellt hatten, und die Sklaven wurden angespornt, selbst kleine Feste in ihren eigenen Behausungen zu veranstalten. Fast jeden Abend hörten die Bewohner des großen Hauses aus der Ferne die Töne von Fiedeln und Banjos, klatschenden Händen und tanzenden Füßen, und Selma schlich sich zwei-, dreimal hinaus, um wenigstens als Beobachterin an den Vergnügungen teilzunehmen.

Lovey und Ezra erlaubten nicht, daß in ihrer Hütte Musik gemacht und getanzt wurde, denn sie betrachteten sich nach den Kendricks selbst als die Hauptleidtragenden. Aber um sich gesellig zu zeigen, besuchten sie gelegentlich auf eine Stunde die Zusammenkünfte der anderen, und sie stellten es Floyd und Pauline frei, ob sie gehen wollten oder nicht. Bei einem dieser Feste, bei denen Lovey und ihre Familie zugegen waren, kam Selma plötzlich leise in die Hütte und schlich zu Lovey hinüber. Sie hatte, während sie lauschend auf dem Hof stand, Lovey durch die Türöffnung gesehen und war hineingeschlüpft, nachdem sie sich noch einmal vergewissert hatte, als die Tür geöffnet wurde, um jemand herauszulassen. Lovey verbarg ihre Überraschung hinter einem Kuß und dem leisen Ausruf: »Fröhliche Weihnachten, mein Engel!« Ezra lächelte ihr zu und strich ihr über das lange, blonde Haar. Nach dieser liebevollen Begrüßung blickte Selma auf den Kreis von Kindern, die in einiger Entfernung von den Großen tanzten. Als Pauline sie sah, löste sie sich aus dem Kreis und ging, von der Weihnachtsstimmung ermutigt, auf Selma zu. Sie nahm sie bei der Hand und führte sie zu dem Kreis, der sich öffnete, um sie aufzunehmen. Dann reichten sie sich alle die Hände und tanzten.

Nachdem Lovey ihnen zugelächelt und beschlossen hatte, Selma eine Weile dableiben und tanzen zu lassen – sie war noch jung genug, sich zwanglos mit den anderen Kindern zu amüsieren –, wandte sie sich wieder der Gruppe der Größeren zu. Floyd tanzte mit Clovis, und als er sie zum kratzenden Gewinsel der Fiedel und den munteren Tönen des Banjos herumwirbelte, sah Lovey, daß das Mädchen schwanger war. Die alte Maggie, die beglückt eine Tüte mit Pfefferminzstangen auf dem Schoß hielt – ihr persönliches Weihnachtsgeschenk von der Herrin –, lachte leise, als sie Loveys Überraschung bemerkte.

Leon war zu einer Gesellschaft nach Oaks geritten, Bonard, der über die Ferien zu Hause war, hatte versprochen, ihm zu zeigen, »wie man sich an die Mädchen ranmachte«. Deborah und Felix tranken ein Glas Rotwein vor dem offenen Feuer im großen Wohnzimmer, das trotz der Stechpalmen- und Mistelzweige, die an den Wänden hingen, so wenig festlich wirkte. Nell, die kerzengerade dasaß und vorgab zu schlafen, damit niemand sie anredete, überlegte sich, wie sie es anstellen könne, vor dem Schlafengehen kurz in die Küche zu verschwinden, um sich noch ein weiteres Stück Königskuchen zu holen. Sie rülpste leise und öffnete dabei die Lippen nur eben weit genug, um die Luft herauszulassen. Deborah und Felix unterhielten sich zufrieden über den Bau der Entkörnungsmaschine, die bis zur Beendigung der Baumwollernte im nächsten Sommer bereits voll betriebsfähig sein würde.

21

Lovey ließ das Problem Clovis bis zu Beginn des neuen Jahres ruhen, dann nahm sie das Mädchen beiseite und fragte, ob es wisse, daß es schwanger sei. Clovis nickte, und Lovey fragte: »Wer ist der Vater?«

»Das kann ich nicht sagen.«

»Du wirst es sagen.«

»Zwingen Sie mich nicht, Miss Lovey«, wimmerte Clovis.

»Du weißt, wie Miss Deborah über diese Dinge denkt, und ihr Wort ist Gesetz.«

»Ich werd's nicht sagen!«

Lovey packte Clovis am Handgelenk und zog sie über den Hof zum Holzstoß, wo sie einen langen, dünnen Stock auswählte und in der Luft schwenkte. Das Mädchen war größer als sie, aber Lovey besaß eine derartige Charakterstärke, daß keiner der anderen Sklaven sich jemals offen gegen ihren Willen aufgelehnt hatte. »Siehst du diesen Stock?« Clovis' Augen weiteten sich vor Schreck. »Du wirst mir sagen, wer der Mann ist – falls du's weißt. Ich hab' dich mit dem einen und dem anderen davonschleichen sehn, aber ich erinnre mich nicht, wer's war. Du sagst es mir entweder jetzt sofort, Mädchen, oder nachdem ich dich mit diesem Stock halbtot geschlagen hab'. Was ist dir lieber?« Clovis versuchte sich loszureißen, aber Lovey hielt sie fest und sah sie verächtlich an. Als das Mädchen immer noch nicht antwortete, versetzte Lovey ihm mit dem Stock ein paar kräftige Hiebe auf sein pralles Hinterteil.

Clovis schrie. »Hör'n Sie auf, Miss Lovey! Tun Sie's nicht!«

»Sag's mir!« Lovey hob abermals den Stock.

Clovis weinte, um ihre nächsten Worte noch eindrucksvoller zu machen. »Mister Leon und Ihr Floyd!«

Lovey war so bestürzt, daß sie noch heftiger als zuvor auf das Mädchen einschlug. Sie fuhr fort, es zu schlagen, bis Clovis vor tatsächlichem Schmerz zu weinen anfing und jammernd beteuerte: »Es ist wahr! Es ist wahr!«

Lovey ließ sie los, und Clovis rannte, sich das brennende Hinterteil reibend, zu den Hütten der Sklaven. Lovey schleuderte wütend den Stock zur Seite, als wäre er es, der ihr Kummer bereitet hatte. Sie ging dreimal um das große Haus, ehe sie ruhig genug war, hineinzugehen. Die Köchin und Myrtis, die mit der Zubereitung des Mittagessens beschäftigt waren, merkten, in welcher Stimmung sie war, und verhielten sich still. Lovey sah ihnen nur scheinbar bei der Arbeit zu, ehe sie wieder hinausging. Sie lief schnurstracks zum Schmiedeschuppen, wo sie sowohl Ezra als auch Floyd antraf. Als sie ihr ernstes Gesicht sahen, hörten sie auf zu arbeiten.

Sie wandte sich an Floyd. »Clovis ist schwanger. Sie sagt, sie hat mit dir und Leon gelegen. Ist das wahr?«

Ezra sah seinen Sohn bestürzt an. Floyd schluckte, als ob sein Speichel sich plötzlich in Sand verwandelt habe, und starrte, außerstande, seiner Mutter in die Augen zu sehen, wie blind auf seine Füße. Er flüsterte: »Ich war einmal mit ihr zusammen.«

»Einmal?« fragte Ezra. Floyd nickte.

Lovey und Ezra wechselten einen Blick. »Bist du ganz sicher?« sagte Lovey zu Floyd.

»Ja, Mama.«

»Schwörst du's?« fragte Ezra.

»Ja, Papa«, erwiderte Floyd mit etwas festerer Stimme.

»Du wirst Leon nicht verraten?« Es war eine Frage und eine Feststellung. Floyd schüttelte den Kopf.

»Gut«, sagte Lovey mit Nachdruck. »Du kennst Miss Debs Standpunkt, was uneheliche Kinder betrifft!«

»Ich glaub' nicht, daß es von ihm sein kann«, erklärte Ezra, an Lovey gewandt. »Und selbst wenn es so wäre, würd' ich nicht erlauben, daß er sie heiratet.«

Loveys Augen füllten sich mit Tränen. »Und auch mein Baby Leon?« Sie verschränkte die Arme und wiegte sich kummervoll vor und zurück.

Ezra sagte: »Floyd wird sie nicht heiraten.«

»Nein«, pflichtete Lovey ihm nach einem Augenblick bei. »Das könnt' ich nicht ertragen.« Floyd fing an zu weinen, beschämt, seinen Eltern Kummer bereitet zu haben. Er fiel zwischen ihnen auf die Knie und umschlang ihre Beine. »Es tut mir leid, Mama, Papa!« Seine Stirn berührte Loveys Schuhe.

Ezra sah liebevoll und bekümmert auf ihn hinunter, dann berührte er die Schulter seines Sohnes. Floyd hörte auf zu weinen, aber er war noch zu verlegen, um aufzublicken. Unbeholfen griff er nach der Hand seines Vaters und küßte sie.

»Ich geh' zu Miss Deb«, sagte Lovey. Ihre Stimme und ihr Ausdruck waren verbittert, als sie den Pfad entlang zum großen Haus zurückging.

Sie traf ihre Herrin oben im Nähzimmer an, wo Deborah mit Laura-Lou über die neuen Nachthemden für Selma sprach. Lovey wartete ruhig und geduldig, bis die Besprechung auf beiden Seiten zu einer Reihe von Wiederholungen ausartete.

»Hast du verstanden, was ich dir über die Breite des Saums gesagt habe, und daß *hier* Knöpfe sitzen sollen, damit man bei kaltem Wetter einen Halsbund daran befestigen kann?«

»Ja, Madam. Knöpfe *hier*, direkt neben der Stickerei...?«

»Richtig! Hier und auch hier, vergiß nicht...«

»Ja. Madam.« Ein lebhaftes Kopfnicken. »Hier und hier...«

Jetzt räusperte sich Lovey so nachdrücklich, daß Deborah zu ihr hinüberblickte. Als sie Loveys grimmiges Gesicht sah, gab sie Laura-Lou nur noch mechanisch ein paar letzte Anweisungen, ehe sie das Nähzimmer verließ. Von Lovey gefolgt, ging sie schnell den Gang entlang in ihr eigenes Zimmer. Nichts ließ mehr darauf schließen, daß sie es noch bis vor kurzem mit Arnold geteilt hatte. In den Schränken hing nur Deborahs Kleidung; die Sachen ihres Mannes hatte sie nicht den Leuten von der Plantage, sondern dem Pfarrer der St.-Thomas-Kirche in Highboro gegeben, mit der Anweisung, sie unter den bedürftigen weißen Männern seiner Gemeinde zu verteilen. Arnolds Haarbürsten, sein Rasiermesser und die Streichriemen waren für Leons künftigen Gebrauch aufbewahrt worden. Lovey, die ihrer Herrin ins Zimmer gefolgt war, schloß die Tür, und die beiden Frauen sahen sich an.

»Miss Deb«, begann Lovey, »Sie kennen doch das Mädchen Clovis, das in der Küche arbeitet und manchmal bei Tisch serviert...«

»Ja, ja.« Deborah nickte ungeduldig; sie wußte, daß Lovey ihr etwas Unangenehmes mitzuteilen hatte, und wünschte keine weitschweifigen Einleitungen.

»Sie ist schwanger.«

Deborahs Spannung ließ ein wenig nach. Das Problem war natürlich ernst, aber es war nicht das erstemal, daß so etwas geschah. »Und nicht verheiratet.«

»Nein, Madam. Nicht verheiratet.«

»Hast du mit ihr gesprochen?«

»Ja, Miss Deb.«

»Wer ist der Vater?«

Es folgte eine Pause. Lovey stieß einen kummervollen Seufzer aus.

»Sag's mir, Lovey«, beharrte Deborah. Ihre Stimme war beherrscht, aber sie fragte sich sofort, ob es wohl Felix sein könne.

»Ich hab' sie mit einem Stock verprügeln müssen, eh' sie bereit war, es zu sagen.« Deborah wartete mit steigender Beunruhigung. Das Problem war offensichtlich doch nicht so einfach, wie sie vermutet hatte. »Sie ist ein leichtfertiges Ding, Miss Deb – sie geht mit diesem und jenem, aber nachdem ich ihr einen ordentlichen Schrecken eingejagt hab', sagt sie – sagt sie Floyd!«

»Floyd ist doch noch fast ein Kind.«

»Ich hab' Floyd bereits in Gegenwart seines Vaters gefragt, und Floyd sagt, einmal...«

»Es fällt mir schwer, das zu glauben, und noch schwerer, es zu verstehen. Natürlich dürfen wir nicht zulassen, daß er dieses Mädchen heiratet.«

»Nein, Madam. Das könnt' ich nicht ertragen, und sein Vater auch nicht. Aber das ist noch nicht alles. Ich weiß nicht, ob ich's sagen soll oder nicht – oder ob ich's überhaupt kann.«

»Um Himmels willen, Lovey, sag es!« Deborah war mittlerweile auf das Schlimmste gefaßt.

»Bestimmt lügt sie, Miss Deb«, murmelte Lovey, »aber sie sagt – sie sagt, sie ist mit unserm Leon zusammengewesen.«

Noch nie war etwas Derartiges auf Beulah Land geschehen. Deborah ging hinaus, und Lovey folgte ihr auf den Fersen, blieb jedoch vor der Tür zu Leons Zimmer stehen, als Deborah sie ohne anzuklopfen öffnete und eintrat.

Leon saß an seinem Schreibtisch, vor sich eine flache hölzerne Schale mit Pfeilspitzen, die durch die Jahre hindurch beim Pflügen der Felder zum Vorschein gekommen waren. Die Ackerleute hatten Hunderte gefunden, aber Leon hatte nur die besten davon aufgehoben. Lovey wartete in der

Halle und lauschte mit gespitzten Ohren auf die Worte, die durch den Türspalt drangen.

Leon wandte sich um und stand auf, als er seine Mutter sah. »Was gibt's, Mama? Ist irgend etwas geschehen? Du siehst so…«

»*Du* sollst mir sagen, ob etwas geschehen ist.«

Leon, der das Abenteuer des Spätsommers und seine möglichen Folgen schon beinahe vergessen oder zumindest aus seinen Gedanken verdrängt hatte, wußte sofort, daß es sich um Clovis handeln mußte.

Seine Ahnung wurde bestätigt, als Deborah fragte: »Kennst du das Mädchen Clovis?«

Leon nickte, außerstande, etwas zu sagen. Sie hatte geredet. Das gemeine Ding hatte ihn verraten!

»Lovey sagt mir, sie sei schwanger.« Leon blickte starr auf die Hände seiner Mutter. »Man hat Clovis gezwungen, den möglichen Vater zu nennen.« Er sah immer noch wie gebannt auf ihre Hände, die sich gegenseitig rasch und unbarmherzig massierten. »Floyd hat zugegeben, daß er mit dem Mädchen zusammengewesen ist. Aber sie sagt, du seist ebenfalls mit ihr zusammengewesen. Stimmt das? Sag mir die Wahrheit. Wenn das, was sie sagt, gelogen ist, werde ich sie sofort verkaufen, und damit ist der Fall erledigt.«

»Hat Floyd gesagt, ich hätte es getan?«

»Antworte mir!« forderte Deborah.

»Ja.«

Deborah versetzte dem Jungen eine so heftige Ohrfeige, daß er fast gefallen wäre. Lovey, die das Klatschen gehört hatte, kam ins Zimmer gestürzt und ging geradewegs auf Leon zu. Obgleich er jetzt größer war als sie, legte sie schützend die Arme um ihn, so daß er plötzlich kleiner als sie, fast wieder ein Kind zu sein schien. »Schlagen Sie den Jungen nicht noch einmal!« rief sie wütend. »Er braucht Hilfe, keine Schläge!«

Wie benommen vor Erschütterung und Zorn wandte Deborah sich ab und verließ das Zimmer. Das letzte, was sie hörte, während sie durch die Halle in ihr eigenes Zimmer ging, war Loveys Stimme – scheltend, tröstend, tadelnd und verzeihend, jammernd und liebevoll. Obwohl man es nicht mit Sicherheit sagen konnte – mit wie vielen anderen hatte das Mädchen es getan? –, war es möglich, daß ein Bastard, der ihr Enkel sein konnte, auf Beulah Land geboren werden würde.

22

Die Nachricht von dem, was geschehen war, verbreitete sich wie ein Lauffeuer über die Plantage. Nachdem Clovis hatte Farbe bekennen müssen,

kannte sie keine Zurückhaltung mehr. Sie erzählte jedem, der es hören wollte, mit klagender Stimme in großen Zügen von ihrem Dilemma und den Vorgängen, die es verursacht hatten.
In ihrem Zimmer im großen Haus schrieb Deborah ein paar Zeilen, die sie selbst unter Leons Tür schob. Sie lauteten: »Ich bringe es noch nicht über mich, mit dir zu sprechen, aber du hast auf deinem Zimmer zu bleiben, bis ich dir neue Anweisungen gebe.« Leon und Lovey lasen die Zeilen gemeinsam, worauf Lovey den Zettel zerknüllte und zu Deborah ging. Sie klopfte an die geschlossene Tür und rief: »Ich bin's, Lovey.« Nach einem Augenblick bat Deborahs Stimme sie, hereinzukommen.
»Was soll ich bloß tun?« sagte Deborah; es war keine Bitte um Rat, sondern ein Ausdruck der Empörung.
»Floyd ist *mein* Sohn, und ich betrachte Leon zum Teil als meinen Sohn, also sollten Sie lieber sagen, was sollen *wir* tun.«
Deborah schlug die Hände zusammen, bis sie rot waren. »Wie *konnte* Leon nur? Wie konnte Floyd? Dieses ordinäre Küchenmädchen!«
»Miss Deb«, sagte Lovey ungeduldig, »man läßt nicht einen Honigtopf offen und erwartet von den Fliegen, daß sie Salz essen. Wenn ich's mir recht überlege, wundert's mich, daß dieses Mädchen nicht schon vor ein oder zwei Jahren schwanger geworden ist.«
»Ich denke nicht an sie.«
»Das weiß ich, und ich tu's auch nicht. Ich hab' das nur erwähnt, um zu zeigen, was für ein Pech unsre Jungen haben, weiter nichts. Natürlich gibt's noch die andre Möglichkeit. Es ist nicht nett, es zu sagen, aber es ist eine Tatsache: Sie kann sich mit zehn Jungen zugleich 'rumgetrieben und nur Leon und Floyd genannt haben, weil ihr das ein gewisses Ansehen verleiht und eine Chance für sie bedeutet. Es gibt keinen Beweis, daß einer von den beiden das Kind gezeugt hat, das sie erwartet.«
»Nein. Das sehe ich ein. Sie kann nicht hoffen, daß man Floyd zwingen wird, sie zu heiraten; aber sie kann hoffen, ihre Aussichten auf eine vorteilhafte Heirat zu verbessern, indem sie ihn nennt.«
»Wenn Gott gerecht wäre, würde Er sie zu sich nehmen oder sie zum Teufel schicken.«
»Reden wir nicht darüber. Was ist mit den Jungen? Es wird zweifellos Gerede geben. Zumindest hier – hoffentlich nicht in der Stadt.«
»O doch, auch in der Stadt.«
»Ich vermute, wir werden uns damit abfinden müssen und es nicht beachten«, sagte Deborah.
»Was andres können wir nicht tun.« Lovey blinzelte, während sie angestrengt nachdachte. »Schicken Sie Leon in die Stadt, Miss Deb. Zu seinem Onkel Felix und Tante Nell.«
Deborah runzelte die Stirn und dachte ebenfalls nach. Sie nahm eine alte

Schnupftabakdose, die sie für Stecknadeln benutzte, von der Kommode und blickte starr auf das Bild von General Washington, das in den Deckel eingelassen war. Dann legte sie die Dose wieder hin, ohne sich bewußt zu sein, daß sie sie aufgenommen hatte, nickte nachdrücklich und schlug wieder die Hände zusammen. »Du hast recht, Lovey. Natürlich hast du recht!«

Lovey seufzte. »Aus den Augen, aus dem Sinn, sagt man. Es hat keinen Zweck, daß er hierbleibt und sich schämen muß.«

»Mich interessieren nicht seine Gefühle«, sagte Deborah, »aber ich will nicht, daß unsere Leute ihm ohne Achtung begegnen. Er wird eines Tages ihr Gebieter sein.«

»Richtig«, erwiderte Lovey grimmig. »Floyd kann ihre Mißachtung ruhig über sich ergehen lassen.«

»So habe ich es doch nicht gemeint, Lovey.«

»Das weiß ich. Ich will, daß Floyd die Suppe auslöffelt und seine Lektion lernt. Nur heiraten soll er sie nicht.«

»Leon wird näher bei seinem Lehrer sein. Aber er kann nicht ewig in Highboro bleiben. Dennoch möchte ich, daß er eine ganze Weile von hier fortbleibt.« Deborah ging hin und her, während sie über das Problem nachdachte. Lovey wartete. Deborah ging zum Fenster und blickte über die kahlen Bäume hinweg auf die grauen Felder.

Lovey, nicht an Untätigkeit gewöhnt, wurde unruhig. »Es ist beinahe Zeit fürs Mittagessen. Myrtis wird gleich läuten.«

»Wenn sie es tut, werde ich hinuntergehen und essen, selbst wenn mir jeder Bissen im Hals steckenbleibt. Aber ich will Leon nicht dabeihaben. Geh und sag ihm, er soll nicht herunterkommen, wenn er die Glocke hört. Er kann ohne sein Mittagessen auskommen. Dann bitte Plumboy, ein Pferd zu satteln. Sag Leon, er soll genügend Sachen für ein paar Tage in Highboro einpacken und verschwinden. Ich will ihn nicht sehen. Ich habe ihm nichts zu sagen. Das kannst du ihm ausrichten.«

»Das brauch' ich nicht, er weiß es auch so.« Lovey ging zur Tür.

»Reiz du mich nicht auch noch, Lovey!« rief Deborah aus.

»Nein, Madam«, sagte Lovey mürrisch und ging hinaus.

Leon packte seine Sachen und ritt nach Highboro zu seiner Tante und seinem Onkel; er hatte einen kurzen Brief bei sich, den Deborah geschrieben und mit Kerzenwachs versiegelt hatte, ehe sie ins Eßzimmer hinunterging, um ihre stille und einsame Mahlzeit zu sich zu nehmen. Selma erschien nicht. Deborah fragte sich vage, wo sie wohl sein mochte, aber das Kind zog es manchmal vor, nicht zum Essen zu kommen, und so machte sie sich weiter keine Sorgen um sie. Ihre Gedanken waren zu sehr mit Leon beschäftigt, als daß sie sich um etwas anderes hätte kümmern können. Das männliche Geschlecht, dachte sie mit Abscheu.

Sie wollte Leon loswerden, bis er ein Mann geworden war und das wahre Pflicht- und Verantwortungsgefühl eines Mannes hatte. Verbissen kaute sie sich durch das Essen auf ihrem Teller, war höflich zu Myrtis, wenn sie ins Eßzimmer kam, um den nächsten Gang zu servieren, aber nicht besonders freundlich. Sie war es ohnedies niemals, also würde ihre Geistesabwesenheit heute nicht weiter auffallen. Langsam, wie von selbst, reifte ein Plan in ihr.

Bonard war noch nicht nach Savannah zurückgekehrt, um sein Studium fortzusetzen; er hatte seinen Weihnachtsbesuch länger ausgedehnt, als ursprünglich vorgesehen war. Aber jetzt würde er wohl bald fortgehen. Warum Leon nicht einfach mit ihm nach Savannah schicken? Leon war fünfzehn. Es gab sicherlich Lehrer im College, die bereit waren, ihm Nachhilfestunden zu geben, falls sich herausstellte, daß er noch nicht weit genug war, um am regulären Unterricht teilzunehmen. Damit würde er monatelang von zu Hause fort sein, weit über die Zeit hinaus, da Clovis ihr Kind bekam. »Aus den Augen, aus dem Sinn«, hatte Lovey gesagt, und das stimmte. Wenn alles wunschgemäß verlief, würde Leon, abgesehen von ein paar kurzen Ferien, von Beulah Land abwesend sein, bis er tatsächlich erwachsen war.

Als sie die unerwünschte und nur widerwillig verzehrte Mahlzeit beendet hatte, ging sie zu Lovey, deren Augen rot waren von den Tränen, die sie beim Abschied von Leon vergossen hatte. Deborah bat Lovey, Ezra zu ihr zu schicken. Sie ließ Ezra kommen, weil er ohnedies bereits in die Sache verwickelt und ein vertrauenswürdiger und taktvoller Mann war.

Als er zu ihr kam, bat sie ihn, nach Oaks zu reiten und Mr. Benjamin Davis zu sagen, sie brauche dringend seinen Rat und seine Hilfe und wäre ihm sehr dankbar, wenn er mit Ezra zurückreiten oder ihm bald folgen würde, um ihr zur Seite zu stehen. Ezra hörte Deborah ernst zu, nickte, um zu zeigen, daß er ihre Anweisungen verstanden hatte, und ging fort.

Während Ezra nach Oaks ritt, machte Leon seinen Weg in die entgegengesetzte Richtung nach Highboro und einer Zukunft entgegen, die ihn, abgesehen von jenen kurzen Besuchen, deren Unerläßlichkeit Deborah widerwillig anerkannt hatte, auf lange Zeit hinaus von Beulah Land fernhalten würde. Seine Augen brannten und seine Nase lief, bis er sie mit dem Jackenärmel abwischte. Es war nicht kalt, aber ihn fror, als er sich fragte, was wohl als nächstes mit ihm geschehen würde.

Hoch oben in einer Scheune, weich und warm in einem Haufen von lockerem Heu, lag Selma mit einem Exemplar von *Robinson Crusoe*, einem der wenigen Romane, von denen sie wußte, daß sie nach ihrem Geschmack waren. Das Buch gefiel ihr, denn sie fühlte sich verwandt mit Crusoes Alleinsein, und sie teilte sein Interesse – in seinem Fall erzwungen – für das, was man Naturgeschichte nennt.

Sie hatte das Mittagessen nicht vergessen und auch die Glocke gehört, die es ankündigte; aber in ihrer Empfindsamkeit war sie sich sowohl all des Kommens und Gehens, der erhobenen Stimmen und ernsten Gesichter im großen Haus wie auch der nervösen Erregung bewußt gewesen, die den ganzen Tag unter den Negern geherrscht hatte. So hatte sie sich ihr Buch und zwei Äpfel genommen und war zur Scheune gegangen, um zu lesen, nachzudenken und allein zu sein.

Der Platz, den sie gewählt hatte, lag in der Nähe eines Fensters. Obgleich der Laden geschlossen war, drang ein breiter Lichtstreifen hindurch, bei dem man an diesem hellen Wintertag gut lesen konnte, und Selma hatte sowohl Ezra als auch Leon fortreiten sehen, ohne jedoch zu wissen, wohin sie ritten.

Am Spätnachmittag kam Benjamin Davis aus Oaks herüber, und nach einer längeren Beratung unter vier Augen vereinbarten er und Deborah, daß er in einigen Tagen Bonard und Leon nach Savannah begleiten und alles Nötige für Leons Unterbringung und Ausbildung veranlassen sollte. Deborah überließ die Einzelheiten völlig ihrem Freund und Nachbarn. Als Gegenleistung für seine Hilfe versprach sie ihm, daß es ihn nichts kosten werde, seine Baumwolle nach der nächsten Ernte in ihrer Maschine entkörnen zu lassen. Er sagte kopfschüttelnd »tz, tz«, lehnte jedoch das Angebot nicht ab. (Wie sich herausstellte, nahm Deborah einen Teil von Benjamins Baumwolle für die Entkörnung der gesamten Menge, aber es war weniger, als sie genommen haben würde, wenn sie sich nicht bis zu einem gewissen Grad in seiner Schuld gefühlt hätte.)

Sie setzte einen Brief an ihre alte Freundin, Miss Pennington, in Savannah auf, um ihr mitzuteilen, daß ihr Sohn sich binnen kurzem dort niederlassen würde, und sie zu bitten, sie möge ihm erlauben, sie und ihre Nichten hin und wieder zu besuchen, damit er sich im Umgang mit jungen Damen der guten Gesellschaft übe, als es an der Tür des kleinen Wohnzimmers klopfte, das ihr jetzt als Büro diente.

Sie sagte »herein«, und Roscoe Elk trat ein. Er war für eine normale Plantagenangelegenheit sehr formell gekleidet, dachte sie unwillkürlich: Sein Hemdkragen war zugeknöpft, obgleich er keine Halsbinde trug, er hatte ein Jackett an und hielt einen Hut unter dem Arm. Deborah nahm zunächst keine Notiz von der Bedeutung, die seine Kleidung der Gelegenheit verlieh, sondern sagte lediglich: »Was gibt's, Roscoe?«

Er neigte den Kopf, dann hob er ihn. Als er sprach, war seine Stimme mehr als ernst; sie war feierlich und volltönend. »Madam«, sagte er, »Sie sind sich doch der Beunruhigung bewußt, die sich unter den Leuten verbreitet hat, als bekannt wurde, daß das Mädchen Clovis schwanger ist?«

Verblüfft über diese Worte und die Art, wie sie hervorgebracht wurden, starrte Deborah ihn zuerst schweigend an. Dann nickte sie kurz.

Roscoe holte tief Luft. »Ich«, sagte er, »ich und kein anderer werde sie heiraten. Ich werde der Vater ihres Kindes sein.«

Das Schweigen zwischen ihnen dehnte sich aus, wurde feierlich. Schließlich sagte Deborah: »Ist sie bereit, Sie zu heiraten?«

Roscoe nickte. »Ich habe ihr gesagt, wie es sein wird, und sie hat sich einverstanden erklärt.«

»Hat sie!« Deborahs Erleichterung brach hervor, noch ehe sie daran denken konnte, sie zu verbergen. Dies war die Lösung ihres Problems, und auch das Mädchen konnte nur davon profitieren – war nicht Roscoe der wichtigste Mann auf der Plantage? Clovis hatte wahrhaftig mehr als Glück; es war ein Segen für sie. Ein Gedanke trat dazwischen: »Aber Sie sind frei, und sie ist es nicht.«

Roscoe nickte abermals. »Ich hoffe, daß Sie damit einverstanden sind«, sagte er behutsam, »sie mir zu verkaufen, falls für mich der Zeitpunkt kommt, hier fortzugehen.«

»Natürlich bin ich einverstanden«, erwiderte Deborah. »Wir haben auf Beulah Land noch niemals Mann und Frau getrennt.« Roscoe neigte wieder kurz den Kopf, als wollte er damit sein Siegel unter ihre Vereinbarung setzen. Deborah stand auf. »Wir werden die Trauung im Eßzimmer abhalten, und ich werde den Pfarrer aus Highboro kommen lassen, damit er die Trauformel spricht.«

Roscoe nickte wieder; offenbar fand er, daß für den Augenblick genug besprochen worden war, denn gleich darauf verbeugte er sich leicht und wandte sich ab, um hinauszugehen. Seine Hand lag auf der Türklinke, als Deborahs Stimme ihn zurückhielt. »Ich glaube, Roscoe, daß Sie von jetzt an ›Aufseher‹ genannt werden sollten.«

Er drehte sich langsam um und sah sie an. »So sei es«, sagte er, dann ging er hinaus und schloß leise die Tür hinter sich.

Zweiter Teil: 1828

1

Rooster war der erste aus seiner Generation, der heiratete, und es ergab sich auf eine ganz einfache und selbstverständliche Art und Weise. Mit zweiundzwanzig war er körperlich und geistig ein ausgewachsener Mann. Er hatte an seinem Entschluß festgehalten, jeden weiteren Unterricht zu meiden, nachdem Mr. Bartram Oaks verlassen hatte, und er war ein begeisterter und tüchtiger Farmer geworden, hatte allmählich immer mehr von der Arbeit und den Verpflichtungen seines Vaters übernommen, so daß Oaks, als Benjamin 1825 einen Schlaganfall erlitt, nicht ohne Gebieter war. Benjamin hatte das Glück, im Besitz seiner geistigen Fähigkeiten zu bleiben, oder sie zumindest wiederzugewinnen, aber er konnte nie wieder gehen.

Monday Kendrick, der Flossie, eines der Mädchen von Beulah Land, geheiratet und nach Oaks gebracht hatte, übernahm die persönliche Betreuung seines Herrn. Monday war ein Riese von einem Mann, 1,95 Meter groß, und er trug Benjamin mit der gleichen Leichtigkeit von einem Zimmer ins andere, mit der ein anderer ein Kind tragen könnte. Die beiden Männer, die einander schon immer geschätzt hatten, wurden gute Freunde. Ohne es irgend jemandem außer Rooster zu sagen, unterzeichnete Benjamin ein von Felix aufgesetztes Dokument, das Monday und Flossie sowie all ihren Nachkommen bei Benjamins Tod die Freiheit gab.

Da Bonard weder Neigung noch Talent für die Landwirtschaft hatte, wurde Rooster praktisch zum Gebieter von Oaks. Entgegen seinem Spitznamen Rooster, der Gockel, der nichtsdestoweniger an ihm hängenblieb, wie Spitznamen es im allgemeinen zu tun pflegen, war Rooster ein ruhiger, gelassener Mann, ohne deshalb in irgendeiner Weise die Vorstellung von Kälte zu erwecken. Hochgewachsen, mit breiten Schultern und gewölbter Brust, bewegte er sich stets etwas unbeholfen.

Er liebte seinen Besitz und hielt ihn gut instand, und er wurde von allen geachtet, jetzt sogar auch von seinem Bruder, denn Bonard war verständig genug, um einzusehen, daß er, obgleich der Ältere und der natürliche Erbe, Oaks nicht annähernd so gut würde verwalten können. Er gab sich damit zufrieden, seinem Bruder die Arbeit und Verantwortung zu überlassen, unter der Voraussetzung, daß er nach dem Tod ihres Vaters einen angemessenen Teil des Gewinnes erhalten würde, den die Plantage abwarf. Er hatte zur Zeit des Schlaganfalls seines Vaters angefangen, unter der Aufsicht von Felix Kendrick in Highboro Jura zu studieren. Aber er arbeitete nicht schwer, und Felix war gewiß kein strenger Zuchtmeister;

sie nahmen lebhaften Anteil an ihren gegenseitigen galanten Abenteuern, saßen gern über ihren Zigarren beisammen und erzählten sich Geschichten, wobei einer den anderen in liebenswürdiger Weise zu Übertreibungen anstachelte. Die Leute im Bezirk, die stets bereit waren, ihre Meinung über derartige Dinge zum besten zu geben, und deren Meinung für diejenigen, die es betraf, nicht unwichtig war – sie waren sich darin einig, daß die Brüder Davis alles sehr vernünftig untereinander geregelt hatten.
Zu jeder Jahreszeit gab es einen regen Verkehr und Besprechungen zwischen den Farmern, und Rooster nahm an beidem teil. Deborah schätzte ihn sehr und fragte ihn oft nach seiner Meinung. Manchmal wurde Roscoe Elk bei ihren Gesprächen über Ernten und Vieh als dritter hinzugezogen. Bei seinen Ritten durch die Gegend hatte Rooster sich natürlich auch mit den Farmern der beiden kleinen Besitztümer angefreundet, die Beulah Land von Oaks trennten. Sowohl die Cokers als auch die Andersons hatten Söhne und Töchter, und mit der Zeit bemerkte Rooster, daß er zu Gertrude Coker, Trudy genannt, eine größere Zuneigung empfand als zu irgendeinem anderen Mädchen seiner Bekanntschaft.
Trudy gefiel ihm in jeder Hinsicht. Sie war immer munter und vergnügt, und so zeigte er sich ihr gegenüber aufgeschlossener, als er es anderen gegenüber war. Ihre Temperamente ergänzten sich gegenseitig. Und Trudy war für das Leben auf dem Land geboren. Zwanglos, aber nicht nachlässig in ihrer Kleidung, vergaß sie meistens, einen Sonnenhut zu tragen, oder sie nahm ihn einfach ab; ihre Arme waren häufig nackt, die Ärmel ihres Kleides bis über die Ellbogen aufgekrempelt. Sie war so braungebrannt wie Rooster, ihr Gesicht war mit Sommersprossen bedeckt, und strohfarben gebleichte Strähnen durchzogen ihr braunes Haar.
Rooster wurde sich seiner Gefühle für Trudy zum erstenmal bewußt, als er sie bei einer Weihnachtsgesellschaft auf Beulah Land mit einem anderen Mann tanzen sah. Er zappelte nervös herum, dann ertappte er sich dabei, daß es ihn ganz unvernünftigerweise wütend machte, sie so vergnügt mit Clarence Anderson lachen und tanzen zu sehen, obwohl er Clarence bisher recht gern gemocht hatte. Es war, wie Rooster wußte, eine sternklare Nacht, und er nahm die erste Gelegenheit wahr, Trudy zu bitten, sie möge mit ihm hinauskommen, um sich den Vollmond anzusehen. Ehe sie in die große Halle zurückkehrten, sagte er ihr, daß er sie liebe, und fragte sie, ob sie glaube, daß auch sie ihn lieben könne. Sie lachte, schlang die Arme um seinen Hals und küßte ihn mitten auf den Mund; und so verlobten sie sich. Rooster war außer sich vor Glück – es war alles so plötzlich gekommen. Seine Kopfhaut straffte sich und juckte, seine Arme prickelten, seine Lenden waren heiß und schmerzten von der Fülle des Blutes, das dorthin strömte.

Er erlaubte Trudy nicht, den Rest des Abends mit jemand anderem zu tanzen, und als man anfing, Bemerkungen darüber zu machen, sah sich das errötende und lachende Paar von Freunden umringt, die sie mit neugierigen Fragen bestürmten. Sie gaben zu, daß sie sich vor einer halben Stunde verlobt hatten. Sobald dies ausgesprochen war, und noch ehe der Applaus der Anwesenden verstummte, zog Rooster Trudy am Arm ins Eßzimmer, wo sein Vater mit Edna und Monday saß.

Er berichtete seinen Eltern, was sich zugetragen hatte, und küßte sie; Trudy machte es ihm nach, und dann drängte sie ihren Verlobten, mit ihr zu ihrem Vater und ihrer Mutter zu gehen, um ihnen die Neuigkeit mitzuteilen. Beide Elternpaare waren hocherfreut, und kurz darauf suchten die Cokers die Familie Davis auf, um Worte des Einverständnisses und der Befriedigung zu tauschen. Edna, die sich schon immer eine Tochter gewünscht hatte, wußte, daß sie jetzt eine bekam, die sie lieben konnte, ein Mädchen, das, wenn der Augenblick gekommen war, imstande sein würde, sie als Herrin von Oaks zu ersetzen. Das einzige, was Trudy noch fehlte, war Erfahrung im Umgang mit Dienstboten, und das würde Edna ihr sehr schnell beibringen.

Die Hochzeit im Februar zog mehr Menschen aus der ganzen Umgebung an, als die Methodistenkirche fassen konnte. Es war nicht nötig, Einladungen an diejenigen zu versenden, die in der Nähe wohnten: Jeder setzte mit Recht voraus, daß er oder sie willkommen war. Die Leute waren ehrlich erfreut über das Ereignis, und niemand mißgönnte Trudy die gute Partie, die sie gemacht hatte, denn man kannte ihre Tugenden und ihre Güte und wußte, daß die beiden einander würdig waren.

2

Die Heirat von Rooster und Trudy, die solch allgemeinen Beifall gefunden hatte, veranlaßte Deborah, wieder über die Zukunft ihrer eigenen Kinder nachzudenken, und obgleich sie Rooster eigentlich lieber mochte als seinen Bruder, schien es ihr zweckdienlich, die Aussicht auf eine Ehe zwischen ihrer Tochter Selma und Bonard nach Möglichkeit zu fördern. Schließlich war Bonard der ältere der beiden und würde eines Tages einen erheblichen Anteil der Einnahmen von Oaks erhalten. Er schien jetzt bereit, sich unter der Leitung ihres Schwagers ernsthaft der juristischen Laufbahn zu widmen. Und was auch immer man über die frivole Seite von Felix' Charakter sagen mochte, so konnte doch niemand bestreiten, daß er ein hervorragender Geschäftsmann war. Hatte er nicht als erster die Vorteile einer mit Kendrick-Kapital errichteten Entkörnungsmaschine erkannt? Die Maschine gehörte Deborah und Felix gemeinsam; sie machte sich jedes Jahr von neuem bezahlt, und sie hatten auf Felix' Vorschlag hin dem ursprünglichen Gebäude noch einen Speicher hinzugefügt. Felix kaufte die Baumwolle der kleineren Plantagen auf und lagerte sie ein, bis er den besten Preis dafür erzielen konnte, ohne sich, wie möglicherweise die Farmer, mit dem Verkauf beeilen zu müssen. Unter Felix' Führung würde Bonard bestimmt gut vorankommen.

Und ebenso wie er seine Ruhe fand – hoffentlich in einer Ehe mit Selma, für die er schon immer eine besondere Vorliebe gezeigt hatte –, würde zweifellos auch Leon es tun. Leon wurde von den Leuten des Bezirks als ein wenig zügellos angesehen. Der Tod seines Vaters hätte ihm Gelegenheit zu einer frühen Reife bieten können, aber das hatte der Skandal mit dem Mädchen Clovis verhindert.

Deborahs impulsiv gefaßter Plan, Leon mit Bonard in die Schule nach Savannah zu schicken, war durchgeführt worden. Die Samuel-Holt-Akademie für junge Männer war kein College, obwohl die Schüler sie so zu nennen pflegten. Während des ersten Jahres mußten die Jungen auf dem Schulgelände wohnen, aber im zweiten Jahr hatte Leon seine Mutter und die Schulbehörde überredet, ihn mit Bonard ein Logis in der Stadt mieten zu lassen.

Niemand hielt Bonard für schlecht, aber man sagte, er sei hochmütig und vergnügungssüchtig, und wenn die Dringlichkeit des Augenblicks Deborah nicht gezwungen hätte, Leon mit ihm fortzuschicken, hätte sie sicherlich einen zuverlässigeren Freund und Mentor für ihren Sohn finden können. Leon war ein liebenswürdiger Junge, dem noch mehr als den meisten anderen daran lag, daß man ihn gern hatte; deshalb war er sehr beeinflußbar. Er hatte keinen ausgeprägten Ehrgeiz, keine besondere Neigung, Jura zu studieren, um sich eventuell später der Politik zu widmen. Gespräche über geschäftliche Dinge langweilten ihn, wenn er auch zu höflich war, es sich vor älteren Leuten anmerken zu lassen.

Er hätte sich für Beulah Land interessieren und sich dort betätigen sollen, denn schließlich würde der Besitz ja eines Tages ihm gehören; und wahrscheinlich hätte er das auch getan, wären nicht Deborah und Roscoe Elk zu erpicht darauf gewesen, die Plantage selbst zu leiten, statt ihm einen angemessenen Wirkungskreis einzuräumen. Ein energischerer junger Mann hätte sich vermutlich durchgesetzt, hätte Forderungen gestellt, um sich seinen Platz zu sichern, aber es war wiederum weniger Schwäche als vielmehr Leons Liebenswürdigkeit, die ihn daran hinderte, sich seiner Mutter und ihrem Aufseher gegenüber zu behaupten. Deborah beklagte sich, daß er sich nicht für den Besitz interessiere, während sie ihm gleichzeitig die Gelegenheit dazu verweigerte.

Und Roscoe gegenüber befand sich Leon in einer etwas heiklen Lage. Roscoe hatte einer peinlichen Situation abgeholfen und möglicherweise sogar einen Skandal vermieden, als er Clovis heiratete und damit zumindest dem Namen nach der Vater des Kindes wurde, bei dessen Geburt sich herausstellte, daß es offensichtlich von einem Weißen gezeugt worden war. Es wäre undankbar gewesen, das Angebot des Mannes angenommen zu haben und ihn jetzt, da Leon alt genug war, selbst die Verantwortung zu übernehmen, des Postens zu entheben, den man ihm damals gerade als Lohn für diesen Dienst übertragen hatte.

Ebenso wie viele andere willensstarke Menschen wollte Deborah das eine haben und das andere nicht verlieren: Sie wollte, daß Leon sich für die Plantage interessiere, während sie selbst ihre einflußreiche Stellung behielt und sich Roscoe Elks auch weiterhin zu ihrer Bequemlichkeit und dem Wohl von Beulah Land bediente. Die Tatsache, daß die Situation zum großen Teil, wenn auch nicht völlig, ihr selbst zuzuschreiben war, hinderte sie nicht daran, zu klagen, daß Leon, wenn er nicht bald seine Lebensweise änderte, ein Taugenichts werden würde.

Ihr Plan, eine künftige Ehe zwischen Leon und einer von Penelope Penningtons Nichten herbeizuführen, war im Sand verlaufen. Leon hatte kurz nach seiner Ankunft in Savannah Miss Pennington pflichtschuldig in ihrem Haus in der Broughton Street aufgesucht, um ihre Bekanntschaft und die der beiden jungen Damen, Lauretta und Sarah, zu machen. Lauretta hatte ihm sehr gut gefallen, aber es gab für ihn keine Möglichkeit, sich ihr zu nähern, weil Miss Penelope und Sarah ständig zugegen waren. Lauretta ihrerseits fühlte sich von dem gutaussehenden jungen Mann angezogen und bediente sich seiner, ihre Verführungskünste zu erproben, doch es kam nichts Ernstes dabei heraus, denn Miss Penelope bestand darauf, den Ton »familiär« zu halten. Leon war der Sohn ihrer alten Schulfreundin; daher behandelte sie ihn wie einen Neffen, und Lauretta und Sarah wurden aus dem gleichen Grund dazu angehalten, ihn als Vetter zu betrachten.

Nicht etwa, daß Miss Penelope – oder »Tante Pea«, wie ihre Nichten sie nannten – sich der Vorteile einer künftigen Verbindung zwischen den Kendricks und den Penningtons nicht bewußt gewesen wäre. Aber sie war eine alte Jungfer, die nichts von Ehestiftung verstand und sich auch nicht dafür interessierte. Schon allein ihre Gegenwart war ein Dämpfer für jegliches Gefühl, das über eine harmlose Neckerei hätte hinausgehen können. Mit ein klein wenig Ermutigung wäre vielleicht eine Zuneigung entstanden und gewachsen, aber Miss Penelope war nicht der Mensch, die geeignete Atmosphäre für das Aufblühen einer jungen Liebe zu schaffen. Und außerdem war immer Sarah zugegen, ein nettes, ruhiges Kind, auf ihre Art recht hübsch, aber ohne die Lebhaftigkeit ihrer älteren Schwester – eigentlich eher nüchtern.

Ohne ganz und gar die Hoffnung auf eine künftige Ehe zwischen Lauretta

Pennington und Leon aufzugeben, verdrängte Deborah vorläufig die Angelegenheit, ließ sie sozusagen in der Schwebe.
Ebenso wie Bonard als erster nach Savannah in die Schule gegangen war und dort ein Leben begonnen hatte, dem Leon sich später zugesellte und an dem er teilnahm, kehrte Bonard auch nach Beendigung seiner Schulzeit nach Hause zurück und begann mit einer Lebensweise, der Leon sich später anschloß, als er die Schule verließ und nach Beulah Land zurückkehrte. Die beiden jungen Männer standen auf freundschaftlichem Fuß miteinander, ohne wirkliche Freunde zu sein. Und bei ihren gemeinsamen mäßigen Ausschweifungen mit Alkohol und Frauen ermutigte und entschuldigte der eine den anderen.
Leon war zumindest besonnen genug, seinen Vergnügungen fern von Beulah Land nachzugehen. Wenn er trank, zeigte er sich niemandem auf der Plantage. Tatsächlich war er selten das, was man »betrunken« nennen könnte, obgleich sowohl er als auch Bonard Wein und Whisky mochten, die ihnen einen Aufschwung gaben und sie von der Langeweile ihres täglichen Lebens erlösten. Ihre sexuelle Befriedigung suchten sie nicht in festen »Liebesverhältnissen« – wo keiner von beiden Erfahrung besaß –, sondern im zwanglosen, unkomplizierten Umgang mit Prostituierten. Bei den Streifzügen, die sie gemeinsam unternahmen, war Leon ein fröhlicher Trinker und ein fröhlicher Ficker. Bonard neigte dazu, streitsüchtig zu werden, wenn er mehr als ein gewisses Maß getrunken hatte, aber da seine Kampflust sich nie gegen Leon, sondern nur gegen Fremde oder Zufallsbekanntschaften richtete, nahm Leon meist keine Notiz davon. Bonard fand auch hin und wieder Vergnügen daran, seine Huren zu mißhandeln. Eine von ihnen ließ ihm einmal eine Zeitlang das Haus verbieten, in dem sie arbeitete, weil er ihr ein blaues Auge geschlagen und eine ihrer Brüste mit seinen Zähnen so brutal zugerichtet hatte, daß sie sich zwei Wochen lang keinem anderen Kunden zeigen konnte.
Leon gestattete sich nie, den Blick zu lange auf einem der Negermädchen von Beulah Land ruhen zu lassen. Die Erfahrung mit Clovis war ihm eine Lehre gewesen. Obgleich er der Sohn des Gebieters war, hatte sie damals die Oberhand gehabt. Sie hatte ihn von seinem Freund Floyd getrennt, sie hatte ihn in Verlegenheit und Schande gebracht und ihn letztlich aus seinem Elternhaus vertrieben. Ihr Kind, dessen helle Haut jedem verriet, daß es das seine war, wurde mißgestaltet geboren. Sein Rücken hatte eine seltsame Form, die sich mit der Zeit zu einem Buckel auswuchs, und ein Bein war kürzer als das andere, so daß der Junge hinkte, als er laufen lernte. Deborah schrieb Leon über die Geburt des Kindes: »Clovis hat einen Sohn geboren und ihn Roman genannt. Er hat eine hellere Hautfarbe als sie oder Roscoe, und er ist ein Krüppel. Wir glauben nicht, daß er am Leben bleiben wird.«

Als Leon zum erstenmal zu Besuch nach Hause kam, hütete er sich, viel über die Plantage zu gehen; er verbrachte die meiste Zeit im Haus oder auf Oaks, oder er ritt mit Bonard durch die Gegend.

3

Als Clovis ihr zweites Kind erwartete und Leon wieder einmal während der Ferien zu Hause war, bat Roscoe seine Herrin um eine Unterredung, sobald es ihr und »dem jungen Herrn« gelegen käme, gemeinsam zugegen zu sein, da die Angelegenheit, die er zur Sprache bringen wolle, wichtig und von allgemeinem Interesse sei.
Deborah und Leon empfingen den Aufseher in dem kleinen Wohnzimmer, das Deborah zu ihrem Büro gemacht hatte, obgleich es der Durchgangsraum zur Treppe war. Als Roscoe anklopfte, bat Deborah ihn einzutreten, und er kam herein. Er trug seine Sonntagskleidung, und sein Gebaren wirkte feierlich, was vielleicht auch daher kommen mochte, daß er unter dem Arm eine pfauenblau lackierte Schachtel oder Schatulle mit geschlossenem Deckel trug. Nachdem er kurz Deborahs Blick festgehalten hatte, neigte er den Kopf und sagte förmlich: »Mrs. Kendrick.« Sie nickte, und er war offensichtlich im Begriff, sein Anliegen vorzubringen, als er plötzlich Leon zu entdecken schien.
Den Blick auf den jungen Mann geheftet, neigte er abermals den Kopf, dann wandte er sich wieder an Deborah. Leon errötete vor Verlegenheit.
Roscoe sagte: »Ich bin gekommen, um die Herrin – und den jungen Herrn – zu fragen, ob ich meine Frau Clovis, da sie schwanger ist, kaufen kann.«
Deborah brauchte einen Augenblick, um sich von ihrer ersten Überraschung zu erholen, dann dachte sie noch ein paar Sekunden nach und sagte schließlich: »Ich glaube, wir können in dieser Frage zu einer Verständigung gelangen.«
»Welche Summe würde die Herrin – und der Herr – für angemessen halten?«
»Ich finde, es ist an Ihnen, einen Vorschlag zu machen. Wie Sie wissen, ist Clovis niemals gekauft oder verkauft worden; sie wurde hier geboren. Wir verkaufen unsere Leute nicht, es sei denn, sie bitten darum.«
»Ich schlage vor, sie mit eintausend Dollar zu bewerten«, sagte Roscoe. »Ich habe mich erkundigt, und das scheint zur Zeit der Preis für eine Frau ihres Alters und ihrer Kraft zu sein.«
Deborah brachte es fertig, ruhig zu erscheinen, obwohl ihr ein leichter Schweiß auf die Stirn getreten war. »Das ist durchaus annehmbar«, erwiderte sie. »Und haben Sie die Absicht – was ich nicht hoffe –, von Beulah Land fortzugehen?«

»Nein, Herrin.«
Deborah lächelte erleichtert.
»Ich möchte lediglich, daß Mrs. Elk als freie Frau lebt und unser Kind – unsere Kinder frei geboren werden.«
»Ja, das verstehe ich. Sagen wir also, daß die Sache geregelt ist, und daß Sie zahlen können, wann und wie Sie wollen.«
»Ich bin bereit, jetzt zu zahlen.« Er nahm die Schatulle in beide Hände. »Aber ich muß Mr. Felix Kendrick ersuchen, ein entsprechendes Dokument aufzusetzen...«
Roscoe wartete. »Ich möchte jetzt zahlen, wenn es der Herrin recht ist. Das Dokument kann hinterher aufgesetzt werden, und der junge Herr Leon Kendrick ist Zeuge, daß ich die vereinbarte Summe gezahlt habe.«
»Gut«, sagte Deborah und fand sich mit dem ab, was jetzt folgen mußte. Roscoe hielt ihnen die Kassette hin, öffnete den Deckel und deutete auf das Innere, das mit Münzen angefüllt war. »Ich bitte die Herrin – oder den jungen Herrn –, den Betrag nachzuzählen, falls ich mich geirrt haben sollte.«
»Ich bin sicher, daß Sie richtig gezählt haben«, sagte Deborah. »Ich werde Ihnen eine Quittung geben.«
»Bitte, Mistress. Ich kann keine Quittung annehmen, ehe das Geld nicht nachgezählt worden ist«, erwiderte Roscoe. »Das ist kein korrektes Geschäftsgebaren. Wenn der junge Herr...«
Deborah und Leon wechselten einen Blick, dann nahm Leon die Kassette mit dem Geld und setzte sich an Deborahs Schreibtisch. Sie stand an einer Seite des Schreibtischs, Roscoe an der anderen, und beide sahen zu. Leon begann zu zählen. Er schrieb Zahlen auf ein Stück Papier, das Deborah ihm gegeben hatte. Eine Dreiviertelstunde später war er fertig und addierte die diversen Kolonnen – der Betrag setzte sich aus amerikanischer sowie aus englischer Währung zusammen. Dann gab er Deborah den Zettel. Sie sah die Zahlen aufmerksam durch, nickte hin und wieder, während sie innehielt, um eine gewisse Summe nachzurechnen. Schließlich erklärte sie: »Es ist alles in Ordnung.«
»Die Quittung, von der wir gesprochen haben?« erinnerte Roscoe.
»Gewiß.«
Leon stand vom Schreibtisch auf und überließ seiner Mutter den Stuhl, auf dem er gesessen hatte. Sie schrieb rasch eine Quittung über den Betrag, nannte den Zweck, für den er bezahlt worden war, unterschrieb sie und reichte sie Roscoe.
Roscoe las sie aufmerksam und nickte, dann wandte er sich respektvoll an Leon. »Würde Master Leon bitte auch unterschreiben?«
Leon nahm seiner Mutter die Feder aus der Hand, tauchte sie nervös in das Tintenfaß, das sie offengelassen hatte, und setzte seinen Namen unter

den ihren. Ohne die Tinte trocknen zu lassen, gab er Roscoe das Dokument zurück.

Roscoe betrachtete es noch einmal und sah mit offensichtlicher Befriedigung auf Leons Unterschrift. »Jetzt werden meine Kinder frei geboren werden«, sagte er.

»Ja, das stimmt«, erwiderte Deborah. »Aber wie steht's mit Roman?«

Sobald sie die Worte ausgesprochen hatte, erkannte sie, daß sie es nicht hätte tun sollen. Leon, der neben ihr stand, erstarrte vor Bestürzung über ihre gedankenlose Frage, noch ehe Roscoe sagte: »Das Kind, Roman genannt, mag ein Sklave bleiben. Er ist als ein solcher geboren worden. Vielleicht ist das sein Schicksal.«

4

Lovey sagte häufig, daß sie wünsche, ihre Kinder würden heiraten, und daß sie sich nach Enkeln sehne, aber solche Erklärungen sind alltäglich, und in diesem Fall waren sie eine Übertreibung, wenn nicht sogar eine regelrechte Unwahrheit. Die meisten jungen Männer in Floyds Alter waren verheiratet oder verlobt, und die meisten der Mädchen in Paulines Alter waren verheiratet oder hofften, es bald zu sein, oder sie hatten zumindest irgendeine unglückliche Liebesaffäre, über die sie nachgrübeln und klagen konnten. Viele von ihnen baten die alte Maggie regelmäßig um Rat und Zaubertränke.

Pauline hatte nicht die Absicht zu heiraten. Wenn sie das sagte, erinnerten sich die Leute, daß Lovey als junges Mädchen das gleiche erklärt hatte, und maßen dem Entschluß der Tochter keine Bedeutung bei. Pauline arbeitete hauptsächlich in der Küche, aber es stand ihr frei, sich selbst ihre Aufgaben zu wählen. Niemand beaufsichtigte sie in irgendeiner Weise. Sie hatte nicht den Wunsch, die Nachfolgerin der Köchin zu werden, wenn jene biedere Frau beschloß, ihre Schürze an den Nagel zu hängen und in die Gefilde der Seligen einzugehen, oder wenn sie alt und gebrechlich wurde und man ihr gut zuredete, an kalten Wintertagen neben dem Herdfeuer zu sitzen und über die großartigen Diners zu schwatzen, die sie vor einem oder vor fünf Jahrzehnten zubereitet hatte. Deborah hatte beschlossen, daß Myrtis die Küche übernehmen sollte, wenn die Köchin bereit war, sie zu verlassen. Myrtis war schon jetzt durchaus imstande, eine normale, schlichte Hausmannskost zu kochen, und das war alles, was nach Deborahs Meinung in einem Haushalt benötigt wurde.

Pauline war eine inspirierte Köchin. Sie kochte nur hin und wieder, wenn ihr der Sinn danach stand. Doch dann nahm sie sich endlos Zeit und setzte alles daran, daß ihr eine Speise genau richtig gelang; sie hatte einen siche-

ren Instinkt und einen anspruchsvollen Geschmack. Ihre besondere Kunst waren süße Sachen. Niemand verstand sich wie sie auf Kuchen, Torten und feine Nachspeisen. Sie war freilich nicht bereit, auf Befehl und jeden Tag zu backen. Sollte doch Myrtis das besorgen – ihre Apfeltorten und Pfirsichpasteten schienen immer größtenteils aus feuchtem Teig und dünnem Sirup zu bestehen, und ihre Kuchen waren für gewöhnlich oben verbrannt und abgekratzt und hatten einen dicken Zuckerguß, der das nach innen gerichtete Gefälle in der Struktur des Kuchens verbarg.
Paulines Kuchen, Pasteten und Törtchen, Puddings, Gelees, Zuckerwerk und Konfekt wurden im Speisezimmer stets mit Respekt, Dankbarkeit, ja Freude empfangen. Es waren Geschenke, nicht etwas, das man als selbstverständlich hinnahm oder bestellte. Sie arbeitete wirklich mit Liebe, und besondere Mühe gab sie sich mit Zitronenspeisen, weil sie hoffte, Selma damit eine Freude zu machen. Das Gefühl einer bindenden Kraft ist nicht immer willkommen oder angenehm. Selma ahnte, daß irgend etwas sie und Pauline verband, aber sie war nicht bereit, es einzugestehen, und wußte tatsächlich auch nicht, was es eigentlich war.
Fast ein Nebenberuf waren für Pauline ihr Interesse und ihr Talent für die Herstellung von Heilmitteln, die sie von ihrem Vater erlernte. Und wiederum: Sie war nicht dazu geschaffen, sich als Ärztin, Tierärztin oder Krankenschwester niederzulassen; aber sie hatte viele Stunden damit verbracht, Ezra bei der Arbeit über seinen Mixturen und Gebräuen zu beobachten, und sie lernte von ihm, sich genau zu merken, wie der geringfügigste Unterschied in der Zubereitung die Wirkung eines Präparats veränderte. Gewöhnliche Leiden konnten mit gewöhnlichen Heilmitteln zu- oder abnehmen; ihr einziges Interesse galt dem Seltsamen, dem Besonderen. Sie war auf ihre Art glücklich, und wenn sie geheime Träume oder Wünsche hatte, so teilte sie diese mit niemandem.
Floyd teilte sich allen und jedem mit. Auch er war auf seine Art ganz glücklich. Er hatte eher zuviel Gesellschaft. Irgend jemand war immer in seinem Schmiedeschuppen. Er war ein geschickter und gewissenhafter Arbeiter, der nichts duldete, was nicht vollkommen war. Alles mußte passen, richtig sein, sonst war es falsch. Er arbeitete sehr fleißig und fand trotzdem noch Zeit, mit seinem Vater angeln zu gehen, aus einem Hufnagel einen Ring für ein Kind zu machen, einen Topf zu löten, sich zu einem einsamen alten Mann oder einer alten Frau zu setzen und mit ihnen zu reden oder ihnen zuzuhören.
Es fehlte ihm auch nicht an weiblicher Gesellschaft. Ohne große Worte oder Wichtigtuerei wirkte er anziehend auf Frauen, und er brauchte sie. Er nahm Zuneigung entgegen, die ihm geboten wurde, wenn das Angebot nicht mit Bedingungen verknüpft war, und er verschenkte seine eigene Zuneigung auf eine Art und Weise, die ihn nur vorübergehend band. Er

suchte niemals eine Gelegenheit oder nutzte sie aus, und er rührte kein Mädchen an, das glaubte, in ihn verliebt zu sein. Offen und liebenswürdig, wie er zu allen zu sein schien – und es tatsächlich bis zu einem gewissen Grad auch war –, war er nichtsdestoweniger ein Mann mit einem Eigenleben und Gefühlsnuancen, die er selbst noch nicht zu ergründen und zu verstehen begonnen hatte.

Die eindeutigste Gefühlsregung, die er empfand, war seine Freundschaft mit seinem Vater. Es war während dieser Zeit, daß sie wirklich vertraut miteinander wurden und sich gegenseitig schätzenlernten. Es war die Zeit, in der Ezra am meisten Vater und Floyd am meisten Sohn war. Das hatte wenig mit den Worten zu tun, die sie sprachen, sondern mit ihrem Zusammensein selbst; es gab da ein Vertrauen, ein Behagen, einen plötzlichen Ausbruch von Liebe, mehr Schmerz als Gelächter. Manchmal, wenn sie zusammen an dem Flußufer saßen, an dem Floyd früher mit Leon gesessen hatte, kam es Floyd vor, als sei er noch nie jemandem außer sich selbst so nahe gewesen und würde es auch nie wieder sein. Während sie, ohne etwas zu sagen, dort beisammen saßen, das Wasser oder den Korken an einer Angelschnur beobachteten und auf das geheimnisvolle, lebendige Summen des Flusses lauschten, erkannte Floyd, daß dies die vollkommene Liebe war. Er würde niemals eines solchen Vaters würdig sein; das Bewußtsein, daß Ezra ihn mehr liebte als jeden anderen Menschen auf der Welt, war ihm heiliger als Gott und alle Engel. Er wünschte, daß sein Vater niemals älter würde, als er jetzt war. Er wünschte, daß sie immer so Seite an Seite sitzen könnten. Das Wissen, daß dies nicht sein konnte, steigerte nur noch die Tiefe der Liebe, die er empfand, so daß er sich vorsehen mußte, wieviel er diesem Mann zeigte, der jetzt so sichtlich alt wurde, damit Ezra ihn nicht fragte: »Was ist, mein Sohn? Quält dich etwas?« Und darauf gab es keine Antwort, außer: »Nein, Papa. Ich liebe dich.«

Obwohl Lovey immer wieder versicherte, wie sehr sie sich wünsche, daß Pauline und Floyd heiraten und ihr Enkelkinder schenken sollten, war sie im Grunde ganz einverstanden, die Dinge so weitergehen zu lassen, wie sie waren. Keines ihrer Kinder, dachte sie sich, würde ihr je ernsthaften Kummer bereiten. Ohne sie zu verstehen oder sich zu fragen, ob sie es tat oder nicht, vertraute sie ihnen.

Sie machte sich vielmehr Sorgen um Selma und Leon, die sie als ihre beiden anderen Kinder betrachtete. Sie hatte Angst um Selma; sie hatte Angst um Leon; und sie mißtraute Deborah und ihren Plänen für Selma und Leon, denn Deborahs Pläne stützten sich nicht auf die Bedürfnisse und den Charakter ihrer Kinder, den sie ohnedies nicht verstand, sondern vielmehr auf das, was Deborah selbst für angemessen und vorteilhaft hielt. Deborah schmiedete mit Vorliebe Ränke und Pläne für diejenigen, denen man es überlassen sollte, ihre eigenen Entschlüsse zu fassen. Lovey konnte sie nicht daran hindern, aber sie würde wachsam sein und vielleicht eingreifen, wenn der Augenblick gekommen war, der ein Eingreifen notwendig und möglich machte.

5

Selma hatte ihre innere Reinheit verloren. Niemand, der sie hat, behält sie; die meisten wissen überhaupt nicht, ob sie sie besitzen, und es bereitet ihnen daher auch keine Sorgen, sie zu verlieren. Selma klammerte sich an die ihre, solange sie nur konnte, aber es gab vieles, was sie verdarb, verzerrte und zerstückelte, und das stärkste davon war für Selma die Anteilnahme an Menschen und Dingen außerhalb ihrer selbst.
Eine Zeitlang war sie im großen und ganzen sich selbst genug gewesen. Eine Zeitlang störten Deborah und das, was Deborah von ihr erwartete, sie nur vorübergehend; sie war besser und stärker als das. Aber ihre Geringschätzung für ihren Bruder Leon – es war mehr das als eine regelrechte Abneigung – deutete eine Art Verwicklung an. Und ihre widersprüchlichen Gefühle, was ihren Vater betraf, stellten eine echte und tiefe Verwicklung dar. Als er lebte, wollte sie ihn gleichzeitig lieben und meiden, wollte ihm im Grunde sagen: »Ich liebe dich, laß mich in Ruhe.« Als er starb, wurden aus der Liebe und dem Wunsch, ihn zu meiden, Schmerz, Zorn und Schuldgefühl. Niemand stirbt, ohne daß irgendein Lebender Schuld empfindet. Wie dem auch sei – ein weiteres Stück Unberührtheit ging verloren.
Dann gab es das, was sie zwischen Leon und Clovis beobachtet hatte und was hinterher geschehen war – Leons Besuch in der Schule in Savannah, der, wie sie wußte, nur dazu dienen sollte, ihn wegen jenes Vorkommnisses von zu Hause fernzuhalten. Da war das Kind, das Clovis nach ihrer Heirat mit Roscoe zur Welt gebracht hatte, ein blasses, mißgestaltetes Wesen, das in Selmas Vorstellung für das Unrecht dessen stand, was sie zwischen den beiden, aus deren körperlicher Verbindung es hervorgegangen war, mit angesehen hatte.
Da war Tante Nell und die Art, wie sie ihren Körper und Geist zur Lüge zwang, um sich gesellschaftlichen Konventionen anzupassen, die ihrer Natur widersprachen. Da war Tante Nells Güte – gewiß nicht etwas, dessentwegen sie sich jemals große Ungelegenheiten machte oder das sie die Oberhand über sich gewinnen ließ. Nichtsdestoweniger war sie vorhanden. Tante Nell, das erkannte Selma, konnte nicht so egoistisch und innerlich unabhängig sein, wie sie es gern gewesen wäre. Und einer der Gründe dafür war Onkel Felix, der, obwohl nach den üblichen Maßstäben

ein Filou, außer einem Filou auch noch etwas anderes war: ein enttäuschter Ehemann, ein gütiger und törichter Mensch mit Bedürfnissen, die mit nichts und niemandem außer ihm selbst etwas zu tun hatten. So konnte Tante Nell, die einen fast perfekten Egoismus besaß, nicht einmal ihrem eigenen Egoismus völlig treu sein. Warum mischten sich die Menschen ein? Warum brachten sie ihre Eigenschaften – gute oder schlechte – mit hinein und verwehrten es damit einer Frau, sich selber treu zu sein? Lieber die einsame Selbstsucht als die bedeutungslosen Verwicklungen, die Ehrlichkeit unmöglich machten und das wahre Ich zerstückelten.

Da war die Schule, die Selma in Highboro besucht hatte: Ihre Erfahrungen dort ergänzten das, was sie bei ihrer Tante Nell und Onkel Felix beobachtet hatte. Die Mädchen, die sie dort kennenlernte, hatten sich so frühzeitig, so eifrig und automatisch angewöhnt, sich selbst und ihr eigenes Ich zu verleugnen, daß sie jetzt diese Verleugnung abstreiten würden – und überzeugt wären, dabei die Wahrheit zu sagen. Wird ein Mädchen mit der Ansicht geboren, die Farbe Rosa, eine weiche Locke, ein gezierter Gang, ein vorgetäuschtes zärtliches Lächeln oder ein affektiertes Kichern seien weiblich und wünschenswert? Wer stellte derartige Regeln auf? Warum ist es falsch – wenn es das ist –, mehr über den Regen als über eine Mutter nachzudenken? Würde die Welt untergehen, wenn sie ihre Bibel verbrannte und nie wieder an sie dachte? Wenn sie erklärte, daß Musik (die einzige Art, die *sie* verstand) für ihr Ohr überhaupt keine Musik war?

Bei dem ersten Zweifel oder Zaudern fangen Reinheit und Unschuld an, sich langsam zu zersetzen, und werden zu dem, was man »Erfahrung« und »Kennenlernen des Lebens« nennt. Und wenn man schließlich vollkommen verdorben und voll von Kompromissen ist, kann man als »reif« angesehen werden.

Selma, die dringend etwas brauchte, woran sie sich halten konnte, verliebte sich in eine Schulkameradin namens Elizabeth-Ann Malone, die all das war, was Selma nicht war – konventionell, gefügig, anerkennend, hoffnungsvoll. Und während sie im stillen über das Mädchen spottete, während sie ihrer jungen Liebe vorwarf, daß sie sich vor falschen Idolen beuge, begann sie selbst, diese Idole zu akzeptieren, und entdeckte mit der Zeit, daß sie, wenn sie sich große Mühe gab, imstande war, sich wie die anderen Mädchen zu benehmen: in scheinbarem Schreck über ein unerwartetes Getöse aufzuschreien, über jede uninteressante kleine Neuigkeit zu kichern, vorzugeben, daß sie sich für Kleider, Kochen und Nähen und selbst für Babys interessiere – mit einem Wort, »erwachsen« zu werden und all die Reinheit, Unschuld und gute, ehrliche Selbstsucht zu verraten, mit der sie geboren war.

Bonards Selbsttäuschung war von anderer Art. Nachdem er seinem Eigennutz und seinen Wünschen freien Lauf gelassen hatte, sehnte er sich jetzt nach Unschuld und Reinheit und glaubte, diese in der Person von Selma verkörpert zu sehen. Trotz ihres neuen scheinbaren Sich-Fügens in die gesellschaftliche Konvention war sie immer noch in ihrer Erscheinung und Unterhaltung ungewöhnlich und originell genug, um mit ihrer Frische jeden zu bezaubern, der sich für so abgestumpft oder von der konventionellen Gesellschaft übersättigt hielt wie Bonard.

In ihrem tiefsten Inneren und ohne es zu wissen – tatsächlich hätten sie es geleugnet, wäre es behauptet worden –, waren sowohl Selma als auch Bonard bereit, ihre Rollen in Deborahs Plan einer Verbindung zwischen ihnen zu spielen.

So hochmütig Bonard auch seinen Untergebenen gegenüber sein mochte, er war lebhaft und charmant, wenn er mit Selma zusammen war; und sie, die bis zur Überspanntheit exzentrisch sein konnte, wurde in Bonards Gegenwart zum sanftmütigen, schüchternen Mädchen – einem Dornröschen, das durch den Kuß des Prinzen wieder zum Leben erweckt werden würde.

Bonard sah aus wie ein Prinz. Er schätzte persönliche Sauberkeit, sowohl an seiner Person als auch in seiner Kleidung, und so gab es nichts an ihm, was Selmas Zartgefühl hätte verletzen können. Hingerissen von dem jungen Mädchen, zeigte sich Bonard sehr lebendig, und schon allein diese Lebendigkeit schien dem jungen Mädchen ein Beweis für seine Feinfühligkeit zu sein.

Deborahs Winke Selma gegenüber waren plump und leicht zu durchschauen, was widersinnigerweise nur dazu diente, Bonards Sensibilität in einem noch stärkeren und sympathischeren Licht erscheinen zu lassen. Aber es war Roosters und Trudys bevorstehende Heirat, die letztlich den entscheidenden Anstoß gab.

Es gab Gesellschaften, bei denen Bonard regelmäßig zu hören bekam: »Mir scheint, Bonard, dein jüngerer Bruder ist dir zuvorgekommen.«

Es gab Damengesellschaften für Trudy, bei denen Selma wiederholt hörte: »Aber die Davis' sind auch wirklich eine ganz besonders reizende Familie!«

Und es gab Gesellschaften, bei denen sowohl Selma als auch Bonard zugegen waren und wo es sich ganz natürlich zu ergeben schien, daß sie sich zusammenfanden oder durch Tischkarten nebeneinander gesetzt wurden, und sie gewöhnten es sich an, scherzhaft ihre Erfahrungen auszutauschen oder sich über die Anwesenden lustig zu machen. Bonard, dem viel daran lag, Selma zu gefallen, brauchte nur zu lächeln und zu nicken, und schon glaubte sie, daß er ihre Gefühle und Gedanken teilte, daß es wahrhaftig ein besonderes Band zwischen ihnen gab.

Niemals wirklich allein, gaben sie vor, bei geselligen Veranstaltungen die kurzen Augenblicke zu genießen, die sie miteinander verbrachten, wenn irgend jemand sie zufällig verließ und es eine Weile dauerte, bis jemand anderes hereinkam. Als sie einmal allein geblieben waren – wäre es ein feuchterer Tag gewesen, so wäre es vielleicht nicht geschehen, oder es wäre anders geschehen –, wandten sie sich unvermutet in der gleichen Sekunde einander zu, und irgend etwas in ihrer Verblüffung über dieses Zusammentreffen, verschärft durch die Elektrizität der heißen, trockenen Luft, gab dem Augenblick Bedeutung. Dieser Augenblick überzeugte Selma, daß sie Bonard lieben konnte. Bonard, der sofort an ihren Augen erkannte, was geschehen war, griff nach ihren Händen, und eine Minute später waren sie verlobt.

6

Vorübergehend wurde der Gedanke an eine Doppelhochzeit erwogen, aber das ließ Bonards Stolz nicht zu; es durfte nicht so aussehen, als ob er seinem Bruder nacheifern und seinen Vorsprung aufholen wolle. So heirateten Trudy und Rooster im Februar, und Trudy war schwanger, ehe der Hochzeitstag von Selma und Bonard auf Mitte Mai festgesetzt wurde.

Nachdem Selma ihr Versprechen gegeben und zugelassen hatte, daß die Verlobung allgemein bekanntgemacht wurde, gab es für sie kein Zurück. Die beiden waren jetzt noch seltener allein als zuvor. Sie ließen andere über sie bestimmen und wurden zu Marionetten all der Hände und Willen um sie herum.

Laura-Lou, die Näherin, die von Oaks nach Beulah Land gekommen war, als Flossie heiratete und nach Oaks ging, verstand zwar viel von ihrem Handwerk, war aber nicht gut genug für die feineren Kleider, die Selma mitbekommen sollte. Überraschenderweise raffte Nell sich auf, Selma nach Savannah zu begleiten, wo sie im Haus von Miss Pennington wohnten und Nell und Selma die Brautkleider wählten, oder besser gesagt, Nell wählte sie mit Hilfe der drei Damen Pennington, deren Ansichten von Nell erwogen und zurückgewiesen oder angenommen wurden, denn Selma kümmerte sich überhaupt nicht darum, was sie tragen würde. Eine Stoffrose am Handgelenk war tagelang der Gegenstand leidenschaftlicher Diskussionen, ihre letztliche Billigung ein Triumph für diejenigen, die dafür gewesen waren, eine Niederlage für ihre Gegner.

Nell erwies sich in dieser Zeit als unermüdlich, ließ nichts von der Mattigkeit erkennen, die sie sonst zu zeigen pflegte. Sie verhandelte energisch und geschickt mit Verkäufern und Näherinnen, wußte genau, was sie wollte, musterte mit kühlem Kennerblick Stickereien und Spitzen, verlangte stets – und erhielt auch meistens – eine nahezu perfekte Arbeit. Und Selma blieb auch weiterhin gelassen und unbeteiligt. Sie freute sich, Savannah kennenzulernen, wo sie noch nie zuvor gewesen war, fand es jedoch viel zu groß und lärmend. Man sagte, die Stadt hätte einschließlich der Sklaven zwischen acht- und neuntausend Einwohner! Selma konnte sich nicht vorstellen, daß es irgendwo auf der Welt an einem einzigen Ort so viele Menschen gab, und sie erinnerte sich in einem Winkel ihres Gehirns an eine Frage, die sie einmal ihrem Vater gestellt hatte: »Papa, gibt es Chinesen?«

Sie sah das meiste nur von der Kutsche aus, die sie von einem Laden zum anderen fuhr oder gelegentlich zu einem Besuch bei Bekannten. Und zweimal brachten sie genügend Energie und Enthusiasmus auf, um ins Theater am Chippewa Square zu gehen, wo ein bekanntes Ensemble Stücke von Shakespeare spielte. Selma mochte Miss Pennington recht gern und nahm schon nach kurzer Zeit die Gewohnheit der Nichten an, sie »Tante Pea« zu nennen. Sie fand Lauretta ein wenig erschreckend – so hübsch, so selbstsicher, so ganz und gar ein Großstadtmädchen. Sarah flößte ihr weniger Scheu ein. Im Gegensatz zu ihrer älteren Schwester schien sie sehr still zu sein. Aber nachdem Selma zu diesem Schluß gekommen war, erkannte sie mit plötzlich geschärftem Wahrnehmungsvermögen, daß sie sich irrte. Sarah war ein Mädchen, das seine Meinung für sich behielt, sich seine eigenen Gedanken machte, auf eine passende Gelegenheit wartete. Selma mochte beide Mädchen, und sie mochte deren Tante, und zum erstenmal in ihrem Leben fand sie, daß ihre Mutter Geschmack und ein gutes Urteilsvermögen bewiesen hatte, als sie sich Tante Pea zur Freundin wählte, so lange dies auch her sein mochte, und so sehr ihre Mutter sich auch inzwischen verändert hatte.

Einem plötzlichen Impuls folgend, lud sie die drei ein, zu ihrer Hochzeit nach Beulah Land zu kommen und bei ihnen zu wohnen; aber Tante Pea wollte sich nicht auf einen so spontanen Vorschlag einlassen und erwiderte, daß sie gerne einmal kommen würden, wenn das Leben auf Beulah Land weniger hektisch war, als es zweifellos in der Zeit der Vorbereitungen für die Hochzeit sein würde.

Während der emsigen Wochen, die Nell und Selma bei den Penningtons verbrachten, machten Bonard und Leon einen plötzlichen, kurzen Überfall auf die Stadt. Ihre Reise war eine spontane Idee von Bonard gewesen, die Leon gierig aufgegriffen hatte. Während der drei Stunden, die sie im Haus von Miss Pennington verbrachten – sie hatten sich überreden lassen, zum Essen zu bleiben –, taten sie sehr geheimnisvoll, was den Grund ihres Kommens betraf. Lauretta verbrachte den größten Teil der Zeit damit, die beiden jungen Männer zu bezaubern. Diese drei ließen es kaum zu, daß die Aufmerksamkeit sich auch nur einen Augenblick lang irgend

jemand anderem zuwandte; die übrigen waren nur stumme Zuschauer. Nachdem die jungen Männer sich verabschiedet hatten, rief Lauretta erfreut aus, Mr. Davis müsse wohl ebenso schüchtern sein, wie er verliebt war, denn er habe doch nur darauf bestanden, mit ihr zu reden, weil es ihn offensichtlich verlegen gemacht habe, vor anderen mit seiner Liebsten zu sprechen; während Mr. Kendrick, so beteuerte sie, zweifellos eine Vorliebe für ihre Schwester Sarah habe, denn es sei eine bekannte Tatsache, daß junge Herren es vermieden, mit Mädchen zu sprechen, die ihnen gefielen, und nur ungezwungen mit denjenigen plauderten, die sie kaum wiedererkennen würden, wenn sie ihnen das nächstemal begegneten.
Sarah sagte nichts zu dieser Beurteilung des Abends, aber Selma blickte eindringlich fragend auf ihre Tante Nell, die gähnte. Wenn es etwas gab, gestand Nell, wovon sie keine Ahnung hatte, so waren es die Angewohnheiten von jungen Männern und das, was in ihrem Kopf vorging und sie veranlaßte, sich so verdreht zu verhalten; worauf sie alle lachten und sich wieder behaglicher miteinander fühlten.
Der Grund für Bonards und Leons Reise nach Savannah war in Wirklichkeit keineswegs ein Geheimnis. Sie waren gekommen, um sich zu amüsieren oder, wie Bonard es nannte, um »zum letztenmal die Freiheit zu genießen«. Sie gingen nicht zu ihrer alten Wirtin, die sie wieder wie Schuljungen behandelt hätte, sondern stiegen in einem Gasthaus ab. Sie aßen üppig, tranken unmäßig und gingen jeden Abend in das Bordell, das sie während ihrer Schuljahre kennengelernt und häufig aufgesucht hatten.
Sie kehrten nach Hause zurück: ein erschöpfter und bleicher Bonard, der, wie man annahm, sich so verlassen gefühlt hatte, als seine Braut nach Savannah fuhr, daß er ihr dorthin gefolgt war, um während der wenigen Stunden, die sie ihm zwischen ihren Einkäufen widmen konnte, in ihrer Nähe zu sein; und Leon, der vergnügt und äußerst zufrieden mit dem Leben und vor allem mit sich selbst zu sein schien. Kurz nach ihnen kam eine gedankenverlorene Selma mit ihrer stolzen Tante Nell, der Quelle und Spenderin allen Wissens über die zahlreichen Kleidungsstücke, die bestellt, entworfen, genäht, anprobiert und letztlich gebilligt worden waren. Und dann begann eine Zeit, in der die beiden Hauptpersonen des kommenden Ereignisses sich kaum je sahen, außer in Gegenwart von einem Dutzend anderer Menschen. Angeblich der Mittelpunkt jeder Gesellschaft, wurden sie jetzt in Wirklichkeit noch mehr als zuvor wie Marionetten behandelt. Man verlangte von ihnen nur, daß sie zugegen waren und glücklich aussahen. Die Höflinge beherrschten das Schloß. Das Wohlbehagen und die Gefühle der schwachsinnigsten Großtante oder des unhöflichsten Vetters waren wichtiger als die ihren.
Zeremoniell und Reglementierung wirken tötend auf die Liebe. Als Selma

und Bonard ihre Pflicht getan hatten, hätten sie bloße Lebkuchenfiguren sein können – nicht einmal mehr Marionetten –, so teilnahmslos standen sie einander gegenüber.

7

Der Baumstamm, auf dem Selma saß, lag halb im Fluß und halb am Uferrand. Sie ließ die Finger durch das Wasser gleiten, war sich jedoch kaum bewußt, was sie tat, denn an diesem Maimorgen, ihrem Hochzeitstag, war das Wasser so warm wie ihr Blut.
Sie war heute selbst für ihre Verhältnisse früh aufgewacht, denn am Abend zuvor war sie früh zu Bett gegangen, nachdem sie ihrer Mutter und Tante Nell erklärt hatte, daß sie allein sein wolle. Bonard, Rooster und seine fröhliche, schwangere Frau Trudy waren zum Abendessen bei ihnen gewesen, und Leon hatte zu Pferd den Wagen begleitet, der die jungen Davis' nach Oaks zurückbrachte, nachdem Selma sich still von ihnen verabschiedet hatte. Die heimkehrenden jungen Leute waren in sich gekehrt und zufrieden. Nur Leon brachte hin und wieder sein Pferd dicht an den Wagen heran, um mit seinem Freund Bonard zu scherzen. Als sie von der Landstraße in den schmalen Weg einbogen, der nach Oaks führte, scheuchte ihr plötzliches Gelächter über Leons letzte witzige Bemerkung, zusammen mit dem Wiehern der Pferde, die den Stall witterten, eine Schar Vögel auf, die sich im Gebüsch am Wegrand zur Nachtruhe niedergelassen hatten.
Allein in ihrem Schlafzimmer, überprüfte Selma noch einmal die einzelnen Kleidungsstücke, die in ihrem Schrank zurückgeblieben waren. Ein Koffer war mit ihren neuen Kleidern gepackt und sein Deckel offengelassen worden, für den Fall, daß sie noch im letzten Augenblick etwas hinzufügen wollte. Auf dem Boden des Schrankes – wie kam es, daß Selma sie erst jetzt entdeckte? – lagen die alten roten Schuhe aus Zeltleinwand, die Lovey vor so langer Zeit für sie genäht hatte. Sie probierte sie an und sah, daß sie noch paßten, wenn auch ein wenig knapp und stramm.
So trug sie die Schuhe an diesem Morgen, als sie das Haus so früh verließ, gerade als der Rauch vom Frühstücksfeuer aus den Schornsteinen der Hütten aufzusteigen begann, während sie durch die Reihen des Maisfeldes in den Wald ging und schließlich an dieser Stelle haltmachte, um sich auf dem Baumstamm niederzulassen, der vor zwei Jahren im Winter von einem Sturm umgerissen worden war und sich unterdessen in den Sand und Morast eingegraben hatte.
Stirnrunzelnd zog Selma die roten Schuhe aus und saß da wie ein Kind, die Beine im Wasser. Sie bewegte langsam die Füße und starrte sie ge-

bannt an. Sie sahen aus wie silbrig schimmernde Fische, die dort dicht unter der Oberfläche schwammen. Dann hob sie die Füße aus dem Wasser, zog die Beine an und legte ihre Arme und den Kopf auf die Knie.
Die Trauung war für zwölf Uhr angesetzt. Tante Nell und Onkel Felix waren die einzigen Logiergäste auf Beulah Land. Andere, die von weither gekommen waren und eine Unterkunft brauchten, wohnten auf Oaks; und einige entferntere Vettern und Kusinen hatten sich vorübergehend in Nells Haus in Highboro einquartiert. Der Pfarrherr der Episkopalkirche, der ehrwürdige Curtis Lamont, würde Selma und Bonard trauen. Er und seine Frau machten sich wohl gerade bereit, mit ihrem neuen Wagen die drei Meilen von Highboro nach Beulah Land zu fahren.
Die Feier sollte in der großen Halle stattfinden, die schon gestern ausgeräumt und mit Schwertfarntöpfen gesäumt worden war. Im Laufe des Morgens würde man an den Seiten noch Stühle für die Älteren und Schwachen aufstellen (die übrigen würden stehen) und die Halle mit sämtlichen Arten von Schnittblumen schmücken, die es in den Gärten von Beulah Land gab, und auch mit Zweigen von den wachsblättrigen Magnolien, die sich Sommer wie Winter so gut für jede besondere Gelegenheit zu eignen schienen.
In der Küche hatte während der letzten Tage ein reger und oft recht erregter Betrieb geherrscht: Man hatte gebacken und Schinken gegrillt und würde an diesem Morgen dort Hühner braten, Salate zubereiten und Schüsseln mit kleinen Leckerbissen garnieren, die nach der Trauung herumgereicht werden sollten. Obgleich es ein Freitag war, arbeitete niemand auf Beulah Land, und jeder würde sich zum Mittagessen nach Herzenslust an gebratenem Hühnchen und Kuchen, Mais und Melonen laben können.
Selma schloß die Augen und versuchte, sich im Geist ein Bild vom Gesicht ihres Verlobten zu machen, aber es gelang ihr nicht, und gleich darauf öffnete sie die Augen und sah sich um. Sie würde bald nach Hause gehen. Sie mußte, sonst würden die anderen sich fragen, wo sie war. Der Gedanke, ihrer Mutter Sorgen zu bereiten, erfreute sie.
Deborah hatte diesen Tag schon lange herbeigesehnt, und jetzt war er gekommen. Sie hatte seit Jahren Bemerkungen gemacht, wie wünschenswert solch eine Verbindung wäre, was für ein Segen und Nutzen sie für alle mit sich bringen würde; und jetzt sollte es so sein.
Liebte sie ihn? Ja, sie liebte ihn, soweit sie überhaupt wußte, was solch eine Liebe war. Sie glaubte, daß sie eher die Bereitschaft einschloß, sich für ihn empfänglich zu zeigen, als eine leidenschaftlichere und aktivere Gefühlsregung. Kannte sie ihn? Ja, sie hatte ihn schon von jeher gekannt und konnte sich an keinen Augenblick erinnern, wo er nicht versucht hätte, nett zu ihr zu sein. Als sie noch ein Kind war und ihn bereits als

erwachsenen Mann betrachtete, hatte er sie immer so seltsam angesehen und war sanfter und rücksichtsvoller zu ihr gewesen als zu jedem anderen. Nicht Deborahs unaufhörliches Drängen, sondern diese besondere Güte, die er allein ihr bewies, hatte sie schließlich veranlaßt, ihm ihr Jawort zu geben.

Nichts hätte sie bewegen können, in eine Ehe mit ihm einzuwilligen, wäre sie nicht zu dem Schluß gekommen, daß er, wie auch immer er zu anderen sein mochte, ihr gegenüber stets ritterlich, ein ritterlicher Mann gewesen war und es auch immer sein würde. Sie war unwissend, und sie war sich dessen bewußt. Die einzige Kenntnis, die sie von der intimen Seite der Beziehung zwischen einem Mann und einer Frau besaß, war das, was sie seinerzeit zwischen ihrem Bruder und dem Negermädchen Clovis beobachtet hatte. Es war schon so lange her, daß sie es eigentlich längst hätte vergessen haben sollen. Doch *sie* waren nichts weiter als Tiere. Für sie, Selma, würde es anders sein, davon war sie überzeugt; aber wie, das wußte sie nicht. Einmal hatte sie versucht, mit Tante Nell darüber zu sprechen, doch diese Dame hatte Selma nur mit einem sanftmütigen, leicht verwirrten Blick angesehen und ihr zu verstehen gegeben, daß es ihrer Meinung nach keinen Sinn hätte, sich vorher Gedanken über derartige Dinge zu machen; was sie betreffe, glaubte sie sagen zu können, daß sie und Selmas Onkel eine lange und fast vollkommene Ehe geführt hätten – und daß ihre Zufriedenheit einzig und allein von ihrer gemeinsamen Besorgnis um ihre, Nells, zarte Gesundheit getrübt worden sei. Aber das könne man wohl nicht als einen Makel an ihrem Glück betrachten. Hatte nicht sogar im Gegenteil die liebevolle Aufmerksamkeit und Rücksichtnahme ihres Mannes sie einander noch nähergebracht? War dies nicht vielleicht gerade die Blume statt des Dorns in ihrer Verbindung? Auf jeden Fall solle Selma sich keine Sorgen machen. Sie werde glücklich sein; Nell versicherte ihr, daß sie es sein werde.

Über dem fauligen Schlammgeruch, der immer vom Flußufer ausströmte, lag vom Wald her ein Duft von blühenden Brombeeren, Geißblatt und wildem Wein, der dem Tag einen solchen Wohlgeruch verlieh, daß er ihn zu etwas Besonderem, etwas Gesegnetem machte. Ohne es bewußt zu beschließen, fegte Selma plötzlich die Segeltuchschuhe vom Baumstamm in den Fluß, als ob sie damit ihre Mädchenzeit hinwegfege und zu einer Frau wurde. Das Spontane an dieser Geste brachte sie zum Lachen. Während sie zusah, wie die roten Segeltuchschuhe fortschwammen und in der dunklen Tiefe des Flusses versanken, stand sie auf, umklammerte die Seiten des Stammes mit angespannten Zehen und lachte, bis ihr die Tränen kamen; dann wandte sie sich, ein wenig erschreckt über das ungewöhnliche Schauspiel, das sie gegeben hatte, vom Fluß ab und machte sich auf den Heimweg.

Lovey stand an der Hintertür – Lovey, besorgt und wartend. Es war Deborah, die zu beunruhigen ihr Freude bereitet hätte, nicht Lovey. Das Mädchen begann zu rennen und breitete im Lauf die Arme aus. Als Lovey sie kommen sah, wandelte sich ihre Erleichterung in Zorn. »Na endlich! Wo bist du denn gewesen? Keine Schuhe! Kind! Kind!«
Unterdessen war Selma herangekommen und hatte sie umarmt. Sie lachten beide leise und girrten in der warmen Sicherheit ihrer Liebe zueinander. Und wie Verschworene gaben sie keinen Laut mehr von sich, als sie von dem überdachten Laufgang in die große Halle traten. Sie gingen auf Zehenspitzen am Eßzimmer vorbei, wo Deborah und Leon, Nell und Felix frühstückten – die Luft war schwer von dem Geruch nach warmen Brötchen, gebratenem Schinken und Kaffee –, und dann in den kleinen Wohnraum, den Deborah als Büro benutzte. Während sie die Treppe hinaufstiegen, verloren sie den Frühstücksgeruch. Zwei der Hausdiener hatten große Körbe mit frisch geschnittenen Rosen – weiß, rosa, gelb und rot – hereingebracht; Nell, die besonders geschickt mit Blumen umzugehen verstand, sollte sie später in Vasen verteilen.
»Es riecht wie ein sommerliches Begräbnis«, bemerkte Selma.
»Sag das nicht! Sag das nicht!« rief Lovey ungestüm, als sie zum oberen Ende der Treppe kamen.

8

Während Selma in der hufeisenförmigen Wanne badete, die je nach Bedarf von einem Schlafzimmer ins andere getragen wurde und vor einer Stunde in dem ihren aufgestellt und mit heißem Wasser gefüllt worden war, ging Lovey in die Küche und brachte auf einem Tablett eine Kanne Kaffee, Tassen und einen Teller mit englischem Kuchen herauf. In der anderen Hand hielt sie einen Kessel mit kochendem Wasser, das sie, nachdem sie das Tablett abgestellt hatte, in Selmas Wanne goß. Als Selma schrie und sich in der Badewanne aufstellte, gab Lovey ihr ein Handtuch fürs Gesicht, trocknete ihr mit einem anderen Tuch den Rücken ab und massierte ihr dabei kräftig Kopf und Hals, wogegen Selma immer protestierte, was sie aber auch stets entspannte.
Selma sah sich im Zimmer um. Auf der Steppdecke des Bettes, in dem sie vermutlich nie wieder schlafen würde, lag, sorgfältig wie ein Altartuch ausgebreitet, ihr Hochzeitskleid. »Wo ist mein Koffer?« fragte sie.
»Skeeter ist vor einer Weile gekommen und hat ihn geholt«, erwiderte Lovey. »Hat ihn auf den Wagen gestellt, damit Plumboy ihn nach Oaks bringt. Er muß inzwischen schon dort angekommen sein.« Selma runzelte die Stirn, sagte aber nichts. »Wolltest du noch was mitnehmen? Es ist ja

nicht am Ende der Welt. Sicher werden jeden Tag, wenn nicht jede Stunde, Sachen hin- und hergebracht.«
Selma schüttelte den Kopf. »Es kommt mir komisch vor, daß meine Sachen dort drüben sind.«
»Daran wirst du dich gewöhnen müssen.« Lovey reichte Selma ihre Unterwäsche, dann goß sie Kaffee in eine Tasse und fügte einen großen Schuß Sahne hinzu, wie Selma es liebte.
Selma setzte sich auf einen Schemel und nahm die Tasse in Empfang. »Trink mit mir Kaffee, Lovey«, bat sie.
Lovey sah sie an. Wie sie dort in ihrer Unterkleidung auf dem Schemel hockte, sah Selma wieder wie ein Kind aus. Lovey schenkte sich eine Tasse Kaffee ein, tat jedoch weder Zucker noch Sahne hinzu. Sie nahm den Teller mit dem Kuchen zur Hand und bot ihn Selma an, die eine Scheibe nahm und sie so gierig in drei aufeinanderfolgenden Bissen hinunterschlang, daß es fast wie ein einziger Bissen wirkte. Sie nahm noch ein Stück, ehe Lovey den Teller auf das Nähtischchen neben dem Schemel stellte, damit er in Selmas Reichweite war. Lovey brach ein Eckchen von einer Scheibe ab und probierte es kritisch. »Schmeckt nach Zitrone«, sagte sie.
Selma nickte. »Das hat Pauline meinetwegen getan, weil sie weiß, daß ich Zitrone mag.« Sie aß ein drittes Stück und leckte sich die Finger ab, die von der Butter im Kuchen fettig geworden waren. »Ich weiß nicht, Lovey.«
»Natürlich weißt du's!« sagte Lovey stirnrunzelnd mit strengem Gesicht.
Es klopfte an der Tür. »Wer ist da?« fragte Lovey gereizt, während sie zur Tür ging und sie öffnete. Draußen stand Nell Kendricks Zofe, die Nell aus Highboro mitgebracht hatte.
»Ich bin's, Bianca«, sagte das Mädchen. »Ich komme, um Miss Selma zu frisieren.« Bianca war stolz auf ihre Geschicklichkeit im Frisieren. Sie brachte Kamm und Bürste mit, obgleich diese Dinge, wie Bianca sehr gut wußte, auf Selmas Toilettetisch zu finden waren; aber sie wußte auch, daß es ihr Ansehen förderte, wenn sie darauf bestand, ihr eigenes Handwerkszeug zu benutzen. In ihrer großen Schürzentasche hatte sie eine besondere Schere und ein Brenneisen, und hinter ihr stand Buttercup mit einem dampfenden Wasserkessel und einer tiefen, breiten Porzellanschüssel. Buttercup stellte beides auf einen Seitentisch und ging hinaus.
Bianca legte ihre Utensilien auf dem Toilettetisch zurecht, dann ersuchte sie Selma mit knappen Worten, sich auf den geradlehnigen Stuhl zu setzen, den sie zum Toilettetisch herübergezogen hatte, sich nicht zu bewegen und so wenig wie möglich zu reden. Erbarmungslos – nach dem allgemein üblichen Grundsatz, daß gut ist, was weh tut – begann Bianca, Selmas Haar zu kämmen und zu bürsten, zu zerren, zu winden und auf-

zuplustern, bis sie es gezähmt hatte. Kurz darauf kehrte Buttercup mit ihrer Schwester Posie zurück, die eine brennende Öllampe hereinbrachte, über der Bianca ihre Brennschere erhitzte.

Als das Eisen heiß genug war, nahm sie es vom Zylinder und wischte den Ruß an ihrer Schürze ab, ehe sie mit der Brennschere das Ende einer Haarsträhne ergriff, sie aufrollte und heiß werden ließ, bis eine Locke gedreht war und hielt. Dann lockerte Bianca die Schere, zog sie behutsam heraus und ließ eine steife, unnatürliche Locke zurück, die von den Umstehenden bewundert wurde.

Lovey stand ein wenig abseits und blickte düster drein. Sie unterstrich ihre Autorität, indem sie als einzige Kaffee trank, und stellte die Tasse mit einem unwilligen Klirren, das Posie und Buttercup zusammenfahren ließ, auf die Untertasse zurück. Bianca nahm keine Notiz von ihr.

Selma blickte in den Spiegel über ihrem Toilettetisch und sah, wie ihr Haar nach und nach in eine Form gezwängt wurde, die der Frisur ihrer Tante Nell bei anderen feierlichen Gelegenheiten verdächtig ähnelte.

Nachdem das Haar gelockt und frisiert war, zog man dem Mädchen so behutsam, wie eine Köchin geschlagenes Eiweiß formt, den Unterrock und das Hochzeitskleid an. Das Kleid, das aus Savannah stammte, war einfach, aber elegant: weiße Spitzen, mit Satin unterlegt, ein Ausschnitt, der bis zum oberen Rand von Selmas Busen reichte, die Taille gerafft, um die Rundung des Busens noch mehr hervorzuheben. Der bauschige Rock aus Spitzen und Satin fiel in weichen Falten bis zu Selmas weißen Satinpumps. Selma hatte keine Schleppe und keinen Schleier, aber wenn der Augenblick der Trauung gekommen war, würde Lovey ihr einen diademförmigen Dreiviertelkranz aus Lippenfarn und den kleinen weißen Blumen, die man Schneeglöckchen nannte, aufs Haar setzen.

Während Posie auf dem Boden kniete, um Selma die Satinschuhe anzuziehen, klopfte Nell an die Tür und trat ein. Hinter ihr kam Myrtis; sie trug ein Tablett mit einem Krug Zitronenlimonade und Gläsern – eine Aufgabe, für die sie sich jetzt im allgemeinen zu gut war, aber diesmal handelte es sich um eine besondere Gelegenheit: Sie hatte die junge Herrin aus der Nähe in ihrem Hochzeitskleid sehen wollen, um mit einer Sensation in die Küche zurückzukehren. Und während Myrtis noch mit großen Augen die Braut ansah, ging Tante Nell auf Selma zu und reichte ihr ein Gebetbuch.

»Hier, mein Kind«, sagte sie. »Halt es in der Hand und denk an mich.« Sie küßte Selma auf die Wange und floh wie von Furien gejagt aus dem Zimmer.

Als sie hinausging, drang von unten der Lärm herauf. Der wichtige Augenblick nahte, und die Gäste scharten sich um die Treppe.

Lovey schenkte Zitronenlimonade ein und nippte wie ein königlicher

Vorkoster an dem Glas, ehe sie es Selma reichte. »Sauer«, erklärte Lovey.
»Pauline weiß Bescheid«, erwiderte Selma mechanisch.
Nachdem Posie ihrer jungen Herrin die Schuhe angezogen hatte, stand sie, von Buttercup gestützt, ächzend auf. Dann betupften die beiden mit feinen Batisttüchern Selmas Gesicht, Hals, Busen, Arme und Hände und trugen mit Wattebäuschen eine Mischung aus Stärkemehl und parfümiertem Puder auf.
Dann kam Bianca mit einem Läppchen aus Sämischleder, das sie in Öl getaucht hatte und mit dem sie jetzt Selmas Lippen betupfte und rasch über jeden ihrer Fingernägel fuhr, so daß sie rosig schimmerten. Selma blickte neugierig auf ihr eigenes Spiegelbild.
Ein erneutes Klopfen an der Tür, und Leon kam herein. Eifrig, lächelnd, mit gerötetem Gesicht und nervösen Händen zog er aus der Westentasche eine Brosche und hielt sie Selma unter die Augen. »Gefällt sie dir?« fragte er. Auf einem gelblichgrauen Oval, in Gold gefaßt, lag das zart in Elfenbein geschnitzte Profil eines Mädchenkopfes, der Selmas eigener hätte sein können.
»O ja. Vielen Dank, Leon. Vielen Dank«, sagte Selma wie aus einem Traum aufgeschreckt. »Wo ist Mama?«
Leon machte ein überraschtes Gesicht. »Bei den Gästen. Ich soll dich, wenn du fertig bist, hinunterführen und dem Bräutigam übergeben. Bist du? Fertig, meine ich? Es ist Zeit.«
Selma sah sich verwirrt um; das vage Lächeln verschwand aus ihrem Gesicht.
Sie drehte den Körper herum, wobei ihre Füße an Ort und Stelle blieben, als wären sie festgenagelt. »Bin ich fertig, Lovey?«
Ohne das Mädchen anzusehen, sagte Lovey zu Leon: »Ist unten alles fertig?« Leon nickte. Lovey wandte sich an Posie. »Sieh nach.« Posie ging zur Tür, aber Lovey holte sie ein und hielt sie zurück. »Ich tu's lieber selbst.« Sie ging hinaus und ließ die Tür offen. Das summende Geräusch von unten war jetzt stärker. Nachdem ein Zeichen von Lovey dem Klavierspieler und der Sängerin übermittelt worden war, fing das Klavier zu spielen an, zuerst zaghaft, dann allmählich an Stärke zunehmend, und kurz darauf sang eine Sopranstimme von ewiger Liebe.
Während sie sang, kehrte Lovey zu Selma zurück, und als ihre Augen denen des Mädchens begegneten, nickte sie. Sie nahm das Diadem aus Farn und Schneeglöckchen von dem feuchten Tuch, auf dem es gelegen hatte, und befestigte es auf Selmas Lockenkrone.
Ehe Lovey die Hände sinken lassen konnte, hatte Selma sie ergriffen und küßte sie so ungestüm, daß alle außer Lovey überrascht waren. Leon bot seiner Schwester den Arm, und Selma legte ihre kleine Hand in seine Armbeuge, die er daraufhin fest an seine Seite preßte. Lovey legte in Sel-

mas freie Hand das Gebetbuch, das Nell ihr gebracht hatte und in dem jetzt eine weiße Rose steckte. Es sollte die Hand festigen.
Während Selma und Leon durch die obere Halle zur Treppe gingen, wurden sie sich allmählich mehr der lauter werdenden Musik bewußt und paßten ihre Schritte dem Rhythmus an. Als man unten sah, daß sie die Treppe herunterkamen, hörte der Gesang auf, und das Klavier begann mit dem Hochzeitsmarsch. Langsam stiegen sie weiter die Treppe hinunter, und als sie unten angelangt waren, gingen sie durch den kleinen Wohnraum in die große Halle hinaus. Selma kannte sie seit ihrer Geburt und hatte sie täglich ein dutzendmal durchquert. Aber jetzt war es, als beträte sie eine Arena mit wilden Tieren.
Die älteren Gäste saßen auf den Stühlen, die man an den beiden Längsseiten der Halle aufgestellt hatte. Sie wandten sich nach ihr um, und diejenigen, die nicht so gut sehen konnten, fragten einander: »Ist sie da? Kommt sie jetzt?«
Die anderen, die standen, drehten sich ebenfalls um, und ihre Gesichter waren Selma alle fremd. Es gab kein Gesicht, das sie kannte, nur Masken aus einem Alptraum. Sie blieb stehen, aber Leon hielt ihre Hand in seinem Arm, ihren Körper dicht gegen den seinen gepreßt, und als er weiterging, sah sie sich gezwungen, mit ihm Schritt zu halten.
Dort war Deborah, ihr Rücken gerade und steif, ihr Kopf rund wie eine Melone – und Tante Nell, die, nachdem sie für Selmas ganze persönliche Ausstattung gesorgt hatte, jetzt schwach und erschöpft zu sein vorgab; Onkel Felix, den Arm liebevoll stützend um Tante Nell gelegt; Benjamin Davis in seinem Rollstuhl, neben ihm seine Frau Edna und der stets gegenwärtige Monday; Trudy allein, weil Rooster als rechte Hand des Bräutigams fungierte; Selmas alte Schulfreundin, Elizabeth-Ann Malone, die aussah, als könne sie jeden Augenblick in schallendes Gelächter ausbrechen.
Und dort war schließlich Bonard mit seinem Bruder. Bonard hielt ihr das Gesicht zugewandt. Seine Lippen waren zu einer Grimasse verzogen, die als ein Lächeln begonnen haben mochte, seine Augäpfel bewegten sich nur wenig.
Hinter Bonard stand der ehrwürdige Curtis Lamont, der feierlich wie eine Krähe aussah, und hinter ihm, dicht im überdachten Laufgang zusammengedrängt, waren die dunklen, verzückten Gesichter der Neger von Beulah Land, die ihre stumme Neugier plötzlich anonym gemacht hatte. Christus am Kreuz, die heilige Johanna auf dem Scheiterhaufen, die Flammen spürend, die an ihren Beinen emporzüngelten – sie konnten sich nicht verlassener gefühlt haben als Selma, die einen Fuß vor den anderen setzte, bis sie neben Bonard stand. Als er ihre Hand nahm und ihr Bruder zurücktrat, entdeckte Selma ein Gesicht in der sonst unerkannten dunk-

len Masse von Gesichtern im Laufgang hinter dem Pfarrer: Es war Pauline, die ihren Blick erwiderte, als ob ihr das Herz gebrochen wäre.

9

Nach dem Hochzeitsmahl, das der Trauung folgte, hatten sich das junge Paar, die Eltern des Bräutigams, der Diener des Vaters, der Bruder und die Schwägerin verabschiedet und waren mit zwei Wagen nach Oaks gefahren, wo sie eine weitere Feier erwartete. Obwohl Selma beinahe hysterisch vor Erschöpfung war, fand sie noch die Kraft, lächelnd unter den Sklaven umherzugehen, die sich so herzhaft über ihre Heirat freuten. Rooster, der erkannte, wie es um sie stand, und sich an seine und Trudys Gefühle bei ihrer eigenen Hochzeit vor ein paar Monaten erinnerte, nahm die Dinge in die Hand. Sein Vater war müde, und er riet ihm, zu Bett zu gehen, was Benjamin mit Mondays Hilfe auch widerspruchslos tat. Rooster, Trudy und Edna blieben bei den Leuten, mischten sich unter sie, sprachen, lächelten und klatschten zum Rhythmus der Musik in die Hände, während Bonard und Selma sich unbemerkt davonmachten, um ihre Flitterwochen zu beginnen.

Bonard schloß die Tür des Schlafzimmers, so daß der Lärm des Festes nur noch gedämpft zu ihnen heraufdrang. Dann zog er, jeweils den anderen Fuß dazu benutzend, seine Schuhe aus und riß sich die Krawatte vom Hals.

Abgesehen von dem Blütendiadem, das Lovey ihr auf die Locken gesetzt hatte und das inzwischen verlorengegangen war, trug Selma noch dieselbe Kleidung, die sie zur Trauung getragen hatte, aber ihr weißes Spitzenkleid war fleckig von dem Champagner, den die Gäste aus ihren Gläsern verschüttet hatten, als sie sich dicht an sie herandrängten, um ihr zu gratulieren und Glück für ihr künftiges Leben zu wünschen.

Vollkommen zuversichtlich ging Bonard zu ihr und drückte sie an sich. Sie stieß ihn fort. »Nein, Bonard.« Er sah sie überrascht an und nahm sie wieder in die Arme. Nach ein paar Sekunden, während seine Hände tastend über ihren Körper strichen, entzog sie sich ihm und gab ihm eine Ohrfeige. Sie hatte nicht vorgehabt, es zu tun, aber sie war müde, seine Empfindungslosigkeit verletzte sie, und als sie sein Gesicht so dicht vor sich sah, verlor sie die Beherrschung. Der Schlag versetzte ihn in blinde Wut. Auch er war müde, und er hatte mehr getrunken, als er vertragen konnte. Er griff mit beiden Händen nach ihr.

»Tu's nicht, Bonard! – Tu's bitte nicht!«

Er zerrte so ungestüm am Ausschnitt ihres Kleides, daß die Seide zu zerreißen begann. Selma schlug nach seinen Händen. Er ließ sie hinuntergleiten und preßte sie fest um ihre Brüste. Sie stieß ihn fort. Er verlor das Gleichgewicht und fiel zu Boden; keuchend und zornig stand er auf und warf sich, empört über ihre Ablehnung, auf sie.

Eng umschlungen, Körper an Körper, Gesicht an Gesicht, kämpften sie – zuerst mit gleicher Stärke, aber letztlich war seine Kraft, vom Zorn angespornt, ausdauernder als die ihre.

»Dein Vater wird es hören...«, warnte sie verzweifelt.

Bonard schüttelte den Kopf. »Er schläft jetzt unten neben der Küche...«

»Trudy – deine Mutter...«, sagte sie, um ihn einzuschüchtern, aber auch, als erhoffe sie sich Hilfe von ihnen. Bonard ging zur Tür und öffnete sie einen Spalt. Von unten drangen in gleichmäßiger Lautstärke die Geräusche von Musik und Tanzen herauf, und Selma erkannte, daß die Leute dort nichts hören würden außer ihrem eigenen Lärm.

Bonard schloß die Tür und wandte sich Selma zu. Sie sahen einander starr an. Er packte sie beim Arm, als sie zurückweichen wollte, und sie stieß einen Schrei aus, aber seine freie Hand legte sich über ihren Mund und hielt ihn so fest zu, daß sie nur stöhnen konnte. In unbeholfener Wut riß er ihr das Kleid in Fetzen herunter. Als sie sich genügend befreien konnte, um wieder zu schreien, hielt er sie mit einer Hand von hinten fest und preßte ihr die andere wieder vor den Mund. Sie atmeten beide schwer vor Anstrengung und Erregung. Bonard, der ihr immer noch den Mund zuhielt, sprach mit verwirrter und bittender Stimme. »Was ist denn in dich gefahren, Selma? Wenn ein Mann und eine Frau heiraten...«

Sie wehrte sich.

»Weißt du denn überhaupt nichts? Hat dir niemand je etwas gesagt?«

Sie wehrte sich wieder, dann blieb sie still. Er sah ihre Regungslosigkeit als Kapitulation an und drehte sie zu sich herum. »Ich liebe dich, Selma – dies hier bedeutet doch nicht, daß ich dich nicht liebe. Ich habe dich vögeln wollen, seit du ein kleines Mädchen warst – so hübsch und so stolz, daß du niemanden auch nur eines Blickes gewürdigt hast. Wirst du jetzt lieb sein?«

Sie bog den Kopf zurück und spuckte ihm ins Gesicht. Seine linke Hand wischte fast ebenso zornig seine Wange ab, wie seine rechte sie ohrfeigte.

»Verdammt nochmal, Mädchen! Das kannst du nicht mit mir machen...«

Er packte sie bei den Armen und schüttelte sie. »Wirst du jetzt brav sein und deine Pflicht mir gegenüber tun? Dann ist alles wieder gut. Wirst du lieb sein? Es dauert nicht lange, und ich verspreche dir, daß ich sehr sanft sein werde.«

Sie sagte nichts; ihr Atem ging schwer und unregelmäßig, ihre Brust hob und senkte sich zuckend.

»Selma, Liebling, ich möchte es nicht auf diese Art. Willst du denn nicht lieb zu mir sein?« Er ließ die Hände von ihren Armen sinken.

»Ich hasse dich, Bonard.«
»Selma, bitte. Sprich nicht so zu mir. Ich glaube, du bist so ziemlich das unwissendste Mädchen deines Alters, das mir je begegnet ist. Weißt du nicht, daß ein Mann und eine Frau, wenn sie heiraten, sich ausziehen, zusammen liegen und Dinge tun – oder er tut's, und sie läßt ihn?« Als sie nichts erwiderte, schüttelte er ratlos den Kopf und sagte: »Du verstehst kein Wort von dem, was ich sage, nicht wahr, Liebling?«
»Ich hasse dich.«
Sein Herz und sein Gemüt verschlossen sich ihr, und es dauerte nur eine Sekunde, bis seine Augen es erkennen ließen. Zum erstenmal wirklich verängstigt, wich sie zurück. Aber er war wieder schneller als sie. Er packte sie an einem Handgelenk, dann griff er nach dem anderen und hielt sie fest. »Du wirst mich nicht lassen?«
Sie zog das Kinn ein und entfernte ihr Gesicht so weit sie konnte von dem seinen.
»Du willst nicht?«
Sie schüttelte den Kopf.
»Du willst mir nicht einmal erlauben, dich zu küssen?«
Sie sah ihn mit starren Augen an.
»Deinen hübschen Mund zu küssen?«
Sie schüttelte wieder den Kopf.
»Du wirst mir nie erlauben, dich zu küssen? Willst du das damit sagen?«
Selma schüttelte den Kopf; Haß und Angst standen in ihren Augen.
»Du hältst dich für was ganz Besondres, nicht wahr? Und du weißt überhaupt nichts. Nicht das geringste, hörst du?«
»Du bist betrunken und verrückt.«
»Wenn du mich nicht läßt, wie's deine Pflicht ist, werd' ich dich eben zwingen müssen.« Er öffnete rasch seine Hose und stieg heraus, als sie zu Boden fiel. Dann zog er seine Geschlechtsteile aus der Unterhose, legte eine Hand unter die Hoden und schüttelte mit der anderen seinen Penis. »Jetzt beginnt deine Erziehung. Siehst du das, Mädchen? Das hier ist ein großer, steifer Schwengel – das hier bin *ich*. Verstehst du? Das hier ist das Beste, was es gibt, und ob du willst oder nicht, du bekommst es in deine kleine Muschel geschoben. Es wäre leichter für mich – und auch für dich –, wenn du dich brav verhältst, aber wie auch immer du dich verhältst – ich werd' meinen Willen bekommen.«
Sie trat einen Schritt zurück und schüttelte in völliger Ablehnung seiner Person und all dessen, was er sagte, rasch immer wieder den Kopf.
»Lauf mir nicht davon«, sagte er; seine Stimme klang jetzt böse. »Und mach auch kein Geschrei – kreisch nicht wie ein Huhn, das geschlachtet werden soll!«
Mit aller Kraft, die ihr geblieben war, stürzte sie zur Tür, aber er holte

sie ein, als sie sie öffnete. Das Geräusch von Musik und schlurfenden Füßen drang die Treppe herauf. Er zog sie zurück und schloß die Tür, schloß die Welt aus, schloß sie zusammen ein.
»Es war ein Irrtum von mir, Bonard. Es war ein Irrtum, dich zu heiraten. Es tut mir leid, aber du mußt mich jetzt gehen lassen. Ich habe nicht gewußt, was es bedeutet. Ich kann nicht tun, was du verlangst. Um Himmels willen, laß mich gehen!«
Er griff wieder nach seinem Penis und streichelte ihn. »Das ist ein hübsches Ding, nicht wahr? Hat mir schon viel Vergnügen bereitet und könnte dir auch Vergnügen bereiten, wenn du wolltest.«
»Bitte, Bonard. Bitte. Ich flehe dich an. Bitte.«
»Bist du sicher, daß du mich nicht lassen wirst?«
Sie schüttelte entsetzt den Kopf.
»Du wirst's nicht tun? Bist du ganz sicher, daß du's nicht wirst?«

10

Stöhnend und an ihrem eigenen Schleim fast erstickend, kam sie zu sich. Als das Bewußtsein wiederkehrte, hob sie den Kopf vom Boden, wo Bonard sie zurückgelassen hatte. »Gott sei Dank«, flüsterte sie, als sie erkannte, daß sie endlich allein war. Für den Augenblick wußte sie nur das, brauchte nur das. Sie hielt den Kopf in die Höhe, obgleich es ihr Mühe bereitete, und ihr Kopf schwang hin und her, neigte sich und sank herab, als suche er ein Kissen, auf dem er sich ausruhen konnte. Bonard war – irgendwo im Zimmer. Sie konnte ihn atmen und schnarchen hören. Ihn. Sie stützte sich auf einen Ellbogen. Ihr Ellbogen war wundgerieben von dem rauhen Teppich. Ihre Spalte brannte und schmerzte. Sie öffnete ein wenig die Beine, um das Brennen zu lindern, dann preßte sie sie unwillkürlich wie zum Selbstschutz wieder zusammen.
Noch weitere zwei oder drei Minuten, und sie wußte, daß er auf dem Bett lag und weiterschlief. Ihr Geist weigerte sich, den ersten Teil der Nacht noch einmal zu durchleben, aber er nahm ein paar Tatsachen zur Kenntnis. Sie befand sich auf Oaks. Bonard hatte sie... Er schlief jetzt. Sie blickte in die Richtung, aus der das Schnarchen kam; ihr Kopf nickte vor Müdigkeit, und es sah aus wie eine Geste der stummen Zustimmung. Wenn sie sich eine Weile ganz still verhielt, würde vielleicht alles wieder mit ihr in Ordnung sein.
Nein, es würde nicht in Ordnung sein. Sie sollte zu dem Bett gehen, auf dem er schlief, und ihn töten.
Sie ließ sich wieder auf den Boden sinken; ihr Kopf lag auf dem Teppich, das Gewebe berührte ihre Wange, und der Staub drang ihr in die Nase.

Es kostete sie große Mühe, sich aufzusetzen. Eine Viertelstunde später stand sie mit Hilfe eines Stuhls auf. Aber sie war zu müde, um zu stehen. So ließ sie sich wieder vorsichtig auf den Boden nieder, und dann kroch sie langsam zur Tür.
Sie streckte die Hand aus, tastete nach dem Türknauf und drehte ihn, bis die Tür sich öffnete – Gott sei Dank lautlos. Auf allen vieren kroch sie in die Halle, wo sie sich eine halbe Stunde ausruhte, ehe sie glaubte, daß sie imstande sei, sich an die Treppe zu wagen. Das Fest war längst vorüber. Kein Laut war zu hören. Sie griff nach dem Treppengeländer, zog sich empor und schlich, sich mit beiden Händen ans Geländer klammernd, die Treppe hinunter und aus dem Haus, das sie, wie sie sich schwor, nie wieder betreten würde.

11

Ezra war mit zunehmendem Alter – er war jetzt achtundsechzig – ein leichter und unruhiger Schläfer geworden, und so hatte die Familie die Schlafordnung geändert. Lovey und Pauline teilten das breite Bett in dem Raum, der als Schlaf- und Wohnzimmer zugleich diente. Ezra schlief auf einem Feldbett in der Küche, so daß er, wann immer er wollte, seine Arzneitränke brauen und jederzeit durch die Hintertür aus- und eingehen konnte, ohne irgend jemanden zu stören. Abgesehen vom Frühstück wurden nur wenige Mahlzeiten in der Küche zubereitet und gegessen. Lovey und Pauline aßen im großen Haus und schickten einen Korb mit ausgesuchten Speisen in die Schmiede, wo Ezra sich meistens zur Essenszeit bei Floyd einfand. Floyd selbst schlief in einem Schuppen, den er an die Hütte angebaut hatte und der in erster Linie als Lagerraum und als Obdach für die kleineren kranken Tiere diente, die Ezra während der Nacht in seiner Nähe haben wollte. Nur wenn es sehr kalt war, breitete Floyd eine Schlafdecke auf dem Küchenboden neben dem Feldbett seines Vaters aus.
Als Floyd jetzt im Schuppen aufwachte, war es noch dunkel. Kein Lichtstrahl drang durch den Spalt in der Wand ihm gegenüber; aber er wußte, daß es bald Tag sein würde, und als er kurz darauf den ersten Hahn krähen hörte, lächelte er, drehte sich auf den Rücken und hob die Knie, so daß die dünne Decke sich wie ein Zelt über seinen Körper spannte. Es war ein neuer Tag, und er sah ihm freudig entgegen.
Er war froh, daß die Hochzeit vorüber war, und hoffte, daß bald alles wieder seinen gewohnten Lauf nehmen würde. Im Gegensatz zu den meisten anderen auf der Plantage, denen jede Unterbrechung des täglichen Einerleis willkommen war, liebte er keine Feiertage oder besonderen Ereig-

nisse, die den gleichmäßigen Rhythmus des Lebens auf Beulah Land störten. Er beherrschte seine Arbeit, und obgleich ein großer Teil davon Routine war, gab es vieles zu tun, was ihm Freude machte. Ob Sklave oder nicht, er war sein eigener Herr. Niemand, nicht einmal Roscoe, schrieb ihm vor, was er zu tun hatte, und wenn er auch manchmal ruhelos war und sich nach etwas sehnte, was er nicht hätte beim Namen nennen können, war er doch im Grunde recht zufrieden.

Als er sich angezogen hatte, ging er in die Küche, wo Ezra neben dem Herd stand und auf ihn wartete. Die beiden Männer sagten nichts, aber sie nickten einander zu, und Ezra schenkte ihnen Kaffee ein, den sie langsam, jeder in seine eigenen Gedanken vertieft, im Stehen tranken.

Nachdem Floyd seinen Kaffee ausgetrunken hatte, stellte er Tasse und Untertasse auf den Küchentisch und erklärte: »Ich schau nach den Angelschnüren.«

»Ich komm' mit«, sagte Ezra. Sie hörten ein Geräusch im Schlafzimmer, und gleich darauf erschien Lovey in der Tür; sie trug ein langes Nachthemd, das bis zum Boden reichte und ihre Füße bedeckte, so daß sie es beim Gehen hochheben mußte.

»Ich mach' euch gleich das Frühstück«, sagte sie.

»Keine Eile«, erwiderte Ezra. »Ich schau' mit Floyd nach den Angelschnüren.«

Sie nickte und ging wieder ins Schlafzimmer.

Ezra und Floyd traten durch die Hintertür hinaus und ließen sie offen, damit die frische Morgenluft ins Haus dringen konnte. Es war unterdessen hell geworden, obwohl die Sonne nicht aufgegangen war. Ein zutraulicher Jagdhund, der von seiner Morgenrunde über die Felder zurückkehrte, kam herbei und schnüffelte neugierig an Floyds Hand. Als er, wie um Nahrung bettelnd, den Kopf an Ezras Hüfte rieb, gab Ezra ihm einen leichten, nicht unfreundlichen Tritt, und die beiden Männer setzten ihren Weg fort.

Der Himmel war hoch und klar; er hatte sich im Osten aufgehellt und gerötet. Eine leichte Brise bewegte die Blätter der hohen Sonnenblumen, und als Ezra und Floyd sie hinter sich gelassen hatten und zum Maisfeld kamen, blieben sie einen Augenblick stehen und atmeten tief die kühle Morgenluft ein.

Dann gingen sie durch den Wald zum Fluß; sie folgten keinem Pfad, sondern suchten sich einen Weg, der sie in gerader Linie zum Wasser führte, und kamen genau an der Stelle heraus, wo Floyd am Abend zuvor die erste Angel ausgeworfen hatte, als er dem Tanzen und Trinken und dem allgemeinen Trubel hatte entgehen wollen, der bis tief in die Nacht anhielt. Er hatte gewußt, daß man ihn an diesem Abend nicht mehr brauchen würde, denn die Hochzeitsgäste waren bereits alle fort, mit Ausnahme von Felix und Nell Kendrick, die ein paar Tage auf Beulah Land bleiben wollten, damit Nell sich, wie sie sagte, von der körperlichen und seelischen Belastung erholen konnte, der sie in letzter Zeit ausgesetzt gewesen war.

Es war nichts an der ersten Angelschnur. Als Floyd sie heraufzog, sahen sie, daß der ganze Köder, außer einem kleinen Stückchen dicht um den Haken herum, während der Nacht abgenagt worden war.

Sie sahen sich kurz an und lächelten. »Ein gerissener alter Wels, wett' ich«, sagte Ezra. »Wie wenn er uns verhöhnen wollte.«

Floyd ließ die Schnur wieder ins Wasser fallen. Er würde sie am Abend noch einmal auswerfen, vielleicht an einer anderen Stelle. Die nächsten zwei Schnüre lieferten ihnen je einen Wels, und Floyd löste sie ihrer stachligen Flossen wegen mit großer Vorsicht von den Haken.

»Ein gutes Frühstück«, sagte Ezra.

Nachdem sie einer Biegung im Lauf des Flusses gefolgt waren, blieben sie regungslos stehen; sie sahen etwas, ohne im ersten Augenblick zu erkennen, was es war, dann erkannten sie es und liefen eilig darauf zu – denn es war Selma. Sie hielt den Kopf gegen den Baumstamm gelehnt, der halb auf dem sandigen Ufer, halb auf dem abfallenden, schlammigen Grund des Flusses lag, und schien zu schlafen.

Ihr Kleid – was davon übrig war – hing in Fetzen. Ihre Füße waren nackt, die Fußrücken und die Knöchel wiesen blutige Schrammen auf. Ihr Busen war unbedeckt und ebenso wie ihre Oberarme mit blauen Flecken übersät. Ihre Haare waren zerzaust, ihr Gesicht war totenblaß. Floyd und Ezra fürchteten zuerst, daß sie tatsächlich tot sei, aber als Ezra sich neben sie kniete und sie berührte, nickte er, und dann hob er sie behutsam mit beiden Händen in eine sitzende Stellung, worauf sie die Augen aufschlug.

Ein paar Sekunden lang waren ihre Augen und ihr Mund weit geöffnet wie in einem stummen Schrei, bis sie sich zu erinnern schien oder sah und begriff, wo sie war. Dann gab sie ihm zu verstehen, daß sie ihn erkannte. Wie so oft in früheren Zeiten, wenn ihre Wanderungen über die Plantage sie ermüdet hatten, sagte sie jetzt: »Bring mich nach Hause, Ezra«, und schloß, während sie sprach, wieder die Augen.

Floyd hob sie auf, und Ezra ging voran zu einem Pfad, der breit genug war, daß das Laub nicht gegen ihre Seiten schlagen würde, während sie sich ihren Weg bahnten. Sie gingen schnell, Ezra voraus und hinter ihm Floyd, der in einem oft unbeholfenen und stolpernden Lauf das Mädchen auf den Armen trug, bis sie bei der Tür der Hütte angelangt waren.

Lovey erfaßte die Situation mit einem Blick. »Großer Gott!« murmelte sie und ging in das Zimmer, wo Pauline gerade das Bett gemacht hatte. Floyd folgte ihr, setzte Selma auf dem Bett ab und trat zurück. Pauline starrte entsetzt auf ihre junge Herrin. Lovey schickte Ezra und Floyd mit einer leichten Kopfbewegung hinaus, und sie gingen wieder in die Küche. In einer Pfanne auf dem Feuer brutzelte Schinken. Ezra nahm eine Gabel und wendete ihn, um irgend etwas zu tun, während sie warteten. Pauline kam herein, nahm hastig eine Blechschüssel vom Nagel an der Wand und einen Kessel mit heißem Wasser vom Herd und kehrte zu ihrer Mutter und zu Selma zurück.

Die beiden Männer standen wartend da, ohne sich anzusehen. Sie hörten die leisen, bestürzten, zornigen Ausrufe der Frauen, hörten, wie sie ungestüm ein Laken in Stücke rissen, um damit die Wunden des Mädchens zu säubern. Nach einer Weile kam Pauline mit der Waschschüssel heraus, die jetzt mit schmutzigem, blutigem Wasser gefüllt war. Sie ging zur Küchentür und schüttete das Wasser in den Hof; dann wandte sie sich ihnen zu. »Papa, Mama sagt, du sollst Miss Deb benachrichtigen. Floyd, du sollst kommen und sie zum Haus tragen, nachdem wir sie in eine Decke gewickelt haben.« Ezra machte sich sofort auf den Weg.

Ehe Pauline ihm voran ins Zimmer gehen konnte, fragte Floyd: »Ist sie wach? Wie geht es ihr?«

Paulines Augen verrieten ihren Zorn, noch ehe ihre Worte es taten. »Sie sieht aus, wie wenn sie von einer Meute wilder Hunde überfallen worden wäre.«

12

Und so lieferte Beulah Land wieder eine Sensation für die Stadt und den Bezirk. Es gab keine Möglichkeit, die Sache geheimzuhalten. Die Nachricht von Selmas Rückkehr aus dem Haus ihres jungen Ehemannes und von der Verfassung, in der sie sich befunden hatte, verbreitete sich rasch unter den Negern von Beulah Land. Mit Ausnahme von Roscoe und seiner Frau ergriffen sie alle leidenschaftlich Selmas Partei. Sie liebten sie und nahmen sie, wie sie war, auf eine Art, wie ihre eigene Familie es nie getan hatte, und sie wußten, daß auch Selma ihrerseits sie liebte und sie nahm, wie sie waren. Ein Unrecht, das ihr zugefügt wurde, war ein Unrecht, das ihnen allen widerfuhr. Sie bemitleideten sie und waren zornig um ihretwillen. Nachdem die Nachricht die Runde gemacht hatte, war Deborah so klug, Roscoe zu sagen – nicht, daß er eine derartige Anweisung benötigt hätte –, er solle die Leute an diesem Tag, obwohl es ein Sonnabend war, schwer arbeiten lassen, damit sie weniger Zeit fürs Schwätzen und Murren fanden.

Floyd ritt nach Highboro, um Doktor Chester Porterfield zu holen, dessen Frau, Mamie, nicht wie ihr Mann an die Schweigepflicht gebunden war. Eine Stunde nachdem man Selma in ihrem Zimmer zu Bett gebracht hatte, kam Bonard nach Beulah Land. Er war unrasiert, und seine Kleidung ließ erkennen, wie hastig er sich angezogen hatte, nachdem er aufgewacht war und entdecken mußte, daß seine junge Frau ihn verlassen hatte. Er war der Hysterie nahe, gequält von Scham und verletztem Stolz. Übermäßiges Trinken und die Erregung des Augenblicks hatten ihn veranlaßt, sich grausam zu verhalten. Das wußte er, aber gleichzeitig versicherte er Deborah und Felix, die ihn bei seiner Ankunft empfingen, daß er allen Grund gehabt habe, aufgebracht zu sein.

Deborah war kühl und zurückhaltend und erklärte ihm, er müsse sich vorläufig mit der Lage der Dinge abfinden, aber sobald Selma sich erholt habe, werde sie sicherlich einsehen, daß es das vernünftigste sei, nach Oaks zurückzukehren, um mit ihm zu leben. In der Zwischenzeit müßten sie alle so umsichtig und verschwiegen wie möglich sein und hoffen, daß die Nachbarn bald vergessen würden, was geschehen war, wenn man ihnen keine weitere Nahrung für ihre Neugier gab. Als Bonard regungslos und stirnrunzelnd sitzen blieb, redete Felix ihm gut zu, nach Oaks zurückzukehren; von all denen, die wußten, was sich tatsächlich zugetragen hatte, war Felix der einzige, der eine gewisse Sympathie für den jungen Mann empfand. Schließlich brauchte er sich nur an seine eigene Hochzeitsnacht zu erinnern. Zwar lag das alles weit zurück, und die Zeit hatte den Dingen ein anderes Gesicht gegeben, aber weder er noch Nell würden je vergessen, wie es damals gewesen war.

Nell hatte sich doch tatsächlich ins Bett gelegt – oder besser: sie war gleich im Bett geblieben, als Felix ihr die Nachricht brachte. Noch ehe sie an diesem Morgen der Anstrengung des Aufstehens gewachsen war, kam er in ihr Zimmer und erzählte ihr behutsam nur soviel von dem, was geschehen war, daß sie sich das übrige denken konnte.

Was Pauline betraf, so nahm ihr Zorn zu, je mehr sie sich über den Vorfall klarwurde. Lovey, die das leidenschaftliche Temperament ihrer Tochter besser kannte als jeder andere, wenn sie es auch nicht verstand, fing Pauline nach Bonards Ankunft im Laufgang des großen Hauses ab und zwang sie, ihr das Schlachtmesser auszuhändigen, das sie in den Falten ihres langen Rockes versteckt hielt. Nachdem Lovey ihrer Tochter das Messer abgenommen und es in den Falten ihres eigenen Rockes verborgen hatte, sagte sie: »Willst du's denn noch schlimmer machen? Willst du mich töten? Willst du sie zwingen, *dich* zu töten?«

Pauline floh aus dem Laufgang in die Hütte ihrer Familie, wo sie blieb, bis sie sich genügend beruhigt hatte, um ins große Haus zurückzukehren und sich an ihre Arbeit zu machen.

Leon fühlte sich sehr einsam an diesem Tag. Niemand brauchte ihn, und es gab nichts, was er tun konnte. Er befand sich in einem Zustand völliger Verwirrung. Bonard war seit jeher sein Freund. (Ihren Streit um die

Murmel an jenem 4. Juli vor vielen Jahren hatte er längst vergessen.) Er und Selma waren einander nie sehr nah gewesen. Keiner von ihnen wußte warum, aber sie hatten sich beide mit dieser Tatsache abgefunden. Und trotzdem hatte er jetzt plötzlich das Gefühl, einen Freund und Bruder verloren zu haben, und kam sich sogar irgendwie entwürdigt vor, denn er und Selma waren – so wenig Wert sie auch darauf legen mochten – schließlich doch Bruder und Schwester, waren von demselben Fleisch und Blut. So konnte er nicht umhin, das, was geschehen war, als Kränkung zu empfinden, wenn er auch seinem alten Freund keinen Vorwurf machen wollte. Am späten Morgen, als Bonard nach seiner Unterredung mit Deborah und Felix fortgeritten war, ohne nach Leon zu fragen, ging Leon hinaus, weil er hoffte, daß es eine Art Beschäftigung für ihn bedeuten würde, die Arbeit anderer zu beobachten. Es war ein warmer Tag, so schön und klar, wie er zu werden versprochen hatte, als Floyd und Ezra beim Morgengrauen aus ihrer Hütte getreten waren.

Leon wanderte ziellos über die Höfe zwischen den Scheunen. Es war selbst jetzt am Vormittag schon zu heiß, um auf die Felder zu reiten, und so schlenderte er die Auffahrt hinunter zum Obstgarten. Als er unter einem Birnbaum stehenblieb, um sich mit dem Taschentuch, das er lose zwischen den Händen hielt, die Stirn abzuwischen, hörte er plötzlich über seinem Kopf ein Lachen, das rasch unterdrückt wurde. Überrascht und ärgerlich, weil er sich heimlich beobachtet fühlte, blickte er hinauf und sah zwischen den Ästen des Baumes das seltsame Kind von Clovis und Roscoe, das sie Roman genannt hatten.

Nicht ihres. Seines. Sein Kind.

Roman war verlegen, als er sich entdeckt sah, und nachdem er eine Minute lang regungslos im Baum sitzen geblieben war, während der junge Herr ihn wortlos anstarrte, ließ er sich zu Boden fallen und lief eilig zwischen den Obstbäumen hindurch davon. »Junge!« rief Leon. »Komm zurück, Junge!« Aber das Kind war fort.

Doktor Porterfield kam und untersuchte Selma; dann runzelte er die Stirn und sprach ernst mit Deborah – und mit Lovey, die darauf bestanden hatte, dabeizusein. Er verordnete absolute Ruhe, leichte Nahrung und Laudanum, falls die Patientin Zeichen der Erregung erkennen ließ. Sie habe, versicherte er ihnen, keinen ernsthaften Schaden davongetragen – gewiß nichts, was die Zeit nicht heilen werde.

Am Spätnachmittag dieses selben Tages kam Rooster Davis aus Oaks herübergeritten, um mit Deborah allein zu sprechen. Sie waren gute Freunde, die im allgemeinen durch ihr gemeinsames Interesse für das Land leicht den Altersunterschied überbrückten, aber die halbe Stunde, die sie jetzt zusammen verbrachten, bestand zum großen Teil aus Zögern und Schweigen. Keiner von beiden lächelte oder sah auch nur dem anderen in die Augen. Rooster übermittelte Deborah die Sorge und das Bedauern seiner Eltern und erklärte, seine Frau Trudy habe ihm ausdrücklich aufgetragen, ihr zu sagen, daß sie jederzeit zur Verfügung stehe, falls sie sich irgendwie nützlich machen könnte. Nach einer endlos langen Pause stand Rooster auf und verabschiedete sich, ohne daß irgend etwas erreicht worden war.

Bonard kam täglich nach Beulah Land und bat, daß man ihm gestatten möge, mit Selma zu sprechen; aber als Deborah versuchte, ihre Tochter dazu zu überreden, geriet Selma völlig außer sich vor Erregung und lief in ihrem Zimmer umher wie ein Vogel, der seinem Käfig zu entkommen sucht. Schließlich wurde Lovey herbeigerufen, und es gelang ihr, Selma zu beruhigen, indem sie ihr versprach, daß man sie nie zwingen werde, Bonard wiederzusehen, wenn sie es nicht selber wünsche.

Der Körper der Kranken erholte sich, aber Lovey schlief jede Nacht auf einem Feldbett in ihrem Zimmer, weil Selma schwere Träume hatte und schreiend oder schluchzend aufwachte oder, schlimmer noch, nicht aufwachte, sondern verzweifelt im Schlaf wimmerte, so daß Lovey sie wachrüttelte und sie danach in den Armen wiegte, bis sie sich genügend beruhigt hatte, um wieder einzuschlafen.

Es war Sommer, und die Neger arbeiteten täglich außer sonntags lange Stunden auf den Feldern. Obgleich sie Selma nicht vergaßen, sprachen sie im Lauf der Zeit weniger von ihr, als sie es unmittelbar nach dem Ereignis getan hatten, und gewöhnten sich daran, daß sie in ihrem Zimmer blieb und es nicht einmal wagte, die Mahlzeiten mit ihrer Familie im Speisezimmer einzunehmen.

Selma kam zwar körperlich wieder zu Kräften, aber ihre Gemütsverfassung besserte sich nicht. Nell, mit der zu sprechen sie sich weigerte, jammerte bemitleidenswert, daß sie sicher sei, alles für das Kind getan zu haben, was sie tun konnte, und dann ersuchte sie Felix, sie nach Highboro zurückbringen zu lassen. Als sie und Deborah sich an der Haustür verabschiedeten, hatte Nell plötzlich eine Idee: »Warum lädst du nicht Miss Pennington und ihre Nichten ein, für eine Weile nach Beulah Land zu kommen? Vielleicht würden sie Selma ein wenig von ihrem Kummer und ihren schmerzlichen Erinnerungen ablenken.« Deborah sagte, sie werde es sich überlegen, und dann blieb sie auf dem Vorplatz stehen und sah dem Wagen nach, der durch den Obstgarten zur Landstraße fuhr.

Selma wußte stets, wenn Bonard nach Beulah Land kam. Obwohl sie sich weigerte, ihn zu empfangen, erregte schon allein seine Anwesenheit im Hause sie derart, daß Deborah ihn schließlich auf Loveys Verlangen hin bat, seltener zu kommen oder am besten überhaupt nur, wenn sie jemanden zu ihm schickte und ihm sagen ließ, daß sein Besuch willkommen sei.

Felix löste das Problem vorübergehend, indem er den beiden Familien erklärte, daß es vielleicht das beste für alle sei, wenn Bonard ihn nach Savannah begleite, wo er, Felix, in den nächsten Tagen einige geschäftliche Verhandlungen über den Verkauf und die Verschiffung der Baumwolle von Beulah Land zu führen habe. Leon wäre gern mit ihnen gefahren, aber er fürchtete, daß man ihn für leichtfertig halten könnte, wenn er es vorschlug. Und so fuhren Felix und Bonard zur allseitigen Erleichterung zwei Tage später nach Savannah.

Selma mied die Gesellschaft ihrer Mutter und weigerte sich, vernünftig zu antworten, wenn Deborah darauf bestand, mit ihr zu reden. Sie war immer noch niedergeschlagen und hatte schlechte Träume. Eines Nachmittags versuchte sie ohne irgendeinen unmittelbaren Anlaß – es war ein völlig ruhiger und normaler Tag gewesen –, sich mit einer Schere zu erstechen, aber es war nur eine Schneiderschere, die alt und glücklicherweise zu stumpf war, um ihr irgendeinen ernsthaften Schaden zuzufügen, ehe Lovey sie ihr fortnahm.

Daraufhin führte Lovey ihrer Herrin vor Augen, was Deborah selbst hätte erkennen sollen: daß Selma Tag und Nacht jemanden um sich haben mußte, dem ihr Wohlergehen wirklich am Herzen lag.

Deborah sah ein, daß Lovey nicht in der Lage war, diese Aufgabe zu übernehmen. Wenn *sie* ständig bei Selma war, wer sollte dann das Haus und die Dienstboten überwachen? Niemand war bereit, das zu tun, und selbst wenn man einen geeigneten Ersatz gefunden hätte, wäre Lovey nicht gewillt gewesen, irgend jemandem ihren Platz abzutreten.

Deborah dachte über die Sache nach. »Ich weiß«, sagte sie, »ja, ich weiß. Aber wer ist denn bereit, ständig bei ihr zu sein? Wem kann man vertrauen? Und ganz abgesehen davon – wen würde sie um sich dulden?«

»Pauline möchte es versuchen.«

»Pauline?«

In dieser Nacht schlief Pauline, nicht Lovey, in Selmas Zimmer. Pauline tröstete sie, als sie in den dunklen Morgenstunden weinend aus dem Schlaf emporschreckte. Und als es Tag wurde und Selma wieder aufwachte, lag Pauline neben ihr auf der Bettdecke, und es schien Selma ganz natürlich, daß sie da war.

13

»Geh vom Fenster weg, Lauretta. Du stehst ja genau im Licht – jeder Mensch kann dich von draußen sehen. Worauf wartest du eigentlich dort – auf einen Ritter auf einem weißen Hengst?«

Lauretta drehte sich nicht um, bis sie ihre Tante hinausgehen hörte, wobei ihre Schuhe viermal auf den blanken Fußboden zwischen dem Teppich und der Brücke klopften, die den Salon vom Eßzimmer trennte.

Es war Ende Mai. Der Tag war heiß gewesen, wie Maitage es in Savannah sein können, und die Damen Pennington, die alte und die beiden jungen, hatten beim Abendessen ihren Tee mit Eis getrunken.

»Oh, wie schön, Tante Pea!« rief Sarah, als Clarice den Tee hereinbrachte.

Miss Penelope bestätigte kopfnickend den erfreuten Ausruf ihrer Nichte und brachte es gleichzeitig fertig, die Mädchen mit dem Nicken daran zu erinnern, daß sie arm waren und immer ärmer wurden, daß dieses Haus, das sie, Penelope, von ihrem Vater geerbt hatte, als er unerwartet am Gelbfieber starb (»nicht während einer Epidemie; er hat nie das Übliche getan«), viel zu groß und zu kostspielig für drei Frauen, oder eine Frau und zwei Mädchen, war.

»Es kostet fünf Cent pro Pfund«, sagte Miss Penelope, »und ist schon halb zerschmolzen, bis es ankommt. Wir werden uns in diesem Sommer, außer bei der größten Hitze, ohne Eis behelfen müssen. Ich weiß wirklich nicht, wohin das noch führen soll.«

Lauretta leerte ihr Glas auf einen Zug, nahm ein kleines Stück Eis zwischen die Zähne und zerkaute es laut.

»Laß den ordinären Lärm«, wies Miss Penelope sie zurecht. »Das klingt ja wie bei einem alten Negerweib, das Kandiszucker kaut. Du wirst dir noch die Zähne abbrechen, und ich kann es mir nicht leisten, dir neue zu kaufen, also mußt du ewig mit geschlossenem Mund umhergehen und darfst nie lächeln. Und außerdem ist es, als ob man Geld kaute. Das Eis war dazu bestimmt, den Tee zu kühlen, nicht deine Zunge zum Gefrieren zu bringen.«

Nach der Mahlzeit war Miss Penelope ruhelos im Haus umhergewandert, ohne etwas Nützliches zu tun, hatte die Dienstboten bei ihrer Arbeit in der Küche unterbrochen, an Fäden gezogen, die sich daraufhin auflösten, hatte dic Hoffnung geäußert, daß es regnen und der Staub sich legen werde, wobei sie jedoch gleich darauf sich selbst widersprach, indem sie erklärte, daß es wohl nie wieder regnen werde. All das war ein Vorspiel zu ihrer bissigen Bemerkung gegenüber Lauretta, als sie durch den Salon lief, wo Sarah zufrieden oder zumindest scheinbar zufrieden, über ihrer Stickerei saß.

Sobald die Mädchen wieder allein waren, wandte sich Lauretta ihrer jüngeren Schwester zu, und als sie Sarah jetzt gleichsam wie zum erstenmal ansah – wie sie immer alles zu sehen versuchte, weil sie, wie sie oft erklärte, keine Wiederholungen ertragen konnte –, lachte sie und sagte: »Wach auf, mein Herz! Du siehst aus wie etwas, das man in einer Bibel gepreßt hat.«

Sarah lächelte, ohne die Arbeit zu unterbrechen oder Lauretta anzusehen. »Und du«, erwiderte sie bewußt langsam, »hast mal wieder Dummheiten im Kopf. Du bist nach dem Abendessen nie so aufgedreht, wenn du nicht irgend etwas im Schilde führst.«
Lauretta kicherte und drehte sich wieder zum Fenster. Sie blickte abermals um den Vorhang herum hinaus, und als sie nichts sah, gähnte sie, obgleich der Ton, den sie dabei von sich gab, eher wie ein Seufzer klang. »*Der Kaufmann von Venedig* ist nicht mein Lieblingsstück von Shakespeare. Nichtsdestoweniger...« Sie schwieg, um ihre Schwester den Satz für sie beenden zu lassen, als ob dies ein Spiel zwischen ihnen sei.
»Nichtsdestoweniger«, fuhr Sarah entgegenkommend fort, »findest du, daß der gutaussehende Mr. Douglas Savage den Bassanio hervorragend spielt.«
»Die Truppe geht in zwei Tagen nach Atlanta«, sagte Lauretta.
»Und in Atlanta wird Mr. Savage zweifellos die Bewunderung einer weiteren Schar von törichten Mädchen auf sich ziehen, genau wie er es in Savannah getan hat.«
»Ich bin nicht töricht, und ich bin beinahe zwanzig.«
»Du bist knapp neunzehn«, korrigierte Sarah.
»Ich bin hundert Jahre alt, und in Savannah ist noch nie und wird auch nie etwas geschehen. Wie kannst du das ertragen, Sarah? Wie kannst du nur so ruhig über deiner Stickerei sitzen, als ob das deine Bestimmung wäre, während wir doch in einem Alter sind, wo alles heiter und voller Zauber sein sollte?«
»Ich brauche keinen Zauber«, erwiderte Sarah. »Nur hin und wieder ein bißchen Sinn – und Eis im Sommer.«
»Kinder!« Miss Penelope kam von ihrer letzten Runde durch die Küchenräume zurück. »Die Mädchen sind fast fertig in der Küche, und ich habe ihnen gesagt, daß wir nichts mehr brauchen. Will eine von euch noch irgend etwas?« Sie sah die beiden kurz an, und als sie nichts erwiderten, fuhr sie fort: »Wenn es doch nur regnen würde! Ich habe wieder meine Kopfschmerzen. Ich weiß, das kommt davon, daß es nicht regnet. Wenn es regnete, wäre mein Kopf so klar wie Quellwasser. Das ist er immer, wenn die Luft leicht ist. Aber wenn die Luft schwer ist wie so oft von April bis November, fühle ich mich auch schwer. Ich gehe auf mein Zimmer und werde versuchen, mich abzulenken, indem ich mich an die ersten Takte jeder Oper erinnere, die ich je gehört habe.«
»Kann ich irgend etwas für dich tun, Tante Pea?« fragte Sarah.
»Nein, mein liebes Kind. Sorg nur dafür, daß deine Schwester nicht zum Mond fliegt. Ich verlasse mich auf dich. Gute Nacht, und ich werde beten, daß keine von euch jemals von diesen schrecklichen Kopfschmerzen geplagt wird, obwohl es heißt, welchen der Herr liebt, den straft Er.«

Sarah stand mit ihrer Stickerei in der Hand auf und küßte ihre Tante auf die Wange. »Gute Nacht, Tante Pea.«

Lauretta küßte ihr die andere Wange und sprach das »Gute Nacht, Tante Pea« ihrer Schwester so sanftmütig und bescheiden nach, daß es aus ihrem Mund fast wie Gespött klang. Sie warteten, bis die Tante hinaufgegangen war und sie ihre Tür ins Schloß fallen hörten, ehe ihr Ausdruck sich entspannte. Sarah setzte sich wieder. Die Standuhr in der Halle schlug neun. Lauretta machte beim letzten Schlag einen Knicks in Richtung Uhr.

»Jetzt rat mal«, sagte sie daraufhin zu ihrer Schwester, »rate, was ich...«

Sie brach ab, als Clarice aus dem Eßzimmer hereinkam.

»Miss Pea sagt, das ist alles für heute. Ist sie zu Bett gegangen?« fragte Clarice.

»Auf ihr Zimmer«, sagte Sarah. »Sie hat wieder ihre Kopfschmerzen.«

»Arme Seele. Ich werde manchmal ähnlich geplagt.« Clarice seufzte. »Das kommt von unserem nervösen Temperament. Möchten Sie noch etwas, eh ich zu Bett geh?«

»Nein, vielen Dank, Clarice. Gute Nacht«, sagte Sarah. »Schlaf gut.«

»Gute Nacht. Ich werd's versuchen, obwohl...«

Als Clarice kopfschüttelnd wieder durchs Eßzimmer in die Küche und von dort aus in ihr Zimmer ging, wohin ihre Tochter Ricey sich bereits zurückgezogen hatte, sagte Lauretta in ihrer lebhaften, spöttischen Art: »Gute Nacht. Und das ist das Ende der Welt. Nichts ist geschehen, außer Gute Nacht und *Sela.*«

»Ich kenne diesen Trick«, sagte Sarah. »Du versuchst, mein Mitleid zu erregen, damit ich mich mit deinem nächsten Vorschlag einverstanden erkläre. Was ist's? Daß wir uns aus dem Haus schleichen und um den Block gehen, sobald wir Tante Pea schnarchen hören?«

»Gibst du dich mit so wenig zufrieden?«

Sarah lächelte. »Das ist der zweite Teil des Tricks: ein wehmütiger Appell, in eine anklagende Frage gekleidet. Ja, ich bin zufrieden, und das, was wir haben, ist nicht so wenig.«

Lauretta hielt die Hände in die Höhe. »Ich flehe dich an, halt mir keinen Vortrag über christliche Dankbarkeit.«

Sarah nahm ihre Stickerei auf; aber ihre Gedanken waren so wenig bei der Sache, daß sie die Arbeit eine Weile prüfend ansehen mußte, wie sie es mit einem Buch getan hätte, ehe sie die Stelle fand, wo sie aufgehört hatte. »Wir haben ein schönes Zuhause, und dafür bin ich dankbar.«

Fünf Minuten später sagte Lauretta nachdenklich: »Ich wünschte, ich wäre wie du.«

»Nein, das tust du nicht.«

»Doch. Manchmal.«

»Nur, wenn irgend etwas dich erschreckt.« Sarah sah ihre Schwester besorgt an. »Hat es das?«
»Nein, Sarah. Liebe Sarah.«
Sarah löste den Rahmen von ihrer Stickerei und befestigte ihn an einer noch nicht bestickten Stelle. »Ich kann mich nicht entschließen, ob ich dort Königsblau oder Lavendel nehmen soll, deshalb fang ich lieber vorläufig woanders an. Ich weiß, daß hier Grün hingehört.«
»Nicht erschreckt.«
Sarah blickte wieder auf, halb beunruhigt, halb überzeugt, daß ihre Schwester wieder einmal wie üblich irgend etwas dramatisierte. »Nicht erschreckt«, wiederholte sie mit scheinbarer Gleichgültigkeit.
Lauretta ging in die Halle und blieb dort einen Augenblick lauschend stehen, dann kehrte sie zurück. »Sie schläft«, sagte sie und lächelte. »Schläft so lärmend, daß es ein Wunder ist, daß sie nicht aufwacht und sich sagt, sie soll still sein, damit sie schlafen kann.«
»Möchtest du um den Block gehen?« fragte Sarah. »Dagegen könnte niemand etwas einzuwenden haben.«
»Erinnerst du dich«, fing Lauretta lächelnd an, »erinnerst du dich, wie wir als kleine Mädchen, nachdem wir gerade erst hier zu Tante Pea gekommen waren, manchmal einen alten Strumpf mit Lumpen gefüllt und in der Hecke versteckt haben, um ihn dann über den Gehsteig zu ziehen, wenn die Nachtwächter ihre Runde machten?«
»Ja, ich erinnere mich.« Sie lachten leise.
»Sarah, ich muß dir etwas sagen. Ich habe Mr. Savage getroffen.«
»Ja, Liebes«, pflichtete Sarah ihr ruhig bei. »Wir haben ihn beide zusammen letzten Freitag in der Vorstellung gesehen, und dann hast du es so eingerichtet, daß wir am nächsten Nachmittag am Chippewa Square waren, als er für die Matinee am Theater eintreffen mußte. Ich erinnere mich, daß er gelächelt hat, als er uns sah, aber das ist nicht weiter bemerkenswert, denn du bist sehr hübsch. Und Mr. Savage ist vermutlich daran gewöhnt, Anbeterinnen zuzulächeln, die es darauf anlegen, ihm ›zufällig‹ zu begegnen. Ich kenne deine Vorliebe für romantische Träume. Es ist nichts dabei, solange es romantische Träume bleiben.«
»Ich habe ihn seitdem zweimal gesehen.«
»Natürlich rein zufällig«, sagte Sarah nach einer kurzen Pause.
»Verabredet. Ich habe ihn getroffen. Er kennt mich. Wir kennen uns. Er weiß von dir, von Tante Pea, wo wir wohnen...«
»Lauretta!«
»Schhh!«
»Lauretta«, flüsterte Sarah, und dann sprach sie in ihrem normalen, leisen Ton. »Du ziehst mich doch nur auf, nicht wahr?«
»Liebe Sarah – ich bin verliebt.«

»Aber er ist ein Schauspieler. Und du kannst ihn doch nicht wirklich kennen?«
»Doch. Bestimmt. Ich kenne ihn.«
»Lauretta, das ist – das ist absurd. Du willst mir doch nicht sagen, daß du dich – und Tante Pea – tatsächlich so weit vergessen hast, daß –«
»Schhh!« Sie lauschten. »Ich dachte, ich höre...« Zuerst war alles still, dann vernahmen sie das schwache, ferne Schnarchen ihrer Tante. Sie waren beide sichtlich erleichtert. »Ich habe versprochen, ihn heute abend zu treffen. Jetzt. Ich muß gehen.«
»Das wirst du nicht tun!«
»Sarah, du hast mir nichts zu befehlen! Liebe Sarah, mach dir keine Sorgen um mich.«
»Wohin gehst du?«
»Nur bis zur Pumpe an der Ecke unter der Lampe. Ich habe gesagt, wenn ich fort kann, treffe ich ihn dort kurz nach neun.«
»Wieso ist er nicht im Theater?«
»Es gibt heute *Macbeth*. Er spielt den Banquo, und sein Auftritt ist schon beendet. Nur die Hauptdarsteller kommen am Schluß heraus, um sich zu verbeugen.« Lauretta stand wieder am Fenster. »Da ist er! Ich glaube, er ist's.« Sie ging in die Halle.
»Du kannst nicht gehn! Ich darf es nicht zulassen...«
Lauretta schloß ihre Schwester kurz in die Arme. »Sarah, du bist ein Kind von siebzehn. Ich bin eine Frau von zwanzig.«
»Neunzehn – und was ist, wenn Tante Pea aufwacht? Was soll ich ihr sagen?«
»Sie wacht niemals auf. Selbst wenn die Trompeten des Jüngsten Gerichts zu blasen anfingen, sie würde sie mit ihrem Schnarchen übertönen.«
»Sie hatte Kopfschmerzen, Manchmal wacht sie davon auf. Wenn sie nun nach dir fragt?«
»Sie fragt nie nach mir. Und außerdem bin ich in fünf Minuten wieder da.«
»Fünf?«
»Oder zehn.«
Lauretta hatte die Haustür geöffnet und war den Gartenweg entlang zum Tor und auf die Straße hinaus gegangen. Sarah trat aus der Haustür und zog sie beinahe, aber nicht ganz hinter sich zu. Sie hatte ihr Stickzeug achtlos auf dem Boden liegenlassen, wo es hingefallen war, als sie aufsprang, und auch ihr Verstand war dort zurückgeblieben. Diesmal hatte Lauretta sie wirklich überrumpelt. Sie hatte nichts von dem geahnt, was vorgegangen war – falls das, was Lauretta sagte, der Wahrheit entsprach und nicht ein romantisches Märchen war, falls Lauretta sie nicht wieder »aufzog«.

Es war keine Nacht mit Mond und Sternen. Die dicken, schweren Wolken, von denen Miss Penelope gehofft hatte, daß sie Regen bringen und ihre Kopfschmerzen lindern würden, lagen über der Stadt, wie sie es schon den ganzen Tag lang getan hatten und vielleicht auch morgen noch tun würden, wenn nicht ein Wind vom Meer her aufkam. Sarah, die nicht wußte, was sie tun sollte, ging in den Vordergarten und setzte sich auf eine Steinbank neben der Sonnenuhr. Nach zehn Minuten hatten sich ihre Augen an die Dunkelheit gewöhnt. Das nächste Licht war an der Straßenkreuzung, wo die Pumpe und die Öllaterne standen, aber sie konnte sie von ihrem Platz aus nicht sehen.

Es kam ihr vor wie eine Stunde, aber es dauerte nur etwas mehr als eine halbe Stunde, bis Lauretta zurückkam. Als Sarah von der Bank aufstand, blieb Lauretta erschreckt stehen. Dann erkannte sie ihre Schwester, küßte sie auf die Wange und sagte: »Frag mich nichts und versprich mir, daß du mein Vertrauen würdigen wirst. Ich bin im siebenten Himmel!«

Sie gingen zusammen ins Haus. Sarah schloß die Tür und verriegelte sie. Sie zündeten beide eine Kerze an, dann blies Sarah die letzte Lampe aus und wartete gewissenhaft, bis der Glühstrumpf vollkommen erloschen war. Den Rauch der Lampe in der Nase und die brennenden Kerzen in der Hand, gingen die Mädchen die Treppe hinauf. Mit einem flüchtigen Kuß auf die Wange und mühsam unterdrückter Erregung trennten sie sich an der Tür von Laurettas Schlafzimmer.

Sarah stellte ihre Kerze auf die Kommode und öffnete die Vorhänge, die Ricey zuvor geschlossen hatte, während ihre Mutter noch in der Küche beschäftigt war. Die Kerze flackerte und ging aus, und Sarah beschloß, sie nicht noch einmal anzuzünden. Wenige Minuten später war der Geruch der Kerze verflogen, und ihre Augen hatten sich wieder an die Dunkelheit gewöhnt. Sie zog sich aus, streifte sich ihr Nachthemd über und stand am offenen Fenster, während sie sich die Haare bürstete. Und allmählich wurde sie ruhiger. Sie hatte ihre Verpflichtungen als Laurettas Schwester und Tante Peas Nichte erfüllt. Sie liebte beide von Herzen, aber es war gut, jetzt allein und nur sie selbst zu sein.

Während sie sich noch die Haare bürstete, bauschten sich die Vorhänge unter einem plötzlichen Windstoß, dann wehten sie mit solcher Kraft ins Zimmer, daß sie einen kleinen dreibeinigen Tisch umwarfen. Sarah ließ ihn, wo er war. Es hatte nichts außer einem Buch darauf gelegen. Ohne weitere Warnung fuhr ein Blitz nieder; ein paar Sekunden später folgte ein heftiger Donnerschlag und erschütterte das Zimmer, als ob dieses Zimmer sein einziges Ziel sei. Gleichzeitig fing es an zu regnen, zuerst heftig, dann sanft und leise. Sarah ließ die Läden offen, als sie sich ins Bett legte, und sie hoffte, daß jetzt auch Tante Peas Kopf im Schlaf leichter werden würde.

14

Als die Schauspieler der Arden-Bledsoe-Truppe am Sonnabend in Savannah im Theater am Chippewa Square ihre letzte Vorstellung gaben, seufzte Sarah vor Erleichterung und auch vor Mitleid mit ihrer Schwester; denn während jenes Sonnabends und des darauffolgenden Sonntags schien Lauretta unter schweren Seelenqualen zu leiden. Sie seufzte, schüttelte den Kopf und blickte völlig geistesabwesend drein; sie ging unruhig umher, und oft schien sie eine Frage, die ihr gestellt wurde, überhaupt nicht zu hören.

Als die drei Damen am Sonnabend abends auf ihre Zimmer gegangen waren und Sarah sich ausgezogen und ihre Kerze ausgeblasen hatte, hörte sie aus Laurettas Zimmer, das neben dem ihren lag, ein leises Weinen. Sie ging schnell auf Zehenspitzen in die Halle, ohne ein Licht zu brauchen, so vertraut war ihr der Weg, so oft war des Nachts aus mehr belanglosen als ernsthaften Gründen die eine in das Zimmer der anderen gegangen.

Als sie eintrat, hörte Lauretta vor Schreck zu weinen auf und blies im gleichen Atemzug die Kerze aus.

»Lauretta, mein Liebes, ich habe dich durch die Wand weinen hören. Bist du unglücklich?«

»Es tut mir leid, daß ich dich gestört habe«, erwiderte Lauretta mit einer Stimme, die in dem Bemühen, ruhig zu scheinen, unnatürlich laut war.

»Du hast mich nicht gestört. Ich habe nicht geschlafen. Ist es wegen Mr. Savage?«

»Wenn du es wissen mußt, Sarah...«

»Ich ›muß‹ nicht, sondern ich möchte es wissen, weil ich dich lieb habe.«

»Ja, Mr. Savage«, sagte Lauretta kurz.

Sarah ging im Dunkeln auf sie zu. »Du bist ja noch angezogen.«

»Ich wollte mich gerade zum Schlafengehen fertigmachen.«

»Laß mich dir helfen.« Sarah legte in schwesterlicher Liebe den Arm um Laurettas Schulter, aber Lauretta entzog sich ihr.

»Ich kann ohne Hilfe zu Bett gehen.«

»Verzeih«, sagte Sarah sanftmütig. »Ich wollte dich nicht belästigen. Ich hab' mir nur Sorgen um dich gemacht. Wird die Bledsoe-Truppe jetzt weiterziehen?«

Es dauerte eine Weile, ehe Lauretta antwortete. »Morgen in aller Frühe, glaube ich. Sie machen sich um sechs Uhr auf den Weg nach Atlanta. Mit Postkutschen.«

»Liebe Lauretta. Ich kann mir vorstellen, wie dir zumute sein muß, aber es ist sicherlich das beste, daß du...«

»Sei still, Sarah!« rief Lauretta heftig. »Ich kann nicht, ich *will* nicht weiter mit dir darüber reden. Nicht jetzt.«

»Es tut mir leid. Ich bin ungeschickt gewesen.« Sie wandte sich ab, aber ehe sie die Tür öffnete, um hinauszugehen, sagte sie: »Wenn du Gesellschaft haben möchtest, wenn du während der Nacht irgend etwas brauchst, ruf mich. Ich werde dich hören.«

»Gute Nacht, Sarah!«

Laurettas Ton war so schroff, daß Sarah rasch hinausging und die Tür hinter sich schloß. Gleich darauf hörte sie, wie ihre Schwester wieder zu weinen anfing. Sie wäre am liebsten wieder hineingegangen, um sie zu trösten, aber sie wagte es nicht. Lauretta hatte sie zurückgewiesen. Sicherlich hatte sie sich, wie sie gesagt hatte, ungeschickt benommen, so gut auch ihre Absichten gewesen sein mochten. Lauretta wollte natürlich allein sein; sie war verliebt und wußte, daß ihr Liebster, obwohl er vielleicht jetzt noch auf der Bühne des Theaters von Savannah stand, in wenigen Stunden die Stadt verlassen würde, in der sie sich befand.

Sarah ging zu Bett und weinte ein wenig aus Mitgefühl. Nachdem sie aufmerksam gelauscht und keinen Ton aus dem Zimmer ihrer Schwester vernommen hatte, schlief sie ein.

Sie wachte früh auf, zwang sich aber, im Bett zu bleiben. Als sie nach einer Weile Stimmen durch das Fenster hörte, das auf den hinteren Garten ging, stand sie auf und blickte hinaus. Es war ein nebliger, grauer Tag. Onkel Joshua, der als Butler und allgemeiner Verwalter des Hauses und seiner Gärten fungierte, schritt im hinteren Garten von einem Blumenbeet zum anderen; neben ihm ging Ichabod, der Mann, der hauptsächlich draußen mit dem Setzen und der Pflege der Pflanzen beschäftigt war, obwohl er auch, wenn nötig, diverse andere Arbeiten versah. Er wurde nicht mit dem Titel »Gärtner« ausgezeichnet und durfte keine eigene Meinung haben, sondern wurde lediglich von Onkel Joshua angewiesen, dies, das oder jenes zu tun.

Sarah hörte Riceys erhobene Stimme in der Küche direkt unter ihrem Zimmer, und dann Clarices Stimme, laut und scheltend. Sie wusch sich rasch, nachdem sie Wasser aus der Kanne in die Schüssel auf ihrem Waschtisch gegossen hatte. Ricey brachte jeden Abend Wasser in die drei Schlafzimmer. Während der Wintermonate trug sie außerdem morgens zu der Zeit, zu der sie geweckt werden wollten, Kessel mit heißem Wasser herauf, das sie mit dem kalten aus den Kannen mischten. Bei großer Kälte bildete sich in der Kanne eine Eisschicht, die man zerbrechen mußte, ehe man das Wasser benutzen konnte.

Nachdem sie sich gewaschen hatte, zog sie ein schlichtes Kleid an. Sie würde sich vor dem Gottesdienst in der St.-Johns-Kirche noch umziehen. Auf dem Weg zur Treppe blieb sie an Laurettas Tür stehen, aber da sie nichts hörte, ging sie hinunter in die Küche. Als der Kaffee fertig war, half sie Ricey, zwei Tabletts zurechtzumachen, eines für Tante Pea und das andere mit zwei Tassen, das sie zu Laurettas Zimmer hinauftrug. Lauretta konnte nichts dagegen haben; sie tranken sehr oft ihren Morgenkaffee zusammen, wobei diejenige, die zuerst aufwachte, hinunterging, um ihn heraufzuholen.

Als sie klopfte und eintrat, sah sie Lauretta am Fenster sitzen. Sie hatte noch ihr Nachthemd an, aber ihre Augen blickten starr und waren von tiefen Schatten umgeben, als hätte Lauretta die ganze Nacht gewacht.

»Guten Morgen, Lauretta.« Sarah stellte das Tablett auf den Tisch, goß Kaffee in die beiden Tassen und tat Zucker und Sahne hinzu.

Als sie ihrer Schwester den Kaffee reichte, nahm Lauretta einen Schluck, dann stellte sie die Tasse auf die Untertasse und die Untertasse auf ihren Schoß. »Vielen Dank.« Ihre Augen zwinkerten rasch, als ob sie brannten und gekühlt werden müßten. »Tu mir den Gefallen, Sarah, und sage Tante Pea, ich fühle mich nicht gut genug, um in die Kirche zu gehen.«

»Gewiß«, sagte Sarah, »aber willst du dich nicht anziehen und zum Frühstück herunterkommen?«

»O nein, das kann ich nicht.«

»Dann schicke ich dir Ricey mit einem Tablett herauf. Hast du Appetit auf irgend etwas Besonderes?«

»Ich möchte überhaupt nichts. Kein Tablett. Bitte, Sarah, gar nichts.«

Ihre zitternden Hände, ihre verwirrten Blicke rührten die jüngere Schwester tief, und Sarah ging hinunter, bestärkt in ihrem Vorsatz, die Beschützerin ihrer Schwester zu sein. Sie würde ihren Wunsch nach Alleinsein respektieren und dafür sorgen, daß auch die anderen es taten.

Tante Pea nahm die Nachricht von Laurettas Unpäßlichkeit gelassen zur Kenntnis. Nach einigen angemessenen Äußerungen der Besorgnis und des Mitgefühls dachte sie nicht mehr an das Mädchen. Der Sonntag würde ohne Laurettas schnippische Bemerkungen leichter zu ertragen sein.

Der Morgennebel verzog sich, und der Tag wurde klar und sonnig. Sarah und Tante Pea spannten ihre Sonnenschirme auf, als sie zur St.-Johns-Kirche in der South Broad Street gingen. Da es noch zu früh für den Gottesdienst war, schlenderten sie gemächlich über den Friedhof und besuchten die Gräber ihrer Eltern.

Lauretta kam nicht zum sonntäglichen Mittagessen herunter. Aber als die Sonne unterging, zog sie sich an und machte einen Spaziergang durch den Garten; und sie erschien auch zur frühen Abendmahlzeit im Speisezimmer. Clarice hatte frische Brötchen gebacken. Abgesehen davon gab es die Reste des Mittagessens, dazu Appetithappen. Clarice servierte eine Nachspeise aus Pfefferkuchen und Apfelmus, wie sie nach dem sonntäglichen kalten Abendessen üblich war, aber nur Sarah aß etwas davon.

Nach der Mahlzeit bat Lauretta, sie zu entschuldigen, da sie glaube, daß sie sich besser fühlen werde, wenn sie ruhig und allein in ihrem Zimmer

sei. Tante Pea war so erfreut über ihre sanftmütige Art, daß sie Ricey ein Glas Sherry gab, das Ricey ihr bringen solle, wenn sie hinaufging, um die Wasserkannen nachzufüllen und die Vorhänge zu schließen.
Als Sarah und Tante Pea sich eine Stunde später zurückzogen, war kein Lichtschimmer unter der Tür von Laurettas Zimmer zu sehen, und es drang auch kein Laut heraus. Nach einer weiteren halben Stunde war Tante Pea bereits fest eingeschlafen. Sarah konnte ihr Schnarchen über die Halle hinweg hören, obwohl ihrer beider Türen geschlossen waren. Niedergeschlagen vor Einsamkeit blies sie die Kerze aus und ging zum Fenster, um hinauszusehen. Der morgendliche Nebel, der sich in der Sonne aufgelöst hatte, war jetzt zurückgekehrt und hüllte den Garten, in dem sie Onkel Joshua und Ichabod an diesem Morgen hatte umhergehen sehen, in einen silbrigen Schleier. Der Duft des Jasmins versetzte sie in eine träumerische Stimmung, bis sie sich des Kummers ihrer Schwester entsann. Sie sprach ein Gebet für Lauretta, legte sich ins Bett und schlief ein.
Am nächsten Morgen ging sie, nachdem sie sich gewaschen und angezogen hatte, in die Küche und brachte ein Tablett mit Kaffee herauf. Sie klopfte munter an Laurettas Tür und trat ein, ohne auf eine Aufforderung zu warten. Lauretta war nicht da, und ihr Bett war unberührt. Das Sherryglas, das Tante Pea am Abend zuvor heraufgeschickt, war jetzt leer und diente als Briefbeschwerer für den Brief, den Lauretta geschrieben hatte.

15

Liebste Sarah,
während ich diese Zeilen schreibe, seid Ihr, Tante Pea und Du, in der Kirche. Wenn Du sie liest, werde ich mit Mr. Douglas Savage verheiratet sein. Du warst so hilfsbereit und gut, liebe Sarah, und ich hatte nicht die Absicht, Dich hinters Licht zu führen, obwohl ich zugebe, daß ich Dich über meine Gemütsverfassung im unklaren gelassen habe. Was Du für meine Verzweiflung über den Verlust von Douglas gehalten hast, war in Wirklichkeit meine Verzweiflung darüber, daß ich bald Dich verlieren und den sicheren Hafen meiner Mädchenzeit verlassen würde. Mit wieviel Liebe werde ich an Dich denken! An Dich vor allem, aber auch an Tante Pea, Clarice und Ricey und Onkel Joshua, ja, und sogar an Ichabod und all unsere komischen Bekannten. Und wie werden sie mich beneiden, daß ich vor ihnen heirate und fortgehe, um ein aufregendes Leben fern von Savannah zu führen!
Aber ich sollte ein bißchen ernsthafter sein (wenn auch bitte nicht feierlich!), denn ich bin bald eine verheiratete Frau, und Du darfst nicht glauben, daß ich meine Verantwortung auf die leichte Schulter nehme; denn

das tue ich nicht. Die übrigen Mitglieder des Bledsoe-Ensembles sind nach Beendigung ihres Gastspiels in Savannah heute morgen nach Atlanta aufgebrochen, aber Douglas hat sich von ihnen getrennt, wie er es schon lange wollte, denn er fühlt sich als Schauspieler zu größeren Dingen befähigt. Er ist nach Port Wentworth gefahren, um Vorkehrungen für unsere Trauung heute abend zu treffen. Wenn Ihr alle schlaft und das Haus still ist (Sonntag abends bekanntlich immer sehr früh), werde ich mich mit einer einzigen Reisetasche davonschleichen. Douglas wartet mit einer Mietkutsche an der Straßenkreuzung dicht bei der Wasserpumpe auf mich. Dann kehren wir nach Port Wentworth zurück, um das Ehegelöbnis vor dem Pfarrer abzulegen, der uns erwartet, und die Nacht dort zu verbringen. Und morgen früh – es wird *jetzt* sein, oder vielleicht schon vor einer Stunde, wenn Du dies liest – reisen wir weiter nach – nun, rate! Norden? Süden? Westen? Wir können nicht nach Osten fahren, nicht wahr? Denn dort ist der Atlantische Ozean! Es sei denn, wir nehmen eine Schaluppe oder ein Paketboot – und darüber verrate ich nichts!
Dies – diese Albernheit, wie Du es nennen magst – ist dazu bestimmt, Dich zu verwirren. Ich weiß, Du wirst glauben, es macht mir Spaß, wegen meiner romantischen Natur und meiner Neigung zum Dramatisieren, wie Du es nennen würdest; aber das ist nicht so, liebe Sarah. Ich wünschte, daß ich es selber wüßte! Nein, das wünsche ich mir nicht. Ich will einem neuen Leben entgegengehen, dem Unerwarteten, will, daß jeder Tag sich mir mit all seinen Ereignissen neu offenbart. Was ich sagen will, ist folgendes: Bitte überrede Tante Pea, uns niemanden nachzuschicken, denn es ist zwecklos. Ich bin eine erwachsene Frau und kann heiraten, wen ich will. Ich möchte vor allem vermeiden, sie zu verletzen oder in Verlegenheit zu bringen. Sag ihr – ich kann mich nicht entschließen, jemand anderem außer Dir zu schreiben! – sag ihr, daß ich sie lieb habe, daß ich ihr für ihre zärtliche Fürsorge danke und sie bitte, mich in freundlicher Erinnerung zu behalten.
Ich werde Dir wieder schreiben, wenn wir weit (oder nah?) fort sind. Von den Sachen, die ich zurücklasse, kannst Du haben, was Du willst und was Dir paßt. Es tut mir leid, daß meine Schuhe zu klein für Dich sind, aber Deine Füße sind ein wenig frühreif in ihrem Wachstum gewesen!
Denk an mich und behalt mich lieb!

Deine Dich liebende Schwester
Lauretta

PS Vielleicht werde ich Schauspielerin. Douglas sagt, ich sei sehr schön, obgleich er natürlich blind ist, was mich betrifft. Ich habe jedoch die Absicht, mich im lauten Lesen zu üben, um vorbereitet zu sein, falls sich eine Gelegenheit ergibt, und zwar werde ich mich besonders auf die Rollen der

Portia und Rosalind verlegen. Ich glaube, ich könnte sie spielen, ohne mich ganz und gar in Mißkredit zu bringen! Adieu.

Nachdem Sarah den Brief viermal gelesen hatte, bei jeder Wiederholung mit weniger Hast und Erregung – obgleich ihre Zehen sich jedesmal in den Schuhen zusammenzogen, wenn sie zu dem Absatz über ihre Füße kam –, fragte sie sich, wie sie ihn und die Tatsache von Laurettas Verschwinden ihrer Tante Pea präsentieren sollte.

Während sie noch dastand und sich die Sache überlegte, wurde unten die Glocke geläutet, die Glocke, die sie und ihre Schwester seit ihrer Ankunft in diesem Haus zu so vielen Tausenden von Mahlzeiten gerufen hatte. Sarah faltete den Brief hastig zusammen, steckte ihn in die Tasche ihres Morgenkleides und eilte hinunter.

Tante Pea saß bereits auf ihrem gewohnten Platz. Sie trug ein geblümtes Baumwollkleid mit einer Rüschenhaube aus dem gleichen Stoff. Ricey stellte gerade eine große Schüssel Brombeeren auf den Tisch.

»Guten Morgen, Tante Pea«, sagte Sarah, als sie sich ihr gegenüber setzte.

»Guten Morgen, liebes Kind. Ich hoffe, du hast gut geschlafen. Diese Brombeeren sehen sehr verlockend aus. Möchtest du welche?«

»Ja, bitte.«

Während Miss Penelope sie austeilte und auf beiden Tellern, ohne ihre Nichte noch weiter zu fragen, Sahne und Zucker dazutat, sagte sie: »Ich vermute, Lauretta wird nicht zum Frühstück herunterkommen?«

Sarah hielt erschreckt die Luft an, dann stotterte sie: »Ja, Tante Pea. Ich will sagen – nein, sie kommt nicht.« Ihre Antwort entsprach im Grunde genommen der Wahrheit, aber Sarah errötete, denn sie wußte, daß sie die vertrauensvolle alte Dame täuschte, die gerade in diesem Augenblick so unbekümmert ihre Beeren zu essen begann.

»Sie schmecken wirklich gut«, sagte Miss Penelope. »Nur noch ein bißchen sauer, weil es noch zu früh für sie ist, obgleich die Hitze sie schnell hat reifen lassen. Zu schnell vielleicht.«

Sarah löffelte die Beeren in ihren Mund und brachte ein vages »Mh« hervor, das alles oder nichts bedeuten konnte, ohne daß sie gegen die guten Manieren verstieß, indem sie mit vollem Mund sprach, oder gegen die Wahrheit, indem sie eine eindeutige Behauptung aufstellte, denn in Wirklichkeit schmeckte sie nichts, so sehr war sie mit dem Ereignis beschäftigt, von dem sie erst so kürzlich erfahren hatte.

»Arme Lauretta«, sagte Miss Penelope mitleidig. »Sie ißt Brombeeren ebensogern wie ich. Glaubst du, sie würde welche probieren wollen, wenn Ricey ihr eine Schüssel hinaufbrächte?«

»Nein! Bestimmt nicht, Tante.«

»Fühlt sie sich so elend? Ah...« Mit diesem wohlig klagenden Ton ließ die alte Dame sich in ihrem Stuhl zurücksinken und nahm mit einem Kopfnicken den Kaffee an, den Ricey ihr aus der großen Kanne anbot, die sie gerade hereingebracht hatte und deren Schnabel köstlich duftend dampfte. In diesem Augenblick öffnete sich die Küchentür, und Clarice kam mit einem Körbchen voll frisch gebackener und gezuckerter Krapfen herein, die warm und appetitlich in einer gestärkten Serviette lagen.
»Hier!« Clarice bot Miss Penelope triumphierend das Körbchen an.
»Oh, Clarice!« Sie nahm einen Krapfen und biß hinein. »Du verwöhnst uns zu sehr.«
»Ja, Madam. Möchten Sie auch einen, Miss Sarah?«
»Vielen Dank.«
»Du kannst sie dalassen«, sagte Miss Penelope. »Sie sind wirklich ausgezeichnet! Ich muß sagen, ich habe noch nie bessere als diese gegessen, nein, nicht einmal, wenn du sie gemacht hast!«
Clarice suchte ihre Freude zu verbergen und polterte: »Will jemand Eier? Hafergrütze? Würstchen? Schinken? Speck?«
»Nichts! Köstlich! Es sei denn, du, Sarah?«
»Nein, Tante Pea. Vielen Dank, Clarice.«
»Ich glaube, es gibt für mich nichts Besseres als heißen Zimt!« erklärte Miss Penelope.
»Oder Salbeisoße zu einem fetten, gebackenen Huhn!« entgegnete Clarice und lachte leise, um die gute Laune zu fördern.
»Du beschämst mich! Du stellst mich als gefräßig hin!« sagte Miss Penelope keineswegs beschämt und höchst zufrieden. »Nun, wahrscheinlich bin ich es, und es macht mir nichts aus, es einzugestehen.«
Onkel Joshua kam vom Wohnzimmer herein und kündigte seine Gegenwart mit einem kräftigen und umständlichen Räuspern an. Als es ihm nicht gelang, damit die Aufmerksamkeit seiner Herrin zu erregen, die sich manchmal ein Vergnügen daraus machte, ihn zu necken, sagte er laut und feierlich: »Miss Penelope, ich will nicht beim Frühstück stören. Aber...«
»Wenn du es nicht wolltest, würdest du es nicht tun!« erwiderte sie heiter.
»Miss Pea!« sagte der alte Mann in dem donnerden Ton, der sie manchmal eingeschüchtert hatte, als sie noch ein junges Mädchen war und er bereits ein ausgewachsener Mann, ein würdevoller und einflußreicher Mann im Haushalt ihres Vaters.
Sie tat, als sei sie ein wenig eingeschüchtert. »Ja, Onkel Joshua?«
»Ich habe gerade eben mit Ichabod gesprochen. Und er hat heute früh am Morgen mit dem Stallarbeiter von nebenan gesprochen, der Isak heißt.«
»Ja, Onkel Joshua«, sagte sie. »Das ist sehr interessant, aber bist du sicher, daß es meine sofortige Aufmerksamkeit erfordert?«

»Isak hatte gestern abend Zahnschmerzen und konnte nicht schlafen.« Miss Penelope nickte geistesabwesend und nahm einen weiteren Krapfen aus dem Korb. Köstlich nach Zucker und Gewürzen duftend, beanspruchte er ihre ganze Aufmerksamkeit, während sie ihn verzehrte; nach jedem Bissen trank sie einen Schluck Kaffee, was ihr einerseits beim Kauen half und andererseits den Geschmack des Krapfens noch verbesserte.

»Als er mit seinen Zahnschmerzen in der Hütte auf und ab ging, hat er – so behauptet er zumindest – zu später Stunde eine Gestalt dieses Haus verlassen sehen, eine junge Frau, die durch den Garten auf die Straße hinausging.«

Miss Penelope hörte auf zu kauen und schluckte, dann wurde ihre Miene ein wenig ernster.

»Lächerlich«, sagte sie. »*Ich* bin mit Sicherheit hier. Miss Sarah ist hier, und Miss Lauretta ist unpäßlich und befindet sich auf ihrem Zimmer.«

»Wirklich, Miss Pea?«

Der alte Mann sah sie mit einem Blick voller Zweifel und finsterer Ahnungen an.

»Tante Pea«, sagte Sarah hastig, »ich hatte keine Gelegenheit – ich weiß nicht recht, wie ich es dir sagen soll...«

Onkel Joshua und Tante Pea starrten sie erschreckt an. Sarah holte den Brief aus ihrer Tasche, faltete ihn auseinander und reichte ihn ihrer Tante.

Miss Penelope las ohne Unterbrechung und ohne jeden Kommentar, aber ihre Augen bewegten sich nervös wie Wespen um ein bedrohtes Nest.

»Nun«, sagte sie, als sie am Ende angelangt war, dann drehte sie den Brief herum und las ihn noch einmal. Sie hatte einen halben Krapfen neben ihrer Kaffeetasse liegenlassen, aber als sie mit der zweiten Lektüre des Briefes fertig war, erinnerten sich ihre Finger und stopften die Reste des Krapfens, den sie in der Erregung vergessen zu haben schien, in ihren Mund.

»Nun – und wie kommt es, daß ich nichts von dieser Sache erfahren habe?«

»Erinnerst du dich, daß wir ins Theater gegangen sind, Tante Pea – du, Lauretta und ich?«

»Man sollte Shakespeare lieber unbeachtet lassen als lesen, lieber lesen als aufgeführt sehen; das habe ich schon immer gesagt. Die Worte, in Wirklichkeit verwandelt, sind...« Sie schauderte und spitzte den Mund.

Sarah berichtete ihr alles, was sie wußte, machte sich selbst fast prahlerisch für das verantwortlich, was geschehen war. Miss Penelope ließ sie alles noch einmal berichten. Als die Geschichte zweimal erzählt worden war, erklärte sie, daß sie sich niemals, solange sie lebe, von dem Schlag erholen werde, daß Lauretta ihren guten Ruf verspielt habe und unterdessen per Schiff von Port Wentworth nach Boston oder New York gefahren sein müsse, daß sie und – ihr Mann (sie mußte sich erst einen Ruck geben, das Wort zu gebrauchen, und dann hoffte sie, daß es wahr sei) mit der Postkutsche nach Atlanta gefahren seien. Im nächsten Augenblick kam sie zu dem Schluß, daß sie gen Westen nach Alabama oder gen Norden nach Carolina gefahren waren. Oder vielleicht waren sie auch noch in Port Wentworth.

Sie wußten im Grunde nur – »sie«: das waren jetzt Miss Penelope, Sarah, Joshua, Clarice, Ricey und Ichabod, außer Sicht, jenseits des Fensters –, daß sie nicht die geringste Ahnung hatten, wo Lauretta sich befand. Sarah beschuldigte sich laut und im stillen, was ihnen allen eine gewisse Befriedigung bot, da die wirklich Schuldige nicht zugegen war, um zur Rechenschaft gezogen zu werden.

»Onkel Joshua«, sagte Miss Penelope, »willst du bitte Ichabod zu Richter Truebody schicken und ihn fragen lassen, ob er es einrichten könne, zu mir zu kommen? Ich muß mit ihm sprechen.«

»Ich schicke ihn nicht. Ich gehe selbst.«

Richter Horace Truebody war Miss Penelopes alter und hochgeschätzter Freund; er war der Anwalt und Treuhänder ihres Vaters gewesen und verwaltete jetzt ihren Besitz. Miss Penelope hatte ihn von jeher stets um Rat gefragt, ehe sie irgendeinen wichtigen Beschluß faßte. Er hatte ihr geraten, die verwaisten Nichten in ihr Haus und unter ihre Obhut zu nehmen – nicht, daß man sie an ihre Pflicht hätte mahnen müssen, aber er war der Meinung gewesen, daß diese Regelung sich für beide Teile als nützlich erweisen könnte. Und das hatte sie getan, hatte der alten Jungfer Gesellschaft und den Mädchen eine angemessene Erziehung verschafft.

Jetzt war er binnen einer Stunde an ihrer Seite, und nach einer weiteren hatte er sich auf den Weg nach Port Wentworth gemacht, um Erkundigungen einzuziehen. Ehe die Nacht hereinbrach, war er wieder im Haus in der Broughton Street. Er hatte den Pfarrer gefunden, der das junge Paar getraut hatte, und konnte daher Miss Penelope beruhigen, daß »das Schlimmste« vermieden worden war. Ihre Nichte Lauretta war, so töricht sie auch gehandelt haben mochte, wirklich verheiratet. Die Leute würden vielleicht lachen; aber sie konnten sie nicht verachten. Was ihren gegenwärtigen Aufenthalt betraf, war seine Auskunft weniger ermutigend. Eine Schaluppe war an diesem Morgen von Port Wentworth nach Baltimore abgefahren, und ein junges Paar, das der allgemeinen Beschreibung von Mr. und Mrs. Douglas Savage entsprach, hatte sich tatsächlich auf ihr eingeschifft.

»Was soll ich denn tun?« fragte Miss Penelope.

»Das, was am schwersten ist«, erwiderte Richter Truebody. »Nichts. Abwarten. Das junge Mädchen hat rücksichtslos, vielleicht übereilt gehandelt, aber das kann nur die Zeit uns lehren. Der einzige vernünftige und praktische Rat, den ich Ihnen geben kann, ist, ein wenig Wasser den Fluß hinunterlaufen zu lassen und zu sehen, ob es klar oder schlammig ist. Was man nicht ändern kann, muß man ertragen.« Richter Truebody hatte eine Vorliebe für derlei alte und vertraute Redensarten. Er hatte schon früh im Leben gelernt, daß sie seinen Zuhörern ebensoviel Trost und Beruhigung boten, wie sein Name es tat.

Miss Penelope neigte den Kopf vor Richter Truebody und dem Schicksal. Sie dankte dem alten Mann, der offensichtlich erschöpft war von der Mühe, die er um ihretwillen auf sich genommen hatte, und er verabschiedete sich.

Sarah und ihre Tante waren den ganzen Tag lang zu Hause geblieben, als warteten sie, wenn auch ohne viel Hoffnung, auf eine Nachricht von Lauretta. Als sie sich nach einer Nacht, in der sie beide kaum geschlafen hatten, am nächsten Morgen zu einem einfachen Frühstück mit Hafergrütze und Spiegeleiern niederließen, traf völlig unerwartet eine aufregende Nachricht ein, die nichts mit Laurettas Verschwinden zu tun hatte.

Es war ein Brief von Deborah Kendrick an ihre Freundin Penelope Pennington. Nach einer liebenswürdigen Begrüßung und ein paar höflichen Redensarten erzählte Deborah kurz von der Hochzeit und noch kürzer von der darauffolgenden Rückkehr ihrer Tochter. Sie gebrauchte Worte wie »geistige Verwirrung« und »niemand von uns weiß, was als nächstes geschehen wird«, und dann kam sie mit der Einladung heraus, die mehr wie eine Bitte abgefaßt war: Würden Penelope und ihre Nichten vielleicht in Erwägung ziehen, so bald und für so lange, wie sie konnten, zu Besuch nach Beulah Land zu kommen? Sie vermute, schrieb Deborah, und sie hoffe, daß die Gesellschaft der jungen Mädchen Selma aus ihrer Niedergeschlagenheit reißen werde, die wie eine düstere Wolke über sämtlichen Bewohnern des Hauses hing. Sie, Deborah, werde ihrer alten Freundin ewig dankbar sein, wenn sie es übers Herz brächte, ihrer Bitte zu folgen.

Der Brief linderte sofort die Spannung im Haus. Ein Unglück kommt selten allein, und Penelope gab zu, daß das ihre alles in allem weniger ernst und schwer war als Deborahs.

Wenn sie die Einladung annahm, so ergaben sich daraus – abgesehen von dem zweifellos angenehmen Aufenthalt in guter Landluft während der heißesten Sommerwochen – auch noch andere Vorteile: Es bedeutete eine gewisse Ersparnis, die Penelope nicht unwillkommen war. Der Haushalt würde in Anbetracht der Dienstboten, die zurückblieben, auch weiterhin Kosten verursachen, aber Onkel Joshua würde für Sparsamkeit sorgen. Es war – natürlich – ein Vorteil, ihrer Freundin gefällig zu sein. Es war ein Vorteil, einfach durch ihre Abwesenheit den Klatsch in ihrem Bekanntenkreis in Savannah zu vermeiden. Wenn die Hauptbeteiligten ab-

wesend sind und man kaum etwas oder gar nichts über sie erfährt, werden so viele und so verschiedenartige Vermutungen angestellt, daß sie letztlich alle ihre Glaubwürdigkeit verlieren.
Und schließlich gab es die Möglichkeit, so wenig wahrscheinlich sie auch war, wenn sie sich an die Herzlichkeit erinnerte, die zwischen Lauretta und Leon bestanden und bei der Sarah kaum eine Rolle gespielt hatte – immerhin, es gab die Möglichkeit einer – mochte man es »Freundschaft« nennen, einer Freundschaft zwischen ihrer Nichte Sarah und den Kindern der Kendricks, oder zumindest einem von ihnen.
Es war keine sehr große Hoffnung. Aber in einer hoffnungslosen Zeit ist einem alles recht.
Penelope brauchte nur wenige Minuten, um den Inhalt des Briefes in sich aufzunehmen und sich bereits in Zukunftsplänen zu ergehen. Sie sprach mit Sarah über den Brief und weniger ausführlich und vertraulich mit Onkel Joshua und Clarice. Alle waren sich einig, daß ein Besuch auf Beulah Land zu diesem Zeitpunkt sehr wünschenswert wäre. Onkel Joshua versprach, jede Nachricht, sei sie mündlich oder schriftlich, entgegenzunehmen und weiterzuleiten und Miss Penelope auch von allen ernst zu nehmenden Gerüchten zu unterrichten, die ihm zu Ohren kamen. Richter Truebody wurde zu Rate gezogen, und es wurde beschlossen, daß er, sobald sie Savannah verlassen hatten, Laurettas Heirat in einer schlichten Anzeige bekanntgeben sollte.
Penelope schrieb an Deborah und nahm die Einladung an. Achtundvierzig Stunden später hatten Penelope und Sarah einen Koffer mit all dem gepackt, was sie für einen Besuch auf dem Land zu dieser Jahreszeit für erforderlich hielten. Ricey würde sie begleiten und betreuen. An ihrem letzten Abend in der Broughton Street, ehe sie sich am nächsten Morgen auf den Weg machten, saßen Penelope und Sarah zusammen im Wohnzimmer. Penelope hielt eine Katze namens Prudence auf dem Schoß und in der Hand ein Exemplar von *Wie es euch gefällt*. Sie achtete bei der Lektüre des Stückes diesmal besonders auf die Rolle der Rosalind und versuchte sich vorzustellen, daß Lauretta sie spielte. Es war natürlich absurd, aber man konnte nie wissen. Lauretta hatte zweifellos eine angeborene schauspielerische Begabung. Die Vielfalt ihres Gebärdenspiels, die volltönende Stimme, die Neigung zur Hysterie in all ihren Gefühlen, die der übersteigerten Ausdrucksweise des Dramas entsprach – ja, es könnte sein. Sarah saß da, die Stickerei im Schoß, die beiden hölzernen Reifen des Stickrahmens fest und sicher wie das Jüngste Gericht und die Auferstehung. Sarah arbeitete, Sarah war schweigsam, sanft und bescheiden. Penelope sah sie an und dachte bei sich: »Nun gut – selig sind die Sanftmütigen, denn sie werden das Erdenreich besitzen.«

16

Die Mitglieder der beiden Familien von Oaks und Beulah Land warteten, wenn auch nicht auf ein klares, richtungweisendes Wort, so doch zumindest auf irgendeinen Wink, was die Zukunft betraf. Felix und Bonard waren aus Savannah zurückgekehrt. Beim Anblick von Selmas Koffer, der noch in seinem Schlafzimmer stand, konnte sich Bonard je nach seiner Stimmung sagen, daß ihre Kleidung bereits da war, wenn sie – was er kaum bezweifelte – eines Tages zu ihm zurückkam; und wenn sie es nicht tat, waren die Sachen fertig gepackt und konnten binnen fünf Minuten aus dem Haus geschafft werden. Selma war tatsächlich die erste Jungfrau, die Bonard je besessen hatte. Wann immer er an jene Stunde zurückdachte, versuchte er, sich an Einzelheiten zu erinnern, doch es gelang ihm nicht. Aber wenn er mit verletztem Stolz und so etwas wie Scham daran dachte, tat er es doch zugleich auch mit einer Erregung, die ihn zur Wollust trieb, und als er eines Abends vor dem Schlafengehen mit der brennenden Kerze sein Zimmer betrat und plötzlich den Koffer sah, blieb er stehen und stellte die Kerze auf den Koffer. Sein Geist schien seinem Tun zu folgen, so wie man sich manchmal selbst in einem Traum beobachtet, denn er knöpfte, ohne es sich vorher überlegt zu haben, seine Hose auf, zog seinen Schwengel heraus und masturbierte, bis sein Samen sich verachtungsvoll und huldigend zugleich über den Koffer ergoß.

Rooster und Trudy sowie sein Vater und seine Mutter verhielten sich ihm gegenüber fast ebenso, wie sie es vor seiner Heirat getan hatten, mit dem einzigen Unterschied, daß sie offenbar nie den Wunsch verspürten oder Gelegenheit fanden, ihn zu berühren. Er wurde nicht wie ein Aussätziger behandelt, aber auch nicht wie ein geliebter Bruder oder Sohn.

Selma saß nicht da und grübelte, und sie irrte auch nicht nach Mitternacht lachend oder wehklagend durch die Korridore, wie man es von Menschen erwartet, die als geistesgestört gelten. Sie wünschte lediglich, daß man sie in Ruhe ließ. Eines der Küchenmädchen brachte zu den Mahlzeiten Tabletts für sie und Pauline herauf, und dann aßen sie zusammen in ihrem Zimmer. Sie schien im allgemeinen ruhig und zufrieden zu sein, einerseits, weil für sie die Angelegenheit vorbei und erledigt war, und andererseits, weil Pauline einen sehr beruhigenden Einfluß auf sie hatte. Pauline war der einzige Mensch im großen Haus, von dem man sagen konnte, daß er vollkommen glücklich war. Sie hatte Selma ihr Leben lang geliebt, und jetzt war sie jede Minute des Tages und der Nacht mit ihr zusammen. Sie sprachen nicht viel, aber Pauline war sich Selmas Gegenwart ständig bewußt, sie konnte die leiseste Veränderung in ihrer Stimmung verfolgen, ohne daß ein Wort gewechselt worden war: an einer Geste, an ihrer Art zu sitzen oder von einem Stuhl aufzustehen, am Rhythmus ihres Atmens, am Straffen oder Entspannen einer Hand. Dies waren offensichtliche und einfache Stimmungsanzeiger, die jeder aufmerksame Beobachter hätte deuten können. Aber Paulines Sensibilität reichte weiter als das, erstreckte sich bis in die subtilsten Bereiche der Wahrnehmung und Intuition; es war eine Bewußtheit, die das einschloß, was man »Liebe« nennt, aber noch darüber hinausging. Pauline war vollkommen zufrieden mit der Art und Weise, wie sie ihre Tage verbrachte, und diese Zufriedenheit schuf eine heilende Atmosphäre, aus der Selma unwillkürlich Kraft schöpfte.

Leon sah Bonard nur selten während dieser Zeit, denn Bonard ritt wieder nach Highboro, um in Felix' Büro – das in Wirklichkeit mehr ein privates Refugium als ein Geschäftskontor war – »Jura zu studieren«.

Auf Beulah Land gingen die Menschen ihrer Beschäftigung nach, wenn sie eine hatten, und saßen oder wanderten gelangweilt umher, wenn sie keine hatten. Leon war einer der letzteren, bis er anfing, Floyd in seiner Schmiedewerkstatt aufzusuchen. Das ständige Zusammensein von Selma und Pauline mag ihn dazu getrieben haben. Blut und Verwandtschaft sind noch komplizierter, als im allgemeinen angenommen wird.

Floyd hieß Leon nicht willkommen, aber er schien nicht überrascht über seine häufige Anwesenheit. Seit ihrer engen Verbundenheit und der darauffolgenden Entfremdung, die keiner von beiden sich je zu erklären versucht hatte, war genügend Zeit vergangen, daß sie sich wieder als Freunde begegnen konnten. Im gleichen Maß, wie Leon Floyds Geschick für seine Arbeit schätzenlernte, nahm ihre Freude an ihrer gegenseitigen Gesellschaft zu. Es wurde nicht viel gesprochen, aber nach den ersten Besuchen verband sie ein Gefühl, das man mit Worten wie: »Ich wußte nicht, daß du das kannst« und: »Du wirst noch mehr zu sehn bekommen« umschreiben könnte, ein Gefühl von Stolz und Anerkennung. Ohne daß sie ihre wieder angeknüpfte Freundschaft bewußt nährten und vertieften, begann Leon, Floyd irgendwelche Dinge zu reichen, noch ehe Floyd selbst danach greifen konnte, und sie fingen an, fast wie Meister und Lehrling zusammenzuarbeiten, wobei Leon sich nie aufdrängte und Floyd ihn niemals ausschloß. Falls Floyd Unwillen darüber empfand, daß Leon ihn, den natürlichen Umständen zufolge, aufsuchen konnte, wenn er ihn brauchte, während er, Floyd, darauf warten mußte, aufgesucht zu werden, so war er großherzig genug, darüber zu lächeln.

Und Ezra – Papa für den einen, Onkel Ezra für den anderen – kam und ging, und seine Besuche waren kleine, helle Punkte in einem langen Tag. Die jungen Männer begannen wieder miteinander zu reden, zuerst über kleine Dinge, dann über kleine und große Dinge abwechselnd und zusammen. Leon spürte, daß ihm dabei eine Art Gesundheit und Selbstgewißheit zuwuchs, die sich nicht wesentlich von dem unterschied, was seine

Schwester durch Paulines Gegenwart erfuhr. Als Deborah den Brief von Penelope erhielt, der ihr sagte, daß sie kommen würden und wann sie einzutreffen hofften, war dies für sie ein Zeichen, daß sich die jüngsten Ereignisse vielleicht doch noch so gut wie möglich auswirken würden. Und daß jetzt die Zukunft begann.

17

An dem Nachmittag, an dem Miss Pennington und ihre Nichte mit der Postkutsche erwartet wurden, fuhr Leon mit dem Zweispänner nach Highboro. Skeeter sollte mit einem kleineren Wagen fürs Gepäck nachkommen. Leon rauchte eine Zigarre mit Bonard und Onkel Felix in dessen Büro, dann ging er zum Haus der Kendricks und trank Tee mit seiner Tante Nell. Skeeter traf ein, als sie gerade im Begriff waren, zur Post zu fahren, wo die Kutsche ankommen würde. Nell und Felix hatten versprochen, zu Beginn des Besuchs der Penningtons einige Tage auf Beulah Land zu verbringen. Nell wollte mit Leon und den Gästen hinausfahren; Felix würde später am Nachmittag nachkommen, wenn Bonard nach Hause fuhr. Skeeter stellte Nells und Felix' Körbe und einen kleinen Koffer auf seinen Wagen und folgte dem Zweispänner, als Leon zum Postamt fuhr. Die Postkutsche traf pünktlich ein, und Nell und Leon begrüßten Penelope und Sarah. Skeeter nahm die Habseligkeiten der Gäste, einschließlich Ricey, auf seinen Wagen.

Die drei Damen stiegen in den offenen Zweispänner, Leon schwang sich auf den Kutschbock, und sie fuhren los. Nell und Penelope begannen eine angeregte Unterhaltung, bei der sie, ohne auf Einzelheiten einzugehen, auch die zwei beunruhigenden Eheschließungen erwähnten, die in den Familien der beiden Damen seit ihrer letzten Begegnung in Savannah stattgefunden hatten.

Der Tag war heiß, aber klar und trocken. Es hatte kürzlich geregnet, so daß das Laub der Bäume eine frische Farbe hatte und man auf der Lehmstraße fahren konnte, ohne Staubwolken aufzuwirbeln. Leon fühlte sich gut und plötzlich irgendwie bedeutend. Er saß, sich seines kraftvollen Körpers und seiner gut sitzenden Kleidung bewußt, stolz und aufrecht auf dem Kutschbock und freute sich über die Beherrschung seiner eigenen Muskelkraft und der der beiden Pferde, die den Wagen nach Beulah Land zogen. Sie trabten in zügigem Tempo dahin, nicht so schnell, daß die vorüberziehende Landschaft allzu rasch vorbeihuschte und die Insassen des Wagens durcheinandergerüttelt wurden, und auch nicht so langsam, daß die Fahrt sie langweilte und ermüdete.

Sarah fühlte sich nach der langen Reise, die sie hinter sich hatten, überraschend entspannt und bereit, zu genießen, was immer als nächstes kommen mochte. Während sich die beiden älteren Frauen lebhaft unterhielten, blieb sie auf dem anderen Sitz wohltuend sich selbst überlassen. Sie blickte sich um, und ihr gefiel, was sie von der Gegend zu beiden Seiten der Straße sah. Flächen von bebautem Land wechselten mit waldigen Regionen und einer Brücke über einen Arm des kleinen Flusses ab.

Nach einer Weile wandte sich Leon, die Augen auf die Pferde geheftet, die Hände an den Zügeln, kurz um und sagte: »Hier fängt Beulah Land an – alles, woran wir jetzt vorüberfahren, bis wir zur Haustür kommen, ist Beulah Land!« Es war mehr als eine Mitteilung, es lag ein fast kindlicher Stolz in seinen Worten, und sie lachten alle vor Freude über ihn. Dann nahmen die beiden älteren Damen wieder ihre Unterhaltung über Rückenschmerzen auf, und Sarah sah sich um, von einer Seite der Straße zur anderen, nach vorn und einmal zurück und dann weit zum Horizont, und sie dachte bei sich: *Beulah Land, all dies ist Beulah Land.*

Die Wirkung, die das Land, die Erde selbst mit all ihrer Verheißung, auf sie ausübte, veranlaßte sie, Leon mit anderen Augen zu betrachten. Dieses Beulah Land würde einmal ihm gehören. Sarahs Gedanken waren weder ehrgeizig noch berechnend. Sie sah, daß das Land schön war und daß Leon, während er es durchquerte, eine Haltung annahm, eine persönliche Bedeutung, die sie bei ihren Begegnungen in Savannah nie an ihm wahrgenommen hatte; damals war er ihr stets ein wenig leichtfertig, irgendwie geheimnisvoll oder verschwiegen und oft gelangweilt erschienen. Hier war er in jeder Hinsicht zu Hause.

Es gab noch etwas anderes, was Sarah empfand, und zwar, daß sie als junges Mädchen *da* war – etwas, das sie nie empfunden hatte, ehe ihre Schwester sie verließ. Eine neue Entdeckung: Sie brauchte sich nicht als zweitrangig zu fühlen oder vorzugeben, daß sie es tat. Sie stand zum erstenmal in ihrem ganzen Leben an vorderster Stelle; und die plötzliche Erkenntnis dieser Tatsache – zusammen mit dem warmen Tag und seiner trockenen Luft mit tausend Düften, die für sie zu einem einzigen verschmolzen, und dem weiten Land, das sich über Felder, Hügel und Wälder bis zum Horizont erstreckte – all dies machte sie ein wenig trunken.

Und Leon, der munter, aufrecht und gutaussehend dort auf dem hohen Kutschbock saß, war nicht nur ein Teil von alledem: Er *war* Beulah Land.

Was Leon betraf, so war das Leben in letzter Zeit recht freudlos für ihn gewesen; er hatte neben anderen Menschen und Ereignissen, die sich um sie drehten, eine untergeordnete Rolle gespielt. Jetzt fühlte er sich plötzlich als ganzer Mann, als der Herr, nicht nur als der »junge Master«, wie man ihn höflich und manchmal, das wußte er, auch ein wenig spöttisch nannte; er war tatsächlich Herr des Besitztums, durch das sie fuhren.

Und Sarah – wie kam es, daß er sie vorher in Savannah nicht bemerkt hatte? Sie war nicht nur hübsch. Im Freien und im Licht der Sonne, wo er sie zuvor nur selten gesehen hatte, war sie viel hübscher, als Lauretta es in seiner Erinnerung war. Sie war natürlich und lebendig, ohne schmückendes Beiwerk und ohne es zu brauchen. Er war entzückt von ihr und begierig, ihre frühere Bekanntschaft zu erweitern. Wie froh war er, daß Lauretta getan hatte, was immer man sagte, daß sie getan habe. Sarah hier, Sarah jetzt – sie war selbstverständlich und richtig.

Als er von der Landstraße in den Privatweg einbog, der durch den Obstgarten zu der kreisförmigen Auffahrt führte, sah er Floyd, der eine junge Stute beschlagen hatte und sie an die neuen Hufeisen gewöhnen wollte, indem er mit ihr über den Rasen am Rand der Auffahrt ritt.

Leons und Floyds Augen begegneten sich.

»He, Floyd!«

»Ju-hu!« rief Floyd lachend. Und er fühlte sich – vielleicht wegen des schönen Wetters und weil er seinen Freund so stolz und strahlend auf dem Kutschbock sitzen sah – wie ein Junge auf seinem ersten Pferd und ließ für einen Augenblick die Zügel fahren, um der Stute mit beiden Händen auf die Flanken zu schlagen. Dann griff er wieder nach den Zügeln, ritt in gestrecktem Galopp die Auffahrt zum Haus hinauf und rief lachend: »Es kommt Besuch! Es kommt Besuch!«, was die Gäste als den schönsten Willkommensgruß bezeichneten, den sie sich hätten wünschen können.

18

Deborah stand auf den Stufen, um sie zu begrüßen, und Lovey hinter ihr auf der Veranda, als Leon von seinem Sitz sprang und den Damen aus dem Wagen half. Penelope stieg als erste aus, und sie und Deborah umarmten sich mit einer neuen Vertrautheit angesichts ihrer gleichgearteten Probleme. Dann half Leon Sarah herunter; seine Hand lag warm und kräftig über der ihren und hielt sie gerade lange genug fest, um dem Augenblick einen Nachdruck zu verleihen, an den sie sich später, wie er hoffte, erinnern würde. Deborah nahm Sarah sanft bei den Schultern und sah ihr in die Augen, ehe sie sie auf die Wange küßte und willkommen hieß. Nell, die als letzte ausgestiegen war, gesellte sich zu Lovey auf der Veranda, und dann gingen die Frauen zusammen ins Haus.

Leon blieb mit Floyd zurück, der abgesessen war. Plumboy kam herbei, um sich des Wagens und der Pferde anzunehmen, und so ging Leon mit Floyd und der Stute ums Haus herum zu den Ställen.

»Du machst einen äußerst selbstzufriedenen Eindruck«, bemerkte Floyd in einem Ton, der, wie Leon wußte, dazu bestimmt war, ihn zu necken.

»Ich finde, sie ist das bezauberndste Mädchen der Welt! Sie hat sich sehr verändert, seit ich sie zum letztenmal gesehen habe.«
»Oder du«, entgegnete Floyd.
»Mag sein«, gab Leon beglückt zu.
Seite an Seite stiegen Deborah und Lovey den anderen voran die Treppe hinauf. Sie gingen zu dem größten und am üppigsten ausgestatteten Gästezimmer, das Nell und Felix seiner zwei großen, bequemen Betten wegen im allgemeinen für sich in Anspruch nahmen, wenn sie auf Beulah Land waren. (Vor Jahren hatte Nell gesagt: »Ich bin durch meine unbeständige Verfassung nachts manchmal sehr unruhig und fürchte, den armen Felix zu stören, der wie ein seliger Engel schläft.«) Nell war die erste gewesen, die darauf bestanden hatte, daß die Penningtons das Zimmer haben sollten. Sie seien sehr spezielle Gäste, erklärte sie, und außerdem würden sie lange bleiben, und man müsse es ihnen so bequem wie möglich machen. Sowohl Sarah als auch Penelope äußerten sich begeistert über die großzügigen Proportionen des Zimmers und seine schöne Einrichtung. Außer den Betten, neben denen jeweils am Kopfende ein kleiner Tisch mit einer Öllampe stand, gab es zwei große Kleiderschränke, zwei Kommoden mit tiefen, breiten Schubladen, einen hohen Spiegel auf einem Fußgestell, den man in seinem Nußbaumrahmen kippen konnte, um sich einer gründlichen Selbstprüfung zu unterziehen. Es gab bequeme Sessel und weitere Tische mit Büchern und Blumenvasen, kleinen Schalen mit Sicherheitsnadeln und Knöpfen, einer Schere, Nähgarn in den verschiedensten Farben und Nadeln in einem kleinen, herzförmigen Kissen aus rotem Samt. An den Fenstern hingen zarte, weiße Sommervorhänge, die, frisch gewaschen und gestärkt, einen Duft von Seife und Sonnenschein ausströmten.
Nach ein paar Minuten ging Lovey hinunter, um sich zu erkundigen, ob Skeeter bereits mit den Koffern eingetroffen sei, und sich, falls er es war, das Mädchen Ricey anzusehen, um danach zu entscheiden, wo sie schlafen sollte. Wenn sie sauber und nett aussah, würde Lovey sie auffordern, bei ihr zu wohnen, denn sie hatte jetzt, da Pauline regelmäßig bei Selma schlief, ausreichend Platz. Skeeter war noch nicht da, und so bat sie Buttercup, ihr Bescheid zu sagen, sobald er kam. Dann ging sie zu Selma hinauf, die ihre Tür geschlossen hatte, als sie unten den Wagen mit den Gästen vorfahren hörte. Selma stand am Fenster und las, während Pauline, eine Näharbeit auf dem Schoß, dicht neben ihr saß.
»Miss Penelope und Miss Sarah sind eingetroffen«, verkündete Lovey. »Du mußt hinübergehen und sie begrüßen.«
Selma sah sie einen Augenblick erschreckt an; dann entspannte sich ihr Gesicht, sie schloß das Buch und legte es aus der Hand. »Ja, das muß ich«, sagte sie. »Sie waren sehr nett zu mir. Sie sind gute Menschen.«

Während Lovey und Pauline sich freudig überrascht ansahen, ging Selma quer durch die obere Halle zum großen Gästezimmer. Die Tür stand offen, und so trat sie, ohne anzuklopfen, ein. Die vier Frauen verstummten, als sie Selma sahen. Sie ging auf Penelope zu und griff nach ihrer Hand. »Willkommen, Tante Pea«, sagte sie.

Penelope küßte Selma und drückte sie kurz an sich. »Vielen Dank, mein Liebes.«

Als Penelope sie losließ, wandte sich Selma an Sarah. »Ich freue mich, daß du gekommen bist«, sagte sie schlicht.

Sarah, die über Selmas Gemütsverfassung und ihre gegenwärtige Menschenscheu Bescheid wußte, war gerührt über ihre Worte und ihr Aussehen, und sie mußte sich zusammennehmen, um nicht zuviel Mitgefühl zu zeigen. Sie ergriff die Hand des Mädchens und drückte sie. »Ich bin glücklich, dich wiederzusehen, und ich hoffe, du wirst mir helfen, Beulah Land kennenzulernen.«

»Oh«, sagte Selma, »es gibt bestimmt viele, die dir gern dabei helfen werden.«

»Aber ich fände es besonders nett, wenn du mich herumführen würdest, falls du dich gut genug fühlst und Lust dazu hast.«

»Ich kenne ein paar Plätze«, sagte Selma zögernd, »die dir gefallen könnten und bei denen die anderen vielleicht nicht auf den Gedanken kommen, sie dir zu zeigen.«

»Ich wäre dir sehr dankbar.«–

»Willst du mich jetzt bitte entschuldigen?«

Sie nickten einander zu, als ob es ein geheimes Einverständnis zwischen ihnen gäbe, dann wandte Selma sich um und ging hinaus; ihre Mutter sah ihr verblüfft nach, und Nell lächelte triumphierend, denn es war ja schließlich ihre Idee gewesen, Miss Pennington und Sarah einzuladen.

Deborah war ungeheuer erleichtert, als Selma später herunterkam, um mit ihnen allen zu Abend zu essen. Aber sie kannte Selma nicht, würde sie tatsächlich nie auch nur annähernd verstehen. Was sie als ein Zeichen von Selmas Genesung ansah, hatte überhaupt nichts damit zu tun. Selma war fest entschlossen, ihr Leben so fortzuführen, wie es sich während der letzten Wochen gestaltet hatte. Aber sie schätzte Miss Pennington und ihre Nichte und wollte sich ihnen gegenüber höflich zeigen, und deshalb bemühte sie sich an diesem ersten Tag, so schwer es ihr auch fallen mochte, ihnen das Gefühl zu geben, daß sie willkommen waren.

Nach dem Abendessen bat sie wieder, sie zu entschuldigen, und zog sich auf ihr Zimmer zurück, wo Pauline zu ihrer Freude auf sie wartete. Sarah war enttäuscht, daß Selma sie verließ, aber Leon erbot sich sofort, sie durch die Gärten zu führen.

Er schloß Penelope in seine Einladung ein, doch sie erklärte, daß sie lieber mit Deborah und Nell auf der breiten Veranda bleiben wolle, wo die drei sich zufrieden in großen Rohrsesseln schaukelten. Felix war allein hinausgegangen, um eine Zigarre zu rauchen und »den Viehbestand zu prüfen«, eine allgemein übliche Ausrede, die die Männer gebrauchten, um von ihren Frauen wegzukommen, die sie gar nicht so ungern fortgehen ließen, da sie im Grunde die Ungezwungenheit ihrer gegenseitigen Gesellschaft vorzogen.

Es war noch nicht dunkel. Über den Gärten lag ein Summen von Insekten, das wie das Echo eines langgehaltenen Cellotons klang, voll, warm und erfüllt vom Ende eines schönen Sommertages. Die Blumengärten waren überreich an Farben, dufteten von Rosen, Petunien und Jasmin. Die Kieswege waren frisch geharkt. Ein weißer Pfau, der die letzten Strahlen der Abendsonne genießen wollte, kam mit majestätischem Schritt hinter einer Hecke hervor.

»Sehen Sie ihn doch nur an!« rief Sarah staunend. »Wie der König, der seinen Palast verläßt, um das Parlament zu eröffnen.«

»Das ist er tatsächlich!« Leon lachte vergnügt.

Dann sprachen sie, während sie herumspazierten, über Savannah. Die Stadt hatte wahrhaftig für Leon bereits den Zauber einer Vergangenheit angenommen, an die man mit Sehnsucht zurückdachte, obgleich es noch gar nicht so sehr lange her war, seit er dort als Student gelebt hatte. Aber der besondere Rang, den er ihr jetzt in seinen Erinnerungen einräumte, war nicht zuletzt dazu bestimmt, Sarah zu erfreuen, deren Heimat Savannah von jeher gewesen war.

»Blühen denn die Paternosterbäume in der South Broad?« fragte er.

»Wir nennen sie Zedrachbäume«, sagte sie lächelnd.

»Mein Name ist großartiger.«

»Genau das meine ich. Zedrach genügt mir.«

»Sie sind aber gar nicht romantisch«, warf er ihr vor.

»Doch, das bin ich!« widersprach sie, dann wandte sie sich rasch ab, um, von dem blendenden Glanz der Sonne auf einer vollkommenen, cremefarbenen Blüte angezogen, in das dunkle Laub einer riesigen Magnolie hinaufzublicken. »Wie schön sie ist. Ich glaube, ich habe noch nie eine so große Magnolie gesehen.«

Leon nickte mit erfreutem Besitzerstolz. »Sie war da, als das Haus gebaut wurde, und schon lange davor. Ursprünglich standen hier eine ganze Menge Magnolien. Einige waren im Weg und mußten gefällt werden. Ehe dieses Land uns gehörte, wurde es ›Magnoliengarten‹ genannt, obwohl es eigentlich gar kein Garten war, denn die Bäume wuchsen wild. Mein Großvater hat das Haus 1783 gebaut.«

»Wirklich?« fragte Sarah mit großem Interesse. »Das bedeutet, daß es – oh, fast fünfzig Jahre alt ist. Stellen Sie sich vor!«

»Ja«, pflichtete Leon ihr bei, obgleich ihn das Alter des Hauses wenig interessierte, abgesehen davon, daß es seinen Gast zu beeindrucken schien. Sie blieben stehen, um einen Kolibri zu beobachten, der den Schnabel in eine Blüte tauchte und mit schwirrenden Flügeln darüberschwebte. »Ruhen sie sich denn niemals aus?« fragte sie.
»Sie dürfen es nicht, sonst sterben sie«, sagte er.
Sie gingen weiter; der Kolibri hatte sie nachdenklich und ein wenig traurig gemacht. Aber als sie zum Obstgarten kamen und kreuz und quer zwischen den Bäumen hindurchgingen, wurde ihnen wieder leichter ums Herz, und sie lachten, und obwohl Sarah ihn ermahnte, daß er die Früchte nicht anrühren dürfe, ehe sie voll ausgereift seien, befühlte Leon einen Pfirsich nach dem anderen, bis er einen fand, der weich genug war, daß er ihn für sie pflücken konnte.
Sie nahm ihn aus seiner Hand, roch an ihm und hielt ihn an ihre Wange. »Er ist noch warm vom Tag.« Dann: »Schauen Sie!« rief sie und deutete auf ein Kind, das sich zusammenzukrümmen schien, während es Hals über Kopf durch die Baumreihen davonlief. »Glauben Sie, daß wir es erschreckt haben?«
Leon zuckte die Achseln.
»Ist es ein Kind, das Sie kennen?«
»Nein«, sagte Leon, obwohl er Roman erkannt hatte.
»Sie kennen doch sicher jeden hier oder wissen zumindest, wer es ist«, meinte sie. »Sogar die Kinder.«
»Es wird dunkel. Sehen Sie.« Leon deutete nach oben. »Ein Stern.« Er ließ die Augen über den Himmel schweifen. »Ja, es ist der erste. Wünschen wir uns etwas von ihm.«
Sie nickte.
Sie blickten beide aufmerksam auf den glitzernden Stern, der sich deutlich von dem jetzt langsam dunkler werdenden Himmel abhob und immer stärker zu strahlen schien.
»Was haben Sie sich gewünscht?« fragte er, als ihr Gesichtsausdruck sich entspannte.
»Zuviel auf einmal. Ich hätte alle meine Wünsche auf ein einziges Ziel richten sollen.«
»Ich habe mir gewünscht...«
»Verraten Sie es nicht. Man sagt, das bringt Unglück.«
Sie wandten sich um und gingen zurück.
Ehe sie das Haus erreichten, hörten sie Musik von einer Schar von Negern, die herbeigekommen waren, den Gästen ein Ständchen zu bringen. Sie blieben bei der blühenden Glyzinenrebe am dunklen Ende der Veranda stehen, bis eines der Lieder endete, dann gesellten sie sich zu den drei Damen, die sich nicht mehr schaukelten und anerkennend lauschten.

Als der Gesang aufhörte, applaudierten die Damen, und Felix, der hinter der kleinen Gruppe gestanden hatte – das Ständchen war seine Idee gewesen –, trat vor und schloß sich dem Beifall an.
»Jetzt etwas, wozu man tanzen kann!« sagte Felix in singendem Ton. Sofort begannen Geige und Banjo mit einer leichten, lebhaften Melodie. Felix klatschte im Takt in die Hände, und Deborah erhob sich zur allgemeinen Überraschung von ihrem Stuhl und ging mit gleitenden, tanzenden Schritten auf ihren Schwager zu. Penelope und Nell lachten und klatschten ermutigend, als Felix und Deborah zu tanzen begannen.
»Wo sind denn die jungen Leute?« fragte Felix. »Eigentlich sollten sie doch tanzen!«
Leon trat aus dem Dunkel, nahm eine übertrieben feierliche Tanzpose ein und blickte sich suchend nach seiner Partnerin um. Sarah kam auf ihn zu, machte einen Knicks, und sie reichten sich die Hände. Sie tanzten auf bäuerliche Art, und ihre Jugend verlieh den kraftvollen, etwas vulgären Bewegungen Unschuld und Charme.
Deborah und Felix hielten inne und klatschten, ebenso wie Nell und Penelope, zum Takt der Musik in die Hände.
Oben beugten sich Selma und Pauline über das Fenstersims von Selmas Zimmer, um besser hören zu können. Selma erinnerte sich an die Zeit vor vielen Jahren, als ihr Vater gestorben war und man Weihnachten im großen Haus bescheiden, bei den Negern jedoch wie üblich feierte, als sie zu der Hütte hinausgegangen war, wo musiziert und getanzt wurde und Pauline sie aufgefordert hatte, sich dem Kreis der Kinder anzuschließen – und als sie sich an diese Zeit erinnerte, griff sie, nicht aus Verzweiflung, sondern in Liebe und Dankbarkeit nach Paulines Hand.

19

Lovey war vom ersten Augenblick an Sarahs Fürsprecherin, obgleich sie keine brauchte. Myrtis forderte sie auf, in ihrer Küche ein und aus zu gehen, wie es ihr beliebte, was alle, die es hörten, in Erstaunen versetzte, denn nach dem Tod der alten Köchin hatte Myrtis sich von einem einfachen, liebenswürdigen Mädchen in eine grimmige und eifersüchtige Herrscherin über ihr Reich verwandelt. Ezra zeigte Sarah seine kranken Tiere und erklärte ihr, woran sie litten und was er tat, um sie zu heilen. Ohne die geringste Anstrengung oder Berechnung schlug sie jedem gegenüber den richtigen Ton an. Sie war so völlig im Einklang mit ihrer Umgebung, daß sie unwillkürlich das wurde, was jeder in ihr sehen wollte oder zu sehen meinte.
Deborah fand sie »vernünftig und praktisch veranlagt, mit der richtigen

Einstellung zu den Dingen, auf die es ankommt«. Nell entdeckte, daß sie besonders mitfühlend gegenüber den Leiden anderer war. Felix bezeichnete sie als »ein famoses Mädchen, so ungezwungen und fidel«.
Sogar Selma fand Gefallen an ihr und führte sie, um ihr eine Freude zu machen, zu ihren geheimen Plätzen im Wald. Es gab eine Biegung im Fluß, wo ein schmaler Wasserarm flach, schnell und kalt über weiße Kieselsteine lief. Die Hand in dieses Wasser zu halten kühle das Blut und beruhige das Gemüt, sagte Selma ihr. Es gab ein Spalier von wilden Reben, das an einer Stelle fast bis zum Boden reichte und widerstandsfähig genug war, daß man hinaufklettern und darauf hin und her schaukeln konnte. Sie waren beide noch kindlich genug, um Spaß daran zu finden. Es gab ein verstecktes Brombeergebüsch, das niemand außer Selma kannte. Dessen war sie sicher, denn wenn die Beeren reif waren, faulten sie und fielen zu Boden oder dienten den Vögeln als Nahrung, wenn Selma sie nicht selbst pflückte und aß. Jetzt waren sie noch hart und grün. Sie erzählte Sarah, daß sie an dieser Stelle jedes Jahr zur gleichen Zeit die abgestreifte Haut einer Schlange fand. Sie hatte sie nie gesehen, hatte jedoch trotzdem das Gefühl, sie zu kennen, denn sie teilten sich ohne Streit oder formellen Vertrag in dieses Stückchen Erde. Die beiden Mädchen gingen durch den Wald, trugen sich gegenseitig die Sonette von Shakespeare vor und kehrten Arm in Arm müde und zufrieden zum Haus zurück.
Wenn sie zur Tür von Selmas Zimmer kamen, reichte Selma ihrem Gast jedesmal liebenswürdig, aber förmlich die Hand, um mit dieser Geste anzudeuten, daß ihr Abenteuer, zumindest für den Augenblick, vorüber sei und daß sie allein in ihr Zimmer gehen werde. Dort fand sie stets Pauline vor, die auf sie wartete, und Pauline war fast überhaupt nicht eifersüchtig auf diese Ausflüge, was ein Beweis ihrer Sympathie für Sarah war. Pauline hatte Sarah während der ersten Tage aufmerksam beobachtet und erkannt, daß Sarah ein Mensch war, der Vertrauen und Zuneigung schenkte, ohne einen Tribut zu fordern.
Leon wußte mit täglich wachsender Gewißheit, daß sie »das bezauberndste Mädchen der Welt« war. Er führte sie in Floyds Schmiedewerkstatt, und Floyd machte ihr einen Ring aus einem Hufnagel, genau wie er es für die Kinder tat. Als der Ring abgekühlt war, überreichte er ihn Leon, der ihn an seinem Hosenbein polierte, ehe er ihn ihr an den Finger steckte. Sie erklärte, daß sie ihn immer tragen wolle. Floyd machte sie darauf aufmerksam, daß er sich verbiegen und rosten werde, worauf sie erwiderte, dann werde sie ihn eben bitten, ihr einen neuen zu machen, und sie lachten alle drei.
Und ebenso wie Sarah im Lauf der Zeit Beulah Land lieben lernte, so lernten fast alle – aber eben nicht alle – auf Beulah Land, sie zu lieben. Der kleine Roman folgte ihr, wie sie bald entdeckte, wenn sie auf der Plantage

umherwanderte. Er kam nie dicht heran; er folgte ihr nicht ständig; und er fiel niemals lästig, indem er herumalberte, um ihre Aufmerksamkeit auf sich zu lenken. Trotzdem war sie sich der Gegenwart des Jungen bewußt. Ein paarmal drehte sie sich um und versuchte, mit ihm zu reden, aber er war scheu. Das erstemal lief er fort. Dann blieb er, sprach jedoch kein Wort. Sie fürchtete vorübergehend, daß er nicht nur einen mißgestalteten Körper habe, sondern auch geistig zurückgeblieben sei, kam jedoch angesichts seiner klugen Augen und seines lebhaften Gesichtsausdrucks sehr bald zu dem Schluß, daß er keineswegs schwachsinnig, sondern im Gegenteil vielleicht sogar ungewöhnlich intelligent war. Da sie seiner Schüchternheit wegen nicht mit ihm sprechen konnte, lächelte sie, wenn sie sich begegneten, um ihm zu zeigen, daß sie ihn erkannte, und manchmal redete sie ihn sanft an, ohne den Anschein zu erwecken, daß sie eine Antwort erwarte. Sie war, wie sie eines Tages Lovey sagte, »fasziniert« von dem Kind, worauf Lovey ein bestürztes Gesicht machte und rief: »O nein, das dürfen Sie nicht!« Sarah sah sie erstaunt an. Lovey zögerte einen Augenblick, als ob sie noch etwas sagen wolle, dann schüttelte sie den Kopf und ging fort. Sarah wußte nicht, wie sie sich ihr Verhalten erklären sollte.

Am Tag darauf drehte sie sich während eines einsamen Spaziergangs um und sah den kleinen Jungen, der sofort ebenfalls stehenblieb. Kurzentschlossen ging sie auf ihn zu, aber er bemerkte die Entschlossenheit in ihrem Ausdruck und Schritt, wandte sich ab und rannte fort. Sie lachte und lief hinter ihm her. »Roman, warte!« Sie hatte von Posie erfahren, wie er hieß. Er blieb nicht stehen, obwohl sie mehrmals seinen Namen rief, sondern rannte, so schnell er konnte, über das Feld, über die Höfe, wo die Leute sich verblüfft nach ihnen umsahen, und weiter zu den Sklavenhütten. Nachdem Sarah das Spiel einmal begonnen hatte, wollte sie es nicht aufgeben und folgte ihm, bis sie zu einer Hütte kamen, wo eine hochgewachsene, kräftige Frau auf einer offenen Veranda von der Größe eines halben Bettlakens saß. Die Frau packte den Jungen und hielt ihn fest, als er versuchte, sich ihr zu entwinden. Sarah blieb lächelnd und ein wenig atemlos auf der Stufe stehen, die zur Veranda führte. Die Frau versetzte dem Jungen eine kräftige Ohrfeige. Roman weinte nicht, sondern stand steif vor ihr, die Wangen gerötet vor Scham und von der Wucht des Schlages.

»Oh, bitte!« rief Sarah erschreckt.

Die Frau wandte ihr das Gesicht zu. »Er muß doch sicher irgendwas angestellt haben, wenn Sie ihm nachgerannt sind?«

»Nein, überhaupt nichts! Ich wollte nur mit ihm reden, darum habe ich ihn gerufen... Es war wie ein Spiel – wir sind gelaufen...«

Die Frau sah das Kind an. »Hörst du, was die Dame sagt? Warum bist du nicht stehengeblieben, als sie dich gerufen hat?« Sie schlug ihn abermals. Er weinte nicht, wollte nicht weinen.

»Bitte tun Sie das nicht!« rief Sarah unwillig.

Ihr Ton schien der Frau zu gefallen. Sie wandte sich wieder nach ihr um. »Ich bin seine Mutter. Mein Name ist Clovis Elk. Ich bin die Frau des Aufsehers.«

»Ja?« Sarah hatte das Gefühl, daß mehr in diesen Worten lag, als sie verstand.

»Sie sind der junge Gast«, sagte Clovis.

»Ich bin Sarah Pennington.«

»Roman redet dauernd von Ihnen.« Sie ließ den Arm des Jungen los und legte die Hand auf seinen Rücken. »Er sagt, wie hübsch Sie sind. Er mag hübsche Dinge, weil er so häßlich ist.« Roman errötete qualvoll, und Sarah bemerkte jetzt, daß er heller war als die Frau, heller, als sie Roscoe Elk in Erinnerung hatte.

Ohne die Frau zu beachten, sagte sie: »Ich habe dich gern, Roman, und ich möchte, daß wir Freunde werden.«

Clovis warf den Kopf zurück und lachte. »Sag ›danke‹ zu der Dame!« rief sie und unterdrückte mühsam ihr Gelächter. Zwei kleinere Kinder, so dunkel wie sie und viel dunkler als Roman, liefen an Sarah vorbei auf die Veranda und klammerten sich an den Rock und den Arm der Frau. »Mu-der! Mu-der!« sagten sie beide auf einmal.

»Das sind Romans Brüder«, erklärte Clovis und zog die Jungen an sich, als wollte sie Sarahs Aufmerksamkeit auf die Tatsache lenken, daß sie und die Kinder die gleiche Farbe hatten. »Sie heißen Alonzo und Roscoe.«

»Mu-der!«

»Mu-der!«

»Abgesehen von Roman sind wir, was man in Savannah wohl ›F. P. C.‹ nennt. Stimmt's?«

»*Free persons of color?*«

Sie nickte. »Die Kleinen sind frei geboren, nachdem mein Mann, der zum Teil von Indianern abstammt, mich gekauft hat. Nur Roman ist ein Sklave.« Clovis lachte wieder und umarmte die kleinen Jungen. Roman lief ins Haus, ohne jemand anzusehen. Zornig und verwirrt drehte sich Sarah um und verließ sie ohne ein Wort.

20

Nell und Felix waren nach Highboro zurückgekehrt. Auf Beulah Land nahm das Leben wieder seinen üblichen Lauf. Die Neger, von Roscoe beaufsichtigt, behackten den Mais und die Baumwolle und zogen den Tabak auf, den man auf Felix' Vorschlag hin versuchsweise angebaut hatte. Rooster hatte keinen gepflanzt. Er wollte abwarten, wie das Experiment von Beulah Land ausfiel; die jungen Pflanzen brauchten sorgfältige Pflege, man mußte einen besonderen Schuppen bauen, in dem die Blätter getrocknet wurden, und er war nicht sicher, ob die Arbeit und die Unkosten sich lohnen würden.

Die Männer fällten auch Bäume im Wald, Bäume, die vom Blitz getroffen worden waren oder von selbst abstarben und das Wachstum von jüngeren Bäumen behinderten. Sie wurden niedergehauen oder abgesägt, dann ausgeastet oder mit Maultiergespannen fortgeschleppt und in Stücke von geeigneter Größe für Öfen und Küchenherde gehackt.

Sarahs Besuch war für Leon ein Ansporn, ernsthafter als je zuvor auf der Plantage zu arbeiten. Weil er Ezra und Floyd so häufig bei ihrer Arbeit beobachtet hatte, wußte er mit dem Vieh Bescheid, und jetzt verlieh seine häufige Anwesenheit in den Ställen, Boxen und Gehegen seinem Urteil Nachdruck und Gewicht. Als er einmal unwillkürlich, ohne es sich vorgenommen zu haben, einer von Roscoe geäußerten Ansicht widersprach und einen anderen Befehl hinsichtlich der Verwendung eines Maultiergespanns gab, weiteten sich Plumboys Augen, und er sah verblüfft vom einen zum anderen, bis Roscoe ihm mit der kleinen, mit Troddeln geschmückten Peitsche, die er sich kürzlich mehr als Spielzeug als zum Gebrauch zugelegt hatte, leicht auf die Schulter schlug. »Tu, was man dir sagt, Mann!« befahl er; dann entfernte er sich mit langen Schritten und überließ es Leon, die Angelegenheit nach eigenem Gutdünken zu beenden.

Wenn Leon sich nicht erbot, Sarah zu begleiten, die genügend zu tun fand und jetzt keinen Führer mehr brauchte, begab er sich dorthin, wo die größte Arbeiterkolonne beschäftigt war, ging oder ritt zwischen den Leuten umher oder stand einfach da, wie sein Vater es vor ihm getan hatte, und freute sich über den Anblick der arbeitenden Männer und Frauen. Hin und wieder lieh er sich, der Rolle des Zuschauers überdrüssig, je nach Bedarf eine Hacke, eine Axt, ein Messer, einen Eimer oder einen Spaten und nahm an der Arbeit teil. Er war flink und gewandt und arbeitete während kurzer, konzentrierter Zeitspannen schneller und mit mehr Geschick als jeder andere – nicht, um den Leuten ein Beispiel zu geben, sondern einfach, weil es ihm Spaß machte. Mit der Unbekümmertheit des Aristokraten scheute er sich nicht, sich schmutzig zu machen und mit seinen Händen kräftig zuzupacken, während Roscoe seine Hände meist nur dazu benutzte, die Zügel seines Maultiers zu halten. Als ein Mensch, der in seiner frühen Jugend gezwungen gewesen war, jede Arbeit zu verrichten, die man ihm auftrug, haßte er es, seine Hände mit Schmutz in Berührung zu bringen.

Roscoe war selten zugegen, wenn Leon sich der Kolonne anschloß. Er überließ die Aufsicht am Arbeitsplatz meistens seinen Stellvertretern, Männern, die von ihm ausgewählt worden waren, weil sie Angst vor ihm hatten, und die ihm Geld schuldeten oder ihm anderweitig verpflichtet waren und daher alles aus den Leuten herausholen würden, was herauszuholen war.

Die Arbeiter, Männer wie Frauen, freuten sich über Leons Anwesenheit, vorausgesetzt, daß er nicht zu lange blieb. Es war eine willkommene Abwechslung in ihrem täglichen Einerlei. Aber ein langes Verweilen unterstrich lediglich die Mühseligkeit dessen, was sie zu tun hatten. Roscoes gelegentliche, überraschende Inspektionen trugen mehr dazu bei, sie zur Arbeit anzutreiben, als Leons spontane Besuche, die er manchmal zu lange ausdehnte und bei denen er ihnen durch seine Teilnahme an der Arbeit selbst eine unerwünschte Vertraulichkeit aufzwang. Es fiel den Leuten leichter, ihre Hacke zu behalten, als sie auszuleihen und wieder an sich zu nehmen, denn der abweichende Schlagwinkel eines anderen machte nur ihre Schneide stumpf.

Unter den Frauen von Beulah Land und Oaks und den dazwischen gelegenen Farmen herrschte ein reger gesellschaftlicher Verkehr. Und auch die Bewohner von Highboro kamen während der Sommermonate oft mit dem Wagen oder zu Fuß aufs Land, um auf einer kühlen Veranda zu sitzen und zu schwatzen, einen Pfirsich oder eine Birne zu kosten, und über den neuesten Klatsch zu diskutieren. Es gab häufig improvisierte ländliche Vergnügungen wie zum Beispiel kleine Tanzabende, die nicht im voraus geplant worden waren, sondern sich aus einem unvermuteten Besuch oder einer beiläufigen Anregung ergaben. Wenn es irgendein Vergnügen oder eine Zerstreuung gab, machte die Nachricht darüber auf geheimnisvolle Art die Runde, und bald darauf kamen andere mit Kutschen, zu Fuß oder zu Pferd, um sich der Gesellschaft anzuschließen. Selma nahm natürlich nie an diesen Zusammenkünften teil, und da somit keine Gefahr bestand, daß die getrennt lebenden Eheleute sich unvermutet begegnen würden, kam und ging Bonard, wie es ihm gefiel.

Bei einem dieser kleinen sommerlichen Feste, bei dem auch die älteren Leute zugegen waren – sie hätten es sich um keinen Preis entgehen lassen –, begrüßte Bonard Miss Penelope und fragte sie, ob sie in letzter Zeit Nachricht von ihrer verheirateten Nichte erhalten habe.

»Ihr zweiter Brief ist gerade heute aus Baltimore eingetroffen«, unterrichtete sie ihn beglückt. »Sie und Mr. Savage übersiedeln in Kürze nach Philadelphia, wo Mr. Savage während der Herbst- und Wintersaison mit einer neuen Truppe auftreten wird.«

»Wie interessant muß das für – Miss Lauretta hätte ich fast gesagt – für Mrs. Savage sein.«

»Ach«, sagte sie freundlich, »Sie haben sie als Lauretta gekannt und dürfen sie ruhig auch weiterhin so nennen. Wer von uns hätte gedacht, als Sie und Leon damals so vergnügte Stunden mit ihr und Sarah in der Broughton Street verbrachten, daß Lauretta – und Sie natürlich! – daß ihr alle ... Ach du meine Güte!«
»Kann ich Ihnen ein Glas Punsch bringen, Madam?« fragte Bonard, um ihr die Verlegenheit zu nehmen.
Onkel Joshua schrieb aus Savannah, daß in der Broughton Street alles in Ordnung sei, daß er den Gebrauch von Walfischtran für die Zeit ihrer Abwesenheit fast völlig unterbunden habe und daß der größte einzelne Ausgabeposten der Zucker für das Einmachen sei. Clarice nutzte die Abwesenheit ihrer Herrin und die reiche Obsternte – man könne es jetzt spottbillig kaufen – dazu aus, einen großen Vorrat für den Winter einzukochen. Onkel Joshua berichtete ferner, daß die Leute in der Stadt sich angesichts des strengen, wenn nicht sogar fast drohenden Verhaltens von ihm und Richter Truebody stillschweigend mit der Tatsache von Miss Laurettas Flucht und Heirat abgefunden hätten.
Penelope erhielt Briefe von Richter Truebody, in denen er die Meinung äußerte, daß Savannahs Verlust Beulah Lands Gewinn sei, und hinsichtlich Laurettas Zukunft erklärte, daß man das Beste hoffen, aber aufs Schlimmste gefaßt sein müsse – mit einem Wort, er brachte es fertig, Penelope daran zu erinnern, daß sie fern von zu Hause war, so daß sie genug vom Landleben hatte, so gut es ihrer Nichte auch gefallen mochte, daß sie Savannah vermißte – und Onkel Joshua und Clarice und, ja, sogar Ichabod, und mehr als alles andere vermißte sie ihr eigenes geliebtes Haus in der Broughton Street.
Es war jetzt Mitte Juli, und sie waren seit fast sechs Wochen auf Beulah Land. Penelope hatte schon längst jedes Thema erschöpft, über das sie mit Deborah sprechen wollte. Es gab Augenblicke, wo sie nicht umhin konnte, sie wegen ihres stumpfsinnigen Pflichtgefühls und ihrer bäuerlichen Sorge um das Wetter und die Ernten zu verachten. Es gab Tage, wo sie sich regelrecht überwinden mußte, mit den anderen das Frühstück einzunehmen, ehe sie wieder in die Stille ihres Zimmers floh. Sie haßte die Landluft mit ihrem abscheulichen frischen Geruch von Früchten, Blüten und tierischen Ausscheidungen. Sie war außerstande, den Küchenhof zu überqueren, ohne sich ein Taschentuch vor die Nase zu halten; Deborah hingegen konnte sich an einer Stufe Hühnerschmutz von der Schuhsohle abkratzen, während sie seelenruhig über den Regen und die Nachbarn sprach. Die Morgenmilch war zu warm, schmeckte zu deutlich nach dem Inneren einer Kuh, wo sie eben noch gewesen war. Wenn man ihr noch einen einzigen Maiskolben anbot, sagte sie sich, egal, ob gekocht, gebakken oder geröstet, würde sie ihn nehmen und dem Nächstbesten an den

Kopf werfen. Sie sehnte sich nach dem dumpfen, muffigen Geruch der Zimmer in Savannah. Ganz gleich, wie oft man die Fenster öffnete und das Haus lüftete, es blieb immer ein anheimelnder Hausgeruch nach Möbeln, Öl und Moder von Keller und Dachgeschoß. Man konnte ihn gottlob nie mit einem Garten oder Weideland verwechseln. Sie sehnte sich nach dem griesgrämigen, beleidigten Blick von Clarice, dem mißbilligenden Stirnrunzeln Onkel Joshuas, der gutgelaunten Dummheit des faulen Ichabod.

»Es ist Zeit, daß wir nach Hause fahren«, erklärte sie Sarah eines Abends, nachdem sie sich auf ihr Zimmer zurückgezogen hatten.

Sarah machte ein überraschtes, kummervolles und letztlich resigniertes Gesicht.

»Wir müssen nach Savannah zurückkehren«, sagten sie am nächsten Tag zusammen zu Deborah, Leon und Selma.

»O nein!« rief Leon.

»Bitte bleib!« bat Selma, an Sarah gewandt.

»Ihr seid doch gerade erst gekommen«, sagte Deborah protestierend zu Penelope.

Aber Penelope wiederholte energisch: »Wir müssen nach Savannah zurückkehren.«

Nachdem die Bewohner von Beulah Land und ihre Nachbarn dies eine Woche lang immer wieder gehört hatten, glaubten sie endlich daran, daß die Damen Pennington sie tatsächlich verlassen würden. Daraufhin schienen sie alle von einer sanften, romantischen Traurigkeit ergriffen zu werden. Selma begleitete Sarah zum Abschied noch einmal zu all ihren geheimen Plätzen. Das Brombeergestrüpp war jetzt voll von reifen Beeren, die sie aßen, während sie sich weinend versicherten, daß sie nie in ihrem ganzen Leben diese Zeit vergessen würden, die sie zusammen verbracht hatten.

Rooster und Trudy kamen zu einem letzten Abendessen herüber. Trudys Umfang nahm sichtlich zu. Wenn Sarah ihr Zimmer verließ, war Leon drinnen wie draußen ihr ständiger Schatten. Er war verliebt, und er glaubte sich noch verliebter, als er es in Wirklichkeit war. Er erinnerte sich, daß Sarah noch nicht bei der alten Maggie gewesen war (Floyd hatte sie erwähnt, und Leon hatte gesagt: »Du lieber Himmel, ist sie denn immer noch auf den Beinen?«), und so brachten er und Sarah Maggie eines Tages eine Flasche Schnaps. Die alte Frau, die Dramen liebte und mehr als eines eingeleitet hatte und die sich übergangen fühlte, weil die Gäste ihr keinen Besuch abgestattet hatten, mochte das junge Mädchen sofort, als sie es sah, als sie das hübsche Gesicht, die sanften Augen und lächelnden Lippen sah, und sie verstand, warum die Berichte, die man ihr zugetragen hatte, alle so gleich und so gut gewesen waren. Sie sagte, sie werde

Sarah die Zukunft deuten, und sie nahm einen langen Strohhalm und stocherte damit in der kalten Asche der Feuerstelle, wo sie mittags ihr Essen gekocht hatte.
»Sie werden reisen«, sagte sie stirnrunzelnd, »aber Sie werden wiederkommen.« Dann ließ sie den Strohhalm fallen und stand von ihrem Stuhl auf, der jetzt ohne ihr Gewicht von allein zu schaukeln begann. Sie hob die Hände, spreizte die Finger, um ihren Worten Nachdruck zu verleihen, und sagte, als ob sie eine Botschaft wiederhole, die sie insgeheim vom Himmel empfangen hatte: »Sie, die in Liebe zu uns kommt, lasset sie hier verweilen. Gelobt sei der Herr!«
Als sie nachdenklich zum Haus zurückgingen, blieb Leon plötzlich stehen und griff nach Sarahs Hand. »Gehen Sie nicht fort, Sarah. Werden Sie meine Frau. Heiraten Sie mich. Ich und Beulah Land brauchen Sie!«
Leon war spät dran mit seinem Heiratsantrag, und Sarah nahm ihn ruhig an. In dem Augenblick, als Leon mit dem Wagen von der Landstraße durch den Obstgarten in die Auffahrt eingebogen war und Floyd ihnen entgegenkam, um gleich darauf vorauszugaloppieren und zu rufen: »Es kommt Besuch!« – in diesem Augenblick, das wußte sie jetzt, war sie zu dem Schluß gekommen, daß sie eines Tages Herrin von Beulah Land sein müsse.

21

Natürlich herrschte allseits Jubel und Freude!
Doch die unmittelbare Reaktion fast eines jeden war, er habe es kommen sehen. Wie konnte es anders sein? Sarah gehörte so offensichtlich zu Beulah Land, daß Leon kaum mehr als das zufällige Werkzeug für ihren ständigen Aufenthalt dort zu sein schien. Die Abreise der Besucher – eigentlich keine Besucher mehr, aber auch noch keine Familienangehörigen – wurde um eine Woche verschoben, damit jeder jedem gratulieren konnte. Aber schließlich war alles erledigt, und man verabschiedete sich.
Klugheit und Etikette geboten, daß die Hochzeit in Savannah stattfand. Indem man sie dort abhielt, wurde die Gesellschaft, der Penelope angehörte und der Laurettas Hochzeit vorenthalten worden war, zufriedengestellt oder zumindest beschwichtigt.
Es gab kein Kopfzerbrechen, was die Unterbringung der Nachbarn von Beulah Land betraf, und es war auch nicht nötig, das schwierige Problem zu lösen, wie man die Ehe von Selma und Bonard einerseits anerkennen und andererseits außer acht lassen sollte.
Da die Hochzeit in Savannah stattfand, waren Deborah, Nell und Felix die einzigen, die von außerhalb kamen, um daran teilzunehmen. Die An-

gehörigen und Freunde des Bräutigams messen dem Ereignis meist sehr viel weniger Bedeutung bei als die der Braut. Selma hatte versprochen mitzukommen, aber am Tag vor der Abfahrt ihrer Familie erklärte sie, daß sie sich doch nicht gut genug fühle, um die weite Reise zu machen.
Sarah und Leon legten das Ehegelöbnis in Gegenwart zahlreicher Angehöriger der Gesellschaft von Savannah in der St.-Johns-Kirche ab. Richter Truebody übergab die Braut dem Bräutigam, und Felix Kendrick fungierte als Beistand seines Neffen. Deborah und Nell saßen allein in der vordersten Reihe auf der rechten Seite der Kirche. Als Leon seinem Onkel den Ring abnahm, um ihn Sarah an den Finger zu stecken, fügte er ihm, als liebevollen, persönlichen Scherz gedacht, einen neuen Ring hinzu, den Floyd für ihn aus einem Hufnagel gefertigt hatte. Sarah lächelte, als sie erkannte, was es war, und legte die Hand über die zwei Ringe, die am selben Finger steckten – eine Geste, der sie ihre eigene Bedeutung gab.

22

Am Abend des Hochzeitstages saßen Selma, Lovey und Pauline nach dem Essen zusammen in Selmas Zimmer. Sie hatten alle drei dort gegessen – es war sinnlos, für Selma allein den Tisch im Eßzimmer zu decken –, denn Lovey hatte sich zu ihren Töchtern, wie sie beide nannte, gesellt, um mit ihnen eine kleine Feier zu veranstalten. Sie hatten vor dem Abendessen ein Glas Wein getrunken und fühlten sich wohl und behaglich – drei alte, vertraute Freundinnen, die beisammensaßen und wußten, daß niemand unvermutet hereinbrechen und eine von ihnen auffordern würde, die Rolle zu spielen, die sie für gewöhnlich spielte, von der sie jedoch an diesem Abend befreit war.
Sie hatten angefangen zu gähnen, obgleich es noch früh war. Der Tag war warm gewesen, aber Lovey schloß die Vorhänge, denn es war Oktober, und sie hatte während des ganzen Tages Anzeichen beobachtet, die ihr sagten, daß es vermutlich eine für diese Jahreszeit ungewöhnlich kalte Nacht werden würde. Ein süßlicher, fast Übelkeit erregender Duft hing in der Luft. Die Leute hatten an diesem Tag das letzte Zuckerrohr zerstoßen und den Saft eingedickt, und dieser Geruch war jetzt, nach Stunden, immer noch deutlich wahrnehmbar.
Sie saßen schweigend und schläfrig da, als sie plötzlich das Galoppieren eines Pferdes auf der Auffahrt und kurz darauf ein Klopfen an der Haustür vernahmen. Lovey erstarrte, als sie überlegte, wer es sein könnte; dann schüttelte sie den Kopf und ging hinaus. Pauline folgte ihr zur Tür und schloß sie bis auf einen schmalen Spalt, um zu hören, was unten geschah. Als Lovey die Haustür öffnete und die Stimme des Besuchers herauf-

drang, schloß Selma leise das Fenster, dann wandte sie sich um und blieb, den Blick auf Pauline geheftet, regungslos stehen.
Lovey erkannte sofort, als sie Bonard hereinließ, daß er getrunken hatte. Sein rasches Atmen mochte auf die Erregung und den scharfen Ritt zurückzuführen sein, aber der Glanz in seinen Augen kam vom Alkohol und von der Überzeugung, daß man ihm ein Unrecht angetan hatte.
»Mister Bonard, es ist niemand zu Hause. Sie sind alle nach Savannah gefahren«, sagte Lovey. Als er sich an ihr vorbeizudrängen versuchte, legten ihre Hände sich auf seine Brust und hielten ihn zurück. »Alle in Savannah...«
Er stieß sie zur Seite. »Ich weiß, wer's nicht ist!« sagte er und lief die Halle entlang zur Treppe. »Selma!« schrie er. »Selma! Ich bin gekommen, dich zu holen! Du mußt jetzt mit mir kommen, hörst du? Nach Hause, nach Oaks! Deine Kleidung wartet dort auf dich – komm und trag sie, wie's sich für dich gehört!«
Pauline schloß die Tür von Selmas Zimmer und verriegelte sie. Lovey stand neben Bonard am Fuß der Treppe und wartete, was er als nächstes tun würde.
»Hörst du mich, Selma?« Das Geländer mit beiden Händen zu umklammern gab ihm Kraft und Entschlossenheit; er holte tief Luft und stürmte die Treppe hinauf. Lovey lief hinter ihm her. Als sie sah, daß Selmas Tür geschlossen war, tat sie nichts, ihn aufzuhalten. Bonard war früher oft in diesem Stockwerk gewesen, wenn er Leon besuchte, und so wußte er, welches Zimmer Selma gehörte. Er ging jetzt geradewegs darauf zu und klopfte an die Tür, dann versuchte er, sie zu öffnen, und als er sie verschlossen fand, hämmerte er energisch mit den Handflächen gegen das Holz.
»Mister Bonard – gehn Sie nach Hause!« bat Lovey.
»Bist du dort drinnen, Selma?« Er wartete. Kein Laut drang aus dem Zimmer. »Selma!« Er rüttelte an der Klinke und stieß mit dem Fuß gegen die Wand. Dann zwang er sich zur Ruhe und sprach durch die geschlossene Tür, als wüßte er, daß sie sich auf der anderen Seite, nur wenige Zentimeter von ihm entfernt, befand. »Liebst du mich denn kein bißchen?«
Lovey griff nach seinem Arm. »Gehn Sie nach Hause, Mister Bonard. Glauben Sie mir, es ist das beste, was sie tun können.«
Er entzog sich ihr und preßte seinen Körper, sein Gesicht und seine Arme so flach er konnte gegen die Tür, als ob er seine Liebste umarmen wolle. Drinnen hörte man Schritte; er trat zurück. Dann wurde ein Riegel zur Seite geschoben, und die Tür öffnete sich. Aber die Frau, die dort stand, war nicht Selma.
»Schlagen Sie mich, wenn Sie wollen«, sagte Pauline. »Aber Sie werden sie nicht noch einmal berühren.«

Bonard runzelte die Stirn. »Wer bist du?« Er wandte sich an Lovey. Lovey schlug ihrer Tochter die Tür vor der Nase zu, nahm ihn beim Arm und führte ihn die Treppe hinunter, als ob er ein Schlafwandler sei und sie ihn wieder in die Wärme und Sicherheit seines Bettes bringen wolle.
Floyd stand am Fuß der Treppe, weder lächelnd noch finster. Lovey wußte nicht, was ihn hierhergeführt hatte – vielleicht hatte er den Hufschlag gehört, als Bonard kam –, aber sie war froh, ihn zu sehen.
»Floyd?« sagte Bonard. »Ich bin anscheinend...« Er schüttelte den Kopf, fing wieder an zu sprechen, aber seine Zunge gehorchte ihm nicht, und er sah Floyd forschend an.
»Ich reite mit Ihnen nach Oaks zurück«, erklärte Floyd ruhig.
Und das tat er. Rooster ging in die Halle hinunter, als er Floyd und Bonard hereinkommen hörte. Bonard war vor Müdigkeit fast bewußtlos und stützte sich schwer auf seinen Begleiter. Rooster nickte Floyd dankend zu und brachte seinen Bruder hinauf. Floyd bestieg wieder sein Maultier und ritt nach Hause.

23

In schweigendem Einvernehmen wurden Sarah und Leon während der Zeit in der Broughton Street, abgesehen von einem freundschaftlichen Gutenachtkuß, nicht intim, obgleich sie im selben Bett schliefen. Als man sich zwei Tage nach der Hochzeit einig wurde, daß die junge Ehefrau sich genügend von den Anstrengungen ausgeruht habe, die dem Ereignis vorangegangen waren, machten sie sich auf den Weg nach Beulah Land und trafen dort, nachdem sie unterwegs in einem Gasthaus übernachtet hatten, am Nachmittag des zweiten Tages ein.
Sie schliefen nicht in Leons Zimmer, sondern in dem großen Fremdenzimmer, das Sarah zuvor als Gast bewohnt hatte. Angesichts seiner Geräumigkeit und behaglichen Ausstattung hatten sie beschlossen, es zu ihrem Schlafzimmer zu machen und Leons ehemaliges Zimmer für Gäste einzurichten.
Sarahs Kummer über die Trennung von Penelope verflog bei ihrer Ankunft auf Beulah Land, denn es war eine Heimkehr. Wenn sie das nicht mit solcher Sicherheit empfunden hätte, so würde das Gefühl sie vielleicht verwirrt haben. Aber so war es nun einmal zwischen ihr und Beulah Land: Sie liebten sich auf eine Art, die nicht zu leugnen war.
Sarah und Leon hatten inzwischen angefangen, sich an ihre beiderseitigen kleinen Eigenheiten zu gewöhnen. Sie fanden es angenehm, zusammenzusein, und sie verkehrten vertraulich und ungezwungen miteinander. Es war, sagte sich Leon verwundert, als wären sie ein unschuldiges Mädchen

und ein unschuldiger Junge oder Bruder und Schwester. Dann lachte er über diesen Gedanken. Aber für ihn war es tatsächlich so.
Sarah begann sich zu fragen, wann ihre Beziehung sich ändern und weiterentwickeln würde. Sie hatte eine Schwester gehabt, die weniger zurückhaltend war als sie, und sie wußte, was es bedeutete, verheiratet zu sein. Leon hatte sie bisher so sanft behandelt, daß sie sicher war, was auch immer jetzt kam, es würde zart und liebevoll getan werden. Sie wartete mit Ungeduld darauf, daß er weiter ging, denn sie wünschte sich Kinder. Bis sie zu Besuch nach Beulah Land gekommen war, hatte sie wenig darüber nachgedacht, aber als sie all diese Menschen zusammen leben und arbeiten sah, erkannte sie, daß sie dazu geschaffen war, eine große Familie zu haben. Und konnten Kinder sich einen besseren Vater wünschen als Leon, der gütig und gutaussehend war, der ihre Hand hielt und sie streichelte, der den Arm um ihre Taille oder Schulter legte, der sie liebevoll umschlossen hielt, und dessen Lippen so warm und zärtlich waren? Sie hatte das Gefühl, daß sie sich seit ihrer Heirat, nicht davor, in ihn verliebt hatte, und dieser Gedanke machte sie glücklich.
Als sie eines Nachts, nicht lange nach ihrer Heimkehr, die Kerzen ausbliesen und zu Bett gingen, wandte sie sich ihm zu. Er öffnete die Arme, und sie preßte sich an ihn. Nur ihre Nachthemden trennten sie voneinander. Sarahs Herz begann zu hämmern – oder war es das seine, das sie fühlte? Sie wußte es nicht, aber sie verlor ihre mädchenhafte Zurückhaltung, als er sie küßte, und erwiderte seine Küsse mit zunehmender Leidenschaft.
Leon kämpfte gegen die Panik, die ihn überkam. Seit seinen ersten Begegnungen mit Clovis war er ausschließlich mit Mädchen zusammengewesen, die leicht zu haben waren, Mädchen, mit denen man ungezwungen und ausgelassen sein konnte, von denen man, ohne Rücksicht auf ihre Gefühle, verlangen konnte, was man wollte. Das Wesentliche am Vögeln war, daß man es mit solchen Frauen tat. Jetzt – es war töricht von ihm gewesen, nicht an diesen Augenblick zu denken – jetzt konnte er keine Leidenschaft für das Mädchen in seinen Armen empfinden. Es zu tun, wäre ihm blutschänderisch erschienen.
Erst als er die Augen fest schloß wie ein Kind, das betet oder sich etwas wünscht, ließ die Panik nach. Er rief sich jenen Sommertag ins Gedächtnis zurück, an dem er und Floyd in den Wald zum Angeln gegangen und dann geschwommen waren und Clovis um die Biegung des Flusses herum zu ihnen gekommen war. Er sah Floyd; er sah Clovis; er fühlte, was er damals gefühlt hatte. Sarahs bereitwilliger und staunender Körper empfing den seinen. Aber er war nicht Leon, sie war nicht Sarah.

Dritter Teil: 1835

1

Sie besaßen zusammen dreihundert Sklaven, aber jedes Jahr fuhren Edna Davis und Deborah Kendrick jetzt im Januar, Juni und Oktober, mit Besen, Blumen- und Heckenscheren, Schaufeln und Harken bewaffnet, zum Friedhof von Highboro, um die Gräber ihrer Männer zu pflegen. (Nach zwei weiteren Schlaganfällen innerhalb von fünf Tagen war Benjamin Davis am 17. Juli 1831 gestorben.)

Edna war es gewesen, die diese Gewohnheit der gemeinschaftlichen Grabpflege eingeführt hatte. Deborah hätte sich damit begnügt, die Arbeit Ezra zu überlassen, aber sie konnte sich nicht gut weigern, ihre alte Nachbarin zu begleiten, als sie darum gebeten wurde. Und bald hatte sie angefangen, Vergnügen an diesen Ausflügen zu finden und sich darauf zu freuen. Es war vor allem eine Gelegenheit, bei der die beiden Frauen, die so verschieden voneinander waren, aber so viele gemeinsame Probleme und Erinnerungen hatten, reden konnten, ohne sich überlegen zu müssen, was irgendwelche Angehörigen oder Freunde von dem hielten, was sie sagten.

Ihre Parzellen auf dem Friedhof waren, ebenso wie ihre Plantagen, durch kleinere Parzellen voneinander getrennt, aber sie lagen dennoch dicht genug beisammen, daß die Frauen sich unterhalten konnten, ohne die Stimme zu sehr erheben zu müssen; und manchmal, wenn das Gespräch vertraulich wurde, arbeiteten sie zusammen, zuerst auf einem Grab und dann auf dem anderen.

Arnold Kendricks Grabstein nannte seinen Namen und die Daten seiner Geburt und seines Todes, weiter nichts. Auf dem von Benjamin Davis stand zusätzlich zu den Daten, die seine Lebensdauer einschlossen, eine Inschrift: *Im Land des ewigen Sommers.*

Edna trat vom Grab ihres Mannes zurück und sah es aufmerksam, aber ohne ersichtlichen Kummer an, ehe ihr Blick zur Seite schweifte und sie mit der Schuhspitze auf das daneben gelegene Stückchen Erde deutete. »Hier werde ich liegen«, erklärte sie mit Befriedigung.

Deborah nickte; jedesmal, wenn sie hier zusammen arbeiteten, entwarf Edna rein gewohnheitsmäßig den zukünftigen Lageplan. Sie ging ein paar Schritte weiter und sagte: »Hier drüben Rooster, Trudy und ihre Kinder. Ich lasse viel Platz für sie – man kann ja nicht wissen, wie viele noch kommen werden, nicht wahr? Und hier, meine ich, sollte Bonard liegen. Etwas abseits. Bei uns, aber doch ein wenig zurückgezogen. Und es ist auch Platz für seine Frau da.«

»Ich glaube, damit brauchst du nicht zu rechnen«, sagte Deborah.
»Meinst du, sie werden nie wieder zusammenkommen?«
»Ich fürchte, nein«, erwiderte Deborah und setzte nach einer kleinen Pause hinzu: »Leider.«
»Eine Sünde und eine Schande«, pflichtete Edna ihr bei.
»Die Vergeudung«, sagte Deborah. »Es ist vor allem die Vergeudung, die mich zur Verzweiflung bringt.«
»Du hast dein Bestes getan, und ich auch. Aber der Herrgott hat es anders gewollt.«
»Vermutlich«, sagte Deborah, als sei sie nicht sicher, ob sie mit dieser Durchkreuzung ihrer Pläne einverstanden sei, auch wenn sie von Gott selber kam.
»Ich hasse Dinge, die unbeendet bleiben.«
»Ich auch. Aber was uns stört und was wir wünschen...« Deborah zuckte die Achseln. »Nun gut.« Sie ging zu ihrer eigenen Parzelle zurück, nahm die Harke zur Hand, die sie gegen Arnolds Grabstein gelehnt hatte, und pflückte die trockenen Blätter von ihren Zinken.
Edna holte einen Wollschal aus ihrem Beutel, legte ihn um die Schultern und band die Enden in einem losen Knoten zusammen, während sie sich zu ihrer Freundin gesellte. »Ich glaube, für heute haben wir genug getan, findest du nicht?«
Deborah nickte.
»Es sieht wirklich hübsch aus. Wo wirst du denn liegen?«
»Das ist mir ziemlich gleichgültig«, sagte Deborah, und Edna machte ein bestürztes Gesicht. Nachdem sie ihre Arbeitsgeräte eingesammelt hatten, gingen sie zu dem Einspänner, den sie auf dem Weg hatten stehenlassen, der quer durch den Friedhof lief.
Da es diesmal ihr Wagen war, verstaute Deborah die Geräte hinten im Kasten. Sie kletterte auf den Kutschbock und löste die Zügel, die sie zusammengebunden und um das seitliche Geländer des Sitzes geschlungen hatte. Das Pferd drehte den Hals, um sie anzusehen, dann blickte es wieder nach vorn und schüttelte den Kopf.
Edna zog ihren müden, schweren Körper auf den Sitz neben Deborah und tastete nach einem Bündel, das sie mitgebracht und unter den Sitz geschoben hatte. Schließlich fand sie ein Einweckglas, schraubte den Deckel ab und schüttelte es einladend. »Eine Kostprobe von dem Pfirsichschnaps, den Rooster letzten Sommer angesetzt hat«, sagte sie und hielt Deborah das Glas hin. »Trink einen Schluck. Das ist gut gegen die Kälte.«
Deborah nahm das Glas und trank davon; dann wischte sie den Rand mit dem Handballen ab und gab es zurück. »Du meine Güte!« Sie zwinkerte mit tränennassen Augen. »Er schmeckt wirklich gut!«
Edna nickte energisch. »Und wir können ihn bei diesen Januarausflügen

auch gut gebrauchen. Man versucht, einen milden Tag zu erwischen, aber es ist trotzdem Winter, und der Schein trügt.«
»Wir werden eben älter.«
»Fühlst du die Kälte mehr als früher?« fragte Edna begierig. »Ich schon.«
»Ich auch.«
Edna trank aus dem Glas, hielt es einen Augenblick auf den Knien, dann trank sie noch einmal, ehe sie den Rand mit dem Ende ihres Schals abwischte und es Deborah reichte. Deborah hielt es in der Hand, ohne zu trinken, dann nahm sie einen Schluck und holte tief Luft.
»Hält zweifellos die Kälte ab«, bemerkte sie umgänglich.
»Ich bin froh, daß ich ihn mitgebracht habe«, sagte Edna, als ob sie nicht jedesmal, Sommer wie Winter, ein Glas mit irgend etwas mitbrächte. »Wie geht es Selma? Ich habe sie während der ganzen Weihnachtszeit bei keiner der diversen Feiern gesehen.«
»Sie geht nirgends hin. Nimmt meistens nicht einmal an den gemeinsamen Mahlzeiten der Familie teil.«
»Bleibt in ihrem Zimmer?«
»Geht spazieren oder bleibt in ihrem Zimmer. Geht viel spazieren, selbst bei schlechtem Wetter. Kommt mit schlammigen Schuhen, durchnäßt und halb erfroren zurück und macht sich nichts draus.«
»Geht sie – allein spazieren?«
»Nein, nein. Sie hat das – Loveys Tochter bei sich.«
»Pauline?«
»Ja, Pauline. Das Mädchen ist ihr treu ergeben.«
Edna nahm das Glas entgegen, das Deborah ihr hinhielt. »Verkehrt sie nicht einmal mit Leon und Sarah?«
»Nicht mit Leon. Sie läßt keinen Mann in ihre Nähe, jedenfalls keinen weißen, obwohl sie sich recht ungezwungen mit Ezra und seinesgleichen gibt. Mit Sarah, ja. Nicht direkt verkehren, aber sie hat sie gern. Erlaubt ihr manchmal, bei ihr im Zimmer zu sitzen. Nur scheint Selma sie nicht zu brauchen. Oder irgend jemand sonst zu brauchen, außer vielleicht Pauline. So war sie schon immer. Du weißt, daß ich nie Bonard die Schuld gegeben habe...«
»Ja, ich weiß, das hast du nie getan. Ich schon eher. Weißt du, ich habe fast mein ganzes Leben lang nur Männer um mich gehabt und dachte mir, es würde nett sein, eine andere Frau im Haus zu haben. Ich habe Bonard die Schuld gegeben, weil ich das Gefühl hatte, er hat Selma erschreckt, und weil ich sie gern bei uns gehabt hätte.«
Deborah sah grübelnd vor sich hin. »Sie schreibt Gedichte.«
Edna machte wieder ein bestürztes Gesicht. »Gedichte?«
»Geschreibsel. Dinge, die sich manchmal reimen, aber meistens nicht. Sarah nennt sie ihre Gedichte.«

»Oh«, sagte Edna; dafür, daß das Wort als Trost gedacht war, klang es reichlich nüchtern.
»Sarah sagt, sie versteht sie. Ich nicht. Ich finde, wenn es schon Gedichte geben muß, sollten sie sich wenigstens reimen. Wozu sind sie sonst da?«
Edna nickte, aber ihre nächsten Worte zeigten, daß ihre Gedanken von Selma abgeschweift waren. »Sarah sollte ein Baby bekommen.« Deborahs Schweigen sagte ihr, daß sie zu weit gegangen war; sie hatte auf eine private Sphäre übergegriffen. »Ich rede zuviel«, entschuldigte sie sich.
»Unsere Kinder – wir werden sie wohl nie verstehen!« rief Deborah aus und überging damit großzügig die Anmaßung ihrer Freundin.
»Sarah ist dir doch bestimmt ein Trost«, sagte Edna.
»O ja. Wenn sie nicht mit ihrer Schule beschäftigt ist. Sie bringt den Kindern Lesen, Schreiben und ein wenig Rechnen bei. Du kannst dir nicht vorstellen, was für ein komischer Anblick es ist, wenn so eine ganze Schar von Pickaninnis das Einmaleins aufsagt.«
Edna spitzte die Lippen, ehe sie etwas dazu sagte. »Zuviel davon, und sie werden im gegebenen Augenblick nicht mehr so bereitwillig die Hacke in die Hand nehmen.«
Deborah schüttelte den Kopf. »Sie sind zu träge, um es durchzuhalten. Sobald sie gelernt haben, ihren Namen zu schreiben und ein paar einfache Zahlen zu addieren, hören sie auf.« Sie nahm noch einen Schluck aus dem Einmachglas, dann reichte sie es Edna, ohne sich diesmal die Mühe zu machen, den Rand abzuwischen. »Das war sehr gut, aber es genügt. Können wir losfahren?« Sie nahm die Zügel in die Hand, schlug damit leicht auf den Rücken des Pferdes und sagte: »Auf geht's, Napoleon.«
Ohne den Kopf zu wenden oder mit dem Schwanz zu schlagen, um damit auszudrücken, daß es verstanden habe, hob das Pferd die Füße und trabte den Pfad entlang.
»Wir sind länger geblieben, als wir dachten«, sagte Edna. »Es wird bereits dunkel.«
»Die Wintertage sind kurz. Aber wir sind rasch zu Hause. Komm mit nach Beulah Land und iß mit uns zu Abend. Leon wird dich später heimfahren.«
»Vielen Dank, das ist sehr nett von dir, aber ich möchte lieber nach Hause. Ich will meine Enkelkinder sehen. Adam, James, Annabel und Doreen – schon allein ihre Namen sind mir ein Trost, wenn ich die Lage der Dinge bedenke und mir überlege, wie wenig von dem, was wir uns wünschen, in Erfüllung geht.«
Deborah fuhr den Einspänner in gemächlichem Trott durch die Hauptstraße von Highboro, aber sobald sie die Stadt hinter sich gelassen hatten, ließ sie die Zügel ein paarmal kräftig auf den Rücken des Pferdes klatschen, so daß es überrascht in einen schnelleren Trab und schließlich in

einen Galopp fiel. Edna und Deborah hielten sich am Seitengeländer des Wagens fest und kicherten wie zwei junge Mädchen, während das Pferd in der Dämmerung die Landstraße entlang in Richtung Oaks und Beulah Land galoppierte.

2

Auch die alte Maggie war gestorben. Und zwar nicht, wie man hätte annehmen sollen, an Altersschwäche, sondern sie wurde das Opfer einer ihrer unschuldigen Leidenschaften. Sie hatte versucht, einen kleinen Flußbarsch zu essen, ohne den Kopf und die Gräten zu entfernen, die sie für weich genug hielt, daß sie sie einfach schlucken könne, und war erstickt, noch ehe irgend jemand in ihrer Nähe ihr zu Hilfe kommen konnte. Die Art ihres Todes lieferte ein Thema für ausgiebige Kommentare und Überlegungen, so daß kaum ein Gefühl der Trauer aufkam. Außerdem mußte man ihr Alter bedenken. Obgleich niemand es genau kannte, stimmten alle darin überein, daß sie der älteste Mensch auf Beulah Land gewesen war. Die allgemeine Verwunderung darüber, daß sie so lange gelebt hatte, kam der Befriedigung gleich, daß sie endlich gestorben war, ganz gleich, ob aus natürlichem Anlaß oder nicht.

Ihre Hütte stand leer – sie hatte keine lebenden Angehörigen auf der Plantage –, bis Sarah ihre Schwiegermutter fragte, ob sie den Raum für ihre Schule benützen könne. Deborah sagte, ja, das könne sie, bis man ihn anderweitig brauche. Die wenigen Möbelstücke, die Wolldecken, Töpfe und der Wasserkessel wurden dem ersten gegeben, der darum bat. Floyd ließ die Fußböden und Wände scheuern, zimmerte Bänke und stellte Sägebocktische in einer für Kinder angemessenen Höhe auf.

Sarahs erster Schüler war Roman.

Schon vor ihrer Ehe hatte sie sich – trotz Loveys heftigem Widerspruch – für den Jungen interessiert. Nach ihrer Heirat suchte sie ihn auf. Lovey versuchte abermals, sie davon abzuhalten. Deborah tat das gleiche. Leon wurde wütend, als er es erfuhr – es war das erstemal, daß sie sich stritten. Auch die Mutter des Kindes, Clovis, schien diese seltsame Freundschaft keineswegs zu begrüßen. Und Roscoe schlug den Jungen zweimal in Sarahs Gegenwart – es war eine Warnung und zugleich eine Beleidigung.

Da erkannte sie, weshalb sie alle verhindern wollten, daß sie mit Roman zusammenkam. Leon war natürlich sein Vater. Es wurde ihr blitzartig klar. Das erklärte auch Clovis' seltsames Verhalten damals bei ihrer ersten Begegnung. Zunächst war sie darüber bestürzt, aber dann wurde sie sich bewußt, daß sie nicht einmal überrascht war.

Angesichts der Tatsache, daß er Leons Sohn war und sie hoffte, bald selbst

zu empfangen, hätte sie ihn mit gutem Grund hassen können. Statt dessen fing sie an, ihn zu lieben. Sie sah seinen gekrümmten Rücken, der den Eindruck vermittelte, als ob Roman sich duckte, sah sein Bein, das am Knie gebeugt war, um sich der Kürze des anderen anzupassen, sah seine unerschütterlichen Augen, deren Blick deutlich erkennen ließ, daß er wußte, wer und was er war – sie sah all das, und sie liebte ihn.
Sie dachte nicht weiter darüber nach und versuchte auch nicht, es zu verstehen. Sie bat ihn, mit ihr spazierenzugehen, und er tat es. Sie sprachen miteinander, ohne daß einer von beiden zunächst viel von dem verstand, was der andere sagte; sie wußten nur, daß sie ihre gegenseitige Gesellschaft brauchten.
Nachdem Leon zugegeben hatte, daß er Romans Vater war, sagte er: »Jetzt siehst du sicherlich ein, daß es mich, gelinde ausgedrückt, in Verlegenheit bringt.«
»Es tut mir leid«, erwiderte Sarah.
»Die Leute lachen. Sie glauben, es sei deine Unwissenheit.«
»Es tut mir leid.«
»Dann gib es auf!«
»Nein, das werde ich nicht tun.«
»Warum?«
Deborah nahm sie eines Morgens in ihr Büro mit und sagte: »Meine liebe Sarah, es schickt sich nicht. Es tut mir leid, daß du die ganze Sache erfahren mußtest, aber Leon war noch sehr jung, und es war nichts weiter als ein törichter Fehler, ein sommerliches Mißgeschick. Siehst du jetzt ein, daß du den Jungen in Frieden lassen mußt?«
Sarah schüttelte störrisch den Kopf.
Es war das erstemal, daß Deborah sie nicht gefügig sah. Sie kniff die Augen zusammen und sah ihre Schwiegertochter an, die gelassen ihren Blick erwiderte; und sie fragte sich, ob diese unerwartete Stärke, die es Sarah erlaubte, sich ihnen allen zu widersetzen, auf die Dauer nicht vielleicht ganz begrüßenswert war.
Die Tatsache, daß Roscoe den Jungen in ihrer Gegenwart geschlagen hatte, angeblich, um ihn für eine zu langsame Antwort auf eine einfache Frage zu bestrafen, in Wirklichkeit jedoch, um Sarah von ihm fernzuhalten – auch diese Tatsache vertrieb sie nicht. Und nach dem ersten Mal hörte Sarah auch nicht mehr auf das gereizte Bitten von Leon, das Schelten von Deborah oder die gefühlsbetonten Ratschläge von Lovey.
Roman wurde von seinen jüngeren, dunkleren Brüdern gehänselt und verspottet, von seiner Mutter geohrfeigt und angeschrien und von seinem Stiefvater geschlagen. Aber es änderte nichts an den Dingen.
Sie nahm ihn bei der Hand, und sie gingen zusammen durch den Obstgarten, als es Frühling wurde und die Bäume blühten; dann weiter, über die

Felder und durch den Wald. Einmal, zu Anfang, fragte sie ihn in sachlichem Ton: »Tut es dir weh zu gehen?«

»Nein«, erwiderte er, und das genügte ihr.

Zuweilen ging sie in ihrem Entdeckungseifer zu schnell und mußte stehenbleiben, um auf ihn zu warten. Manchmal schalt sie ihn sogar: »Beeil dich! Du kannst doch schneller gehen.« Hin und wieder rannten sie ein Stück um die Wette, als ob sie beide Kinder und Rivalen wären. Sie beging nicht den Fehler, ihn gewinnen zu lassen, was ihn davon hätte abhalten können, seine Kraft mit der ihren zu messen.

»Wovon träumst du?« fragte sie ihn eines Tages.

»Manchmal von Ihnen«, erwiderte er prompt.

»Wirklich?« Sie war erfreut.

»Und ich träume, daß ich wie alle andern bin. Es ist komisch, aber im Schlaf bin ich groß und kerzengerade.«

»Das wirst du niemals sein, Roman.«

»Ich weiß«, sagte er.

»Dafür kannst du auf andere Dinge stolz sein. Du denkst besser als die meisten Menschen, die ich kenne. Außer Tante Pea und Onkel Joshua.«

Er lachte. Mittlerweile wußte er von ihrer Tante Pea und Onkel Joshua. Manchmal, wenn sie Sehnsucht hatte, sprach sie mit ihm über ihr Leben in Savannah. »Besser als Ihre Schwester?«

»Die denkt überhaupt nicht. Die Ärmste, sie wäre besser dran, wenn sie's täte. Oder vielleicht auch nicht. Sie liebt es, sagt sie, nichts von den Dingen zu wissen, bis sie geschehen.«

»Fragen Sie mich etwas.«

»Wieviel ist neun mal sieben?«

»Dreiundsechzig«, sagte er sofort.

»Das war für mich immer das schwerste.«

»Sie haben es mir erzählt«, erklärte er. »Das ist der Grund, weshalb ich's nie vergesse.«

»Wie heißt die Hauptstadt von Georgia?«

»Atlanta«, erwiderte er und machte ein gelangweiltes Gesicht.

»Wie viele Einwohner hat Savannah?«

»Zehntausend.«

Sie zuckte die Achseln. »Das ist in Wirklichkeit gar kein Denken. Das sind einfache Tatsachen.« Sie gingen weiter. Nach einer Weile sagte Sarah: »Weißt du, daß du, abgesehen von deinem klugen Kopf, auch ein gutaussehender Junge bist?«

Er blieb stehen, und sein Gesicht drückte Widerspruch, Zorn und Verlegenheit aus. Dann wandte er sich ab und lief davon. Sie lief hinter ihm her und packte ihn bei den Schultern. »Habe ich dich jemals belogen?« fragte sie ärgerlich.

»Ich war noch ein kleiner Junge, als Mama mich zum erstenmal vor den Spiegel stellte und sagte: ›Sieh dir an, wie häßlich du bist!‹«
»Deine Mutter irrt sich.« Sarah drehte sich um und ging fort. Als er ihr folgte, blieb sie stehen und wartete, ohne zu lächeln. Er kam heran, und sie streckte die Hand aus. Roman nahm sie, und sie gingen zum Haus zurück.

Ein Kind mit einem Erwachsenen zu sehen macht andere Kinder neugierig. Die Jungen und Mädchen von Beulah Land fingen an, sich in der Nähe aufzuhalten, wenn Sarah und Roman zusammen auf der hinteren Treppe saßen und die alten Schulbücher durchsahen, die Sarah sich von Tante Pea aus Savannah hatte schicken lassen. Die klügeren unter ihnen schnappten Wörter, Tatsachen und Zahlen auf und begannen, sie wie Roman herunterzuleiern, einerseits, weil es ihnen Spaß machte, und andererseits, um Sarahs Aufmerksamkeit auf sich zu lenken.
Sarah forderte sie auf, näher zu kommen, und so entstand ihre Schule. Es war nie eine Schule im herkömmlichen Sinn, mit regelmäßigem Unterricht und Stundenplan. Roman nahm die Gewohnheit an, nach dem Frühstück auf der hinteren Veranda auf Sarah zu warten, und wenn sie keine anderen Pflichten hatte, kam sie zu ihm, und sie wanderten zusammen umher – über das Gelände der Sklavenhütten, durch den Küchen- und Obstgarten, am Rande eines Feldes entlang, in den Wald. Und bald waren sie nicht nur zu zweit, sondern meistens eine ganze Schar.
Regentage stellten ein Problem dar, und deshalb bat Sarah nach dem Tod der alten Maggie – etwa sechs Monate, nachdem sie als junge Ehefrau nach Beulah Land gekommen war – um die Hütte und erhielt die Erlaubnis, sie zu benutzen. Die Alten, die nicht mehr arbeiten konnten und für die jegliche Abwechslung besser war als keine, kamen manchmal herein und hörten zu, und einige von ihnen lernten, ihren Namen und ihr Geburtsjahr zu schreiben, was sie mit Stolz erfüllte.
Ezra kam und ging, weil er Sarah gern mochte und es ihm Spaß machte, sie mit den Kindern zu beobachten, aber er blieb nie sehr lange. Mit fünfundsiebzig war er immer noch mit seinen Kräutern und Arzneitränken beschäftigt, und seine Hände wußten ebensogut wie zuvor, wie und wo sie ein Tier zu berühren hatten, um seinen Schmerz zu lindern. Auch Floyd kam herein, um zu beobachten und zuzuhören, weil er gern in Sarahs Nähe war.
Vor allem aber waren es die Kinder. Sie kamen für eine gewisse Zeit, dann blieben sie fort und kamen wieder, sobald die Beschäftigung, die sie abgelenkt hatte, erledigt war. Zwei, die niemals kamen, waren Romans Halbbrüder, Alonzo und Roscoe. Ihr Vater unterrichtete sie, so wie er vor ihrer Geburt ihre Mutter (aber niemals Roman) unterrichtet hatte.

Wahrscheinlich wäre es gar nicht zu alledem gekommen, oder es hätte sich in geringerem Ausmaß oder anders entwickelt, wenn das Leben innerhalb der Familie Sarah mehr Pflichten auferlegt hätte; aber es gab wenig für sie zu tun. Der Haushalt wurde so tadellos von Lovey geführt, daß er Sarah keine Beschäftigung bot. Deborah und Roscoe leiteten gemeinsam den Besitz und duldeten keinerlei Einmischung. Leon hatte zwar während der Zeit seiner ersten Liebe zu Sarah versucht, sich mehr mit den Arbeiten auf der Plantage zu befassen, aber seine Bemühungen hatten unterdessen wieder merklich nachgelassen.

Er war zu stolz, um vorzugeben, daß er gebraucht wurde, wenn es nicht der Fall war, zu schüchtern oder zu schwach, um mehr Vollmachten von Deborah und Roscoe zu fordern, die sich zweifellos jedem derartigen Versuch seinerseits energisch widersetzt hätten. Und er liebte den Müßiggang zu sehr, als daß er imstande gewesen wäre, sich konsequent irgendeiner Aufgabe zu widmen.

Er und Sarah versuchten während des ersten Jahres ihrer Ehe – wenn auch immer seltener –, ein liebendes Paar zu werden. Ihre zunehmende Vertrautheit minderte nicht Leons Hemmungen, eine unschuldige Frau sexuell zu liebkosen. Seine Befangenheit machte ihn linkisch und schwach, und so gelang es ihm nie, eine wirkliche Leidenschaft bei Sarah zu wecken. Sie wollte sie empfinden, und sie wünschte sich ein Kind. Aber sie empfand nichts außer seiner Verlegenheit und Verwirrung und reagierte ihrerseits in einer Weise, die diese widerspiegelte und noch steigerte, denn sie glaubte, daß sie ihn aus irgendeinem Grund, den zu erkennen sie zu unwissend war, enttäuschte. Und allmählich hinderten ihre eigene Schüchternheit und ihre weibliche Zurückhaltung sie daran, zu versuchen, sich ihm – abgesehen von den unschuldigsten Gesten der Zuneigung – körperlich zu nähern. Sie mochte ihn aufrichtig gern und war sicher, daß Leon auch sie gern hatte, aber es lag bei keinem von ihnen ein körperliches Verlangen in diesem Gefühl. Schließlich fanden sie sich mit der Tatsache ab und schliefen in getrennten Betten in dem großen Zimmer, das sie miteinander teilten.

Sarah sagte sich, daß es wahrscheinlich nicht jedem gegeben sei, die Stürme der Leidenschaft kennenzulernen, die gewisse literarische Werke sie von der Liebe zu erwarten veranlaßt hatten. Auf jeden Fall hatte sie Roman und ihre Schule. Und Leon erneuerte seine alte Freundschaft mit Bonard. Immer häufiger ritt er mit ihm in die Stadt, und manchmal gingen sie zusammen zu gewissen Schwestern, die in der entgegengesetzten Richtung von ihren Plantagen jenseits des Stadtrands wohnten. Sie hießen oder nannten sich Florabel, Pansy und Annette, und Leon fühlte sich bei ihnen stark und unbekümmert und war glücklich, wieder Spaß am Vögeln zu finden.

Leon und Bonard fingen auch an, zusammen Geschäfte zu machen. Bonard saß jetzt fest bei Felix im Sattel, und Felix hieß seinen Neffen mit Freuden bei ihren Geschäftsverhandlungen willkommen. Bald nahm Leon in immer größerem Umfang und mit wachsendem Selbstvertrauen an der finanziellen Verwaltung von Beulah Land teil. Felix überließ ihm allmählich die Angelegenheiten, die er zuvor für Deborah erledigt hatte, einschließlich all der Geschäftsvorgänge, die die Entkörnungsmaschine und das Lagerhaus betrafen, die ihnen gemeinsam gehörten und die bisher ausschließlich seiner Aufsicht unterstanden hatten.

Wenn man Leon einen Bogen mit Zahlen gab, verstand er sie – besser als Deborah, wie sich herausstellte, obwohl er nie mit dem gleichen Scharfsinn wie sie verstehen würde, wie diese Zahlen sich aus Anbauflächen und Ställen, aus kluger Nutzbarmachung von Land und Vieh herleiteten. Roscoe kannte sich in allem aus, was körperliche Arbeit betraf. Leon lernte bald alle Arbeiten, die sich am Schreibtisch erledigen ließen. Deborah wußte von beidem weniger als jeder von ihnen, aber mehr, als der eine vom Wirkungskreis des anderen wußte. Wenn dies auch keine sehr glückliche Aufteilung war, so hatte sie doch den Vorteil, daß sie ihren Zweck erfüllte.

Wäre Sarah für ihre innere Befriedigung ausschließlich auf ihre Ehe angewiesen gewesen, so wäre sie vielleicht stumpf und trübsinnig geworden. Aber sie hatte Beulah Land und seine Bewohner. Als die Jahre vergingen und sie die Leute besser kennenlernte, kamen ihr immer häufiger Beschwerden über Roscoe und Clovis zu Ohren. Nachdem Clovis von ihrem Mann gekauft worden war, hatte sie aufgehört, als Küchenmädchen und Wäscherin – oder in irgendeiner anderen Eigenschaft – für die Kendricks zu arbeiten, und so blieb ihr Zeit, ihr Talent als Schneiderin zu entwickeln.

Laura-Lou verrichtete alle Näharbeiten für die weiße Familie auf Beulah Land, aber Clovis hatte sich einen beachtlichen Kundenkreis unter den Sklavinnen geschaffen. Sie nähten sich ihre Alltagskleidung selbst, kamen jedoch zu Clovis, wenn es darum ging, die Stoffe zu kaufen und ihren Sonntagsstaat, vor allem aber Hochzeits- und Totenkleider zu entwerfen, zuzuschneiden und zu nähen. Kein Mädchen auf Beulah Land hätte jetzt daran gedacht, sich in einem Kleid trauen zu lassen, das nicht von Clovis stammte. Sie zahlten mit Geld, Schuldscheinen oder beidem. Obgleich die Sklaven keinen Lohn bekamen, war es ihnen gestattet, Hühner zu züchten und zu verkaufen, und die meisten von ihnen erhielten Prämien für Extraarbeit, die sie geleistet hatten.

Sarah, die mit den Preisen in der Stadt vertraut war, ersah aus den Erzählungen der Frauen, daß Clovis übermäßig viel sowohl für die Stoffe und Zutaten als auch für ihre eigene Arbeit verlangte. Sie konnte für diese

Dinge fordern, was immer sie wollte, weil sie bereit war, Kredit zu gewähren. Nur die alten Frauen, die ihre Totenkleider bei ihr bestellten, mußten natürlich im voraus bezahlen. Einige dieser Kleider wurden jahrelang sorgsam aufbewahrt, ehe man sie brauchte; und sie wurden bei besonderen Gelegenheiten hervorgeholt und stolz zur Schau gestellt.

Sarah erfuhr auch, daß Roscoe häufig Geldgeschäfte mit den männlichen Sklaven machte. Um welche Summen es dabei ging, konnte sie nur vermuten, aber das, was sie hörte und sich zusammenreimte, brachte sie zu der Überzeugung, daß die meisten der Männer Roscoe Geld schuldeten. Sie fragte Leon, ob er davon unterrichtet sei. Er sagte vage: »Ja, gewiß.« Als sie ihn drängte, ihr zu sagen, ob er das richtig und passend finde, erwiderte er, es gehe ihn so oder so nichts an, und wenn sie wirklich entschlossen sei, der Sache auf den Grund zu gehen, solle sie Deborah fragen. »Aber ich würde dir raten«, setzte er lächelnd hinzu, »dich lieber nicht zwischen Mama und Roscoe zu stellen. Es ist gefährlich, sich da einzumischen.«

Sie sprach schließlich mit Deborah darüber. »Du kannst Roscoe ruhig mir überlassen«, sagte Deborah kurz angebunden. »Schließlich zahle ich sein Gehalt.«

»Aber Tante Deb...« Sarah hatte diese höfliche Form der Anrede gebraucht, seit sie Deborah als Freundin ihrer Tante Pea zum erstenmal begegnet war, und hatte sie auch nicht geändert, als aus der Bekanntschaft eine Familienbeziehung wurde. »Findest du es richtig, daß unsere Leute bei einem Mann Schulden haben, der selbst für ein Gehalt auf Beulah Land arbeitet?«

Deborah seufzte ungeduldig. »Roscoe arbeitet für ein angemessenes, aber bescheidenes Gehalt, und er hat meine Erlaubnis, mit den Männern umzugehen, wie er es für richtig hält, solange die Arbeit pünktlich erledigt wird. Ich kümmere mich nicht darum, wie er das schafft. Und du solltest es auch nicht tun, mein liebes Kind.«

Nachdem Sarah schon einmal das Thema angeschnitten hatte, wollte sie sich nicht so schnell geschlagen geben und fuhr mutig fort: »Kümmerst du dich auch nicht um die Tatsache – ich nehme an, du bist davon unterrichtet –, daß Roscoe manchmal Männer auspeitschen läßt? Er rührt sie nicht selbst an, aber er hat einen gewissen Big Tom dazu angestellt, die Peitsche auf seinen Befehl zu benutzen.«

Deborah machte eine abschätzige Handbewegung. »Sklavenklatsch!«

»Es ist mehr als das.«

»Bist du bei einer derartigen Bestrafung dabeigewesen?«

»Nein, Tante.«

»Siehst du.«

»Tante Deb...«

»Ich habe nicht die Absicht, dieses Gespräch noch länger fortzusetzen. Es war ungehörig von dir, das Thema anzuschneiden.«
»Es tut mir leid. Ich bitte dich nur...«
»Man muß Disziplin unter den Leuten wahren, und Roscoe hat mein Einverständnis bei allem, was er für nötig hält.«
»Bitte, Tante Deb, willst du nicht...«
»Schweig!« Deborah ging zornig hinaus, und Sarah blieb zurück, unglücklich über sich und unbefriedigt, was die Situation betraf.
Sie erzählte Leon in großen Zügen von der Unterhaltung, als sie ihm an diesem Abend nach dem Essen beim Packen half. Er und Bonard wollten am nächsten Tag mit der Postkutsche für etwa eine Woche geschäftlich nach Savannah fahren.
»Du bist sehr weichherzig, liebe Sarah, und deshalb übertreiben die Leute zweifellos ihre Leiden, um dein Mitleid zu erregen.«
»Nein, Leon. Sie lügen mich nicht an.«
»Vielleicht lügen sie nicht, aber du weißt, daß sie dazu neigen, die Dinge zu dramatisieren. Du hast doch einige ihrer Gottesdienste und Beerdigungen miterlebt.«
»Aber es ist anders, wenn sie mit mir reden.«
»Sie versteifen sich auf einen Gedanken und kauen so lange daran herum, bis sie schließlich selbst nicht mehr wissen, wo die Wahrheit aufhört und die Phantasie beginnt.«
»Es lag kein ›Drama‹ in der Art, wie sie es mir erzählt haben. Es lag Angst darin.«
Das Wort ließ ihn zögern, denn er mußte zugeben, daß es stimmte. Er selbst hatte seit seiner Kindheit ein Gefühl gehabt, das fast so etwas wie Angst war, sooft er an Roscoe dachte oder etwas mit ihm zu tun hatte.
»Ist dir irgendein Fall von eindeutiger Ungerechtigkeit bekannt?«
»Ist Auspeitschen jemals gerechtfertigt?«
Stirnrunzelnd machte er sich mit besonderer Sorgfalt daran, die Krawatten zusammenzulegen, die er mitnehmen wollte. »Lassen wir die Sache ruhen, bis ich zurück bin«, sagte er schließlich. »Versuch bis dahin, das Thema nicht mehr zu berühren. Bitte. Es ist aussichtslos, Mama von irgend etwas überzeugen zu wollen, was Roscoe betrifft.«
Sie machte sich an einer Schublade seiner Kommode zu schaffen. »Diese Taschentücher sind reichlich abgenutzt«, bemerkte sie.
»Das macht nichts. Ich habe sowieso vor, mir in Savannah neue zu kaufen.«
»Wirst du Tante Pea bestimmt alles ausrichten, was ich dir aufgetragen habe?«
»Ja, ganz bestimmt.« Er lächelte.
»Die Arme ist im Spätwinter immer ein wenig niedergeschlagen.«

»Wir werden einen Abend bei ihr essen und sie mit lustigen Geschichten zum Lachen bringen. Und ich werde sie bitten, die Besorgungen für dich zu machen. Das befriedigt sie und lenkt sie ab.«

»Ich wünschte, du würdest bei ihr wohnen.«

»Es ist leichter, vom Hotel aus die geschäftlichen Dinge zu erledigen.«

»Ja, ich weiß. Du hast es mir gesagt. Glaubst du, daß du in einer Woche oder in zehn Tagen zurück sein wirst?«

»So ungefähr«, sagte er vorsichtig. »Sollte es länger dauern, mehr als ein oder zwei Tage länger, schreibe ich dir. Aber nein, ich rechne fest damit, in etwa einer Woche wieder auf Beulah Land zu sein.«

»Ich wäre gerne mitgefahren.«

Er erwiderte nichts, sondern wandte ihr den Rücken zu und hielt eine Weste dicht vor die Öllampe, um ihre Vorderseite zu mustern.

Sie lächelte still vor sich hin, ehe sie in leichterem Ton fortfuhr: »Glaubst du, daß man wirklich die Eisenbahnlinie die ganze Strecke von Savannah bis Macon bauen wird?«

»So heißt es, und soviel ich gehört habe, ist man im Begriff, mit dem Bau zu beginnen, wenn man nicht sogar schon damit angefangen hat.«

»Wie sehr wird das unser aller Leben ändern!« sagte sie gutgelaunt. »In ein paar Jahren können wir einfach die Postkutsche – oder sogar einen Wagen – nach Dublin nehmen und von dort aus den Zug nach Savannah!«

»Es ist ganz nebenbei auch von einiger Bedeutung für den Transport der Baumwolle und des Holzes, meinst du nicht?« bemerkte er neckend. »Schließlich wird die Bahn ja nicht nur dafür gebaut, daß du die Broughton Street besuchst oder Tante Pea nach Beulah Land kommt.«

»Wirst du ihr zureden, uns im Frühling zu besuchen? Sag ihr, sie soll mit dir zurückfahren.«

»Ja, Liebling, das werde ich tun.« Er nahm sie bei den Schultern und küßte sie sanft auf die Stirn. Sie sahen sich mit echter Zuneigung an. »Komm, laß uns hinuntergehen und mit Mama ein Glas Wein vor dem Kamin trinken. Ich bin sicher, sie wird mir auch noch einmal alle Aufträge wiederholen wollen.« Sarah nahm lachend seinen Arm, und sie verschoben den Rest des Packens auf später, wenn sie eine Beschäftigung brauchen würden, die sie vor dem Schlafengehen zusammen und getrennt zugleich hielt.

3

Leon fehlte ihr, obgleich sie sich vielerlei Beschäftigung suchte. Es gibt verschiedene Arten, Mann und Frau zu sein, und während Leons und Sa-

rahs Art keinem von beiden volle Erfüllung brachte, wurde sie nur selten von Meinungsverschiedenheiten und niemals von einem wirklichen Streit getrübt, und im Laufe der Jahre war ihre Ehe durch die immer größer werdende Zuneigung und das damit verbundene gegenseitige Vertrauen für sie beide zum wichtigsten Bestandteil ihres Lebens geworden. Die peinlichen Augenblicke zwischen ihnen würden bestehenbleiben, solange sie lebten, aber selbst diese waren nicht ohne zärtliche Gefühle. Und es gab so vieles, was sie teilen konnten. Sarah liebte Leons Frohsinn, seine Bereitschaft zu lachen, die komische Seite der Dinge zu sehen; sie liebte seine lebhafte Intelligenz und seine stattliche Erscheinung.
Wenn sie an den frühen Tod seines Vaters dachte und seine willensstarke, so nüchtern veranlagte Mutter sah, die sich wenig um das Seelenleben ihrer Kinder kümmerte und sie nicht verstand, erkannte sie immer deutlicher, wie schwierig seine Kindheit und seine frühe Jugend gewesen sein mußten. Sarah besaß soviel innere Aufrichtigkeit und Herzenswärme, daß sie sich als Beschützerin von Selma fühlen und sich gleichzeitig um Bonard und sein freudloses, unglückliches Leben grämen konnte. Er war verheiratet und deshalb außerstande, sich eine Frau zu suchen; dennoch hatte er keine Frau.
Selbst in dem Augenblick, als Leon sich von ihr verabschiedete und sein Herz jungenhaft leicht wurde bei der Aussicht auf die Vergnügungen, die ihn und Bonard in Savannah nach Erledigung ihrer täglichen Arbeit erwarteten – selbst da wußte er bereits, daß er, wenn die Zeit gekommen war, freudig zu ihr zurückkehren würde. Es schmerzte ihn, daß er ihr kein Kind geben konnte, und so war er ihr Kind und ihr Mann zugleich. Ja, er liebte sie; und, o ja, er verehrte sie, obwohl jede Meile und jede Stunde, die sie trennten, ihn zu einem glücklicheren, freieren Mann machten.
Am Tag nach seiner Abfahrt hielt Sarah wie üblich morgens Schule und ging am frühen Nachmittag, als es milde und fast windstill war, mit Selma und Pauline spazieren. Sie aß mit Deborah zu Abend, und während Deborah sich hinterher mit Roscoe in ihrem Büro beriet, begleitete sie Ezra auf seinen Krankenbesuchen. Floyd schloß sich ihnen an, und schließlich ging Sarah mit ihnen zu ihrer Hütte, wo sie Lovey antrafen, und sie setzten sich alle um den Küchentisch herum, tranken Kaffee und unterhielten sich.
Als Sarah aufstand, um nach Hause zu gehen, stand Floyd ebenfalls auf; aber Sarah erklärte, sie werde allein gehen, und das tat sie, obwohl Floyd auf dem dunklen Hof stehenblieb und ihren Weg verfolgte, solange er konnte. Zwei Jagdhunde kamen neugierig herbei, um zu sehen, wer dort ging, und Sarah streichelte sie und sprach zu ihnen, während sie sie zur Hintertür des großen Hauses begleiteten.
Am nächsten Nachmittag fuhr Sarah mit Deborah, die selbst den Ein-

spänner lenkte, nach Oaks. Sie unterhielt sich dort die meiste Zeit mit Trudy, die sie sehr gern hatte, und spielte mit Trudys Kindern, die sie entzückten. Zur Teezeit gesellte sich Rooster zu ihnen, und Sarah beobachtete mit Interesse, wie Deborah sich ihm gegenüber verhielt. Sie wurde fast mädchenhaft lebendig, sowohl in ihrem etwas schwerfälligen Humor als auch, wenn sie ernst war. Sarah erkannte deutlicher denn je zuvor – sie hatte schon oft darüber nachgedacht –, daß Rooster der Sohn war, den Deborah sich gewünscht hätte. Sie war gerührt über die unausgesprochene Rivalität zwischen Edna und Deborah, die sich beide um den jungen Mann bemühten und fast eifersüchtig versuchten, seine Aufmerksamkeit auf sich zu lenken.
Auf der Heimfahrt war Deborah schweigsam, obwohl ihr Geist, nach ihrem Gesichtsausdruck zu schließen, nicht müßig war. Sie schlug leicht mit den Zügeln auf den Rücken des Pferdes, bis Napoleon genug davon hatte, mitten auf der Straße stehenblieb und sich nach ihr umsah, wie wenn er sie fragen wollte, ob sie den Verstand verloren habe. Deborah erwiderte sanftmütig seinen Blick, als ob sie mit offenen Augen schliefe, und nach einer Weile nahm Sarah ihr die Zügel aus den Händen und kutschierte den Rest des Weges nach Beulah Land. Irgend jemand winkte ihnen von der Farm der Andersons aus zu, aber es war unterdessen beinahe dunkel, und Sarah winkte zurück, ohne zu wissen, wer es war. Als sie Deborah ansah, die still, in ihre eigenen Gedanken versunken dasaß, fühlte Sarah sich einsam und wünschte, daß Leon wieder zu Hause wäre.

Sie hatte angefangen, hoffnungsvolle Mutmaßungen über den Zeitpunkt seiner Rückkehr anzustellen, als sie einen Brief von ihm erhielt.

Meine Liebste,
gerade als ich hoffte, mich auf den Weg zu Dir machen zu können, wurde ich aufgehalten. Wir hatten unsere Geschäftsverhandlungen hier mehr oder weniger beendet, als Tante Pea mich heute morgen rufen ließ und mich dringend bat, eine Reise für sie zu machen.
Du wirst es nie erraten!
Sie hat mit der Post ein Plakat erhalten, das irgend jemand ihr anonym in einem Kuvert zugesandt hat. Es kündigt für die kommende Woche Vorstellungen einer gewissen *Roderick Conyngham Shakespearean Company* in Charleston in South Carolina an. Unter den namentlich aufgeführten Schauspielern befindet sich eine Mrs. Lauretta Savage!
Tante Pea ist natürlich sehr erregt und möchte unbedingt, daß ich nach Charleston fahre, um zu sehen, ob es sich tatsächlich – wie sie mit gutem Grund annimmt – um Deine Schwester, ihre Nichte, handelt; außerdem bittet sie mich, genau zu ermitteln, in welchen Verhältnissen Lauretta

jetzt lebt. Du siehst also, ich werde wichtige Neuigkeiten für Dich haben, wenn wir uns wiedersehen!
Heute abend läuft eine Schaluppe von der Lower Rice Mill Wharf aus, und ich habe mir bereits einen Platz reservieren lassen.
Bonard läßt seiner Familie ausrichten, daß er bis zu meiner Rückkehr hier im City Hotel bleiben wird, und wir kommen dann, wie ursprünglich geplant, zusammen nach Hause. Es ist nur eine kurze Verzögerung.
Bis dahin, mein Liebes! Dein Dir treu ergebener

Leon

4

Leon war erst einmal in Charleston gewesen, und zwar heimlich mit Bonard, als sie noch Schüler der Samuel-Holt-Akademie waren. Er erkannte bei der Einfahrt in den Hafen Sullivan's Island zur Rechten und James Island zur Linken, aber als er an Land ging und dem Gepäckträger, der seinen Koffer trug, zum Hotel folgte, merkte er, daß er sich kaum an etwas anderes erinnerte, abgesehen von der freundlichen Atmosphäre des Hafenviertels und den angenehmen Speisegerüchen, die in der Luft hingen, und unter denen er mühelos den Geruch von Kaffee, Fisch, Knoblauch, Schokolade und rotem Pfeffer ausmachen konnte.
Er entspannte sich und sah sich in Gedanken als eine geheimnisvolle und romantische Erscheinung, während er hinter dem Gepäckträger herging, den er beauftragt hatte, ihn zu einem Hotel zu führen, das »für einen Plantagenbesitzer, der hier geschäftlich zu tun hat«, geeignet sei. Der Mann wandte hin und wieder den Kopf, um sicher zu sein, daß Leon ihn nicht aus den Augen verlor. Er hatte Leon gesagt, es sei nur eine kurze Strecke zum Palmetto Island Hotel, und so war es auch. Als sie jetzt zum Eingang des Hotels kamen, erklärte er Leon, es sei eines von mehreren Hotels in Charleston, die einem Farbigen, einem gewissen Mr. Bruton, gehörten. Das Hotel sah komfortabel aus, und Leon erkannte, in welcher Hinsicht es sich als Unterkunft für Herren eignen mochte, die hin und wieder geschäftlich in die Hafengegend von Charleston kamen.
Als er sich eintrug, zeigte er dem würdevoll vornehmen Empfangschef das Plakat, das er von Tante Pea mitgenommen hatte, und erfuhr, daß das Theater in der King Street sei und daß man dort an diesem Abend *Julius Cäsar* spiele. Leon erinnerte sich, daß dies ein Stück war, das den weiblichen Darstellern keine großen Möglichkeiten bot. Sowohl Portia als auch Calpurnia waren recht stumpfsinnige Damen. Würde Lauretta, falls sie zur Truppe gehörte, überhaupt an diesem Abend auftreten?
Nachdem Leon sich eine Weile in seinem Zimmer ausgeruht hatte, ließ

er sich heißes Wasser bringen, wusch sich und zog ein frisches Hemd an. Dann ging er hinaus und wanderte durch die Straßen, an den mit Mauern umgebenen Gärten prunkvoller Villen entlang und wieder zurück zum Hafenviertel, wo er in einem Gasthaus ein Dutzend Austern und ein Steak aß. Er rauchte eine Zigarre, trank ausgezeichneten Kaffee, genehmigte sich noch ein letztes Glas Wein und traf frühzeitig genug im Theater ein, um sich einen Platz mit einem guten Blick auf die Bühne zu sichern.
Aus dem Programm erfuhr er, daß Mrs. Savage die Rolle der Portia spielen würde. Das Theater füllte sich, und das Stück begann. Er wußte, daß Portia sich in den ersten Szenen unter Cäsars Gefolge befand, aber die Bühne war nicht so gut beleuchtet, daß er die Schauspielerin ausmachen und erkennen konnte, die diese Rolle spielte. Erst im zweiten Akt hatte sie einen Auftritt, bei dem sie voll zur Geltung kam. Ja, es war Lauretta! Leon konnte seine Erregung kaum beherrschen, als er sie entdeckte, und er lächelte zufrieden während ihrer ersten Szene, was deren Inhalt nicht sehr angemessen war. Lauretta war älter, aber das waren sie natürlich alle. Sie war schöner – eine Frau, kein Mädchen mehr. Wie anmutig und lebhaft waren ihre Bewegungen! Mit welch leidenschaftlicher Würde schalt sie Brutus: »Wohn' ich denn nur in der Vorstadt eurer Zuneigung?« Brutus wurde von Roderick Conyngham, dem Hauptdarsteller und Direktor der Truppe, gespielt.
Leon folgte dem Stück in einer Art Benommenheit, die von der stickigen Luft, dem Wein, den er getrunken hatte, und der für ihn neuen Erfahrung herrührte, einen Menschen, den er kannte, auf einer Bühne zu beobachten. Nachdem der Vorhang gefallen war, ging er mit den übrigen Zuschauern hinaus, erkundigte sich jedoch bei einem der Aufseher nach der Tür zu den Räumen hinter der Bühne. Als er sie schließlich fand und niemand auf sein Klopfen antwortete, öffnete er sie und trat ein. Er sah sich, sehr zu ihrer beiderseitigen Überraschung und zu Leons Vergnügen, von Angesicht zu Angesicht einem leichenähnlichen alten Mann gegenüber, der kurz zuvor die Rolle des Casca gespielt hatte. Er trug noch seine Toga. Schmachtlocken klebten an seiner Stirn und seinen Wangen. Leon verbarg sein Lachen hinter einem leichten Husten und erkundigte sich höflich, wo er Mrs. Savage finden könne.
Der Alte musterte ihn mißtrauisch und sagte ihm, er solle warten. Als er forteilte, sah Leon sich um. Er war noch nie hinter der Bühne eines Theaters gewesen. Er blickte zu den Dekorationsstücken empor, die vom Schnürboden herabhingen. Er berührte ein Seil. Es war straff gespannt, und so schien es ihm ratsam, es in Ruhe zu lassen. Er spähte auf ein Stehpult, auf dem beschriebene Bogen mit großen Markierungen lagen – das Rollenmanuskript, wie er richtig vermutete.
Er trat einen Schritt auf die Bühne zu, als eine streng aussehende ältere

Frau, die neben ihm auftauchte, ihn jäh innehalten ließ. Auch sie trug eine Toga und Sandalen, hatte sich jedoch mit einer schlichteren Haartracht als der alte Mann begnügt. Leon erkannte in ihr die Calpurnia wieder und verbeugte sich. »Ich bin Mrs. Roderick Conyngham«, stellte sie sich vor. »Was kann ich für Sie tun, Sir?«

»Ich möchte Mrs. Savage sprechen«, erwiderte Leon.

»Wir sehen es nicht gerne, daß Fremde die weiblichen Mitglieder der Truppe besuchen, Sir. Wir sind ein angesehenes Künstlerensemble. Mein Mann, Mr. Conyngham, hat vor gekrönten Häuptern in Europa gespielt. Sie haben zweifellos von seinem Ruhm gehört?«

Leon verbeugte sich abermals. »Ich bin, Madam, ein Plantagenbesitzer aus der Provinz und daher leider nicht mit berühmten Namen vertraut. Aber ich bin kein Fremder für Mrs. Savage. Tatsächlich habe ich die Ehre, ihr Schwager zu sein, da ich mit ihrer Schwester verheiratet bin.«

»Was Sie nicht sagen, Sir!«

»So ist's, Madam.«

»Bitte warten Sie.«

Leon amüsierte sich köstlich. Die ganze Szene war wie ein Theaterstück, sagte er sich. Er kam sich klug und bedeutend vor und freute sich schon im voraus auf Laurettas Überraschung. Er wurde nicht enttäuscht. Nach einer kurzen Weile kam Mrs. Conyngham mit Lauretta zurück, die, schon ehe sie ihn gesehen hatte, in freudige Erregung geraten war.

»Das kann doch nicht wahr sein! Doch, es ist wahr! Leon, mein Liebling, mein Bruder, mein alter Freund!« Nachdem die plötzlich hervorschießenden Tränen ihrer Begrüßung Glaubwürdigkeit verliehen hatten, nickte ihre Anstandsdame, die Direktorin der Truppe, ihnen zu und ließ sie allein. Leon hatte Laurettas Hände ergriffen, und sie küßte ihn so herzhaft auf den Mund, daß der Geschmack ihres Lippenstifts zurückblieb. »Ist Sarah bei dir? Wie hast du mich gefunden?«

Er fing an, ihr von dem Plakat zu erzählen, das mit der Post gekommen war, aber als sie eine verwirrte Miene aufsetzte, gab er es auf.

»Schon gut!« rief sie aus. »Komm und unterhalt dich mit mir, während ich mich abschminke...« Sie zog ihn an der Hand hinter sich her, und sie betraten einen kleinen Raum hinter der Bühne, in dem nichts weiter stand als ein paar Stühle, ein Tisch mit einem Spiegel, der ihr als Schmink- und Frisiertisch diente, und eine rauchige Öllampe.

Lauretta bat Leon, auf einem der Stühle Platz zu nehmen, setzte sich selbst auf einen anderen und fing an, ihre Gesichtshaut mit einem dünnflüssigen, hellen Öl einzuschmieren. Er beobachtete sie fasziniert, während sich der Duft des Öls, das sie so rasch und geschickt auftrug, mit dem Rauch der rußenden Lampe mischte.

»Und wo ist Sarah?«

»Natürlich auf Beulah Land!«
»Natürlich! Wie geht es ihr?«
»Gut. Als ich fortfuhr, gut. Sehr gut sogar.«
»Warum habt ihr keine Kinder?« Als er errötete, lachte sie und sagte: »Bitte glaub mir, das war mehr unüberlegt als taktlos und mehr taktlos als grausam.« Sie wandte sich kurz vom Spiegel ab. »Ich habe ihr ein paarmal geschrieben.«
»Ich weiß. Sarah zeigt mir deine Briefe.«
»Natürlich.« Sie hatte sich noch nicht an den Gedanken gewöhnt, daß Leon und Sarah nicht mehr zwei verliebte junge Leute waren, sondern erwachsene Menschen mit einem andersgearteten Leben und anderen Pflichten. Oder vielleicht wollte sie ihn auch bestrafen, nicht für irgend etwas, das er getan, sondern für etwas, das er hatte – oder von dem sie glaubte, daß er es habe –, und was sie nicht hatte. »Ich habe so selten eine feste Adresse, an die ich mir Briefe schicken lassen kann. Es ist – ach – zwei oder schon fast drei Jahre her, seit ich den letzten Brief von Sarah bekommen habe.«
»Woher weißt du dann, daß wir noch immer kein Kind haben?«
»Also stimmt es?«
Er nickte.
»Vielleicht fällt es mir schwer, mir Sarah als Mutter vorzustellen. Mein Fehler. Ich stelle sie mir immer noch als Kind vor, obwohl ich weiß, daß ich keins mehr bin, und natürlich weiß ich, daß auch sie es nicht mehr sein kann.« Sie nahm ein Handtuch und fing an, sich das Öl und die Schminke vom Gesicht zu wischen. »Ich liebe sie sehr. Und wie geht es Tante Pea?«
Er sagte ihr, daß es ihrer Tante ebenfalls gutgehe und daß es ihre Sorge und ihre Neugier gewesen seien, die sie veranlaßt haben, ihn nach Charleston zu schicken, nachdem sie das Plakat mit der Post erhalten hatte.
»Wer mag es ihr wohl geschickt haben?« fragte sie sich laut, dann schüttelte sie den Kopf und tat damit die Frage ab. »Ich bin sicher, daß Tante Pea einmal irgendwelche Bekannten erwähnt hat, die hier leben, aber ich habe vergessen, wer es war. Bestimmt haben sie damals von meiner Heirat gehört und sich den Namen gemerkt. Manche Leute haben eben nichts anderes zu tun, als sich Neuigkeiten für künftigen Klatsch aufzuheben.«
»Gehört dein Mann ebenfalls zum Ensemble?«
Das Handtuch bedeckte einen Augenblick lang ihr Gesicht, ehe sie es neben ihrem Stuhl zu Boden fallen ließ und aufstand. »Ich bin schrecklich hungrig! Lädst du mich zum Abendessen ein?«
»Mit Freuden.«
»Hoffentlich bist du auch hungrig, sonst muß ich mich schämen, denn ich komme wahrhaftig um vor Hunger. Ich esse nie mehr als ein paar Bis-

sen vor der Vorstellung. Ich bin zu nervös, und ich muß in Form sein. Schließlich kann man ja nie wissen, wer dort draußen sitzt!« Sie lachte und legte kurz die Hand auf seinen Arm. »Du hast mir noch gar nicht gesagt: Hat dir die Vorstellung überhaupt Freude gemacht, oder war es eine Qual? Sag mir ehrlich: War ich sehr, sehr schlecht?«
»Es hat mir gefallen«, sagte er und war sich bewußt, wie wenig seine Antwort dem Ungestüm ihrer Fragen entsprach. »Es hat mir sehr gut gefallen!« Als sie erwartungsvoll lächelte, fügte er mit einem Achselzucken hinzu: »Was soll ich dir über die Vorstellung sagen? Ich konnte den Blick nicht von dir abwenden, solange du auf der Bühne warst. Und wenn du es nicht warst, habe ich gewartet.«
Sie lächelte strahlend, und er sah, daß es ihm gelungen war, das Richtige zu sagen. Es war zum Teil Höflichkeit, aber zum Teil auch sein Ernst.
»Ich bin besser in anderen Rollen«, sagte sie bescheiden. »Mr. Conyngham studiert mit uns den *Kaufmann von Venedig* ein. Er wird natürlich den Shylock spielen. Ich werde mich sehr bemühen, eine gute Portia zu sein – eine völlig andere Portia als diese!«
»›Wohn' ich denn nur in der Vorstadt eurer Zuneigung?‹« zitierte er, zufrieden mit sich, daß er sich der Worte entsann. Sie lachte und applaudierte.
»Du würdest eine ausgezeichnete Portia abgeben«, erklärte sie, »daran ist nicht zu zweifeln!« Sie stand auf und ging um ihren Stuhl herum. Der Geruch ihres Schweißes und ihres Parfüms gab ihm das Gefühl, daß er anschwoll, daß seine Handgelenke dicker wurden, bis sie seine Manschetten ausfüllten, daß sein Hals den Kragen zu sprengen drohte und sein ganzer Körper an den Nähten zerrte.
Sie drehte mit beiden Händen seinen Kopf herum. »Du mußt in diese Richtung blicken«, sagte sie hinter ihm, »und wohlgemerkt, nicht in den Spiegel! Während ich ... –« Ihre Pause deutete an, was sie tat, und dann beschrieb sie es: »... die Toga so und so und so zusammenfalte. Die Sandalen ausziehe – so. Ich nehme an, du bist noch nie in einem Raum gewesen, wo eine Frau sich umgezogen hat – abgesehen von Sarah. Oder gab es – Gelegenheiten?« Sie lachte. Er hörte das Knistern von Seide, blickte trotz ihres Verbots in den Spiegel und sah, daß sie ein Kleid über den Kopf gezogen hatte und es jetzt zuknöpfte.
Ehe sie das Theater verließen, ging Lauretta kurz in die Garderobe der Conynghams. Durch den Türspalt sah Leon die Frau des Direktors, die immer noch ihre Toga trug, aber ihr strähniges graues Haar hing jetzt in zwei langen Zöpfen zu beiden Seiten ihres Kopfes herab; sie saß an einem Tisch und zählte die Einnahmen der Abendvorstellung. Lauretta nannte seinen Namen sowie ihr Verwandtschaftsverhältnis und versicherte ihren Arbeitgebern, daß sie in bester Obhut sei und daß sie, obwohl sie jetzt zum

Abendessen gingen und sich zweifellos viel zu erzählen haben würden, zu angemessener Stunde in ihr Hotel zurückkehren werde.
Dann führte sie Leon in eine Taverne, nicht weit von seinem Hotel, und sie aßen zu Abend. Lauretta wählte Krabben in Okrasoße, die der tiefschwarze Negerkoch ihr aus einem großen, würzig duftenden Topf auf frisch gedämpftem Reis servierte. Leon gab sich mit kaltem Schinken, Käse und gebuttertem Toast zufrieden. Sie tranken Wein zum Essen, und Leon bemerkte, daß Lauretta, ohne anscheinend die geringste Wirkung zu spüren, ihr Glas schneller leerte als er und ihm wortlos gestattete, es wieder zu füllen, bis sie beinahe zwei Flaschen ausgetrunken hatten.
Während Lauretta mit großem Appetit aß und Leon am Schinken und am Käse auf seinem Teller herumstocherte und nur hin und wieder einen Bissen zu sich nahm, erzählte er ihr von Sarah: wie sehr sie Beulah Land liebe und wie sehr die Menschen dort sie lieben würden. Er sprach von Selma und Bonard. Lauretta erinnerte sich natürlich an Bonard und hörte sich aufmerksam Leons Bericht an; dann wollte sie wissen, weshalb Bonard nicht auch nach Charleston gekommen sei, um sie auf der Bühne zu sehen, »... damit ich hätte sagen können, daß ich zwei Verehrer habe, die am Bühneneingang auf mich warten!«
Sie mußten lachen, und als sie sich wieder beruhigt hatten, sagte Leon: »Du hast vorhin im Theater meine Frage nicht beantwortet, obwohl vielleicht die Tatsache, daß du es nicht getan hast, zum Teil schon eine Antwort ist.«
Sie sah ihn ruhig an.
»Douglas Savage gehört nicht zum Ensemble«, sagte er.
Sie lächelte, hob das Glas und trank. Als sie es niedersetzte, murmelte sie: »Diese ganze Sache mit ihm scheint schon so lange her zu sein.«
»Ist er nicht mehr dein Mann?«
»Nicht mehr – und ist es auch nie gewesen.« Als sie seine Bestürzung sah, setzte sie hinzu: »Ich hatte geglaubt, er sei es, aber allem Anschein nach habe ich mich geirrt.« Sie blickte in ihr Glas, das noch halbvoll war, und drehte es am Stiel herum. »Er war ein sehr netter Mann«, sagte sie auf eine ungezwungene, welterfahrene Art, die Leon zugleich schockierte und erregte. »Vermutlich etwas charakterschwach, aber charmant und auch gutaussehend. Wir waren glücklich. Es war wirklich zu Anfang alles sehr romantisch und aufregend für mich.« Sie kniff nachdenklich die Augen zusammen. »Ohne selbst ein besonders guter Schauspieler zu sein – er hatte nicht das Temperament, um zur Spitzenklasse aufzusteigen, und das zählt meiner Meinung nach mehr als angeborenes Talent oder angelernte Fähigkeiten –, war er ein bemerkenswert guter Lehrer. Er zeigte mir, wie ich stehen, mich bewegen und meine Stimme gebrauchen muß, wie man sich den anderen Schauspielern in einer Szene anpassen soll –

und das ist sehr wichtig. Man darf sich nicht verlieren, sondern muß dem folgen, was sie tun, und sie sogar nach Möglichkeit unterstützen...«
»Du nimmst die Schauspielerei und alles, was damit zusammenhängt, sehr ernst.« Er lachte. »Was ich sage, klingt lächerlich, nicht wahr?«
Sie gab ihm einen Klaps auf die Hand. »*Niemals* – nie wieder darfst du dich als lächerlich bezeichnen. Die meisten Menschen messen uns an dem, was wir selbst von uns halten. Ja, ich nehme es ernst, weil ich mir damit mein Leben verdiene. Was bleibt mir anderes übrig?«
»Komm nach Hause«, sagte er impulsiv und legte seine Hand auf die ihre. »Du bist jederzeit auf Beulah Land willkommen.«
»Nein«, erwiderte sie nachdenklich, »obwohl es sehr lieb von dir ist, mich einzuladen.«
»Hast du den Ehrgeiz, eine – nun, eine große und berühmte Schauspielerin zu werden?«
Sie runzelte die Stirn und griff in einer plötzlichen Gemütsbewegung kurz nach seiner Hand, die er auf der ihren hatte liegenlassen, dann zog sie ihre Hand fort. »Ich glaube nicht. Ich habe das Temperament dazu. Ich könnte alles erreichen, was ich mir ernsthaft vornehme.« Sie lächelte über sich selbst. »Aber das ist das Problem. Ich habe nicht den ernsthaften Wunsch, irgend etwas zu sein. *Ich* bin mir wichtiger als all mein Ehrgeiz.«
»Was ist mit dir und Mr. Savage geschehen?«
Sie legte die Frage bewußt anders aus, als sie gemeint war, und sagte: »Nachdem wir geheiratet hatten, gingen wir nach Baltimore, wo Douglas sich einer neuen Schauspielertruppe anschloß, die gerade dort gebildet wurde. Nach einer Weile zogen sie nach Norden. Sie spielten nicht in den großen Städten, weil es dort berühmtere Ensembles gab, sondern in den kleineren, die trotzdem noch groß genug waren, um eine ausreichende Besucherzahl zu bieten. Ich spielte nicht – nur privat vor Douglas, während er mir einiges von dem beibrachte, was er wußte. Wir reisten durch Pennsylvania und den Staat New York und von dort aus nach Osten. Ich fing an, hin und wieder aufzutreten, meistens in Nachmittagsvorstellungen, wenn irgend jemand krank – oder betrunken – war und nicht auftreten konnte.«
Als seine Augen unwillkürlich zu ihrem Glas wanderten, lachte sie. »Keine Angst. Ich nicht. Ich liebe den Geschmack des Weins und die Art, wie er mich ›löst‹, falls du das verstehst.«
»O ja, das verstehe ich sehr gut.«
»Das dachte ich mir.« Ihre Augen verspotteten ihn. »Wie dem auch sei – du hast sicher manches von alledem aus meinen Briefen an Sarah erfahren. Allerdings habe ich ihr nie gesagt, daß Mr. Savage fort ist.«
»Bitte erzähl weiter.«

»Wir zogen die Ostküste 'rauf und 'runter. Ich trat immer häufiger auf, und so wurde ich mit der Zeit zu einem regulären Mitglied des Ensembles. Ich lernte, wie man sich schminkt, um das Gesicht den verschiedenen Rollen anzupassen. Hat es dich sehr gestört, zu sehen, wie ich im Theater die Schminke entfernte?«

»Nicht im geringsten, weil du ungeschminkt viel hübscher bist.«

Sie nahm lächelnd das Kompliment entgegen. »Zwei Jahre, nachdem wir geheiratet hatten, spielten wir eine Zeitlang in New Bedford in Massachusetts. Mein Name und der von Douglas erschienen zusammen auf den Programmzetteln und Plakaten – wobei meiner lediglich als ›Mrs. Douglas Savage‹ angegeben wurde. Als Douglas und ich eines Abends ins Theater kamen, um uns für die Vorstellung zurechtzumachen, wartete eine Frau mit einem etwa fünfjährigen Mädchen neben dem Bühneneingang. Sie warf sich Douglas weinend an die Brust und beschuldigte ihn, sie betrogen und verlassen zu haben. Auch das Kind weinte verzweifelt.«

Sie runzelte die Stirn. »Ich mach' mir nicht viel aus Kindern, aber ich ging instinktiv auf das kleine Mädchen zu, um es zu trösten. Während ich es in den Armen hielt, sah ich, wie Douglas sich von der Frau losriß, die sich laut als seine Ehefrau bezeichnete. Er wiederholte ein ums andre Mal wütend und – wie ich schon damals fand – völlig absurd: ›Aber du lebst doch in Salem!‹ Und sie antwortete ihm: ›Jetzt nicht mehr, du Schuft! Endlich hab' ich dich ausfindig gemacht!‹«

»Es muß schrecklich für dich gewesen sein«, warf Leon ein.

Lauretta lachte. »Ja, das war es wohl. Aber weißt du, es hat mir auch Spaß gemacht. Vergiß nicht meine romantische Veranlagung und meinen Wunsch, daß das Leben immer wieder neu und überraschend sein soll. Nun, an diesem Tag war es das gewiß. Um auf die Szene zurückzukommen: Douglas machte sich von der erregten Frau los und schoß wie vom Teufel gejagt aus dem Theater. Das Kind riß sich aus meinen Armen und lief zu seiner Mutter, die dadurch vorübergehend abgelenkt wurde, so daß er Zeit hatte, sich aus dem Staub zu machen – uns zu entwischen.«

»Willst du damit sagen, daß du ihn seitdem nicht wiedergesehen hast?«

»Genau das!« Sie lachte.

»Großer Gott!« rief er aus, lachte und sagte: »Ich weiß eigentlich nicht, warum ich lache.«

»Weil es komisch ist«, erwiderte sie. »Wohlgemerkt, nicht amüsant. Komisch! Nach einer Viertelstunde gelang es mir, die Frau und das Kind zu beruhigen, und ich führte sie vom Theater fort. Die Frau – ich sollte sie wohl Mrs. Savage nennen – nahm mich mit in ihre Pension und bot mir Tee an, nachdem sie mir Urkunden gezeigt hatte, die eindeutig bewiesen, daß mein Douglas – und auch der ihre – tatsächlich mit ihr verheiratet und der Vater dieser Göre war, die sie im Schlepptau hatte!«

»Erstaunlich. Es ist einfach erstaunlich«, erklärte Leon.
»Überzeugt, daß keine von uns beiden Douglas je wieder zu sehen bekommen würde, ging ich schließlich fort. Aber ich konnte es mir nicht verkneifen, der Frau noch vorher zu sagen, daß ich zwar offensichtlich nicht rechtmäßig ›Mrs. Douglas Savage‹ sei, daß aber durchaus die Möglichkeit bestünde, daß auch sie es nicht sei – daß es vor uns beiden bereits eine ganze Schar von ›Mrs. Douglas Savages‹ gegeben habe!«
»Wie konntest du überhaupt etwas anderes tun, als ohnmächtig zu werden oder zu weinen?« fragte Leon bewundernd.
»Findest du nicht, daß das lächerlich gewesen wäre?« entgegnete Lauretta.
»Vielleicht hast du recht.«
»Natürlich.«
»Und seitdem?«
»Bin ich Schauspielerin. Ich trennte mich von der Truppe und schloß mich in Boston einer anderen an. Nach einer Reihe von kleinen Abenteuern ...« Sie hielt inne, um über sich selbst zu lachen; das machte ihn eifersüchtig und begierig zu erfahren, an was für Abenteuer sie sich erinnerte. »Aber ich werde dir nicht zumuten, sie dir alle anzuhören. Jedenfalls ist dies mein drittes Ensemble. Nach dem in Boston habe ich noch einmal gewechselt. Die Vergangenheit ist für mich vollkommen versunken. Ich nenne mich nicht mehr ›Mrs. Douglas Savage‹, sondern habe mir das Recht genommen, als ›Mrs. Lauretta Savage‹ bekannt zu werden. Es ist so wichtig für Schauspielerinnen, den ehrbaren Titel ›Frau‹ zu tragen.«
Er sah sie eine Weile schweigend an und sagte schließlich: »Du bist wundervoll.«

5

Leon blieb diese Nacht, den nächsten Tag und die nächste Nacht in Charleston. Er und Lauretta waren, abgesehen von den Stunden, die sie im Theater verbrachte, ständig zusammen. Sie erschreckte, überraschte, entzückte und erschöpfte ihn. Sie wartete nicht, daß er sich ihr näherte: Ihre Hände befaßten sich ebenso beharrlich mit seinem Körper wie die seinen mit dem ihren, streichelten, wo er noch nie gestreichelt worden war, zwickten schelmisch, hielten ihn lose, packten ihn heftig. Sie lehrte ihn, was Schauspieler, wie sie sagte, »die europäische Art zu küssen« nannten. Mitten in einer ihrer Umarmungen – sie schienen beide nicht genug bekommen zu können – drehte sie ihn auf den Rücken, setzte sich rittlings auf ihn und ging so heftig über ihm auf und nieder, daß er gerade, als er kam, aus ihr herausglitt. Daraufhin schwang sie sich auf ihm herum, nahm seinen Penis, der sich noch immer entlud, zwischen ihre Lippen und küßte ihn, bis er herabsank und Leon vor Erfüllung zu sterben glaubte. Sie war wirklich wundervoll, sagte er sich; und er hatte noch nie jemanden so leichten Herzens verlassen, wie er sie am Morgen des zweiten Tages verließ. Sie begleitete ihn zum Anlegeplatz, und als er im Begriff war, an Bord der Schaluppe zu gehen, die ihn nach Savannah bringen würde, sagte sie: »Erzähl Sarah – erzähl Tante Pea – alles, was du willst, aber nichts, was sie kränken könnte. Lebwohl, Leon.« Sie nahm sein Gesicht zwischen ihre Hände und küßte ihn dort in der strahlenden Wintersonne, ohne sich darum zu kümmern, wer sie sah. »Ich selbst habe Tante Pea das Plakat gesandt. Ich war so nah bei ihr, ich hatte solche Sehnsucht nach euch allen und hoffte, daß sie jemanden zu mir schicken würde. Gott sei Dank, daß du es warst und nicht Richter Truebody!« Lachend ging sie fort, ohne sich noch einmal umzudrehen und zu winken, obwohl er ihr mit den Blicken folgte, bis sie verschwand. Er ging an Bord, ebenso dankbar, sie los zu sein, wie er es gewesen war, sie zu besitzen. Sie war zuviel für ihn. Er weinte beinahe vor Erleichterung, als er daran dachte, wie gut es sein würde, Sarah – und seine gelegentlichen, entgegenkommenden, anspruchslosen Huren – wiederzusehen.

6

Deborah war tot, ehe der Brief in der Broughton Street eintraf, in dem Sarah ihrer Tante mitteilte, ihre Schwiegermutter sei »an Lungenentzündung erkrankt, und wir bangen um ihr Leben«. Sarah bat sie dringend, alles zu tun, was sie nur irgend tun konnte, um Leons Heimkehr zu beschleunigen. Penelope sandte Ichabod zum City Hotel und ließ Bonard bitten, zum Abendessen zu ihr zu kommen. Bonard, Penelope und Richter Truebody hatten gerade ihre Mahlzeit beendet, als Leon von der Rice Mill Wharf eintraf, wo seine Schaluppe eingelaufen war. Penelope, die nicht gewußt hatte, wann er zurückkehren würde, sah seine Ankunft als eine Fügung des Schicksals an.

Sie berichtete ihm von der Krankheit seiner Mutter, und nach einer kurzen Beratung beschlossen sie, sich am nächsten Morgen in aller Frühe mit der Postkutsche auf den Weg zu machen. Penelope hoffte, ihrer alten Freundin von Nutzen zu sein. Auf jeden Fall wußte sie, daß sie den jüngeren Frauen des Hauses mit Rat und Tat zur Seite stehen konnte. Nachdem die Männer sich früh verabschiedet hatten, machten Penelope und Clarice sich daran, die Kleidung für die Reise und für den Aufenthalt auf Beulah Land auszusuchen. Ricey räumte den Tisch ab und wusch das Geschirr, während Onkel Joshua im Eßzimmer auf die Rückkehr seiner Herrin wartete, um ihr zu sagen, wie gut er während ihrer Abwesenheit für alles sorgen werde. Er saß auf einem Stuhl an der Wand, die großen, runzeligen Hände im Schoß gefaltet, den grauen Kopf müde auf die Brust gesenkt. Er hatte die Lampe klein gedreht. Nur selten wagte er sich jetzt noch über das Erdgeschoß hinaus, weil das Treppensteigen, besonders während der feuchten Wintermonate, seinem Rheumatismus zusetzte. Penelopes alte Katze Prudence lag zusammengerollt auf einem Stuhl neben Onkel Joshua und schlief.

Die Reisenden hörten erst von Deborahs Tod, als sie beim Postamt in Highboro eintrafen. Nell hatte Felix zu jeder Postkutsche geschickt, noch ehe Leon überhaupt eine genommen haben konnte.

Deborah hatte nicht schwer und auch nicht lange gelitten. Als sie eines Morgens im Bett zu bleiben beschloß, gab sie zu, daß sie sich bereits seit jenem Nachmittag »kränklich« fühle, an dem sie und Edna Davis auf dem Friedhof gewesen waren, um die Gräber ihrer Männer in Ordnung zu bringen. Lovey brachte ihr selbst mittags ein Tablett hinauf, aber sie wollte nichts essen und bat Lovey, Ezra zu sagen, er möge zu ihr kommen. Lovey tat es sofort.

Ezra war nach wie vor der Medizinmann für die Plantage. Nachdem er eine Weile mit seiner Herrin gesprochen hatte, ging er hinaus; Lovey blieb zurück. Als er gerade nach Sarah suchen wollte, begegnete er ihr auf der Treppe und sagte ihr, sie solle Dr. Chester Porterfield holen lassen. Sie griff nach seiner Hand und blickte auf Deborahs Tür. Er erriet ihren Gedanken und sagte: »Lovey ist bei ihr. Gehen Sie lieber nicht hinein. Sie muß Ruhe haben.«

Sie gingen zusammen hinunter, und wenige Minuten später galoppierte Floyd die Auffahrt entlang, um den Arzt zu rufen. Ezra kehrte kurz darauf mit einem Kräuterbrei zurück, den Deborah auf sein Zureden hin widerwillig aß. Außerdem brachte er ihr ein kleines Leinenkissen, in das andere Kräuter eingenäht waren. Als er es in heißes Wasser tauchte und Deborah unter die Nase hielt, strömte es einen scharfen, durchdringenden Geruch aus, von dem er hoffte, daß er ihr das Atmen erleichtern werde; und das tat er.

Dann traf der würdevolle Dr. Porterfield ein, hocherfreut, Deborah endlich einmal auf einem Krankenbett zu sehen. In der ganzen Zeit, die sie sich kannten, hatte sie nicht ein einziges Mal seine ärztliche Hilfe in Anspruch genommen, und es bereitete ihm ein besonderes Vergnügen, jetzt gerufen worden zu sein, bis ihre Überraschung und ihr Ärger bei seinem Anblick ihm nur allzu deutlich zeigten, daß nicht sie es war, die um seinen Besuch gebeten hatte. Nachdem der Arzt das Kommando über das Krankenzimmer übernommen hatte, befahl er als erstes, daß man »dieses Zeug«, wie er Ezras Heilmittel nannte, fortschaffen solle. Er gab der Pa-

tientin Kalomel gegen das Fieber und sagte, man solle ihr ein Senfpflaster, »so heiß, wie sie es ertragen kann«, auf die Brust legen. Dann fühlte er ihr den Puls und blickte dabei ernst auf die große Uhr, die er aus seiner Westentasche zog.
Deborahs Zustand verschlechterte sich von Stunde zu Stunde. Dr. Porterfield kam abends noch einmal, und als er sie untersucht hatte und hinterher unter vier Augen mit Sarah sprach, gebrauchte er zum erstenmal das gefürchtete Wort »Lungenentzündung«; das war es, was Sarah veranlaßte, den Brief an Penelope zu schreiben und sie zu bitten, sie möge Leons Rückkehr nach Möglichkeit beschleunigen. Floyd bestand darauf, den Brief am nächsten Morgen selbst zur Postkutsche zu bringen, und benutzte den Besuch in der Stadt dazu, Nell von Deborahs Krankheit zu unterrichten, die jetzt nicht mehr als »Unpäßlichkeit« bezeichnet wurde. Nachdem sie Felix das Versprechen abgenommen hatte, daß er jede Kutsche abpassen werde, ganz gleich, woher sie kam – »Er kann aus irgendwelchen Gründen, die wir nicht kennen, einen Umweg gemacht oder die Heimreise angetreten haben, bevor er Sarahs Nachricht erhielt« –, packte Nell einen Koffer und ließ sich nach Beulah Land fahren.
Als daher Leon und Penelope aus Savannah eintrafen und von Felix erwartet wurden, der jetzt die bedeutsamste Botschaft zu übermitteln hatte, die man einem Menschen übermitteln kann, fuhren sie sofort mit der Mietkutsche, die Felix bereithielt, weiter nach Beulah Land. Sarah und Nell erwarteten sie auf der Veranda, nachdem Lovey sie von ihrem Kommen benachrichtigt hatte. Leon sprang aus dem Wagen, noch ehe er hielt, und Sarah empfing ihn mit einer Umarmung, die mitfühlende Tränen und Liebe in sich vereinigte, in der jedoch der Schmerz geringer war als die Freude, ihn wiederzusehen. Felix versuchte, Nell zu trösten, die, nachdem sie bis jetzt alles tapfer ertragen hatte, ihm schluchzend erklärte, sie sei von einem Kummer gebeugt, den sie bestimmt nicht überleben werde. Penelope begrüßte ihre Nichte ruhig und herzlich. Bonard sprach flüsternd ein paar Worte mit Sarah und Leon, und als Sarah ihm sagte, daß Selma auf ihrem Zimmer sei und das traurige Ereignis gefaßt hingenommen habe, daß man sie aber lieber in Ruhe lassen solle, verbeugte sich Bonard und stieg wieder in den Wagen, der jetzt von Plumboy gelenkt wurde und ihn nach Oaks brachte.
Sarah sah, daß sie alle zu warten schienen, und so wandte sie sich um und führte sie ins Haus. Lovey und Ezra hatten Deborah gewaschen und gekleidet, während Nell ruhig dabeigestanden und mit kaum verhohlener Neugier zugesehen hatte. Sarah war, von Floyd begleitet, mit dem Einspänner, den Deborah selbst so gern benutzt hatte, nach Highboro gefahren. Sie wählte in der Eisenwarenhandlung einen Sarg und bat, ihn sofort nach Beulah Land zu bringen. Dann suchte sie Reverend Curtis Lamont

auf, der sehr wohl wußte, was die Pflicht ihm gebot, und sofort sein Pferd sattelte, um dem Einspänner nach Beulah Land zu folgen.
Deborah wurde in den Sarg gebettet, und der Sarg wurde auf Sägeböcken aufgebahrt, die mit schwarzem Stoff überzogen und in dem kleinen Wohnzimmer aufgestellt worden waren, das ihr so lange als Arbeitsraum gedient hatte.
Dorthin führte Sarah jetzt Leon und Penelope. Ezra, der es übernommen hatte, die Leichenwache zu halten, erhob sich, als sie das Zimmer betraten, und geleitete sie zum Sarg, wo sie nun auf die sterblichen Überreste der Frau hinabblickten, die fünfunddreißig Jahre lang Herrin von Beulah Land gewesen war. Als Penelope sie ansah, kamen ihr die Worte Hiobs in den Sinn: *Ich bin nackt von meiner Mutter Leibe gekommen, nackt werde ich wieder dahinfahren.* Sie schienen ganz und gar nicht auf Deborah zu passen.
Bei Deborahs Anblick wurde Penelope plötzlich von dem Gefühl ihrer eigenen Sterblichkeit durchdrungen. Deborah war so viel gewesen und hatte so viel getan, war eine so energische und unerschütterliche Persönlichkeit gewesen, hatte so lange befohlen, und jeder hatte ihr gehorcht. Und nun lag sie hier, alles, was von ihr übriggeblieben war, zu guter Letzt besiegt, und niemand vergoß eine Träne um sie.
Penelopes Blick wandte sich ihrer Nichte zu, und ihr fiel ein, daß sie während ihrer Fahrt von Savannah nach Highboro wenig Zeit oder Lust gehabt hatte, Leon nach seinem Besuch bei Lauretta zu fragen. Er würde ihnen zweifellos später noch ausführlich darüber berichten. Aber jetzt schien das Thema »Lauretta« nicht hierhergehörig und zu belanglos, um die neue Herrin von Beulah Land damit zu belästigen.

7

Reverend Curtis Lamont verbrachte die meiste Zeit zwischen Deborahs Tod und dem Tag, da sie neben Arnold im Familiengrab in Highboro beigesetzt wurde, auf Beulah Land. Er kam und ging mit der anmaßenden Autorität eines Menschen, der weiß, daß er die Brücke von dieser Welt zur nächsten ist. Sarah war höflich und um sein leibliches Wohl besorgt. Nell beehrte ihn mit einer Beschreibung ihres untröstlichen Kummers. Ermutigt von dem, was er für dankbare Ehrerbietung hielt, wollte er Selma aufsuchen, um ihr Trost zu bringen, wurde jedoch an der Tür von Pauline zurückgehalten; und als ihre Entschlossenheit ihn nicht überzeugen konnte, daß sein Beistand hier nicht erforderlich war, stand Selma von ihrem Stuhl am Schreibtisch auf und ging zu ihm.
»Ich kann Sie nicht empfangen. Bitte gehen Sie.«

Der Geistliche, dem es gelungen war, bis zur Innenseite der Türöffnung vorzudringen, lächelte schmerzlich und beschloß, ihre Schroffheit als Kummer auszulegen. »Wir müssen Gottes Willen hinnehmen und uns ihm beugen.«
Sie sah ihn spöttisch an. »Vermessen Sie sich nicht, für mich zu sprechen. Ich lehne das umfassende ›wir‹ energisch ab und verbitte es mir.«
Ein derart zügelloses Verhalten durfte nicht als bloße Überspanntheit verziehen werden, entschied er. Man mußte sie zurechtweisen. »Vergessen Sie nicht, Madam, daß ich es war, der Ihnen in Ihrer Kindheit Religionsunterricht erteilt und Sie später vor den Augen Gottes und der Menschen dem Gatten angetraut hat, den Sie dann zu verlassen beschlossen.«
»Ich habe es nicht vergessen. Das war ein Werk, für das Sie verdienen, gehängt zu werden. Guten Tag, Sir.«
»Sir?« Sie legte die Hand an die Tür, aber er rührte sich nicht. »Sie wagen es, impertinent zu Gott zu sein?«
»Nein, Sir. Gott und ich verstehen uns sehr gut. Und Er hat Sie mir gegenüber nie erwähnt.«
»Sind Sie vollkommen von Sinnen, mein Kind?« fragte er in einem Ton von grenzenlosem Mitleid.
»Ich bin nicht Ihr Kind. Ich bin das Kind meines Vaters – und natürlich auch meiner Mutter.«
»Warum trauern Sie dann nicht um sie?«
»Vielleicht hat es Gott gefallen, mich zu trösten. Ich sage noch einmal: Guten Tag, Sir.«
»Warten Sie.«
»Nein, Sir. Es gibt nichts mehr zu sagen.« Sie öffnete die Tür sperrangelweit, und als er die Aufforderung nicht beachtete, drängte sie ihn zurück, was den Geistlichen derart überraschte, daß er sich tatsächlich von ihr aus dem Zimmer schieben ließ; dann schloß sie die Tür und verriegelte sie.
Selma dehnte dieses Verhalten nicht auf ihre Familie aus; allerdings forderte auch niemand sie dazu heraus. Sie machte wie immer ihre Spaziergänge mit Pauline. Sie nickte jedem, dem sie begegnete, höflich zu. Aber sie blieb nicht in dem kleinen Wohnzimmer stehen, um auf den Leichnam ihrer Mutter zu blicken.
Als Lovey darauf bestand, daß sie es müsse, erwiderte sie: »Nein, Lovey! Ich muß es nicht.«
»Du bist ein herzloses Kind!« sagte Lovey heftig.
»Sie hat Fehler begangen«, entgegnete Selma schlicht. »Sie hat ständig schwere Fehler begangen. Sieh du sie dir an, wenn es dir Trost oder Vergnügen bereitet. Mir bereitet es keins von beidem.«
Sarah ging zu Selma, sprach ruhig mit ihr und bat sie, an der Beerdigung teilzunehmen. Selma hörte höflich zu, dann schüttelte sie den Kopf.

»Wenn ich schon nicht aufrichtig sein kann, will ich wenigstens nicht ganz und gar verlogen sein.«
»Bitte, liebe Selma. Du brauchst nichts zu tun, sondern einfach dazusein.«
»Dazusein oder irgendwo sonst zu sein, ist nicht einfach für mich. Sollen die Leute mich ruhig für verrückt halten. Das tun sie sowieso. Wir lachen darüber.« Sie wandte sich Pauline zu, die zu ihr hinaufblickte und lächelte. Selma ging hinter Paulines Stuhl, beugte sich vor und umarmte sie und den Stuhl, auf dem sie saß. Sie sah wieder Sarah an. »Weißt du, daß Pauline keine Sklavin mehr ist? Mama hat sie vor ihrem Tod freigelassen.« Sarah zeigte sich überrascht. »Sie hatte es mir versprochen. Damals, kurz nachdem man mir die Schere fortgenommen hat. Ehe du kamst. Liebe Sarah! Ich bin froh, daß du gekommen bist. Und ich hoffe, du hast es nicht bereut. Ich hoffe, du wirst es nie, nie bereuen, daß du Beulah Land geheiratet hast.«
»Willst du damit sagen, daß Tante Deborah Pauline wirklich rechtmäßig freigelassen hat?«
»Ja, Madam«, sagte Pauline. »Ich hab das Papier gesehen, wo's draufsteht.«
»Sie kann kommen und gehen, wie es ihr beliebt«, erklärte Selma. »Jetzt werden wir sehen, ob sie geht oder bleibt.«
»Ich werde bleiben – du weißt, daß ich bleiben werde!« Pauline richtete die Worte ungestüm, fast grob an Selma, als ob es etwas wäre, worüber sie sich gestritten hatten, und als ob sie vergessen hätte, daß Sarah zugegen war.
Selma wandte sich wieder an Sarah. »Frag Onkel Felix. Er wird es dir sagen. Er hat all die Dokumente aufgesetzt, die sie unterschrieben hat. Pauline ist frei; Lovey und Ezra sind frei. Und auch Floyd ist frei. Sie können alle fortgehen, wenn sie es vorziehen. Oder bleiben, wenn sie uns lieben.«
Sarah ging hinunter zu Leon und Felix. Sie erzählte ihnen kurz von ihrer Unterhaltung mit Selma, und Felix sagte: »Ja, es ist wahr. Ich wollte es nicht vor der Beerdigung zur Sprache bringen. Sie hat Papiere für Lovey, Ezra und ihre Kinder, Floyd und Pauline, unterzeichnet.«
Sarah sah Leon an. »Werden sie uns verlassen?«
»Ich glaube nicht«, sagte er, aber er machte ein besorgtes Gesicht.
Felix zuckte die Achseln und sagte: »Wohin sollten sie gehen?«
»Nun, irgendwohin«, entgegnete Sarah und ging hinaus, um Lovey zu suchen.
Als Sarah mit ihr über die Sache sprach, murrte Lovey.
»Freust du dich? Was wirst du tun, Lovey?«
»Ich hab mein ganzes Leben lang mir selbst gehört«, erklärte Lovey ener-

gisch. Ihr Busen hob und senkte sich, während sie versuchte, ihre Erregung zu beherrschen. Dann legte sie los: »Warum versucht sie, mich zu weniger zu machen, als ich bin, indem sie mich mir selbst zurückgibt?« Sie schüttelte zornig den Kopf. »Ich werd's ihr nie verzeihn. Alles andre, was sie getan hat, hab ich versucht zu verzeihn. Das hier nicht. Ich hab sie fünfunddreißig Jahre lang gekannt, und ich hab sie überhaupt nicht gekannt. Sie mich auch nicht. Ich kann's nicht verstehn.«

»Du und Ezra – werdet ihr bleiben?«

»Beulah Land ist unsere Heimat«, sagte Lovey, und ihre Stimme kam Sarah zum erstenmal kalt vor.

»Werden Floyd und Pauline bleiben?« beharrte Sarah.

Lovey dachte eine Weile darüber nach, nicht, weil sie es nicht zu wissen glaubte, sondern weil sie ihre Antwort vorsichtig formulieren mußte. Schließlich sagte sie: »Es gibt hier vieles, was sie lieben. Ich wünschte bei Gott – ach, schon gut.«

8

Wohl der einzige aufrichtig Trauernde bei Deborahs Totenfeier war Rooster Davis, der während des Gottesdienstes mit seiner Frau Trudy, ihren Kindern Adam, James, Annabel und Doreen, seiner Mutter Edna und seinem Bruder Bonard in der zweiten Reihe saß. Auf der vordersten Bank saßen natürlich Leon und Sarah mit Nell, Felix und Penelope.

Nell war angenehm überrascht über die geringe Besucherzahl, für die sie später die nachsichtige Erklärung fand, das schlechte Wetter sei schuld daran gewesen. Es war zwar ein grauer Tag, aber weder regnerisch noch kalt.

Tatsächlich waren sowohl Leute von außerhalb als auch aus dem Bezirk selbst zugegen; aber sie waren nicht wie bei Arnolds Tod in großen Familiengruppen gekommen, sondern meist jeweils nur einer, der die ganze Familie vertrat. Es war Ende des Winters, und die Menschen hatten genug von den vielen winterlichen Sterbefällen. Sie sehnten sich nach dem Frühling. Man hatte bereits mit dem ersten Pflügen und dem Säen begonnen. Bald würde die dunkle, schwere Erde wieder neues Leben hervorbringen. Es war die falsche Zeit zum Sterben. Lebendig war Deborah eine Kraft gewesen. Tot war sie ohne Bedeutung, abgesehen von dem, was die Etikette erforderte. Nicht, daß sie ein schlechter Mensch oder verhaßt gewesen wäre; aber man hatte sie nicht geliebt.

Selbst Reverend Curtis Lamont schien mit seinen Gedanken nicht bei Deborah zu sein. Die Leichenpredigt war eher für eine abwesende Person bestimmt, die er als »das undankbare Kind einer pflichtgetreuen Mutter«

bezeichnete. Diejenigen, die ihm zuhörten, waren leicht bestürzt; aber es hörten nur wenige zu. Am Schluß sagten sie, es sei eine schöne Totenfeier gewesen, und verließen die Kirche, ohne sich in der Vorhalle aufzuhalten, um Erinnerungen an die Verstorbene auszutauschen.

Nicht so viele Menschen gingen zur Beerdigung auf den Friedhof, und die Sklaven von Beulah Land, die zugegen waren, brachen nicht spontan in Klagegesänge aus. Es fehlte jegliche starke Gemütsbewegung. Edna dachte ein wenig wehmütig an den Nachmittag vor gar nicht langer Zeit, als sie und Deborah zusammen hier gearbeitet hatten. Sie erinnerte sich, daß Deborah gesagt hatte, es sei ihr gleichgültig, wo man sie begrabe, wenn ihre Zeit gekommen sei. Sie erinnerte sich an das Ende des Nachmittags: wie sie ihre Werkzeuge eingesammelt und Deborah sie im Kasten an der Rückseite des Einspänners verstaut hatte; wie sie, Edna, den Pfirsichschnaps unter dem Sitz hervorgeholt hatte. Sie erinnerte sich, wie sie zusammen im Wagen gesessen und Trost aus dem Schnaps geschöpft hatten und dann im Zwielicht und in der hereinbrechenden Dunkelheit durch die Stadt und über die Landstraße nach Hause gefahren waren. Aber wem sollte man all das erzählen?

9

Das, was man Liebe nennt, hat vielleicht oft gar nichts mit Liebe zu tun, und das, was niemals Liebe genannt wird, kann manchmal gerade der Inbegriff der Liebe sein. Lovey hätte geleugnet, Deborah geliebt zu haben. Sie hatte ihre Pflicht getan. In ihrer Gegenwart hatte sie oft ein unbehagliches Gefühl gehabt. Sie hatte ihr Verhalten mißbilligt, sie hin und wieder vorübergehend gehaßt. Nichtsdestoweniger hatte sie in ihrem stillen Monolog, der im Wachsein und im Schlaf den laufenden Kommentar zu ihrem Leben bildete, öfters zu ihr gesprochen als zu irgend jemandem sonst. Jetzt, da Deborah tot war, vermißte Lovey sie. Das machte sie zornig, und das war eine Art Liebe.

Schlecht gelaunt wie eine mausernde Henne, schalt sie Myrtis in der Küche, schimpfte laut mit Posie und Buttercup, bis sie weinten und sich in ihre Hütte flüchteten. Sie kritisierte Pauline. Sie hackte auf Floyd herum. Plötzlich war sie unzufrieden mit ihren beiden Kindern. Warum heirateten sie denn nicht und schenkten ihr Enkel?

Pauline hatte, ebenso wie sie selbst in ihrer Jugend, nichts für Männer übrig. Aber die Männer hatten auch nichts für Pauline übrig, und damit hörte die Ähnlichkeit auf. Hinter *ihr* waren die Männer immer hergewesen, entsann sich Lovey mit zorniger Genugtuung. Pauline schienen sie nicht zu sehen, oder sie sahen durch sie hindurch. Nun gut. Pauline hatte

sich eine Aufgabe gesetzt. Wenn sie ihr Leben Selma widmen wollte, so war das wenigstens etwas, denn Selma brauchte sie.
Aber wie stand's mit Floyd? Warum heiratete er nicht? Er war allein. Er hatte sie, und er hatte Ezra, und das war genug für sie beide und mehr als genug für Ezra, aber es hätte nicht genug für Floyd sein sollen. Floyd brauchte eine Frau. Sie wußte, daß er nicht ein Mann war, der ohne Frau auskommt.
Es gibt immer irgend etwas, das man nicht hat, überlegte sie sich. Wenn man frei ist, hat man kein Bedürfnis mehr nach Freiheit.

10

Als Roman geboren wurde, hatte er ein Gesicht wie ein trauriger alter Mann. Erst als er älter wurde, begann er, wie ein Kind auszusehen. Im April 1835, als er vierzehn war, hatte er die Pflichten eines Lehrers für die kleineren Kinder übernommen, und während er und Sarah zusammen in der kleinen Hütte arbeiteten, die ihnen als Schule diente, waren sie mehr Kollegen als Junge und Frau. Wenn er ein Problem bei seiner Arbeit hatte, so bestand es darin, daß er zu sanft war, um sich durchzusetzen, und seine jüngeren Schüler, die natürlich ohnedies unruhig waren, nutzten das aus, wenn Sarah nicht anwesend war.
Für gewöhnlich war sie beim Unterricht zugegen, aber in letzter Zeit hatten andere Dinge ihre Aufmerksamkeit erfordert. Leon hatte nach dem Tod seiner Mutter nicht als Herr von Beulah Land mit fester Hand die Zügel ergriffen. Er hatte zu lange auf Unabhängigkeit und Verantwortung warten müssen, um sie sich jetzt selbstverständlich zu eigen zu machen. Wo er hätte energisch sein sollen, war er unsicher und befangen. Er befaßte sich nach wie vor hauptsächlich mit der buchhalterischen Seite der Verwaltung, und Roscoe übernahm immer mehr von der Autorität, die Deborah besessen hatte. Wenn Leon mit Bonard und Felix in der Stadt war, was häufig geschah, wurden die Angelegenheiten, die der Herr zu bestimmen hatte, der Herrin unterbreitet. Sarah verlor bald ihre Schüchternheit und lernte, Entscheidungen zu treffen. Sie erkannte, daß jegliches Zögern oder der Versuch, eine Sache sich selbst regeln zu lassen, lediglich bedeutete, daß Roscoe sie regeln würde. Gelegentlich traf sie unzulängliche oder sogar falsche Entscheidungen, aber sie lernte, ihre Selbstvorwürfe für sich zu behalten. Es war besser, Fehler zu begehen, als Roscoe noch mehr an Einfluß gewinnen zu lassen.
Die Sklaven wurden jetzt nicht mehr geschlagen, ganz gleich, was sie getan haben mochten – ob sie gestohlen hatten, ungehorsam gewesen waren oder eine Krankheit vorgetäuscht hatten, um sich vor gewissen verhaßten

Arbeiten zu drücken, wie zum Beispiel einen Zaun im Sumpfgebiet des Waldes zu errichten, damit das Vieh sich nicht in Gegenden verirrte, wo es einsinken und ertrinken konnte. Als Sarah zum erstenmal nach Deborahs Tod wieder von einer Züchtigung erfuhr, bat sie Leon, Roscoe rufen zu lassen und ihm in ihrer Gegenwart zu sagen, daß dieser Usus einzustellen sei.
»Es muß Disziplin herrschen«, erwiderte Roscoe ruhig.
»Natürlich«, sagte Leon mit einem Blick auf Sarah. Sie hatten über diesen zu erwartenden Einwand gesprochen, und Sarah hatte die Antwort vorgeschlagen, die er jetzt gab. »Wenn es sich jedoch um eine Körperstrafe handelt, ist die Entscheidung mir zu überlassen.«
Roscoe neigte den Kopf; hinter seiner ernsten und ruhigen Stimme verbarg sich Überheblichkeit. »Der Herr ist oft in Highboro, wenn ein Mann bestraft werden muß. Das Gedächtnis der Sklaven ist kurz wie das von Kindern. Die Strafe muß dem Vergehen auf dem Fuße folgen, damit sie es verstehen und eine Lehre daraus ziehen.«
Leon machte ein bestürztes Gesicht, und Sarah antwortete statt seiner: »Wenn Mr. Kendrick nicht hier ist, bleibt die Entscheidung mir überlassen.«
Roscoe nickte, als sei er froh, diese lästige Frage geregelt zu haben.
Bald nach dieser Unterredung ergriff er jedoch die erste direkte Maßnahme gegen Sarah. Eines Morgens ging sie, nachdem sie ihr Frühstück beendet und eine Weile mit Lovey über Haushaltsfragen gesprochen hatte, zur Schule und fand dort niemanden außer den jüngsten Kindern vor. Als sie fragte: »Wo ist Roman? Ist er krank?«, gab es ein Gekicher. Sie klatschte in die Hände, um sie zur Ruhe zu mahnen, und fragte weiter: »Wo sind die größeren Kinder?« Keine Antwort. »Kann nicht irgendwer es mir sagen?« Otis und Lotus, die fünfjährigen Zwillinge von Myrtis, traten Hand in Hand vor. Otis sagte: »'s ist Mr. Elk.« Lotus nickte mit einem ernsten Stirnrunzeln, um ihren Bruder zu unterstützen.
»Was soll das heißen. Was ist Mr. Elk?«
Nachträglich erschrocken über ihren eigenen Mut, sahen Otis und Lotus sich an, machten kehrt und rannten aus der Hütte. Wie auf ein Signal liefen die übrigen Kinder ebenfalls hinaus. Nach einem Augenblick folgte Sarah ihnen, blieb verdutzt an der Tür stehen und sah zu, wie sie sich zerstreuten. Ohne weiter darüber nachzudenken, ging sie hinter ihnen her in Richtung der Sklavenhütten und stand kurz darauf vor dem Haus des Aufsehers. Clovis stand mit verschränkten Armen in nachlässiger Haltung auf dem Hof und sah ihren beiden jüngeren Söhnen beim Murmelspiel zu.
»Guten Morgen«, sagte Sarah. Clovis wandte ihr wortlos das Gesicht zu. Sie verzog keine Miene, und nur ihre Augen ließen erkennen, daß sie Sa-

rah überhaupt bemerkte. Die Jungen hörten auf zu spielen und beobachteten ihre Mutter mit bedeutsamen Blicken. »Ist Roman krank?« fragte Sarah. Clovis schüttelte kurz den Kopf.
»Ist er zu Hause?«
Clovis machte große Augen und brachte es fertig, gleichzeitig ausdruckslos und spöttisch dreinzublicken. Die Jungen fingen an zu kichern.
»Wo finde ich deinen Mann?« fragte sie.
Clovis ließ ein durchdringendes, heiseres Gelächter hören und schüttelte abermals den Kopf, woraufhin die Jungen sich vor Lachen bogen. Sie sanken in die Knie, fielen zu Boden, schrien, brüllten und wälzten sich in grotesk übertriebener, unbezähmbarer Heiterkeit im Staub. Ohne sie zu beachten drehte Sarah sich um und ging zum großen Haus, das sie durch den Hintereingang betrat. Lovey, die ihre Erregung bemerkte, folgte ihr in das kleine Wohnzimmer, das auch nach Deborahs Tod weiterhin als Büro benutzt wurde.
»Was ist los?« fragte Lovey.
Sarah erzählte ihr, was geschehen war. Lovey nickte, als ob es sie nicht überrasche. »So«, sagte sie und wartete.
Nachdem Sarah sich eine Minute Zeit gelassen hatte, um über die Sache nachzudenken, bat sie Lovey: »Sag Plumboy, er soll zu Roscoe gehen und ihn ersuchen, sofort zu mir zu kommen.«
Lovey ging hinaus. Sarah nahm ein Buch und versuchte zu lesen, während sie auf Roscoe wartete, aber sie konnte sich nicht konzentrieren. Das Ticken der Uhr erschien ihr ungewöhnlich laut wie stets, wenn sie nervös war, und immer wieder blickte sie auf die Zeiger. Fünf Minuten, zehn, dreißig – fünfzig Minuten vergingen. Sarah hatte nicht eine einzige Seite umgeblättert, als sie das Buch aus der Hand legte und eilig durch die große Halle und den überdachten Laufgang ging, um Lovey zu suchen. Sie sah sie nicht weit entfernt im Küchengarten stehen und mit Tobey sprechen, dessen einzige Aufgabe es war, sich um das Gemüse und den Kräutergarten zu kümmern. Lovey brach das Gespräch ab, als sie Sarah sah, und kam auf sie zu. »Nun?« fragte sie: »Hast du ihn rufen lassen?«
»Natürlich.«
»Ja. Aber das ist schon eine Stunde her, und er ist noch nicht gekommen.«
»Tobey!« rief Lovey. Der Mann kam eilig herbei. »Geh zu Floyd und sag ihm, ich muß ihn sprechen.« Tobey verschwand im Laufschritt in Richtung der Schmiedewerkstatt. Sarah kehrte ins Arbeitszimmer zurück, wo sie wieder vergebens zu lesen versuchte. Sie war erst verblüfft, dann zornig und schließlich bestürzt gewesen, aber als es endlich, vierzig Minuten, nachdem sie zum letztenmal mit Lovey gesprochen hatte, an der Tür klopfte, war sie seelenruhig.

»Herein«, sagte sie.
Die Tür ging auf, und Roscoe trat ein; sein Gesicht verriet nichts. »Floyd sagt, Sie wollen mich sprechen.«
»Hat Plumboy es Ihnen nicht schon früher ausgerichtet?«
»Doch, das hat er.«
»Warum sind Sie dann nicht gleich gekommen?«
Er schwieg einen Augenblick. »Er hat mir nichts davon gesagt, daß es eilig sei.«
Sie machte eine kurze Pause; ihr Schweigen drückte mehr aus, als es viele Worte vermocht hätten. »Als ich heute morgen in die Schule kam, um die Kinder zu unterrichten, waren nur die jüngsten da. Wo sind die älteren?«
»Bei der Arbeit«, sagte er, ohne zu zögern.
»Wir haben die Kinder nie zur Arbeit angestellt.«
»Sie werden gebraucht. Mit zwölf und dreizehn Jahren kann man sie schon kaum mehr ›Kinder‹ nennen.«
»Und mit acht, neun und zehn?«
Roscoe zuckte die Achseln. »Sie wollten mit den älteren gehn. Ich laß' sie Baumwolle hacken. Der Regen hat das Unkraut 'rausgebracht. Jede zusätzliche Arbeitskraft ist heute eine Hilfe.«
Sarah ließ wieder einen Augenblick verstreichen. »Und Roman – hackt und jätet er auch?«
Roscoe nahm sich Zeit. Auch er wußte, wie vielsagend eine Pause sein kann. Dann sah er sie gelassen an und nickte.
»Warum?« fragte sie.
»Er ist vierzehn. Andre in diesem Alter verrichten die Arbeit eines Mannes.«
»Roman hat mit mir in der Schule gearbeitet.«
Roscoe lächelte.
»Ob Sie's glauben oder nicht, auch das ist Arbeit!« Sobald sie es gesagt hatte, bereute sie, ihren Zorn gezeigt zu haben.
Roscoe senkte die Stimme, als ob er im Begriff wäre, ihr ein Geheimnis zu verraten. »Ich bin zu dem Schluß gekommen, daß er zu weibisch wird und daß ein bißchen Männerarbeit ihm nicht schaden kann.«
»Sie haben ihn fortgeholt, ohne mich zu fragen.«
Roscoe lächelte mit vorwurfsvoller Miene. »Die Herrin behandelt ihn immer noch wie ein Kind.«
»Er hat für mich die Arbeit eines Mannes getan.«
»Das mag die Meinung der Herrin sein.«
»Ich wünsche, daß er mit dieser Arbeit fortfährt«, sagte sie.
»Auf keinen Fall!« Er lachte, als ob das, was sie gesagt hatte, so unsinnig sei, daß sie es bestimmt nicht ernst meinen konnte.

Er fuhr fort zu lachen, bis ihr Schweigen ihn zwang, sich einzugestehen, daß er sich ihr gegenüber eine Blöße gegeben hatte. »Wollen Sie mir sagen, daß ich als Aufseher den Leuten nicht ihre Arbeit zuteilen kann, wie ich es für angemessen halte?« Seine Stimme verriet ihn. Sarah hatte ihn während der Jahre, die sie auf Beulah Land war, aufmerksam beobachtet, und sie wußte, daß er nur, wenn er zornig war, in die Gewohnheit verfiel, jedes Wort übertrieben deutlich und gesondert auszusprechen, als ob er wörtlich aus einer fremden Sprache übersetzte.

Ihre Stimme blieb kühl. »Ich sage Ihnen noch einmal, die Kinder sollen nicht arbeiten. Lassen Sie sie heute weitermachen, aber geben Sie ihnen morgen keine Anweisungen.«

Roscoe wandte sich zum Gehen, blieb jedoch an der Tür stehen. »Roman gehört mir. Er wird tun, was ich befehle.« Er wollte hinausgehen, aber ihre Stimme ließ ihn wieder innehalten.

»Sie und Ihre Frau sind frei und natürlich auch Ihre Kinder – abgesehen von Roman.«

»Soll ich ihn daran erinnern, daß er noch ein Sklave ist?« Roscoe hielt den Türgriff in der Hand und drehte ihn langsam hin und her, ehe er ruhig fortfuhr: »Ich glaube, es ist an der Zeit, daß ich den Jungen kaufe.«

»Er ist nicht zu verkaufen.«

»Die alte Herrin hat versprochen, daß ich ihn kaufen darf.«

»Die alte Herrin ist tot.«

»Dann werde ich mit dem Herrn sprechen.«

»Das wird nichts an der Sache ändern.«

»Ich dulde kein Kind in meinem Haus, das dazu ermutigt wird, mir den Gehorsam zu verweigern.«

»Dann werde ich dafür sorgen, daß er künftig in meinem Hause lebt.«

Roscoe zögerte; er wollte, daß sie noch mehr sagte, daß sie die Beherrschung verlor und ihm damit wieder das Übergewicht gab. Aber sie tat es nicht. »Herrin – wir haben unbesonnen gesprochen.«

Sie lächelte gezwungen. »Ich hatte genügend Zeit zum Nachdenken, ehe Sie kamen. Roman gehört Beulah Land. Schicken Sie ihn zu mir. Ich werde ihm sagen, wo er in Zukunft schlafen soll.«

Roscoe ging hinaus; er schloß die Tür fest hinter sich, aber nicht auf eine Art, die Zorn oder eine Niederlage eingestand. Eine Minute später kam Lovey ohne anzuklopfen herein.

»Heute ist keine Schule, Lovey. Aber morgen wird sie wie üblich gehalten. Glaubst du, daß man in einem der Vorratsräume jenseits der Küche ein Bett aufstellen könnte?«

»Wofür?«

»Roscoe sagt, er wünscht nicht, daß Roman in seinem Haus bleibt, wenn er weiter in der Schule arbeitet.«

»Da haben Sie's! Lassen Sie den Jungen, wo er ist – lassen Sie ihn in Frieden! Ich hab's Ihnen ja gesagt, alle haben's Ihnen gesagt!«

»Ja, ihr alle habt es mir vor sieben Jahren gesagt, und ich wollte nicht hören.« Sarah ließ die Schultern sinken. Als sie das tat, entspannten sich ihre Hände von allein, legten sich ungezwungen in ihrem Schoß zusammen, und ein Lächeln zog über ihr Gesicht. »Ich habe Roman nicht erfunden, und er hat sich auch nicht selbst geschaffen. Er hat das gleiche Recht, auf Beulah Land zu leben, wie du und ich – oder selbst sein Vater.«

Lovey mochte die Stirn runzeln, und sie tat es, aber sie kannte Sarahs Willensstärke und ließ ihre Autorität gelten. »Es gibt ein kleines Zimmer hinter der Küche«, sagte sie widerwillig, »aber Myrtis bewahrt dort ihre Mehltonnen und die Fässer mit Schweinefett auf.«

»Ich weiß, welches du meinst. Es ist nicht geeignet, weil es kein Fenster hat. Aber dahinter liegt ein größeres Zimmer mit einem Fenster.«

»Da steht der Extraofen zum Backen! Myrtis gibt es nie und nimmer auf! Wir trocknen dort die Wäsche, wenn es regnet...«

»Laßt den Ofen, wo er ist. Er wird den Raum im Winter wärmen. Sag es Myrtis. Nein – ich tue es selbst.«

»Nein!« wetterte Lovey. »Ich werd's ihr sagen! Sie tun wahrhaftig alles, was Sie können, um die Dinge noch schlimmer zu machen. Alle, oder fast alle, haben die Geschichte vergessen – aber wenn der Junge jetzt ins Haus zieht, werden sie sich erinnern, und es gibt wieder Gerede.«

Sarahs Stimme klang müde, als sie antwortete. »Das kann ich nicht ändern, Lovey.«

»Was wird Mr. Leon dazu sagen?«

»Ich werde es ihm erklären.«

»Sie beschämen ihn!«

»Es wird sich schon alles regeln.«

»Nein, das wird es nicht!«

»Schluß damit, Lovey. Ich lasse mir nicht einmal von dir sagen, was ich tun darf und was nicht.«

Leon kehrte zum Mittagessen nicht aus der Stadt zurück, und Sarah hatte es auch nicht erwartet. Er ritt nicht jeden Tag nach Highboro, aber wenn er es tat, wußte sie, daß er nie vor Einbruch der Dunkelheit und manchmal sogar erst spät am Abend nach Hause kam. Da sie allein war, hätte sie normalerweise darauf bestanden, ihre Mittagsmahlzeit mit Lovey und Myrtis am Küchentisch einzunehmen. Als sie das zum erstenmal getan hatte, waren sie überrascht und verlegen gewesen, hatten sich jedoch mit ihrer Gesellschaft abgefunden, als sie ihnen ungeduldig erklärte, wie lächerlich es sei, allein im großen Eßzimmer zu sitzen, während Selma auf ihrem Zimmer aß und Leon in der Stadt. Die Tatsache, daß sie ein wenig Mitleid mit ihr hatten, machte es ihnen leichter; und sie schlug es auf eine

so freundliche Art und Weise vor, daß es unhöflich von ihnen gewesen wäre, noch weitere Einwände zu machen.
Aber an diesem Tag wußte Sarah, daß Lovey böse auf sie war, und so ließ sie es zu, daß man den Tisch im Eßzimmer für sie deckte, und aß allein. Dann ging sie trostbedürftig hinaus, um Ezra zu suchen. Er war nicht bei den kranken Tieren in den Ställen. Er war nicht in der Küche seiner Hütte, wo sie ihn oft bei der Zubereitung seiner Heiltränke beobachtete. Schließlich fand sie ihn bei Floyd in der Schmiedewerkstatt. Sie begrüßte die beiden mit einem Kopfnicken und setzte sich auf eine Bank, während sie mit ihrer Arbeit fortfuhren.
Floyd wetzte eine Pflugschar, die von großen Steinen in der Erde eingedellt worden war. Als er fertig war, stellte er sie beiseite und sah Sarah an. »Mama hat mir von Roman erzählt«, sagte er gelassen. »Myrtis und die Küchenmädchen räumen das Zimmer aus. Ich werde nachher das Bett aufstellen, damit er heute nacht dort schlafen kann. Wenn er schon von Roscoe weggeht, sollte er's lieber gleich tun.«
»Ich habe es nicht darauf angelegt, aber so, wie die Dinge sich ergeben haben, war es die einzig mögliche Lösung.«
Floyd sah sie ebenso ernst an, wie sie zu ihm sprach. Im Gegensatz zu seiner Mutter mißbilligte er nicht von vornherein jede unerwartete Veränderung im täglichen Leben. Außerdem erinnerte er sich sehr wohl, daß Roman genausogut sein eigener Sohn statt der von Leon hätte sein können. Trotzdem sagte er: »Man hätte ihm ein Bett in der Schule aufstellen können.«
»Dann wäre er ganz auf sich angewiesen gewesen, und dafür ist er zu jung. Ich will ihn im Haus haben.«
Sie hörten das Geräusch von rennenden Füßen, und gleich darauf erblickten sie Roman, der rasch näherkam. Als er sie sah, blieb er stehen, starrte sie einen Augenblick unschlüssig an, dann zog er sich zurück. Niemand sagte etwas, bis Sarah dem Jungen zurief: »Roman, suchst du mich? Hier bin ich. Komm herein.«
Er antwortete nicht und ließ durch nichts erkennen, daß er sie gehört hatte.
»Ich war gerade im Begriff, nach dir zu suchen.«
Er wollte sich langsam wegschleichen, aber Sarah trat aus dem Schuppen und nahm seinen Arm. Sie sahen sich eine Weile an, ehe er sagte: »Ich hab auf dem Feld gearbeitet. Aber ich bin ungeschickt mit meinen Händen. Selbst die Kleinen machen es besser als ich. Dann kam mein Vater und sagte, ich soll aufhören – und daß ich nicht mehr in seinem Haus wohnen soll. Die Leute, die ihn hörten, fingen an zu lachen, als wüßten sie, warum, aber ich wußte es nicht. Er sagte, ich soll zu Ihnen gehn.«
Sarah sah Floyd an, aber er blickte fort und wandte sich wieder seiner Ar-

beit zu. Ezra hatte aufgehört, am Schmiedeherd zu arbeiten, und hielt ihr das Gesicht zugewandt, doch seine Augen waren geschlossen und er runzelte die Stirn, als ob er sich an einen alten Schmerz erinnerte.

»Komm mit mir«, sagte Sarah. »Ich möchte spazierengehen.«

Sie nahm Roman bei der Hand, und sie gingen in einem weiten Bogen um das große Haus. Es war früh am Nachmittag, und die meisten Sklaven, die nicht auf dem Feld arbeiteten, waren in ihren Hütten und ruhten sich aus. Sarah führte den Jungen in den Obstgarten, wo die Blüten kleinen, knotigen Früchten Platz gemacht hatten und das Laub dichter wurde, um den Früchten Schatten zu spenden und zu verhindern, daß die Sonne sie zu schnell reifen ließ.

Sie gingen zu den Pfirsichbäumen, und Sarah suchte sich ein dicht mit Gras bewachsenes Fleckchen, auf dem sie sich niederließ. Roman setzte sich behutsam neben sie. Er war ein magerer Junge. Die Knochen seines Kopfes und seiner Hände standen hervor; seine Ellbogen und seine Knie zeichneten sich spitz unter der Kleidung ab.

»Du bist vierzehn«, begann sie.

Er sah sie an und wartete.

»Du weißt, wer deine Mutter ist.«

Er nickte.

»Weißt du, wer dein Vater ist?« Sie stellte die Frage in förmlichem Ton, als ob sie Fremde seien.

»Ja. Nein.« Sie sah, wie ihm das Blut ins Gesicht schoß. »Angeblich ist es Roscoe Elk, aber ich kann es mir nicht vorstellen. Die Leute haben sich über mich lustig gemacht. Ich glaubte zuerst, es sei wegen meiner Beine und meines Buckels. Dann dachte ich, es würde daran liegen, weil ich heller bin als die meisten von ihnen. Ich sah meine Mutter und ihn an und wußte, daß ich nicht sein Sohn sein kann.«

»Haben diejenigen, die sich über dich lustig gemacht haben, dir gesagt, wer dein Vater ist?«

Er antwortete nicht sofort, und sie wartete. »Wie konnte ich es ihnen glauben? Er ist mit Ihnen verheiratet!«

»Es ist wahr. Er ist dein Vater.«

Der Junge wandte bestürzt den Blick ab.

»Wie alt bist du?« fragte sie, als würden sie noch einmal eine Lektion durchgehen, um sicher zu sein, daß er einen Punkt verstand, der unklar gewesen war.

»Vierzehn«, antwortete er mechanisch.

»Wie alt bin ich?« fragte sie und ahmte dabei seinen mechanischen Ton nach, weil ihr das half, ihre Stimme ruhig zu halten.

Seine Gedanken kehrten sofort zu ihr zurück. »Sie sind vierundzwanzig, zehn Jahre älter als ich.«

»Du siehst also, daß er nicht mit mir verheiratet gewesen sein kann, als du geboren wurdest. Er war gar nicht sehr viel älter, als du jetzt bist. Und deine Mutter auch nicht.«

Es dauerte eine Weile, ehe er das in sich aufgenommen hatte. »Ich wette, sie hat gewußt, was sie tat! Sie hat nie etwas ohne Absicht getan!«

Sie griff nach seinen Händen und schüttelte sie grob, als ob sie ihn auszanke. »Deine Mutter ist frei. Roscoe Elk ist frei. Deine Brüder sind frei.«

»Sie sind nicht meine Brüder!«

»Ihr habt dieselbe Mutter.«

»Sie sind Nigger! Ich bin halb weiß – Sie haben es ja selbst gesagt!«

»Sie sind frei«, wiederholte sie. »Du bist ein Sklave. Weißt du warum?«

»Weil niemand mich haben wollte«, sagte er.

»Das mag so gewesen sein«, pflichtete sie ihm bei, »aber es stimmt nicht mehr. Du bist ein Sklave, weil ich dich haben will.« Er starrte sie verständnislos an. »Roscoe Elk hat heute versucht, dich zu kaufen«, fuhr sie fort. »Ich habe ihm gesagt, du seist nicht zu verkaufen.«

»Hätte er mich befreit?«

»Nein, bestimmt nicht. Wenn er dich gekauft hätte, so hätte dich das zu *seinem* Sklaven gemacht.«

Ein Ausdruck des Schreckens zog über sein Gesicht, als er sich überlegte, was das bedeutet hätte. Dann sagte er: »Statt dessen bin ich Ihr Sklave.«

»Ich wünschte, du wärst mein Sohn«, sagte sie.

»Sie werden weiße Kinder haben. Sie werden mich nicht wollen!« schrie er sie an und wich zurück, als ob er aufstehen und sie verlassen wollte. Sarah tat nichts, um ihn zurückzuhalten, und so blieb er von selbst. Sie antwortete ihm nicht, was leichter für ihn zu ertragen war, als wenn sie es versucht hätte.

Nach einer Weile sagte sie: »Sobald du alt genug bist, daß er nicht mehr die gesetzlichen Rechte eines Vaters über dich geltend machen kann, bekommst du Papiere, die dich für frei erklären. Das verspreche ich dir. Dann kannst du gehen, wohin du willst, tun und lassen, was du willst.«

Er dachte eine Zeitlang nach, ehe er antwortete: »Ja, Madam? Und wer bin ich bis dahin?«

Es war spät, als Leon an diesem Abend nach Hause kam, und er bedauerte es, daß sie auf der Veranda auf ihn wartete, denn er war ein wenig betrunken und roch leicht nach Sex und dem Parfüm der Huren, mit denen er und Bonard zusammengewesen waren. Sarah war eingeschlafen, wachte jedoch auf, als sie sein Pferd die Auffahrt entlangkommen hörte. Sie rief seinen Namen. Er antwortete nicht, sondern führte das Pferd ums Haus herum zum Stall, wo einer von Plumboys Gehilfen sich von seinem Strohlager aufraffte und seinem Herrn die Zügel aus der Hand nahm.

Als Leon sich dem Haus zuwandte, sah er zu seinem Erstaunen plötzlich Sarah neben sich und ging sofort in die Defensive. »Warum bist du noch auf?« fragte er vorwurfsvoll.
»Ich wollte mit dir sprechen.« Sie nahm seinen Arm, und sie gingen langsam zum Haus, während sie ihm erzählte, was an diesem Tag geschehen war. Einen Augenblick lang blieben sie im Laufgang stehen und sahen über das mondbeschienene Land. Schließlich lachte er. »Du hast wahrhaftig heute allerlei Unheil angerichtet«, sagte er.
»Was meinst du damit?«
»Was ich sage.« Er gähnte. Unter seinem eigenen süßlichen Schweißgeruch entdeckte sie, wie schon so oft zuvor, den Geruch von Frauen und Alkohol; aber sie sagte nichts darüber, wie sie schon so oft zuvor nichts gesagt hatte. Abermals gähnte er und fing an zu lachen. »Sarah, Sarah! Manchmal wünschte ich, du wärest mehr wie Tante Nell, die die Menschen in Frieden läßt und sich über die Fügungen des Allmächtigen beklagt. Ich bitte dich nur um eines: Verjage Roscoe nicht. Aufseher sind schwer zu finden, jedenfalls gute. Erwarte nicht von mir, daß ich jeden Tag mit den Arbeitern aufs Feld gehe und jeden Abend die Hacken zähle. Was auch immer du tust – und du wirst es tun –, vergiß nicht, daß Beulah Land Roscoe braucht. Vielleicht mehr, als er uns braucht.«
»Leon, was willst du damit sagen? Leon!« Er war ihr vorausgegangen und stieg ohne Licht die Treppe hinauf.

11

Nachdem Sarah und Roscoe ihre Kräfte gemessen hatten, zogen sich beide zurück und waren sorgsam darauf bedacht, sich zwanglos zu geben, wenn sie sich begegneten, und einen höflichen Ton zu wahren, wenn sie miteinander sprachen, was angesichts der Lage der Dinge mehrmals am Tag geschah. Es war ein arbeitsreicher Sommer, und ständig gab es Probleme zu lösen und Entscheidungen zu treffen, aber jeder von ihnen hütete sich, dem anderen gegenüber irgendeine Gefühlsregung erkennen zu lassen. Sie wartete darauf, daß er sich erzürnt zeigen würde, weil sie Roman ins Haus genommen hatte, aber er tat es nicht. Es war, als ob der Junge nicht mehr für ihn existierte. Sie begegneten sich nie. Dafür sorgte Roman. Floyd hatte Romans Zimmer gestrichen und ihm einen groben Schreibtisch sowie ein Regal für die Bücher gezimmert, die Sarah für ihn aus Savannah kommen ließ. Wenn Roman nicht mit Sarah oder seiner Lektüre beschäftigt war, hielt er sich oft in der Küche auf, die dicht bei seinem Zimmer lag, und erzählte den Mädchen dort Geschichten aus seinen Büchern. Sie bewunderten ihn wegen seiner Klugheit und waren auf eine zwanglose, lachende, neckende Art dankbar für die Aufmerksamkeiten, die er ihnen erwies. Oft machten sie besondere Leckerbissen für ihn. Otis und Lotus folgten ihm auf Schritt und Tritt.

Leon war wieder regelmäßig in der Stadt. Die Schule war geschlossen und sollte erst im Herbst wieder beginnen. Die Kinder waren auf den Feldern, nicht, weil Roscoe es befohlen hatte, sondern weil jetzt alle anderen dort waren und sie deshalb, selbst zum Spielen, ebenfalls dort sein wollten. Selma ging, für gewöhnlich von Pauline begleitet, am frühen Morgen spazieren, aber nachdem sie sich gegen elf Uhr vormittags in ihr Zimmer zurückgezogen hatte, kam sie selten noch einmal heraus. Leon brachte fast jeden Abend Zitronen und Eis aus der Stadt mit, doch es schienen nie genügend Zitronen für einen Kuchen oder eine Torte dazusein, so viele brauchte Pauline für Selma.

Nach ihrem ausgedehnten Besuch auf Beulah Land im Spätwinter und im Frühling – das Gras war über Deborahs Grab gewachsen, ehe sie abfuhr – war Penelope glücklich, wieder in der Broughton Street in Savannah zu sein. *Mit zunehmendem Alter,* schrieb sie an Sarah, *ist mein eigenes Heim mir lieber denn je, und selbst ein Tag fern von ihm erscheint mir wie ein verlorener Tag. Prudence überraschte uns alle, indem sie kürzlich fünf Junge bekam. Sobald die Augen der Kätzchen sich geöffnet haben und ehe wir sie zu lieb gewinnen, werde ich sie in einen Korb tun, eine Schleife an den Henkel binden und Ricey beauftragen, in der Nachbarschaft herumzugehen und sie jedem anzubieten, der vielleicht gerade eine gute Katze braucht. Ich hoffe, die Bücher sind gut angekommen.*

Es war ein ertragreicher Sommer. Der Mais war dick und saftig, gedieh früh und hielt sich lange. Die Wassermelonen spalteten sich fast von selber auf, sobald man sie nur mit der Messerspitze berührte. Die Baumwolle wuchs üppig in ihren Samenkapseln, noch ehe die Kapseln aufplatzten. Als sie gerade reif zum Pflücken war, traf am Sonntag, dem 2. August 1835 (Sarah würde das Datum zeitlebens nicht vergessen), ein unerwarteter Gast auf Beulah Land ein.

Leon war mit Sarah zum Gottesdienst nach Highboro gefahren, denn sie waren seit Juni nicht in der Kirche gewesen, und Sarah meinte, sie sollten sich wieder einmal unter den Leuten des Bezirks sehen lassen und sich nach ihren Ernten erkundigen. Es war ein heißer Tag, aber die Luft war trocken, so daß sie die Hitze nicht als unangenehm empfanden.

Nell war vor dem Gottesdienst auf dem Friedhof gewesen und hatte auf Deborahs Grab ein Einweckglas mit Rosen gestellt, die erst gestern für ihr Haus gepflückt worden waren und beinahe noch als frisch bezeichnet werden konnten. Jedenfalls waren sie gut genug für ein Grab, und im übrigen – wer würde sie nach diesem Sonntagmorgen, an dem auch andere zwischen den Grabhügeln ihrer Toten umherwanderten, überhaupt noch sehen? Nell seufzte, als sie in der Vorhalle der Kirche auf Sarah zuging, um ihr zu sagen, was sie getan hatte, wobei sie erläuternd hinzusetzte, daß Deborah Rosen besonders geliebt habe. Hätte sie gesagt, Deborah habe Baumwollballen besonders geliebt und daß sie deshalb einen auf ihr Grab gelegt habe, so wäre das der Wahrheit nähergekommen. Aber für gewöhnlich hört bei solch selbstzufriedenen Geschichten wie der von Nells Besuch am Grab ihrer Schwester ohnedies niemand zu, so daß sie unbesorgt nach Belieben ausgeschmückt werden können. Und so blieb die Behauptung unbestritten: Deborah habe Rosen besonders geliebt.

Gemäß ihrer vorherigen Vereinbarung fuhren Felix und Nell nach dem Gottesdienst ebenfalls nach Beulah Land. Felix hielt sich mit seinem Einspänner dort, wo die Straße breit genug war, neben Leons Wagen und dort, wo sie schmäler war, dicht hinter ihm. Vögel zwitscherten und sangen in den Hecken längs der Straße, und ungepflückte Brombeeren hingen verstaubt an ihren dornigen Büschen; nicht einmal die Vögel brauchten sie, denn sie fanden reichlich Nahrung auf den Feldern.

Bei ihrer Ankunft auf Beulah Land gingen die Damen hinauf, um sich ein Weilchen auszuruhen, während die Herren unten über Geschäfte sprachen, und dann versammelte sich die Familie zum sonntäglichen Mittagessen im Speisezimmer. Auch Selma war diesmal zugegen: Sie hatte eine kleine Meinungsverschiedenheit mit Pauline gehabt und wollte sie eine Stunde allein lassen, um sie fügsamer zu machen.

Es gab große Platten mit gebratenen Hühnern, tiefe Schüsseln mit Kartoffelsalat, Teller mit geschnittenen Tomaten und Gurken, eine Terrine mit gerösteten Maiskolben, gebratenem Okra, gebratenem Kürbis und Zwiebeln, Brechbohnen mit Schinken, Reis, zwei Saucieren mit eingedickter, fetter Hühnersoße, süßsaure Pfirsiche, mit Nelken garniert, rote Bete in Essig, warme Brötchen und Gläser mit Paprikaschoten, eingelegten Gurken und Mixed Pickles in Senfsoße. Es gab große Krüge mit geeistem Tee, in dem Zitronenscheiben schwammen. Und auf der Anrichte standen, mit einem dünnen Tuch gegen die Fliegen geschützt, eine Schokoladentorte und eine Pfirsichtorte, beide mit einer hohen, leicht gebräunten Baiserauflage geschmückt, sowie eine Kristallschüssel mit Erdbeeren.

Ehe die Familie hereinkam, hatte man Otis und Lotus, die ihre Pflichten sehr ernst nahmen, auf zwei Stühle gestellt und ihnen lange, mit Troddeln behängte Federn gegeben, die sie hin und her schwenken sollten, um die Fliegen abzuhalten. Jetzt, da die Familie um den Tisch saß, stand Myrtis, die das Servieren ihren Gehilfinnen überließ, mit den beiden Federn da und versuchte nach besten Kräften, die Luft und die Fliegen in Bewegung zu halten.

Nell hatte aufgehört, von der lieben Verstorbenen zu reden, aß ihr drittes

Bruststück (»Das weiße Hühnerfleisch ist das einzige, das mir bekommt – vielen Dank, lieber Leon.«) und fragte sich gerade, ob der Kartoffelsalat wohl von der Hitze ein wenig ranzig geworden sei, als Lovey hereinkam, direkt auf Sarah zuging und verkündete, daß ihre Schwester im kleinen Arbeitszimmer auf sie warte.

Sarah war vom Stuhl aufgesprungen und lief aus dem Zimmer, ehe noch irgend jemand ihr behilflich sein konnte. Als Leon und Nell ihr folgen wollten, hielt Lovey sie zurück, indem sie sagte: »Beenden Sie zuerst Ihre Mahlzeit. Die beiden haben sich lange nicht gesehn.«

»Das stimmt, Lovey«, sagte Nell, bereit, sich diese interessante Überraschung für später aufzuheben. Sie bat um einen eingelegten Pfirsich und erklärte, es sei allgemein bekannt, daß die Verbindung von süß und sauer ein ausgezeichnetes Tonikum für die Nerven sei. Auch Leon setzte sich wieder.

Lauretta stand mit dem Rücken zur Tür am Fenster und blickte hinaus, drehte sich aber sofort um, als sie ihre Schwester hereinkommen hörte.

»Liebe, liebe Lauretta!« rief Sarah, lief auf sie zu, weinte, umarmte und küßte sie und lachte wie ein Kind, dessen sehnsüchtigste Träume am Weihnachtsabend Wirklichkeit geworden sind. Lauretta lachte und weinte ebenfalls, wenn auch mit weniger Inbrunst. Schließlich war für sie der Anlaß – im Gegensatz zu Sarah – keine Überraschung.

»Du hast dich überhaupt nicht verändert!« rief Sarah aus. »Doch! Du bist viel hübscher geworden. Sieh dich nur an! Ach, wie schön ist es, dich anzusehn!« Sie ließ die Tat den Worten folgen, schob Lauretta auf Armeslänge von sich und sah sie jetzt zum erstenmal richtig an. Ihr Gesicht wurde ausdruckslos, dann öffnete sie den Mund vor Staunen. »Du bist – Leon sagte mir, Mr. Savage habe dich verlassen...«

»Ja, das ist wahr.«

»Hat er gewußt, als er dich verließ, daß du...«

Lauretta schüttelte den Kopf. »Nein, und ich auch nicht.«

»Trotzdem ist er ein Schurke!«

»Das haben auch schon andere von ihm gesagt.«

»Und es ist wahr! Der Schuft! Leon hat nur erwähnt, daß er fortgegangen sei. Er hat nicht gesagt, daß es so kurz her ist, oder irre ich mich? Aber das ist jetzt nicht wichtig. Setzen wir uns.« Sarah zog ihre Schwester auf ein Sofa. »Du wirst es nicht erfahren haben, aber als Leon zurückkam, war seine Mutter tot. Du siehst also, es war eine verworrene Zeit für uns alle. Leon sagte, er hätte dich in guter Stimmung zurückgelassen und du seist entschlossen gewesen, weiter bei der Schauspielertruppe zu bleiben...«

»Ja, das stimmt.«

»Wußtest du bei Leons Besuch schon, daß du schwanger bist? Tapfere, dumme Lauretta! Hast du es gewußt und ihm nichts gesagt? Ach, mein armer Liebling!« Lauretta weinte wieder. Es war zweifellos die leichteste Szene, die sie je zu spielen gehabt hatte, doch sie war nicht restlos zufrieden damit. Gewiß, sie freute sich über Sarahs Reaktion, aber Sarah ließ sie kaum zu Worte kommen. »Wenn er es gewußt hätte!«

»Ich versichere dir, er hat es nicht gewußt!« erklärte Lauretta. »Er hat mir jedoch gesagt, ich sei jederzeit auf Beulah Land willkommen, also bin ich nicht ganz uneingeladen hier hereingeschneit.«

»Natürlich bist du willkommen! Niemand so sehr wie du! Wenn ich mir vorstelle, was du durchgemacht haben mußt! Hast du Tante Pea gesehen? Weiß sie es?«

»Nein. Ich hatte zuerst daran gedacht, zu ihr zu gehen, aber ich wollte sie nicht in Verlegenheit bringen, und das hätte ich in meinem jetzigen Zustand bestimmt getan. Wir sind sehr bekannt in Savannah, und ich bin doch damals so Hals über Kopf... So viele Freunde und andere, denen man die Sache lang und breit erklären müßte.«

»Du hast recht gehabt, hierherzukommen. Unter deiner romantischen Veranlagung verbirgt sich offenbar doch eine gute Portion Vernunft. Hier wird niemand neugierige Fragen stellen – oder höchstens aus freundschaftlicher Anteilnahme. Es bedarf keiner Erklärungen. Du bist für alle meine geliebte Schwester, die beschlossen hat, bis zur Geburt ihres Kindes bei mir auf dem Land zu bleiben, weil dein Mann – für einige Monate geschäftlich ins Ausland reisen mußte!« Sarah klatschte beglückt über ihren Einfall in die Hände, und Lauretta beschloß, sich eine Bemerkung darüber, wie wenig originell und glaubwürdig es sei, zu verkneifen.

»So soll es sein«, sagte sie und lächelte ihre Schwester liebevoll an.

»Wir müssen Leon veranlassen, den Schuft sofort zu verfolgen!«

»Nein! Das darf er auf keinen Fall!«

»Hat er dich so niederträchtig behandelt? Armer Liebling! Wie hast du es überhaupt fertiggebracht, am Sonntag hierherzukommen?«

»Ich bin gestern bis Dublin gefahren. Dort habe ich, völlig erschöpft, in einem Gasthaus übernachtet. Aber ehe ich zu Bett ging, habe ich veranlaßt, daß man mir eine Mietkutsche besorgt, die mich heute morgen hierherbringen würde. Der Kutscher kannte den Weg. Jeder Mensch scheint zu wissen, wo Beulah Land liegt. Ihr seid berühmt!«

»Wenn ich geahnt hätte, daß du in Dublin warst! Warum hast du mir nicht geschrieben, daß du kommen wirst? Dann hätte ich mich schon tagelang vorher auf dich freuen können.«

»Ja, ich hätte dir schreiben sollen«, sagte Lauretta sanft, »aber ich war bis heute morgen, als ich von Dublin abfuhr, nicht sicher, ob ich wirklich egoistisch genug bin, deine Liebe auszunutzen und dich mit meinem Mißgeschick zu belasten.« Lauretta hatte sich die Worte vorher zurecht-

gelegt, aber sie waren deshalb nicht weniger tiefempfunden. Beide Schwestern waren wieder zu Tränen gerührt.
»Ach, meine liebe Schwester – Beulah Land gehört dir!«
»Vielleicht wird dein Mann…«
»Sag nicht so förmlich ›dein Mann‹!«
»Leon…«
»Leon!«
»…wird mich vielleicht nicht so freudig willkommen heißen wie du.«
»Ach, er wird es, verlaß dich drauf! Und ich bin die Herrin von Beulah Land«, sagte Sarah, und der Nachdruck, mit dem sie es sagte, verfehlte nicht seine Wirkung auf Lauretta. »Was ich sage, wird getan.«
Bewundernd, dankbar – und gereizt zwinkerte Lauretta rasch mit den Augen. »Meine kleine Schwester…« Ihre Stimme schwankte.
Sarah schoß vom Sofa hoch, ging geradewegs zu einer Kredenz und füllte zwei Gläser mit Rotwein. Dann kehrte sie zu Lauretta zurück und reichte ihr eines davon. »Das wird unsere Nerven beruhigen«, sagte sie, trank einen Schluck und setzte sich wieder; in einer Hand hielt sie das Glas, mit der anderen liebkoste sie ihre Schwester. So trafen Leon und die anderen sie an, als sie, von Lovey angeführt, die Gläser mit geeistem Tee auf einem Tablett hereinbrachte, eine Viertelstunde später das Zimmer betraten.

12

Alle waren feundlich, aber der Sommer ist keine angenehme Zeit für eine Schwangerschaft, und Lauretta war nicht in bester Stimmung, während sie auf die Geburt des Kindes wartete. Alles auf Beulah Land erinnerte sie an Sarahs Einfluß und an ihre, Laurettas, Abhängigkeit von ihrer Schwester. Ehe sie kam, hatte sie sich für die Hauptperson des Dramas gehalten. Sie hatte erwartet, daß Leon nach der anfänglichen Überraschung ängstlich um ihr Wohl besorgt sein würde. Er war jedoch kaum mehr als höflich, behandelte sie keineswegs wie eine Frau, für die er besondere Zärtlichkeit und Verantwortung empfand, sondern eher wie jemand, der ihn in höchst peinlicher und lästiger Weise an vergangene Sünden erinnerte. Er suchte keine Gelegenheit, mit ihr unter vier Augen zu sprechen, obwohl sie es bei den Mahlzeiten nicht an Andeutungen fehlen ließ, daß sie beabsichtige, um die und die Zeit im Obstgarten, längs der Auffahrt oder im Wald spazierenzugehen. Nicht ein einziges Mal überraschte er sie unter einem Baum oder auf einem einsamen Pfad, und nach einiger Zeit gab sie ihre Spaziergänge auf.
Edna und Trudy Davis nahmen sich die Zeit, herüberzukommen und ihr einen Besuch abzustatten, aber nach ein paar höflichen Worten richteten

sie ihre Aufmerksamkeit ausschließlich auf Sarah und ließen deutlich erkennen, daß Lauretta für sie nichts weiter als die ältere Schwester ihrer Freundin war. Sie betrachteten sie offenbar keineswegs als eine geheimnisvolle und bemerkenswerte Erscheinung, und als sie erklärte, wie glücklich sie sich schätze, eine so gute Schwester wie Sarah zu haben, die ihr in dieser schweren Zeit so gütig und hilfreich zur Seite stehe, nickten sie lediglich mit dem Kopf, als sei das, was sie sagte, die schlichte Wahrheit und nicht ein Beweis von besonderem Feingefühl oder Bescheidenheit. Und überhaupt: Alle kamen fortwährend zu Sarah und fragten sie um Rat, warteten, daß Sarah eine Meinung äußerte oder einen Vorschlag machte, unterwarfen sich Sarahs Wünschen. Es ging Lauretta einfach gegen den Strich. Die Hausangestellten waren zuvorkommend, aber nicht in irgendeinem persönlichen Sinn. Lovey sorgte dafür, daß sie jede Bequemlichkeit hatte, die Beulah Land ihr bieten konnte, nie aber sprach sie zu ihr oder sah sie an, als ob sie selbst von irgendwelcher Bedeutung wäre.

Selma erwies Lauretta ihre Aufmerksamkeit, indem sie an dem Sonntag von Laurettas Ankunft am Abendessen der Familie im Speisezimmer teilnahm, aber danach setzte sie ihr gewohntes Leben fort. Sarah verbrachte soviel Zeit, wie sie nur irgend konnte, mit ihrer Schwester, und es war alles in allem eine ganze Menge, aber nicht genug, um Lauretta zufriedenzustellen. Sie kam eifrig herbei, sobald sie Lauretta erblickte, aber sie konnten fast nie ruhig zusammen sprechen, ohne daß Lovey oder irgend jemand sonst sie unterbrach, um Sarah zu sagen, daß sie da, dort und überall gebraucht wurde, nur nicht an dem Ort, wo sie gerade war. Sarah entschuldigte sich jedesmal, bat um Verzeihung wegen der Unterbrechung, ließ sie sich jedoch immer wieder gefallen und ging fort, um zu tun, worum man sie gebeten hatte. Sie schien sich wenig für Laurettas Leben auf der Bühne zu interessieren, während Lauretta geglaubt hatte, daß Sarah stundenlang gebannt zuhören und sie im stillen beneiden würde, wenn sie, Lauretta, ihr von ihren Reisen und Erlebnissen berichtete.

»O ja, bitte erzähl mir!« beschwor Sarah sie, wenn Lauretta eine Andeutung über ihr anderes Leben machte, und sie schien ernsthaft interessiert zu sein; aber schon nach kurzer Zeit war Sarah wieder auf und davon, nachdem sie Lauretta beim Fortgehen dringend gebeten hatte, sich genau zu merken, wo sie stehengeblieben war, damit sie bei der ersten Gelegenheit die Erzählung dort wiederaufnehmen konnte.

Tante Pea zeigte sich besorgt, als sie von Laurettas Ankunft und ihrem Zustand erfuhr, aber Lauretta hatte den Eindruck, daß sie sich sehr rasch beruhigte, denn sie schrieb bald darauf an Sarah: »So sehr ich mich danach sehne, Lauretta zu sehen und bei ihr zu sein, glaube ich doch nicht, daß ich bei dieser Hitze reisen sollte, es sei denn, ich werde wirklich gebraucht.« Nell – »Tante Nell«, wie Lauretta sie prompt bei ihrer Wiederbegegnung nannte – war liebenswürdig, aber sie war viel zu sehr mit sich beschäftigt, um wirkliche Anteilnahme und Interesse zu zeigen. Wenn Lauretta über irgend etwas außer den alltäglichsten Dingen mit ihr sprach, wanderten Nells Augen zu einer Kameenbrosche an ihrer eigenen Brust. Es war ein Bild von General George Washington, das Deborah gehört hatte. Nell musterte es aufmerksam, als ob sie es noch nie zuvor gesehen hätte, löste die Brosche von ihrem Kleid, um sie aus der Nähe zu betrachten, und machte dabei hin und wieder eine Bemerkung oder stellte eine Frage, die nichts mit dem zu tun hatte, was Lauretta sagte.

So war es kaum zu verwundern, daß Lauretta sich von Leon schmählich behandelt fühlte und Trost und Befriedigung in dem Gedanken fand, daß es eine Sensation hervorrufen würde, wenn sie Sarah die Wahrheit über ihre jüngste Vergangenheit erzählte. Daß sie es nicht tat, gab ihr ein Gefühl der Tugendhaftigkeit. Schließlich würde es Sarahs Ehe zerstören. Was für eine Art Ehe war das überhaupt, fragte sie sich, eine Ehe, die in sieben Jahren kein Kind hervorbrachte? Während sie sich das überlegte, konnte sie nicht umhin, zwischen Sarah und Leon Zeichen einer Zuneigung zu beobachten, die sie nicht verstand, die aber nicht zu leugnen war. Die einzige Erleichterung in ihrem körperlichen und seelischen Unbehagen bot ihr die gelegentliche Gesellschaft von Bonard. Er blieb nie zum Mittag- oder Abendessen auf Beulah Land, aber er kam hin und wieder vorbei, um mit Leon etwas Geschäftliches zu besprechen, oder er kehrte mit ihm aus der Stadt zurück und blieb ein paar Minuten auf der Veranda, auf der Lauretta so viele Stunden verbrachte, wobei es dort kaum etwas gab, das ihre Aufmerksamkeit fesseln konnte, außer einer Biene, die von einer Blume zur anderen flog, oder der meist vergeblichen Hoffnung, daß ein leichter Wind die dicht belaubte Glyzine in kühlende Bewegung versetzen würde.

Wenn Bonard sie bei seiner Ankunft erblickte, saß er ab oder stieg aus dem Wagen und kam mit langen Schritten auf die Veranda, als wäre er erpicht darauf, mit ihr zu reden, oder manchmal setzte er auch einfach den Fuß auf eine Stufe und stützte ungezwungen den Ellbogen aufs Knie, während er sprach. Was Lauretta aufmunterte und beglückte, war die Tatsache, daß er sie ungeachtet ihres Zustands so behandelte, wie ein Mann eine Frau behandelt, die er schön, begehrenswert und gefährlich findet. Tatsächlich bekundete er schon bei ihrer ersten Begegnung nicht die zu erwartende höfliche Anteilnahme, sondern vielmehr das leicht spöttische und belustigte Verhalten eines Menschen, der ahnte, ohne daß man es ihm gesagt hatte, was bei Leons Reise nach Charleston vorgefallen war.

Sie war so überrascht – von seinen Besuchen in der Broughton Street her hatte sie Bonard nicht als amüsant, sondern eher als ein wenig finster und unheimlich in Erinnerung –, daß sie unwillkürlich lachte, als er zum erstenmal ihre Hand nahm, sich tief über sie beugte und einige höfliche Worte murmelte. Bald war es, als gäbe es zwischen ihnen, ohne daß sie je unter vier Augen miteinander gesprochen hatten, irgendeinen geheimen Spaß. Sie sahen sich auf eine so ironische und eigentümlich interessierte Art an, daß Lauretta sich nicht mehr nebensächlich vorkam, sondern als eine Frau, die nach Belieben Freude spenden oder Zwietracht säen konnte.

13

Von den zwei Farmen, die zwischen Beulah Land und Oaks lagen, gehörte die eine Trudys Familie, den Cokers, und die andere den Andersons. Clarence Anderson, der seinen Bruder Walt überlebt hatte, begrub auch seinen Vater und seine Mutter, und dann heirateten seine beiden Schwestern Bessie und Emily kurz hintereinander Männer, die in Highboro arbeiteten. Bessie heiratete einen Angestellten der Eisenwarenhandlung, und Emily wurde die Frau des Postamtsvorstehers, was sie veranlaßte, sich ihrer Schwester weit überlegen zu fühlen.
Clarence war ein unbekümmerter, lebenslustiger und etwas leichtfertiger junger Mann. Tatsächlich war er derjenige gewesen, mit dem Trudy so vergnügt getanzt hatte, als Rooster, der sie eifersüchtig beobachtete, plötzlich beschloß, sie bei der ersten Gelegenheit in den Garten zu führen, um den Mond anzusehen, und sie hinterher bat, seine Frau zu werden. Clarence Anderson hatte nicht geheiratet, sondern lebte mit einem Dutzend Sklaven, die das nicht sehr ertragreiche Land bestellten, auf der Farm, die er jetzt sein eigen nannte. Von Natur aus ein Glücksritter und Spieler, wettete er auf alles, was sich ihm bot: eine Balgerei, ein Pferderennen, einen Fischfang, das Gewicht der Baumwoll- oder Maisausbeute von einem Morgen Land. Und so war er verschuldet. Das war an sich nicht überraschend oder ungewöhnlich. Aber Leon hatte kürzlich erfahren, daß Clarence Roscoe Elk Geld schuldete.
Mit Geduld und Umsicht kann man immer aus Menschen einen Gewinn ziehen, von denen gesagt wird, sie seien arm, sie hätten nichts, die sich aber trotzdem hin und wieder kleine Summen borgen, weil sie etwas Besonderes brauchen oder haben möchten, und die dann mit der Zeit einen etwas größeren Betrag zurückzahlen. Roscoe hatte seinen Handel mit diesen kleinen Darlehen aufrechterhalten, aber nach und nach, im Laufe der Jahre, hatte er seinen Wirkungsbereich auf Highboro und den umlie-

genden Bezirk ausgedehnt. Sein Name ging unter den schwarzen Schafen der Gesellschaft von Mund zu Mund als der eines Mannes, der diskret Geld verlieh, ohne daß man sich die Mühe machen mußte, zu einer Bank oder zu einem Anwalt zu gehen, zu verhandeln und Dokumente mit offiziellen Stempeln zu unterschreiben, obgleich die Dokumente, die Roscoe in den Händen hatte, so beiläufig sie scheinbar auch ausgestellt worden waren, sich letztlich als nicht weniger rechtsverbindlich erwiesen.
Da alle Spieler, die sich Geld leihen, der Überzeugung sind, daß sie plötzlich große Summen gewinnen und mit einem Schlag frei von Schulden sein werden, mangelte es Roscoe nicht an Schuldnern. Und einer von ihnen war natürlich Clarence Anderson. Das war es, woran Leon dachte, als er Sarah nahelegte, sie solle Roscoe nicht allzusehr bedrängen. Die Farm von Clarence Anderson grenzte an Beulah Land.

14

»Woran denkst du?«
»An dich, Mama.«
Sie hatte gehofft, ihn zu überrumpeln und damit etwas aus ihm herauszuholen, aber er war auf der Hut und fiel nicht darauf herein. Lovey und Floyd saßen im späten, langsam verblassenden Licht eines frühen Septembertages, sie auf der Stufe vor dem Hintereingang zu ihrer Hütte, er auf einem kurzen, hochkant stehenden Block, den er noch vor Beginn des Winters zu Brennholz hacken würde. Er schälte ein Zuckerrohr, schnitt es ein, reichte seiner Mutter ein Stück, das sie geistesabwesend entgegennahm und kaute, nahm selbst ein Stück und preßte mit den Zähnen den Saft heraus.
»Hm«, sagte sie.
Floyd spuckte die trockenen Fasern aus, dann biß er wieder ein Stück ab. Lovey schüttelte mit dramatischer Übertreibung den Kopf. »*Ich* werd nie ein Enkelkind haben. Weder du noch Pauline...«
»Still, Mama.«
»Sag mir nicht, daß ich still sein soll!«
»Still.« Er sagte es sanft, wischte die Schneide seines Messers an der Hose ab und stieß das Messer in die Rinde des Blocks, auf dem er saß.
»Dein Papa ist alt«, sagte sie.
Floyd lachte sie aus. »Nein, das ist er nicht. Er ist so jung wie die Krähe, die er heute morgen mit gebrochenem Flügel auf dem Feld gefunden hat – das hat Roscoe junior mit seiner Schleuder getan.«
»Dein Papa wird schon dafür sorgen, daß sie wieder fliegen kann. Dein Papa hat Hände, die heilen. Aber dich kann er nicht heilen.«

»Red nicht weiter, Mama. Gib's auf.«
»Er hat die Krähe jetzt auf dem Küchentisch, reibt ihr den Flügel mit Talg und Terpentin ein, um ihn zu kräftigen. Und dabei sieht die Krähe ihn die ganze Zeit an, als ob er sie töten würde, wenn er's könnte.«
»Mama, sprich nicht in Gleichnissen mit mir.«
»Ich werd' überhaupt nicht mehr mit dir sprechen. Du sagst nichts. Weichst nur aus und streitest alles ab.«
»Gut. Versuch's nochmal.«
»Du hast Papiere, die sagen, du kannst kommen und gehn, wann du willst. Papiere, die dich zu einem freien Mann machen.«
»Er ist alt. Das hast du selbst gesagt.«
»Besser, daß er sich nach dir sehnt, als daß er merkt, wie's um dich steht. So, wie's in dir aussieht, kannst du nicht hierbleiben. Das weißt du.«
»Ich werd' Papa nicht verlassen.«
»Ich will nicht, daß du…«
»Dir macht's doch nichts aus.«
»Du weißt genau, das ist nicht wahr.«
»Ich weiß es nicht.«
»Floyd?«
»Ja, Mama?«
»Versuch nicht, mein Mitleid zu wecken.«
»Nein, Mama. Bestimmt nicht.«
»Wie konntest du's nur so weit kommen lassen? Junge!«
»Ich und Leon, wir sind zusammen geboren. Zusammen aufgewachsen. Vielleicht hat's was damit zu tun.«
»Sie würden dich töten wegen dem, was du in deinem Herzen trägst.«
»Niemand wird mich töten, Mama. Ich bin nicht einer von den gottverdammten Niggern, die sich betrinken und alles ausposaunen.«
In ihrer Stimme lagen Staunen und Zorn zugleich. »Wie denkst du an sie?«
»Mama, hör auf. Ich bitte dich, hör auf damit.«
Lovey legte ihren Kopf auf ihre verschränkten Arme, die auf ihren Knien ruhten, und weinte.
»Ach, Mama«, sagte er halb mitleidig, halb gereizt.
Lovey stand auf und ging mit erhobenen Armen auf ihn los. »Hör du auf! Hör du auf!« Sie hämmerte blind auf seinem Kopf und seinen Schultern herum, bis er sich gezwungen sah, zurückzuweichen und die Arme zu heben, um sein Gesicht zu schützen. In der Hütte stieß die Krähe einen furchtsamen, zornigen Schrei aus, weil sie sich von einem Menschen helfen lassen mußte. Außerstande, seine Mutter zu beruhigen, wandte Floyd sich ab und lief in die hereinbrechende Dunkelheit, denn es gab nichts, was er ihr noch hätte sagen können.

Konnte er fortgehen? Wie konnte er bleiben?

Solange niemand sonst davon wußte, existierte es nur in seinem Inneren, und es machte nichts aus, wenn es weh tat; und wenn es ihn hin und wieder glücklich machte, ging auch das niemanden etwas an. Wenn er des Nachts allein auf seinem Feldbett lag, träumte er mit offenen oder geschlossenen Augen, und sie war da, obgleich sie zu Anfang keine Gestalt annahm. Wäre er ein Phantast gewesen, so hätte er sie als Phantasiegebilde oder Symbol gelten lassen können, aber er dachte und fühlte in deutlichen Bildern, und es gab zwei Tabus, die er nicht brechen durfte: das der Farbe und das der brüderlichen Treue. Sie war weiß und mit seinem Bruder verheiratet. Es änderte nichts, daß sie verschiedene Wege gegangen waren; als Babys und als Jungen waren er und Leon Brüder gewesen, und sie würden es immer bleiben. Sie hatten Seite an Seite in Loveys Armen gelegen und lebenspendende Nahrung aus ihrer Brust gesogen.

Er ging tiefer in den sich verdunkelnden Wald; seine Augen gewöhnten sich an das wechselnde Licht, und er kannte ohnedies den Weg so gut wie jedes Lebewesen, das im Wald zu Hause war. Unzählige Male war er mit Ezra, mit Leon und allein jeden Pfad entlanggegangen. Er war hier glücklich und unglücklich gewesen, war schnell gelaufen oder hatte sich verstohlen durch die Büsche geschlichen, hatte gute und böse Gedanken gehabt.

Lovey wußte Bescheid, und das änderte alles, denn sie überlegte, was es für ihn und alle anderen bedeuten und ihnen antun könnte, während er es geheimgehalten hatte, so daß es niemand außer ihn selbst berührte. Es war sinnlos zu fragen, wie und wann sie es bemerkt hatte. Sie hatte es gesehen und erkannt, und er mußte fortgehen; aber er würde es so lange wie nur irgend möglich hinausschieben.

15

»Leon?«

Er wandte sich stirnrunzelnd um. »Hier bin ich.«

Es war nicht spät, aber es war dunkel. Leon war gerade aus der Stadt zurückgekehrt, hatte sich auf der Landstraße von Bonard getrennt und war gemächlich im Schritt die Auffahrt entlanggeritten. Aber Sugar, Plumboys bester Stallgehilfe, hatte seinen Herrn kommen hören und stand bei seiner Ankunft wartend vor dem Haus, um das Pferd für die Nacht in seine Box zu bringen. Leon war daraufhin die Stufen der Veranda hinaufgestiegen, wo Laurettas Gruß ihn zurückhielt.

»Komm, setz dich zu mir. Ich bin ganz allein. Sarah ist mit Ezra zu den Sklavenhütten gegangen, um einen Kranken zu besuchen – Skeeter nannte sie ihn. Fieber und Schüttelfrost, und er ist ›ganz gewiß‹, daß sein letztes Stündchen geschlagen hat!« Sie lachte heiter. »Du weißt ja, wie sie sind – ich kann dir sagen, es ist wahrhaftig sehr lehrreich, einmal ein paar Wochen hier zu sein und zu sehen, was sie alles tut! Ich hatte bis jetzt immer geglaubt, es sei Aufgabe der Schwarzen, für die Weißen zu sorgen, aber mir scheint, es ist genau umgekehrt!«

Seine Augen gewöhnten sich an die Dunkelheit der Veranda, die dort, wo Lauretta saß, noch durch die Glyzine vertieft wurde, deren Blätter verdorrt, aber noch nicht abgefallen waren. Lauretta war allein, wie sie gesagt hatte. Sie saß in einem hochlehnigen Schaukelstuhl, den Leons Mutter oft benutzt hatte, und sie trug einen wollenen Schal um die Schultern, wie Deborah ihn gegen die Kühle eines Herbstabends hätte tragen können.

»Ich sollte lieber hineingehen, Lauretta. Es gibt da ein paar Zahlen, die ich in die Bücher eintragen will, solange sie mir noch frisch im Gedächtnis sind.«

Sie lächelte, und obwohl er ihre Augen nicht erkennen konnte, sah er ihre Zähne weiß in der Dunkelheit blitzen. »Mein Gott, du behandelst mich wahrhaftig wie eine Aussätzige! Aber weißt du, das bin ich nicht. Ich bin eine vollkommen normale Frau in einem, wie man sagt, normalen Zustand, wenn auch nicht in einer völlig normalen Situation.«

Leon verbeugte sich steif. »Du wirst mich jetzt bitte entschuldigen.« Er wandte sich zum Gehen.

»Nein, das werde ich nicht tun, Sir. Komm zurück!« Leon blieb stehen. Ihre Stimme war drohend und schmeichelnd zugleich. »Bleib da und sprich mit mir. Ich bin, wie du siehst, ganz allein.« Sie hob die Hand, um ihn herbeizuwinken. »Komm her, setz dich neben mich.« Er ging vorsichtig auf sie zu, nahm aber nicht ihre Hand, die sie nach einem Augenblick auf die Armlehne ihres Stuhls fallen ließ.

»Nun«, sagte er, »was gibt's?«

»Setz dich.«

Er setzte sich auf einen Stuhl außerhalb der Reichweite ihrer Hand.

»Ich fürchte, du bist herzlos.«

»Das glaube ich kaum«, erwiderte er gereizt.

Sie lehnte sich in ihrem Stuhl zurück, als ob sie jetzt, da sie ihn veranlaßt hatte, bei ihr zu bleiben, nicht mehr fürchtete, ihn zu verlieren. »Wir haben seit meiner Ankunft überhaupt nicht miteinander gesprochen.«

»Ich weiß nicht, was du damit sagen willst.«

»Ach, Leon.« Sie lachte vertraulich. »Deine Stimme zittert ja vor Angst. Du bist gar nicht der muntere, unbekümmerte Kavalier, der du zu sein schienst, als wir uns in Charleston trafen!« Sie lächelte freudlos, nur zu ihrer eigenen Befriedigung.

»Bin ich der Vater des Kindes, das du erwartest?«
»Was für eine grausame und beleidigende Frage! Glaubst du etwa, ich könnte deine Gastfreundschaft annehmen, wenn du es nicht wärst? Nur ist es leider eine recht widerwillig gewährte Gastfreundschaft.«
»Das stimmt nicht, Lauretta.«
»Nun, dann zumindest furchtsam.«
»Ich frage dich noch einmal: Ist es mein Kind?«
»Meinst du, daß es von der großen thespischen Leuchte Roderick Conyngham, dem Liebling der Könige, gezeugt worden ist? Glaubst du, es wird auf die Welt kommen und deklamieren: ›Sein oder Nichtsein‹? Und was wirst du darauf antworten?«
»Sei nicht frivol, Lauretta. Du machst dich über mich lustig.«
»Ich werde aufhören, wenn du zeigst, daß du noch etwas von der Zuneigung zu mir empfindest, die du in Charleston zu empfinden schienst.«
»Was in Charleston geschehen ist, hat nichts mit hier und jetzt zu tun.«
»Oh, es hat sehr viel mit hier und jetzt zu tun!«
»Du kannst mich nicht beschuldigen, dich verführt zu haben«, sagte er.
»Womit du mich beschuldigst, dich verführt zu haben.«
»Nein.«
»Was dann?«
Sie wartete. Er versuchte, seine Gedanken zu sammeln und zu ordnen. Es dauerte einige Minuten, ehe er wieder sprach, und bis dahin hatte sie sich bewußt entspannt; sie saß ungezwungen da, hielt eine Hand locker im Schoß und griff mit der anderen müßig nach einem trockenen Blatt.
»Es ist meine eigene Schuld«, sagte er schließlich. »Wie konnte ich nur so töricht sein?«
Da keine Frau sich geschmeichelt fühlt, wenn man ihr sagt, daß es eine Torheit war, sie zu lieben, entgegnete sie: »Du bist gemein!«
»Ja, das bin ich«, stimmte er ihr bei. »Mit der liebsten, besten Frau der Welt verheiratet – und es in einem Augenblick der Schwäche zu vergessen, mich hinreißen zu lassen, dich zu...«
»Zu was, Sir?«
Er zuckte die Achseln.
»Zu vögeln, Sir! Ist das das Wort, das du nicht aussprechen konntest? Du brauchst meine Gefühle nicht zu schonen. Sie sind robuster als deine eigenen.«
»Warum bist du gekommen?«
»Wohin sollte ich sonst gehen? Du hattest mich ja eingeladen.«
»Ja, das hatte ich.«
»Ich bin gekommen, um deinen – voraussichtlichen Erben zur Welt zu bringen. Warum hat Sarah dir kein Kind geschenkt?«
»Sprich nicht von Sarah.«

»Oh, natürlich«, pflichtete sie ihm ironisch bei. »Ich bin nicht gut genug, um von ›der Liebsten und Besten‹ zu sprechen, nachdem ich ihren Mann verführt habe und jetzt gekommen bin, für eine Weile um Zuflucht zu bitten – nur für so lange, wie es dauert, mich einer unglückseligen und unerwünschten Last zu entledigen.«
»Du bist wundervoll«, sagte er, aber in einem anderen Sinn, als er es an ihrem ersten gemeinsamen Abend in Charleston gesagt hatte.
»Ich betrachte das als eine dürftige Anerkennung von seiten eines Menschen, der es mir unmöglich gemacht hat, mit dem Leben fortzufahren, das ich zu führen bereit war – als meine eigene Herrin, unabhängig von dir oder irgendeinem anderen Mann.«
»Stell dich doch nicht als armes Opfer hin. Du bist mein Opfer, wie ein habgieriger König das Opfer seiner Wünsche ist.«
»Gut gesagt! Die Angst schärft deinen Verstand.«
»Ich habe keine Angst vor dir.«
Sie tat überrascht. »Dann steht es mir also frei, Sarah zu sagen, daß du der Vater des Kindes bist, das ich erwarte? Eines Kindes, das sie selbst nicht empfangen kann?«
»Wenn du ihr Glück zerstören willst«, sagte er kalt.
»Ist sie denn glücklich?«
»Ich glaube, ja.«
»Nicht nur geschäftig?«
»Ich fürchte, ich habe dich bis heute abend überhaupt nicht gekannt«, sagte er langsam.
»Du kennst mich auch jetzt nicht. Wenn du doch nur verstehen würdest«, setzte sie hinzu.
»Ich möchte, daß *du* etwas verstehst, Lauretta. Sarah und Beulah Land sind das Beste, das es auf der Welt gibt. Du kannst ihnen nichts anhaben, du kannst nur mir etwas anhaben.«
»Ich revidiere meine frühere Ansicht: Du bist nicht nur gemein – du bist tatsächlich, wie du selbst sagst, unbeschreiblich töricht. Ich finde keine Worte, um dir den Abscheu zu schildern, den ich empfinde, wenn ich daran denke, daß ich von dir ein Kind erwarte.«
Leon stand auf. »Wir haben uns gegenseitig genügend beleidigt, um selbst dein Verlangen nach dramatischen Auftritten zu befriedigen. Gute Nacht, Madam.«
Sie streckte rasch die Hand aus und griff nach dem Saum seiner Jacke. »Du hast kein Recht, mich zu verachten.«
Er entzog sich ihrem Griff. »Bilde dir nicht ein, Lauretta, daß ich nicht gesehen habe, wie du Bonard schöne Augen machst. Aber du wirst damit nicht viel erreichen. Er ist kein freier Mann, der Liebesgunst schenken und empfangen kann.«

»Du bist eifersüchtig!« Ihre Stimme hob sich in einem beglückten, singenden Stöhnen. »Du bist eifersüchtig. Gibst du's zu, Sir?«
»Ich wünsche Ihnen abermals gute Nacht, Madam.«

16

Am 5. Oktober 1835 um elf Uhr morgens wurde Laurettas Kind geboren. Es war keine leichte oder schnelle Geburt. Am Tag zuvor hatten sich Sarah und Lauretta nach dem üblichen reichhaltigen Sonntagsessen auf ihre Zimmer zurückgezogen, um sich eine Stunde auszuruhen. Lauretta bewohnte das Zimmer, das früher einmal Leon gehört hatte und nach Leons und Sarahs Heirat in ein Gästezimmer umgewandelt worden war. Seit ihrer Ankunft am 2. August hatte Lauretta es sich zu eigen gemacht.
Sarah, die ein Mittagsschläfchen hielt, wurde von einem Geräusch geweckt, das sie sofort erkannte: Es war der überraschte Protest einer Frau, bei der zum erstenmal in ihrem Leben die Wehen einsetzen. Sie schlüpfte, noch nicht ganz wach, aus dem Bett, lief im Unterrock in das Zimmer ihrer Schwester und sah Lauretta auf dem Rand ihres hohen Bettes sitzen, die Hände seitlich an den hervortretenden Leib gepreßt, die Augen starr auf den Boden geheftet, als ob sie plötzlich die Kraft eines Todfeindes erkannt hätte.
»Ich bin bei dir!« rief Sarah, ging auf Lauretta zu, setzte sich neben sie und legte den Arm um ihre Schultern.
Lauretta schüttelte ihren Arm ab. »Ruf jemanden, der mir helfen kann«, flüsterte sie, das Gesicht bleich vor Angst.
»Ist es nicht besser, wenn du dich hinlegst? Versuche, dich zu entspannen.«
»Um Himmels willen, geh und hol jemand, der Bescheid weiß!«
»Ich werde Lovey rufen und sofort den Arzt benachrichtigen lassen.« Sarah rannte aus dem Zimmer und die Treppe hinunter, ohne sich die Zeit zu nehmen, ihr Kleid anzuziehen. Leon war nicht im Büro. Sie sah ihn vom Laufgang aus im Gespräch mit Floyd auf dem Hof stehen. »Leon!« rief sie, dann lief sie zur Küche und steckte den Kopf durch die Tür. »Ist Lovey da?«
»Nein, Ma'am«, sagten die zwei Mädchen, die das Geschirr vom Mittagessen spülten.
Leon und Floyd, denen der Ton, in dem sie Leons Namen gerufen hatte und dann weitergestürmt war, ihren Schreck verriet, kamen eilig herbei.
»Floyd«, sagte sie als erstes, »such Lovey und schick sie in das Zimmer meiner Schwester. Sie glaubt, daß das Baby kommt.« Ohne ein Wort wandte Floyd sich ab und lief zur Hütte seiner Eltern.

Leon war ebenso bleich, wie Lauretta es gewesen war, als Sarah sie verließ. »Ich hole den Arzt.«
»Schick Floyd, wenn er zurückkommt.«
»Nein! Ich gehe selbst.«
Sie küßte ihn rasch auf die Wange. »Du bist sehr lieb.«
Während er sie noch verdutzt ansah, drehte sie sich um und rannte wieder ins Haus. Er ging zum Stall und rief: »Sugar! Verdammt nochmal, wo bist du? Plumboy! Sattle mein Pferd!«
Leon ritt in gestrecktem Galopp nach Highboro – mehr wie jemand, der die Flucht ergreift, als wie jemand, der Hilfe holt. Er traf Dr. Chester Porterfield zu Hause beim Mittagsschlaf an. Als seine Frau ihn weckte, war er zuerst nicht bereit, sich sofort auf den Weg zu machen, und als sie ihn schalt, fing er an, sich anzuziehen, lehnte es jedoch mürrisch ab, sich zu beeilen. Er hatte natürlich gewußt, daß man seine ärztliche Hilfe brauchen würde, und vor einem Monat hatte er der werdenden Mutter einen Besuch gemacht. Damals war dem Arzt bei Kaffee und Kuchen der Gedanke durch den Kopf gegangen: »Hübsche Frau. Breites Becken. Sollte eigentlich keine Schwierigkeiten haben.« Als seine Frau ihn jetzt zur Eile antrieb, wobei sie ihn an die Bedeutung der Kendricks erinnerte, streckte er ihr die Zunge heraus und gab einen kindischen Ton von sich, bevor er sie bat, dem Diener zu sagen, er solle das Pferd vor den Wagen spannen. Dann ging er gähnend auf die Veranda hinaus und sprach ein paar Minuten mit Leon, ehe er vorschlug, daß Leon vorausreiten solle, und versprach, daß er ihm in Kürze folgen werde. »Sie werden sehen, wir haben Zeit. Viel Zeit.«
Er hatte recht, als er sagte, daß sie Zeit hatten, und unrecht, als er behauptete, daß Leon es sehen werde, denn Leon ritt schnurstracks vom Haus des Arztes zum Büro seines Onkels. Wie sich herausstellte, war Bonard mittags bei Felix und Nell zu Gast gewesen, und nach dem Essen hatten die beiden Männer, wie es ihre Gewohnheit war, Nell ihrer Mittagsruhe und Verdauung überlassen und waren ins Büro gegangen, um langsam ihren Whisky zu trinken, eine Zigarre zu rauchen und über mancherlei Dinge zu reden, über die Männer nur unter sich reden können.
Leon war ebenso beglückt, sie anzutreffen, wie sie überrascht waren, ihn zu sehen. Nachdem Bonard ihm eine Zigarre gegeben und sie mit seiner eigenen angezündet hatte, und nachdem Felix ihm ein Glas geholt und Whisky eingeschenkt hatte, lehnten sich die drei bequem in ihren Sesseln zurück und unterhielten sich.
»Ist sie soweit!« sagte Bonard, als Leon ihnen erzählte, was ihn so unerwartet in die Stadt geführt hatte. »Immer mit der Ruhe, mein Freund. Du bist ja so nervös, als ob du selbst der Vater wärst!« Bonard rollte seine

Zigarre mit Kennermiene zwischen den Fingern, hob sie an die Lippen und nahm einen tiefen Zug. Er hielt den Rauch warm und scharf im Mund, dann stieß er ihn in dicken Wolken aus. Er sah Leon an, kniff die Augen zusammen und lächelte schließlich. »Sie wird wieder schlank und hübsch sein«, sagte er. »Und reif. Nichts ist besser als eine ausgereifte Frau, um einen Mann in Form zu bringen.« Bonard sah Felix an, und sie lachten beide, der offenherzige Taugenichts und der reuelose alte Sünder. Leon blickte vom einen zum anderen, um zu sehen, ob sie über ihn lachten, und dann stimmte er in ihr Lachen ein, ohne sich darüber schlüssig geworden zu sein.

Auf Beulah Land gingen manche Dinge schnell voran, andere wieder ließen sich Zeit. Lovey war fünf Minuten, nachdem Floyd sie aus ihrem Mittagsschlaf geweckt hatte, bei Lauretta. Während sie sich ein Kleid über den Unterrock zog, in dem sie, ebenso wie Sarah, auf ihrem Bett gelegen hatte, sagte sie Floyd, er solle Myrtis suchen und zu ihr schicken.

Sobald sie Laurettas Zimmer betrat, befahl sie Lauretta, sich auszuziehen, und dann halfen Lovey und Sarah ihr ins Bett. Kurz darauf traf Myrtis ein, klopfte an und kam herein, ohne auf Erlaubnis zu warten. Geburten ermutigen Frauen stets, sich gewisse Rechte zu nehmen. Lovey bat sie, sich in der Küche bereitzuhalten, Plumboy nach dem Wagen des Arztes Ausschau halten zu lassen und das intelligentere ihrer beiden Küchenmädchen, Juanita, heraufzuschicken, für den Fall, daß man ihre Hilfe brauchte.

Unaufgefordert kamen bald danach Buttercup und Posie in sauberen, gestärkten Kleidern und Schürzen; sie trugen eine ernste Miene zur Schau und jenes allwissende Gebaren, das die Alten häufig anzunehmen pflegen und dessen einzige Rechtfertigung in der Tatsache liegt, daß sie noch immer am Leben sind. Je mehr Menschen sich im Zimmer aufhielten, desto lauter verlieh auch Lauretta ihrem Unbehagen und ihren Schmerzen Ausdruck. Sie wimmerte, sie stöhnte und ächzte, sie schlug mit den Händen gegen die Seiten des Bettes. Sie krümmte und bog ihren Körper. Sie tat alles, was sie konnte, um die Aufmerksamkeit auf sich zu lenken, nur nicht das, worauf sie alle warteten: Das Kind kam noch lange nicht. Buttercup und Posie berieten sich flüsternd, dann schlich Buttercup zum Fußende des Bettes und machte einen Knoten in das Laken, auf dem Lauretta lag, »um die Schmerzen zu lindern«.

Dr. Porterfield traf ein und untersuchte die Patientin – oder besser gesagt: er warf einen Blick auf sie, in dem mehr Verachtung als Sorge lag, riet allen Anwesenden, sich zu beruhigen und gleichzeitig bereitzustehen, und dann ging er, von Sarah gefolgt, hinunter ins Speisezimmer. Sarah wollte ihn eigentlich nach dem Zustand ihrer Schwester fragen, klingelte jedoch statt dessen nach Myrtis und bat sie, dem Arzt Kaffee und Kuchen zu bringen. Sie fragte sich, wo Leon blieb, was ihn wohl in der Stadt zurückhalten mochte; aber sie ließ sich nicht dazu hinreißen, den Arzt zu fragen, ob er wisse, wo ihr Mann sich aufhielt. Außerdem konnte sie es sich denken – aller Wahrscheinlichkeit nach bei seinem Onkel Felix und bei Tante Nell. Während sie zusah, wie der Arzt gierig den Nußkuchen verschlang, dessen Krümel zuerst auf seinen Kinnbart und dann auf Tisch und Boden fielen, fragte sie ihn, wie lange es seiner Meinung nach dauern könne, bis das Kind geboren wurde. Er blinzelte ihr zu, kaute an seinem Kuchen und sagte, als sein Mund leer genug war, daß er einen Satz hervorbringen konnte: »Geduld. Wir können nichts weiter tun als warten, bis wir gebraucht werden. In der Zwischenzeit bitte ich Sie, sich keine Sorgen zu machen. Versuchen Sie, sich auszuruhen.«

Zweiundzwanzig Stunden vergingen von dem Augenblick, als Sarah Laurettas ersten Schrei gehört hatte, bis sie den ersten Schrei des Kindes hörte. Lauretta schlief kurz, aber ihr Körper bog und krümmte sich selbst im Schlaf. Sarah legte sich gegen Mitternacht auf ein hartes Sofa, das selten auch nur zum Sitzen benutzt wurde; es war ein Möbelstück, das lediglich dazu diente, die obere Halle nicht völlig kahl erscheinen zu lassen. Sie fragte sich vor dem Einschlafen, warum Leon nicht zurückgekehrt war, und wachte auf, um sich abermals zu fragen, weshalb er nicht bei ihr war. Niemand nahm ein regelrechtes Abendessen zu sich, obgleich der Arzt sich mit großem Appetit an den kalten Speisen gütlich tat, die Myrtis zubereitet und auf den Eßtisch gestellt hatte. Myrtis sorgte auch dafür, daß es ständig heißen Kaffee gab. Die Schornsteine der Küche rauchten die ganze Nacht hindurch. Hin und wieder wurden die Bewohner des Hauses durch Laurettas Schreie aufgeschreckt, die schon lange nicht mehr von bloßer kindlicher Angst und Selbstmitleid herrührten. Alle wußten, daß die Wehen wirklich eingesetzt hatten, als Lauretta anfing, gellende Flüche auszustoßen, von denen sie einige noch nie in ihrem Leben gehört hatten, die sie jedoch verstanden, als ob sie die Worte und Sätze schon immer gekannt hätten.

Auch Sarah war erschöpft, und der Arzt hatte ein hochrotes Gesicht und matte Augen, nachdem er im Laufe des Abends ein ganzes Pfund Käse gegessen und seit dem frühmorgendlichen Frühstück diverse Süßigkeiten, belegte Brötchen sowie einige Glas Brandy zu sich genommen hatte.

Dann wurde es am späten Morgen, nach langen Stunden der müden Geschäftigkeit, plötzlich still im Haus. Lauretta war ohnmächtig geworden. Der Arzt holte das Kind aus ihrem Leib. Ein Geruch von Schweiß und Blut hing in der Luft des Zimmers, dessen Fenster geschlossen worden waren, um Lauretta vor Erkältung zu schützen. Der Schrei des Neugeborenen erklang, zornig und erschreckt, und Sarah war zugegen. Die Uhr in der oberen Halle schlug elf.

»Es ist ein Mädchen«, sagte Juanita, während sie das Baby säuberte; sie hatte zu diesem Zweck ihre Hände mit Butter bestrichen, als ob sie eine Bonbonmasse ausziehen wollte. Sarah stand da und blickte auf das Kind, dessen Schreie vor Erschöpfung, oder weil es sich an die Außenwelt zu gewöhnen begann, allmählich nachließen. Lauretta schlief, und sie wachte auch nicht auf, als Lovey sie wusch und ihr Bett in Ordnung brachte. Selma, die sich nicht aus ihrem Zimmer gerührt hatte, seit sie am Tag zuvor Laurettas ersten Schmerzensschrei gehört, schlief jetzt ebenfalls, während Pauline sie in den Armen hielt, als wäre sie das Kind, das soeben geboren worden war.

Roscoe sorgte dafür, daß in dem Bereich, der seinem Befehl unterstand, die Arbeit fortgesetzt wurde. Lovey und Myrtis hielten den Haushalt in Gang und legten zwischendurch, wann immer sie konnten, eine kurze Schlafpause ein. Dr. Porterfield fuhr mit übervollem Magen und einer langen Geschichte für seine wartende Frau nach Highboro zurück. Nachdem Sarah sich überzeugt hatte, daß ihre Schwester gut versorgt war und ruhig schlief, ging sie in ihr eigenes Zimmer, fiel aufs Bett und war eingeschlafen, noch ehe sie sich entschließen konnte, ihre Schuhe auszuziehen. Lovey, die etwas später nach ihr sah, zog sie ihr aus, legte ihr ein Kissen unter den Kopf und schloß die Vorhänge, damit das Tageslicht sie nicht störte.

Als Sarah aufwachte, sah sie, daß es bereits zu dämmern begann. Sie war immer noch müde, als sie zum Waschtisch ging, um sich Gesicht und Hände zu waschen. Nachdem sie ihre Haare gebürstet und zu einem Knoten aufgesteckt hatte, ging sie zu Lauretta. Als sie eintrat, war das Zimmer dunkel, und Lauretta schien zu schlafen. Juanita, die neben der Wiege saß, in der bereits Leon und Selma als Babys gelegen hatten, lächelte ihr zu und legte einen Finger an die Lippen.

Sarah ging zur Wiege und blickte auf das schlafende Kind. »Geht es ihm gut?« flüsterte sie.

Juanita nickte gewichtig. »Lovey hat Fedora 'raufgebracht, die vor zwei Wochen ihr Baby bekommen hat. Fedora hat es gestillt, und es hat nich ein Mal gespuckt. 's wird ein braves Baby sein.«

»Oh, das ist gut«, sagte Sarah. »Bist du überhaupt im Bett gewesen?«

»Nein, Ma'am.«

»Du mußt doch todmüde sein.«

»Ja, Ma'am. Ich bin ein bißchen müde, aber ich mußte Sie sprechen, um Sie etwas zu fragen.« Sarah sah das Mädchen an und wartete, daß es fortfuhr, aber Juanita war plötzlich verschüchtert. »Nun, Ma'am, ich weiß nicht, ob's Ihnen recht ist, aber ich wollt' Sie fragen – darf ich das Kindermädchen von diesem Baby sein?« Jetzt war es gesagt, und Juanita blickte Sarah an, als ob viel von der Antwort abhinge, die sie bekam.

»Ich sehe keinen Grund, weshalb nicht«, sagte Sarah nachdenklich. »Warum liegt dir soviel daran?«
Juanita blickte eine Weile schweigend auf das Kind hinunter. »Oh«, sagte sie schließlich vage, »ich weiß nicht, Ma'am. Ich liebe Babys.«
»Du kannst es sicherlich betreuen – es sei denn, seine Mutter will es selber tun.« Als sie den Schrecken sah, der sich über Juanitas Züge legte, setzte sie rasch hinzu: »Aber ich glaube nicht, daß sie es will, und außerdem braucht sie auf jeden Fall jemanden, der ihr dabei hilft.«
Juanita seufzte erleichtert. »Wie heißt es?« fragte sie.
»Oh...« Sarah lachte und vergaß zu flüstern. »Weißt du, daß sie, meine Schwester, nie davon gesprochen hat, wie sie das Kind nennen will? Sie hat nie irgendwelche Jungen- oder Mädchennamen erwähnt. Ich werde sie fragen, sobald sie aufwacht.«
Die Tür öffnete sich, und Lovey kam mit einem Tablett herein; ihr folgte eine untersetzte, sehr dunkle Negerin, die geradewegs auf die Wiege zuging. Lovey stellte das Tablett auf einen Tisch neben Laurettas Bett und sagte zu Juanita: »Mach die Vorhänge auf, damit Luft reinkommt. Das Zimmer stinkt.« Juanita tat wie befohlen, dann ging sie besorgt zu Fedora zurück, die das Baby aufgenommen hatte; es war aufgewacht und schrie. Juanita beobachtete die beiden aufmerksam, während Fedora sich auf ihren Stuhl setzte, die Brust entblößte und sie dem Kind bot. Es hörte auf zu schreien, als es die Brustwarze fand. Fedora lächelte Juanita überlegen zu.
»Wachen Sie auf, Miss«, sagte Lovey neben dem Bett. »Zeit, daß Sie etwas essen.«
Lauretta schlug die Augen auf. »Ich bin wach«, sagte sie matt. »Ich habe überhaupt nicht geschlafen.«
»Sie haben geschlafen«, versicherte Lovey ihr. »Eine ganze Weile.«
»Woher willst du das wissen?«
»Sie haben geschnarcht.«
»Ich schnarche nicht.«
»Doch, das tun Sie. Heben Sie den Kopf ein bißchen höher.«
»Ich will nichts essen.«
»Es ist gut für Sie. Haferflocken, in Eichhörnchenbrühe gekocht. Das wird Sie kräftigen.« Sie hob die umgedrehte Schüssel ab, die wie ein Topfdeckel über der Breischüssel lag, nahm einen Löffel zur Hand und fing an, Lauretta zu füttern. Lauretta, die zunächst protestiert hatte, aß begierig und leerte die ganze Schüssel. Lovey reichte ihr ein Glas Milch, und sie begann zu trinken.
Erst jetzt schien sie Sarah zu sehen. Als ihre Augen sich begegneten, beugte Sarah sich hinunter und küßte ihre Schwester auf die Wange. »Du hast eine sehr hübsche Tochter«, sagte sie.

Lauretta runzelte die Stirn. »Alle Babys sind häßlich.«
»Juanita hat sich in sie verliebt und besteht darauf, ihr Kindermädchen zu sein! Außerdem will sie wissen, wie sie das Kind nennen soll.« Die Schwestern sahen sich an, Sarah lächelnd, Lauretta mit ausdruckslosem Gesicht; sie schien sich noch nicht klargemacht zu haben, daß ihre Qual ein Menschenleben hervorgebracht hatte.
Sarah lachte. »Fedora stillt sie wieder. Du kannst sie sehen, wenn sie mit ihrer Mahlzeit fertig ist.«
Lauretta schüttelte den Kopf. »Ich will nicht.«
»Natürlich willst du, aber erst, wenn wir uns für einen Namen entschieden haben.«
Lauretta zuckte die Achseln.
Sarah wartete einen Augenblick, dann fragte sie: »Wenn du noch keinen gewählt hast, könnte es dann Mamas Name sein?«
»Wenn du willst«, sagte Lauretta geistesabwesend.
Lovey blickte stirnrunzelnd auf sie hinunter, dann mit einem noch ernsteren Stirnrunzeln auf Sarah. »Sie können die Vorhänge zuziehen, aber nicht ganz.« Sie hob das Tablett auf und ging hinaus.
Lauretta, die inzwischen ihre Milch ausgetrunken hatte, schloß die Augen und schlief wieder ein. Sarah ging zu Juanita und Fedora. Der Mund des Babys hatte sich entspannt, seine Augen waren geschlossen. Es war ebenfalls gesättigt; es würde ebenfalls schlafen. Juanita nahm es Fedora behutsam ab und wiegte es in den Armen. Fedora knöpfte ihr Kleid zu, dann ging sie fort.
Während Juanita zärtlich auf das Baby in ihren Armen hinunterblickte, flüsterte Sarah: »Es heißt Rachel.«
Juanita lächelte und nickte, als hätte man sie an etwas erinnert, was sie schon lange wußte.
Sarah nahm eine Kerze, um sich den Weg durch die Halle und die Treppe hinunter zu leuchten, aber als sie Laurettas Tür hinter sich schloß, rief Leon, der an der halboffenen Tür ihres eigenen Zimmers gewartet hatte: »Sarah?«, und sie eilte zu ihm.
»Geht es dir gut?« fragte sie, als sie die Tür schloß.
Er beugte sich vor und küßte sie auf die Stirn; dann nahm er ihr die Kerze ab und stellte sie auf ein kleines Tischchen an der Wand. »Geht es dir gut?« wiederholte er selbstironisch ihre Worte. »O Sarah, warum schreist du nicht und verfluchst mich wegen meiner Schwäche und Torheit? Ich sollte doch eher dich fragen: ›Geht es dir gut?‹ Wenn du nur nicht so geduldig wärst, wenn du mich ein wenig für all die erbärmlichen Dinge, die ich tue, bestrafen würdest!«
Inzwischen hatte sie bemerkt, daß er unrasiert und seine Kleidung unordentlich war. Wenn er vielleicht auch nicht darin geschlafen hatte, so hatte

er sie doch ganz offensichtlich zwei Tage lang getragen. Er schien jedoch vollkommen nüchtern zu sein.
»Das Kind ist heute morgen geboren worden. Lauretta hat sehr gelitten, aber sie scheint sich jetzt rasch zu erholen, obwohl sie einen recht niedergeschlagenen Eindruck macht. Wir haben der Kleinen erst jetzt einen Namen gegeben – sie heißt Rachel, nach unserer Mutter, die gestorben ist, als wir noch klein waren.«
»Sarah!« Seine Stimme erstickte, als er ihren Namen aussprach, und er weinte.
»Leon, mein Liebster...« Sie legte die Arme um ihn, und er ließ es geschehen, schöpfte Trost aus ihrer Stärke und Nähe und genoß das Gefühl der Reue.
»Es hätte dein Kind sein sollen!« murmelte er.
»Nun...«, sagte sie leise, ein wenig verlegen.
»Wenn es das doch wäre!«
»Nun, sie ist es nicht, und wir müssen dafür sorgen, daß sie gute Pflege hat. Du siehst, ich spreche von diesem Kind als ›sie‹, nicht ›es‹. Sie ist für mich schon Wirklichkeit.«
Leon, wieder Herr seiner selbst, murmelte: »Ich weiß.«
»Ich habe den ganzen Nachmittag geschlafen«, sagte sie heiter. »Und du bist zu Hause – ich bin so froh. Aber jetzt muß ich sehen, was sich inzwischen unten alles ereignet hat. Das Abendessen wird sicher bald fertig sein. Mach dich ein wenig frisch, wenn du magst, und dann komm hinunter. Ich finde, wir sollten ein Glas Wein zu Ehren des neugeborenen Kindes trinken, meinst du nicht?«
Leon nickte. »Gut. Aber vergiß nicht, Sarah, ich habe versucht, dir zu sagen, wie sehr ich bereue, was ich getan habe.«
»Du bist zu Hause. Alles andere ist unwichtig.« Sie umarmte ihn kurz, dann nahm sie ihre Kerze vom Tisch und ging hinaus.
Auf ihrem Weg durch das Haus schaute sie sich um und sah, daß alles in Ordnung war. Sie hatte es von Lovey nicht anders erwartet. Selbst am Tag des Jüngsten Gerichts würde Lovey noch dafür sorgen, daß die Höfe gekehrt wurden! Sarah traf sie in der Küche mit Myrtis und Sallou, dem zweiten der Küchenmädchen, an. Sie begrüßte alle drei und sagte: »Mr. Leon ist zu Hause. Wie lange ist es noch bis zum Abendessen? Und was gibt's?«
»Reste«, sagte Myrtis verdrießlich. »Der Doktor hat alles aufgegessen, was ihm unter die Finger kam. Hühnerpastete und süße Kartoffeln. Rübenkraut und Maisklöße. Aber ich hatte wenigstens Zeit, ein paar Pfirsichtörtchen als Nachspeise zu machen.«
»Es wird niemand verhungern«, sagte Lovey.
»Nein«, pflichtete Sarah ihr bei, dann zögerte sie einen Augenblick, ehe

sie sich wieder an Myrtis wandte. »Du wirst dir eine neue Hilfe für die Küche suchen müssen. Nimm, wen du willst. Juanita hat darum gebeten, als Kindermädchen bei dem Baby bleiben zu dürfen, und ich habe es ihr zugesagt.«

Sallou fing an zu kichern. Lovey sagte zu Myrtis: »Ich hab's dir prophezeit«, und Myrtis befahl Sallou, mit dem albernen Getue aufzuhören, wenn sie nicht rechts und links ein paar um die Ohren haben wolle. Sarah lächelte sie alle ein wenig unsicher an und sagte: »Nun gut«, was alles oder nichts bedeuten konnte. Da sie das Gefühl hatte, die Sache mit Myrtis irgendwie falsch, wenn nicht sogar regelrecht unklug angepackt zu haben, ging sie schnüffelnd zum Küchenherd, und als sie den Teller mit den Pfirsichtörtchen sah, die auf der Herdplatte warm gehalten wurden, fragte sie Myrtis: »Darf ich eins haben? Ich weiß, ich sollte es eigentlich nicht vor dem Essen, aber ich komme um vor Hunger.«

Myrtis, deren Würde und Autorität wiederhergestellt waren, nahm eine Gabel und servierte ihrer Herrin geschickt eines der Törtchen auf einer frischen Serviette, die eine kleinlaute Sallou ihr dienstfertig reichte.

»Ah, vielen Dank!« gurrte Sarah anerkennend, nahm das Törtchen zwischen ihre Finger und biß hinein.

»Verbrennen Sie sich nicht!« schalt Myrtis sie.

»Das werde ich nicht tun«, versprach Sarah und trat von der Küche auf die Veranda hinaus, denn sie wollte so schnell wie möglich von ihnen fort. Sie schritt rasch und entschlossen aus, als ob sie etwas zu erledigen hätte und genau wüßte, wohin sie ging, obgleich das keineswegs der Fall war. Als sie zu den Stufen kam, die auf den Hof hinunterführten, sah sie Roman und erkannte an seinem Gesicht, daß er auf sie gewartet hatte.

»Roman! Wie schön, dich zu sehen.« Sie nahm seine Hand und drückte sie.

»Endlich sind Sie aufgewacht!« sagte er lächelnd, aber auch ein wenig vorwurfsvoll. »Lovey hat gesagt, Sie seien die ganze Nacht aufgewesen, und ich würde Sie bis morgen nicht zu sehen bekommen.«

»Nimm doch etwas von dem Pfirsichkuchen.«

Er schüttelte den Kopf.

Sie brach ein Stück ab und steckte es ihm in den Mund, der sich öffnete, um es in Empfang zu nehmen. Dann aß sie den Rest und wischte sich die fettigen Finger an der Serviette ab. Sie kauten zusammen, ihre Augen rollten und ihre Schultern schüttelten sich vor Lachen, das sie unterdrückten, um sich nicht zu verschlucken.

»Ich hab' gehört, es ist ein Mädchen.«

»Es heißt Rachel.«

»Rachel?«

»Der Name meiner Mutter.«

»Aha.« Er nickte.
»Weißt du«, neckte sie ihn, »ich hatte fast vergessen, wie du aussiehst, Roman. Der Tag gestern war so seltsam, wie ein Tag außerhalb der Zeit.«
»Ich seh' aus wie ich.«
»Ja«, pflichtete sie ihm beglückt bei. »Du siehst aus wie du!« Aber noch während sie das sagte, fiel ihr ein, daß sie Leon gebeten hatte, ein Glas Wein mit ihr zu trinken, um die glückliche Geburt des Kindes zu feiern. Sie verabschiedete sich eilig von Roman und ging wieder ins Haus.

17

Auch Nell und Felix wollten sich das Kind ansehen. Nell schüttelte den Kopf und sagte: »Armes kleines Ding – in dieses Jammertal hineingeboren, wo eine Frau nichts wie Leiden zu erwarten hat.« Juanita, die das Baby ganz und gar unter ihre Obhut genommen hatte, fragte »Miss Nell«, ob sie Rachel einen Augenblick in die Arme nehmen möchte, aber das Angebot wurde mit einem wehmütigen Lächeln abgelehnt.
Es gab auch fröhlichere Besuche. Die ganze Familie Davis kam mitsamt ihren Jüngsten. Ihr Aufenthalt war kurz, freundlich und ein wenig lärmend. Die vier Kinder, denen man offensichtlich eingeschärft hatte, daß sie das Baby nicht anfassen durften, standen feierlich da, die Hände auf dem Rücken, während Juanita das Kind hinunterhielt, damit sie es aus der Nähe betrachten konnten. Die beiden älteren – Adam war sechs und Annabel fünf – hatten ihren Bruder James und ihre Schwester Doreen als Babys gesehen, und so hätte man annehmen können, daß dieses Neugeborene keine Sensation für sie bedeuten würde. Aber dem war nicht so – vielleicht, weil es keines der Ihren war. Sie starrten, sie glotzten. Annabel flüsterte Adam etwas ins Ohr. Er runzelte die Stirn, erwiderte etwas, ebenfalls im Flüsterton, dann sagte er: »Annabel fragt, ob wir ihre Zehen sehen können.«
Alle lachten, und Juanita zog entgegenkommend einen von Rachels Babyschuhen aus. Annabel zählte sorgfältig die Zehen, bewegte dabei die Lippen, ließ aber keinen Ton hören. Adam musterte Rachels Kopf, und als Annabel mit dem Zählen fertig war, rief er aus: »Seht euch ihre kleinen Ohren an!« Sie alle taten es, und niemand lachte, obwohl nur Juanita nicht überrascht schien, daß dem Jungen gerade ihre Ohren aufgefallen waren. Sie waren vollkommen geformt. Juanita, die das Baby besser kannte als irgend jemand sonst, lächelte Adam strahlend an und erklärte großmütig: »Du kannst eins berühren, wenn du vorsichtig bist.«
Adam streckte den Zeigefinger aus und näherte ihn behutsam dem Kopf des Babys. Sein Finger berührte das Ohr. Der Junge starrte auf das Baby.

Und plötzlich fing das Baby zu weinen an, während die anderen lachten und sich verabschiedeten. Sarah begleitete sie hinaus und sah zu, wie sie sich alle in den einen großen Wagen quetschten; es gab Gelächter, Rufe und heftige Diskussionen, wer auf dem Weg hierher auf wessen Schoß gesessen hatte, und welcher Schoßplatz wem für den Rückweg versprochen worden war.

Als sie fortfuhren, rief Sarah ihnen nach: »Ihr seht aus wie ein großer Korb mit jungen Hunden!« Ihr Gelächter drang zu ihr zurück, bis der Wagen um eine Kurve der Auffahrt bog. Allein auf den Stufen der Veranda, vermißte und beneidete Sarah die Heiterkeit der wegfahrenden Familiengruppe. Selbst Bonard war fröhlich und unbekümmert gewesen und sehr liebevoll mit seinen kleinen Nichten und Neffen. Als Sarah ins Haus zurückkehrte, hörte sie von Juanita, daß Lauretta »mit Kopfweh« auf ihr Zimmer gegangen sei.

Die meisten ihrer Nachbarn aus dem Bezirk machten einen Besuch oder kamen zumindest auf dem Weg in die Stadt kurz vorbei. Der Spätherbst war keine Jahreszeit, in der die Arbeit drängte. Nach einem arbeitsreichen Sommer hatten die Leute Muße, von ihrer Hände Arbeit aufzuschauen und sich umzusehen, sich ihrer Freunde, Feinde und Bekannten zu erinnern und sogar über Dinge mit ihnen zu reden, die nichts mit Ernten und Vieh zu tun hatten. Es gab Tanzgesellschaften, geplante und improvisierte, und alle Arten von ländlichen Vergnügungen wie das Zermalmen von Zuckerrohr und das Ausziehen von Bonbons aus dem Sirup – und auch eine eilige Heirat, um eine unvorhergesehene Schwangerschaft zu rechtfertigen. All dies waren Gelegenheiten für gesellige Zusammenkünfte, die sowohl alte Feindschaften als auch neue Flirts einschlossen. Da Laurettas Schwangerschaft bei ihrer Ankunft auf Beulah Land schon weit fortgeschritten war, wurde von den Männern im Bekanntenkreis der Kendricks nicht erwartet, daß sie vor der Geburt des Kindes Lauretta ihre Aufwartung machten, und die Frauen hatten zuviel mit dem Einkochen von Gemüse und Obst zu tun. Sie alle kamen jetzt, um Mutter und Kind zu sehen.

Die Frauen der Familie Coker kamen an einem sonnigen Morgen zu Fuß von ihrer Farm herüber, nachdem Trudy ihnen von ihrem eigenen Besuch erzählt hatte. Und selbst Clarence Anderson erschien; er wechselte jedoch nur ein paar höfliche Worte mit Lauretta und warf einen kurzen Blick auf Rachel, ehe er sich mit Leon zu einer Unterredung zurückzog, in deren Verlauf Leon sich bereit erklärte, die Zahlungsfrist für eine Geldsumme, die er Clarence zu Anfang des Jahres geliehen hatte, auf mehr oder minder unbegrenzte Zeit zu verlängern. Clarences Geldgeschäfte mit Roscoe Elk wurden nicht erwähnt, wenn er mit Leon oder seinesgleichen verhandelte, obwohl er diesmal Leon auf die gemeinsame Grenze ihrer Besitztümer hinwies und ihm zu verstehen gab, daß es »nicht wünschenswert wäre, die alte Anderson-Farm in die Hände eines Fremden fallen zu lassen«.

Sobald Penelope die Nachricht von Rachels Geburt erhielt, packte sie ihre Koffer, um nach Beulah Land zu fahren. Aber noch ehe sie die Reise antreten konnte, starb Richter Truebody an Lungenentzündung – plötzlich, wie die Leute sagten, obwohl Menschen seines Alters an Lungenentzündung angeblich immer plötzlich starben – trotz des altbekannten Spruchs: »Unpäßlich am Montag, zu Bett am Dienstag, schlechter am Mittwoch, tot am Donnerstag, beweint am Freitag, begraben am Samstag, vergessen am Sonntag.«

Penelope verschob ihre Reise um fast zwei Wochen. Der Grund dafür waren nicht nur die traurigen Ereignisse, meist gesellschaftlicher Natur, die dem Tod ihres alten Beschützers folgten. Nachdem der Richter mit Sicherheit zur irdischen Ruhe und hoffentlich auch zur ewigen eingegangen war, hatte Penelope etliche Unterredungen mit den leitenden Angestellten der »Bank of Georgia«, deren Obhut sie, wie der Richter ihr geraten hatte, sich und ihre Angelegenheiten anvertrauen sollte, falls er selbst sich letztlich als sterblich erwies.

Es war November, als Penelope eintraf; mit ihr kam Clarices Tochter Ricey, die ihre Herrin seit ihrem ersten Besuch vor sieben Jahren stets nach Beulah Land begleitet hatte. Sie hatte ebenso viele Freunde dort wie Penelope selbst. Sarah begann sofort, ihre Tante zu drängen, sie solle mindestens bis Neujahr bleiben. Penelope sagte zuerst nein, dann schien sie sich die Bitte eine Zeitlang durch den Kopf gehen zu lassen, aber sie hatte schon von vornherein angemessene und ausreichende Kleidung für den ganzen Winter mitgebracht.

Obwohl Lauretta ihre Tante zärtlich begrüßte und sich sogar gerührt über das Wiedersehen zeigte, verfiel sie bald abermals in die teils niedergeschlagene, teils überreizte Stimmung, unter der sie seit der Geburt des Kindes litt. Während sie vorher stets darauf gewartet und gehofft hatte, daß irgend jemand zu ihr kommen und ein Weilchen mit ihr reden würde, war sie jetzt offenbar abgeneigt, sich auf irgendein längeres Gespräch einzulassen, und konnte nicht einmal mehr ungezwungen plaudern.

Sie kam rasch wieder zu Kräften, und das machte sie ruhelos, so daß sie es kaum fertigbrachte, die zehn Tage Bettruhe einzuhalten, die bei Frauen ihres Standes als obligatorisch angesehen wurden. Sie schenkte Rachel nur oberflächliche Beachtung. Fedora fuhr fort, das Kind zu nähren; Juanita tat alles übrige, was für seine Pflege und sein Wohlbefinden erforderlich war. Lauretta gebrauchte Worte wie »niedlich«, »süß« und »reizend«, aber das Baby erkannte seine Mutter nicht und fing sogar an zu weinen, wenn Lauretta es hin und wieder aufnahm, um es irgend jemandem zu präsentieren. Die Reaktion des Kindes auf diese sporadische Aufmerksamkeit war nicht sehr schmeichelhaft. Und schon nach kurzer Zeit nahm Lauretta die Gewohnheit an, sich auf ihr Zimmer zurückzuziehen, wenn Besuch eintraf. Obwohl sie es zweifellos liebte, die Hauptrolle zu spielen, hatte sie sehr rasch erkannt, daß die Leute nicht um ihretwillen kamen, sondern aus Achtung vor Sarah und vor der gesellschaftlichen Bedeutung der Kendricks.

Ein kleines Zimmer, das bisher Laura-Lou als Nähstube gedient hatte und direkt neben Laurettas Schlafzimmer lag, wurde mit der Wiege des Babys, einigen Tischen und Kommoden sowie einem Bett für Juanita als Kinderzimmer eingerichtet. Abgesehen von ihren Versuchen, sich den ersten Besuchern gegenüber als zärtliche Mutter zu zeigen, machte Lauretta keinen Hehl aus ihren Gefühlen für das Kind. Wenn man sie an seine Existenz erinnerte, widmete sie ihm nur soviel Zeit, wie unbedingt nötig war, um sich keiner abfälligen Kritik auszusetzen. Sarah schrieb es der Tatsache zu, daß das Baby Lauretta schmerzlich an Douglas Savage und seine Treulosigkeit erinnerte. Sie entschuldigte ihre Schwester und überhäufte das Kind mit Liebe, so daß Rachel sie sehr bald zu erkennen begann und auf ihre Gegenwart, ihre Stimme und ihre Zärtlichkeiten reagierte, wie ein Baby für gewöhnlich nur auf seine Mutter reagiert, ganz gleich, wessen Hände die notwendigen Dinge tun, wenn die Mutter nicht zugegen ist.

Lauretta fand sich stets pünktlich zu den Mahlzeiten im Eßzimmer ein, und die Folge davon war, daß die Mahlzeiten so regelmäßig wie noch nie dort eingenommen wurden, seit Sarah Herrin von Beulah Land geworden war. Lauretta war nicht dazu geschaffen, eine rasche Mahlzeit mit Dienstboten an einem Küchentisch zu teilen. Und mit Penelopes Ankunft erreichten die alten Förmlichkeiten wieder ihren Höhepunkt: Der Gong ertönte, man setzte sich zu Tisch, ließ sich die Speisen servieren und aß gemächlich bei geselliger Unterhaltung. Mehr als alles andere genoß Penelope das Zeremoniell des Frühstücks. Sie liebte ihren Schinken und ihre Eier, ihre Hafergrütze und die warmen Brötchen mit Kaffee und Süßigkeiten, die das Mahl verlängerten und zu einem gemütlichen, familiären Beisammensein machten. Die frische Luft eines neuen Tages, die morgendliche Energie und Geschäftigkeit, neuer Klatsch, der sich irgendwie über Nacht verbreitet hatte – all das bedeutete für Penelope eine Bestätigung des Lebens selbst, die ihr mit zunehmendem Alter immer wichtiger wurde. Sie wachte mit einem klaren Kopf und einem heftigen Verlangen nach Nahrung und Menschen auf, und sie behielt beides den ganzen Tag lang.

Lauretta war ängstlich bestrebt, so schnell wie möglich wieder eine reizvolle Frau zu werden, und verbrachte täglich viele Stunden damit, sich ausgiebig zu pflegen und zurechtzumachen. Sie hatte von den Schauspielerinnen ein gewisses Quantum an zuverlässigen Tatsachen und ein ungewisses Quantum an Gerede und Aberglauben aufgeschnappt, aber abgesehen davon besaß sie einen sicheren Instinkt für das, was sie tun mußte, um besser und jünger auszusehen und sich wieder mehr wie die alte Lauretta zu fühlen. Sie huldigte der Sauberkeit, als wäre sie tatsächlich die göttliche Tugend, als die sie gilt; aber sie verließ sich nicht ausschließlich auf die Fürsorge des Himmels: Sie verbrachte die meiste Zeit mit Schere, Brenneisen, Karmin und Maisstärke vor dem Spiegel, probierte, musterte kritisch, änderte hier eine Locke, dort die Mischung von Rouge und Ruder.

Ansonsten beschäftigte sie sich damit, über ihr früheres Leben nachzudenken und sich zu geloben, dasjenige, das vor ihr lag, besser zu gestalten. Sie wußte noch nicht, was sie tun wollte, überließ sich jedoch, vom Landleben gelangweilt, großartigen Träumen. Auf den einsamen Spaziergängen, mit denen sie begonnen hatte, weil sie dabei mit größter Sicherheit völlig allein sein konnte, träumte sie von der großen, weiten Welt, die sie erobern würde.

Auf einem ihrer Spaziergänge begegnete sie Anfang November Bonard, der ebenfalls zu Fuß ging, dessen Pferd jedoch, wie sich herausstellte, in der Nähe angebunden war. Es war kein Zufall, daß sie sich trafen, denn Bonards Interesse für sie hatte seit ihrer Ankunft auf Beulah Land ständig zugenommen und nach der Geburt des Kindes seinen Höhepunkt erreicht. Er erinnerte sich noch sehr gut daran, wie sie damals, als Selma in Savannah war, um ihre Hochzeitskleidung zu kaufen, mit ihm und Leon bei ihrem Besuch in der Broughton Street geflirtet hatte.

Aber als sie sich jetzt begegneten – es war das dritte Mal hintereinander, daß er auf diesem Weg hin- und herging und auf sie wartete, nachdem Leon kürzlich einmal beiläufig von ihren Spaziergängen gesprochen und erwähnt hatte, daß sie einsame Pfade wählte, um den Leuten aus dem Weg zu gehen –, zeigte er sich zunächst sehr überrascht und äußerst galant.

»Miss Lauretta! Sie sind allein unterwegs? Bitte nehmen Sie meinen Arm und stützen Sie sich darauf, während Sie über diesen Baumstamm steigen. Sie gehen spazieren, ohne auch nur einen Hund zu Ihrem Schutz und zu Ihrer Begleitung dabei zu haben? Das ist ein ungeheuerlicher Leichtsinn von seiten Ihrer Gastgeber auf Beulah Land! Was ist, wenn irgendein ungehobelter Bursche Sie überfällt? Ein Bursche wie ich?«

Lauretta hatte ihm amüsiert zugehört, und als er schwieg, warf sie den Kopf zurück und ließ ein helles, freudiges Lachen ertönen. Er beobachtete sie befriedigt, und schließlich hob er in gespielter Hilflosigkeit die Schultern und gab sich geschlagen.

»Sie Schuft!« sagte sie erfreut. »Wie froh bin ich, Sie zu sehen! Ich habe mich so gelangweilt.«
Danach trafen sie sich fast täglich, anfangs ohne Verabredung, nur scheinbar zufällig aufgrund versteckter Andeutungen. Das Wetter war, wie schon so oft in anderen Jahren, den ganzen November über sonnig und mild. (Leon und Floyd hatten einmal als Jungen am Erntedankfest, das am letzten Donnerstag im November gefeiert wurde, im Fluß gebadet.) Ohne um Geheimhaltung zu bitten oder sie anzubieten, sprach keiner von beiden mit irgend jemandem über ihre Begegnungen.

18

Sarah und Roman hielten wieder Schule, manchmal im Freien, meist, wenn es regnete oder zu kühl war, in der Hütte.
Roman zeigte den Jüngsten, die eben erst angefangen hatten, eine große Karte. »A«, sagte er.
»A-a-a-a-a-a-a-a-a«, sangen sie im Chor.
»B.«
»B-e-e-e-e-e-e-e-e!« wiederholten sie mit zunehmendem Selbstvertrauen.
»Was ist das?« Er hielt eine andere Karte in die Höhe.
»C-e-e-e-e-e-e-e-e!«
»Nein!« sagte Roman streng. »Es ist ein G!«
»Sie wollen uns reinlegen!« sagte ein kleiner Junge mit vorwurfsvoller Miene.
Roman hielt beide Karten hoch. »Das ist ein C. Das ist ein G. Jetzt sagt mir, was ist der Unterschied?«
Ein Kind, das noch nicht gelernt hatte, Angst vor Erwachsenen zu haben, kicherte vorlaut. »Stimmt! Was ist schon der Unterschied!«
Sarah, die mit halbem Ohr zuhörte, lächelte, während sie einer Gruppe von sieben älteren Jungen und Mädchen einfache Gedichte vorlas. Reim und Rhythmus machten es ihnen leicht, zu folgen und zu verstehen und manchmal sogar einen Vers auf Anhieb im Gedächtnis zu behalten. Sarah war sorgsam darauf bedacht, ihnen nie zu lange auf einmal vorzulesen, denn dann wirkte der Klang ihrer Stimme einschläfernd, und die Kinder hörten nicht mehr zu.
Ein andermal beobachtete sie Roman, während er mit einer Gruppe Rechtschreibung übte. Sie war immer wieder froh zu sehen, daß er niemals spottete oder sich über sie lustig machte, wenn sie ein Wort nicht richtig buchstabieren konnten. Besonders wenn zwei Wörter gleich klangen, aber verschieden geschrieben wurden und verschiedene Bedeutung

hatten, war er geduldig und imstande, ein ums andre Mal dasselbe zu wiederholen, ohne daß er sich zu langweilen schien.

Geographie war oft ein Teil des Rechtschreibunterrichts, da jeder Stoff sich mit jedem anderen vermischte oder zu ihm überleitete. Alle, selbst die jüngsten, konnten ihren Namen, »Beulah Land«, »Highboro« und »Georgia« buchstabieren – obwohl »Georgia« nicht so leicht zu lernen war wie »Mary-land« und »Ala-bama«. Bei einigen Staaten war es den Kindern unmöglich, ihre Schreibweise oder irgend etwas anderes über sie zu lernen. »Vermont«, so fern es auch lag, bot keine Schwierigkeiten. Es wurde genauso geschrieben, wie es klang. Aber »Rhode Island« war völlig unverständlich. Es gab offensichtlich keinen Grund für das »h« in »Rhode«, und wozu hatte »Island« ein »s«, wenn man es nicht aussprach? Und warum wurde es »island«, Insel, genannt, wenn es doch, wie man aus der Karte ersehen konnte, gar keine war?

Wenn die Augen von Mißtrauen getrübt wurden und sich auf den dunklen, jungen Stirnen tiefe Sorgenfalten bildeten, hatte Roman eine unfehlbare Methode, die Spannung zu lockern und die Kinder zum Lachen zu bringen. Er deutete plötzlich mit komischer Strenge auf Otis und Lotus und wollte wissen, wie sie »Mississippi« schrieben. Diese beiden ernsten Kinder sprangen daraufhin sofort von ihrer Bank auf, standen Hand in Hand da und buchstabierten feierlich: »M-i-s-s-i-doppel-s-i-p-p-i!«

Ihr Ernst und ihr immer gleichbleibender Singsang ließ die übrigen Kinder jedesmal in schallendes Gelächter ausbrechen. Die einzigen, die ernst blieben, waren die Zwillinge, die Roman fragend ansahen, und Roman selbst, der ihrem Blick mit der ruhigen Versicherung begegnete, daß sie den Namen richtig buchstabiert hatten.

Sie alle freuten sich auch über Kinderreime, und besonders liebten sie:

»Hei diedel diedel,
Die Katze und die Fiedel,
Die Kuh sprang über den Mond!«

Sarah war glücklich in ihrer Schule, glücklich mit Roman und mit den Kindern. Tante Peas Neugier erwachte erst, als Sarah ein paarmal vorzeitig vom Frühstückstisch aufgestanden war mit der Erklärung, sie müsse pünktlich in ihrer Schule sein. Schließlich bat Penelope, sich ihr anschließen zu dürfen, und als einmal ein kleiner Junge ihr eine Frage stellte – da sie offensichtlich keine Schülerin war, hielt er sie für eine Lehrerin –, antwortete sie: »Frag mich nichts, dann lüg' ich dich nicht an!« Die Kinder, die diese Redensart noch nie gehört hatten, griffen sie sofort auf und wiederholten sie so oft, daß Penelope außer sich war vor Stolz auf ihren Erfolg. Danach fühlte sie sich verpflichtet, eine Zeitlang jeden Tag mit Sarah in die Schule zu gehen. Sie saß still da, zeigte sich immer interessiert – wie konnte es auch anders sein? – und oft entzückt. Junge

Menschenkinder beim Lernen zu beobachten ist berauschender als jeder Wein.

Auch Juanita kam und brachte Rachel mit – Rachel, die für sie Entschuldigung und Grund zugleich war. Sie saß da und nahm soviel in sich auf, wie sie verstehen konnte, und sie entdeckte, daß sie mit jedem Mal mehr verstand, ohne fürchten zu müssen, daß man sie auffordern würde, Fragen zu beantworten, etwas zu leisten – denn genau das war es gewesen, was sie veranlaßt hatte, die Schule so oft wie möglich zu meiden, als sie im schulfähigen Alter war.

Sarah war glücklich.

Manchmal – nicht oft – kamen Selma und Pauline und hielten sich knapp außerhalb des Kreises der Schüler, aber sie ließen nie erkennen, daß sie die anderen sahen, und erkannten niemals an, daß sie gesehen wurden. Starr wie Salzsäulen saßen sie schweigend da, und alle verschworen sich mit ihnen, sie als unsichtbare Gäste zu akzeptieren. Auch dies war eine nützliche Lektion für die Kinder, eine Lektion, die sie schneller lernten als das Einmaleins oder die Schreibweise von »Rhode Island«. Sie hatten ein feines Empfindungsvermögen, und sie liebten es, Theater zu spielen.

Lauretta kam nicht in die Schule. Auch Leon nicht. Ezra hatte nach wie vor die Gewohnheit, hereinzuschauen und nach einer Weile – anscheinend erfrischt und in neue Gedanken vertieft – wieder zu verschwinden. Floyd begleitete ihn gelegentlich, aber als er merkte, daß er außerstande war, den Blick von Sarah abzuwenden, kam er überhaupt nicht mehr.

Für den Augenblick war Sarah glücklich.

19

Am Montag vor dem Erntedankfest kam Edna Davis morgens mit ihrem Einspänner von Oaks nach Beulah Land. Sie fuhr die Auffahrt entlang zum Vordereingang des Hauses, und als sie niemanden sah, hielt sie sich gar nicht erst dort auf, sondern fuhr gleich weiter ums Haus herum. Sie war bereits vom Kutschbock heruntergestiegen und hatte die Zügel festgebunden, ehe Sugar aus dem Stall kam, um ihr behilflich zu sein.

»Wo ist deine Herrin?« fragte sie, und Sugar deutete auf die Hütte, die jetzt allgemein nur noch »das Schulhaus« genannt wurde.

»Ich hol' sie, Ma'am«, erbot sich Sugar.

»Danke, ich geh' selbst«, erklärte Edna und machte sich auf den Weg.

Sugar blickte auf das Pferd und den Wagen; er hatte das Gefühl, irgendwie seine Pflicht versäumt zu haben, aber die Zügel waren vollkommen sicher, und niemand hatte ihm gesagt, daß Besuch erwartet wurde. Das Pferd wandte kurz den Kopf, um den Jungen anzusehen, schüttelte klin-

gelnd das Kopfgeschirr, scharrte zweimal mit dem Fuß, dann hob es anmutig den Schwanz und ließ zwei runde, trockene Pferdeäpfel fallen.
Sarah sah Edna an der Tür und kam heraus, sie zu begrüßen. »Miss Edna!« sagte sie herzlich und nahm eine der großen, roten Hände der älteren Frau in die ihren. »Sind Sie allein gekommen?«
»Ja, allein«, sagte Edna ernst.
»Ich freue mich, daß Sie hier sind. Gehn wir ins Haus, wo wir gemütlich sitzen können.«
»Könnten wir nicht einfach ein Stückchen gehen? Ich möchte, wenn's Ihnen recht ist, mit Ihnen allein sprechen. Ohne die anderen.«
»Natürlich«, sagte Sarah, hakte Edna unter und führte sie von der Schule fort.
Sie schwiegen eine Weile, bis Edna sagte: »Ich weiß wahrhaftig nicht, was mit mir los ist, aber ich bin in letzter Zeit so niedergeschlagen, daß ich mir einfach nicht mehr zu helfen weiß. Bei einem sonst so energischen und, wie alle sagen, munteren alten Weib wie mir sollte man das kaum für möglich halten, nicht wahr?«
Sarah drückte Ednas Arm an sich, sagte aber nichts.
»Ich mag Trudy oder Rooster, die beide so viel um die Ohren haben, nicht mit meinen Angelegenheiten belästigen. Um so mehr, als ich ja im Grunde gar kein wirkliches Problem habe. Nur einfach eine innere Unruhe. Geht es Ihnen auch manchmal so, daß Sie ohne irgendeinen bestimmten Grund beunruhigt sind?« Sie hielt inne und sah Sarah an. Sarah erwiderte schweigend ihren Blick. Edna seufzte. »Wann werden Sie die ersten Schweine schlachten?«
»Beim ersten kalten Wetter nach dem Erntedankfest«, sagte Sarah; sie schien die Frage weder seltsam noch fehl am Platz zu finden.
Edna nickte. »Wir auch. Beim ersten wirklichen Frost. Wenn Ihnen zwischen dem Erntedankfest und dem Schweineschlachten ein wenig Zeit bleibt, wollen Sie mir dann einen Gefallen tun?«
»Natürlich, Miss Edna.«
»Ich weiß, es ist töricht von mir. Aber erinnern Sie sich, daß Deborah und ich die Gewohnheit hatten, zusammen zum Friedhof zu gehen, um nach unseren Gräbern zu sehn?« Sarah nickte. »Nun, ich bin nicht mehr hingegangen, seit ich Anfang dieses Jahres zum letztenmal mit ihr dort war. Ich hätte es schon längst wieder tun sollen, aber ich möchte nicht allein gehn.«
»Ich komme selbstverständlich gerne mit«, sagte Sarah. »Ich hätte selbst daran denken sollen. Aber meine Schwester...«
»Ich weiß!«
»Und Tante Pea ist hier...«
»Und Sie haben Ihre Schule«, setzte Edna bekräftigend hinzu.

Sarah tätschelte ihre Hand. »Sagen Sie mir einfach, wann Sie gehen wollen, dann gehen wir. Ich verspreche Ihnen, dem wird nichts im Wege stehn. Und wir gehen allein, genau wie Sie und Tante Deb es getan haben, es sei denn, Trudy möchte uns begleiten.«

»Ach, Sie sind ein liebes Menschenkind!« sagte Edna dankbar. »Sie haben nicht nur einen klugen Kopf, sondern auch ein gutes Herz. Nein, wir wollen Trudy nicht auffordern, mitzukommen. Sie hat so vieles, worum sie sich kümmern muß, und sie wäre in Eile, oder – ich wünschte, Bonard hätte ein Mädchen wie Sie geheiratet. Oh, nichts gegen Selma, aber sie hatte schon von jeher eine etwas seltsame Art, und das ist nichts für Bonard. Es wäre alles anders gekommen, wenn er – jetzt fange ich schon wieder an.« Sie lachte nicht sehr überzeugend über sich selbst. »Es heißt, es sei ein Zeichen, daß man alt wird, wenn man anfängt zu sagen: ›Wäre es doch nur so oder so gekommen.‹ Es hat keinen Sinn, sich zu überlegen, was hätte sein können. Man muß sich mit dem zufriedengeben, was ist.«

Sie waren langsam ums Haus herumgegangen und standen jetzt vor der Hintertür. »Kommen Sie doch ein Weilchen herein«, bat Sarah. Edna schüttelte den Kopf. »Möchten Sie nicht eine Tasse Kaffee? Oder zur Abwechslung einmal Sassafras-Tee?«

»Nein, vielen Dank, liebes Kind, wirklich nicht. Ich gehe.« Sie sah an ihrem wollenen Kleid hinunter und zog den dicken Schal, den sie darüber trug, enger um sich, als wollte sie das abgetragene Alltagskleid verbergen. »Ich hab's mir gar nicht überlegt – bin einfach so gekommen, wie ich war. Ich möchte nicht, daß irgend jemand mich in diesem Aufzug sieht.«

»Es ist niemand da außer Tante Pea und Lauretta, falls sie zu Hause ist, und die gehören zur Familie.«

»Ja, aber sie sind aus der Stadt!«

»Bitte, kommen Sie doch herein.«

Edna schüttelte energisch den Kopf. »Ich muß nach Hause.« Sie ging zu ihrem Wagen und kletterte leichtfüßig wie ein junges Mädchen auf den Kutschbock, noch ehe Sarah ihr behilflich sein konnte. Sugar kam wieder zu spät aus dem Stall, um sich nützlich machen zu können. Als er Edna auf ihrem Sitz sah, blieb er einfach stehen und beobachtete die beiden Frauen.

»Wie geht es dir, Sugar?« fragte Edna, als sähe sie ihn zum erstenmal.

»Gut, Miss Edna.«

»Das freut mich. Violet hat mir gesagt, daß du zum Erntedankfest nach Oaks kommst, um den Tag mit ihr zu verbringen. Stimmt das?«

Sugar schien diese Frage überwältigend komisch zu finden. Kopfnickend und kichernd verschwand er wieder im Stall.

Edna nahm die Zügel auf und machte eine kurze Kehrtwendung. Dann blieb sie, die Zügel in der Hand, vor Sarah stehen. »Es hat mir so gut ge-

tan, mit Ihnen zu reden!« sagte sie, bereits wieder mit einem Anflug ihrer üblichen Munterkeit.
»Kommen Sie, wann Sie wollen, Miss Edna. Und kommen Sie bald für unseren – unseren Friedhofsbesuch! Hören Sie?«
Edna nickte, lächelte, schlug leicht mit den Zügeln auf den Rücken des Pferdes und ließ es im Schritt gehen. Sarah folgte dem Wagen ein paar Meter weit, bis Edna sich auf ihrem Sitz umdrehte und rief: »Wie geht's dem Baby? Ich wollte Sie schon vorher danach fragen!«
»Ausgezeichnet. Rachel ist gesund und munter!«
Edna lachte zufrieden, spornte das Pferd, das ihre Gewohnheiten mindestens ebensogut kannte wie sie die seinen, zu einem raschen Trab an und fuhr winkend die Auffahrt hinunter.

20

Während der zwei Tage vor dem Erntedankfest herrschte emsige Geschäftigkeit. Achtzehn Truthähne wurden geschlachtet, zurechtgemacht und zusammen mit Dutzenden von Kürbispasteten in den Backöfen des großen Hauses gebraten. Sie waren für das Feiertagsessen der Sklaven bestimmt, da es in den meisten Hütten keinen Backofen gab, der Platz für einen großen Truthahn bot.
Am Morgen des Erntedankfestes wurden in der Küche ein Truthahn und ein Schinken für die Familie zubereitet, während diese zum Gottesdienst nach Highboro fuhr. Man hatte die alte Kutsche herausgeholt, die als einziges Fahrzeug geräumig genug für Leon und Sarah, Selma, Penelope und Lauretta war. Wie sich herausstellte, gab es mehr Platz als erwartet, denn eine halbe Stunde vor der Abfahrt der Familie ließ Lauretta ihre Schwester zu sich kommen und sagte ihr, sie fühle sich nicht gut genug, um mitzufahren. Sie habe Kopfschmerzen und ein ständiges Schwindelgefühl, klagte sie. Daher wäre es wohl besser, wenn sie zu Hause bliebe und sich noch ein Weilchen hinlegte, und dann werde sie später hoffentlich imstande sein, am Familienessen teilzunehmen. Nein, sie brauche keine Hilfe und wolle auch niemanden bei sich haben, erklärte sie, als Sarah sich erbot, bei ihr zu bleiben oder Lovey zu bitten, daß sie nach ihr sehen möge.
So machte die Familie sich ohne Lauretta auf den Weg zur Kirche. Juanita stand mit Rachel in den Armen am Fenster des Kinderzimmers, hob die Hand des Babys und winkte ihnen, als sie abfuhren. Sie sahen es nicht, und Juanita sagte tröstend zu Rachel: »Mach dir nix draus, eines Tages bist du so groß wie alle andern und fährst auch in dieser alten Kutsche!«
Lauretta lag noch etwa eine Stunde auf ihrem Bett, dann stand sie plötzlich

hastig auf und fing an, im Zimmer umherzugehen und Kleidungsstücke zu sortieren.

Lovey sah sie das Haus verlassen und mit einem Bündel in den Armen auf den Wald zugehen, aber sie registrierte lediglich die Tatsache und versuchte nicht, eine Erklärung dafür zu finden, denn sie hatte, sagte sie sich, mehr als genügend eigene Sorgen. Sie wußte – bis jetzt nur sie allein –, daß Floyd seine Entscheidung getroffen hatte, und sie wußte auch, daß sie das Schwerste von allem zu tun haben würde: Sie mußte Ezra sein Fortgehen erklären.

»Ich kann es nicht, Mama«, hatte er mit bedrückter, leiser Stimme gesagt.

»Fortzugehen ist schwer genug. Ich kann nicht beides tun – fortgehn und lügen. Nicht einmal Papa zuliebe.«

»Komm wieder«, hatte sie gesagt, »wenn du drüber weg bist.«

»Was wirst du ihnen sagen?«

»Das weiß ich nicht. Irgend etwas. Willst du mir einen Gefallen tun? Wenn du bereit bist, geh einfach weg. Sag's mir nicht noch mal. Ich werd's auch so wissen.« Sie hatte die kleinen Anzeichen bemerkt, und sie wußte, daß er bereit war.

Nach dem Gottesdienst – der kurz war, aber nicht kurz genug, denn alle anwesenden Frauen dachten mehr an ihr Mittagessen als daran, dem Herrn zu danken – gingen die Kendricks und Penelope im Gespräch mit alten Freunden und Gutsnachbarn zu dem Platz, wo die Kutschen und Einspänner zurückgelassen worden waren. Sarah, Selma und Penelope machten es sich im Wagen bequem, und Leon stieg auf den Kutschbock, während Sugar, der sie in die Stadt gefahren hatte, auf dem hinteren Trittbrett des Wagens der Davis nach Oaks fuhr. Adam, der älteste Sohn von Trudy und Rooster, hatte darauf bestanden, ebenfalls dort hinten zu sitzen. Sugar warb schon seit langem, mit Erlaubnis der Herren beider Plantagen, um ein Mädchen namens Violet, das auf Oaks lebte. Die ganze Familie Davis, mit Ausnahme von Bonard, war nach Highboro gekommen. Felix kutschierte seinen Einspänner; Nell saß neben ihm, und auf dem Kasten hinter ihnen stand ein kleiner Koffer. Sie fuhren zum Familienessen nach Beulah Land und wollten, wie Sarah sie gebeten hatte, »hinterher doch wenigstens ein oder zwei Tage« dort bleiben.

Das Mittagessen, das sie erwartete, war ein regelrechtes Bankett, und als sie alle, einschließlich Lauretta, die sich nach ihrer eigenen Aussage viel, viel besser fühlte, das Speisezimmer betraten, gab schon allein der Anblick des mit Speisen überladenen Tisches Selma das Gefühl, daß sie bereits gegessen hatte. Sie kam plötzlich zu dem Schluß, daß sie sich nicht an den Tisch setzen, die anderen beim Essen beobachten, sich ihre Ausrufe über die Schmackhaftigkeit von dieser oder jener Köstlichkeit anhören

konnte, und daß es sie auch nicht interessierte zu erfahren, wem der Puter besser schmeckte als der Schinken. Nachdem sie einen Blick auf die Tafel geworfen hatte, sagte sie: »Ihr müßt mich bitte entschuldigen«, und ging rasch auf ihr Zimmer. Da man sie, wie sie sehr wohl wußte, sowieso für absonderlich hielt, würde ihr Verhalten niemanden überraschen oder kränken. Außerdem hatte sie Sehnsucht nach Pauline, und Pauline würde ohnedies schon über ihre lange Abwesenheit beleidigt sein.
Die anderen lachten, setzten sich zu Tisch und diskutierten tatsächlich schon nach kurzer Zeit lebhaft über die Vorzüge des Schinkens gegenüber denen des Puters.

21

Nachdem das Familienessen somit gebührend gefeiert worden war, wanderten die einzelnen Teilnehmer ein Weilchen schwatzend umher, ehe sie sich zur Mittagsruhe auf ihre Zimmer zurückzogen.
Später bat Lauretta, man möge entschuldigen, wenn sie zum Abendessen nicht herunterkäme. Sie sei nicht krank, wie sie es früher am Tag befürchtet habe, sagte sie, aber sie glaube, daß es ihr guttun werde, bis zum nächsten Morgen ruhig auf ihrem Zimmer zu bleiben. Man zeigte sich verständnisvoll, und die Familie versammelte sich erholt und ausgeruht zu einem kleinen, aber dennoch genußreichen kalten Abendessen im Speisezimmer. Nell hatte erklärt, sie werde ihnen lediglich Gesellschaft leisten, ohne etwas zu essen, aber Leon und Sarah – und auch Penelope und Felix – redeten ihr so gut zu, daß sie letzlich dann doch beschloß, ein paar Bissen zu sich zu nehmen.
Nach langem Drängen gestattete sie Sarah schließlich, ihr ein Stück Kürbispastete aufzulegen. Als Leon einen Schuß dicke Sahne darüber goß, beteuerte sie noch einmal, daß sie es nicht anrühren werde, aber als sie mit ihren Einwänden am Ende war, nahm sie seufzend einen Löffel zur Hand, sagte demütig: »Man darf nicht vergeuden, was Gott einem beschert«, und begann, die Pastete zu verzehren.
Als sie mit dem Essen fertig waren, saßen sie eine Weile satt und schläfrig da, bis Sarah langsam ihren Stuhl zurückschob und Felix ihr beim Aufstehen half.
»Einen Augenblick!«
Alle wandten sich überrascht Penelope zu, deren Ausruf sie zurückgehalten hatte.
»Mir ist nur gerade etwas eingefallen«, sagte Penelope schüchtern. »Papa sprach am Erntedankfest natürlich vor jeder Mahlzeit ein Gebet, aber am Ende der letzten sprach er ein anderes: ›Wir danken dir, Herr, und mögest

du uns lehren, gerecht zu uns selbst zu sein, genau wie wir es zueinander sind.‹ « Als die übrigen sie lächelnd ansahen, wie wenn sie darauf warteten, daß sie das Gebet beende, sagte Penelope: »Das ist alles. Ich habe mir oft überlegt, was er wohl damit gemeint haben mag. Man kann es auf verschiedene Arten auslegen.«

Nell sagte in einem für ihre Verhältnisse leicht ungeduldigen Ton: »Die richtungweisenden Worte scheinen doch wohl ›genau wie‹ zu sein?«

»Ach, wer weiß«, sagte Sarah geheimnisvoll und bemühte sich, das Lachen zu verbeißen.

Daraufhin scharrten alle hastig mit den Stuhlbeinen – es gab keinen Teppich im Speisezimmer – und sagten einander gute Nacht. Nell erklärte, sie wolle sich vor dem Einschlafen noch eine Weile der frommen Betrachtung widmen, werde noch ein Kapitel aus der Bibel lesen, ohne die sie nie ihr Haus verließ, »denn ich weiß ja nicht, wann der Herr mich zu sich rufen wird«. Vielleicht einen der Psalme; sie seien so tröstend, wenn man sie in der angemessenen Gemütsverfassung lese. Sie ging mit einer Kerze durch die Halle ins Arbeitszimmer und von dort die Treppe hinauf.

Während die Aufmerksamkeit der anderen noch auf Nell gerichtet war, verschwand Felix in der Dunkelheit, ging leise durch die große Halle und den Laufgang entlang und dann rasch durch die Hintertür ins Freie. Von den Sklavenhütten drang Musik herüber. Im großen Haus mochte es still werden, aber es war noch früh, und trotz seiner leicht religiösen Bedeutung war es ein Tag zum Feiern. Selbst Deborah hatte am Erntedankfest »sittsames Tanzen« gestattet, und es wäre weder Leon noch Sarah je in den Sinn gekommen, den Sklaven irgend etwas zu verbieten, was ihnen zu Deborahs Zeiten erlaubt gewesen war.

Felix war darin geübt, zu schleichen, und so schlich er sich auch in die Hütte, in der Musik gespielt wurde. Bis irgend jemand seine Anwesenheit bemerkte, hatte er sich bereits so zwanglos und selbstverständlich der festlichen Stimmung angepaßt, daß niemand überrascht war, ihn zu sehen, und die Gegenwart des Weißen die Ausgelassenheit der Schwarzen nicht dämpfte. Danach war es nicht schwer für ihn, zuerst mit diesem, dann mit jenem, dann mit drei oder vier Leuten auf einmal zu sprechen und schließlich lächelnd alleine dazustehen, während er mit dem Fuß im Takt der Musik auf den Boden klopfte. Er hatte es nicht nötig, diese Komödie zu spielen, denn alle wußten, was er im Schilde führte, aber er tat es trotzdem.

Das Ende der Ereignisse des Tages gehörte ebenso zum Ritus wie alles andere, was vorangegangen war. Stella, eine Negerin Mitte der Dreißig, die er gern hatte und die ihn auf ihre Art ebenfalls gern hatte, war zugegen, er machte ihr ein Zeichen mit den Augen, während er mit anderen sprach, beobachtete sie, wie sie ein Weilchen tanzte, und dann sah er, daß sie sich allein aus der Hütte schlich.

Nach ein paar Minuten ging auch er hinaus, und sie trafen sich. Als sie ihn sah, kicherte sie, und er kicherte ebenfalls. Sie taten es nicht auf irgendeine spöttische Art, sondern eher wie zwei heimliche Verschwörer. Kurz darauf gingen sie in eine der Scheunen und stiegen eine kleine schräge Leiter zum Heuboden hinauf.

Felix war beim Geschlechtsakt weder zartbesaitet noch sonderlich zurückhaltend. Er war, selbst mit zunehmendem Alter, ein Bulle und ein Bumser. So war es auch an diesem Abend. Er stieß energisch zu, und das Bumsen drang durch das Heu zu den Brettern, auf denen es lag, wirbelte unten Staub auf und weckte eine Kuh, die sich schwerfällig in ihrer Box erhob. Als sie fest auf allen vier Beinen stand – erst dann –, muhte sie. Es klang verdrießlich und vorwurfsvoll. Seit der Zeit, da Felix als Junge in dieser Scheune gewesen war, wenn auch damals mit Mädchen, deren Namen er inzwischen längst vergessen hatte, wirkte das Muhen einer Kuh auf genau diese Art ungeheuer erregend auf ihn. Das Muhen der Kuh, das heiße, feuchte Fleisch, das unter ihm zuckte und ihn umschloß, bereiteten ihm einen Genuß, wie nichts anderes es je getan hatte oder je tun würde.

Hinterher unterhielten sie sich ein Weilchen, berührten einander, gaben sich hier und dort einen leichten Klaps. »Stella«, sagte Felix mit einem zufriedenen Seufzer, »das ist die beste Muschel, die ich je in meinem Leben gehabt habe.«

Das brachte sie zum Lachen. Er sagte es jedesmal, und jedesmal lachte sie. »Es ist wahr«, erklärte er feierlich, woraufhin sie wieder in Gelächter ausbrach. Felix zog sich an – das Aus- und Anziehen im Dunkeln war eine Kunst, die er seit langem beherrschte –, und nach einem kurzen Geflüster gab er Stella Geld. Sie nahm es gerne an, aber es war nicht der einzige Grund, weshalb sie sich mit ihm traf. »Versteh mich recht, ich will dich nicht dazu anspornen, so etwas für Geld zu tun.«

»Nein, Sir, das tu ich nicht.«

Er tat überrascht. »Willst du damit sagen, daß jeder außer mir es umsonst bekommt?«

»Was meinen Sie mit ›jeder‹?«

»Ich bilde mir nicht ein, daß du dich nur mit einem alten Mann begnügst.«

»Machen Sie sich nicht schlechter, als Sie sind, Mister Felix. Sie ficken genausogut wie jeder andre. Das is die reine Wahrheit.«

»Nun, es ist nett von dir, das zu sagen, mein Kind, selbst wenn es nicht wahr ist. Du bist ein braves Mädchen, Stella.«

Wenn er sie verließ, blieb er manchmal noch eine Weile auf dem hinteren

Hof stehen, um zum Himmel hinaufzublicken, vielleicht eine Zigarre anzuzünden und zu rauchen, ehe er zu Bett ging. An diesem Abend tat er es, und er hatte die Zigarre noch nicht einmal zur Hälfte geraucht, als Floyd aus der Dunkelheit trat und sagte: »Guten Abend, Mister Felix.«
»Bist du's Floyd?«
»Ja, Sir.«
»Bin 'rausgekommen, um frische Luft zu schnappen. Brauchte etwas Bewegung nach all dem schweren Essen. Alle anderen scheinen schon zu schlafen. Hast du – hm – irgend etwas Besondres vorgehabt?« Felix hatte entdeckt, daß es ihm mit zunehmendem Alter Spaß machte, junge Männer mit ihren sexuellen Abenteuern zu necken. Es regte seine eigene nachlassende Sinnlichkeit wohltuend an.
»Nein.« Floyd lächelte; er hatte verstanden, und es störte ihn nicht. Felix sah ihn ein wenig aufmerksamer an.
»Floyd?« Floyd antwortete nicht. Er stand da und wartete, daß Felix erkannte, was der Anblick, den er bot, zu bedeuten hatte. Floyd trug seine beste Alltagskleidung, und neben ihm auf dem Boden lag ein großes, mit Segeltuch umhülltes Bündel, sorgfältig verschnürt, in dem sich seine übrige Kleidung befand. »Nun«, sagte Felix langsam nach etwa einer Minute, »weiß jeder außer mir, daß du vorhast, uns heute abend zu verlassen?«
»Niemand weiß es«, erwiderte Floyd. »Mama weiß, daß ich's tun werde, aber nicht wann.«
»Und du hast beschlossen, daß es jetzt sein soll.« Felix zog an seiner Zigarre, während er darüber nachdachte. »Nichts, was dich zurückhalten kann. Du bist ein freier Mann. Du hast Papiere. Ich habe sie selbst unterschrieben.« Floyd wartete wieder; er wußte, wohin Felix' Gedankengang ihn führen würde. »Du willst einfach weggehn, ohne ihnen ein Wort zu sagen? Oder wissen sie es? Hast du ihnen gegenüber irgendeine Andeutung gemacht?«
Floyd schüttelte den Kopf. »So.« Felix wartete, und Floyd ließ ihn noch ein Weilchen warten und seine eigenen Gedanken zu Ende denken. Als er damit fertig war und Floyd daraufhin ein wenig vage, aber ehrlich fragend ansah, sagte Floyd:
»Wir sind uns nicht durch Zufall begegnet. Ich wollte Sie sprechen, ehe ich fortging.«
Felix nickte; er war jetzt ganz Anwalt und Geschäftsmann.
»Ich habe das Recht«, sagte Floyd, nur, um es noch einmal zu betonen.
Felix nickte.
»Ich besitze Papiere, mit denen ich ohne Schwierigkeiten reisen kann.«
Felix dachte einen Augenblick darüber nach, dann nickte er langsam. »Ja, das ist anzunehmen. Außerdem bist du nicht der Typ, der Aufmerksam-

keit erregt oder in Schwierigkeiten gerät. Aber du bist hier geboren, Floyd. Du und Leon, ihr wart doch als Kinder unzertrennlich. Ich erinnre mich, daß er nicht einmal zu dem Lehrer nach Oaks gehen wollte, bis man dir erlaubte, mitzugehen. Du kannst Leon nicht verlassen, ohne es ihm zu sagen.«

»Ich möchte, daß Sie es ihm sagen«, bat Floyd. »Ich kann es nicht.«

Felix nickte und runzelte die Stirn, aber es lagen immer noch Fragen in seinen Augen, die hinter der Glut seiner Zigarre sichtbar wurden, als er tief daran zog.

Floyd sagte: »Ich gehe nicht für immer fort.« Felix stieß eine große Rauchwolke aus. »Ich könnte Mama und Papa nicht so im Stich lassen.«

Felix nickte; sein Kinn bewegte sich kaum, aber seine Augen waren ausdrucksvoll.

»Nein«, sagte er. »Ich weiß, wie Lovey und Ezra zumute sein wird – oder ich kann es mir zumindest vorstellen.« Er sah Floyd ruhig an und musterte sein Gesicht. »Das ist der Grund, weshalb du auf mich gewartet hast. Damit ich es ihnen sage. In Ordnung, Floyd. Wir alle können mancherlei füreinander tun, was mehr nützt, als es uns kostet. Morgen werden alle sowieso halbtot sein. Ich werde ihnen sagen, du seist fortgegangen, aber ich wette, sie glauben es nicht bis nächste Woche.«

»Vielen Dank, Mister Felix.«

Felix streckte die Hand aus; Floyd ergriff sie, drückte sie und ließ sie los. Er wandte sich zum Gehen. »Warte«, sagte Felix, plötzlich außerstande, ihn schon gehen zu lassen. »Du hast es so eilig. Wie kommst du von hier fort? Hast du das schon alles geplant?«

»Ich geh' zu Fuß nach Highboro. Es ist nicht weit. Von dort laß' ich mich auf einem Wagen mitnehmen. Ich kenne Leute auf der ganzen Strecke von hier bis Savannah. Bin den Weg oft mit Skeeter und den Baumwollwagen gefahren. Wenn ich zur Küste komme, werd' ich mich entscheiden, wohin ich als nächstes gehe.«

»Bei Gott«, sagte Felix, »ich beneide dich, daß du einfach losziehn kannst, dein eigener Herr und ohne irgend etwas, das dich zurückhält.« In Floyds Lächeln lag Ironie, aber Felix bemerkte es nicht. »Floyd, laß mich dir ein wenig helfen. Du brauchst nicht den ganzen Weg in die Stadt zu Fuß zu machen. Ich hab' mir schon immer gewünscht – frag mich nicht, warum –, daß ich jemandem helfen könnte, sich aus dem Staub zu machen. Komm mit. Wir wecken Sugar, und ich sage ihm, er soll mein Pferd satteln. Und dann gehört es dir. Wenn du es nicht mehr gebrauchen kannst, verkaufst du es. Das bringt dir etwas Geld ein und bewahrt dich vorm Verhungern. Mein Gott, wie ich dich beneide!«

Floyd sattelte selbst das Pferd; es sei nicht nötig, Sugar zu wecken, sagte er. Dann ritt er im Schritt die Auffahrt entlang zur Landstraße. Felix starrte noch lange in die Dunkelheit hinaus, nachdem Floyd aus seinem Blickfeld verschwunden war. Dann ging er ins Haus und die Treppe hinauf in sein Zimmer. Nell schlief. Die Kerze auf dem Kaminsims war niedergebrannt und beinahe erloschen. Er blies sie aus und entkleidete sich abermals im Dunkeln.

22

Sarah wachte in einer Stimmung auf, die bei ihr sehr selten war; sie fühlte sich niedergeschlagen und beunruhigt und schrieb es dem schweren Essen des vorigen Tages zu. Das Geräusch, das sie geweckt hatte, stammte von den Mädchen in der oberen Halle, die den diversen Familienmitgliedern genau zur gewünschten Zeit den ersten Kaffee brachten. Soviel man auch am Tag und am Abend zuvor gefeiert haben mochte – Myrtis führte unten offensichtlich wie immer ein strenges Regiment.

Sarah stieg aus dem Bett, warf sich ein Kleid über und zog es nachlässig zurecht, während sie in ihre Schuhe schlüpfte. Sie öffnete die Tür zur Halle, als Sallou draußen gerade die Hand hob, um anzuklopfen. Mechanisch lächelnd sagte Sarah guten Morgen und nahm dem Mädchen das Tablett mit dem Kaffee ab. Sallou, die plötzlich nichts zu tun hatte, sah einen Augenblick ratlos drein, dann entfernte sie sich, um das Mädchen zu beaufsichtigen, das an Juanitas Stelle getreten war, ein junges Ding namens Sharon, dem das große Haus und das enge Zusammenleben mit der weißen Familie immer noch eine ehrfürchtige Scheu einflößte.

Sarah stellte das Tablett auf den Tisch neben Leons Bett. Sie war im Begriff, seinen Namen auszusprechen und seine Schulter zu berühren, als irgendeine innere Regung sie zurückhielt. Sie war eine gefühlvolle Frau, aber eine Frau, die für gewöhnlich ihre Gefühle beherrschte, die sich selten von einer plötzlich aufwallenden Gemütsbewegung mitreißen ließ. Doch jetzt brannten ihr die Augen, ihre Kehle war wie zugeschnürt, und sie hätte schreien mögen vor Schmerz und Empörung, ohne daß sie wußte, warum. Sie blickte auf das schlafende Gesicht ihres Mannes. Das rötlichblonde Haar, das es umrahmte, war zerzaust und glanzlos, und der über Nacht gewachsene Stoppelbart beschattete seine Wangen. Aber die Lippen waren voll, rosig und sanft geschwungen, die Nase war kräftig und gerade, das Kinn rund und scharf umrissen. Seine Augen waren geschlossen, die Wimpern dunkler als seine Haare, von der gleichen Farbe, erinnerte sie sich, wie sein Schamhaar. Bei dem Gedanken daran sah sie an der leichten Wölbung der Decke, daß sein Glied steif war. Die eine Hand, die außerhalb der Steppdecke lag, die er fast bis ans Kinn gezogen hatte, als ob er sich unter ihr verstecken wollte, war entspannt, aber es war eine

kräftige, männliche Hand, die nichts Weichliches an sich hatte. Für Sarah sah sein Gesicht unschuldig, verwundbar und traurig aus.
Sie blinzelte, um die Tränen zurückzudrängen, die ihr in die Augen gestiegen waren, und schüttelte seine Schulter. »Leon?«
Seine Augen öffneten sich langsam.
»Der Kaffee ist da. Ich möchte keinen. Würdest du bitte aufstehen und den anderen beim Frühstück Gesellschaft leisten? Ich fürchte, ich fühle mich dem heute nicht gewachsen.«
Er zog die Steppdecke hoch, und als er sie wieder fallen ließ, war seine Erektion verschwunden. Seine Augen waren jetzt nicht nur geöffnet, sondern hellwach, und er griff nach ihrer Hand. »Bist du krank?« fragte er.
Sie schüttelte den Kopf und lächelte. »Nein! Nur ein wenig lustlos – ich mag heute einfach nicht die liebenswürdige Gastgeberin spielen.«
Er gähnte. »Ich werde aufstehen und hinuntergehen.« Er schlug die Decke zurück, setzte sich auf und schwang die Beine über den Bettrand, so daß seine Füße gerade den Boden berührten und der Saum seines Nachthemds, das sich unter ihm verfangen hatte, straff über seinen Oberschenkeln lag. »Ich werde Tante Nell veranlassen, ein Dutzend Eierkuchen und ein halbes Dutzend Scheiben Schinken zu essen.«
Sarah lachte und wandte sich zum Gehen.
»Willst du keinen Kaffee?«
Aber sie war bereits an der Tür, schüttelte lächelnd den Kopf und ging hinaus.
In der Halle stieß sie auf Sharon, die stirnrunzelnd an Laurettas Tür klopfte. »Sie antwortet nich«, sagte Sharon furchtsam, als ob es ihre Schuld sein könnte.
»Vielleicht schläft sie noch. Stell das Tablett einfach draußen auf den Boden.«
»Ja, Ma'am.«
Sarah ging rasch hinunter. In der Küche bat sie Myrtis, ihr eine Kanne Sassafras-Tee zu machen. Als er fertig war, trank sie ihn mit großen, lindernden Schlucken. Dann ging sie geradewegs durch die Hintertür hinaus. Diesmal war sie froh, daß Roman nicht auf sie wartete. Die Luft war winterlich kalt, aber es ging kein Wind, und so spürte sie bald eine wohlige Wärme, während sie sich mit raschen Schritten vom Haus entfernte.
Als sie zu den Sklavenhütten kam, sah sie Felix auf einem Baumstumpf dicht bei der Küchentür von Loveys Hütte sitzen. Sie blieb überrascht stehen und fragte sich, was er dort tat. Nach seiner Haltung zu schließen – er saß bequem vornübergebeugt, die Ellbogen auf den Knien, das Kinn in den Händen, die Augen fest auf die Tür geheftet –, war er schon seit einiger Zeit dort, und zwar nicht zufällig, sondern zu irgendeinem be-

stimmten Zweck. Während sie noch dastand und ihn beobachtete, öffnete sich die Hintertür und Ezra kam heraus. Er schien überrascht, Felix dort anzutreffen. Felix stand auf. Die Tür öffnete sich abermals, und Lovey erschien. Ezra mochte überrascht sein. Lovey war es offensichtlich nicht. Sie ging sofort auf Felix zu. Er sprach – Sarah hörte den Ton seiner Stimme, konnte jedoch nicht verstehen, was er sagte –, und Lovey wandte sich ab und eilte zu Ezra.

Sarah fing an zu laufen. Lovey hielt die Arme um Ezra geschlungen, dessen Gesicht vor Fassungslosigkeit erstarrt war und dessen Körper zusammenzuschrumpfen und dahinzuschwinden schien wie Eis, das in der Sommersonne schmilzt. Sarah blieb ein paar Schritte von ihnen entfernt stehen, während Ezra, von Lovey gestützt, in die Hütte ging. Felix drehte sich um und sah sie.

»Was ist geschehen?« fragte sie. »Warum bist du hier?«

Felix schüttelte stirnrunzelnd den Kopf. »Es hat sie schwer getroffen. Ich wußte es. Besonders Ezra. Er und der Junge standen sich so nah.«

»Willst du mir um Himmels willen sagen, was geschehen ist, daß sie so verzweifelt sind?«

Felix sah sie an; in seinem Ausdruck lag nichts von seiner üblichen Gelassenheit und guten Laune, und seine Stimme hatte einen harten Klang, wie sie ihn sonst nur gelegentlich vor Gericht hatte. »Natürlich ist Floyd fortgegangen. Was könnte sie sonst so aus der Fassung bringen?«

»Floyd?« fragte sie ungläubig.

»Ja«, sagte er ungeduldig. »Gestern abend. Ich habe ihm auf den Weg geholfen – hab' ihm mein Pferd gegeben. Ein gutes Pferd. Er wird eine nette Summe dafür bekommen, wenn er's verkauft. Ich muß sagen, du siehst höchst überrascht aus. Warum? Er ist frei. Hätte schon längst gehn sollen. Hat hier nur Zeit verloren. Es gab nicht genug für ihn zu tun, weder körperlich noch geistig, und er war offensichtlich nicht sehr erpicht darauf, irgendeines von den heranwachsenden jungen Dingern hier zu heiraten. Du weißt, er ist so alt wie Leon. Oh, er sagt, vielleicht kommt er eines Tages wieder, aber ich hoffe um seinetwillen, daß er's nicht tut. Du nicht?«

Der Klageton den sie zuvor zurückgehalten, brach jetzt mit einem so brennenden Schmerz aus ihr hervor, daß er sie, als er noch kaum begonnen hatte, vor Schreck zum Schweigen brachte. Nach einem Augenblick, in dem ihr Körper wankte und sie ihre ganze Willenskraft aufbieten mußte, um das Gleichgewicht wiederzugewinnen, konnte sie sagen: »Es wird Leon das Herz brechen.«

»Schon gut«, sagte Felix; ihre Reaktion hatte ihn verwirrt, aber jetzt, da er den Grund für ihre Bestürzung zu kennen meinte, verzieh er ihr und legte beruhigend den Arm um ihre Schultern. »Er wird sich an den Gedanken gewöhnen und einsehen, daß Floyd richtig gehandelt hat. Wenn er fortgegangen ist, ohne es vorher an die große Glocke zu hängen, so bedeutet das nicht, daß er sich heimlich aus dem Staub gemacht hat – er wollte einfach nicht lang und breit darüber reden müssen. Ich habe das eingesehen, und du, die du Floyd doch sicherlich gut gekannt hast, müßtest es eigentlich auch verstehen.« Er machte eine kurze Kopfbewegung zur Hütte hin. »Sie sind es, um die ich mir Sorgen mache. Er war Ezras ein und alles.«

Jetzt kamen Sarahs Tränen, aber sie kamen ruhig, und so fand sie, wenn auch keinen Trost, doch zumindest Erleichterung.

»Lovey war nicht überrascht«, sagte Felix. »Und sie wird auch Ezra dazu bringen, es zu verstehen.«

»Sollten wir Pauline zu ihnen schicken?« fragte Sarah nach einer Weile.

Felix schüttelte wortlos den Kopf. »Willst du es Leon sagen?« Während sie einander fragend ansahen, drang vom Haus der Ton des Frühstückgongs herüber. »Laß uns zunächst einmal frühstücken und den richtigen Augenblick abwarten. Wenn sie gegessen haben, werde ich es allen auf einmal sagen. Ist dir das recht? Wenn ich ihn auch nicht zum Fortgehen veranlaßt habe, so habe ich doch zumindest davon gewußt und es gebilligt.«

Sarah hatte ihre Beherrschung wiedergewonnen. »Ja. Mach es so, wie du sagst, nur, bitte, ohne mich. Ich bin heute nicht sehr gut beieinander. Ich hatte es Leon schon gesagt, ehe ich herunterkam, und er hat versprochen, mich beim Frühstück zu vertreten und den anderen zu erklären, weshalb ich nicht komme.« Ihre Augen baten ihn, zum Haus zu gehen.

»Fühlst du dich jetzt wieder besser?«

Sie nickte rasch auf eine Art und Weise, die ihm deutlich sagte, daß sie sich nicht besser fühlte, sondern im Gegenteil der Hysterie nahe war. »Ja«, sagte er statt ihrer, obwohl es nicht stimmte; aber er erkannte, daß sie allein sein wollte.

»Laß Leon zuerst frühstücken!« rief sie ihm nach. Er drehte sich nicht um und blieb nicht stehen, sondern nickte nur ein paarmal mit dem Kopf.

Sie ging nicht in der gleichen Richtung wie er, denn sie wollte keine Liebenswürdigkeit vortäuschen müssen. Ihre Liebenswürdigkeit war für gewöhnlich nicht vorgetäuscht, aber an diesem Morgen hätte sie es sein müssen, und so war es das beste, sagte sie sich, allen aus dem Weg zu gehen.

Sie ging näher an das Haus heran, aber nicht nah genug, daß irgend jemand sie von drinnen sehen und zu ihr herauskommen oder sie bitten konnte, zu ihnen hereinzukommen. Kurz darauf erkannte sie an den Geräuschen, die durch die Fenster drangen und an dem eiligen Hin und Her

von Sallou und Sharon, die dampfende Schüsseln durch den Laufgang trugen, daß die Familie sich zum Frühstück versammelt hatte. Sarah ging leise über den seitlich neben dem Haus gelegenen Hof, wo sie sicher war, niemandem zu begegnen. Sie streckte sich, schien zu wachsen, während sie sich bewußt entspannte, und fing an, sich umzusehen.
Die Truthähne mauserten, obwohl sie immer den Eindruck hatte, daß sie es das ganze Jahr hindurch taten. Es waren so häßliche Geschöpfe, und sie wußte wirklich nicht, weshalb man sie hier immer noch hielt. Leons Vater hatte mit der Zucht begonnen, und seitdem war niemand auf den Gedanken gekommen, sie abzuschaffen. Der Platz vor dem Haus war noch nicht gekehrt, und Sarah hatte es auch nicht erwartet. Es würde mindestens einen Tag dauern, ehe alles wieder seinen normalen Lauf nahm. Sie bückte sich und hob eine Feder auf, die einer der Truthähne verloren hatte. Sie hielt sie gegen das Licht und betrachtete die schillernden Farben. Vielleicht gefiel sie Rachel, dachte sie bei sich und nahm sie mit hinein.
Als Sarah die Treppe hinaufging, um sich zu waschen und richtig anzuziehen, hörte sie aus dem Eßzimmer ein undeutliches, aber munteres Stimmengewirr. Oben sah sie auf dem Weg zu ihrem und Leons Zimmer, daß Lauretta ihr Kaffeetablett nicht hereingeholt hatte. Sie zuckte die Achseln. Wahrscheinlich schlief Lauretta noch. Oder vielleicht war sie auch direkt zum Frühstück hinuntergegangen und hatte nicht daran gedacht, das Tablett mitzunehmen.
Am Waschtisch in ihrem Zimmer nahm sie das Handtuch, das Leon benutzt hatte, und säuberte die Schüssel von der Seifenschicht und den Haaren, die darin zurückgeblieben waren. Sie goß Wasser aus der Kanne in die große Schüssel, zog die wenigen Kleidungsstücke aus, die sie zuvor nach dem Aufstehen angezogen hatte, und wusch sich rasch mit Seife und Waschlappen von oben bis unten. Dann zog sie sich sorgfältig an. Sie fühlte sich jetzt besser, wieder mehr wie sonst, spürte aber immer noch eine seltsame innere Unruhe. Vielleicht würde sie die anderen noch über ihrem Kaffee im Speisezimmer antreffen, und die allgemeine Unterhaltung würde ihr helfen, ihr Gleichgewicht wiederzufinden. Sie ging in die Halle hinaus und ließ die Tür offen, damit das Zimmer gelüftet wurde.
Der Anblick des Tabletts neben Laurettas Tür ließ sie gereizt innehalten. Es war lächerlich, sagte sie sich. Lauretta war kein berühmter Bühnenstar, der es sich erlauben konnte, bis Mittag im Bett zu liegen. Sie klopfte energisch an die Tür. Es kam keine Antwort. Jetzt wurde sie zum erstenmal unruhig, fragte sich erschreckt, ob ihre Schwester vielleicht krank sei, und bereute die unfreundlichen Gedanken, die ihr gerade eben durch den Kopf gegangen waren. Sie öffnete leise die Tür, trat ein, schloß sie hinter sich und sah sich um. Die Vorhänge waren noch geschlossen, und das Zimmer lag im Halbdunkel. Als sie sich dem Bett näherte, sah sie, daß ihre Schwe-

ster zwar darauf gelegen, aber nicht darin geschlafen hatte. Zutiefst besorgt öffnete sie die Vorhänge, um das Tageslicht hereinzulassen, und dann sah sie den Brief, der gegen den leeren Kerzenhalter aus Messing auf dem Kaminsims gelehnt war. Mit dem deutlichen Gefühl, das alles schon einmal erlebt zu haben – was ja auch tatsächlich der Fall war –, griff sie nach dem Brief. Lauretta hatte mit ihrer großen, energischen Schrift ein einziges Wort quer über das Kuvert geschrieben: SARAH.

Sie riß den zusammengefalteten Bogen aus dem Umschlag und las rasch, wobei ihr nur gewisse Stellen deutlich zum Bewußtsein kamen: *...weiß, Du wirst überrascht sein, aber Bonard hegt schon seit langem eine große Zuneigung zu mir... wo genau, das haben wir noch nicht entschieden, aber Bonard sagt, zuerst nach New Orleans, um etwas von dem abenteuerlichen und luxuriösen Leben zu genießen, das uns beiden so lange vorenthalten geblieben ist...* Sarahs Augen rasten weiter zum Ende des Briefes *...aber wenn Du mich für ganz und gar herzlos hältst, weil ich mein einziges Kind verlasse, so will ich Dir sagen – und nichts anderes könnte mich dazu bewegen, dieses Geheimnis preiszugeben –, das Kind ist von Leon und damit in gewissem Sinn das Deine. Nimm es als Deine Tochter, denn meine kann es nicht sein, und vielleicht wird es Dir einen Ersatz dafür bieten, daß Du keine eigenen Kinder hast... In Liebe, Lauretta.*

Sarah konnte es nicht ertragen. Zuerst sagte sie sich, nachdem sie den Brief zu Ende gelesen hatte, daß sie sich beherrschen müsse. Sie mußte ruhig bleiben, denn es würde ohnedies bald genügend Aufregungen geben. Rooster würde herüberkommen, um zu sehen, ob sie Bescheid wußten. Aber im selben Augenblick, als sie sich befahl, still zu sein, wurden ihre Ohren von einem Schrei zerrissen, den sie erst allmählich als ihren eigenen erkannte. Leon kam die Treppe heraufgestürmt. Er hatte gerade von Floyds Fortgehen erfahren, und als er oben den seltsamen Schrei seiner Frau vernahm, hatte er das Gefühl, daß die Welt an diesem Morgen völlig aus den Fugen geraten war. Er fand Sarah ohnmächtig auf dem Boden vor; bis er sie auf Laurettas Bett gehoben hatte, waren andere herbeigeeilt.

Sie kam bald wieder zu sich. Penelope und Nell waren jetzt plötzlich keine sanftmütigen alten Damen mehr: Sie übernahmen energisch das Kommando und hatten Sarah eine halbe Stunde später, ausgezogen und von Kissen umgeben, in ihrem eigenen Zimmer zu Bett gebracht. Sie wollte nicht sprechen, sagte nur ja und nein auf die Fragen nach ihrem Wohlbefinden und ihren Wünschen, und niemand drängte sie. Das Zimmer wurde verdunkelt, und Penelope machte es sich in einem Sessel bequem, um bei ihr zu wachen, während Nell hinauszugehen beschloß, denn, wie sie zu Penelope sagte, »wenn ich bleibe, reden wir«.

Nachdem Leon seine Frau in ihr Schlafzimmer gebracht hatte, war er in Laurettas Zimmer zurückgekehrt und hatte dort auf dem Boden den Brief gefunden, der Sarah aus der Hand geglitten war, als sie ohnmächtig wurde. Er hob ihn auf und las. Nell, die aus dem Zimmer der Kranken in die Halle kam und Leon durch die offene Tür sah, fragte: »Wo ist Lauretta?«
Er hob die Augen und sah sie an, schien sie jedoch nicht zu sehen. »Mein Gott«, sagte er.

23

Sarah schlief bis Mittag und wachte erst auf, als Leon das Zimmer betrat; hinter ihm kam Sharon mit einem Tablett. Sarah hatte das Gefühl, lange geschlafen zu haben, und dachte im ersten Augenblick, es sei bereits ein anderer Tag, aber dieser Gedanke verlieh lediglich ihrer Hoffnung Ausdruck. Trotz ihrer jungen Jahre hatte Sarah schon mancherlei Unglück erlebt, und dabei hatte sie sich stets nur eines gewünscht: daß die Zeit verstreichen möge – nicht, damit sie vergessen konnte, denn das war unmöglich, sondern weil sie wußte, daß die Zeit scharfe Spitzen stumpfer machte und die Dinge in einem anderen Licht erscheinen ließ; und wenn sich dann andere Ereignisse, vor allem unbedeutendere, vor ihre Erinnerung schoben, so gewann sie dadurch einen gewissen Abstand. Oder vielleicht war es auch nur eine etwas anders formulierte Wiederholung der alten Weisheit: »Die Zeit heilt alle Wunden.«
Sie sah Leon mit Penelope sprechen, die daraufhin sofort aufstand und, von Sharon gefolgt, das Zimmer verließ. Als sie draußen waren, brachte Leon das Tablett zu dem Tisch neben ihrem Bett. Er hatte natürlich zu ihr hingesehen, aber er hatte sie nicht angesehen, und er tat es erst dann, als er sich einen Stuhl herangezogen und sich dicht neben sie gesetzt hatte.
»Ich habe dir etwas zu essen gebracht«, sagte er. Sarah schüttelte den Kopf. »Vielleicht später. Hast du geschlafen?« Sie nickte. Er griff in die Tasche und holte den Brief heraus. Sie sah, wie er ihn zögernd in den Händen hielt. Er blickte ihr in die Augen. »Es ist wahr, und ich kann dir nichts dazu sagen. Soll ich das hier vernichten?« Sie nickte mit ausdruckslosem Gesicht.
Er ging zum Kamin, schlug Feuer mit der Zunderbüchse, zündete eine Ecke des geöffneten Briefes an und hielt ihn fest, bis er sich die Finger verbrannte; erst dann ließ er ihn auf den Rost fallen.
Nachdem er zu ihr zurückgekehrt war und sich wieder hingesetzt hatte, sagte er: »Natürlich ist die Sache nicht so einfach. Beulah Land und Oaks

haben wieder gemeinschaftlich einen Skandal hervorgerufen. Man kann es nicht vertuschen. Zwei Menschen wie diese – sie haben eine meilenbreite Spur zurückgelassen. Bonard hat anscheinend ganz offen seine geschäftlichen Angelegenheiten geregelt, sich Bargeld besorgt und Banknoten umgewechselt. Ich weiß es sowohl von Onkel Felix als auch von Rooster, mit dem ich heute morgen gesprochen habe. Obgleich keiner von beiden wußte, was Bonard vorhatte, ahnten sie, daß er irgend etwas im Schilde führte, aber wenn sie ihn danach fragen wollten, brachte er sie jedesmal zum Schweigen, indem er sagte, sie würden es noch früh genug erfahren.« Leon schwieg ein paar Minuten, obwohl sein Gesicht verriet, daß er angespannt nachdachte. »Was Lauretta betrifft, so kann ich dir nur sagen, daß ich sie nie geliebt habe – ebensowenig wie...« Er zuckte die Achseln und blickte auf seine Hände, deren Flächen er an seinen Hosenbeinen rieb.

»Ebensowenig wie Romans Mutter«, ergänzte sie.

Er errötete langsam und tief.

»Es tut mir leid, wenn das grausam war«, sagte sie, und es herrschte wieder Schweigen zwischen ihnen. Dann fuhr sie fort: »Nein, es tut mir nicht leid, daß ich es gesagt habe. Ich bin keine christliche Heilige, die sanftmütig alles über sich ergehen läßt. Ich finde das, was geschehen ist, niederträchtig und abscheulich! Ich verachte Lauretta! Wenn sie hier wäre, würde ich versuchen, sie in Stücke zu reißen! Und ich würde mich nicht schämen oder es bereuen, wenn es mir gelänge!«

Sie schwieg erschöpft, ließ den Kopf wieder auf die Kissen sinken und schloß die Augen. Ohne sie zu öffnen, sagte sie nach einer Weile mit einem Anflug von Selbstironie: »Ich rede so wild und – oh, ich werde so nachsichtig handeln.«

»Sarah!« sagte er bedrückt, nahm ihre Hände und zog sie an seine Brust. »Ich liebe nur dich! Ich habe immer nur dich geliebt!« Sein Kopf war über seine Hände und die ihren gesenkt, und sie fühlte seinen feuchten Atem an ihren Fingern.

»Ich kann nicht das gleiche sagen«, entgegnete sie. Als er fragend zu ihr aufsah, erwiderte sie seinen Blick, aber die Worte, die sie sprach, waren eine Umformung der Wahrheit in ihrem Herzen. »Ich muß Roman und Rachel lieben. Sie sind auch *meine* Kinder. Wir werden das Baby Rachel Kendrick taufen und kein Hehl daraus machen. Soll ruhig jeder, der es wagt, mich fragen, wie wir dazu kommen.«

Sein Blick wanderte zu dem Tablett, das Sharon heraufgebracht hatte, und er hob eine Serviette, die über den Schüsseln lag. »Es gibt Truthahnbrühe – sehr gut für dich, sagt Myrtis – und kalten Schinken, Brot und Butter. Möchtest du nicht doch etwas essen?«

Sie lächelte zum erstenmal. »Ja, wenn es dich beruhigt.«

Er breitete eifrig eine frische Serviette aus und nahm die Schüssel mit der Bouillon und den Löffel vom Tablett. Es wäre leichter für sie gewesen, selbst zu essen, aber sie sah, wie gern er sie füttern wollte, und so ließ sie es zu. Als sie mit der Suppe fertig waren, wobei ebensoviel heruntergetropft wie bis zu ihrem Mund gelangt war, erklärte sie jedoch, daß sie sich jetzt besser fühle und sich aufsetzen werde, um den Schinken und das Brot zu essen. Sie tat es, und er stopfte ihr noch weitere Kissen in den Rücken und stellte die Teller aufs Bett, damit Sarah sie bequem erreichen konnte.

Sie merkte, daß sie hungrig war. Während sie aß, dachte sie nach und sagte zwischendurch hin und wieder etwas von dem, was ihr durch den Kopf ging. »Arme Tante Pea... Onkel Felix wird Bonard vermissen; sie waren beinahe wie Vater und Sohn... Ist Lauretta einfach eitel und leichtfertig, oder ist sie regelrecht gemein? Romantiker sind immer sehr gefühlvoll, was sie selbst betrifft, aber nie, wenn's um andere geht. Das ist der Haken bei Romantikern... Armer Bonard!... Und die liebe alte Edna, wie muß ihr zumute sein!... Hat irgend jemand es Selma gesagt? Ich glaube nicht, daß es ihr viel ausmachen wird, was meinst du?... Oh, ich hatte es beinahe vergessen! Habe überhaupt nicht mehr daran gedacht. Floyd!... Lovey, Ezra, sie haben einen wirklichen Kummer!...«

Sie aß das letzte Stückchen Schinken und den letzten Happen Brot und Butter. Leon sammelte die Teller ein und stellte sie wieder aufs Tablett.

»Wenn ich Kaffee heraufhole, wirst du eine Tasse mit mir trinken?«

»Du hast noch nicht zu Mittag gegessen«, sagte sie.

Er lächelte und ging hinaus. Wenige Minuten später kehrte er mit Kaffee, Tassen und Untertassen zurück. Sarah war aufgestanden, hatte die Vorhänge geöffnet und einen Schlafrock über ihr Nachthemd angezogen.

Sie setzten sich mit ihrem Kaffee neben das Fenster. Nachdem sie schweigend die erste Tasse getrunken und Leon frischen eingeschenkt hatte, bemerkte Sarah: »Ich habe Schmerz und Zorn empfunden, ich habe jeden Menschen bemitleidet, außer dir. Und dabei hast du zwei Freunde verloren. Du wirst sie beide vermissen, Leon.«

Sein Gesicht wurde still, beinahe starr, als habe sie auf ein Gebiet übergegriffen, das sie nichts anging. Er trank seinen Kaffee aus und wartete geduldig, ohne es sich anmerken zu lassen, während sie den ihren langsamer trank. Dann stand er auf und sagte: »Ich muß wieder hinunter. Die anderen werden sich sicherlich schon Gedanken um uns machen.«

»Sag ihnen, ich komme bald hinunter, und es soll niemand heraufkommen, um mich zu holen.«

Er nickte. Es gab eine kurze Pause, in der jeder von ihnen dem anderen hätte liebevoll entgegenkommen können, aber keiner von beiden tat es, und der Augenblick ging verloren. Leon ging hinaus und ließ Sarah wieder allein, ohne daß sich irgend etwas zwischen ihnen wirklich geändert hatte.

24

Der Frost, den sie brauchten, kam – wie fast in jedem Jahr – wenige Tage nach dem Erntedankfest. Er hielt an, und am Dienstag wurden auf Beulah Land und auf Oaks sowie auf den kleineren nahe gelegenen Farmen Schweine geschlachtet. So wurde es fast Mitte Dezember, ehe es für Sarah und Edna einen Tag gab, der warm genug war, daß sie nach Highboro auf den Friedhof fahren konnten. Edna benutzte ihren Einspänner für die Fahrt. Sie erinnerte sich – und sagte es Sarah –, daß sie an der Reihe war. Sie kam herüber und aß mit Sarah zu Mittag, ehe sie sich auf den Weg machten; es blieben ihnen noch beinahe drei Stunden Tageslicht, um zusammen auf den Gräbern zu arbeiten.

Edna war eine hilfreiche Lehrerin. Zuerst erklärte sie Sarah die Anordnung des Friedhofs und führte sie dabei so zwanglos herum, als ob sie ihr die Zimmer und die Einrichtung eines Hauses zeigte. Sarah war zwar schon oft zuvor auf diesem Friedhof gewesen, aber sie hatte nie auf irgendwelche Einzelheiten geachtet oder sich Gedanken darüber gemacht. Während sie umhergingen, sprach Edna, und der Friedhof wurde zu einer Art Stammbaum der Stadt und des Bezirks. Obgleich die Landbewohner im allgemeinen ihre Toten auf den Dorfkirchhöfen begruben, wurden Familien wie die Davis und die Kendricks hier beerdigt, so daß es eine kontinuierliche Folge gab, die anderenfalls nicht bestanden hätte.

Edna wußte keineswegs alles, und einige der Einzelheiten, über die sie berichtete, waren, wie sie zugab, nur Vermutungen; aber je länger Sarah zuhörte und diesen Namen mit jenem verband, um so lebendiger wurde für sie das Schicksal der Menschen, die einmal gelebt hatten, jetzt hier ruhten und – zumindest bis zu dieser Generation – noch nicht vergessen waren. In hundert Jahren, dachte sie im stillen, würden vielleicht andere hier umherwandern und lesen: *Sarah, Ehefrau von Leon, geboren...* Und der Gedanke war nicht bedrückend. Nichts war bedrückend an diesem Nachmittag. Es war ein Tag, an dem sie lernte, an Vergangenheit und Zukunft gleichermaßen als »Familie« zu denken.

Die beiden Frauen harkten, schnitten und glätteten, sprachen manchmal und manchmal nicht, und während Sarah arbeitete, begann sie, die eigenartige Befriedigung zu verstehen und zu teilen, die Edna, wie sie wußte, in dieser Arbeit fand.

Später am Nachmittag blickte Edna auf und sah zu ihrer Bestürzung Trudy und die vier Kinder auf sie zukommen. Die Kinder liefen ihr entge-

gen, hocherfreut über ihre offensichtliche Überraschung. Trudy folgte ihnen und sah sich neugierig um. Sarah arbeitete auf den Gräbern der Kendricks und kam nicht herüber; aber sie winkte ihnen lächelnd zu.
»Wir haben dich überrascht, Großmama, nicht wahr?« sagte Annabel.
»Das habt ihr allerdings.« Edna wandte sich an Trudy. »Was macht ihr denn hier?«
Trudy lachte. »Ich muß schon sagen, das ist ja kein sehr freundlicher Empfang...«
»Soll es auch nicht sein«, sagte Edna. »Kinder!« rief sie den Kleinen zu, die davongestürmt waren. »Benehmt euch! Und daß ihr mir nicht über irgendwelche Gräber lauft, sonst könnt ihr was erleben!« Dann wandte sie sich wieder an Trudy. »Du hast nicht gesagt, daß du vorhattest, in die Stadt zu kommen.«
»Ich hatte es auch nicht vor, aber es ist so ein schöner, warmer Tag, genau, wie du es prophezeit hast. Ich fand, es war der beste Zeitpunkt, den Kindern all die Weihnachtssachen in den Läden zu zeigen. Sie wollen alles haben, was sie sehen.«
»Natürlich.« Edna schnaubte verächtlich und machte eine verabschiedende Handbewegung. »Kauf ihnen einfach eine Schachtel Rosinen und eine Tüte Paranüsse.«
Sie hatte wieder mit ihrer Arbeit begonnen und kratzte Erdkrumen von der Einfassung von Benjamins Grab.
»Nun«, sagte Trudy, »wie ich sehe, bist du wirklich zum Arbeiten hierhergekommen.«
»Mm« war alles, was Edna erwiderte.
»Adam!« rief Trudy laut. »Wir gehen! Beeil dich und bring die anderen zum Tor.«
Statt dessen kamen Adam, Annabel, Doreen und James im Laufschritt herbei, um sich von Edna zu verabschieden. »Kommst du mit, Großmama?« fragte Doreen.
»Nein. Ich komme später nach, wenn ich Miss Sarah nach Hause gebracht habe. Verabschiedet euch von ihr, bevor ihr weggeht.«
»Ist das Großpapa?« fragte Doreen mit einem Blick auf den Grabstein, vor dem Edna kniete.
»Natürlich ist er's«, sagte Adam. »Ich hab's dir doch gesagt.«
»Wirst du direkt neben ihm liegen?« beharrte Doreen.
»Ja«, erwiderte Edna. »Jetzt macht, daß ihr wegkommt.«
Sie verabschiedeten sich mit lauten Rufen von Sarah, nicht einmal, sondern mehrmals, zusammen und getrennt, und Sarah hob lächelnd den Kopf und winkte ihnen zu.
»Gut«, sagte Trudy und folgte ihren Kindern zum Ausgang.
Eine Stunde später, nachdem sie hin- und hergegangen waren. ihre Arbeit

verglichen und einander versichert hatten, wie schön und sauber alles aussah, besprachen sie, was sie bei ihrem nächsten Besuch – »gegen Ende des Frühlings«, wie Edna vorschlug – tun wollten. Dann säuberten sie ihre Geräte und brachten sie zum Wagen. Als alles verstaut war, kletterten die beiden Frauen müde auf den Sitz des Einspänners. Edna holte ein Einmachglas hervor und öffnete es.

»Zeit für einen Schluck Brombeerwein«, sagte sie und reichte es Sarah. »Wir haben keine Gläser, aber jeder kann an einer anderen Stelle trinken.«

»Edna, Sie denken wirklich an alles.« Es gab jetzt, wenn sie sich allein unterhielten, kein »Miss« mehr zwischen ihnen. Sarah trank. »Ah, das schmeckt aber wunderbar!«

Edna lächelte, nahm das Glas und trank behutsam von ihrer Seite des Randes. »Rooster hat eine gute Hand für Wein und Brandy, besonders wenn man bedenkt, daß er selbst sich nicht viel daraus macht. Sein Vater hat es ihm beigebracht.«

Als sie später von der Landstraße in die Auffahrt einbogen, die zum Vordereingang des großen Hauses von Beulah Land führte, sagte Edna: »Ich möchte Trudy gegen keine andere Schwiegertochter eintauschen, aber sie hat – nun, sagen wir, keinen sehr regen Geist. Denkt an nichts außer an Haus und Kinder, Geflügel und Eingemachtes.«

Nachdem Sarah aus dem Wagen gestiegen war und sich von Edna verabschiedet hatte, wurde ihr klar, daß sie den ganzen Nachmittag nicht von Lauretta und Bonard gesprochen hatten. Und als sie nun – insgeheim dankbar – daran dachte, erinnerte sie sich an Rachel und lief eilig ins Haus.

Vierter Teil: 1837

1

Das Gutshaus der Andersons war früher, als die ganze Familie – Clarence, seine Eltern, sein älterer Bruder Walt und seine Schwestern Bessy und Emily – noch dort lebte, recht nett und behaglich gewesen; vielleicht nicht übermäßig geräumig und keineswegs besonders schön, was seine Bauweise und Einrichtung betraf, aber bequem und mehr als ausreichend. Unterdessen waren die Eltern und Walt gestorben; die Schwestern, die das Landleben haßten, hatten klugerweise Männer aus der Stadt geheiratet und waren nach Highboro gezogen.
Clarence, der unbekümmerte und muntere Sohn der Andersons, allgemein bekannt dafür, daß er stets geneigt war, eine Wette abzuschließen, einen Schluck oder mehrere zu trinken, an einem Kartenspiel teilzunehmen oder Jagd auf eine Frau zu machen, obwohl letzteres ihm höchstens hin und wieder eine Hure einbrachte, die ohnedies nicht schwer zu gewinnen war – dieser Clarence, der von einer großen Familie umgeben gewesen, dann innerhalb von achtzehn Monaten durch Tod und Heirat von ihren Banden befreit worden war, beschloß eines Morgens, sich umzubringen, und tat es. Er war nicht nüchtern, als er es tat, aber er war bei klarem Verstand. Er hatte die ganze Nacht gewacht, und vor Tagesanbruch, den er, das hatte er sich gelobt, nicht mehr erleben wollte, lud er seine Pistole, richtete sie gegen sich selbst und jagte sich eine Kugel durch den Kopf.
1837 war für das Land ein besorgniserregendes Jahr. Das Geld war knapp. Darlehen wurden gekündigt. Die Regierung hatte, vor allem im Westen, ihren Etat weit überschritten. Die Weizenernte von 1836 war schlecht ausgefallen, und der Preis der Baumwolle war fast auf die Hälfte gesunken.
Clarence Anderson wurde nicht von der Panik von 1837 zugrunde gerichtet: Es war seine eigene Charakterschwäche, die zu seinem Ruin und ihn selbst letztlich zum Selbstmord führte. Es fehlte ihm an Geld! Er brauchte nur ein Wort zu sagen, und schon öffnete sich eine freundliche Tasche. Es war so leicht gewesen, bis er sah, daß er alte Freunde in Verlegenheit brachte; sie schickten ihn zu Männern wie Roscoe Elk, die ihn nicht in Verlegenheit bringen konnten, weil er so weit über ihnen stand. Aber es kam der Zeitpunkt, wo Roscoe arrogant und schwierig wurde. Clarence mußte Schuldscheine für frühere und gegenwärtige Darlehen unterschreiben, lange, ausführliche Schuldscheine, die er damals nicht durchlas und die von einem Anwalt namens Guthrie in Kitesville, einer nahe gele-

genen größeren Stadt, ausgefertigt wurden, damit es keinen Klatsch in Highboro gab, der Clarences Schwestern hätte beunruhigen können.
Jetzt, im Frühling 1837, gab es kein Geld, und keine Möglichkeit, Getreide zu säen, das angesichts der niedrigen Preise und der Schulden ohnedies keinen Gewinn gebracht hätte. Der einst so unbekümmerte, einst so muntere junge Mann besaß nichts, hatte niemanden, an den er sich wenden konnte, und so tat er das einzige, was ihm zu tun übrigblieb. Die Pistole, die kalte Morgendämmerung, die Verzweiflung, die jetzt vollständig war, nicht mehr romantisch oder komisch, wie er früher einmal geglaubt hatte – all das zusammen führte zu seinem Ende.
Auf dem Kaminsims lagen zwei Briefe, die er geschrieben und mit Wachs, das von Ruß durchzogen war, versiegelt hatte. Die diversen von ihm unterzeichneten Schuldscheine lagen in wildem Durcheinander, aber wenigstens alle zusammen, in einer Holzschatulle auf dem Tisch, wo die Lampe und die Flasche standen. Er war früher einmal sorglos, ja sogar verschwenderisch mit dem Inhalt einer Flasche umgegangen, aber jetzt zum Schluß hatte er gelernt, sparsam zu sein. Er trank die Flasche Maisschnaps bewußt bis auf den letzten Tropfen aus, ehe er die Pistole an die Stirn über und zwischen seinen Augen preßte.
Das Geräusch weckte die Sklaven in den zwei ärmlichen Hütten unweit des Hauses, aber sie verließen nicht ihre Betten. Sie ahnten, was geschehen war, hatten jedoch Angst, es bestätigt zu sehen, und so beschlossen sie, bis zum Morgen zu warten. Mit einer seltsamen Art von Erleichterung schliefen sie wieder ein. Wie auch immer die Zukunft aussehen mochte, sie würde anders sein als die Vergangenheit. Der Leibeigene eines armen Mannes zu sein war für den Sklaven die größte Schmach überhaupt. Wenn er die Reichen fürchtete, so verachtete er die Armen.
Das Feuer, das Clarence am Abend zuvor angezündet und vor dem er während seiner letzten Stunden gesessen hatte, war jetzt erloschen. Ebenso wie er selbst wurde auch das Zimmer kalt. Ein plötzlicher Windstoß drang durch die Ritzen um den Fensterrahmen, wirbelte die feine, grauweiße Asche im Kamin auf, trug sie ins Zimmer und ließ sie um den toten Mann herum zu Boden sinken. Die Uhr tickte. Sie blieb erst um zwölf Minuten nach sieben am folgenden Abend stehen. Zu dieser Zeit bemerkte Bessie es und sagte es Emily, die sie aufzog und wieder zum Gehen brachte – das letzte, was sie taten, ehe sie wieder in die Stadt zurückkehrten.
An kalten Abenden hatten die Geschwister Anderson – Walt, Clarence, Bessie und Emily – ihre wollenen Nachthemden angezogen, die bis zum Boden reichten, und waren zum Kamin gelaufen, um sich zu wärmen, ehe sie zu Bett gingen. Sie standen vor dem Feuer, schwatzten, kicherten und neckten sich, während ihre Mutter ihnen Talg auf die wunden, abge-

schürften Knöchel und Knie schmierte; und dann schlichen sie in kalte, dunkle Zimmer, nachdem sie versprochen hatten, im Bett zu beten:

»Müde bin ich, geh zur Ruh,
schließe beide Äuglein zu.
Vater, laß die Augen dein
über meinem Bettchen sein.
Amen.«

2

Leon erhielt die Nachricht durch den Brief, auf dessen Kuvert sein Name stand. Er und Sarah hatten gerade in fröhlicher Stimmung ihr gemeinsames Frühstück beendet. Juanita hatte Rachel heruntergebracht, hatte mit dem Privileg des Kindermädchens einen Stuhl unter dem Tisch hervorgezogen und sich mit dem Baby hingesetzt, dessen Lieblingsspiel zu dieser Zeit »Gummiknie, Marmorknie« war: Es starrte sein Publikum – ganz gleich, wer es war – mit schelmischer Aufmerksamkeit an und hopste dabei mit gebeugten, gummiweichen Knien auf und ab, als ob es ewig damit fortzufahren gedächte. Dann wurden die Knie plötzlich steif; Rachel runzelte die Stirn. Mit starrem Körper stand sie einen Augenblick wie eine Marmorsäule da, ehe sie sich nach hinten neigte und sich in Arme fallen ließ, von denen sie wußte, daß sie da sein würden, um sie aufzufangen. Dann brach sie aus Begeisterung über ihre eigene Klugheit in eitles und freudiges Gelächter aus. Sie wußte, daß sie unwiderstehlich war, und alle anderen teilten ihre Meinung.

An diesem Morgen verließ Leon seinen Platz, um sie aufzufangen; meistens war Sarah diejenige, die es tat. Beide liebten das Baby zärtlich, und wenn sie es auch nicht als »unser« Kind betrachten konnten, so betrachtete es doch jeder von ihnen als »mein« Kind.

»Närrisches Kätzchen!« rief Leon, hielt das strahlende Kind über seinen Kopf und blickte zu ihm hinauf, während Sarah und Juanita lächelnd dabeisaßen.

In diese idyllische Familienszene kam Lovey mit dem Brief. Abgesehen vom Lachen des Kindes wurde es still im Speisezimmer. Juanita stand, ohne es sich zu überlegen, eilig auf und nahm eine leicht servile Haltung ein. Lovey war strenger denn je geworden, seit Floyds Fortgehen Ezras Verfall herbeigeführt hatte. Der alte Mann war jetzt tatsächlich alt, obwohl die anderen ihn angesichts seiner Würde und seiner besonderen Stellung schon die längste Zeit seines Lebens als alt angesehen hatten.

»Ein Mann namens Turnip von der Anderson-Farm hat diesen Brief gebracht«, sagte Lovey. »Er sagt – Juanita, bring das Kind raus.«

Leon übergab Juanita das immer noch glucksende Baby, und sie ging eilig mit ihm hinaus. Sarah und Leon, die beide still dastanden, warteten auf Loveys Erklärung. »Clarence Anderson hat sich 'ne Kugel durch den Kopf geschossen und is tot. Er hat diesen Brief für Sie zurückgelassen.« Sie gab ihn Leon und verließ das Zimmer.
Sarah setzte sich hin und wartete, während Leon den Brief öffnete und rasch las. Er beendete ihn, fing wieder von vorne an und las ihn langsam ein zweites Mal, obwohl er ihn schon beim erstenmal verstanden hatte. »Der arme Kerl«, flüsterte er. Dann nickte er nachdenklich und sagte: »Nun, dies ist ein Tag. Dies ist weiß Gott ein Tag.« Er ging zu Sarah und gab ihr den Brief. »Wenn er sich wirklich umgebracht hat, werden wir auf der Anderson-Farm einen neuen Nachbarn haben.«
Mitten beim Lesen rief Sarah aus: »Roscoe Elk! Wie kann das sein? Das ist doch nicht möglich!«
Leon nickte. »Clarence hat sich von mir Geld geliehen; er hat sich von jedem Geld geliehen, der bereit war, es ihm zu geben. Aber es würde mich nicht überraschen zu erfahren, daß Roscoe der einzige ist, der Schuldscheine von ihm hat – ich habe gewiß keine, und ich bezweifle, daß seine anderen Freunde welche haben –, und daß Roscoe demnach derjenige ist, der den eindeutigsten Anspruch auf das hat, was immer es zu beanspruchen gibt.«
»Aber was ist mit Bessie und Emily? Sie haben doch sicherlich...«
»Es gibt kein ›sicherlich‹, nicht einmal ein ›vielleicht‹. Die Farm und die Sklaven haben Clarence gehört. Seine Schwestern hatten keinen Anteil daran. Clarence bittet mich in seinem Brief, seine Angelegenheiten so gut wie möglich zu regeln. Ich gehe sofort hinüber, um zu sehen, wer dort die Dinge in die Hand genommen hat und was ich tun kann. Dann werde ich in die Stadt reiten und alles Nötige veranlassen. Ich möchte möglichst noch heute mit Onkel Felix nach Kitesville fahren, um mit diesem Anwalt Guthrie zu sprechen, der, wie Clarence in seinem Brief sagt, über alle Einzelheiten unterrichtet ist.«
»Laß mich mit dir gehen. Um Bessie und Emily meine Hilfe anzubieten.«
»Ich werde es in deinem Namen tun und dir Nachricht zukommen lassen. Bitte bleib hier. Ich möchte dich hier wissen. Schließlich haben sie ja beide ihre Männer.«
»Gut. Wie du willst.«
Leon ging hinauf, um einen dunklen Mantel zu holen. Sarah trat zum Fenster und blickte hinaus. Selma überquerte gerade, von Pauline begleitet, den Hof. Sie gingen meist um diese Zeit spazieren, wanderten auf den Höfen umher, gingen in den Obstgarten, über die Felder oder in den Wald, wohin auch immer ihre Laune sie führte.

Selma trug Schwarz, wie sie es ständig tat, seit Bonard und Lauretta vor fast eineinhalb Jahren zusammen fortgegangen waren. Als man ihr damals gesagt hatte, was geschehen war, hatte sie ruhig erklärt: »Dann bin ich Witwe. Ich werde Trauer tragen.« Und das hatte sie getan. Sie war in die Stadt gefahren und hatte schwarze Stoffe jeder Art für die verschiedenen Jahreszeiten bestellt. Laura-Lou nähte die schwarzen Kleider, und Selma trug sie tagaus, tagein. Zuerst waren die Leute – die wenigen, die sie sahen und die Nachricht weitergaben – lediglich erstaunt. Dann lachten und flüsterten sie. Und schließlich fanden sie sich, wenn auch mißbilligend, mit diesem neuesten Beweis von Selmas Überspanntheit ab.
Sie war natürlich verrückt. Man brauchte doch nur zu überlegen, wie sie ihren Mann in der Hochzeitsnacht verlassen hatte. Und wie sie sich seitdem versteckte, ohne daß irgend jemand wußte, was zwischen ihr und diesem anmaßenden Negermädchen Pauline vor sich ging. Wenn Selma ein Mann wäre, so wüßten sie mit Sicherheit, was sie davon zu halten hätten, und würden energisch dagegen einschreiten, ganz gleich, ob es sie etwas anging oder nicht. Aber sie war eine Frau und eine Kendrick, und so war ihr alles erlaubt.
Jetzt beobachtete Sarah die beiden, Selma und Pauline, wie sie Seite an Seite, die Augen nach vorn gerichtet, im Gleichschritt dahinmarschierten und überhaupt nicht zu bemerken schienen, was um sie herum vorging. Da war zum Beispiel Sallou, die den Pfauen und Perlhühnern – dem einzigen Geflügel, das frei auf den Höfen herumlaufen durfte – aus einer Blechschüssel Kuchenkrümel hinstreute. Und da war Roman, der zwischen Otis und Lotus, jedes der beiden Kinder an einer Hand, über den Hof ging. Da sein Zimmer hinter der Küche und den Vorratskammern lag, war er oft auch außerhalb der Schulzeit mit Myrtis' Zwillingen zusammen, deren Vater im vergangenen Winter gestorben war. Er hatte sich den Fuß an einem rostigen Eisen verletzt, und obwohl Myrtis ihm die Wunde mit einem in Kerosin getränkten Lappen verbunden hatte, in dem ein Kupferpfennig steckte, hatte er eine Blutvergiftung bekommen und war daran gestorben. Roman, der Mitleid mit den Zwillingen hatte und sie gern mochte, widmete ihnen jetzt mehr Zeit und war für sie eine Art Vaterersatz.
Roman war während des letzten Jahres ganz plötzlich ein gutaussehender Junge geworden. Sarah hatte schon immer gesagt, daß er es sei, aber bisher war sie die einzige gewesen, die es erkannt hatte. Natürlich war er immer noch bucklig, hinkte er noch immer. Aber seine Gesichtszüge waren jetzt scharf umrissen, ausdrucksvoll und regelmäßig. Der Ton seiner Stimme hatte sich vertieft, ohne seinen melodischen Klang zu verlieren. Seine Hände mit den noch etwas knochigen, aber langen und gut geformten Fingern waren in ihrem Ausdruck ebenso beredt wie sein Gesicht.

Sarah beobachtete ihn, wie er Lotus auf den großen, alten Tisch hob, der zu jeder Jahreszeit im Freien stand und an den allwöchentlichen Waschtagen zum Einseifen der Wäsche benutzt wurde. Otis kletterte allein hinauf und setzte sich neben seine Schwester. Sarah lächelte, als sie sah, wie Roman den Kopf zurückwarf und über irgend etwas lachte, was Lotus gesagt haben mußte, denn die Kleine hatte den Kopf zwischen die Schultern gezogen und lachte ebenfalls. Obwohl Sarah in der ausgeprägten Form von Romans Nase, Kinn und Lippen den Beweis sah, daß er Leons Sohn war, liebte sie ihn. Und im gleichen Augenblick erblickte sie jemand anderen: Roscoe Elk kam eilig von den Ställen herüber. Er blieb stehen, als er Roman und die Kinder sah, starrte sie eine Weile schweigend an, dann ging er weiter in Richtung des Hauses.
Sarah trat vom Fenster fort und ging durch die Halle. Als sie zum Laufgang kam, sah sie Leon durch die Hintertür ins Freie treten, wo Roscoe auf ihn wartete.
»Ich habe gerade von Mister Clarence Anderson gehört«, sagte er ernst.
»Ich auch«, erwiderte Leon. »Ich gehe hinüber und dann in die Stadt«.
»Mister – Kendrick«, sagte Roscoe; das ungewohnte Zögern in seiner Stimme hielt Leon zurück. »Würden Sie es für richtig halten, wenn ich ebenfalls hinüberginge? Mit Ihnen. Ich habe – ich bin ebenso bestürzt und überrascht, wie Sie es vermutlich sind, aber nichtsdestoweniger habe ich – gewisse Interessen, die ich wahrnehmen muß.«
Leon sah ihn starr an. »Ja, kommen Sie mit. Das wird uns Zeit sparen.« Sie gingen zusammen in Richtung der Ställe. »Warum haben Sie ihm Geld geliehen?« fragte Leon so schroff, daß es beinahe zornig klang.
Die Antwort des Aufsehers kam prompt und im gleichen Tonfall, in dem er zuvor gesprochen hatte. »Nun, weil er es brauchte und mich darum gebeten hat. Ich habe nie angenommen, daß es etwas anderes sein könnte als ein vorübergehendes Darlehen, das er mir zur gegebenen Zeit zurückzahlen würde.«
»Aber er hat Ihnen, wie er mir in seinem Brief sagt, Schuldscheine unterschrieben.«
»Ja, das stimmt.« Roscoe zuckte die Achseln – nicht unterwürfig, sondern als ob er damit sagen wollte, daß dies eigentlich kaum einer Erklärung bedürfe. »Schuldscheine mögen zwischen Gleichgestellten überflüssig sein. Aber Mr. Anderson hat mich natürlich nicht als ebenbürtig betrachtet.«
Sarah ging durch die Halle zurück. Sharon deckte im Eßzimmer den Frühstückstisch ab. Sie hob die ovale Schüssel auf, in der die heiße Hafergrütze serviert worden war. Der Rest der Grütze war kalt und zu einer steifen Masse erstarrt. Sharon nahm einen Löffel, drehte sie in der Schüssel herum und sagte laut: »In Scheiben schneiden, braten, in Roggenwhisky tauchen – das ist's, was Mama zu tun pflegte.« Sie sah ihre Herrin

und senkte den Kopf. »Ich hab nur mit mir selbst gesprochen, Ma'am. Einfach, um jemand reden zu hören.«
»Das tu ich auch manchmal.« Sarah tätschelte ihr die Hand, dann nahm sie von einem der Teller ein Stückchen gebratenen Schinken, das dort festgeklebt war. Sie steckte es in den Mund, aber es schmeckte salzig und bitter.

3

Der zweite Brief, den Clarence geschrieben und auf den Kaminsims zurückgelassen hatte, war an seine Schwestern Bessie und Emily gerichtet. Er sagte ihnen, daß er ein Versager sei, was sie ohnedies schon lange wußten, wünschte ihnen mit sentimentalen, kummervollen Phrasen Glück für ihr künftiges Leben und änderte gegen Ende des Briefes seinen Stil, um ihnen mit klaren Worten zu erklären, daß Leon Kendrick (und, wie sie zu ihrem Ärger, zugleich aber auch zu ihrer Erleichterung erfuhren, nicht einer ihrer Ehemänner) seine irdischen Angelegenheiten auf die bestmögliche Weise regeln werde.
Als Leon auf der Farm der Andersons eintraf und ins Haus ging, fand er Bessie und Emily dort vor. Die Leiche war vom Wohnzimmer ins ehemalige Schlafzimmer der Eltern gebracht, auf ein Bett gelegt und mit einem Laken zugedeckt worden. Während Leon sich leise im Wohnzimmer mit den Schwestern unterhielt, kam Emilys Mann, Amos Mooney, aus der Stadt und brachte vernünftigerweise sowohl den Sheriff als auch den Mann mit, dessen Aufgabe es war, die Toten für das Begräbnis vorzubereiten.
Eine Stunde später war alles besprochen, was es zu besprechen gab, und Leon verabschiedete sich. Er ließ Roscoe rufen, der die Wartezeit damit verbracht hatte, sich die Scheunen anzusehen und mit dem einzigen Sklaven zu sprechen, der einen klugen und vernünftigen Eindruck machte. Dann ritten sie zusammen nach Highboro.
Im Lauf des Tages kam Leon zu dem Schluß, daß der Hauptgrund, weshalb Roscoe ihn hatte begleiten wollen, nicht Angst um die Gültigkeit seines Anspruchs auf den Besitz von Clarence Anderson war, sondern vielmehr der wohlüberlegte Wunsch, diesem Anspruch Ehrbarkeit zu verleihen, indem er den Anschein erweckte, daß Leon die Forderungen seines Aufsehers unterstützte, daß er vielleicht Roscoe Elk sogar als Strohmann benutzte, um sich die Farm der Andersons als Teil von Beulah Land zu sichern!
Der Anwalt in Kitesville, Mr. Guthrie, erwies sich als ein absolut ehrenwerter Mann. Später sollte Leon erkennen, daß Roscoe sich natürlich die

zuverlässigste und unanfechtbarste Rechtsberatung gesucht hatte, die er finden konnte. Mr. Guthrie und Felix Kendrick erörterten juristische Fragen, während Leon und Roscoe mit ernster Miene dabeisaßen und vorgaben, genau zu verstehen, was gesprochen wurde.

Das Endergebnis war, daß Roscoe alles bekommen würde – Land, Haus und Sklaven. Was auch immer die Forderungen anderer sein mochten, ganz gleich, ob schriftlich oder mündlich – Roscoes Schuldscheine waren eindeutig und schlossen alle anderen Ansprüche und Vereinbarungen aus, die später kommen mochten oder von denen möglicherweise behauptet wurde, daß sie zuvor bestanden hatten. Mr. Guthrie schlug mit einer gewissen Strenge vor, daß Roscoe den Schwestern, Bessie und Emily, gestatten solle – und er »gestattete« es ihnen ohne ihr Wissen –, sich aus dem Haus zu nehmen, was immer sie haben wollten. Gesetz sei Gesetz, sagte er, aber man müsse auch Rücksicht auf die Meinung der Leute nehmen. Roscoe erklärte sich sofort einverstanden, und Mr. Guthrie sagte, er werde es zusammen mit den beiden Kendricks übernehmen, den Schwestern die allgemeine Situation und die Verfügung über den Besitz zu erklären.

Als Leon schließlich spät am Abend nach Hause ritt, fiel ihm keine geeignete Formulierung ein, um Roscoe die große Frage zu stellen, die ihm schon den ganzen Tag im Kopf herumgegangen war: Würde Roscoe jetzt Beulah Land verlassen?

Im allgemeinen finden sich die Menschen schnell, wenn auch nicht immer leicht, mit dem Schlimmsten ab und passen sich ruhig und vernünftig den Erfordernissen an, die es mit sich bringt. Und so war es auch in diesem Fall. Es scheint, daß Unglück die Menschen selten zugrunde richtet, daß es sogar im Gegenteil, wie so oft gesagt wird, »das Beste in ihnen weckt«; und daß nicht Unglück, sondern eher die Langeweile des täglichen Einerleis sie zum Irrsinn treibt.

Wie dem auch sei, Clarence wurde gewaschen, angezogen und in einen Sarg gebettet, der daraufhin sofort geschlossen und nicht wieder geöffnet wurde. Turnip, der Vorsteher der Sklaven, der am Morgen des Selbstmords seines Herrn den Befehl übernommen hatte, sorgte für Ordnung auf der Farm, indem er die Leute zur Arbeit anhielt.

Die Beerdigung fand ohne großes Aufsehen statt. Es war die Zeit, in der die Felder für die Frühlingssaat gepflügt werden mußten, und keiner der Leute aus dem Bezirk kam aus reiner Sensationslust. Von den Stadtbewohnern nahmen einige, aber nicht sehr viele, am Begräbnis teil. Diesmal siegte Verlegenheit über Neugier. Die Kirche war noch nicht einmal halbvoll, und bei der kurzen Totenfeier auf dem Friedhof stand nur eine einzige Reihe von Trauernden um das Grab. Die Schwestern und ihre Männer waren zugegen, aber niemand von den Familien der Männer. Leon und Sarah standen zusammen, und neben ihnen Edna Davis und Rooster. Die Kinder waren mitgekommen, aber Edna hatte sie nach dem Trauergottesdienst zum Wagen geschickt. Sie hielt es nicht für richtig, sie auf dem kalten Friedhof vor einem offenen Grab stehen zu lassen, während die letzten Gebete gesprochen wurden. Es war noch zu bald nach dem Tod ihrer Mutter. Trudy war im vergangenen November während der ersten Grippe-Epidemie des Winters gestorben.

Nachdem die letzten frommen Handlungen vollzogen waren, wandten sie sich vom Grab ab und gingen fort. Edna hakte sich bei Sarah ein, und Rooster schloß sich Leon an. Edna hatte seit Jahren nicht mehr so jung und frisch ausgesehen wie jetzt, was zweifellos der Tatsache zuzuschreiben war, daß sie wieder gebraucht wurde und sich nicht mehr überflüssig vorkam. Sie führte Sarah zum Familiengrab der Davis' und blieb stehen. »Trudys Grab sieht noch so neu aus«, sagte sie mit einem leisen Seufzer, »selbst mit dem hübschen Stein. Nun, die Zeit wird es den übrigen gleichmachen wie das meines Benjamin.« Als sie sich abwandten und zum Hauptpfad zurückgingen, sahen sie Leon und Rooster, die am Tor auf sie warteten und ernst miteinander sprachen – »über die neue Saat«, vermutete Edna und lachte leise.

Die wichtigste Frage, die Leon am Tag von Clarences Tod so beunruhigt hatte, wurde nicht gestellt. Während ein Tag dem anderen folgte, kam Leon zu dem Schluß, daß es vielleicht klüger war, seine Besorgnis nicht zu zeigen und Roscoe zur gegebenen Zeit das Thema anschneiden zu lassen. Und so geschah es. Roscoe bat um eine Unterredung. Er hatte in all den Jahren nur selten um eine Unterredung gebeten, und die denkwürdigste war diejenige gewesen, bei der er Deborah und Leon von seiner Absicht unterrichtete, Clovis zu heiraten und sie zu kaufen.

Sarah war mit Leon im Arbeitszimmer, um ihn zu empfangen. Nachdem er sich kurz und förmlich vor ihnen verbeugt hatte, begann er zu reden. »Ich bin seit vielen Jahren Aufseher von Beulah Land, und ich glaube, ich habe meine Aufgabe zufriedenstellend erfüllt.« Leon und Sarah blinzelten zustimmend – die kleinste Geste, die sie machen konnten, um sowohl der Höflichkeit als auch der Wahrheit gerecht zu werden. »Ich bin kürzlich Eigentümer eines Besitztums geworden – rechtmäßig und ohne daß irgendwelche Einwände erhoben wurden, was auch rechtlich und logisch nicht hätte geschehen können.« Er legte wieder eine kleine Pause ein, mußte sich aber diesmal ohne auch nur die kleinste beipflichtende Geste von seiten des Ehepaars Kendrick, wie er sie in Gedanken zu nennen pflegte, zufriedengeben. »Ich kenne Beulah Land und bin seit langem sowohl mit den Problemen als auch mit den besten Möglichkeiten des Landes, des Viehs und der Arbeiter vertraut. Ist das richtig?« Leon und Sarah nickten ein einziges Mal und so übereinstimmend, daß sie Otis und Lotus im Schulzimmer hätten sein können. »Der mir erst so kürzlich zugefallene Besitz ist, wie Sie wissen, derjenige, den man die Anderson-Farm nannte. Wie Sie ebenfalls wissen, grenzt er zum Teil an Beulah Land. Deshalb meine ich, es wäre logisch und praktisch für mich, auch weiterhin hier als Aufseher zu arbeiten und gleichzeitig mein eigenes angrenzendes Besitztum zu verwalten, wobei ich selbstverständlich meinen bisherigen Aufgaben und Pflichten die gleiche Aufmerksamkeit widmen werde wie zuvor.«

Sarah und Leon sahen sich an – Sarah, ohne eine Miene zu verziehen, Leon mit einem Lächeln der Erleichterung. Roscoe, der sie beobachtete, bemerkte ihre unterschiedliche Reaktion und wußte genau, was dahintersteckte. Nach einer angemessenen Pause fuhr er fort: »Wenn Sie Vertrauen in meine Fähigkeiten haben, werde ich hier meine gegenwärtige Stellung beibehalten. Aber mit Ihrer gütigen Erlaubnis werden wir – meine Frau, meine Kinder und ich – auf der neuen Elk-Farm wohnen.«

Leon und Sarah machten ein überraschtes Gesicht, als sie hörten, wie er den alten Anderson-Besitz nannte, aber nach einem kurzen, fragenden Blick auf Sarah sagte Leon: »Es steht Ihnen frei, zu wohnen, wo es Ihnen beliebt. Das Haus, das Sie hier haben, gehört Ihnen, solange Sie wollen.«

»Ich brauche es nicht mehr«, erwiderte Roscoe in einem Ton der Genugtuung; und da er im Lauf der Unterredung Leons zunehmende Erleichterung bemerkt hatte, gönnte er sich das Vergnügen, hinzuzusetzen: »Mrs. Elk, ich selbst und unsere Kinder werden es drüben im neuen Haus bequemer haben.«

Leon nickte; jetzt, da er die beruhigende Gewißheit hatte, daß Roscoe bleiben würde, wollte er die Unterredung so rasch wie möglich beenden. »Gut.«

»So ist es abgemacht und beschlossen?« fragte Roscoe.

»Gewiß.«

»Dann danke ich Ihnen und wünsche einen guten Tag.« Er verneigte sich wieder kurz. »Mrs. Kendrick, Mr. Kendrick.« Sie nickten, und er ging hinaus.

Sobald er fort war, sagte Sarah: »Wenn Floyd uns nicht verlassen hätte!«

»Was?« Sie hatte ihn überrascht.

»Floyd könnte Aufseher sein, und wir könnten Elk zum Teufel schikken.«

»Floyd?«

»Ja, natürlich. Floyd. Er kannte sich mindestens ebensogut aus wie Roscoe.«

»Er hätte die Leute nicht beaufsichtigen können.«

»Er hätte sie nicht gehetzt und geprügelt, aber er hätte sie beaufsichtigt.

Oh, ich weiß, wir haben Roscoe gesagt, er darf sie nicht ohne deine oder meine Erlaubnis züchtigen, aber du kannst sicher sein, er tut, was er will, und die Leute schulden ihm entweder Geld, oder sie haben zuviel Angst vor ihm, um sich zu beschweren. Wenn doch nur Floyd hier wäre!«
»Nun, er ist es nicht«, sagte Leon, der immer noch gekränkt war, daß Floyd Beulah Land verlassen hatte.
»Nein, er ist es nicht. Und du hast Roscoe nur allzu deutlich gezeigt, wie sehr wir ihn brauchen.«
»Es tut mir leid, daß mein Verhalten – der Ausdruck meiner Einstellung, wenn du willst – nicht deinen Wünschen und Erwartungen entspricht.«
Sie lachte kurz. »Sprich nicht wie im Theater, Leon. Du sprichst wie Roscoe mit seinen hochtrabenden Redensarten und Wiederholungen, die er für so elegant hält. Nichtsdestoweniger, er weiß, daß er die Oberhand über uns hat.«
»Die Oberhand! Er besitzt ein paar armselige Morgen Land und ein halbes Dutzend einfältige Sklaven, die wahrscheinlich nicht einmal ihren Unterhalt wert sind. Sei vernünftig.«
»Du wirst es erleben«, sagte sie aufreizend und ging hinaus, um Juanita und Rachel zu suchen oder Roman oder selbst die griesgrämige Lovey – irgendein verwandtes Wesen, das sie nach der Unterredung, die sie als erniedrigend empfunden hatte, aufmuntern würde.
Etwa drei Wochen später fand der Umzug statt. Emily und Bessie hatten sich am Tag nach der Beerdigung die wenigen Gegenstände genommen, die sie aus dem Haus haben wollten. Da sie jetzt Stadtbewohnerinnen waren, machten sie sich lustig über ländliche Dinge, nannten sie schäbig und altmodisch. Roscoes eigener Wagen, von seinem eigenen Maultier gezogen, kam herüber, um die Kleidung und andere persönliche Habseligkeiten der Familie zur neuen Elk-Farm zu bringen. Bald danach traf Turnip mit einer Kutsche ein, um Clovis und ihre Söhne, Roscoe und Alonzo, die jetzt vierzehn und elf waren, stilvoll in ihr neues Heim zu befördern.
Clovis trug ein elegantes, selbstgenähtes Kleid aus purpurfarbener Wolle. Die Jungen waren blitzsauber, mit glänzenden schwarzen Gesichtern, weißen Hemden und tadellosen grauen Hosen und Jacken.
»Alles fertig?« fragte Turnip, nachdem er Clovis – wie man ihm befohlen – in den Wagen geholfen hatte und die Jungen nach ihr hinaufgestiegen waren.
Clovis nickte majestätisch; Turnip kletterte wieder auf seinen Sitz, schlug leicht mit den Zügeln auf den Rücken des Pferdes, und sie fuhren im Schritt los. Aus Fenstern und Türen, hinter Baumstämmen und Nebengebäuden hervor beobachteten sie ihre alten Bekannten, und alles war ruhig und friedlich, bis Sallou, die an einem Küchenfenster stand, außer sich geriet und hysterisch zu lachen anfing. Der Ton brachte die anderen zum

Lachen, die zuvor lediglich in angespannter Neugierde zugesehen hatten. Als der Wagen an ihnen vorbei und um das Haus herum zur vorderen Auffahrt fuhr – Turnip hatte auch den Befehl erhalten, nicht die hintere Straße zu benutzen –, konnte Clovis es nicht mehr ertragen. Ihr Gesicht brannte, sie tobte innerlich, und sie stand, ohne es zu wollen, im Wagen auf und drehte sich nach den lachenden Negern um, die aus ihren Verstecken hervorgekommen waren. Sie schüttelte die Fäuste und schrie: »Dämliche Sklaven! – *Ich* hab jetzt eigne Sklaven! – Seht ihr mich? Seht her!«

Von einer Panik ergriffen, die ihm sagte, er solle so schnell wie möglich weiterfahren, trieb Turnip das Pferd mit der Peitsche zum Trab an, und bald war der Wagen aus dem Blickfeld der Leute im Hof verschwunden.

Roman saß auf dem gabelförmigen Ast eines Apfelbaums im Obstgarten und sah den Wagen vorbeifahren. Als der Staub vom Weg aufwirbelte und in Wellen über ihn wehte, sagte er sich: »Jetzt bin ich frei.« Doch in seinen Augen standen Tränen. Er wußte, daß sie ihn haßte. Aber sie war seine Mutter, und er würde ihr nie verzeihen.

4

Roman war sechzehn, halb so alt wie sein Vater Leon und nur wenig älter, als Leon gewesen war, da er Roman zeugte. Doch in den sechzehn Jahren, die sie zusammen auf Erden verbracht, hatten die beiden kaum hundert Worte gewechselt, und auch diese waren alle unpersönlich gewesen. Leon war dem Jungen von jeher ausgewichen und vermied es, mit ihm zu sprechen, wenn sie sich einmal durch Zufall begegneten. Sarahs Freundschaft mit ihm mißbilligte und ignorierte er, soweit er konnte. Er gab seine Vaterschaft zu, aber nur als physische Tatsache und im engsten Familienkreis. Roman war ihm fremder als jeder andere Mensch auf der Plantage. Für Roman war Leon ein Rätsel – ein Rätsel, das ihn faszinierte.

Es war ihm unbegreiflich, wie Leon seine Mutter, Clovis, jemals hatte begehren können. Der Gedanke an eine Verbindung ihrer Körper, und sei es auch nur in blinder Wollust, schmerzte und verwirrte ihn. Aber das kam natürlich daher, daß er sich nicht vorstellen konnte, daß sein Vater und seine Mutter jemals so alt gewesen waren, wie er jetzt war, und daß sie empfunden hatten, was er jetzt empfand.

Roman besaß einen regen Verstand, und es machte ihm Freude, ihn zu gebrauchen, aber er war nicht ehrgeizig. Man hatte ihn mit Büchern versorgt und dann mit weiteren Büchern, auf die jene ersten ihn hinwiesen; aber er hatte nie einen wirklichen Lehrer gehabt. Sarah war für ihn Freundin, Mutter, Gönnerin, Fürsprecherin, Spielgefährtin gewesen. Sie hatte ihn auf vieles aufmerksam gemacht und ihn angespornt, aber sie war, abgesehen von der allerersten Zeit, nie seine Lehrerin gewesen. Und es bedarf zumindest *eines* begeisterten, besessenen, völlig von seiner Aufgabe durchdrungenen Lehrers, um ein Leben zu ändern, einen klugen Geist mit Ehrgeiz und dem Verlangen nach der Welt jenseits seines eigenen Gesichtskreises zu erfüllen.

Es wird viel über die ungeheuren Veränderungen im Körper eines heranwachsenden Jungen gesprochen, aber das Chaos von Geist und Seele ist mindestens ebenso groß.

Überzeugt, der erste Junge zu sein, dem all das widerfuhr, erlebte Roman die Dinge, die jeder Junge erlebt – himmlische Glückseligkeit und abgrundtiefe Niedergeschlagenheit; Wollust, die tausendmal mehr pochte als das wildeste Schlagen eines Herzens; und Askese, die kalt genug war, um einen sibirischen Heiligen erschauern zu lassen.

Seine Hände betasteten seinen Körper, wohin immer sie gelangen konnten, nicht nur seine Genitalien, aber natürlich auch sie. Er griff nach seinem Bizeps, seinen Waden, den Rundungen seines Hinterteils. Er küßte seine Schultern, roch an seinen Achselhöhlen, leckte die Innenseite seiner Handgelenke und Ellbogen, bewunderte die leichte Wölbung von Oberschenkeln und Brust, untersuchte ängstlich mit den Fingerspitzen seinen buckligen Rücken und kam letztlich zu dem Schluß, daß er nicht ganz und gar abstoßend war. Obgleich er nicht an Sarah dachte, machte ihre Versicherung, daß er gut aussehe, es ihm möglich, seinen Körper so hinzunehmen, wie er war.

Und wenn seine Hände nicht umhertasteten und seinen Körper erforschten, lag er auf dem Bett seines Zimmers hinter der Küche und den Vorratsräumen, selig abgeschieden von der ganzen Welt; er lag dort wie ein Heiliger und war sich so wenig seines Körpers bewußt, als wäre er wahrhaftig nur körperloser Geist.

Aber er stand in Flammen; die meiste Zeit stand er in Flammen. Seine besondere Art von Kindheit hatte ihm nicht die Kenntnisse vom Geschlechtsleben vorenthalten, die allen Kindern gemein sind, und so schlug er die übliche Brücke zwischen seinen sexuellen Gefühlen und dem Gedanken an den weiblichen Körper. In Wirklichkeit schien für Roman keinerlei Verbindung zwischen diesen beiden Dingen zu bestehen. Aber die Vorstellung von einer weiblichen Brust läßt einen an eine Kurve denken, und eine Kurve ist sinnlich; und das Gesicht einer Frau hat meistens einen sanften Ausdruck, und auch der ist sinnlich. Seine vagen Impulse und Eindrücke zu einer Art Einheit verbindend, richtete Roman seine Gedanken auf Sallou.

Alles schien seine hoffnungsvollen Träume zu unterstützen. Sie war da, arbeitete in seiner Nähe, und so würde es ihm, was die äußeren Umstände betraf, nicht schwerfallen, eine Gelegenheit zum Geschlechtsverkehr mit ihr zu finden. Sie war freundlich und sichtlich geschmeichelt über seine Aufmerksamkeit, denn sie war sich klar über seine Sonderstellung auf der Plantage. Der entscheidende Faktor war, daß sie für ihr Alter große, fette Titten hatte, die das einzige wahrhaft weibliche Attribut waren, das eine echte erotische Anziehungskraft auf Roman ausübte.

Und so brütete, schwitzte und plante er, bis er es erreichte, daß Sallou an einem heißen Nachmittag Anfang Mai, während der Stunden, wo sich nichts im großen Haus rührte, in sein Zimmer kam. Sie hatte gewartet, bis Myrtis zum Mittagsschlaf nach Hause gegangen war, und dann hatte sie sich erboten, den Abwasch allein zu beenden, ein Angebot, von dem sie wußte, daß Sharon es nicht ablehnen würde.

In Romans Zimmer zog Sallou rasch ihr Kleid aus, und dann stand sie nackt und kichernd vor ihm, die Hände wie eine Waffe vor ihrer Scham zusammengepreßt, als wäre sie bereit, es mit dem wildesten Bullen aufzunehmen, falls ihr der Sinn danach stand. Er zog seine Hosen aus, behielt aber das Hemd an, um sie nicht seinen Rücken sehen zu lassen. Als er zu ihr trat und behutsam eine ihrer Brüste berührte, wurde sein Schwengel steif und richtete sich auf, und Roman war stolz auf seine Männlichkeit. Mit becherförmig gewölbten Händen hob er sanft ihre beiden Brüste. Sie hörte auf zu kichern, als sie seinen Schwengel und die Eier zwischen ihre Hände nahm. Noch nie zuvor hatte jemand seine Genitalien berührt, außer vielleicht in seiner Babyzeit, an die er sich nicht erinnerte, und ihm wurde schwindlig vor Wonne über dieses neu entdeckte Gefühl. Sie schob die Vorhaut zurück, und da er keine Anstalten machte, den nächsten Schritt zu tun, fing sie an, ihn ungestüm zu masturbieren. Als sie fühlte, daß er straff und steif war, drängte sie sich an ihn, stellte sich auf die Zehenspitzen und öffnete die Beine, um seinen Schwengel in sich hineinzuschieben. Aber er hatte ihre Muschel noch kaum berührt, als Roman kam. Sein Samen schoß wie ein Springbrunnen hervor, und sie trat wie von etwas Widerwärtigem bedroht von ihm zurück.

Und sie lachte. So etwas war ihr noch nie passiert. In ihrer Unwissenheit und verletzten Eitelkeit lachte sie ihn aus. Seine Hände lagen jetzt fächerförmig gespreizt vor seinen Genitalien. Sie beobachtete ihn eine Weile, während er unsicher dastand und nicht wußte, was er tun sollte. Dann sagte sie: »Damit is wohl alles vorbei, nehm ich an«, warf das Kleid über den Kopf und zog es gleichgültig an ihrem Körper hinunter. Sie lächelte. »Du mußt noch was lernen, mein Kleiner, eh ich wieder zu dir komm.«

Er sah so elend und unglücklich aus, daß sie Mitleid mit ihm bekam. »Aber das macht nix. Jeder muß lernen.« Sie ging zur Tür, dann blieb sie stehen. »Warum hast du's Hemd angelassen?« stichelte sie. »Hast Angst, ich könnt was sehn?« Sie kehrte zu ihm zurück. »Brauchst dich deshalb nich schämen, du kannst ja sowieso nix dafür. Meine Mama sagt, das is die Strafe für die Sünde deiner Mama. 's bringt Glück, ihn anzufassen, sagt man.« Noch ehe er wußte, wie ihm geschah, hatte sie die Hand hinten unter sein Hemd geschoben und griff nach seinem Buckel. »Ach du lieber Himmel! Das sollte mir Glück genug fürs ganze Leben bringen!« Er riß sich von ihr los, fing an, wild auf sie einzuschlagen, und laut heulend rannte sie aus dem Zimmer.

5

Seit Lauretta mit Bonard fortgegangen war, hatte sie Sarah nur einmal während der ersten Wochen aus New Orleans geschrieben. Sie erzählte, wie gut sie sich amüsierten und daß sie vorhätten, nach Westen zu gehen, wenn sie dieser alten Stadt überdrüssig wurden. Als die Monate vergingen, war Sarah froh, nichts mehr von ihrer Schwester zu hören. Sie hoffte, Lauretta nie wiederzusehen.

Als jüngere Schwester war Sarah während ihrer Kindheit immer zweite gewesen, abwechselnd Laurettas verachtete und verhätschelte Marionette. Hatte Lauretta sie geliebt? Nun, jedenfalls hatte sie sich ihrer bedient. Sarah vermutete, daß »Liebe« für Lauretta mehr ein Wort war, das man sagte, als ein Gefühl, das man empfand. Hatte sie Lauretta geliebt? Sie dachte angestrengt darüber nach und kam zu dem Schluß, daß sie es wohl hin und wieder getan hatte, aber nicht auf eine dauerhafte Art und Weise. Lauretta war von jeher selbstsüchtig gewesen, aber man kann eine gewisse Befriedigung darin finden, nachsichtig gegen die Selbstsucht derjenigen zu sein, die man gern hat. Trotzdem kann kein normaler Mensch ewig einen anderen lieben, der vollkommen selbstsüchtig ist. Sarah mußte zugeben, daß es oft nett mit Lauretta gewesen war. Sie hatte Laurettas Schönheit bewundert, hatte über ihren Witz und ihre Unbekümmertheit gelacht, wobei Laurettas Witz sie selbst stumpfsinnig erscheinen ließ und ihre Unbekümmertheit Sarah das Gefühl gab, bieder und übertrieben verantwortungsbewußt zu sein.

Das war es, was sie Lauretta nicht verzeihen konnte: daß sie ihr das Gefühl gegeben hatte, verantwortungsbewußt, stumpfsinnig und »brav« zu sein – aber nicht hübsch, niemals hübsch. Lauretta hatte sie, bewußt oder unbewußt, auch anderen gegenüber so hingestellt. Laurettas wegen würde sie nie glauben, daß sie wirklich anziehend für einen Mann sein könnte. Als Kind – entsann sie sich mit zunehmendem Zorn – hatte sie selten darüber nachgedacht, was ihr gefiel oder was sie sich wünschte. Einmal im Jahr, an ihrem Geburtstag, hatte Lauretta gnädig darauf beharrt: »Nein, du sollst es bestimmen, du sollst wählen. Heute bist du die

Hauptperson.« Die übrigen 364 Tage hatte Lauretta bestimmt und gewählt, war Lauretta die Hauptperson gewesen.

Sie hatte sich stets Laurettas Wünschen unterworfen, als wäre es das Selbstverständlichste auf der Welt; und Lauretta hatte es auch nicht anders erwartet, weder von Sarah noch von irgend jemandem sonst. Schöne Lauretta. Geistreiche, charmante, unberechenbare Lauretta! Liebe Sarah. Sanfte Sarah. Brave Sarah.

Der ganze frühere Groll, den sie zur Zeit seiner Entstehung nicht erkannt, ja nicht einmal wahrgenommen hatte, wurde jetzt wieder in ihr wach. Nein, sie liebte Lauretta nicht; sie hatte sie nicht einmal gern. Lauretta mochte reizend und liebenswert für Männer sein, aber keine Frau würde je ohne ein Stirnrunzeln oder eine Verwünschung an sie denken. Sarah lächelte, erfreut über diesen Gedanken, der ihren unnachsichtigen Groll ein wenig verzeihlicher erscheinen ließ.

Dann hörte sie Rachel oben lachen und schoß durch die Halle und die Treppe hinauf ins Kinderzimmer. Juanita stand am Fenster und hielt Rachel in den Armen, obwohl sie mittlerweile schon ohne Schwierigkeiten stehen und laufen konnte. Sarah griff nicht impulsiv nach ihr, sondern lächelte Juanita an und streckte die Arme nach dem Baby aus, das sich, immer noch lachend, von Juanita zu ihr hinüberreckte.

Sarah nahm Rachel, wiegte sie in ihren Armen und blickte auf ihr Gesicht hinab. »Wessen Baby bist du?« fragte sie und antwortete: »Meins!« Worauf die Frau und das Kind sich mit einem vergnügten Lachen ihrer gegenseitigen Liebe versicherten. Erst eine halbe Stunde später, nachdem Rachel ihre Steh- und Laufkünste zur Schau gestellt und ihre Lieblingswörter gebraucht hatte, ohne jedoch zusammenhängende Sätze zu bilden, überließ Sarah sie wieder Juanitas Obhut und kehrte zu ihren Pflichten zurück. Rachel lachte, girrte und kokettierte, solange Sarah in Sicht war. Juanita hielt sie bei der Hand, während sie durch die Stäbe des Treppengeländers der Frau nachsah, die sie eindeutig als ihre Mutter betrachtete. Als Sarah unten durch die Halle in die Küche ging, dachte sie bei sich: *Arme Lauretta – was ihre Torheit mir geschenkt hat!*

Floyd hatte öfter geschrieben als Lauretta. Er hatte Lovey und Ezra lange, ausführliche Briefe gesandt und ihnen berichtet, wo er gewesen war, wo er sich gegenwärtig befand und wohin er als nächstes zu gehen beabsichtigte. Als er vor anderthalb Jahren in jener Nacht nach dem Erntedankfest Beulah Land verlassen hatte, war er tatsächlich, wie er Felix gesagt hatte, nach Savannah geritten und hatte bei seiner Ankunft dort die Stute mitsamt ihrem Sattel verkauft. Von Savannah aus hatte er sich als Leichtmatrose auf einem englischen Handelsschiff, das Holz und Baumwollballen nach Liverpool brachte, die Überfahrt verdient. Im Januar den Atlantik zu überqueren ist für gewöhnlich nicht sehr angenehm, und Floyds Schiff schlingerte den ganzen Weg durch einen Wintersturm, worauf Floyd zu dem Schluß gelangte, daß er die See haßte.

Das Essen war schlecht. Das Logis der Besatzung war übelriechend und abscheulich. Nichts trocknete während der ganzen Fahrt, weder seine Füße noch seine Haut oder seine Kleidung. Der Schiffsführer war kein Tyrann oder Sadist, er war einfach ein stumpfsinniger Geschäftsmann; und obwohl er keine Mittel und Wege suchte, seiner Mannschaft das Leben schwerzumachen, tat er auch nichts, es ihr zu erleichtern. Er wußte, daß der größte Teil der Besatzung ohnedies auf jeder Reise wechselte. Hätte irgend jemand versucht, ihm etwas über Nächstenliebe zu sagen, so wäre er auf völlige Verständnislosigkeit gestoßen.

Floyd schrieb Ezra und Lovey aus Liverpool, und der Brief erreichte sie erst zwei Monate später. Von Liverpool aus zog er quer durch England nach Norfolk, wo er während des Frühlings und der ersten Sommermonate von 1836 als Knecht auf einem Bauernhof arbeitete. Später in diesem selben Sommer verdiente er sich die Überfahrt von Yarmouth nach Holland. Nach Yarmouth, von wo aus er ebenfalls geschrieben hatte, hörten sie eine Zeitlang nichts von ihm. Der nächste Brief kam vier Monate später aus Marseille. Von Marseille schiffte er sich, wie er schrieb, nach Ägypten und der Levante ein. Obwohl Floyd das Leben auf See nicht mochte, war es für ihn doch die bequemste Art, umherzureisen und der Entscheidung, sich niederzulassen, aus dem Wege zu gehen.

Die Wartezeit zwischen den Briefen trieb Ezra nicht zur Verzweiflung, sondern hielt ihn im Gegenteil am Leben. Er mußte wissen, was als nächstes mit seinem Sohn geschehen würde. Nach der bisher längsten Pause kam schließlich in diesem Sommer 1837 wieder ein Brief aus England. Ja, er war in Ägypten und der Levante gewesen. Er hatte Jerusalem, Antiochia und andere alte Stätten gesehen, über die er ihnen bei seiner Rückkehr berichten würde. Zum erstenmal sprach er von seiner Absicht, nach Hause zu kommen. Er schickte Ezra Samen, die er auf seinen Reisen gesammelt hatte, und schrieb: *Papa, ich möchte, daß Du all diese Samen säst, wie und wo Du es für richtig hältst. Angesichts des Unterschieds in Klima, Jahreszeit und Boden konnte niemand mir klare Anweisungen geben. Aber säe sie, und wenn ich in ein paar Monaten – noch ehe das Jahr um ist – nach Hause komme, möchte ich, daß Du mir all das über diese Samen sagst. Versprich mir, daß Du es tun wirst. Dein Dich liebender Sohn Floyd.*

Ezras Stolz hatte ihm trotz seiner Schwäche nicht erlaubt, im Bett zu bleiben, aber seit Floyd fortgegangen war, hatte er die meisten Stunden des Wachens – und das waren jeden Tag beinahe zwanzig – in einem Schaukelstuhl neben dem Küchenherd oder bei warmem Wetter auf der Stufe der Hintertür verbracht. Er verarztete niemanden, und wenn irgend jemand kam, ihn um Rat zu fragen, hatte er ihm nicht viel zu sagen, und das, was er sagte, klang so wenig überzeugend, daß keiner es befolgte. Aber nachdem er diesen Brief mit den Samen und dem Versprechen erhalten hatte, gewann er neue Kräfte, schob es auf, zu sterben, und wurde wieder bis zu einem gewissen Grad der alte. Er sah lange auf die verschiedenartigen Samen, hielt sie in den Händen und rieb sie sanft zwischen seinen Fingerspitzen, als ob die Berührung ihnen ihr Geheimnis entlokken könnte. Vielleicht tat sie es. Er säte sie alle, und die meisten gingen auf und wuchsen. Die jungen Pflanzen zu pflegen, ohne zu wissen, als was sie sich entpuppen würden, gab dem alten Mann einen Grund zu leben, abgesehen von seinem wirklichen Grund – der Gewißheit, daß Floyd zurückkehren würde.

Dieser Brief, der, wie sich herausstellen sollte, der letzte war, wurde nicht herumgezeigt, aber er wurde anderen vorgelesen oder sein Inhalt wiederholt. Sarah sah den Brief, denn sie kam jeden Tag, sich nach Ezra zu erkundigen. Roman hatte sich angewöhnt, sie bei diesen Besuchen zu begleiten. Er bewunderte den alten Mann schon seit langem wegen seines großen Wissens, und außerdem war Ezra der Vater eines Mannes, den er gekannt hatte, wenn auch nicht sehr gut, der ein Neger und trotzdem frei war, und der allein nach England, Holland und Frankreich gereist war. »Und nach Ägypten und Antiochia«, wiederholte er leise, als Sarah diesen letzten Brief Ezra zuliebe noch einmal vorlas, denn er konnte ihn nicht oft genug lesen oder vorgelesen bekommen.

Und so säte Ezra in diesem Sommer 1837 die Samen und pflegte die Pflanzen, die aus ihnen sprossen – und er wartete.

6

Adam fragte Edna: »Was ist das, Oma?« Er war mit acht Jahren groß genug, um alles auf dem hohen Kaminsims des Wohnzimmers zu sehen, und selbstsicher genug, um den Gegenstand seiner Neugier aufzunehmen und ihr hinzuhalten.

Edna sah ihn eine Weile ratlos an, dann zeigten ihre Augen, daß sie sich erinnerte. »Wahrhaftig! Ich habe dieses Ding sicher täglich ein dutzendmal gesehn, seit ich es vor über zwanzig Jahren dort hingelegt habe. Es ist eine Flöte, die der Hauslehrer von deinem Vater und Onkel Bonard zurückgelassen, oder besser gesagt, uns geschenkt hat. Mister Bartram. Jeremy Bartram. Ein sehr netter junger Mann, nachdem er sich erst einmal eingewöhnt hatte. Dein Onkel Leon kam jeden Tag herübergeritten, um am Unterricht teilzunehmen. Wie lange das alles her ist!«

Adam nahm das Instrument wieder an sich und musterte es aufmerksam. Dann legte er es an die Lippen und blies hinein, ohne einen vernünftigen Ton hervorzubringen. Er fingerte an den Löchern der Flöte herum und blies abermals behutsam, erreichte aber damit auch nicht viel mehr.

Violet kam aufgeregt herein. »Sie kommen! Ich hab den Wagen in der Ferne gesehn und Sugar rufen hörn!«

Sugar von Beulah Land hatte mit Erfolg um Violet von Oaks geworben, und sie waren im Speisezimmer der Davis' getraut worden. Doch als man sie, wie es in solchen Fällen üblich war, aufgefordert hatte, zu wählen, auf welcher der beiden Plantagen sie zusammen leben wollten, hatten sie Einwände erhoben. Sie wollten lieber weiter so leben, wie sie es bisher getan hatten, erklärten sie. Und sie fanden genügend Gelegenheiten, sich zu sehen. Jeder freute sich, dem anderen zu begegnen, und keiner von beiden grämte sich beim Abschied.

Der Anlaß zu ihrer Begegnung an diesem Tag war ein Picknick für die Kinder von Beulah Land und Oaks. Sarah hatte Edna gesagt, daß es nett wäre, einmal irgend etwas zu unternehmen, was ihre Gedanken von dem täglichen Einerlei der beiden Plantagen ablenken würde. Edna hatte sofort vorgeschlagen, einen Tag mit den Kindern – Adam, James, Doreen, Annabel und Rachel – in einem Kiefernhain zwischen ihren Plantagen und der Stadt zu verbringen, in dem sie schon öfters zuvor gewesen waren; es war ein Stück Land, das keiner der beiden Familien gehörte und als eine Art Gemeinbesitz angesehen wurde, weil es dort einen kleinen, alten, jetzt verlassenen Friedhof gab.

»Hol die Kinder«, sagte Edna zu Violet.

Niemand hatte Eile. Es war Sommer, alles war gepflanzt und würde reifen, wenn die Zeit gekommen war, noch wurde nichts geerntet, außer dem Tafelobst und dem Gemüse, das täglich aus dem Garten geholt wurde, aber noch nicht so reichlich war, daß man an das Einmachen der Wintervorräte denken mußte. Es gab nichts weiter zu tun als die jungen Pflanzen zu hegen, Gras, Unkraut und Insekten in Schach zu halten, den Himmel zu beobachten und auf das Unmögliche zu hoffen: keinen Regen für dieses Baumwollfeld, leichten Regen für jenes mit dem Mais, um ihn saftig und süß zu halten, viel Regen für das Zuckerrohr und zwischendurch heiße Sonne, damit es gut reifen konnte.

Zwei Maultiere zogen den großen Erntewagen, den größten, den Beulah Land besaß. Sugar saß auf dem Kutschersitz und Sarah neben ihm. Sie trug ein leichtes Baumwollkleid, am Hals geöffnet, und eine pastellfarbene, gestärkte Sonnenhaube, die ihren Kopf und ihre Augen vor der Hitze und dem grellen Glanz des Tages schützen sollte. Auf der Ladefläche des Wagens standen ein halbes Dutzend Korbstühle, und auf einem von ihnen saß Juanita, steif und aufrecht, die Hände im Schoß gefaltet, während sie bewußt ihren Ausflug genoß. Die anderen Stühle waren leer. Roman hockte mit baumelnden Beinen an der hinteren Wagenklappe; und neben ihm saß Rachel, die ebenfalls ihre Beine baumeln ließ, obwohl es nicht viel davon gab, was baumeln konnte. Rachel hatte sich geweigert, Beulah Land ohne Roman zu verlassen.

Unter dem Wagen – des Schattens wegen –, die Schritte genau dem Trab oder Trott der Maultiere angepaßt, lief einer der Jagdhunde. Nur Juanita kannte ihn und wußte, daß er Bone hieß. Er war mitgekommen, weil er sich langweilte und weil niemand ihn daran gehindert hatte, sich den Ausflüglern anzuschließen. Es gab für die Hunde zu dieser Jahreszeit kaum etwas anderes zu tun, als an der Küchentür um Leckerbissen zu betteln – Jagdhunde sind gefräßig, selbst wenn sie gut gefüttert werden – oder sich bellend in einem Scheinangriff auf ein Huhn zu stürzen, und auch das nur, wenn niemand zugegen war, der sie für ihren Übermut mit einem Fußtritt bestrafte.

Da es sich um einen Familienausflug handelte, ließ Sarah den Wagen zum Hintereingang von Oaks fahren. Sugars lautes »Brr!« war völlig überflüssig, denn die Maultiere waren von selbst an der Küchentür stehengeblieben, und Bone, der eine läufige Hündin gewittert hatte, war, seiner Nase folgend, davongetrabt. Edna, Adam und die übrigen Kinder, von Violet rechtzeitig benachrichtigt, warteten dort bereits auf sie.

Es gab einen kurzen Austausch von freundschaftlichen Zurufen.

»Wollen Sie nicht ein Weilchen hereinkommen?«

»Sind Sie fertig? Wir haben einen schönen Tag erwischt, nicht wahr?«

»Heiß.«

»Ach, nicht so schlimm!«

»Sie haben recht, es könnte schlimmer sein. Aber es wird noch heißer werden.«

»Nun...«

Sarah nahm ihren Sonnenhut ab und lockerte ihr Haar, um sich den Kopf zu kühlen.

»Ich habe eine Flöte«, sagte Adam.

Roman sprang vom Wagen und hob Rachel herunter. »Laß sehen.«

Adam reichte ihm höflich die Flöte. Abgesehen von Sugar, der vom Kutschersitz gestiegen war und in scherzendem Ton mit Violet sprach, die vorgab, kühl über seine rechte Schulter in die Ferne zu blicken, drängten sich jetzt alle um Roman: Sarah, Rachel und Juanita, Adam, James, Doreen und Annabel. Selbst Edna, die damit beschäftigt war, den Inhalt der Essenskörbe zu prüfen, machte eine kurze Pause. »Spiel etwas«, sagte sie.

Nachdem Roman die Flöte von allen Seiten gemustert und betastet hatte, legte er sie an die Lippen und blies ein paar Noten. Er spielte die Noten noch einmal, jetzt schneller und sicherer, und die Wiederholung verlieh seinem improvisierten Vortrag Autorität. Dann probierte er neue Töne aus, und als ihm die Luft ausging, nahm er die Flöte von den Lippen und sah sich um. Die anderen seufzten, als ob die Musik, die er hervorgebracht hatte, ihnen Freude bereitet hätte. Edna nickte entschlossen mit dem Kopf. »Roman«, sagte sie, »die Flöte gehört dir.«

Roman warf einen raschen Blick auf Adam, aber Adam war zu wohlerzogen, um erkennen zu lassen, daß er das Instrument gern selbst behalten hätte. Er brachte es sogar fertig, Roman zuzulächeln, als hätte seine Großmutter lediglich an seiner Stelle gesprochen; und Roman schloß die Finger ein wenig fester um die Flöte. »Vielen Dank«, sagte er und sah dabei Adam an.

Edna, die ihre Körbe auf den Wagen hob, fragte Sarah unverblümt: »Was haben Sie dabei?«

»Süßsaure Pfirsiche, Essiggurken, literweise Tee, literweise Limonade und Wasser, zwei Schokoladenkuchen, zwei Zitronenkuchen und eine Kokosnußtorte, die so süß ist, daß mir die Zähne weh tun, wenn ich nur daran denke!« Sie hatten natürlich zuvor darüber gesprochen und vereinbart, was jede von ihnen mitnehmen würde. »Was ist in Ihren Körben?«

»Sechs gebratene Hähnchen, zwei Dutzend Brötchen, achtzehn Eier mit Remouladensauce und genügend Kartoffelsalat für ein ganzes Regiment.«

Die Frauen lachten und umarmten sich leicht. Die Kinder quietschten und hüpften vor Gier und Freude auf die Mahlzeit. Wenige Minuten später waren alle auf den alten Wagen gestiegen oder hinaufgehoben worden, und sie machten sich auf den Weg zu ihrem Picknickplatz.

Sie fanden ihn schattig, kühl und verlassen vor. Nachdem alle vom Wagen geklettert waren, spannte Sugar die Maultiere aus und führte sie zu einem etwas abseits gelegenen Platz unter den Bäumen, wo sie schläfrig und von Fliegen umsummt stehen würden, bis man sie wieder brauchte. Die Kinder liefen umher, begierig, alles zu sehen, was es zu sehen gab. Keins von ihnen war je zuvor in diesem Hain gewesen, obwohl sie auf dem Weg in die Stadt oft daran vorbeigekommen waren. In früheren Zeiten hatte Edna manchmal ihre Söhne, Bonard und Rooster, zum Spielen hierhergebracht.

Rachel war begeistert von allem und jedem. Es war für sie das erste Ereignis dieser Art. Sie watschelte umher, setzte sich dabei oft jählings und unbeabsichtigt auf den rutschigen, mit Nadeln übersäten Boden unter den Kiefern und lachte, wenn das geschah. Dies war auch der Tag, an dem sie auf einer ihrer Entdeckungsreisen zum erstenmal Bekanntschaft mit Ameisen machte. Als sie aufschrie, suchte Adam eilig nach ihr und klopfte ihr die Insekten von den nackten Füßen.

Als ältestes der Kinder konnte Adam es sich leisten, dem jüngsten seine Aufmerksamkeit zu widmen, ohne an Ansehen zu verlieren, und er war danach ständig in Rachels Nähe. Doreen und Annabel fanden sie langweilig, denn sie war ja nur ein Mädchen und außerdem viel jünger als sie. Nach einer Weile rebellierten sie gegen Adams beharrliche Forderung, daß man Rachel an jedem Spiel teilnehmen lassen solle, und stürmten davon. Sie liefen zu dem kleinen Friedhof, setzten sich auf einen alten Grabstein und erfanden Geschichten über die Leute, die dort begraben waren. James ging allein zu einem anderen Teil des Hains, wo er mit großem Interesse Violet und Sugar beobachtete, die dachten – falls sie überhaupt dachten –, daß sie allein seien. Violet schien halb zu schlafen, oder zumindest tat sie so. Keiner von beiden sprach. Eine Biene summte in der süß duftenden, heißen Luft, und Sugar saß neben Violet, eine Hand unter ihrem Kleid und zwischen ihren Beinen. James sah sie verdutzt an und fragte sich, ob sie krank seien, weil sie so komisch aussahen.

Adam hatte, was Rachel betraf, ganz und gar die Rolle eines ritterlichen Beschützers übernommen und zeigte sich ihr gegenüber rührend geduldig. Während Roman den beiden Kindern bei ihrem Spiel zusah, kam er sich sehr erwachsen vor, spürte jedoch gleichzeitig eine tiefe Zuneigung zu ihnen. Rachel war der Liebling aller, aber ganz besonders der seine. Er beobachtete die beiden jetzt ohne jede Eifersucht. Obgleich er Adam seit Jahren kannte, bemerkte er heute zum erstenmal eine jünglingshafte Schönheit an ihm. Er malte sich das fernere Leben der beiden aus und kam zu dem Schluß, daß sie als Freunde aufwachsen, sich verlieben und heiraten würden! Es war genau das, was geschehen sollte, und eines Tages, in ferner Zukunft, würde er ihnen sagen, daß er an diesem Tag daran gedacht hatte. Er blies ein paar Noten auf der Flöte, versuchte aber nicht, irgendeine bestimmte Melodie zu spielen, sondern sandte einfach Musik in die Luft hinaus.

»Es klingt wahrhaftig, als ob er das Ding bereits spielen könnte«, sagte Edna. »Ich bin froh, daß wir es ihm gegeben haben. Er ist Lehrer, und es war unser Lehrer, Mr. Bartram, der die Flöte ursprünglich hierhergebracht hat. Arme Seele, ich möchte wissen, wie es ihm ergangen sein mag. Sie sind ihm nicht zufällig in Savannah begegnet? Er wollte ›Melodien für Arkadien‹ komponieren, sagte er. Aber er konnte nicht zwei Töne aneinanderreihen, die besser klangen als ein Gänseschrei. Roman hingegen scheint wirklich Talent zu haben. Kinder! Lauft nicht über diese Gräber, hört ihr, sonst werden die Leute, die dort drinnen liegen, euch heute abend, wenn ihr im Dunkeln einschlaft, als Gespenster erscheinen! Ist jemand hungrig?«

Diese Frage brachte sie im Laufschritt herbei. Juanita wurde beauftragt, ihnen Limonade einzuschenken, während Edna und Sarah das Essen her-

richteten. Bone, der, interesselos schnüffelnd, im Hain umhergewandert war, kehrte zum Mittelpunkt des Geschehens zurück, setzte sich und wartete geduldig; er wußte, daß zur gegebenen Zeit auch für ihn etwas abfallen würde.
Alle, einschließlich Juanita, Violet und Sugar, aßen mit großem Appetit, erklärten, daß sie nicht mehr essen konnten, und dann aßen sie doch noch mehr. Edna und Sarah waren im Begriff, sich zum Mittagsschlaf auf die ausgedienten, alten Steppdecken zu legen, die man als Unterlage für die Tischtücher mitgebracht hatte, als sie ein Pferd näher kommen hörten. Gleich darauf sahen sie den Mann, der es ritt: Es war Roscoe Elk. Sie starrten ihn verblüfft an. Er erwiderte, weniger überrascht, ihren Blick.
»Guten Tag!« sagte er. »Sie haben, wie ich sehe, einen Ausflug mit den Kindern gemacht. Ein schöner Tag und ein schöner Platz dafür. Es ist mir eine Freude und eine Befriedigung, daß Sie sich auf meinem neuen kleinen Besitz gut unterhalten.«
»Gehört er Ihnen?« fragte Sarah.
»Ich erinnere mich nicht, daß er jemals irgend jemandem gehört hätte«, sagte Edna.
Roscoe schüttelte lächelnd den Kopf. »Ich habe ihn aus Gefälligkeit von einem Mann übernommen, der dringend etwas Bargeld brauchte. Er ist nutzlos für mich. Ich habe nicht die Absicht, die Gräber zu zerstören. Man kann ohnedies nichts mit dem Hain anfangen, außer sich freuen, daß Menschen wie Sie es genießen, ihre Zeit hier zu verbringen. Sie sind jederzeit willkommen. Vielleicht wird es auch meinen Söhnen hier gefallen. Ich werde ihrer Mutter sagen, sie soll sie einmal hierherbringen.«
Er verbeugte sich vom Sattel aus, drehte den Kopf des Pferdes mit dem Zügel herum und verließ sie.
Die Kinder spielten wieder, aber Edna und Sarah beobachteten Roscoe, wie er fortritt, und starrten weiter ins Leere, als er aus ihrem Blickfeld verschwand. Die Kinder waren zu müde für irgendwelche Spiele, hatten einen zu vollen Magen, um herumzutoben, und so sanken sie eines nach dem anderen auf die Steppdecken und schliefen. Edna lehnte den Kopf gegen einen Baumstamm, schlief ebenfalls und überließ es Sarah, über den wachsenden Reichtum von Roscoe Elk nachzugrübeln.
Als Edna aufwachte, riefen sie den Kindern zu, daß es bald Zeit zum Aufbruch sei. Juanita und Violet halfen Edna und Sarah, die leeren Körbe und die schmutzigen Teller und Gläser auf den Wagen zu laden, während Sugar die Maultiere einspannte. Schließlich ließen sie sich auf dem Wagen nieder, einige auf den Korbstühlen, andere auf den nackten Bodenbrettern. Roman saß wieder an der hinteren Wagenklappe, probierte ein paar Noten auf der Flöte und sah sich hin und wieder nach Adam um. Er beneidete den Jungen nicht und wollte nichts von ihm; er wollte Adam *sein.*

Bone, der beschlossen hatte, nicht auf seinen eigenen Füßen nach Hause zurückzukehren, gab vor, Kinder zu lieben; und so räumte man ihm einen Platz ein, und es wurde viel Wesens um ihn gemacht, während der alte Wagen knarrend über die harte Lehmstraße nach Oaks und Beulah Land zurückfuhr.

7

In diesem Sommer war Roman ständig verliebt, wenn auch der Gegenstand seiner Liebe wechselte. Sein Geplänkel mit Sallou, von einem physischen Bedürfnis veranlaßt, hatte nichtsdestoweniger ein Gefühl der Liebe in ihm geweckt. Sensible Männer urteilen auch nicht klüger als andere über weibliche Wesen, die sie reizen, und sehen oft in den stumpfsinnigsten von ihnen Eigenschaften, die sie in Wirklichkeit gar nicht besitzen. Und so hatte Roman auch Sallou vor ihrer heimlichen Zusammenkunft für munter, ja sogar für witzig gehalten, wenn er sie mit Myrtis und Sharon in der Küche schwatzen und scherzen hörte. Nach ihrer Begegnung ignorierte er sie vollkommen, um sie sowohl für sein eigenes Fehlurteil als auch für die plumpe Unverschämtheit zu bestrafen, mit der sie seinen Rücken berührt und sich über ihn lustig gemacht hatte.
Nach dem Picknick dachte er ein paar Tage lang fast unaufhörlich an Adam Davis, und auch das war eine Art von Liebe. Während er im Geist den Tag wieder und wieder durchlebte, änderte er mancherlei Einzelheiten. Jetzt war es nicht Adams Großmutter, sondern Adam selbst, der ihm die Flöte geschenkt hatte. »Hier, Roman, ich möchte, daß du sie behältst.« – »Vielen Dank, Adam. Ich werde ein Lied für dich spielen.« Er stellte sich nicht vor, daß er den Jungen irgendwie sexuell berührte, aber er dachte sich in seinen Wachträumen Situationen aus, die eine Berührung zwischen ihnen erforderlich machten. So stieß er zum Beispiel bei einem Spaziergang durch den Wald auf Adam, der auf einem Baumstamm saß und sich gerade bei einem ungeschickten Sprung den Knöchel verstaucht hatte. Adam war zu tapfer, um zu weinen, aber auf seinem Gesicht lag ein Ausdruck von Schmerz und Angst, bis er aufblickte und Roman auf ihn zukommen sah. Roman, der die Lage sofort erfaßte, machte einen Scherz und brachte Adam zum Lachen. Seine Liebe gab ihm Kraft, er hob den Jungen auf und trug ihn in seinen Armen nach Hause. Er fühlte Adams Kopf auf seiner Schulter. Nachdem man Adam zu Bett gebracht hatte, kam der Arzt; er untersuchte den Fuß und erklärte, daß der Junge einen Monat liegen müsse. Daraufhin wurde Adam unruhig und verlangte nach Roman. Roman saß täglich stundenlang bei ihm und las ihm vor; sie wurden Freunde und blieben es auch, nachdem Adam wieder ge-

nesen war. Eine andere Version des Traumes ließ Adam Roman vergessen, als er wieder gehen konnte, aber er fand keine Befriedigung bei seinen Spielen und seinen früheren Freunden, bis er sich plötzlich seines besten Freundes, Romans, entsann, zu ihm kam und ihn bat, er möge ihm verzeihen.

Aber Träume dieser Art konnten Romans innere Unruhe nur vorübergehend lindern. Er erinnerte sich, daß Adam ein Kind war und daß nichts von dem Traum der Wirklichkeit entsprach und es vermutlich auch nie tun würde. Daraufhin suchte sich seine Phantasie ein anderes Objekt und stieß als nächstes auf ein Sklavenmädchen namens Roxy. Sie war ein Mädchen wie alle anderen gewesen, oder schien es zumindest zu sein, bis vor ein paar Monaten ihre Mutter gestorben war. Ihr Vater, so erzählte man sich, hatte sie vergewaltigt und danach geschlagen; seitdem kümmerte er sich überhaupt nicht mehr um sie und ließ sie tun, was sie wollte. Es hieß, sie gehe jetzt mit jedem Burschen in oder hinter die Scheune, der ihr ein Zeichen gab. Sie kleidete sich nachlässig und wusch sich nie, nicht einmal Gesicht und Hände, und ihr ungekämmtes Haar stand steif um ihren Kopf wie überreife Baumwolle, die aus der Kapsel springt. Die übrigen Frauen und Mädchen verachteten sie, und niemand sprach mit ihr.

Roman, der ihre Geschichte, die wirkliche und die auf Gerüchten basierende, kannte und mit romantischer Rührseligkeit würzte, kam zu dem Schluß, daß er sie lieben könnte. Wo andere spotteten, würde er gütig sein. Sobald Roxy sah, daß er Notiz von ihr nahm, würde sie wieder anfangen, sich zu waschen und sauber zu kleiden, um sich ihm mit einem strahlenden Lächeln in ihrer neuen Schönheit zu zeigen. Als seine Träumereien ihn so weit gebracht hatten, daß er tatsächlich mit ihr sprach, lachte sie ihn aus und erklärte, daß sie sich »von keinem Buckligen nich vögeln lassen« werde.

Roman blieb den Rest dieses Tages in seinem Zimmer; er kam sich töricht vor und schämte sich seiner romantischen Gefühlsseligkeit. Es gab andere, die er vorübergehend liebte. Aber wenn keine dieser Regungen so absurd war wie seine Träume von Roxy und Adam, so war auch ihre Wirkung nicht so stark, und sie waren meist noch am selben Tag wieder vergessen.

Viele von den netteren, scheueren Sklavenmädchen wären glücklich gewesen, wenn Roman sich ihnen genähert hätte, aber er sah sie nicht einmal. Nachdem seine Phantasie das Unmögliche erschöpft hatte, schien es fast selbstverständlich, daß er anfing, an Leon zu denken. Kein anderer konnte seine Vorstellungskraft so stark in Anspruch nehmen. Er wußte mit Sicherheit, daß er Leons Sohn war, und er wußte auch, daß Leon ihre Beziehung nie weiter anerkennen würde, als er es bisher getan hatte. Und

gerade in dieser Entwürdigung ihres Verwandtschaftsverhältnisses lag eine gewisse Romantik, die ihn zur Kühnheit antrieb.
Eines Tages, als Rachel ihm ins Freie folgte, nahm er sie bei der Hand und führte sie, wie er es häufig tat, durch die Gärten, um ihr irgendwelche Dinge zu zeigen und mit ihr zu reden. Er liebte die Art und Weise, wie sie seine Hand losließ, geradewegs auf irgend etwas zulief, es anstarrte – einen Stein, einen Strauch, einen Blumentopf, leer und umgestülpt, was immer –, dann zurückkehrte und ebenso zwanglos wieder seine Hand ergriff, wie sie sie losgelassen hatte. An diesem Tag zeigte er ihr die Feigen, die an dem knorrigen Baum unweit der Küchentür wuchsen, demselben Baum, an dessen Ästen vor langer Zeit die beiden Babys, Leon und Floyd, geschaukelt hatten. Er führte sie um das Haus herum zu einem kleinen Granatapfelbaum und pflückte eine Frucht. Als er sie öffnete und Rachel die zahllosen kleinen rosa Juwelen in ihrem Inneren zeigte, lachte sie vor Freude und wollte sie essen. Aber er ließ es nicht zu, weil er fürchtete, daß sie die Samen schlucken könnte, und so lenkte er sie ab, indem er sie lehrte, die fleischigen Fruchtkügelchen den Perlhühnern zu geben, die sich gierig um sie scharten.
Sie standen dicht nebeneinander und beobachteten die Tiere, als Rachel plötzlich Leon erblickte, der von den Ställen ums Haus herum kam. Sie ließ die Reste des Granatapfels zu Boden fallen und lief mit einem Freudenschrei auf den Mann zu, von dem Roman nicht wußte, daß er auch *ihr* Vater war. Hätte er es gewußt, zu welch neuen romantischen Höhenflügen wäre seine Phantasie angeregt worden!
Statt dessen beobachtete er, wie sein Liebling Rachel über den Rasen lief. Als Leon sie sah, ging er in die Knie und öffnete die Arme, um sie aufzufangen. Sie lachten, umarmten sich und sahen sich an. Leon stand auf, nahm Rachel mit einem Schwung in die Arme und trug sie ins Haus. Er bemerkte nicht einmal – und Rachel vergaß es –, daß Roman dort stand, einen halben Granatapfel in der Hand und rings um ihn herum die Perlhühner, die lärmend danach verlangten.
Es war richtig so: der Mann und das Kind, beide so schön und so sehr miteinander beschäftigt, daß sie alles andere vergaßen.
Ehe Roman an diesem Abend einschlief, dachte er noch einmal an den Zwischenfall; er sah Rachel im Geist immer weniger deutlich, weil sie für ihn die vertrautere war, und sah Leon deutlicher, als er es für gewöhnlich tat, sah sein Gesicht, das von der Hitze des Tages gerötet war, und den Schweiß, der ihm vom Ansatz seines rötlichblonden Haars seitlich über die Wangen lief. Allein in seinem Bett, erkannte Roman mit einem jähen Schmerz, daß Leon derjenige war, den er liebte. Er konnte ihn nicht als Vater beanspruchen; dennoch würde er eine Möglichkeit finden, ihn zu lieben.

8

Felix war leidend. Er hatte sich eigentlich nie mehr recht wohl gefühlt, seit er im vergangenen Herbst mit einer starken Erkältung und Fieber das Bett hüten mußte. Er war genesen – das heißt, das Fieber hatte nachgelassen und war schließlich verschwunden, aber er war noch nicht wieder ganz zu Kräften gekommen, als er während derselben frühwinterlichen Epidemie, der Trudy erlegen war, an einer Grippe erkrankte.
Er gab zu – zumindest sich selbst gegenüber –, daß er sich nach dieser Krankheit zu wenig Erholung gegönnt, weil er sich die Vergnügungen der Weihnachtstage nicht entgehen lassen wollte. Aber zu Anfang des neuen Jahres spürte er einen stechenden Schmerz in der Brust, der, wie er mit Sicherheit annahm, von der Lunge – oder nein, vom Herzen kommen mußte. Dann wachte er eines Morgens auf und spürte nichts außer Hunger und einer leichten Müdigkeit, und so kam er zu dem Schluß, daß offensichtlich alles mit ihm in bester Ordnung war.
Als er jedoch wieder wie üblich zu essen, zu trinken und zu rauchen begann, lagen die Speisen ihm oft schwer im Magen; und wenn er hin und wieder des Nachts aufwachte, merkte er, daß ein Bein oder ein Arm »eingeschlafen« war, und er glaubte sogar, noch etwas anderes zu spüren, irgendeinen versteckten, bösartigen Geist, der darauf lauerte, ihn in seinem schwächsten Augenblick zu erwischen und ins Jenseits zu befördern.
Vier Tage hintereinander brannte sein Urin am Morgen wie Sole, dann verursachte er ihm keinerlei Beschwerden mehr. Eines Nachmittags wurde er plötzlich auf einem Ohr vollkommen taub, und seine Augen waren nicht so scharf wie sonst. An einem anderen Tag spürte er eine vorübergehende Übelkeit, gefolgt von einem pochenden Schmerz im Unterleib, als er vor Gericht aufstand, um einen normalen Einspruch zu erheben.
Kurzum, Felix machte sich zum erstenmal in seinem Leben Sorgen um seinen Körper. Er hatte ihm bisher nie viel Beachtung geschenkt, aber jetzt kam es ihm plötzlich wie ein Wunder vor, daß ein Herzschlag in regelmäßigem Abstand dem anderen folgte, daß er ein- und ausatmete, daß sein Darm sich entleerte, daß er transpirierte, Hitze und Kälte fühlte, hungrig und satt war, nieste, den Schluckauf hatte, und daß sein Haar und seine Nägel schnell genug wuchsen, um hin und wieder geschnitten werden zu müssen.
An den Tagen, an denen er sich wohl fühlte, war er sich dieser Tatsache bewußt, statt sie einfach als einen natürlichen Zustand hinzunehmen. Wenn er sich gut fühlte, forderte er seinen Körper heraus, zwang ihn, ein wenig mehr zu trinken und zu rauchen, als er es für gewöhnlich tat, vögelte zweimal an einem Tag, um sich auf die Probe zu stellen – und war

dann zutiefst niedergeschlagen, wenn sein Körper sich mit Müdigkeit oder gelegentlichen Stichen und Schmerzen rächte.

Wurde er einfach alt? fragte er sich. Er war beinahe sechzig; viele Menschen starben, noch ehe sie dieses Alter erreicht hatten. Er mahnte sich zur Vorsicht. Nell bemerkte keine Veränderung an ihm, wofür er dankbar war; aber er sprach so wenig wie möglich über seine Beschwerden, und sie war normalerweise zu sehr mit ihrem eigenen Gesundheitszustand beschäftigt, um sich für den ihrer Mitmenschen zu interessieren, obwohl sie gütig und besorgt sein konnte, wenn sie sah, daß man sie wirklich brauchte.

Leon war es, der die Veränderung an Felix wahrnahm. Obgleich dieser in Wirklichkeit sein Onkel war, betrachtete Leon ihn schon lange als einen guten Freund, und das um so mehr seit der Zeit, da er an der ungezwungenen Kameradschaft teilgenommen, die sich zwischen Bonard und Felix entwickelt hatte, als Bonard bei dem älteren Mann zuerst eine Lehre in Rechtswissenschaft und kaufmännischen Dingen und später in den Genüssen des Lebens durchgemacht hatte.

Man kann nicht mit Sicherheit sagen, daß die Freuden, die Leon mit Bonard und Felix zu teilen gelernt, seine Ehe zu einem Mangel an Intimität verurteilt hatten; sicher ist aber, daß Leon kein Verlangen gehabt hätte, an Felix' und Bonards Vergnügungen teilzunehmen, wenn seine Ehe erfüllt gewesen wäre – ein Beweis für die Tatsache, daß die negativen Faktoren in unserem Leben uns oft mehr nach Genüssen suchen lassen als die positiven.

Ohne Bonards Freundschaft – um die er auf eine so außergewöhnliche Art gebracht worden war: der Mann seiner Schwester war mit der Schwester seiner Frau durchgebrannt, die ihm, Leon, ein Kind geboren hatte – fühlte Leon sich verwirrt, gereizt und unsicher. Wäre Felix zu dieser Zeit mehr der alte gewesen, so hätte Leon sich vielleicht vernünftiger mit den Ereignissen auseinandersetzen können. Aber Felix war jetzt zum erstenmal in seinem Leben völlig mit sich selbst beschäftigt. Er versuchte nicht, seinen Neffen zu ihren üblichen leichten Ausschweifungen anzuregen, und Leon verspürte wenig Lust, ihnen allein, ohne männliche Gesellschaft, nachzugehen.

Natürlich liebte er Sarah; und mehr als »natürlich« – er liebte Sarah. Sie liebte ihn. Aber er war nicht stark genug, das prekäre Gleichgewicht der Regelung, zu der sie gelangt waren, zu stören, indem er sie jetzt nach all diesen Jahren bat, sie möge mit ihm gemeinsam den Versuch unternehmen, ihre Ehe vollkommener zu gestalten. Sarah war glücklich mit Rachel und Beulah Land. Und Leon konnte auch nicht plötzlich selbst die Leitung von Beulah Land in die Hand nehmen. Er hatte zu lange zugesehen, wie andere die Plantage leiteten: sein Vater, seine Mutter, Roscoe Elk – und jetzt Sarah. Er konnte nicht eine Aufgabe übernehmen, die er nicht fortzuführen gedachte. Man hatte ihn gelehrt, sie anderen zu überlassen; er war bereit, es zu tun. Wenn hin und wieder etwas schiefging, was machte das schon?

Er wußte, daß Floyd zurückzukehren beabsichtigte, aber niemand wußte, wann. Seit jenem Sommer 1820, als er und Floyd noch halbwüchsige Jungen waren und ein fast wechselseitiges Erlebnis sie plötzlich entfremdet hatte, war er mit Floyd nie wieder richtig vertraut gewesen. Ohne Bonard und so gut wie ohne Felix fühlte Leon sich einsam. Noch jung, aber doch alt genug, um zu wissen, daß Jungsein allein keine Garantie für Glück darstellt, fühlte er sich einsam. Er erinnerte sich an Zeiten, da die Bürde leichter gewesen war. Er erinnerte sich an Floyd und an all die beglückenden, natürlichen Dinge, die sie in jenem Sommer getan hatten: Sie waren über die Felder und durch den Wald gewandert, hatten ganze Tage mit Schwimmen und Angeln am Fluß verbracht, ohne sich darum zu kümmern, ob sie vermißt wurden oder nicht, und sie waren überzeugt gewesen, daß dies alles immer so weitergehen würde.

Jetzt suchte er allein einige der alten Plätze auf, soweit er sie noch annähernd finden konnte, denn der Fluß hatte allmählich und im Wechsel von Überschwemmungen und Trockenheit seinen Lauf geändert. In einer Anwandlung von Sehnsucht nach der Vergangenheit pflückte er unterwegs eine Melone und ging weiter in den Wald und zu dem Fluß, wo er und Floyd geangelt und geschwommen hatten. Die Zypressenwurzeln unter dem Wasser, zwischen denen er seine Melone zum Kühlen befestigte, hätten genau die gleichen sein können, die er und Floyd als Jungen zu diesem Zweck benutzt hatten. Er zog sich aus und legte seine Kleidung auf die grauen, trockenen Zweige eines Baumes, der vom Blitz getroffen worden und abgestorben war.

Nach dem Schwimmen streckte er sich am Ufer des Flusses aus. Auf dem Rücken liegend blickte er durch die Zweige der Bäume zum blauen Himmel empor, und als er das Summen des sommerlichen Sumpflandes hörte, das ihm von frühester Kindheit an vertraut war, wandte er den Kopf zur Seite und erblickte Schmetterlinge, die aussahen, als wären es dieselben, die er vor siebzehn Jahren hier gesehen und vergessen hatte.

Auf der anderen Seite des Flusses saß Roman zusammengekauert auf einem Baumstamm und beobachtete ihn, wie er es während all dieser Tage getan, die Leon stets im selben Rhythmus von Tätigkeit und Nichtstun verbracht hatte.

Heute war er vor Leon hierhergekommen. Nach einer Weile kam Leon mit gemächlichen Schritten herangeschlendert. Roman sah, wie er die Melone auf die Erde legte, und als sie zu rollen begann, sagte Leon: »Brr!« und steckte einen Zweig in den Ufersand, um sie zurückzuhalten. Roman nahm teil an dem kurzen Augenblick der Spannung, und als der Mann lächelte, lächelte er ebenfalls. Nachdem Leon die Melone ins Gleichgewicht gebracht hatte, hob er sie sofort auf und legte sie in ihr Nest zwischen den Wurzeln der Zypresse.

Er nahm einen Stock, zog ihn durch das Wasser, dann schien er damit auf der Oberfläche zu schreiben, und schließlich ließ er ihn in den Fluß fallen und sah zu, wie er stromabwärts trieb. Aus dem Heben und Senken von Leons Schultern schloß Roman, daß er seufzte.

Leon ging ein paar Meter am Ufer entlang, und Roman fragte sich, ob er wohl gezwungen sein würde, seinen geschützten Beobachtungsposten zu verlassen, um den Mann im Auge zu behalten, ein Wunsch, der während der letzten Minuten für ihn zu einer Notwendigkeit geworden war. Aber Leon blieb stehen, legte den Kopf zurück und rülpste laut. Der Ton wirkte wie ein Mißklang in der stillen Waldluft.

Leon hockte sich an den Uferrand und starrte ins Wasser, als sähe er in der graubraunen Untiefe knapp unter der Oberfläche eine Schildkröte oder einen Fisch. Als er sich vornüberbeugte, verlor er das Gleichgewicht. Um nicht ins Wasser zu fallen, bäumte er sich so plötzlich zurück, daß er auf dem Hinterteil landete, und er saß da und lachte über sich selbst, wie Rachel es bei dem Picknick im Kiefernhain getan hatte.

Roman verfolgte jede Bewegung des Mannes mit einer so absoluten Aufmerksamkeit, daß er selbst sich dessen gar nicht bewußt war. Leon zog die Knie an, legte die verschränkten Arme darauf und stützte den Kopf auf die Arme. Roman, der auf dem niedrigen Baumstamm jenseits des Flusses saß, tat das gleiche. Dann vergrub Leon das Gesicht in den Armen, so daß der Junge es nicht sehen konnte. Weinte er? fragte sich Roman erschreckt und hoffnungsvoll. Nein. Er hob den Kopf und gähnte. Roman entspannte sich ein wenig enttäuscht. Er wünschte, daß sein Idol an diesem Tag verzweifelt sei.

Wenige Minuten später stand Leon auf und fing an, sich auszuziehen; er dachte offensichtlich so wenig an das, was er tat, daß seine Bewegungen ungeschickt waren, seine Finger an den Knöpfen herumfummelten, seine Hände zu schwach oder zu heftig an den Ärmeln oder Hosenbeinen zogen.

Roman beobachtete ihn mit wachsender Anteilnahme. Der Mann war sein Vater. Sie waren vom selben Fleisch und Blut. *Das bin ich,* fühlte er und wußte, daß es stimmte und doch nicht stimmte. Leons Körper war spärlich behaart; auf seiner Brust waren keine Haare zu sehen, an seinen Armen und Beinen nur wenige, und die Haare um seine Genitalien herum waren dunkler als sein rotblondes Kopfhaar, so wie es manchmal auch beim Bart eines Mannes der Fall ist.

Er kratzte sich am Oberschenkel. Er schlug mit beiden Händen auf seine

nackte Brust, und dann sprang er plötzlich ganz unvermutet ins Wasser, kam wie ein springender Fisch wieder an die Oberfläche, schüttelte sich und schrie wie ein glückliches Kind: »Wa-uu!«
Er tauchte senkrecht unter, kam auf die gleiche Art wieder herauf und blies laut schnaubend Wasser aus Mund und Nase. Er schwamm im Kreis, legte sich auf den Rücken, schlug mit Armen und Beinen um sich und schrie jetzt wie ein wilder Indianer. Roman beobachtete ihn mit restloser Hingabe und Bewunderung. Hatte es jemals einen schöneren Mann gegeben als seinen Vater?
Selbst als Leon, des Schwimmens überdrüssig, mit langsamen, schwerfälligen Schritten über den unebenen Grund an Land watete, kam Roman jede seiner Bewegungen wie ein Wunder vor.
Entdeckung ist die Grundlage für den Anfang jeder Liebe; alles, was Leon tat, war für Roman eine Offenbarung von Schönheit. Was er tat, war richtig, war immer richtig gewesen, ebenso wie alles, was Romans Mutter tat und getan hatte, falsch war. Romans Körper glühte vor Liebe zu dem Mann dort drüben, und er faßte einen Entschluß: Er würde ein Stück stromabwärts zu der Stelle gehen, wo der Fluß sich verschmälerte und ein umgestürzter Baum ihn von einem Ufer zum anderen überspannte.
Leon lag auf dem Rücken. Er schlief nicht, aber er hatte halb wachend geträumt, als er ein Geräusch hörte, von dem er sofort wußte, daß es von einem Menschen, nicht von irgendeinem anderen Lebewesen stammte. Er hob den Kopf und sah Roman, der gerade aus dem Wald trat und einen Zweig, den er zur Seite gebogen hatte, um sich einen Weg zu bahnen, zurückschnellen ließ: Dieses Geräusch hatte Leons Aufmerksamkeit geweckt.
Leon wußte, daß ihre Begegnung kein Zufall war. Was auch immer sie veranlaßt haben mochte, sie schien ihm eine natürliche Folge seiner eigenen Gedanken an diesem Tag. Der Junge starrte ihn beinahe zornig an.
»Verzeihen Sie«, sagte Roman; seine Stimme hatte einen verlogen munteren Ton. »Ich wußte nicht, daß Sie hier sind. Ich hatte nicht angenommen, daß irgend jemand hier sein würde.«
Leon sah ihn an. Hätte Roman sich umgewandt und wäre er fortgegangen, so hätten sie beide die Lüge gelten lassen können, obwohl sie wußten, daß es eine Lüge war. Aber Roman zögerte und zögerte, bis es aussah, als ob er bleiben werde. Erst dann, zu spät, wandte er sich zum Gehen. Als er sich ein paar Schritte entfernt hatte, sagte Leon: »Schon gut. Du kannst bleiben. Bitte bleib.«
Roman gab nicht vor, ihn nicht zu hören, aber er sah sich nicht nach Leon um, als er kehrtmachte und ein paar Meter von dem ruhenden Mann entfernt zum Ufer ging, sich niederhockte, wie er es Leon zuvor hatte tun sehen, dann jählings zurückfiel und lachte.

Leon stimmte verwirrt in Romans Lachen ein. Selbst wenn Gelächter nicht ehrlich ist, kann es doch einen schwierigen Moment erleichtern. Das ihrige machte es ihnen jetzt möglich, rasch auf das zu blicken, was sich hinter ihm versteckte, und mit ausdruckslosem Gesicht wieder fortzublicken, da sie mehr gesehen hatten, als sie zugeben konnten. Leon schloß die Augen und tat, als ob er seinen Körper entspannte. Er streckte die Beine und spreizte die Zehen, wölbte seine Brust und zeigte seinen Körper in Spannung unter dem Vorwand, ihn zu entspannen.

Selbst da hätte Roman noch fortgehen können, aber er tat es nicht. Leon hätte sich auf den Bauch drehen und es aufhalten können, aber er tat es nicht. Als er die Augen einen zuckenden Spalt weit öffnete, sah er, daß Roman näher gekommen war. Er atmete kaum, als er sie wieder schloß. Gleich darauf fühlte er, daß die Hand des Jungen seine Brust berührte. Jetzt atmete er wieder; die Hand kroch zum Nabel, blieb dort liegen, und ein Finger tastete forschend, als wollte er dem Geheimnis von Leons eigener Geburt nachgehen. Leon fühlte, daß sein Glied steif wurde. Er hatte es nicht bewußt gewollt, aber der Geschlechtstrieb handelt ohne das Gehirn. Er spürte die Lippen des Jungen, die sein Glied küßten. Narziß hatte sein Bild gefunden und weihte sich mit Freuden dem Untergang.

9

Sarah blickte vom Hauptbuch auf, als sie es schloß und Roscoe Elk zurückgab. »Die Buchführung ist exakt, alles in Ordnung«, sagte sie. Er nahm das Buch und nickte. »Es gibt jedoch etwas, worüber das Hauptbuch keine Rechenschaft ablegt.«

Er runzelte geduldig die Stirn, während seine Lippen sich in Verwunderung zuspitzten.

»Es handelt sich um Pojo.« Um ihm Zeit zu geben, sich ihrem Themawechsel anzupassen – eine Höflichkeit, die sie noch nicht beiseite zu lassen gelernt hatte –, setzte sie hinzu, was sie beide wußten: »Soviel ich weiß, eine Abkürzung des Spitznamens ›Poor Joe‹, den man ihm als Jungen gegeben hat.«

»Ja?« fragte er barsch, wie um ihr zu sagen, sie solle zur Sache kommen.

»Sie haben ihn prügeln lassen.«

Roscoe sah sich rasch im Büro um, als wollte er sie daran erinnern, daß er eigentlich mit dem Herrn der Plantage sprechen sollte, nicht mit dessen Frau. Dann richteten sich seine Augen plötzlich wieder auf ihr Gesicht, und er sagte einfach: »Er hat gestohlen.«

»Er hat sich Mais aus der Scheune genommen, um das Schwein zu füttern, das ich ihm letzte Weihnachten gegeben habe, zusammen mit der

Erlaubnis, es sofort zu schlachten oder es zu mästen und dann zu verkaufen und das Geld, das er dafür bekommt, für sich zu behalten.«

»Er hat gestohlen«, wiederholte Roscoe schroff.

»Sie betrachten es nicht als Stehlen, wenn sie sich etwas von den Familienvorräten nehmen, denn sie gehören zur Familie. Stehlen ist für sie nur, wenn sie sich gegenseitig etwas wegnehmen.«

»Stehlen ist Stehlen.«

»Schuldet Pojo Ihnen Geld?«

Die Frage ließ ihn zögern, aber nur einen Augenblick. »Ich müßte in meinen Büchern nachsehn, um das mit Sicherheit zu sagen.«

»Sie erinnern sich, daß Mr. Kendrick und ich Ihnen Anweisung gegeben haben, niemanden ohne unser Einverständnis züchtigen zu lassen?«

Er sagte nichts.

»Sie erinnern sich also daran.«

»Wenn es mir möglich wäre, mit Mr. Kendrick zu sprechen, könnte ich ihm sicherlich meinen Standpunkt erklären, so daß er den Befehl, den ich gegeben habe, verstehen und nicht mißbilligen würde.«

Dies war eine offenkundige Unverschämtheit, denn sie wußten beide, daß Leon vor zwei Tagen sein Pferd gesattelt hatte und fortgeritten war, ohne mit einer Menschenseele zu sprechen. Seitdem hatte niemand etwas von ihm gehört.

»Sie können mit Mr. Kendrick so viel sprechen, wie Sie wollen und er erlaubt – sobald er zurückkommt. In seiner Abwesenheit legen Sie mir Rechenschaft ab, genau wie jeder andere, der hier arbeitet.«

Er sah sie lange und fest an, ehe er kurz nickte. »Gesehen zu werden, wie ich jedesmal, wenn irgend jemand wegen eines Vergehens bestraft werden muß, zu den Besitzern laufe, würde meine Autorität untergraben. Und ich kann ohne Autorität nicht einhundertzweiundsechzig Sklaven beaufsichtigen. Sie sind wie Maulesel: Man muß ihnen befehlen, nach rechts oder links zu gehen.«

»Es sind Leute, Mr. Elk. Unsere Leute.«

»Möge Gott sie lehren, dankbar dafür zu sein«, sagte er trocken.

Sie errötete. »Wo ist Pojos Schwein jetzt?«

»Bei den anderen.«

»Sie haben es ihm weggenommen?«

»Da es mit gestohlenem Getreide gemästet worden ist, gehört es der Plantage. Das ist nach meiner Meinung die beste Art, sein Unrecht wiedergutzumachen.«

»Sie haben das aus eigener Machtbefugnis getan?«

»Ich habe das Schwein nicht selbst aus Pojos Gehege getragen – nein.«

Sie bewahrte ihre Ruhe. Wenn sie zugab, daß sie seine Frechheit erkannte, so würde die Sache weiter gehen müssen, als sie es wollte – oder

besser gesagt, als Leon es ihr erlaubte. »Sorgen Sie dafür, daß Pojo sein Schwein wiederbekommt.«
»Ich bezweifle, daß ich das Schwein erkennen würde.«
»Ich bin sicher, Pojo wird es erkennen. Sagen Sie ihm, er soll es sich holen.«
»Wenn man ihn wählen läßt, wird er möglicherweise ein anderes, ein größeres und fetteres nehmen.«
»Geben Sie ihm das Schwein, und damit basta!«
»Die Leute betrachten solch eine Großzügigkeit als Schwäche. Wenn sie einmal ungestraft davonkommen, werden sie es wieder versuchen.«
»Sie haben meine Anweisungen. Das ist alles.«
»Der Arbeitstag ist vorüber. Morgen...«
»Schicken Sie Pojo zu mir. Ich werde es ihm sagen.«
»Ich werde gern jemanden beauftragen, Pojo zu Ihnen zu schicken, Mrs. Kendrick. Was mich betrifft, ich muß mich jetzt zu meiner eigenen kleinen Farm begeben und dort die Tagesarbeit beenden.«
»Gut, aber schicken Sie – sorgen Sie dafür, daß Pojo zu mir kommt.«
Roscoe nickte, sorgsam darauf bedacht, seine Verachtung in annehmbaren Grenzen zu halten.
Eine Viertelstunde später kam Lovey ohne anzuklopfen ins Büro und sagte: »Pojo is hier und sagt, Sie haben ihn rufen lassen.«
»Ja.«
Lovey sah ihre Herrin stirnrunzelnd an. »Diebischer Lump«, murmelte sie und ging hinaus.
Kurz darauf kam der Mann herein, ein breites, nervöses, unaufrichtiges Lächeln auf dem Gesicht. Sarah hatte ihn schon oft gesehen, aber nur aus der Ferne. Sie hatte nie Gelegenheit gehabt, mit ihm zu sprechen. »Bist du wohlauf, Pojo?« fragte sie.
»Was? Was, Ma'am?« Sein Gesicht war eine Maske von grinsender, berechneter Dummheit.
»Ich habe gefragt, ob du wohlauf bist«, erwiderte sie scharf.
Pojo überlegte. »Ja, Ma'am. Ja, Ma'am. Einigermaßen.« Er nickte kräftig, als müßte er seine eigenen Worte bestätigen.
»Du wirst dein Schwein wiederbekommen, Pojo.«
»Ja, Ma'am.« Er nickte wieder.
»Ich weiß, daß Mr. Elk es dir fortgenommen hat, aber du sollst es wiederbekommen. Es ist deins, und du kannst es mästen und verkaufen oder behalten, ganz wie du willst. Es gehört dir. Verstehst du?«
»Ja, Ma'am. 's is 'n dürres, altes Schwein. Nich viel wert, wird nie viel wert sein, denk ich mir.«
»Nun, es gehört dir.« Sarah lächelte; sie wollte den Mann dazu bringen, sich zu entspannen und normal mit ihr zu reden. »Es tut mir leid, daß

du bestraft worden bist. Es hätte nicht geschehen dürfen. Ich habe niemanden ermächtigt, dich prügeln zu lassen.«
»Ja, Ma'am. Die Leute sagen, man hat mich dabei erwischt. Aber 's war nur unser eignes Getreide.«
»Ja.«
»Ich hab unser Getreide genommen, um das dürre, alte Schwein zu füttern.«
»Ich verstehe genau, was du dir gedacht hast, als du es nahmst.«
»Man hat mich dafür ausgepeitscht.«
»Ich weiß. Es tut mir leid. Das habe ich dir ja eben gesagt. Es hätte nicht geschehen dürfen.«
»Ja. Ma'am. Aber man hat's getan. Worüber wollte die Herrin mit mir sprechen?«

10

»Offengestanden, ich weiß wirklich nicht, warum du so ein Theater machst, mein Kleiner, und dich als Monstrum bezeichnest. Es sei denn, ich hab's falsch verstanden – hab ich das? Irgendein kleiner Nigger hat an deinem Schwengel gelutscht, als du splitternackt und halb schlafend nach dem Schwimmen dagelegen hast. Mein Süßer, sowas passiert doch sicher dauernd, wenn man bedenkt, daß sie kaum besser wie Tiere sind. Du kannst von Glück sagen, wenn dir nie was Schlimmres widerfährt.«
Leon, der seit zwei Tagen kaum geschlafen hatte, stand taumelnd auf und versetzte der Frau eine schallende Ohrfeige.
Als sie seine Hand packte, sank er sofort wieder auf seinen Stuhl. »Jetzt reicht's mir! Ich war – wir alle waren geduldig mit dir, weil du ja nun mal 'n alter Freund und Kunde bist. Aber jetzt ist, was mich betrifft, meine Geduld am Ende! Du bist zwei Tage hier gewesen, hast unsern Schnaps getrunken, wir haben dich gefüttert wie ein Baby, und du warst uns willkommen. Aber du wirst mich nicht ohrfeigen, mein Lieber, und auch niemanden sonst. Und du wirst jetzt dieses Haus verlassen. Komm nicht wieder hierher, ehe du ein anständiges, christliches Gesicht vorzeigen kannst. Gott allein weiß, was diese Zimperliese von einer Ehefrau sagen wird, wenn sie dich sieht. Aber du bist ihr Problem, nicht unsers, zumindest nicht jetzt.« Sie nahm ihn bei den Haaren und zog seinen Kopf hoch, so daß er gezwungen war, sie anzusehen. Als sie wieder sprach, hatte der Zorn in ihrer Stimme sich in Mitleid verwandelt. »Du siehst wirklich erbärmlich aus. Geh nach Hause, wie ich dir gesagt habe. Und wenn du mit dir selbst im reinen bist – aber, wohlgemerkt, nicht vorher! –, bist du uns wieder willkommen.«

Florabel Bixby hatte gesprochen; sie war die älteste der drei Schwestern, die in einem Haus hinter einer Hecke außerhalb von Highboro lebten und entgegenkommenderweise Herren aus der Umgebung bei sich empfingen, denen es zu Hause an gewissen Annehmlichkeiten mangelte. Florabel war über ihre Blütezeit hinaus und übernahm für gewöhnlich die Rolle einer mütterlichen Gastgeberin, während sich ihre jüngeren Schwestern, Pansy und Annette (sie schliefen jetzt, denn es war früh am Morgen), den Schlafzimmerangelegenheiten widmeten. Hin und wieder erklärte sich Florabel bereit, einen jungen Mann, der von einem älteren, oft seinem Vater oder Onkel, mitgebracht wurde, in die Geheimnisse der Liebe einzuweihen, aber die älteren Männer selbst zogen für ihre aktiveren Vergnügungen eine der jüngeren Schwestern vor.

Leon dachte über Florabels Worte nach und nickte. Er schloß die Augen. Sie glaubte, er würde wieder einschlafen, und war im Begriff, seinen Arm zu schütteln, als er sich räusperte, dann hustete und die Augen öffnete. Er stand auf und ging zu dem großen Spiegel, der an der Wand des Wohnzimmers hing. Da er nichts sehen konnte, nahm er eine Öllampe vom Tisch und beleuchtete damit sein Spiegelbild. Nachdem er sich eine Weile schweigend gemustert hatte, sagte er: »Mein Gott!« und stellte die Lampe wieder hin. »Wenn Sie so freundlich sein wollen, Miss Flora, mir eine Tasse Kaffee zu geben, mache ich mich sofort auf den Weg.«

Sie nickte und ging in die Küche; er folgte ihr, denn er wußte, daß sie ihm erlauben würde, sich dort an der Pumpe Gesicht und Hände zu waschen. Eine halbe Stunde später sattelte und bestieg er sein Pferd, aber er ritt nicht nach Hause, sondern zu Felix und Nell. Als der Diener ihm auf sein Klopfen die Tür öffnete, bat er ihn, Mr. Kendrick zu sagen, daß er in seinem Büro auf ihn warte. Felix kam eilig herbei und gab ihm als erstes etwas zu trinken, denn er sah, daß Leons Hände zitterten und er sich kaum auf den Beinen halten konnte. Dann sprach Felix ein paar Minuten ruhig mit seinem Neffen, ehe er ihn zum Frühstück mit nach Hause nahm.

Nell zeigte sich nicht erstaunt über seinen Besuch und erwähnte mit keinem Wort seine schmutzige Kleidung und sein unrasiertes Gesicht. Später am Vormittag fuhren Nell und Felix in ihrem Einspänner nach Beulah Land, und Leon ritt neben ihnen. Sarah begrüßte sie, als gäbe es nichts Außergewöhnliches an Leons langer Abwesenheit oder dem unangemeldeten Eintreffen der drei.

Nell und Felix blieben den ganzen Tag auf Beulah Land, und nachdem Leon sich gewaschen und umgezogen hatte, ging Felix mit ihm über die Felder, sprach lange mit Roscoe Elk und sorgte dafür, daß alle ihn sahen. Nell genoß unterdessen das Zusammensein mit Sarah, bei dem hin und wieder auch Rachel und Juanita zugegen waren, und ließ sich ausgiebig mit Limonade, Tee und frisch gebackenem Kuchen bewirten. Nach dem Abendessen fuhren sie und Felix mit einem großen Korb voll junger Erbsen, Mais und Tomaten nach Hause. Nell redete Felix zu, eine Zigarre zu rauchen, deren Geruch sie im Freien recht angenehm fand, obwohl sie ihn im Haus nicht duldete.

Sarah und Leon versöhnten sich, indem sie über Beulah Land sprachen. Sie berichtete ihm von den Schwierigkeiten, die sie mit Roscoe wegen Pojo gehabt hatte, und war sorgsam darauf bedacht, alles genau so zu schildern, wie es sich zugetragen hatte. »Was mich so wütend macht«, sagte sie abschließend, »ist die Tatsache, daß ich bereits während unseres Gesprächs im stillen zugeben mußte, daß er in gewissem Sinn recht und ich unrecht hatte – aber in Wirklichkeit hatte ich doch recht, nicht wahr? Wir dürfen es nicht zulassen, daß er die Leute schindet, selbst wenn sie sich etwas zuschulden kommen lassen.«

»Liebe Sarah.« Er nahm sie in die Arme, und sie legte den Kopf an seine Schulter. »Es tut mir unendlich leid, daß ich dich dieser ganzen Sache ausgesetzt habe.«

»Mein Liebster!« Ihre Arme preßten sich um seine Taille; dann ließ sie ihn los. »Horch!« Sie legten lauschend den Kopf zur Seite, und Juanitas liebevoll scheltende Stimme drang zu ihnen herunter. »Rachel ist hellwach wegen des Besuchs und deiner Rückkehr. Normalerweise würde sie schon seit einer Stunde schlafen. Wollen wir zu ihr gehen? Da sie sowieso noch nicht schläft, macht es nichts aus, und sie freut sich bestimmt.«

Leon schüttelte den Kopf. »Ich möchte lieber ein wenig Luft schnappen.«

»Ich geh einen Augenblick zu ihr.«

»Gute Nacht, Sarah.«

Sie blieb eine Sekunde auf der Treppe stehen. »Gute Nacht.«

Gleich darauf hörte er eine Tür, die sich öffnete und schloß, und dann den gedämpften Ton von frohen Stimmen. Er nahm eine Zigarre aus der Dose auf dem Schreibtisch, rollte sie zwischen seinen Fingern, roch an ihr, biß das spitze Ende ab und zündete sie mit einer Kerzenflamme an. Als sie gleichmäßig glühte, ging er hinaus und wanderte, wie er es schon unzählige Male zuvor getan hatte, durch die Gärten und über die Höfe, bemüht, sich zu verstehen – nicht völlig und endgültig, nur genug, um sich nicht zu verabscheuen, genug, um schlafen, sich ausruhen, wieder aufwachen und sich sagen zu können: »Dies ist ein neuer Tag.«

11

Roman hatte Leons Rückkehr mit Felix und Nell beobachtet, hatte gesehen, wie Rachel, von Sarah und Juanita gefolgt, aus dem Haus lief, um

sie zu begrüßen. Seit er sich vor drei Tagen am Flußufer von Leon getrennt, hatte er in seiner eigenen Hölle gelebt, die durch das verräterische Aufflammen von Freude und Offenbarung nur noch verwirrender war.
Er erinnerte sich kaum (sagte er sich), was geschehen war. (Oh, aber er erinnerte sich, er erinnerte sich sehr wohl!) Die Art, wie es geendet hatte, würde er nie vergessen und nie verstehen. Seine Hände und Lippen hatten auf dem Fleisch seines Vaters gelegen, hatten wieder Leben von ihm empfangen, wie er es im Augenblick seiner Zeugung empfangen hatte, als Leon gekommen war und sein Körper sich wie in einem Anfall von Raserei gewölbt und hin- und hergeworfen hatte. Mit einem lauten Aufschrei hatte Leon gleich darauf Gesicht und Leib dem Boden zugewandt.
Roman saß neben ihm. Das verborgene Gesicht, der nackte Rücken und die Schultern, die sich auf dem Flußufer hoben und senkten, waren Anklage und Ablehnung in einem. Roman verstand es nicht; er verstand nichts von alledem. Was hatte ihn heute hierhergeführt? Was hatte Leon veranlaßt, ihn in diesem Augenblick zu akzeptieren, nachdem er ihn jahrelang verleugnet hatte – nur, um sich dann von ihm abzuwenden? Was war *falsch*? Niemand hatte es ihn gelehrt; sein Instinkt hatte ihn geheißen zu tun, was er getan hatte. War demnach sein Instinkt falsch? In seinen Büchern stand, daß man sich auf den Instinkt verlassen und der Vernunft mißtrauen solle, wenn die Vernunft das Gefühl unterdrückte. Aber während er dort neben dem verzweifelten Mann saß, hatte er nur den einen Wunsch, fortzugehen, zu fliehen, sich zu verstecken.
Er rappelte sich vom Boden auf; als er stand, zögerte er. Durfte er den Mann allein lassen? Er beugte das Knie und berührte den Hinterkopf des Mannes. Leon bewegte sich ruckartig zur Seite; sein ganzer Körper bebte. Roman richtete sich auf, ging ein paar Schritte, blieb stehen, dann lief und lief er.
Als er sich schließlich in sicherer Entfernung wußte, machte er an einer Stelle halt, wo der Fluß fast auf gleicher Höhe mit dem Ufer war. Er wusch sich Gesicht und Hände und spritzte Wasser über seine heißen Ohren und die schmerzenden Muskeln seines Nackens. Dann legte er sich, auf einen Ellbogen gestützt, ausgestreckt auf den Boden; er war plötzlich todmüde. Der stützende Ellbogen glitt unter ihm fort, und er schlief.
Als er aufwachte, dämmerte es bereits. Der Wald lag feucht und dicht in seinem eigenen Dunkel, sobald die Sonne unterging. Insekten und andere Lebewesen des Waldes, die sich während der heißen Stunden des Tages still und beinahe regungslos verhalten hatten, fanden jetzt Stimme und Bewegung wieder. Es gab kurze, trippelnde Geräusche im Gebüsch, ein Summen von Insekten, das anders war als die Musik des Tages, eine kühle Feuchtigkeit, durch die eine Schlange gleiten, eine Schildkröte zu gehen erwägen könnte, ohne eine unangenehme Überraschung fürchten zu

müssen. Roman erhob sich schuldbewußt wie ein Gast, der weiß, daß er zu lange geblieben ist. Er verließ den Wald, so rasch er konnte, und kam zu einem schmalen Weg, der am Rande eines Feldes entlanglief, kaum mehr als eine Wagenspur, zwischen der Gras und Unkraut wuchsen.
Als er, zu Hause angekommen, an der Hintertür stehenblieb, hörte er in der Küche die Stimmen der Frauen, die das Abendessen vorbereiteten. Sallou fragte verschlagen: »Findst du, ich soll den ganzen Tisch decken?«
»Ja«, erwiderte Myrtis.
»Der Herr is weggestürzt, wie wenn er nie mehr wiederkommen würde«, sagte Sallou. »Wird die Herrin ganz einsam und allein da sitzen wolln?«
»Deck den Tisch und kümmre dich nich um Dinge, die dich nix angehn. Sharon, schneid die Tomaten gleichmäßiger. Wo hab ich die Essigflasche hingetan?«
Das war vor drei Tagen gewesen.
Heute war Leon zurückgekehrt. Er wanderte jetzt im Dunkeln umher, aber nicht allein. Roman war in seiner Nähe, beobachtete jede seiner Bewegungen und brannte darauf, sich ihm zu zeigen und mit ihm zu sprechen; aber er wagte es nicht, denn er wußte, daß er und seine Liebe verachtet wurden.

12

So wie Korn und Fasern auf den größeren Feldern reiften und von Negertrupps geerntet wurden, die manchmal – mehr aus Langeweile als aus Freude – sangen, so wuchsen auch Ezras Pflanzen aus den fremdländischen Samen, die Floyd ihm gesandt hatte, und entpuppten sich als Schoten, Halme, Reben und kürbisförmige Gebilde. Hier eine fünf Fuß lange Reihe von irgend etwas, dahinter eine Reihe von etwas anderem, dann die dritte, vierte und fünfte, jede mit anderen Samen bepflanzt und oft sogar zwei oder mehr Sorten in einer einzigen Reihe.
Für eine Reihe hatte er Sand mit der schwarzen Erde vermischt; für eine andere trockenen, zerstampften Lehm. Er bewässerte eine und überließ eine andere ausschließlich dem Regen. Er beschnitt diese und erlaubte jener, zu wachsen und sich auszubreiten, wie sie wollte, und bei alledem ließ er sich nur von seinem Instinkt und von Mutmaßungen leiten. Er traute weder Rechen noch Hacke, sondern pflegte die Pflanzen mit einem verrosteten Küchenlöffel und seinen eigenen zehn Fingern.
Als Lovey ihn eines Nachmittags auf seiner Miniaturfarm antraf, wo er regungslos vor einer Pflanze mit zarten Blättern kniete, mußte sie laut lachen, denn Ezra beschattete die Pflanze mit einem alten Sonnenschirm, den sie nur an den heißesten Sonntagen für den Kirchgang benutzte. Er

sah überrascht zu ihr hinauf. »Ich werde keine einzige eingehn lassen. Ich werde dem Jungen zeigen, daß alle gediehn sind.«

»Vielleicht kommt er erst im Winter oder sogar noch später.«

»Er wird bald kommen und sich mit eignen Augen überzeugen, wie sie in der Erde aussehn.«

Als sie sich zum Gehen wandte, kniete er immer noch da, den Sonnenschirm in der Hand.

Trotz all der Geschäftigkeit der spätsommerlichen Ernte fand Sarah für gewöhnlich Zeit, am Sonntag zum Gottesdienst nach Highboro zu fahren. Sie war nicht tief religiös, denn ihre Gedanken gehörten mehr dieser Welt als der nächsten. Aber es machte ihr Spaß, Menschen zu begegnen und Neuigkeiten zu hören, und so ging sie in die Kirche. Die Neuigkeiten betrafen Ernten – Baumwolle, Mais, Zuckerrohr – und Leute – wer starb, wer heiratete, wer ein Kind bekam, wer zu Besuch oder für dauernd hier eingetroffen war. Der Gottesdienst bot auch Gelegenheit, mit Edna zu sprechen. Während der arbeitsreichsten Wochen des Erntens und Einmachens hörten sie zwar durch das Geschwätz ihrer Dienstboten voneinander, aber sie hatten keine Zeit für zwanglose Besuche und waren daher auf die Sonntage angewiesen.

Am ersten Sonntag im September lenkte Sarah selbst ihren Einspänner nach Highboro. Ihre Fahrgäste waren Rachel und Juanita. Rachel war noch zu klein für den Gottesdienst, aber sie liebte Abwechslung, und so hatte Sarah angefangen, sie und das Kindermädchen zu ihrer eigenen Gesellschaft mitzunehmen, wenn Leon sie nicht begleitete, und sie ließ sie im Wagen oder bei Nell, während sie in der Kirche war. Leon ging nicht regelmäßig zum Gottesdienst, und an diesem Sonntag waren er und Felix zum anderen Ende des Bezirks geritten, um sich einen Bestand an Bäumen anzusehen, den sie zu kaufen beabsichtigten. Sie interessierten sich jetzt immer mehr für die Produktion und Ausfuhr von Nutzholz, vor allem in Jahren, die einen so mageren Ertrag abzuwerfen versprachen wie dieses.

Sarah ließ Rachel und Juanita schwatzend und mit einem Korb Pfirsiche versorgt bei der Baumgruppe zurück, wo auch andere Wagen auf Besitzer warteten, die augenblicklich damit beschäftigt waren, Gott die allwöchentliche Ehre zu zollen. Sie sah Edna nur ein paar Minuten in der Vorhalle der Kirche, ehe sie von anderen Frauen ihrer Bekanntschaft umringt und getrennt wurden. Edna rief ihrer Freundin zu: »Rooster möchte unbedingt mit Ihnen sprechen – bitte denken Sie dran!«

Nach dem Gottesdienst trafen sie sich abermals in der Vorhalle und gingen zusammen mit Rooster zu ihren Wagen.

»Wann beginnen Sie und Roman wieder mit Ihrer Schule?« wollte Rooster wissen.

»Sobald die schwerste Arbeit beendet ist. Es wird nicht mehr lange dauern«, erwiderte Sarah. »Sie fehlt mir.«
»Wenn ich mit meiner Baumwolle nach Savannah fahre, werde ich einen Hauslehrer für meine Jungen mitbringen«, sagte Rooster.
»Wie er und Bonard ihn hatten«, setzte Edna ergänzend hinzu. »Und wir wollten Sie fragen, ob Sie wohl bereit wären, die Mädchen in Ihrer Schule aufzunehmen, wenn Sie wieder damit anfangen.«
»Ach, natürlich, sehr gern!« rief Sarah. »Ich wünschte, ich hätte von selbst daran gedacht. Rachel ist noch zu klein, aber sie sitzt trotzdem bei uns, und Doreen und Annabel sind uns selbstverständlich willkommen. Versprechen Sie, sie jeden Tag zu schicken?«
»Ganz bestimmt!«
»Es ist sehr wichtig, daß sie regelmäßig kommen.«
»Das ist außerordentlich gütig von Ihnen, Sarah«, sagte Rooster herzlich.
»Ich habe mir schon lange gewünscht, Sie besser kennenzulernen«, erwiderte Sarah, »und auch, daß Rachel Sie kennenlernt. Edna, Sie müssen unbedingt mitkommen.«
»Ich bin zu alt, um in die Schule zu gehen.«
Während sie noch lachten, wandte sich Sarah an Rooster. »Sie müssen Tante Pea aufsuchen, wenn Sie in Savannah sind. Sie wird Ihnen helfen, einen Hauslehrer zu finden, und Sie machen ihr eine große Freude, wenn Sie sie darum bitten. Dinge dieser Art sind ihre Spezialität. Außerdem würden Sie mir einen Gefallen tun, wenn Sie ihr zureden, auf einen langen Besuch zu uns zu kommen. Sie kommt immer um diese Zeit, aber jedes Jahr erklärt sie, daß sie *dieses* Jahr nicht kommen wird, und man muß sie von neuem überreden. Ich hoffe, Sie werden mir dabei helfen.«
»Mit Freuden. Ich überrede gut.« Rooster lachte, und sie stimmte in sein Lachen ein.
»Abgemacht, ich verlasse mich auf Sie, Bruce! Wollen Sie sich noch rasch mein Kind ansehen?«
Sie waren bei der Baumgruppe angelangt. Ihre Einspänner waren, wie sich herausstellte, nur durch eine Kalesche und einen Leiterwagen mit improvisierten Sitzen voneinander getrennt. Rachel stand inmitten eines Kreises von Kindern, unter denen sich auch Roosters vier befanden. Sie waren sofort nach Beendigung des Gottesdienstes mit ihren Freunden hinausgelaufen, um die wenigen Minuten, die sie jede Woche zusammen sein konnten, voll auszunutzen. Rachel sang ihnen etwas vor, und sie standen – zumindest vorübergehend – ruhig da. Als jedoch die Erwachsenen näher kamen, löste sich der Kreis auf, die älteren Kinder liefen zusammen davon und ließen Rachel verdutzt und allein mit ihrem noch nicht beendeten Gesang zurück.

Sarah ließ sich auf die Knie nieder und umarmte das Kind. Dann machte Rachel einen Knicks vor Edna und Rooster, die sie beide liebevoll begrüßten, ehe sie zu ihrem Wagen gingen und nach ihren verstreuten Kindern riefen. Während Sarah und Juanita mit Rachel auf den Sitz des Einspänners stiegen, unterhielt sich Sarah mit Edna und Rooster. Die Besitzer der Kalesche und des Leiterwagens waren noch nicht erschienen, schwatzten vermutlich noch mit Freunden und Bekannten auf dem Kirchhof. Es dauerte sonntags nach Beendigung des Gottesdienstes manchmal fast eine Stunde, ehe alle Wagen abgefahren waren.

Edna rief abermals nach den vier verschwundenen Kindern: »Adam! Annabel! Doreen! Und du, James! Kommt rasch!« Als sie auch daraufhin nicht erschienen, hob Rooster die Stimme und setzte drohend hinzu: »Wir fahren los! Wenn ihr nicht sofort kommt, müßt ihr zu Fuß nach Hause gehn!« Er löste die Zügel, schlug damit leicht auf die Flanken des Pferdes und fuhr langsam hinter Sarahs Einspänner her. Die Kinder tauchten plötzlich auf und schrien lachend und ängstlich zugleich: »Warte! Bitte wart auf uns, Papa!«

Rooster ließ das Pferd langsamer gehen, ohne jedoch anzuhalten, während Edna Annabel auf einer Seite auf den Wagen half und er Doreen auf der anderen heraufzog. Die zwei Jungen sprangen auf den Rücksitz über der Heukiste. Und so machten sich die beiden Familien auf den Heimweg; ihre Wagen fuhren die meiste Zeit im gleichen Tempo Seite an Seite, und nur hin und wieder blieb einer von ihnen zurück, um einen anderen Wagen vorbeizulassen.

Als sie einmal vorübergehend getrennt worden waren und Sarahs Einspänner einige Pferdelängen voranfuhr, sagte Edna: »Sie hat dich bei der Kirche ›Bruce‹ genannt.« Er nickte. »So nennt dich sonst niemand.«

»Nun«, sagte er ruhig, »es ist mein Name, der Name, den du selbst mir gegeben hast.«

Eine halbe Stunde später trennten sich die beiden Wagen, nachdem ihre Insassen sich mindestens ein Dutzend »letzte« Abschiedsgrüße zugerufen hatten. Sarah bog von der Landstraße in die Auffahrt ein und fuhr rasch durch den Obstgarten und um das Haus herum zur Hintertür, wo Sugar ihr entgegenkam, um Pferd und Wagen zum Stall zu bringen. Es war spät geworden; das Mittagessen war bestimmt schon fertig, sagte sie sich, und sie wollte Myrtis nicht warten lassen. Sie hoffte, daß Leon heimgekommen war und Felix mitgebracht hatte.

Sarah war gerade im Begriff, ins Haus zu gehen – Rachel und Juanita waren schon vorangegangen, um den Küchenmädchen über ihre Abenteuer in der Stadt zu berichten –, als sie ein Dutzend Männer erblickte, die trotz des Sonntags offenbar gearbeitet hatten, denn sie trugen Heugabeln auf der Schulter und gingen auf eine der Scheunen zu. Sarah folgte ihnen und sah, wie sie drinnen ihre Arbeitsgeräte ablegten. Sie wandte sich an einen Mann namens Rex, den sie als intelligent und zuverlässig kannte, und fragte, wo sie gearbeitet hatten. Er warf einen Blick auf die anderen; sie waren verlegen. »Drüben auf der Elk-Farm, Missy«, sagte Rex.

»Was habt ihr dort gemacht?«

»Verstreutes Heu aufgestakt.«

»Ihr braucht am Sonntag nicht zu arbeiten, es ist euer freier Tag.«

»Ja. Ma'am«, sagte Rex, »das stimmt. 's ist unser freier Tag, aber Mr. Elk hat uns für diese Arbeit gebraucht, und wir haben ihm damit was von dem zurückgezahlt, was wir ihm schulden.«

»Habt ihr das schon öfter getan?« Sarah bemühte sich, ihre Stimme ruhig zu halten.

»Hin und wieder, ja, M'am. Mr. Elk läßt's uns abarbeiten, wenn wir's nich zurückzahlen können.«

»Warst du bei ihm?«

»Ja, ja«, sagte Leon ungeduldig. »Ich war bei ihm und habe mit ihm gesprochen. Es ist in Ordnung.«

Leon war müde und gereizt. Er war gegen drei Uhr von der Besichtigung des Holzbestands zurückgekehrt; Felix hatte sich an der Abzweigung der Landstraße von ihm getrennt, weil Nell, wie er sagte, an diesem Morgen nicht ganz wohl gewesen war und er sich um sie sorgte. Leon hatte nicht zu Mittag gegessen, und er hatte noch kaum das Haus betreten, als Sarah ihn mit dem Bericht über Männer überfiel, die an diesem Morgen für Roscoe Elk gearbeitet hatten. Während er kalte Reste aß, nahm sie ihm das Versprechen ab, daß er sofort zu Roscoes Farm hinüberreiten und ihn um eine Erklärung ersuchen werde.

»Wieso ist es in Ordnung?« fragte sie jetzt. »Es sind unsere Leute.«

»Sie haben für ihn gearbeitet, weil sie ihm Geld schuldeten, und sie haben es in ihrer Freizeit getan. Was hat das also mit uns zu tun?«

»Ist dir das nicht klar?«

»Nein, keineswegs«, sagte er ungeduldig.

»Sie werden immer mehr den Eindruck gewinnen, daß sie für Roscoe Elk arbeiten, sich Roscoe Elk gegenüber zu verantworten haben. Vermutlich werden sie mit der Zeit zu der Ansicht gelangen, daß sie uns einen Gefallen tun, wenn sie die Felder von Beulah Land bestellen, daß diese Zeit eigentlich der – ›Elk-Farm‹ gehört.«

»Das ist Unsinn.«

»Du wirst es erleben.«

»Ich glaube, du weißt gar nicht, wie aufreizend es ist, dich reden zu hören, als ob du selbst der Aufseher wärst und mehr über die Leitung von Beulah Land wüßtest als jeder andre. Du wirst meiner Mutter von Tag zu Tag ähnlicher!«

»Leon – wohin gehst du?«
»Irgendwohin, wo man mich nicht wie ein Kind behandelt!« rief er aus; er hatte gar nicht die Absicht gehabt, fortzugehen, und hatte den Entschluß erst gefaßt, als sie ihn fragte. »Wo man mich in Ruhe läßt, nett und freundlich zu mir ist, und wo ich nicht durch die Gegend galoppieren muß, um Botengänge für die ›Herrin‹ zu erledigen!«
»Leon! – Leon?«
Wäre sie ihm nicht durch das Haus und den Laufgang zur Hintertür gefolgt, so wäre er wahrscheinlich geblieben. Er wäre vielleicht umhergewandert, um durch die körperliche Bewegung seine schlechte Laune loszuwerden, und hätte sich zum Abendessen, wenn auch schweigsam, wieder bei ihr eingefunden. Aber in dem unbehaglichen Gefühl, ihm vielleicht unnötig zugesetzt zu haben – sicherlich hatte er recht, und sie war zu empfindlich, was Roscoe Elk betraf –, folgte sie ihm, und so blieb ihm nichts andres übrig, als wieder sein Pferd zu besteigen und zu gehen, wohin er in Wirklichkeit gar nicht gehen wollte, jedenfalls nicht in diesem Augenblick: zu dem Haus hinter der Hecke, jenseits von Highboro, wo die Schwestern Bixby – Florabel, Annette und Pansy – darauf warteten, die Unbefriedigten, die Einsamen und die Mißverstandenen zu trösten und zu unterhalten.

13

Romans Gemütsverfassung ging weit über die sich selbst dramatisierende Verzweiflung hinaus, die bei jungen Männern seines Alters an der Tagesordnung ist. Sein Selbstmitleid war nicht süß und tröstend, sondern bitter. Er hatte wenig zu tun, und so hatte er zuviel getan. Schule zu halten war seine einzige Arbeit, aber im Sommer und zur Erntezeit gab es keine Schule. Seine Liebesgefühle mochten Einbildung gewesen sein, aber die Ablehnung, die er wiederholt erfahren hatte, war Wirklichkeit. Seine Liebe zu Leon war Wirklichkeit gewesen und war es immer noch. Seine Abweisung durch Leon nach der kurzen Hoffnung auf eine Erwiderung seiner Liebe war grausam gewesen.
Roman näherte sich Leon nicht direkt, aber er beobachtete ihn versteckt oder aus der Ferne. Und als er eines Tages seine Hölle nicht mehr ertragen konnte, stellte er sich Leon in den Weg, und zwar in einem Augenblick, wo sie unbeobachtet waren, damit es später nicht die Entschuldigung gab: »Nun, ich konnte nicht, weil andre zugegen waren.« Roman plante die Begegnung; er kam um eine Ecke herum direkt auf Leon zu und blieb wortlos stehen, sosehr seine Augen und seine Haltung auch um Anerkennung flehten. Als Leon ihn anstarrte, sein Gesicht sich rötete und nichts

außer Mitleid und Verachtung darin stand – da, genau in diesem Augenblick, hätte Roman ihn töten können. Aber nachdem er, den Kopf vor Scham und Zorn gesenkt, zur Seite getreten war, beschloß er, statt dessen sich selbst zu töten.

Es war kein plötzlicher Gedanke. Träume vom Tod sind bei jungen Menschen ebenso häufig wie Träume von Liebe, und Roman hatte Grund für beides. Er liebte Rachel, er liebte Sarah, und sie ihrerseits, das durfte er sich eingestehen, hatten ihn sehr gern. Aber seine Zuneigung zu ihnen war für sie nicht so wichtig, wie ihre Zuneigung zu ihm es für ihn war; und die Erkenntnis dieser Tatsache war jetzt mehr, als er ertragen konnte. Er verachtete seine Mutter, und sie hatte ihn vergessen. Er haßte seine Halbbrüder, ohne sie je richtig kennengelernt zu haben. Roscoe Elk war sein Feind. Leon, von dem das geringste Zeichen einer Zuneigung genügt hätte, dem Jungen Kraft zu geben, wünschte nur allzu offensichtlich, daß er tot – oder, schlimmer noch, nie geboren wäre.

So ging Roman am 19. September um vier Uhr nachmittags in eine der Scheunen, schnitt ein Stück von einem neuen, starken Seil ab, rollte es zusammen, um es unter seinem Hemd zu verstecken, und ging in Richtung des Waldes. Er hatte das Gefühl, beobachtet zu werden, obgleich das nicht der Fall war. Aber als er in den Wald kam, wußte er sich allein. Er verlor keine Zeit mit müßigen Erinnerungen, sondern ging geradewegs zu der kleinen Lichtung am Flußufer, wo er zum ersten und einzigen Mal seinem Vater nahe gewesen war.

Er fand einen Baum, der ihm für sein Vorhaben geeignet erschien – es war derselbe Baum, durch dessen belaubte Zweige der nackte Leon, sehnsuchtsvoll an seine eigene Jugend denkend, in den blauen Himmel geblickt hatte, ehe Roman erschien. Roman kletterte hinauf. Das war nicht leicht; er kratzte sich die Handfläche an der rauhen Eichenrinde wund und zuckte zusammen, als er sie bluten sah, nur um gleich darauf traurig zu lächeln bei dem Gedanken, wie unwichtig das war im Vergleich zu dem, was geschehen würde.

Er hatte seine Schuhe unter dem Baum gelassen, um besser klettern zu können, und schließlich erreichte er keuchend und schwitzend den ersten starken und hohen Ast. Er arbeitete lange daran, das Seil an einer Stelle zu befestigen, wo ein kleinerer Ast von dem großen abzweigte und somit eine natürliche Bremse für das Seil bildete. Er verstand nichts von Seilen und Knoten, und er mußte sicher sein, daß der Knoten halten würde. Schließlich erfand er mit der gleichen Sorgfalt eine Schlinge, die zuverlässig aussah und es auch war. Er legte sie um seinen Hals und zog sie zusammen. Ohne qualvolle Abschiedsgedanken – oder überhaupt irgendwelche Gedanken – schloß er die Augen, rutschte vom Ast und ließ sich fallen.

Seine Füße stießen nicht ins Leere, und zuerst begriff er nicht, was geschehen war. Dann erkannte er, daß irgend jemand ihn aufgefangen hatte und in den Armen hielt, obgleich der Körper, zu dem die Arme gehörten, unter dem Aufprall wankte und mit unsicheren Füßen nach einem Halt suchte. Ungläubig dachte und sagte Roman: »Leon!« Als er die Augen öffnete, blickte er in das zornige Gesicht von Floyd.

Floyd lockerte rasch die Schlinge und zog sie dem Jungen über den Kopf. Dann stellte er ihn auf die Füße, und als er sah, daß er unversehrt war, packte er ihn mit beiden Händen bei den Schultern, schüttelte ihn und rief: »He, was soll der Unsinn?« Er ließ Roman los, stand da und starrte ihn schweigend an, während er versuchte, seine eigenen Gedanken zu ordnen. Als er sich ein wenig gefaßt hatte, sagte er, als ob er sich erst jetzt darüber klargeworden wäre: »Roman?«

Romans Kopf sank herab. Er zitterte vor Schreck über das, was er getan und doch nicht getan hatte.

Floyd legte die Hand unter sein Kinn und hob es hoch. »Sieh mich an! Was für eine verrückte, gottverdammte Dummheit hattest du vor? Sag's mir!«

Roman trat einen Schritt zurück. »Sie hätten mich nicht daran hindern sollen.«

Floyd packte ihn und hielt ihn fest, bis er ruhig war; und dann sagte er: »Als erstes kletterst du jetzt auf den Baum, machst das Seil los und wirfst es zu mir herunter.«

Roman schüttelte den Kopf und stieß die Hände fort, die ihn festhielten. Floyd zuckte die Achseln und fing an, selbst auf den Baum zu klettern. Trotz seiner Erregung bemerkte Roman mit einer gewissen Genugtuung, daß es dem Mann nicht leichtfiel, hinaufzukommen. Damit fühlte er sich selbst weniger linkisch und unbeholfen. Floyd kämpfte sich den Stamm hinauf, rutschte behutsam den Ast entlang zum Seil und knotete es auf. Er brauchte einige Minuten dazu, fluchte über der Arbeit leise vor sich hin und rief schließlich dem Jungen zu: »Mit diesen vielen Knoten hättest du ein Pferd erhängen können!« Als er das Seil endlich los hatte, ließ er es zu Boden fallen, wo es in einer kraftlosen Rolle zu Romans Füßen lag. Floyd kam langsam heruntergeklettert. Als er unten angelangt war, betrachtete er seine Handflächen und sagte: »Sie bluten. Du hast mir schöne Scherereien gemacht. Ich bin von der Landstraße abgebogen und hier hinten herum gegangen, weil ich diese Stelle sehen wollte, ehe ich heimkam. Hab als Junge hier oft gespielt. Geangelt, geschwommen.« Er runzelte die Stirn, als er sich daran erinnerte. »Alles mögliche haben wir getan, Leon und ich. Du dachtest, ich sei Leon. Warum?«

Romans Lippen öffneten sich und zitterten. »Ich hoffte.«

»Du hofftest.« Floyd schüttelte den Kopf. »Mein Gott, du hofftest.« Er hob das Seil auf, wand es zu einer festen Rolle um seine Faust, dann schwang er den Arm und ließ das aufgerollte Seil hoch über den Fluß fliegen, wo es mit einem lauten Klatschen im Wasser landete. Sie sahen beide zu, wie es sich langsam vollsog und unterging. »Wie geht's meinem Papa?« fragte Floyd, als ob nichts Besonderes geschehen wäre. »Ich habe den ersten Menschen gefragt, dem ich begegnet bin, als ich heute morgen nach Highboro kam. Der Mann sagte: ›Oh, es geht ihm gut. Oder lassen Sie mich überlegen: Ist er gestorben?‹«

»Es geht ihm gut.« Roman fand es leichter, über jemand anderen zu sprechen. »Er hat die Samen bekommen, die Sie ihm geschickt haben. Es war schon Sommer, als sie ankamen und er sie säte; deshalb sind die Pflanzen spät gewachsen, und er hat sie in der Erde gelassen, weil er sicher war, daß Sie noch rechtzeitig kommen würden, um sie zu sehen.«

Floyd nickte, als sei all dies nur eine Bestätigung dessen, was er schon gewußt hatte. »Mama geht's gut.« Es war mehr eine Feststellung als eine Frage, aber eine Feststellung, in der eine Frage mitschwang.

Roman lächelte zum erstenmal. »Sagt immer noch jedermann und Gott, wie man das Rechte tut.«

»Ja, das ist meine Mama«, sagte Floyd. »Setz dich. Ich bin auf einmal sehr müde. Seit dem Tag, wo ich fortgegangen bin, bin ich zurückgekommen; jetzt, wo ich hier bin, brauch ich eine kleine Atempause.« Er sah sich nach einer trockenen Stelle am Ufer um und ließ sich auf den Boden nieder. Roman setzte sich in seine Nähe, und sie blickten über den Fluß, bis Floyd sagte: »Ich hab oft, sehr oft an genau diese Stelle gedacht.« Er musterte das Gesicht des Jungen. »Du hast dich in den zwei Jahren sehr verändert, bist fast ein Mann geworden. Du siehst ihm jetzt ähnlich.« Roman schwieg, wich aber Floyds Blick nicht aus. »Ich möchte, daß du mir alles erzählst, was auf Beulah Land geschehen ist, seit ich weggegangen bin. Laß nichts aus, nicht eine einzige Geburt eines Babys, nicht einen einzigen Todesfall.« Sie hatten bisher nie Gelegenheit gehabt, sich aufmerksam genug anzusehen, um irgend etwas voneinander zu erfahren. »Du bist Leons Sohn, das ist nicht zu leugnen«, sagte Floyd. »Aber hast du gewußt, daß du ebensogut meiner hättest sein können?«

Die Frage überraschte Roman, nahm ihm aber irgendwie eine schwere Last von den Schultern. Er fing an zu sprechen. Je mehr er sprach, um so mehr schien es zu geben, was er zu erzählen hatte. Er berichtete Floyd über Sarah und Rachel, über Ezras zunehmende Schwäche, über Roscoe Elk, daß ihm jetzt die Anderson-Farm gehörte und er dorthin gezogen war. Er sprach über seine Schule. Er sprach über die Familie Davis. Und er begann, über sich selbst zu sprechen. Er erzählte Floyd sogar von Roxy, aber nicht von Sallou und ihrem Besuch damals in seinem Zimmer. Er war nahe daran, von Leon zu erzählen, konnte es aber dann doch nicht.

Es dämmerte bereits, als sie wie auf eine stumme Verabredung gleichzeitig aufstanden und zusammen über die Felder zu den Häusern der Plantage gingen. In den Hütten hatte man das Feuer fürs Abendessen angezündet, und der Rauch aus den Schornsteinen schwebte leicht in der Abendluft wie Gespenster der Vergangenheit, die sich langsam in nichts auflösten.

14

Es war eine Heimkehr; o ja, das war es. Selbst Selma und Pauline kamen aus ihrem Schlupfwinkel, um zu berühren, zu lächeln und zuzuhören. Lovey war wie neugeboren. Sie ging mit jugendlich federndem Schritt; ihre Stimme war wieder lebhaft und energisch, und sie lachte wie ein junges Mädchen, als sie stolz die Kämme zeigte, die Floyd ihr aus Griechenland mitgebracht hatte, und den Schal aus Spanien. Auf Ezras Zügen lag von jetzt ab und für alle Zeiten ein Ausdruck von solch stiller Freude, daß alle, die ihn sahen, ehrfürchtig schwiegen, als wäre es eine Ungehörigkeit, zu ihm von der Rückkehr seines Sohnes zu sprechen, so überflüssig wie ein Kompliment, das man einem Heiligen zollt.

Myrtis sang und träumte bei ihrer Arbeit in der Küche und fragte sich, ob sie wohl schon zu alt sei – sie war genauso alt wie Floyd –, um einem Mann zu gefallen, der die Frauen der halben Welt gesehen hatte. Ihre Zwillinge, Otis und Lotus, machten große Augen, als er ihnen erzählte, daß er in Mesopotamien gewesen sei, und wollten hören, was er dort erlebt hatte. Felix kam aus Highboro herüber, lachte, schüttelte den Kopf, reichte Floyd die Hand und sagte, er sei froh und betrübt zugleich, ihn wiederzusehen.

Leon führte ihn schon am ersten Abend, nachdem er ihm zwei Stunden Zeit mit Lovey und Ezra gelassen hatte, ins Arbeitszimmer, wo sie zusammen saßen, Zigarren rauchten und Rotwein tranken. Sarah kam herein, ihn zu begrüßen. Sie nahm seine beiden Hände in die ihren, und es sah aus, als ob sie mehr hätte tun mögen, tat es aber nicht. Leon lächelte zufrieden, als er ihre herzliche Begrüßung sah. Dann ging sie hinaus, nachdem sie zuvor Floyd das Versprechen abgenommen hatte, daß er bald in Romans Schule kommen würde, um allen Kindern zusammen von den Ländern zu erzählen, in denen er gewesen war.

Floyd und Leon sprachen weiter; nach einer Weile verließen sie das Arbeitszimmer und wanderten über die Höfe und Felder von Beulah Land, die sie ihr ganzes Leben lang miteinander geteilt hatten. Sie mochten sich in ihrer frühen Jugend näher gestanden haben, als Nähe für sie noch etwas Selbstverständliches war, über das man gar nicht weiter nachdachte, aber als Männer waren sie einander nie näher gewesen. Anscheinend hatte Floyd fortgehen und wieder heimkehren müssen, ehe es ihnen möglich war, ihre alte Freundschaft anzuerkennen und zum Ausdruck zu bringen. Während sie sprachen, wurde Floyd sich immer deutlicher bewußt, welch wesentliche Rolle Roscoe Elk in Leons Bericht über die glücklichen und unseligen Ereignisse der letzten zwei Jahre spielte.

Es war noch nicht spät, aber auf der Plantage herrschte bereits tiefe Stille, als sie sich gute Nacht sagten und Floyd zur Hütte seiner Familie zurückkehrte, wo er Ezra wartend auf den Stufen der Hintertür antraf. Ezra, der Floyd schon am Nachmittag die neuen Pflanzen gezeigt hatte, fing an, sie ihm noch einmal in der Dunkelheit zu »zeigen«. Da erkannte Floyd zum erstenmal, daß sein Vater ein alter Mann war.

Die Erregung über Floyds Rückkehr hatte sich kaum gelegt, und man hatte gerade erst begonnen, seine Anwesenheit auf Beulah Land nicht mehr als etwas Außergewöhnliches zu betrachten, als Rooster von seiner Geschäftsreise nach Savannah zurückkehrte. Sie war, wie er Leon gestand, enttäuschend gewesen. Da die Baumwollpreise niedrig waren, hatte er beschlossen, nur das Nötigste zu verkaufen, um etwas Bargeld in die Hand zu bekommen. Er hatte einen Teil der übrigen Baumwolle in einem Speicher in Savannah eingelagert; aber die meisten Ballen hatte er nach Highboro zurückgesandt, damit Leon und Felix sie in ihrem Lagerhaus für ihn aufbewahrten. Penelope kam mit Rooster aus Savannah, und sie brachten den Hauslehrer mit, den sie zusammen für Roosters Söhne ausgewählt hatten. Driscoll Proctor war ein ernster Mann von zweiunddreißig, mit einem bedächtigen, fast linkischen Gebaren, das aber durchaus nicht unangenehm war. Es hieß, er sei besonders »stark« in Latein und Geographie.

Penelope richtete sich wieder in dem Zimmer ein, das sie stets bewohnte, wenn sie auf Beulah Land zu Gast war. Nell und Felix kamen auf einen Tag, um sie zu begrüßen, und blieben eine Woche. Als Romans Unterricht begann, kam Edna selbst mit Annabel und Doreen herüber und fuhr erst am späten Nachmittag wieder mit ihnen nach Hause. In Zukunft sollten die Mädchen von Violet begleitet werden, der man damit Gelegenheit bieten wollte, ihren Mann, Sugar, öfter zu sehen, denn jetzt, da sie schwanger war, stand sie ihrer Ehe nicht mehr so gleichgültig gegenüber.

Es war die Jahreszeit, in der die Leute anfingen, sich nach all der Mühe des Pflügens, Säens und Erntens das Leben ein wenig leichter zu machen. Der Ernteeifer hatte sich diesmal fast zur Raserei gesteigert, weil niemand wußte, welchen Lohn die Arbeit des Jahres ihnen einbringen würde.

Da der Preis der Baumwolle halb so hoch war wie sonst, fungierten Leon und Felix praktisch als Agenten: Sie hatten die Baumwolle der kleineren Farmen der Umgebung entkörnt und zusammen mit ihrer eigenen unentgeltlich in ihrem Lagerhaus gespeichert; und während sie darauf warteten, daß der Preis stieg, gewährten sie Kredite oder bürgten für die Bezahlung von Waren, die in den Läden des Bezirks gekauft wurden. Als die Entkörnungsmaschine schließlich ihre Arbeit für das Jahr einstellte, war das Lagerhaus voll. Rex wurde von seiner Winterarbeit auf der Plantage beurlaubt und nach Highboro geschickt, um das Lager zu bewachen. Er wohnte in einer Hütte hinter dem Gebäude und nahm seine Hauptmahlzeiten in Nells Küche ein.

Obwohl die Zeiten schwer waren und die Leute es zugaben, machten sie sich keine allzu großen Sorgen. Die Ernte war eingebracht, ihre Wintervorräte waren gesichert, sie hatten Saat für den Frühling – und im nächsten Jahr würden die Preise bestimmt wieder steigen. Da alle arm waren, fühlte sich niemand arm. Es gab die üblichen Gesellschaften und Bälle und auch andere Veranstaltungen wie Zusammenkünfte der Frauen zum Nähen von Bettzeug für Wohltätigkeitszwecke, Viehausstellungen und -verkäufe, hin und wieder ein Pferderennen. Man begann, mit freudiger Erwartung dem Erntedankfest und Weihnachten entgegenzusehen.

Obgleich jeder über die schlechten Zeiten redete, versprach es ein Winter wie alle anderen zu werden, selbst nachdem sich die Nachricht verbreitet hatte, daß mehr als ein kleiner Landbesitzer seine Farm an die Bank »verloren« hatte; die niedrigen Preise dieses Jahres, zusätzlich zu den angesammelten kleinen Schulden und Darlehen früherer Jahre, waren ihnen zum Verhängnis geworden.

In einem dieser Fälle verlor eine Familie namens Ralston – Mann, Frau, ein Sohn und eine Tochter, weder Kinder noch erwachsen – ihren Besitz, aber er lag weit entfernt am Rande des Bezirks, und niemand schien sie zu kennen, obwohl alle über sie Bescheid wußten. Die Bank versteigerte ihre Farm, und Roscoe Elk kaufte sie. Mr. Guthrie, der Anwalt, der schon früher seine Interessen wahrgenommen hatte, vertrat ihn bei der Auktion. Die Leute mochten denken und flüstern, daß die ganze Sache irgendwie nicht richtig schien, aber niemand konnte sie als rechtlich fragwürdig bezeichnen. Auf jeden Fall war es nicht eine so große Überraschung, wie die Anderson-Affäre es gewesen war. Und was, um alles in der Welt, so fragten sie sich, würde Roscoe Elk mit einer Farm dort drüben am Ende des Bezirks anfangen?

Das Haus der Ralstons stand leer, nachdem die Familie soviel wie möglich auf einen Wagen geladen und sich, wie es hieß, auf den Weg nach Alabama gemacht hatte. Eine Woche nach ihrer Abfahrt brannte das Haus nieder – niemand wußte, von wessen Hand, falls irgendeine Hand die Tat begangen hatte. Als Roscoe das nächstemal hinüberritt, um seinen neuen Besitz zu besichtigen, war von dem Haus, in dem die Ralstons drei Generationen lang gelebt hatten, nur noch der geschwärzte Schornstein übrig.

15

Nicht lange danach bat Roscoe Leon um eine Unterredung in einer persönlichen Angelegenheit, und Leon bestellte ihn in sein Büro. Nach einigem Zögern erzählte er Sarah davon und schlug vor, noch ehe sie selbst es vorschlagen konnte, daß sie bei der Besprechung zugegen sein solle. Sosehr er auch unter ihren kategorischen Ansichten hinsichtlich der Leitung der Plantage leiden mochte, so wußte er doch, daß ihre Gegenwart ihn daran hindern würde, sich Roscoes Wünschen gegenüber zu nachgiebig zu zeigen. Außerdem würde es eine spätere Erklärung überflüssig machen und ihnen damit einen Streit ersparen. Roscoe wollte bestimmt irgend etwas Besonderes, sonst wäre er nicht so förmlich gewesen. Sie hatten im normalen Tagesverlauf oft genug Gelegenheit, sich zu sehen und jede alltägliche Frage zu erörtern.

Während Leon wartete, überprüfte er die Eintragungen in einem der Bücher auf dem Schreibtisch. Alle Beträge waren aufgeführt, aber es hatte im Herbst so viel Arbeit gegeben, daß es eine Weile dauern würde, die Buchhaltung in Ordnung zu bringen. Sarah stand am Fenster und blickte hinaus. Nach ein paar Minuten sah sie Roman und Floyd Hand in Hand mit Rachel über den Hof gehen. Rachel hatte Floyd sofort in ihr Herz geschlossen, und auch Floyd und Roman waren, wie Sarah mit Befriedigung feststellte, sehr rasch gute Freunde geworden. Romans bedrückte Stimmung während der letzten Monate war ihr nicht entgangen, aber sie hatte nicht gewußt, wie sie ihm helfen sollte, und außerdem war sie so sehr mit anderen Dingen beschäftigt gewesen, daß sie es von einem Tag zum anderen aufgeschoben hatte, ernsthaft über ihn nachzudenken.

Jetzt schien Roman wieder der alte zu sein, selbstsicher, lebhaft und zufrieden. Er hatte etwas anderes gebraucht als Aufmerksamkeit von ihr: Er hatte die Freundschaft eines Mannes gebraucht, den er gern haben und bewundern konnte und der ihn lehrte, wie man zu solch einem Mann wurde. Abgesehen von der rein physischen Tatsache hatte er keinen Vater gehabt.

Zur festgesetzten Zeit, um vier Uhr, klopfte es an der Tür. Leon und Sarah sahen sich an; es war ein Blick, der lediglich fragte: »Bist du da?« Beruhigt wandten sie sich zur Tür, und Leon rief: »Herein!«

Sarah hatte sich in einiger Entfernung von Leon gesetzt, so daß Roscoe, als er eintrat, sie zuerst nicht bemerkte. Er kam mit energischen Schritten herein und schloß die Tür mit einem Nachdruck, der für sich selber sprach. Erst als Leon sagte: »Was haben Sie uns mitzuteilen oder zu fragen?«, wandte Roscoe den Kopf und sah sie. Die Zuversichtlichkeit seines Schritts ließ ein wenig nach, als er zu einer Stelle im Zimmer ging, die beinahe auf der Mitte zwischen ihnen lag, aber Leon gerade genügend bevorzugte, um erkennen zu lassen, daß es beabsichtigt war. Sarah lächelte so verhalten, daß nur sie allein von diesem Lächeln wußte.

»Ja!« sagte Roscoe. Nach einer seiner wohlberechneten Pausen fing er an: »Mr. Kendrick. Mrs. Kendrick. Da unsere Arbeit auf Beulah Land für dieses Jahr mehr oder weniger beendet ist – oder sagen wir, nachgelassen hat –, haben sich meine Gedanken gewissen Problemen und Möglichkeiten zugewandt, die meine eigenen Angelegenheiten betreffen – ohne daß ich jedoch deswegen auch nur einen Augenblick meine wichtigere Verantwortung hier vernachlässigen würde.«

Er hielt inne.

»Man könnte sagen, an eines zu denken bedeutet tatsächlich, an beides zu denken. Es ist alles ein und dasselbe, zumindest in meiner Vorstellung, wenn auch nicht – wie wir natürlich alle wissen – in Wirklichkeit.« Er öffnete den Mund, und seine Augen zwinkerten, als wollte er damit seine gute Laune zur Schau stellen, aber nicht das leiseste Lachen drang aus dem offenen Mund, und die Augen hinter den zwinkernden Lidern waren ausdruckslos. »Sie haben sicherlich gehört, daß ich einen neuen Besitz erworben habe.« Er zuckte die Achseln. »Eine unbedeutende Farm, einige Meilen von hier entfernt. Der Boden ist so steinig und mager, daß ich kaum weiß, was ich damit anfangen soll. Ich habe vor, ihn gar nicht zu bebauen, sondern Gras und Klee dort wachsen zu lassen und das Land als Viehweide zu benutzen – nachdem ich es eingezäunt habe.«

Leon nickte. Sarah verhielt sich weiter still, hörte aber jetzt ein wenig aufmerksamer zu, denn sie wußte, daß Roscoe irgendwann in seinen Ausführungen, so weitschweifig sie auch sein mochten, zu einem wesentlichen Punkt kommen würde.

Roscoe seufzte, musterte den Teppich oder schien ihn zu mustern und seufzte noch einmal so tief wie ein Mensch, der sich wider Willen vor eine neue Verantwortung gestellt sieht. »Mit einem Wort, ich bin gezwungen, mich nach Hilfskräften umzusehen – das heißt, nach zuverlässigen und vertrauenswürdigen *neuen* Hilfskräften. Der Mann namens Turnip, den ich mit der Anderson-Farm übernommen habe, ist der Beste in einem traurigen Haufen. Ich habe vor, ihn auf den neuen Besitz zu schicken – haben Sie gehört, daß das Haus niedergebrannt ist? Aber der Stall steht noch, und er kann in einer von den Boxen schlafen, wenn der Winter nicht zu streng ist. Er und das Vieh können sich gegenseitig warm halten.«

Er machte jetzt eine Pause, um den Blick von Leon zu Sarah und dann wieder zu Leon schweifen zu lassen. Seine Augen blinzelten abermals mit gespielter Liebenswürdigkeit, doch sein Mund blieb geschlossen.

»Wie dem auch sein mag...«

Leon beugte sich ein wenig auf seinem Stuhl vor. Sarah lehnte sich auf dem ihren zurück.

»Wie Sie sicherlich verstehen werden, habe ich ganz offenkundig ein Problem zu lösen. Wenn ich Turnip damit beauftrage, sich um den neuen Elk-Besitz zu kümmern, brauche ich einen weiteren Mann, oder zwei – tatsächlich bin ich bereit, eventuell auch mehr zu kaufen.«
Er machte wieder eine Pause, um diese Mitteilung wirken zu lassen.
»Über die Jahre hinweg bleibt die Zahl der Sklaven einer Plantage – solange keine gekauft oder verkauft werden – für gewöhnlich annähernd die gleiche, wobei die Geburten den Verlust der Sklaven ausgleichen, die an Altersschwäche, Fieber oder anderen bösartigen Krankheiten sterben. Auf Beulah Land ist es uns besser ergangen. Während der Zeit, in der ich ihrer Arbeit vorgestanden habe, sind keine Sklaven gekauft oder verkauft worden. Und angesichts der guten Behandlung, die Sie selbst und –«, er neigte den Kopf kurz in Sarahs Richtung, »– wohl vor allem Mrs. Kendrick ihnen haben zukommen lassen, ist ihre Zahl gestiegen. Statt der einhundertachtundvierzig, die ich ursprünglich vorgefunden habe, sind es jetzt einhundertzweiundsechzig. Und diese Zahl schließt nicht diejenigen Sklaven ein, die für frei erklärt worden sind, das heißt, Lovey, Ezra, Pauline und Floyd – der kürzlich zurückgekehrt ist, anscheinend, um hier zu leben, über dessen künftige Beschäftigung mir jedoch bisher keine genauen Angaben gemacht worden sind. Und natürlich schließt sie auch nicht Mrs. Elk ein, deren Freiheit ich erkauft habe.«
Diesmal war die Pause kurz.
»Und sie schließt auch nicht den Sklaven Roman ein, der keine reguläre Plantagenarbeit verrichtet. Demnach ist der Zuwachs beträchtlich. Man könnte sagen, der Ertrag war gut. Die Fürsorge, die Sie und Mrs. Kendrick den Sklaven haben zuteil werden lassen, hat einen guten Gewinn gebracht. Ich habe es schon von jeher für unklug gehalten, wenn Besitzer ihren Sklaven angemessene Nahrung verweigern, sie in schlechten Behausungen unterbringen oder ihre Krankheiten außer acht lassen. Diese selben Besitzer würden nie daran denken, so etwas mit Schweinen, Maultieren oder Rindern zu tun, und dabei sind Sklaven ein weit wertvollerer Besitz, als jedes Vieh es ist.
Ich mache Ihnen das Angebot, Ihnen zwei oder, wenn Sie wollen, vier männliche Sklaven abzukaufen – und zwar nicht zu dem niedrigen Preis, den dieses Jahr für Waren aller Art gebracht hat, sondern zu dem vor einem Jahr gültigen Kurs. Außerdem brauche ich eine Sklavin, die Mrs. Elk fürs Haus anlernen wird; die beiden Frauen von der Anderson-Farm sind nicht dazu geeignet, in einem achtbaren Haus zu arbeiten. Sie taugen allenfalls für die Arbeit auf dem Feld.«
Leon starrte wie benommen vor sich hin, aber er war hellwach, und sein Geist arbeitete fieberhaft. Das Geld, das der Verkauf von zwei oder vier Männern und einer Frau einbringen würde, so nebensächlich es vielleicht

in anderen Jahren gewesen wäre, kam ihm in diesem Jahr mehr als gelegen. Jeder Pfennig war jetzt wichtig. Er dachte an die Kredite, die er den Besitzern der kleinen Farmen gewährt, und die Bürgschaft, die er geleistet hatte – all dies natürlich in der selbstverständlichen Erwartung, daß der Preis der Baumwolle im nächsten Jahr steigen würde. Außerdem hatte Roscoe Elk recht, wenn er sagte, daß es mehr Leute auf Beulah Land gab, als man für die Arbeit brauchte. Oft wurden zwei Männer mit einer Aufgabe betraut, die einer allein leicht hätte bewältigen können. Der Verlust von fünf Sklaven würde überhaupt nicht spürbar sein. Roscoes Vorschlag war nicht nur verlockend. Er war logisch und fair – mehr als fair, dachte Leon im stillen.

Roscoe wußte – oder ahnte – sehr wohl, was in Leons Kopf vorging. »Darf ich hoffen«, sagte er, nachdem er ihm genügend Zeit zum Nachdenken gelassen hatte, »und darf ich annehmen, daß mein Vorschlag unter den gleichen praktischen Gesichtspunkten erwogen wird, von denen auch ich mich bei meinen Überlegungen habe leiten lassen, und daß ich bald mit einer Antwort rechnen kann, die dazu beitragen wird, mein Problem zu lösen?«

Sarah ahnte ebenfalls, was Leon dachte. Sie hatte schon vor dieser Unterredung gewußt, daß sie Roscoe Elk haßte, aber sie hatte ihn nicht annähernd so glühend gehaßt, wie sie es jetzt tat. Sie war sich bewußt, daß ihr Haß zum Teil die Folge seiner logischen Beweisführung war. Es stimmte nicht, daß Sarah für »ihre Leute« gesorgt hatte, weil eine größere Zahl einen Zuwachs an Besitz bedeutete. Aber es stimmte, daß sie, wie Roscoe ihr vor Augen geführt hatte, nicht oder nicht nur »ihre Leute« waren; sie waren Sklaven, Besitz, ihrer und Leons. Für Sarah mochten sie etwas anderes sein, aber das Gesetz betrachtete sie als Sklaven der Plantage. Plötzlich merkte sie, daß Leon sie hoffnungsvoll und ängstlich ansah. Sie erwiderte seinen Blick, und in ihren Augen lag eine eindeutige Ablehnung von Roscoes Vorschlag.

Leons Gesicht nahm langsam einen Ausdruck an, der ihr sagte, daß er sich ihrer Entscheidung fügte. Er nickte; er wußte, was er zu tun hatte. »Noch nie, solange ich denken kann, haben wir unsere Leute verkauft«, sagte er, »obwohl wir sie gelegentlich auf ihren eigenen Wunsch hin ausgetauscht haben, wenn einer von ihnen jemanden heiratete, der nicht zu Beulah Land gehörte. Es tut mir leid, sehr leid, aber wir können auch jetzt niemanden verkaufen. Nichtsdestoweniger freut es mich, daß Sie zuerst zu mir gekommen sind. Ich sehe ein und verstehe natürlich, daß Sie weitere Arbeitskräfte – mehr Hilfe, wie Sie es nennen – brauchen.«

»Zweifellos –«, Roscoe sprach das Wort langsam und ernst aus, »zweifellos muß doch die Zeit, in der man lebt, ihre eigenen Gesetze schaffen und nicht nur das Vorbild der Vergangenheit nachahmen? Wenn ich einige wenige Sklaven kaufe, so ist das doch sicherlich nicht das gleiche, wie wenn man sie auf dem Stand in Savannah oder Atlanta zur Versteigerung anbietet? Die Leute haben unter meiner Aufsicht gearbeitet und kennen mich ebenso, wie ich sie kenne. Ich glaube nicht, daß sie sich viel darum kümmern, wen sie ihren Gebieter nennen. Wenn ich nur diejenigen kaufe, die einverstanden sind, von mir gekauft zu werden, was könnte daran unrecht sein?«

Sarah stand auf, nicht hochmütig, sondern weil sie wünschte, das Gespräch mit Würde zu beenden. »Mr. Elk, es ist sinnlos, diese Diskussion noch länger fortzusetzen«, sagte sie. »Ich glaube, wir verstehen Ihr Problem, aber leider können wir Ihnen nicht helfen, es zu lösen.«

Roscoe, der sie mit einer Maske aus höflicher Ehrerbietung angesehen hatte, während sie sprach, warf einen fragenden Blick auf Leon, der ein wenig wankend von seinem Stuhl aufstand, als ob er zu lange gesessen hätte und seine Beine überrascht wären, ihn plötzlich tragen zu müssen. »Ganz recht«, sagte er lahm. »Sie sehen, wie die Dinge stehen.«

Über Roscoe Elks Gesicht zog ein beinahe – aber nicht ganz – aufrichtiges Lächeln, ehe er den Kopf neigte. »Es tut mir leid, daß wir zu keinem glücklicheren Schluß kommen können. Ich hoffe jedoch, woanders mehr Erfolg zu haben.«

»Es war sehr korrekt von Ihnen, mich zuerst zu fragen«, sagte Leon in versöhnlichem Ton, »aber Sie sehen, wie Mrs. Kendrick und ich zu dieser Angelegenheit stehen.«

Roscoe Elk verbeugte sich schweigend, dann ging er hinaus und schloß leise die Tür hinter sich. Sarah wandte den Kopf, um aus dem Fenster zu blicken. Die einzigen Lebewesen, die sie sah, waren einige Perlhühner, die langsam, die Federn gegen die Kühle des Herbstnachmittags gesträubt, über den Hof zogen.

»Verdammt, Sarah!« sagte Leon hinter ihr. »War es nötig, ihn wegzuschicken, ohne uns noch weiter über seinen Vorschlag zu beraten?« Sie wandte sich vom Fenster ab. »Ich weiß. Ich weiß, es war nicht Sitte, seit mein Vater Beulah Land übernommen hat. Aber wir brauchen das Geld. Es ist ein schweres Jahr.«

»Das weiß ich«, erwiderte sie ruhig.

»Was Roscoe sagt, ist wahr: Wir haben mehr Leute, als wir für die Arbeit brauchen – besonders während des Winters. Wir ernähren sie das ganze Jahr hindurch, aber ihre produktive Arbeit erstreckt sich nur auf ein paar Monate des Jahres. Es ist ein unsinniges System.«

»Bist du Abolitionist geworden?«

»Zum Kuckuck, Sarah, mach keine Witze darüber. Es ist schön und gut für dich, stolz auf deinen Prinzipien zu beharren und nicht ans Geld zu denken, aber ich kenne die Zahlen in den Büchern.«

Sie ging zu ihm, griff nach seiner Hand und küßte ihn rasch auf die Wange. »Es tur mir leid. Ich wollte dich nicht verärgern. Es ist Roscoe Elk, der *mich* verärgert hat. Dieser Mann versteht es wie kein anderer, einem die Wahrheit von ihrer häßlichsten Seite zu zeigen.«
»Er wollte nur – nur ein paar Landarbeiter kaufen.«
»Ja, das wollte er. Aber das ist nicht alles, was er wollte.«
»Du siehst Teufel, die gar nicht existieren, genau wie die alten Theologen. Es gibt weiß Gott schon ohnedies genügend Teufel.«
Sie berührte wieder seine Hand. »Sind wir wirklich so arm?«
»Wir sind überhaupt nicht arm«, sagte er gereizt. »Es ist nur, daß wir nicht reich genug sind, um auf Geld zu verzichten, das uns angeboten wird.«
Nach einem Augenblick sagte sie: »Das weiß ich. Es tut mir leid, wenn ich den Eindruck erweckt habe, daß ich die Dinge auf die leichte Schulter nehme. Du weißt, daß ich das nicht tue.«
Er legte den Arm um ihre Taille und führte sie wieder zum Fenster. »Wir wollen uns keine Gedanken mehr darüber machen. Nächstes Jahr wird alles wieder gut. Unterdessen – was, zum Teufel, tut Rachel allein dort draußen?«
Sie folgte seinem Blick und sah Rachel, die regungslos auf einem offenen Platz stand und sich suchend umblickte. Einen Augenblick starrte sie bestürzt auf das Kind, aber dann wurde alles klar: Hinter einer der großen Eichen trat Roman hervor und rief Rachel etwas zu, was Sarah und Leon nicht hören konnten. Gleich darauf trat Floyd hinter einer anderen Eiche hervor; offensichtlich hatten sie alle drei Verstecken gespielt. Rachel lief auf Roman zu, der sich niederhockte, damit sie ihn umarmen konnte; und dann lief sie zu Floyd, der sie auffing und hoch in die Luft schwang, so daß die gestärkte Schürze, die sie über ihrem Wollkleid trug, sich um sie bauschte, und sie vor Vergnügen schrie.
Leon öffnete rasch das Fenster und rief: »Bring sie mir!«
Floyd nickte, um zu zeigen, daß er gehört hatte, und schwang Rachel zu ihrer Wonne weiter auf und ab, während er sie zum Fenster brachte. Er gab vor, sie durchs Fenster zu werfen, aber seine Hände ließen sie nicht los, bis er fühlte, daß Leon sie festhielt. Sie lachten alle, außer Roman, der nicht näher gekommen war, sondern steif lächelnd in einiger Entfernung stand. Als Sarah ihn bemerkte, rief sie: »Roman! Du hast nur ein dünnes Hemd an – gib acht, daß du dich nicht erkältest!«
Das gab ihm eine Entschuldigung, sich zu entfernen, und er wandte sich zum Gehen. Floyd verabschiedete sich mit einem ausdrucksvollen Gebärdenspiel zu Rachel und sagte dabei: »Wiedersehn! Wiedersehn! Auf Wiedersehn, Rachel!« Dann drehte er sich um und lief hinter Roman her.

Sarah sah, wie Floyd den Jungen einholte, ihm einen freundschaftlichen Schubs gab und dann neben ihm ging. Nachdem sie ein paar Worte gewechselt hatten, legte er zwanglos den Arm um Romans Schulter.

16

Es gab keinen Reif an diesem Morgen, aber die Luft war so eisig, daß Leon nach dem Aufstehen zum Fenster ging, um nachzusehen, ob es welchen gab. Er erinnerte sich, daß er das oft als Junge getan und dabei manchmal auf den kahlen Feldern Reif entdeckt hatte, der aussah wie glitzernder Schnee – oder so, wie Leon sich Schnee vorstellte, denn er hatte noch nie welchen gesehen. Jetzt zog er sich rasch an; Sarah schlief noch, als er sich auf Zehenspitzen aus dem Zimmer schlich. Die Erinnerung an seine Kindheit veranlaßte ihn, geradewegs vom Haus zu den Sklavenhütten zu gehen, um zu sehen, ob Floyd schon auf war. Es war ein schöner Tag, so hell und klar, dachte Leon, daß man beinahe das Gefühl hatte, er könnte zerbrechen wie ein allzu vollkommener Kristall.
Als er Ezras Hof betrat, öffnete sich die Tür der Hütte, und Floyd kam heraus; er war nicht überrascht, Leon zu sehen. Es war seit Floyds Rückkehr oft so gewesen: Jeder ging seine eigenen Wege, aber genau in dem Augenblick, da einer an den anderen dachte und sich vornahm, ihn zu suchen, begegneten sie sich, als ob ihre Gedanken sie wie durch magnetische Anziehungskraft zueinander führten.
»Morgen.«
»Morgen.«
»Dachte, es könnte Rauhreif geben«, sagte Leon.
»Bin grade rausgekommen, um nachzusehn.«
Die Tür öffnete sich abermals, und Lovey schüttelte ein Küchentuch aus.
»Guten Morgen, Lovey«, rief Leon.
»Guten Morgen, Junge.« Ihr Gesicht wurde weich, als sie ihn ansah. Für sie würde er immer ein Junge bleiben, der Junge, den sie gegen die kalte Disziplin von Deborah verteidigt hatte. »Komm, der Kaffee kocht.«
»Ich wollte eigentlich mit Leon nach den Angelleinen sehen, die ich gestern abend ausgelegt habe«, sagte Floyd.
»Ihr habt doch Zeit. Soviel wie ihr wollt. Kommt rein.«
Sie gab ihnen Eierkuchen mit frisch gemachtem Sirup und Kaffee, so heiß und stark, daß er einen Stein zum Schmelzen hätte bringen können. Eine halbe Stunde später gingen die beiden Männer zusammen in den Wald. Nachdem sie Floyds Angelleinen geprüft und keinen Fang gefunden hatten, setzten sie sich auf einen Baumstamm und unterhielten sich, dann stiegen sie einen Hang hinauf in den höher gelegenen, trockneren Wald.

Leon fand Zwergkastanien auf dem mit Laub bedeckten Boden und steckte ein paar in die Tasche, um sie Rachel zu geben.
Sie waren in dieser Zeit häufiger zusammen, als sie es seit ihrer Kindheit gewesen waren. Ohne Bonard und angesichts der Tatsache, daß Felix nicht mehr der fröhliche Zechkumpan von früher war, hatte Leon sich oft nach männlicher Gesellschaft gesehnt. Floyd hatte Heimweh gehabt, seit er vor zwei Jahren fortgegangen war. Beulah Land bedeutete vieles für ihn: Vater und Mutter und andere, weniger greifbare Wurzeln, von denen eine die gemeinsame Kindheit mit Leon war.
Sie wanderten umher – manchmal mit einem bestimmten Ziel, manchmal, wohin die Laune sie gerade trieb –, gingen zu den Ställen, in den Wald und über die kahlen Felder, die in ihrer herbstlichen Öde fast ebenso schön waren wie im zarten Grün des Frühlings und in der sommerlichen Fülle. Jeder von ihnen trug einen Stecken, eine Gewohnheit, die sie aus ihrer Kindheit übernommen hatten, um eine Ziege oder eine Kuh leicht beiseite zu stoßen, nach einem Unkraut oder einem trockenen Maisstengel zu schlagen oder in einer müßigen Laune die Stöcke wie Speere gemeinsam durch die Luft segeln zu lassen.
Keiner von beiden hatte die Erneuerung ihrer Freundschaft geplant. Und sie dachten auch nicht weiter darüber nach, sondern waren einfach zufrieden, daß alles so gekommen war. Aber Roscoe Elk sah in dieser erneuerten Freundschaft eine Absicht, einen finsteren Plan, eine Gefahr für seine Stellung; und sein Argwohn half, sie dazu zu machen. Manchmal vermutet ein Fremder, der zwei Menschen beobachtet, eine Beziehung zwischen ihnen, die zu dieser Zeit noch gar nicht existiert, sich aber später herausbildet. Leon und Floyd waren Roscoe nicht fremd. Er hatte ihre enge Freundschaft bereits als eine Bedrohung angesehen, als sie noch Jungen waren. Diese Freundschaft war von Clovis zerstört worden, die daraufhin Roscoes Frau wurde.
Roscoe hielt es für wahrscheinlich, daß Floyd und Leon sich nicht lange damit zufriedengeben würden, das Muster ihrer Kindheit zu wiederholen. Sie würden das Bedürfnis nach einem größeren gemeinsamen Interesse haben, und das konnte nur die Leitung von Beulah Land sein. Nachdem seine Überlegungen diesen Punkt erreicht hatten, beschloß er, nicht darauf zu warten, daß sie etwas unternahmen. Er würde ihnen zuvorkommen.

17

Sarahs Lieblingsgebäck war Nuß- und Rosinenkuchen mit einem harten weißen Zuckerguß. Während sie neben Roman in der verlassenen Schule saß, meinte sie, den Geruch von heißen Rosinen unter den übrigen Back- und Bratgerüchen zu erkennen, die aus den Küchen herüberdrangen. Die Kinder waren erst vor wenigen Minuten entlassen worden – sie hatten heute nicht viel Unterricht gehabt –, und Roman spielte zu ihrer beider Entspannung und Freude auf seiner Flöte.

Es war der Nachmittag des Tages vor dem Erntedankfest. Seit drei Tagen erfüllte der Duft von gebratenen Truthähnen, Kuchen und Pasteten die Luft. Sarah hatte Tante Pea und Nell nach dem Mittagessen mit Selma und Pauline oben im Nähzimmer zurückgelassen, wo die vier Frauen zusammen an den vier Seiten eines Stepprahmens saßen. Die vielfarbige Steppdecke war beinahe fertig. Sie hatten gestern den ganzen Tag daran gearbeitet und waren entschlossen, sie vor Einbruch der Dunkelheit zu beenden. Es sollte eine Überraschung für Myrtis werden, der sie damit für die Extraarbeit danken wollten, die sie in diesen Tagen vor dem Fest geleistet hatte.

Die Frauen arbeiteten schweigend, denn sie wußten, daß Penelope sich Sorgen wegen der Nachrichten machte, die sie aus Savannah erhalten hatte. Gestern war ein Brief von Clarice gekommen, die ihrer Herrin mitteilte, daß Onkel Joshua krank zu Bett liege und daß sie sogar den Arzt gerufen hätten. Clarice erwähnte dummerweise nicht, was der Arzt ihnen gesagt hatte, und nannte nicht einmal die Krankheit, an der der alte Mann litt. Als Penelope erklärte, sie müsse sofort zu ihm fahren, überredeten die anderen sie, die Reise bis zum Tag nach dem Erntedankfest aufzuschieben; Clarice habe sie nicht gebeten zu kommen, sagten sie, und schon allein die Tatsache, daß die Krankheit nicht beim Namen genannt wurde, sei ein Beweis, daß der Arzt sie sicherlich nicht für sehr ernst hielt. Als sie ihr zuredeten, überhaupt nicht zu fahren, sondern auf bessere Nachrichten von Clarice zu warten – oder auf schlechtere, wenn Gott es so wollte –, erklärte sie energisch, daß sie das keinesfalls tun werde, und erinnerte sie nachdrücklich daran, daß Onkel Joshua sein ganzes Leben lang für sie gesorgt habe und daß es undankbar und pflichtvergessen von ihr wäre, jetzt nicht ihrerseits für ihn zu sorgen.

Roman hatte gerade eine Melodie beendet, die sowohl er als auch Sarah besonders liebten, als Sharon vom Haus herübergelaufen kam, um Sarah mit gewichtiger Miene zu berichten, daß Mr. Rooster Davis im Büro auf sie und den Herrn warte; er habe ausdrücklich gebeten, dorthin geführt zu werden, sagte sie. Mit einem Blick auf Roman stand Sarah auf, befahl Sharon, den Herrn zu suchen, und ging rasch zum Haus.

Wenige Minuten später kam Leon eilig ins Büro; er war von einer Futterkrippe in einem der Ställe geholt worden, wo er mit Ezra und Floyd eine ihnen neue Getreidesorte untersucht hatte. Sarah und Rooster saßen schweigend nebeneinander auf dem Sofa. Rooster blickte auf, begrüßte ihn jedoch nicht, sondern sagte nur: »Ich halte es für das beste, es euch zusammen mitzuteilen.«

Leon zog einen Stuhl heran und setzte sich Rooster gegenüber. Er und Sarah hörten aufmerksam zu und ließen Rooster auf seine eigene Art und Weise sagen, was er zu sagen hatte, ohne ihn zu drängen oder ihn mit Fragen oder Ausrufen zu unterbrechen.

»Ich weiß nicht, ob ihr es wißt – aber ich habe seit Trudys Tod im letzten November keinen sehr engen Kontakt mehr mit den Cokers gehabt. Hab Orin nie gemocht und ihn auch nie als einen Farmer betrachtet. Bin kaum noch hinübergeritten, nachdem Lester nach Mississippi gezogen ist, um dort sein Glück zu versuchen. Orin hat nie viel getaugt; es ging noch einigermaßen, solange sein Vater und seine Mutter am Leben waren, um ihn morgens aus dem Bett zu holen und ihm zu sagen, was er zu tun hatte. Aber er hat nicht die geringste Spur von Lesters Urteilskraft. Lester hätte der Erstgeborene sein und die Farm übernehmen sollen, aber er war's nicht, und so ist nun mal das Leben. Was Prue und Hattie betrifft, ich hab nie verstanden, wie sie Trudys Schwestern sein konnten – zimperliche alte Jungfern mit nichts wie Stroh im Kopf. Wißt ihr, was dieser Orin getan hat?«

Leon und Sarah warteten.

Rooster nickte bestätigend, als ob er bereits gesagt hätte, was er als nächstes sagte: »Hat verkauft. Hat alles verkauft, was nach den Schulden und einer schlechten Ernte, die sich nicht mal einzubringen lohnte, noch übrig war. Hat es durch unsre Bank, meine und eure, verkauft, und zwar durch diesen Anwalt Guthrie in Kitesville – hat es an Roscoe Elk verkauft.«

Sarah und Leon sahen sich wie erstarrt an, während sie sich überlegten, was die Nachricht ihres Freundes bedeutete. Rooster schwieg und dachte nach, ehe er fortfuhr.

»Bin selber schuld. Hätte es mir zur Aufgabe machen müssen, Orin auf die Finger zu sehn. Ich habe es erst heute morgen erfahren. Bin sofort 'rübergeritten, hab's ihm vorgehalten und ihn gefragt, warum er, wenn er in Schwierigkeiten war, nicht zu mir oder zu euch gekommen ist, was ja das natürlichste gewesen wäre, nachdem sein Besitz zwischen uns liegt. Nun, er lachte. – Bei Gott, man weiß wahrhaftig nie, wer einen haßt! – Lachte einfach. Sagte, er habe einen Brief von Lester bekommen, und es ginge Lester sehr gut. Hat sich ein Stück Land in der Nähe von Jackson in Mississippi gekauft und geschrieben, sie könnten alle kommen, wenn sie wollen, und er werde ihnen helfen, sich dort anzusiedeln. Hab Orin noch einmal gefragt, warum er nicht zu mir oder zu euch gekommen ist. Er sagte, er habe es einfach satt, mir gegenüber den armen Verwandten spielen zu müssen, und er habe auch keine Lust gehabt, mit dem Hut in der Hand zu euch zu kommen und um einen Gefallen zu bitten, während er wie ein Mann mit dem Nigger verhandeln konnte, der sehr begierig darauf war, ihm das Land abzukaufen.«

»Das heißt«, sagte Leon langsam, »Roscoe wird einen Besitz...«

»*Hat!*« unterbrach Rooster ihn. »Das ist's ja, was ich euch sagen will – hat! Es ist alles erledigt. Orin hat gestern unterschrieben und sein Geld bekommen. Sie sind jetzt dabei, ihre Sachen auf den Wagen zu laden, und wollen sich trotz Erntedankfest morgen früh auf den Weg machen. Bei der Kälte und Trockenheit sind die Straßen hart wie Eisen, und sie hoffen, schnell voranzukommen. Mr. Hooper von der Bank sagte mir, da Orin und ich ja verschwägert sind, habe er angenommen, ich wüßte über alles Bescheid und hätte wegen des schlechten Jahres, das ich gehabt habe, Orins Besitz nicht selber kaufen wollen.«

»Die neue Elk-Farm –«, Sarah sprach das Wort mit unterdrücktem Zorn aus, »– wird groß sein.«

»Nicht so groß wie Oaks und Beulah Land«, sagte Rooster.

»Hundert Morgen hatte die Anderson-Farm. Die der Cokers ist größer, sagen wir, ungefähr hundertvierzig. Das macht im ganzen fast zweihundertfünfzig.«

»Dieser Nigger!« stieß Rooster hervor.

Sarah sah ihn scharf an, aber ihre Stimme war ruhig, als sie sprach. »Halb Indianer, wie es heißt – die ursprünglichen Besitzer des Landes.«

»Bei Gott!« Leon wandte sich ihr zu, froh, eine Zielscheibe für seine ohnmächtige Wut zu haben. »Ich hätte nie erwartet, ausgerechnet dich für Roscoe Elk eintreten zu hören!«

»Ich trete nicht für ihn ein«, erwiderte Sarah.

»Nächstes Jahr«, sagte Leon zu Rooster. »Wart bis zum nächsten Jahr, wenn wir eine gute Ernte gehabt haben, die Preise wieder steigen und wir die Baumwolle von diesem Jahr ebenfalls verkaufen – dann wird einer von uns, oder wir beide zusammen, ihm so viel für das Land der Andersons und Cokers bieten, daß er es einfach annehmen muß. Irgendwie werden wir ihn los, werden ihn dazu bringen, seine Siebensachen zu packen und weiterzuziehen.«

Rooster sah an Leon vorbei, warf einen kummervollen Blick auf Sarah, dann senkte er die Augen zu Boden.

»Hab euch noch mehr zu sagen«, murmelte er in einem Ton, der sie sofort schweigen und aufhorchen ließ. »Vor zehn Tagen kam Elk in einer geschäftlichen Angelegenheit zu mir. Hab's euch nicht erzählt, weil ich euch nicht gesehn habe.« Er blickte Sarah an. »Außer in der Kirche, und es schien ohnedies bedeutungslos, was euch betraf. Tatsächlich war es für mich – und auch für Mama –, so wie die Dinge dies Jahr liegen, fast wie ein Geschenk des Himmels. Roscoe Elk kam zu mir und sprach über die untauglichen Landarbeiter, die er mit der Anderson-Farm übernommen

hat – wir wissen ja alle, wie sie sind –, und daß er jetzt diesen neuen Besitz auf der andern Seite des Bezirks hat, wo er Vieh züchten will. Nichts Großes, nichts Besonderes, wenn man ihn so reden hört – er ließ alles klein und unbedeutend erscheinen. Sagte, er habe bereits mit euch gesprochen, und ihr hättet volles Verständnis für sein Problem und wünscht ihm guten Erfolg. Aber ich wüßte ja, wie ihr über diese Dinge denkt und warum ihr seine Bitte abgelehnt habt. Es klang alles sehr logisch und vernünftig, und wie ihr wißt, bin ich nicht eurer Meinung, daß man Sklaven nicht kaufen und verkaufen soll.«
»Wie viele hast du ihm verkauft?« fragte Leon.
»Acht«, sagte Rooster. »Sechs Männer und zwei Frauen.«

18

Leon und Sarah ließen das Erntedankfest vorübergehen, ohne eine Aussprache mit Roscoe herbeizuführen; jeder ermahnte den anderen, nichts Übereiltes zu tun: Sie mußten mit dem Mann reden, ihn anhören und sich dann von ihren gemeinsamen Überlegungen leiten lassen. Zu einem anderen Zeitpunkt wäre ihre Nachdenklichkeit den übrigen Familienmitgliedern aufgefallen, aber jetzt waren alle, mit Ausnahme von Penelope, so von den Freuden des Feiertags in Anspruch genommen, daß niemand dem Herrn oder der Dame des Hauses irgendwelche Fragen stellte. Alles verlief mehr oder minder wie üblich. Nell aß so viel, daß selbst sie keine Mittel und Wege zu suchen brauchte, um sich später heimlich in die Küche zu schleichen und noch mehr zu essen, ohne daß jemand es merkte. Angeregt durch das Familienfest, vergaß Felix vorübergehend seine Leiden und verschaffte sich ein Rendezvous mit seiner alten Freundin Stella, ein beglückendes Erlebnis in der Ungestörtheit des Heubodens.
Am nächsten Morgen fuhren Penelope und ihre Kammerzofe Ricey mit Sarah und Leon nach Highboro, wo sie die Postkutsche nach Savannah nahmen. Sarah bat ihre Tante, sie möge zurückkehren, sobald Onkel Joshua außer Gefahr sei, um Weihnachten auf Beulah Land zu verbringen und bis zum Frühling des neuen Jahres bei ihnen zu bleiben.
Meistens war Roscoe Elk derjenige gewesen, der um die förmlichen Unterredungen im Büro ersucht hatte, aber als Leon und Sarah aus der Stadt heimkehrten, ließ Leon ihm sagen, daß er ihn zu sprechen wünsche. Roscoe kam sofort; er sah ernst, beinahe feierlich aus. Sarah wartete wieder mit Leon im Büro. Sie hatten keine Gelegenheit gehabt, die Situation in Ruhe zu erörtern, und sie hatten auch nicht vereinbart, was sie Roscoe Elk sagen oder in welchem Sinne sie überhaupt mit ihm sprechen wollten.

Angesichts seiner Erfahrung bei der letzten Unterredung war Roscoe diesmal auf Sarahs Gegenwart vorbereitet; seine Augen suchten sie, sobald er eintrat, und er verneigte sich vor ihr, ehe er sich Leon zuwandte. Er wartete nicht, wie er es früher getan hatte, daß Leon als erster sprach. »Ich freue mich, daß Sie diese Zusammenkunft herbeigeführt haben«, sagte er. »Anderenfalls hätte ich es von mir aus getan. Nur wollte ich warten, bis ich sicher war, daß ich Ihre Feier der alljährlichen Danksagung nicht stören würde. Obgleich dieses Jahr im allgemeinen wohl schwerlich Anlaß zu besonderer Dankbarkeit bietet, werde ich es als ein Jahr in Erinnerung behalten, das mich sehr gut behandelt hat.«
»Mr. Elk...«, warf Leon ein.
Roscoe hob mit einem sanften Lächeln die Hand. Dann fuhr er nach einer kleinen Pause, noch ehe Leon wieder etwas sagen konnte, fort: »Bei unserer letzten geschäftlichen Unterredung haben Sie mir Ihre Anerkennung ausgedrückt, daß ich zuerst zu Ihnen gekommen bin, um Sie wegen des Ankaufs einiger Sklaven zu Rate zu ziehen. Sie lehnten mein Anliegen ab, zeigten jedoch Wohlwollen für meine Sache. Darauf ging ich zu unserem Nachbarn, Mr. Bruce Davis, der sich mit Freuden – ich darf wohl sagen: sogar dankbar – bereit erklärte, mir einige Hilfskräfte zu verkaufen. Es war natürlich ein Vorteil, daß ich im Laufe der Jahre ›seine‹ Leute fast ebensogut kennengelernt habe, wie ich ›Ihre‹ kenne, und ihm daher diejenigen nennen konnte, die ich zu kaufen wünschte. Er hat bei keinem Mann, den ich nannte, gezögert. Es war ein Glück, daß diese Frage so schnell erledigt werden konnte, denn gleich danach schloß ich – ein wenig zu meiner eigenen Überraschung, wenn auch, offengestanden, keineswegs zu meinem Mißvergnügen – ein Geschäft ab, durch das ich meiner ursprünglichen angrenzenden Farm noch einige Morgen hinzufügen konnte.«
»Tatsächlich«, sagte Leon und ließ sich jetzt nicht davon abhalten, ihn zu unterbrechen, »haben Sie es fertiggebracht, ein recht beträchtliches Stück Land zwischen Beulah Land und Oaks in Ihren Besitz zu bringen!«
Roscoe breitete die Hände aus. »Ich bitte Sie, betrachten Sie es umgekehrt – Sie und Mr. Davis schließen mich ein!« Er lächelte strahlend. »Es scheint, daß wir lernen müssen, zusammen zu leben, aber das sollte uns nicht schwerfallen, da wir uns ja alle schon so lange kennen.«
»Ich habe Sie einzig und allein hierher gebeten«, sagte Leon, »weil ich wissen will, wie Sie Ihre künftige Beziehung zu Beulah Land sehen. Sie sind seit vielen Jahren Aufseher der Plantage.«
»Eine glückliche Regelung für uns beide, hoffe ich sagen zu dürfen. Ich bedaure außerordentlich, daß wir sie jetzt beenden müssen.«
»Sie haben beschlossen, uns zu verlassen?« Leons Überraschung wirkte ein wenig töricht nach der Selbstsicherheit des anderen Mannes.

»Angesichts der veränderten Lage scheint es mir für Ihre Plantage und meinen eigenen kleinen Besitz besser zu sein, daß wir unsere lange und beiderseitig nutzbringende Geschäftsbeziehung lösen.«

»Ich verstehe«, sagte Leon, der es noch nicht verstand. Er sah zu Sarah hinüber, aber der Blick, mit dem sie den seinen erwiderte, sagte ihm nicht, wie er fortfahren sollte. »Ich verstehe«, wiederholte er. »Sie haben also die Absicht, sozusagen ›Ihren eigenen Acker zu pflügen‹.«

»Das ist sehr treffend ausgedrückt«, erwiderte Roscoe. »Ja, ich werde ›meinen eigenen Acker pflügen‹. Aber ich werde in der Nähe sein, und wenn ich Ihnen jemals mit meinem Rat zur Seite stehen kann...«

»Vielen Dank«, sagte Leon kurzangebunden. »Ich hoffe, wir werden imstande sein, selbst unseren Acker zu pflügen.«

»Es ist mir eine Erleichterung, zu wissen, daß man mich nicht vermissen wird und daß Sie keinen Grund haben, mein Fortgehen zu beklagen.«

Leon blickte wieder auf Sarah. Sie half ihm nicht. »Nun«, sagte er und lachte verlegen, »ich vermute, das ist alles, was wir uns zu sagen haben.«

Roscoe neigte den Kopf, wie er es oft zuvor getan hatte, aber er machte keine Anstalten, hinauszugehen. Statt dessen sagte er: »Nicht ganz, wenn Sie nichts dagegen haben.« Er drehte sich um und sah Sarah an. »Vielleicht hat Mrs. Kendrick andere Dinge zu erledigen? Die Angelegenheit, die ich jetzt erwähnen muß, ist zwar für mich nicht ganz unbedeutend, aber sie berührt nur indirekt die weit wichtigeren Fragen, die bereits geregelt worden sind.«

»Sagen Sie, was Sie zu sagen haben«, erklärte sie, und sie bedauerte nicht, daß ihre Stimme schroff klang, abgesehen davon, daß es den Mann befriedigen mochte, zu wissen, daß er sie aus der Fassung gebracht hatte.

Roscoe zuckte leicht die Achseln; seine Stimme klang energisch, als er sich an Leon wandte. »Über die Jahre hinweg haben viele von Ihren Sklaven Schulden bei mir auflaufen lassen. Ich habe ihnen Geld geliehen, wenn es etwas gab, was sie gerne haben wollten und es sich nicht leisten konnten – ein Hochzeitskleid, ein Leichenhemd, Dinge dieser Art. Alle klein, belanglos. Aber die Belanglosigkeiten haben sich im Laufe der Jahre angesammelt, und die Summe, die sie mir schulden, ist – nun, ein Betrag, der Ihnen nicht beträchtlich erscheinen mag, aber für mich ist er es. Ich hatte nicht vorausgesehen, daß ich diese Konten so plötzlich würde abschließen müssen. Aber das ist jetzt nicht zu ändern.«

»Wieviel schulden die Leute Ihnen?« fragte Leon. »Ich werde es Ihnen bezahlen.«

»Das ist befriedigend zu hören«, erwiderte Roscoe.

»Nichtsdestoweniger«, sagte Sarah mit zitternder Stimme, »war es unkorrekt von Ihnen, den Leuten Geld zu leihen. Sie sind niemals dazu ermächtigt worden, ihnen Darlehen zu gewähren oder Zinsen zu fordern.«

»Oh!« sagte Roscoe, als ob dieser Vorwurf ihn überraschte. »Das wußte ich nicht. Diese Praxis wurde viele Jahre vor der Ankunft der jungen Mrs. Kendrick auf Beulah Land eingeführt. Die alte Herrin wußte darüber Bescheid. Niemand hat damals gesagt, oder hat seitdem gesagt, daß sie unrecht sei – bis jetzt.« Er sah Leon mit einem Ausdruck von scheinbar echter Verwirrung an.
»Wieviel ist es?« fragte Leon.
»Ich habe die Zahlen nicht bei mir«, sagte Roscoe, »aber ich glaube, es dürften alles in allem etwas über eintausend Dollar sein. Falls es Ihnen aus irgendeinem Grund ungelegen sein sollte, mir den Betrag in Geld zu zahlen, bin ich natürlich gern bereit, Sklaven in Tausch zu nehmen.«
»Ich werde – versuchen, Ihnen den Betrag in bar auszahlen zu lassen«, sagte Leon.
»Sie wollen zweifellos meine Buchführung nachprüfen. Darf ich vorschlagen, daß wir einen Tag vereinbaren, der uns beiden gelegen ist, und die Schuldner kommen lassen, damit sie den ihnen in Rechnung gestellten Betrag bestätigen – oder abstreiten, falls sie es können.«
»Ja. Einverstanden.«
Roscoe verbeugte sich und wandte sich ab, als ob er gehen wollte, dann drehte er sich wieder um. »Und noch etwas«, sagte er. »Meine Familie ist vollzählig – mit einer einzigen Ausnahme: Roman. Ich möchte den Jungen kaufen, wie ich meine Frau gekauft habe.«
»Er ist nicht zu verkaufen«, sagte Sarah.
Roscoe schien sich die Antwort zu überlegen. »Es wird als grausam angesehen, Familien auseinanderzureißen, einen Sohn von seiner Mutter zu trennen. Wenn Sie jedoch entschlossen sind, ihn als Lieblingssklaven zu behalten, muß ich mich Ihrer Befugnis unterwerfen, dies zu tun.« Zum letztenmal verbeugte er sich langsam; zum erstenmal nahm er sich nicht die Mühe, seinen Triumph zu verbergen.

19

Noch an diesem selben Abend suchte Leon nach dem Essen Floyd auf, und sie gingen zusammen von den Gebäuden fort auf die weiten, mondhellen Felder, um ungestört reden zu können. Leon erzählte Floyd von seinem Gespräch mit Rooster am Tag vor dem Erntedankfest und von der Unterredung mit Roscoe an diesem Nachmittag. Dann bat er Floyd, Roscoes Posten zu übernehmen.
»Ich werde es tun«, sagte Floyd, »aber ich will nicht ›Aufseher‹ genannt werden. Laß Roscoe den einzigen Aufseher sein, den Beulah Land je gehabt hat.«

»Es ist mir gleichgültig, wie sie dich nennen oder wie du sie nennst, wenn du nur die Leitung übernimmst und hierbleibst.«
»Oh, ich bleibe hier. Ich habe versucht fortzugehen. Ich bin weit gegangen, und dann habe ich kehrtgemacht und bin nach Hause gekommen.«
»Ich konnte nie begreifen, weshalb du fortgegangen bist. Eine Zeitlang habe ich versucht, eine Erklärung dafür zu finden.«
»Ist das jetzt noch wichtig?«
»Nein.«
»Wann soll ich anfangen?«
»Sofort«, sagte Leon.
»Wenn ich Roscoe dabei erwische, daß er auch nur noch einen einzigen Befehl erteilt, bekommt er einen Fußtritt in den Hintern, der ihn bis zur ›Elk-Farm‹ befördert.«
Beide Männer schrien und brüllten vor Lachen. Sie schlugen sich gegenseitig auf Rücken und Schultern; sie krümmten sich, torkelten herum, und Tränen schossen aus ihren Augen. Und als ihre Überschwenglichkeit erschöpft war, sagte Leon: »Floyd! Sieh es dir an, sieh es dir rings um uns herum an. Soweit wir sehen können, ist alles Beulah Land – deins und meins!«
»Deins auf dem Papier, aber meins dort, wo es drauf ankommt, in meinen Knochen. Du weißt nicht, du kannst es nicht wissen, und wenn ich noch so sehr versuche, es dir zu beschreiben, wie ich mich nach Beulah Land gesehnt habe. Ich liebe jede gottverdammte Hütte, jeden Baum und Strauch! Während ich fort war, habe ich meistens als Knecht oder Matrose gearbeitet. Ich wachte morgens auf und sagte mir: Gut, es gibt Arbeit zu tun, steh auf und tu sie. Aber es war niemals meine Arbeit, Leon. Ich machte mir nicht das geringste daraus. Sich nichts daraus zu machen, was man tut, kann einem das Herz brechen. Es ist mir Ernst damit.«
Leon verstand es nicht, und Floyd sah, daß er es nicht verstand, aber sie waren jetzt so froh und glücklich, daß es keine Rolle spielte.
Nachdem sie sich beruhigt hatten, schwiegen sie ein paar Minuten, und dann fingen sie an, ausführlich über die praktischen Fragen der Plantagenverwaltung zu sprechen. Wenig später saßen sie am großen Schreibtisch im Büro über den Aufzeichnungen und Geschäftsbüchern. Da Floyd jeden Namen, jede Zahl und jedes Stichwort mit den wirklich vorhandenen Dingen der Plantage in Verbindung bringen konnte, nahm er während der nächsten Stunden viele Einzelheiten in sich auf. Nachdem sie noch nicht ganz eine Stunde dort gesessen hatten, klopfte es an der Tür, und Myrtis kam mit einem Tablett herein, das sie auf einen kleinen Tisch an der Wand stellte. Leon sah sie fragend an. Sie warf ein wenig verlegen den Kopf zurück und sagte: »Ich wußte nicht, wie lange Sie noch hier sitzen werden. Kaffee, Kuchen, Käse und belegte Brötchen.«

»Vielen Dank, Myrtis.«

Sie warf ein zweites Mal den Kopf zurück und ging hinaus. Leon und Floyd wandten sich wieder den Büchern zu. Während Floyd stirnrunzelnd eine Seite studierte, sagte Leon, der ihren Inhalt kannte, mehr zu sich selbst als zu seinem Freund: »Sie hat noch nie etwas hereingebracht, wenn ich hier gearbeitet habe.« Lauter sagte er: »Bei Gott, Floyd, es gilt dir! Sie hat's auf dich abgesehen, und du solltest dich lieber in acht nehmen. Sie hat das Witwendasein satt und sucht nach einem Papi für ihre Zwillinge!«

»Sie wird weiter suchen müssen«, sagte Floyd so sanft, daß Leon das Thema fallenließ.

Den Plantagenarbeitern wurde keine feierliche Mitteilung gemacht, aber Leon und Floyd beaufsichtigten während der nächsten Tage gemeinsam die Arbeit, und die Leute gewöhnten sich daran, sie zusammen zu sehen. Es war ohnehin nur eine Erweiterung ihrer alten Gewohnheiten. Leon gab allmählich weniger Befehle und Anweisungen, und Floyd gab mehr. Es hatte sich herumgesprochen, daß Roscoe seinen Posten aufgeben wollte, um sich selbständig zu machen. Hier und dort gab es ein paar hinterhältige Blicke, aber die meisten Blicke waren weder hinterhältig noch ungeduldig oder widerstrebend; die Leute warteten einfach, was als nächstes geschehen würde.

Es wurde ein Zeitpunkt für die Vernehmung der Schuldner vereinbart. Sarah war nicht zugegen, aber Roscoe fand Floyd bei Leon im Büro vor. Leon und Roscoe begrüßten sich steif; Floyd und Roscoe starrten einander kurz an, ohne sich die Mühe zu machen, ihre Abneigung zu verbergen. Dann nahmen Leon und Floyd auf zwei Stühlen Platz, die dicht nebeneinander standen. Roscoe saß auf einem Stuhl, der nah zu den ihren gestellt worden war, aber nicht so nah, wie die ihren zueinander standen. Sugar war beauftragt worden, die Männer einzeln hereinzulassen. Alle schienen verwirrt, ein paar verängstigt, einige verschlagen und belustigt. Die Verfahrensweise war, daß der Mann ins Zimmer kam und Roscoe aus seinem Hauptbuch einen Rechenschaftsbericht über die Schuld verlas: Datum und Betrag des Darlehens, Abzahlung, falls eine solche geleistet worden war, noch ausstehender Saldo. Nachdem er seine Forderung vorgetragen hatte, stellten Leon oder Floyd dem Mann ein paar Fragen, woraufhin er entlassen und der nächste von Sugar hereingeschickt wurde. Die gesamte Sitzung dauerte beinahe drei Stunden. Als der letzte Mann gehört worden war, und keiner Roscoes Rechnungslegung ernsthaft angefochten hatte, setzte sich Leon an seinen Schreibtisch und schrieb einen Zahlungsauftrag an seine Bank über elfhundertachtundsechzig Dollar, zahlbar an Roscoe Elk, aus.

20

Penelope traf am Nachmittag des folgenden Tages in ihrem Haus in der Broughton Street ein, nachdem sie ohne eine einzige Unterbrechung von Highboro nach Savannah gefahren war. Ricey hatte während der ganzen Fahrt gejammert, bis Penelope so verärgert war, daß sie gute Lust hatte, sie aus dem Wagen zu setzen und ihr zu sagen, sie solle zu Fuß nach Hause gehen.

Sie traf Onkel Joshua in sehr schlechter Verfassung an. Er hatte die Nahrung, die er zu sich nahm, nicht bei sich behalten können, und während der letzten vierundzwanzig Stunden hatte er überhaupt nichts essen wollen, ließ sich nur hin und wieder einen Löffel Wasser geben. Außer dem Erbrechen hatte er Fieber; seine Stirn war heiß und trocken, als Penelope sie befühlte. Dr. Lowell Stone, den sie sofort durch Ichabod rufen ließ und der es sich ohnedies zur Aufgabe gemacht hatte, zweimal am Tag zu kommen, da er wußte, wie sehr Penelope an Joshua hing, sagte ihr, daß der alte Mann auf keines seiner Medikamente gegen Fieber und Erbrechen reagiert habe. Und zu allem habe er an diesem Morgen seine Befürchtung vom Vorabend bestätigt gesehen, daß zu Joshuas Krankheit, was immer es sein mochte, jetzt noch eine Lungenentzündung hinzugekommen war. Im Hinblick auf das Alter des Patienten könne man kaum auf eine Genesung hoffen.

Penelope fragte den Arzt, wie dem alten Mann zu helfen sei, bat ihn inständig, ihr zu sagen, was sie tun solle, aber er erwiderte, sie könne nichts anderes tun als bei ihm bleiben, ihn beobachten und abwarten. Penelope sagte Clarice, sie solle sich schlafen legen. Sie war fast eine Woche lang auf Trab gewesen, hatte nachts mehr Stunden auf den Beinen als in ihrem Bett zugebracht. Ricey, die ihrer Herrin hätte zur Seite stehen können, war bereits in ihrer Kammer verschwunden, nachdem sie jammernd erklärt hatte, sie sei sicher, daß auch sie sich irgendeine Krankheit zugezogen habe.

Penelope verließ den kranken Mann nicht länger als ein paar Minuten, um frisches Wasser oder ein Handtuch zu holen oder ihren eigenen kleinen Vorrat an Medikamenten zu durchstöbern, in der vergeblichen Hoffnung, etwas zu finden, was ihm helfen könnte. Sie saß dicht neben dem Bett; die Öllampe war klein gedreht und stand auf einem Tisch am anderen Ende des Zimmers, damit das Licht den Kranken nicht störte. Er lag mit geschlossenen Augen da, und sein Atem ging schwer und unregelmäßig. Einmal öffnete er die Augen und sah Penelope an, aber sie wußte nicht, ob er sie erkannte. Sie hoffte es, hoffte, daß er wußte, daß sie bei ihm war. Er trug ein Flanellnachthemd mit langen Ärmeln, und seine Arme lagen auf der Steppdecke.

Sie sagte leise: »Es ist Pea, Onkel Joshua. Erkennst du mich?«
Aber er blickte sie nur starr an, ohne ein Zeichen zu geben. Sie nahm seine Hand, hielt sie in der ihren und betete leise. Seine Augen waren wieder geschlossen; er atmete immer schwerer, und mit der Zeit wurde der Ton zu einem Röcheln, fast wie ein lautes Schnarchen. Penelope erkannte allmählich, daß es das war, was man »das Todesröcheln« nannte.
Sie hatte seine Hand so lange gehalten, sie hatte so lange gebetet, daß ihre eigene Hand und ihr Gehirn wie betäubt waren. Dann wurde ihr plötzlich klar, daß das Geräusch des Atmens aufgehört hatte. Die Hand, die sie hielt, war gestorben. Sie hielt sie noch einen Augenblick, dann legte sie sie sanft an seine Seite.
Sie stand von ihrem Stuhl auf, blickte durch die Vorhänge und sah, daß es draußen noch dunkel war. Die Zeiger der kleinen Uhr, die sie unter die Lampe hielt, standen auf 4 Uhr 27. Als sie die Uhr aus der Hand legte und zum Bett zurückkehrte, war sie überrascht und glaubte, sich am Ende doch geirrt zu haben, denn die Augen des alten Mannes waren ein wenig geöffnet und sahen sie an, wie er sie manchmal in ihrer Kindheit angesehen hatte, wenn er irgend etwas mißbilligte, was sie sagte oder tat. Dann begriff sie, schloß die Augen und hielt sie fest, bis sie geschlossen oder beinahe geschlossen blieben.
Da sie Clarice, die ihre Nachtruhe brauchte, nicht stören wollte, setzte sie sich wieder neben den toten Mann und wartete, daß es Tag wurde. Während sie sich an längst vergangene Jahre und Begebenheiten erinnerte, rollten ihr die Tränen über die Wangen, und sie schlang in ihrer Einsamkeit und Verzweiflung die Arme um ihre Schultern.

Onkel Joshua war nie verheiratet gewesen und hatte auch, soviel man wußte, keine anderen Verwandten. Bei der Trauerfeier saßen Penelope und Clarice in der vordersten Reihe der Kirche. Sie waren in allem, worauf es ankam, seine Familie, wenn sie auch nicht blutsverwandt mit ihm waren.
Ricey saß irgendwo hinten mit Ichabod. Joshua hätte es nicht gebilligt, daß Ichabod sich anmaßte, bei der Familie zu sitzen, und um Ichabods Gefühle nicht zu verletzen, hatte man Ricey überredet, sich zu ihm zu setzen.
Penelope hatte Sarah mitgeteilt, was geschehen war. Daraufhin hatte Sarah ihrer Tante geschrieben, in erster Linie, um ihr zu versichern, wie sehr sie ihren Kummer teile, aber auch, um ihr zu erzählen, daß Roscoe fortgegangen sei und Floyd seine Arbeit übernommen habe. Nachdem sie Penelopes Bericht über die Trauerfeier erhalten hatte – bei der eine große Zahl von Weißen und Schwarzen zugegen gewesen war –, schrieb Sarah abermals und bat ihre Tante inständig, sie möge wieder zu ihnen nach

Beulah Land kommen. Am Schluß fügte sie noch ein Postskriptum hinzu:

Ich habe schon seit langem gehofft, daß Du Dich eines Tages entschließen würdest, ganz zu uns nach Beulah Land zu ziehen, und Leon möchte es auch. Willst Du es Dir jetzt nicht überlegen?

Penelope überlegte es sich, aber es verging ein Tag nach dem anderen, und sie zögerte, außerstande, sich zu entschließen, ob sie fortgehen oder bleiben sollte. Sie hatte, solange sie denken konnte, niemals ohne Onkel Joshua gelebt. Nicht das, was er getan oder gesagt hatte, war für sie von so großer Bedeutung gewesen; es war nicht einmal Liebe im üblichen Sinn. Es war eher, daß Onkel Joshua eine undefinierbare Kraft in ihrem Leben gewesen war, der Zeuge ihres Lebens. Sie hatte stets sich selbst und ihr Verhalten an dem gemessen, was sie seiner Meinung nach sein und tun sollte. Selbst wenn er es ihr nicht gesagt hatte, wußte sie es. Ohne ihn war sie wie ein Blatt im Wind. Wäre er vor ihrer Rückkehr gestorben, so hätte sie sich Vorwürfe gemacht, aber sie würde vielleicht immer noch seine Gegenwart und seine Sorge spüren. Doch sie war zugegen gewesen; sie hatte gefragt: »Erkennst du mich?« Und er hatte ihr noch nicht einmal mit einem Blick geantwortet. Sein Blick verleugnete sie nicht; er nahm überhaupt keine Notiz von ihr. Zum erstenmal in ihrem Leben hatte sie ihn nicht mit ihr, sondern mit sich selbst beschäftigt gesehen. Sein Verhalten war das eines Menschen gewesen, der Leib und Seele auf das Problem des Sterbens konzentrieren mußte. Sie nicht zu beachten hatte nur ganz nebenbei dazugehört.

Wie konnte sie nach Beulah Land gehen? Sie konnte es nicht Clarice und Ichabod überlassen, für das Haus und den Garten zu sorgen. Wer würde ihnen sagen, was sie zu tun hatten? Sie waren ebenso abhängig von Joshua gewesen wie sie selbst. Sollte sie demnach nie wieder für mehr als ein oder zwei Stunden fortgehen? Sollte sie sich tatsächlich ein für allemal im Haus und im Garten in der Broughton Street einschließen? Bis sie sich entschieden hatte, würde sie dort bleiben.

21

Es herrschte Frieden auf Beulah Land. Sarah und Edna fuhren an einem milden Tag zusammen zum Friedhof, um an ihren Gräbern zu arbeiten. Und als gegen Ende der ersten Dezemberwoche wie üblich der erste wirkliche Frost kam, der einige Tage anzuhalten versprach, veranstaltete man wie jedes Jahr auf Beulah Land, auf Oaks und auf den umliegenden kleineren Farmen das erste Schweineschlachten. Jeder Mann und jede Frau halfen dabei mit, und sie taten es mit Freuden, nicht nur wegen des materiellen Lohns, der sie erwartete, sondern auch wegen der Befriedigung, die ihnen die regelmäßige Wiederkehr des Ereignisses bereitete. Nachdem das getan war, stellte Floyd einige Leute dazu an, die Ackergeräte in Ordnung zu bringen, während andere Sklaven Leitern, Türen, Dächer und morsche Fußböden in Hütten und Ställen reparierten, um die man sich während der arbeitsreichen Jahreszeit nicht gekümmert oder die man allenfalls oberflächlich ausgebessert hatte. Die Frauen machten Seife und Kerzen, flickten alte Kleider und Bettdecken oder nähten neue, trennten Matratzen und Kissen auf, um sie neu zu füllen.

Die Alten saßen auf den durchhängenden Fellsitzen von knarrenden Stühlen, die sich im Laufe der Zeit genau den Bedürfnissen und Maßen ihres Körpers angepaßt hatten, und wärmten sich vor dem Feuer. Die Kinder, einschließlich Rachel, Doreen und Annabel, besuchten die Schule. Roman war wieder ein einflußreicher Mann, dessen Schüler seine und Sarahs Worte vor ihren Eltern wiederholten, bis auch sie die Lektionen lernten. Adam und James hatten ihren Hauslehrer, Mr. Driscoll Proctor, und fühlten sich ihren Schwestern und Rachel weit überlegen.

Es herrschte Frieden auf Oaks und auf Beulah Land, aber es herrschte kein Frieden auf der Elk-Farm. Der Besitz von neuem Land und neuen Sklaven erfüllte Roscoe mit großer Genugtuung. Er hatte das Weideland mit all seinen Maultieren und Arbeitern in vier Tagen eingezäunt und instand gesetzt und dann Turnip allein die Sorge für den Stall und die paar Stück Vieh überlassen. Im Frühling wollte Roscoe mehr Tiere anschaffen.

Roscoe hatte der Farm, auf der er mit seiner Familie lebte – den insgesamt zweihundertfünfzig Morgen – mehr das Aussehen eines geschlossenen Besitztums gegeben, indem er Zäune versetzte und alte niederriß. Er hatte vor, die Äcker im Winter umzugraben, und überlegte sich, welche Felder er womit bebauen würde. Seine Söhne, Alonzo und Roscoe junior, fingen auf seinen Befehl hin an, ihm zu helfen. Sie waren träge Jungen, aber sie kamen in Trab, wenn ihr Vater sprach, und der Junior hatte etwas von Roscoes scharfem Verstand geerbt. Clovis brachte ihrem neuen Hausmädchen bei, die Arbeit so zu machen, wie sie es wünschte, und bestellte neue Möbel, wo sie gebraucht wurden.

All diese Dinge befriedigten Roscoe, aber im Laufe der Zeit wurde er sich einer verborgenen Unzufriedenheit bewußt. Er dachte darüber nach und kam zu dem Schluß, daß er zwar stolz sein konnte auf sich und die Art, wie er alles gedeichselt hatte, daß aber dabei auch seinen ehemaligen Herren noch zuviel Besitz und zuviel Glück und Zufriedenheit geblieben waren. Es genügte nicht, sich auf ihre Kosten seine Unabhängigkeit zu verschaffen, wie er es getan hatte. Er mußte sie bestrafen; er würde sie, wenn er konnte, unglücklich machen. Und eines Tages kam ihm mit der Gewalt eines jähen Donnerschlags ein kühner Gedanke.

22

Plötzlich oder allmählich, je nach der Leichtheit oder Schwere ihres Schlafes, wachten sie mitten in der Nacht von einem so ungestümen Glockengeläut auf, daß man hätte meinen können, der Tag des Jüngsten Gerichts sei gekommen. Sie tasteten umher, stolperten aus ihren Betten, gingen zu Fenstern und Türen und fragten einander, was das Läuten wohl bedeuten mochte. Es war die Nacht vor Heiligabend, und so wandten sich alle Gedanken naturgemäß als erstes diesem Fest zu.

Sarah trat zu Leon, der am Fenster ihres Schlafzimmers stand, und fragte: »Was kann es nur sein?«

Leon schlüpfte hastig in seine Hosen, zog Stiefel über die nackten Füße, holte rasch einen Mantel aus dem Schrank und lief bereits auf den Gang hinaus, während seine Arme noch blind nach den Ärmellöchern suchten. Sarah warf einen Morgenrock über und folgte ihm den Korridor entlang, als Juanita gerade ängstlich den Kopf durch die offene Tür von Rachels Zimmer steckte. Am vorderen Ende des Korridors lag ein Balkon, der einen weiteren Rundblick als das Schlafzimmerfenster bot.

»Sieh mal!« sagte Sarah, aber Leons Augen hatten bereits den fernen roten Schimmer entdeckt. Irgend etwas in Highboro brannte, und nach dem ungestümen Läuten aller Kirchenglocken der Stadt zu schließen, mußte es etwas Bedeutendes sein. Ein eisiger Schreck jagte Leon zurück auf den Gang und die Treppe hinunter; dann raste er durch das dunkle untere Stockwerk und über den Hof zum Stall.

Dort stieß er auf Floyd, der sich, ebenso wie er selbst, in aller Eile halb angezogen hatte. Er und Plumboy sattelten zwei Pferde, die zitternd vor Erregung dastanden, bis Leon und Floyd sie bestiegen, um aus dem Stall, um das Haus herum und die Auffahrt hinunterzujagen.

Vom Balkon des ersten Stockwerks aus sah Sarah sie drunten vorüberreiten; und als das Klappern der Pferdehufe auf der harten Lehmstraße allmählich verklang, hörte sie wieder die Glocken und wandte das Gesicht dem rötlichen Schimmer in der Ferne zu. Hinter ihr ertönte ein Geräusch, und Rachel zupfte an der Schärpe ihres Schlafrocks. »Mama!«

Juanita kam herbei, als Sarah das Kind aufhob, es fest in den Armen hielt und ihre Wange an die seine preßte, während sie zusammen dem drängenden Ruf der Glocken lauschten.

»Ist jetzt Weihnachten?« fragte Rachel.

»Nein, mein Liebling.«

Leon und Floyd ritten in kurzem Galopp durch den Obstgarten. Der Mond war untergegangen, aber ihre Augen gewöhnten sich rasch an die Dunkelheit. Sie konnten gut sehen, und was sie nicht sehen konnten, überließen sie dem Instinkt der Pferde. Als sie zur Landstraße kamen, gingen sie zum gestreckten Galopp über und preßten die Schenkel gegen die Flanken der Pferde, um sie zu noch größerer Geschwindigkeit anzuspornen; sie wußten nicht warum, oder ob es überhaupt einen Grund dafür gab, aber alle ihre Sinne und Nerven waren aufs äußerste gespannt, und irgend etwas sagte ihnen, daß Eile geboten sei.

23

Sarah schrieb »Liebe Tante Pea«, hielt einen Augenblick inne, dann fuhr sie fort:

»Es ist der 26. Dezember, der Abend nach dem zweiten Weihnachtstag, aber Mitternacht ist schon vorüber, also sollte ich wohl eigentlich sagen, der 27., nicht wahr? Ich bin allein in dem kleinen Arbeitszimmer, das Du so gut kennst. Alle anderen sind bereits zu Bett gegangen, obwohl ich kaum glaube, daß sie viel Schlaf finden werden. Ich hoffe jedoch, daß mein lieber Leon endlich schläft, denn er hat volle drei Tage und Nächte kein Auge zugetan.

Ich weiß nicht, wo ich anfangen soll; es gibt so viel zu berichten. In der Nacht vor Heiligabend – in den frühen Morgenstunden des 24., wie wir feststellten, als wir uns einen Augenblick Zeit nahmen, auf die Uhr zu sehen – wurden wir alle von einem lauten Glockenläuten aus Richtung Highboro geweckt. Leon und Floyd ritten sofort los, um zu sehen, was geschehen war, und es war, liebe Tante, etwas Ungeheuerliches geschehen: Unser Lagerhaus mit weiß Gott wie vielen Ballen Baumwolle, unseren eigenen und denjenigen, die wir für andere eingelagert hatten, stand in Flammen und brannte vollkommen nieder. Verloren, alles verloren.

Daß die Entkörnungsmaschine nicht ebenfalls dahin ist, verdanken wir nur dem günstigen Wind und den vereinten Bemühungen sämtlicher Männer von Highboro. Alle haben mitgeholfen, den Brand unter Kontrolle zu bringen und zu löschen.

Ein Mann ist gestorben: Rex, der Plantagenarbeiter, den wir als Wächter ins Lagerhaus geschickt hatten; er starb am nächsten Tag an seinen Verbrennungen. Die Ärzte taten, was sie konnten, aber das war nicht viel. Es gab in ganz Highboro nicht genügend Natriumkarbonat, um seine Wunden zu kühlen. Zum Glück für ihn – und möge Gott ihm vergeben, denn ich kann es nicht – hat er offenbar nicht sehr gelitten, denn es heißt, er sei bereits halbtot vor Betrunkenheit gewesen. Wir wußten nichts von dieser Schwäche, falls es wirklich eine Schwäche von ihm war; vielleicht hat ihn aber auch nur jemand in dieser Nacht zum Trinken verleitet, um ihn aus dem Weg zu schaffen und das Lagerhaus in Brand stecken zu können! Natürlich könnte es auch sein, daß irgendein Freund ihn besucht hat und sie

sich zusammen zur Feier des Weihnachtsfestes betrunken haben. Aber wahrscheinlich ist, daß es der notwendige Bestandteil eines Anschlags gegen uns – und somit Mord – gewesen ist.
Es gibt vielerlei schauerliche Gerüchte. Mein erster Gedanke – und auch Leons – war, daß Roscoe Elk dahintersteckt; daß er sich aus irgendeinem Grund an uns rächen wollte. Aber warum? Ich habe Dir ja schon geschrieben, was zwischen ihm und uns geschehen ist. Er hat weiß Gott sein Schäfchen ins trockene gebracht und dürfte wohl kaum einen Grund haben, uns zu hassen. Aber wenn solch ein Unglück geschieht, sieht man überall Gespenster, und Haß braucht nicht unbedingt immer einen Grund zu haben. Er kann es nicht gewesen sein, sagen wir uns hundertmal am Tag, denn er hatte nichts dabei zu gewinnen.
Aber dies ist noch nicht einmal das Schlimmste. Onkel Felix, der mitten in der Nacht aus dem Schlaf gerissen wurde, eilte sofort zur Brandstelle, war einer der ersten dort und leitete den Versuch, das Feuer einzudämmen. Während er die Leute zur Eile anspornte, fiel er plötzlich bewußtlos zu Boden, hatte, wie wir später erfuhren, einen Schlaganfall erlitten. Er lebt, aber er kann nicht sprechen, obwohl seine Lippen und Augen sich bewegen. (Ist das ein gutes Zeichen? Niemand hier kann es uns sagen.) Seine linke Seite ist wie abgestorben.
Tante Nell, von der man hätte annehmen können, daß sie zu zart sei, um einen solchen Schlag zu ertragen, hat sich sehr tapfer gehalten. Sie weicht nicht von seiner Seite, außer um sich hin und wieder eine Stunde auszuruhen oder eine Kleinigkeit zu essen. Sie ist vernünftig und überhaupt nicht hysterisch, und ich muß sagen, ich bewundere und beneide sie, daß sie das in diesem Augenblick fertigbringt, denn sie, Onkel Felix und Tante Nell, sind an dem ungeheuerlichen Verlust beteiligt und werden möglicherweise ebenso wie wir vor dem Nichts stehen.
Das Gebäude war versichert, aber nicht sein Inhalt, und natürlich hatte das Gebäude einen relativ geringen Wert und der Inhalt einen sehr erheblichen. Angesichts der niedrigen Preise in diesem Jahr haben wir die Baumwolle anderer Pflanzer bei uns eingelagert, bis die Preise steigen, haben für die Bezahlung von Waren gebürgt, die sie für den Winter anschaffen mußten, mit einem Wort: Wir haben als ihre Agenten fungiert.
Gegenwärtig versuchen wir, einen Ausweg aus diesem Chaos zu finden. Leon hat sich in unser aller Namen und mit unserem vollen Einverständnis verpflichtet, für alle Verluste aufzukommen. Mit der Zeit werden wir vielleicht wieder auf die Beine kommen, aber es wird schwer sein und lange dauern, und niemand weiß, was die Zukunft uns bringen wird. Das unmittelbare Problem ist Bargeld. Das Vorhandensein von Bargeld ist, wie ich jetzt erfahren habe, schon an sich ein Versprechen, ebenso wie das Nichtvorhandensein eine Bedrohung ist.

Wir haben alles verpfändet, und jetzt versuchen wir, ruhig zu sein, aber angesichts der herrschenden Hysterie müssen wir Geld vorzeigen. Unser Wort allein genügt nicht mehr.
Edna und Bruce sind wundervoll. Sie sind zu allen gegangen und haben sich, soweit sie es wagten, verpflichtet, für unsere Versprechungen geradezustehen. Da Onkel Felix noch nicht einmal seinen Namen schreiben konnte, hat Tante Nell Dokumente unterschrieben, die sie buchstäblich an den Bettelstab bringen können, wenn wirklich alles verlorengehen würde.
Über Weihnachten will ich nicht reden, es sei denn, um Dir zu sagen, wie froh ich bin, liebe Tante, daß es Dir erspart geblieben ist. Ich hoffe, nie wieder solch ein Weihnachtsfest erleben zu müssen. Alle saßen herum, sprachen entweder überhaupt nicht oder alle auf einmal. Rachel, die es natürlich nicht verstehen kann, wollte nicht und will immer noch nicht mit ihrem neuen Spielzeug spielen. Mit der Zeit wird sie bestimmt die Puppe lieben, die Du für sie hiergelassen hast – so hübsch angezogen, und ich habe ihr gezeigt, wie man jedes Kleidungsstück ausziehen und wieder anziehen kann –, aber vorläufig will sie nichts sehen. Der gute Roman versteht es noch am besten, sie abzulenken. Sie geht oft mit ihm spazieren. Er erzählt ihr Geschichten, und während er erzählt, fügt sie selbsterfundene kleine Einzelheiten hinzu, so daß die Unterhaltung wie ein Spiel zwischen ihnen ist.
Gott segne dich und möge das neue Jahr uns allen mehr Glück bescheren.
Sarah.
Noch etwas, fast zu schrecklich, um es zu erzählen, doch es gehört zu diesem Bericht. Wir waren derart von Sorgen erfüllt, daß wir nicht daran gedacht hatten, unsere Leute zu beruhigen. Es sind zahlreiche Gerüchte umgegangen, alle falsch und, wie ich jetzt mit Sicherheit annehme, von einer gewissen Person – Du weißt, wen ich meine – in bösartiger Absicht verbreitet. Eines davon behauptete, daß Beulah Land zur Versteigerung kommen werde und mit ihm die Leute. Einem Mann mit dem Spitznamen ›Vogel‹, weil er die Angewohnheit hat, erregt wie ein Vogel im Käfig herumzuhüpfen, sagte man im Scherz, daß er bestimmt als erster verkauft werden würde. Er geriet in eine solche Panik, daß er sich mit einem Beil die linke Hand abschlug, um sicher zu sein, daß niemand ihn würde kaufen wollen.«

24

Eine Stunde nachdem Penelope den Brief gelesen hatte, saß sie im Privatbüro von Mr. Ellison Watts, dem Direktor ihrer Bank, und sagte ihm, er

möge sich darauf vorbereiten, all ihre Vermögenswerte in Bargeldvermögen umzuwandeln.
Obwohl sich Mr. Watts schon seit langem angewöhnt hatte, stets eine gelassene Miene zu zeigen, ganz gleich, was für eine überraschende Forderung oder seltsame Bitte ihm von seiten eines Kunden vorgetragen wurde, sank er nichtsdestoweniger, wenn auch nur kurz, in seinem Stuhl zurück. Als er wieder sprechen konnte, fragte er: »Warum?«
Penelope sagte es ihm, oder versuchte es zumindest, und als es ihr nicht gelang, es deutlich zu erklären, reichte sie ihm kurzerhand den Brief, den sie von ihrer Nichte erhalten hatte. Daraufhin erfaßte Mr. Watts die Situation sehr schnell und gründlich; nur gesprochene Worte verwirrten ihn, Geschriebenes konnte er leicht begreifen. »Ich verstehe«, sagte er. »Ich verstehe.« Und als sie ihm ein paar Fragen stellte, sah sie, daß er es wirklich verstand.
Er schrieb sofort einen Brief, den er innerhalb einer Stunde mit der Postkutsche an Leons Bank in Highboro schickte und in dem er seine eigene Beziehung zu seiner Kundin und die ihrige zu den Kendricks erläuterte und sich in ihrem Namen verpflichtete, für so viele Zahlungsversprechen gutzustehen, wie ihre Mittel erlaubten. Nachdem das erledigt war, schalt er sie, aber er tat es in ähnlicher Weise, wie Richter Truebody es seinerzeit als ihr Sachwalter getan hatte. Mr. Watts kannte Sarah Kendrick seit ihrer Geburt. Er hatte auch oft mit Leon Kendrick und davor mit seinem Vater verhandelt, und er wußte mehr oder weniger, was Beulah Land ihnen allen bedeutete.
Am nächsten Tag war Penelope immer noch eifrig beschäftigt. Sie unterschrieb Dokumente, mit denen sie ihre sämtlichen Besitztümer, einschließlich des Hauses in der Broughton Street, zum Verkauf freigab. Sie sprach mit Clarice, Ricey und Ichabod, sagte ihnen, daß sie Savannah vielleicht bald für immer verlassen werde, und falls sie es tat, würden sie es vorziehen, hierzubleiben oder mit ihr zu gehen? Ichabod erklärte, daß er bleiben wolle, und so fügte sie seinen Namen ohne Bedenken der Liste von verkäuflichen Vermögenswerten hinzu, die Mr. Watts in den Händen hielt. Ricey stotterte etwas über das Leben auf dem Land, und daß es ein schwerer Entschluß sei, die Stadt für immer zu verlassen, bis Clarice ihr eine Ohrfeige gab und Penelope sagte, daß sie bei ihr bleiben würden, was auch immer sie beschließen mochte.

1

Nell blickte stirnrunzelnd auf ihr Bild in dem Spiegel, den Bianca so hingestellt hatte, daß er das Licht der Lampe auffing, die sie zum Erhitzen ihrer Brennschere benutzte. Nachdem sie eine Zeitlang still dagesessen und zugesehen hatte, wie Bianca ihre Haare ondulierte und sie dann mit leichten Fingern lockerte und kämmte, seufzte Nell und sagte: »Das genügt, Bianca. Wer interessiert sich schon auf einem Ball für eine alte Frau?«

Bianca trat zurück und starrte selbstkritisch auf Nells Frisur, wie ein Maler ein Bild mustern könnte, das er auf seiner Staffelei stehen hat. Sie machte keine aufmunternde oder schmeichelnde Bemerkung, aber als Nell sah, daß sie einmal kurz mit dem Kopf nickte, wußte sie, daß das Ergebnis zufriedenstellend war. Sie stand auf, und Bianca kippte den Spiegel ein wenig nach hinten und hielt die Lampe hoch, damit Nell sich von oben bis unten sehen konnte. Das dunkelgrüne Seidenkleid, das sie trug, hatte lange Ärmel und war hochgeschlossen, mit einem cremefarbenen Spitzenbesatz an den Handgelenken und vom Halsbund bis zum Busen. Die schöne Kameenbrosche blieb noch zu sehen.

Nell klopfte an die Tür, die von ihrem Zimmer in das ihres Mannes führte. Als sie zwei Monate nach Felix' Schlaganfall, der ihn einseitig gelähmt hatte, für immer nach Beulah Land gezogen waren, hatten sie entschieden, daß es bequemer und angenehmer sein würde, in getrennten Zimmern zu schlafen. Stella, die Felix betreute, öffnete die Tür. Sie machte einen Knicks, als Nell ins Zimmer rauschte und ein strahlendes Lächeln für den Mann aufsetzte, der, auf zahlreiche Kissen gestützt, im Bett lag und mehr träge und verwöhnt als krank aussah. Die Lampe auf dem Nachttisch war hochgedreht, um ihm genügend Licht zum Lesen zu geben. Nell sah, daß sie rußte.

»Der Docht muß gestutzt werden, Stella«, bemerkte sie.

»Schon gut, mein Liebes«, sagte Felix; er ließ das Buch, das er gelesen hatte, umgekehrt aufs Bett sinken, damit er die Seite nicht verlor, und hielt ihr die gesunde rechte Hand hin. Sie nahm sie in ihre beiden Hände.

»Du siehst sehr gut aus!« erklärte Felix bewundernd.

Sie drückte ihm die Hand und lächelte. »Bist du sicher, daß ich dir keine Schande machen werde?«

Er lachte und zog die Hand zurück. »Elegant, nicht protzig«, zitierte er. »Du wirst die hübscheste Frau dort unten sein.«

Nell lächelte, um ihm zu danken, und streichelte seine Wange. Es klopfte

an der offenen Tür, die auf den Gang führte, und Leon kam einen Schritt hinter Sarah herein, die geradewegs zum Bett ging und ihren Onkel auf die Stirn küßte.
»O du meine Güte!« rief Felix aus. »Ich könnte aufstehen und gehen – so wundervoll siehst du aus!«
Sarah lachte und küßte ihn abermals. Sie trug ein Kleid aus rosafarbenem und goldenem Brokat. Ihre Figur war voller geworden, ohne jedoch schwerfällig oder plump zu sein; sie war lediglich gereift. Ihr Gang, ihr Blick, die leiseste Bewegung ihrer Hand zeugten von Selbstvertrauen und Gelassenheit; es würde kein Zweifel bestehen, wer die Gastgeberin und Herrin von Beulah Land war, wenn sie hinunterging.
»Wo ist Rachel?« fragte Felix. »Sie ist kurz hereingekommen, ehe sie sich anzog, aber seitdem habe ich sie nicht mehr gesehen.«
»Unten«, sagte Leon. »Ich habe sie gehört, als ich mich umzog, wie sie mit den Musikern schwatzte, während sie ihre Instrumente stimmten, und ihre Mutter als Gastgeberin vertrat.«
»Was habt ihr?« fragte Felix.
»Zwei Geigen, das Klavier und eine Klarinette. Wie du weißt, ist Mr. Proctor ein guter Klarinettenspieler.«
»Ach ja, der Hauslehrer der Davis'. Ich hatte es vergessen; bekomme den Mann nie zu sehen.«
»Und Roman wird die Flöte blasen«, sagte Sarah. »Dort, wo sie hinpaßt und er folgen kann.«
»Es wird sicherlich ein herrlicher Abend«, sagte Felix. »Und ich habe den besten Teil erwischt. Ich werde hören, wie ihr euch amüsiert, ohne mir geistreiche Dinge ausdenken zu müssen, die ich den Damen sagen könnte.«
»Falls der Lärm dich stört...«, sagte Sarah.
»Keine Sorge, das wird er nicht. Ich habe Ohren, die nur hören, was und wann sie wollen.«
»Aber falls er dich stören sollte...«
»Ich mache auf jeden Fall die Tür zu, um Besucher abzuhalten«, versprach Felix. »Selbst wenn euer Ball sich zu einem regelrechten Bacchanal mit einem Aufmarsch von Elefanten und einer Schar von ägyptischen Tänzerinnen auswächst, wird es mich nicht stören.«
»Hast du Laudanum?« fragte Nell, an Stella gewandt. »Für den Fall, daß Mr. Kendrick tatsächlich nicht schlafen kann?«
»Ja, und auch noch etwas Besseres«, erwiderte Felix heiter. Seine gesunde Hand griff nach einer Flasche Weinbrand, die auf dem Boden neben seinem Bett stand, und hielt sie in die Höhe. Alle lachten.
Leon sagte: »Ich glaube, ich höre einen Wagen«, und ging zum Fenster. »Ja.«

»Edna hat gesagt, sie werden als erste kommen.« Sarah gab Felix einen Kuß und eilte hinaus. Leon lächelte seinem Onkel zu und folgte ihr. Sie gingen zusammen die Treppe hinunter.
»Soll ich dir einen Teller heraufbringen, wenn das Abendessen serviert wird?« fragte Nell.
»Nein, bitte tu das nicht«, erwiderte Felix. »Ich werde bis dahin schon längst schlafen.«
Sie nickte und zog die Decke zurecht, die von seiner Brust heruntergerutscht war. »Wie du möchtest. Gute Nacht, Liebster.« Sie preßte ihre trockenen Lippen auf seine Stirn.
»Amüsier dich gut«, sagte er.
»Ich geh nur aus Pflichtgefühl hinunter.«
»Du bist sehr gut zu mir«, murmelte er, hob ihre Hand und küßte sie.
Zufrieden ging sie hinaus. Im Gang stieß sie auf Penelope, die gerade aus ihrem Zimmer kam. Penelope trug ein schlichtes, graues Wollkleid, das sie mitgebracht hatte, als sie vor sieben Jahren für immer nach Beulah Land gekommen war. Als sie Nell sah, hielt sie die Luft an. »Dieses Kleid hat bestimmt drei Baumwollballen gekostet«, erklärte sie.
Nell lächelte, als sie an ihr vorbei zur Treppe rauschte. »Nur zwei, glaube ich.«
»Onkel Joshua pflegte zu sagen, eine Dame tut nichts, um die Aufmerksamkeit auf sich zu lenken.«
»*Honi soit qui mal y pense*«, erwiderte Nell und stieg langsam die Treppe hinunter.
Penelope folgte ihr so dicht auf den Fersen, daß Nell nach dem Geländer griff, als ob sie fürchtete, gestoßen oder zu Fall gebracht zu werden.
»Eitelkeit, Eitelkeit«, flüsterte Penelope, als die beiden alternden Frauen zum Fuß der Treppe kamen und die Stimmen der Gäste hörten, die in der großen Halle willkommen geheißen wurden. Sie setzten ein freundliches Altdamenlächeln auf und gingen weiter.
Oben in seinem Zimmer hatte Felix den Kopf auf die Kissen sinken lassen, als seine Besucher hinausgingen. Jetzt hob er ihn und sprach zu Stella, die wartend in der warmen Dunkelheit neben dem Kamin stand, in dem den ganzen Tag ein kleines Feuer gebrannt hatte, denn es war draußen noch sehr kalt. »Schließ die Tür«, sagte er. Sie tat es sofort. »Und schieb den Riegel vor.«
Nachdem sie auch das getan hatte, wandte sie sich um, lehnte sich mit dem Rücken gegen die geschlossene Tür und lächelte ihm zu. Er hob das Buch auf, das er auf die Bettdecke gelegt hatte, bog die untere Ecke der Seite um und schloß es. Stella kam zum Bett, nahm das Buch, das er ihr hinhielt, und legte es beiseite.
»Schenk uns was zu trinken ein, Mädchen«, sagte er.

Sie holte ein Glas, hob die Flasche vom Boden auf und schenkte ein. Er nahm ihr das Glas aus der Hand, nickte ihr zu, als ob er einen stummen Toast ausbrächte, und trank. Als er ihr das Glas hinhielt, nahm sie es und trank ebenfalls. Sie bot es ihm wieder an, aber er schüttelte lächelnd den Kopf. Daraufhin stellte sie das Glas auf den Tisch und setzte sich auf die Bettkante.

»Die andere Tür«, murmelte er.

Sie stand auf, und verriegelte leise die Tür, die zu Nells Zimmer führte. Als sie zu ihm zurückkehrte, zog sie ihr Kleid über den Kopf und ließ es neben dem Bett zu Boden fallen. Sie setzte sich wieder und löste das Band am Mieder ihres Unterrocks. Dann beugte sie sich über ihn, um es ihm leichter zu machen, und er schob die Hand unter das Mieder und streichelte ihre Brust.

»Stella«, sagte er leise.

Sie lächelte, und ihre Hand griff weit unter die Bettdecke, dann unter sein Nachthemd, und glitt an seinem Bein entlang nach oben. Als sie seinen alten Schwengel fand und festhielt, spürte sie, wie er sich belebte. Felix nahm eine ihrer Brüste, legte die Lippen um die Brustwarze und liebkoste sie mit der Zungenspitze. Sein Schwengel, den sie jetzt fester umfaßt hielt, wurde steif.

Von unten drangen die ersten Klänge der Musik herauf.

2

Für Floyd gab es keine Trennung von Arbeit und Muße; alles, was er tat, war ein Teil seines Lebens. Nachdem er mit Lovey, Roman und Clarice im Eßzimmer der Dienerschaft hinter der Küche des Haupthauses – demselben Zimmer, in dem einst Roman gewohnt – zu Abend gegessen hatte, ging er hinaus, um die Runde durch die Ställe zu machen; er tat es nicht, um die Arbeit der Leute zu kontrollieren, denn das war jetzt kaum mehr notwendig, sondern einfach, weil es ihm Spaß machte, die schlafenden Tiere in ihren Ständen und Boxen zu sehen. Er schlug hier auf eine Flanke, dort auf einen Rumpf, während er durch den Kuhstall schlenderte.

Lovey ging in ihre alte Hütte, die sie mit Clarice und Ricey teilte, um sich ein wenig frisch zu machen und ein schwarzes Kleid mit weißem Kragen und Manschetten anzuziehen, ehe sie ins große Haus zurückkehrte, um während des Balls die Arbeit der Dienstboten zu überwachen. Ebenso wie Lovey und Clarice sich in die Hütte teilten, teilten sie sich auch in die Beaufsichtigung der Arbeit im großen Haus, wobei es sich von selbst verstand, daß Lovey nach ihrer Herrin die eigentliche Herrin war und daß Clarice sowohl im Haupthaus als auch in der Hütte an zweiter Stelle

stand. Lovey war eine strenge Frau, aber sie war nicht eifersüchtig. Sie hatte Clarice auf der Plantage willkommen geheißen, hatte ihr widerspruchslos einen Teil ihrer Autorität abgetreten, und sie sang großmütig ihr Lob. Es gab nicht eine einzige weibliche Arbeitskraft im Haus oder auf dem Feld, die nicht genau wußte, daß die beiden Frauen eisern zusammenhielten. Es war nicht möglich, eine gegen die andere auszuspielen.
Ricey, die nur widerwillig von Savannah fortgegangen und nach Beulah Land gekommen war, lebte mit ihrer Mutter und Lovey in ständigem Zwiespalt, befand sich in einem Zustand, der schon beinahe an Hysterie grenzte, und schwor, daß sie fortlaufen oder sich umbringen werde, wenn man sie weiter so streng kritisierte, beaufsichtigte und ermahnte. Clarice sagte ihr, daß sie vielleicht nicht glücklich sein mochte, daß sie aber bei Gott ehrbar und fleißig sein werde. Lovey wünschte, daß das Mädchen heiraten und aus der Hütte fortziehen würde. Sie war der Jungen und ihrer Probleme überdrüssig, um so mehr, als diese Probleme meist nur ihre eigenen Interessen betrafen. Bisher war Ricey jedoch zu hochmütig gewesen, um sich für irgendeinen der Plantagenarbeiter zu entscheiden, die sich um sie bemühten, und ihre Mutter fürchtete, daß sie als alte Jungfer enden würde.
Roman ging nach dem Abendessen in die Hütte, die er mit Floyd teilte, um sich umzuziehen, ehe er sich den übrigen Musikern in der großen Halle anschloß. Floyd blieb eine Zeitlang im Pferdestall und unterhielt sich mit Plumboy, der heute eine lange Nacht vor sich hatte, da er die Betreuung der Pferde und der Wagen der Gäste überwachen mußte. Plumboy hatte vor vier Jahren Myrtis geheiratet – ihre Trauung hatte wie üblich im Speisezimmer des Herrenhauses stattgefunden –, und Otis war jetzt einer seiner Gehilfen, während Lotus ihrer Mutter half, ebenso wie Sallou und Sharon, die immer noch in der Küche und im Speisezimmer arbeiteten, obwohl sie jetzt beide verheiratet waren und eigene Kinder hatten.
Sugar führte den ersten Zweispänner ums Haus. Es war eine große, geschlossene Familienkutsche, mit der die Davis aus Oaks – Edna und Bruce, Adam , Annabel, Doreen und James – am Haupteingang vorgefahren waren, wo Otis darauf wartete, den nächsten Wagen in Empfang zu nehmen. Während Plumboy und Sugar sich um den Wagen und die Pferde der Familie Davis kümmerten, ging Floyd fort. Plumboy und Sugar wußten gut mit den Wagenpferden der Plantagenbesitzer des Bezirks Bescheid. Aus irgendeinem Grund, den sie nicht verstanden, hatten einige Pferde eine ausgesprochene Abneigung gegen andere, und es war ratsam, sie getrennt unterzubringen. Ein Pferd konnte sich neben einem Tier aufbäumen, mit den Augen funkeln und wütend den Kopf hin und her werfen, während es sanft wie ein Lamm neben einem anderen stand.

Floyd lebte in dem Haus, das Roscoe Elk mit seiner Familie bewohnt hatte, und es hatte Roman ein boshaftes Vergnügen bereitet, wieder dorthin zu ziehen, als Floyd ihn dazu aufforderte. Obwohl Floyd schon selbst daran gedacht hatte, war der Vorschlag von Sarah ausgegangen, die es nicht für passend hielt, daß Roman als erwachsener Mann und anerkannter Schulmeister von Beulah Land im Küchenflügel wohnte.
Auf dem Weg zu seinem Haus machte Floyd einen kleinen Abstecher, wie er es häufig tat, um das Grab seines Vaters zu besuchen. Ezra war weniger als ein Jahr nach Floyds Rückkehr gestorben, und trotz seines hohen Alters hatten sowohl Lovey als auch Floyd sich bitterlich über seinen Tod gegrämt. Als Leon vorschlug, daß man ihn auf Beulah Land begraben solle, statt auf dem nahe gelegenen Landfriedhof, wo die Neger der Plantage für gewöhnlich beerdigt wurden, hatte Lovey eifrig zugestimmt.
Ezras Grab war das einzige auf Beulah Land. Es lag unweit einer großen Eiche, die den Arbeitsplatz der Wäscherinnen beschattete; es war mit einer Marmorplatte bedeckt und hatte sowohl am Kopfende als auch am Fußende einen Stein, so daß es im Umriß fast wie ein Bett wirkte. Die Inschrift auf der Platte lautete: EZRA KENDRICK 1760–1839. SEINE FRAU LAVERNE. SEINE KINDER – FLOYD UND PAULINE. IN EWIGER LIEBE.
Das Grab war nicht eingegittert, und es wurde zu einer Art Sammelplatz oder Treffpunkt, weil jeder, wie bei einem Brunnen auf dem Lande oder dem Gerichtsgebäude einer Stadt, genau wußte, wo es war. Kinder spielten in seiner Nähe; Liebespaare trafen sich dort, ehe sie im Dunkel der Nacht zu ihren geheimen Plätzen gingen. Floyd und Leon saßen oft auf dem Grab, rauchten Pfeife und sprachen über alles mögliche – wichtige und unwichtige Dinge. Erst über ein Jahr nach Ezras Tod hatten Leon und Floyd zusammen die Marmorplatte und die Steine gekauft, denn trotz Penelopes Großzügigkeit waren die ersten zwei Jahre nach dem Brand sehr schwer gewesen, und es wurde jeder Pfennig gebraucht, um Schulden abzuzahlen.
An diesem Abend setzte Floyd sich nicht, denn mit der hereinbrechenden Dunkelheit wurde es kalt, und er war ruhelos. Aber er hockte sich einen Augenblick nieder und legte die Hand auf den oberen Stein, um sich zu stützen und seinen Vater zu berühren. Er sprach häufig in Gedanken mit Ezra, nicht rührselig oder sentimental, wohl aber mit Liebe und Vertrauen. Oft sagte er im stillen: Nun, Papa, was denkst *du* darüber? Was würdest *du* an meiner Stelle tun? Wenn ein anderer Gedanke ihm antwortete, gut; wenn nicht, auch gut.
Tod und Begräbnis – das waren Äußerlichkeiten, die Grenzen setzten, aber die Gedanken waren keiner Beschränkung unterworfen. Jetzt rieb er den Stein, bis er ein wenig von der Wärme seiner Handfläche aufnahm,

aber seine Gedanken fragten nichts, vertrauten seinem Vater nichts an. Er stand auf und ging zu seinem Haus, wo er Roman in der Küche beim Rasieren antraf. Sie benutzten den Raum nicht zum Kochen, weil sie beide im hinteren Eßzimmer des großen Hauses aßen; so war ihre Küche zu einem Wasch- und Ankleideraum geworden.

»'n Abend, Gigerl«, sagte Floyd, als er eintrat und die Hintertür zuschlug.

»Mm.« Roman verzog den Mund zu einer Grimasse, die wie ein stummer Schrei aussah, während er sein Kinn und zuletzt die Oberlippe rasierte. Dann wusch er sich das Gesicht in einer Schüssel mit frischem Wasser und trocknete es ab.

»Hast du mit Mr. Proctor für heute abend ein Duo geplant?« fragte Floyd mit unschuldiger Stimme.

Roman schlug mit dem Handtuch, das er gerade benutzt hatte, nach Floyd und traf ihn am Unterarm. »Au! Das tut weh.«

Roman lachte, rollte die Ärmel herunter und befestigte silberne Manschettenknöpfe an den Aufschlägen. Sarah hatte sie ihm zu seinem einundzwanzigsten Geburtstag geschenkt, zusammen mit der offiziellen Urkunde, die ihn für frei erklärte. »Und du wirst heut abend deinen eigenen kleinen Ball veranstalten?« fragte Roman.

Floyd lächelte. »Vielleicht. Es gibt eine Frau, die mich ins Herz geschlossen hat.«

»Und du sie auch?«

»Nein, das weißt du doch selbst. Nicht in das Herz meines Herzens. Nur in das Herz meines Schwengels.«

»Mach sie glücklich und amüsier dich gut«, sagte Roman, während er einen Schlips unter seinen Kragen legte und ihn zu einer Schleife band.

»Mach miau, wenn du reinkommst«, sagte Floyd. »Wenn ich nicht mit einem Bellen antworte, bedeutet es, daß du mich bis zum Morgen nicht zu sehn bekommst. Diese Frau ist verwitwet, und sie sagt, ihr Bett ist kalt.«

3

Nachdem er Edna und Bruce an der Tür mit einem Händedruck willkommen geheißen hatte, wandte sich Leon ihren Kindern beziehungsweise Enkeln mit einem Lächeln zu, das besonders sanft wurde, als sein Blick Annabels Augen traf. Annabel war fünfzehn, und das eine Jahr, das sie ihrer Schwester Doreen voraushatte, zeigte den Unterschied zwischen Kind und jungem Mädchen. Doreen bestand ausschließlich aus spitzen Kanten; Annabel aus Rundungen und Kurven. Adam, der nicht viel für

Leon übrig hatte, sah, daß Annabel dem älteren Mann zulächelte wie eine Knospe, die zur Blüte wird. Während James seiner Schwester Doreen höflich aus der Jacke half, nahm Adam Annabel grob die ihre ab, und sie wußten beide sehr wohl, warum.

»Wie schön habt ihr das alles gemacht!« rief Annabel, um den peinlichen Augenblick zu überspielen, und alle Blicke wandten sich der Halle zu, die für diesen Abend reich geschmückt worden war. An den Längsseiten standen, dicht aneinandergedrängt, Stühle jeder Art und Größe. Hier und dort wurde die Reihe von Ständern mit Schwertfarn unterbrochen; die Farne waren gewaschen worden, damit sie frischer aussahen, und die Ständer waren mit breiten, farbigen Seidenbändern umwickelt, die in kunstvollen Schleifen endeten. Große Magnolienzweige mit dunkelbraunen Ästen und glänzenden, tiefgrünen Blättern standen in Zinnkübeln, die mit Goldfarbe übermalt worden waren und das Licht der zweihundert Kerzen widerspiegelten, die den großen Raum erhellten.

»Ja, es ist sehr hübsch!« sagte Edna und drückte Sarah die Hand, als Annabel gerade beschloß, ihre Hände wie eine beglückte Prinzessin zusammenzuschlagen. Adam machte ein ironisches Gesicht, während Leon dem Mädchen anerkennend zulächelte. Als Rachel den Kopf wandte und sah, welche Gäste eingetroffen waren, verließ sie die Musiker, deren Platz sich am anderen Ende der Halle neben dem Laufgang befand. Die Doppeltür zu dem seitlich offenen Gang, der zum Küchenflügel führte, war für den Abend geschlossen worden. Mit der Impulsivität, die ein zehnjähriges Mädchen sich noch erlauben durfte, lief Rachel zu den Gästen, um sie willkommen zu heißen. Noch ehe sie bei ihnen ankam, begann die Musik. Bruce bot Sarah den Arm, und sie gingen zusammen durch die Halle auf das Podium des Orchesters zu; hinter ihnen kam Leon, an einem Arm Edna, am anderen Annabel, die noch einen Augenblick zuvor Adam die Zunge herausgestreckt hatte. Aber als sie Leons Arm nahm, lächelte sie in engelhafter Unschuld. James und Doreen beschlossen willig, wenn auch ein wenig salopp den Zug; James wand sich in dem engen, steifen Kragen, den er haßte, und Doreen kratzte sich das Hinterteil, das sie plötzlich juckte. Sie hatte sich gegen die wollenen Schlüpfer gewehrt und gebettelt, man möge ihr erlauben, nur dieses eine Mal ohne sie zu gehen, aber Edna hatte ihr energisch erklärt, es sei besser, jetzt ein wenig Unbehagen in Kauf zu nehmen, als später mit Schüttelfrost im Bett zu liegen.

Adam, der jetzt keine spöttische Miene mehr zur Schau trug, wartete neben der Tür, bis Rachel die anderen begrüßt hatte und ihn entdeckte. In diesem Augenblick kamen Nell und Penelope aus dem Arbeitszimmer und schlossen sich dem kleinen Zug an, der sich in Richtung des Podiums bewegte, um das Orchester zu bewundern. Rachel und Adam blieben flüsternd und kichernd zurück.

Gleich darauf kündigte ein lautes Klopfen an der Haustür am anderen Ende der Halle die Ankunft neuer Gäste an. Sarah und Leon trennten sich von den übrigen und gingen rasch zur Tür, um die Neuankömmlinge zu begrüßen, die von Lovey hereingelassen wurden.
Hundert waren geladen worden – mehr als hundert kamen mit Wagen, Kutschen und Equipagen, Buggys und Landauern, Phaetons und Kabrioletts. Es war lange genug nach Weihnachten und lange genug vor dem Frühling, um eine Gesellschaft zu einer besonders willkommenen Abwechslung zu machen. Die Gäste hatten bereits vor ihrer Ankunft auf Beulah Land entschieden, daß sie sich gut amüsieren würden. In solch einem Fall ist es nicht schwer, sie zu unterhalten; es genügt, ihnen die Räumlichkeiten zu bieten. Aber es gab mehr als das. Obgleich nicht größer als Oaks, hatte Beulah Land schon immer einen Anflug von Romantik und einen Glanz besessen, den Oaks nicht hatte. Beulah Land war in der Tat *die* Plantage der umliegenden Bezirke. Die Tatsache, daß es sowohl Skandale als auch unsagbar schwere Zeiten überdauert hatte, verstärkte nur noch seinen Zauber und seine romantische Aura. Als Nell von allen Seiten lobende Worte hörte, sagte sie sich, daß sie recht gehabt habe, so viel für ihr Kleid auszugeben.
Was Sarah betraf, so war sie so strahlend, daß der rosa und goldene Brokat an ihr beinahe verblaßte. Sie sah nicht nur schön aus, sie wußte auch, daß sie schön war. Als Roman hereinkam, sprach sie ein Weilchen mit ihm, während er sich innerlich auf die Musik einstellte, die das Orchester spielte, und sich überlegte, wie seine Flöte sich ihr anpassen würde. Nachdem Sarah sich überzeugt hatte, daß er untergebracht war, ging sie lachend und gutgelaunt von einer Gruppe zur anderen und hieß mit besonderer Herzlichkeit die Alten willkommen, die sich gezwungen hatten, ihre kleineren und größeren Leiden für diesen einen Tag zu vergessen, um an dem Ball teilnehmen zu können. Wenn sie tot umfielen, während sie an einem Stück Schinken kauten oder ein Glas Wein tranken, nun, das war immer noch besser, als allein zu Hause zu sitzen und sich einsam und verlassen zu fühlen.
Selma paßte genau den richtigen Augenblick ab, um herunterzukommen. Die Halle war halbvoll. Man hatte zu tanzen begonnen, aber vorläufig waren es nur Walzer. Es gab ein ständiges Kommen und Gehen, und diejenigen, die nicht tanzten, wetteiferten um die Stühle, die ihnen die beste Aussicht boten. Die Damen trippelten die Treppe hinauf und hinunter, unter dem Vorwand, daß sie ihre Schals ablegen oder Haare und Kleider in Ordnung bringen wollten. Das Büro wurde, wie geplant, hauptsächlich den jüngeren Gästen überlassen, denjenigen, die zu jung waren, um an den konventionellen Kontertänzen teilzunehmen, die aber dennoch ihren Spaß daran hatten, lachend und spottend die Älteren nachzuahmen.

Mit fünfzehn war Annabel gerade alt genug, sich der Gesellschaft der Erwachsenen anzuschließen, solange sie sich bescheiden und respektvoll zeigte, was sie fast ostentativ tat; während Adam, obwohl bereits sechzehn, noch als ein Junge angesehen wurde, von dem man erwartete, daß er sich bei der jüngeren Gruppe im Büro aufhielt, was er auch mit Freuden tat, denn dort konnte er mit Rachel zusammensein.
Roman hatte sich an jenem Tag des Picknicks im Pinienhain nicht geirrt. Adam hatte bereits damals angefangen, Rachel zu lieben, und seine Liebe hatte sich nicht gewandelt. Für Rachel war Leon der romantische Vater gewesen und war es immer noch. Roman war der Bruder, dem sie vertraute. Aber selbst als Kind erkannte sie bereits, daß sie, obgleich beide sie zärtlich liebten, nicht der Mittelpunkt ihres Lebens war. Wenn sie jedoch mit Adam zusammen war, hatte sie das angenehme Gefühl, für ihn das Wichtigste von allem zu sein. Die Tatsache, daß er soviel älter war als sie – so kam es ihr damals vor –, störte sie nicht. Die Gewißheit seiner Zuneigung machte sie stolz auf sich selbst.
Ohne daß irgend jemand bei dem regen Verkehr auf der Treppe ihr Herunterkommen bemerkt hätte, war Selma plötzlich da, saß mitten unter den Kindern am Schreibtisch im Büro; sie war natürlich wie immer schwarz gekleidet, trug aber, um nicht zu düster zu wirken, eine zweimal um den Hals geschlungene Kette aus Amethysten und einen Kranz aus Stoffveilchen als Krone im Haar. Kurz darauf, ohne daß jemand gesehen hatte, wie es geschah, saß Pauline an Selmas Seite, wie wenn sie ihre Herrin als Dienerin betreute – und niemand hatte etwas gegen Betreuung einzuwenden, obgleich die Negerin nicht wie eine Dienerin gekleidet war und sich auch nicht so benahm. Die Hände im Schoß gefaltet, saß sie ruhig neben Selma. Sie antwortete liebenswürdig, wenn jemand mit ihr sprach, und schwieg, wenn sich niemand um sie kümmerte. Ihre Anwesenheit wurde stillschweigend akzeptiert, ohne daß irgend jemand hätte sagen können, welches ihre Funktion bei dieser abendlichen Gesellschaft war. Selma wurde angesichts ihrer Verschrobenheit von Außenstehenden als so etwas wie ein Kind angesehen, und die Anwesenheit einer Negerfrau war stets annehmbar, wenn es galt, ein Kind zu betreuen. Wenn Selma im Laufe des Abends gelegentlich zum Tanz aufgefordert wurde, erklärte sie, daß sie in Trauer sei. Die meiste Zeit saßen sie und ihre Begleiterin mit ernstem Gesicht da, aber hin und wieder brachen sie zum Erstaunen derjenigen, die sie beobachteten, in leises Lachen aus, steckten die Köpfe zusammen und flüsterten miteinander.
Mr. Driscoll Proctor war nicht mit der Familienkutsche der Davis' gekommen. Er wußte, daß sie überfüllt sein würde, aber das war nicht der Grund. Falls er länger bleiben wollte als die Familie, würde er das Pferd brauchen, das man ihm für die Dauer seines Aufenthalts überlassen hatte.

Proctor war seit sieben Jahren auf Oaks. Er hatte sein möglichstes getan, Adam und James so viel beizubringen, wie sie von ihm zu lernen bereit waren, und Adam lernte eine ganze Menge. Er hatte den regen Geist seines Onkels Bonard geerbt. Im kommenden Herbst würde er auf die Universität von Virginia gehen; so war es beschlossen worden. Adam war begeistert über die Aussicht, ein wenig mehr von der Welt zu sehen, aber gleichzeitig fand er, daß die Universität in Charlottesville erschreckend weit von Oaks und Beulah Land entfernt war.

Für den Hauslehrer war Adams Fortgehen das Signal, Oaks ebenfalls zu verlassen oder zumindest daran zu denken; denn James war wie sein Vater Bruce: Seine Gedanken und sein Herz gehörten dem Land, und schon allein das Aufschlagen eines Buches betäubte irgendeinen Teil seines Gehirns. Er war nicht dumm, ebensowenig wie sein Vater es gewesen war. Bruce schalt ihn wegen seines mangelnden Ehrgeizes, was das Lernen betraf, aber gleichzeitig freute er sich insgeheim, daß der Junge nach ihm geschlagen war und zweifellos, obwohl der Jüngere, sein Nachfolger werden würde, so wie er selbst der Nachfolger seines Vaters geworden war.

Der Hauslehrer hatte auch den jungen Mädchen hin und wieder Unterricht erteilt, aber als die Zeiten sich besserten, wurden sie täglich nach Highboro geschickt, um in der Privatschule, die auch Selma besucht hatte, die Bekanntschaft anderer junger Damen zu machen und Tanzstunden bei Mr. Midas Mott zu nehmen, der auch Vortragskunst lehrte.

Und so hatte sich Driscoll Proctor halb und halb entschlossen, Oaks zu verlassen, obwohl niemand ihm zu verstehen gegeben hatte, daß er es tun solle. Er hatte versprochen, Adam zur Universität zu begleiten und bei ihm zu bleiben, bis er sich eingewöhnt hatte. Danach stand es ihm frei, allein weiterzuziehen oder nach Oaks zurückzukehren. Er war der Meinung, daß er weiterziehen sollte. Er hatte Freunde und Bekannte in verschiedenen Bundesstaaten an der Ostküste, und in der zweiten Hälfte seiner Vierzigerjahre hatte er – von Camden in New Jersey im Norden bis Savannah im Süden – an vielerlei Orten gelebt und gearbeitet. Hinter seinem bedächtigen Gebaren – die Damen nannten es mit einem geheimen, herablassenden Lächeln »schwerfällig« – verbarg sich ein lebendiger Geist. Mit fast jeder Post trafen neue Bücher und Zeitungen für ihn ein. Er führte eine ausgiebige Korrespondenz, wußte, was in der Welt geschah, und ahnte einiges von dem, was kommen mochte.

Der einzige ungewisse Faktor in Driscoll Proctors gegenwärtigem Leben war, was er im Hinblick auf Roman unternehmen sollte. Als er nach Oaks gekommen war, hatte er von dem Jungen, halb weiß, halb Neger, gehört, der eine Art Schulmeister auf dem nahe gelegenen Beulah Land war, und aus Neugier seine Bekanntschaft gesucht. Und tatsächlich hatten sich ihre ersten Gespräche ausschließlich um Fragen des Unterrichts gedreht. Die

Tatsache, daß sie dem gleichen Beruf nachgingen, wenn auch auf noch so unterschiedlichem Niveau, ließ ihre weitere Bekanntschaft vollkommen natürlich erscheinen. Roman war begierig, dem älteren Mann zuzuhören und von ihm zu lernen. Und sehr bald erkannte Driscoll Proctor, daß er den Jungen liebte.

Die Entdeckung war beglückend und erschreckend zugleich. Er war sich seit langem seiner Reaktion auf junge Männer im allgemeinen bewußt. Abgesehen von der Notwendigkeit, sich seinen Unterhalt zu verdienen, und der Tatsache, daß er mehr zur Geistesarbeit als zu einer praktischen Tätigkeit neigte, war dies in Wirklichkeit der Grund, weshalb er Privatlehrer geworden war. Bis er Roman kennenlernte, hatte er jedoch nie einen anderen Mann mit einem Ausdruck von Liebe berührt. Er liebte Roman, und bestimmt liebte Roman ihn, wenn auch auf eine recht verworrene Art, die zweifellos etwas mit Bewunderung, Dankbarkeit und der Beziehung von Sohn zu Vater zu tun hatte – aber nichtsdestoweniger war es Liebe. Die Frage war: Wenn Proctor fortging, würde Roman mit ihm gehen? Würde er bereit sein, das zu verlassen, was bisher für ihn sein einziges Zuhause gewesen war? Proctor wußte es nicht. Aber er wußte, falls sie zusammen fortgingen, würden sie irgendwo im Norden leben müssen. Proctor betrachtete die Sklaverei schon seit langem als ein Unrecht. Das war der Hauptgrund, weshalb er allmählich immer weiter nach Süden gekommen war: Er wollte diesen Brauch an Ort und Stelle beobachten. Dabei hatte er den Süden lieben gelernt, war aber gleichzeitig in seiner Ansicht über die Sklaverei bestärkt worden. Er behielt seine Meinung für sich; er wußte, daß er kein Kreuzritter war. Die meisten Neger, vermutete er, waren noch nicht reif für die Freiheit, aber sie würden es nie sein, wenn ihre Herren sie nicht dazu erzogen, und das würden sie niemals tun. Schon allein sie lesen und schreiben zu lehren verstieß in den meisten Südstaaten gegen das Gesetz, wenn auch eine so einflußreiche Familie wie die Kendricks es sich erlauben konnte, das Gesetz nach Belieben außer acht zu lassen. Über diese Dinge und über Roman dachte Proctor nach, während er nach Beulah Land ritt.

Bei seiner Ankunft ließ er das Pferd im Schritt ums Haus herum zu den Ställen gehen, wo er es Plumboy übergab. Den Klarinettenkasten unter dem Arm, näherte er sich dem Haus von der Rückseite her, nicht wie ein Dienstbote, sondern einfach, weil er von den Ställen kam und den Klängen der Musik folgte. Er ging durch den Laufgang, öffnete eine Hälfte der Tür zur Halle und sah sich mitten zwischen den Musikern. Die Kontertänze hatten noch nicht begonnen. Proctor fing Romans Blick auf, und sie begrüßten sich mit einem stummen Lächeln, während Roman fortfuhr, hier und dort zu der leichten Tanzmusik, die das Orchester spielte, eine Note oder ein Melodiestück zu improvisieren.

Roman deutete mit dem Kopf auf den Stuhl, den er für seinen Freund zurechtgestellt hatte, und Proctor setzte sich, wobei er den Stuhl ein wenig hin und her rückte, bis er sich als fester Bestandteil des Ensembles fühlte. Dann öffnete er seinen Kasten, nahm die Klarinette heraus und befühlte sie, ohne zu spielen, um die Reaktion seiner Finger zu prüfen, die noch vor wenigen Minuten die kalten Lederzügel gehalten hatten. Nach einer kleinen Weile setzte er das Mundstück an die Lippen und nahm die Melodie der anderen auf.

Elizabeth-Ann Clay, die als Elizabeth-Ann Malone einst Selmas Klassenkameradin und heimliche Liebe gewesen war, traf in diesem Augenblick mit ihrem Mann Sefton, ihren Töchtern Ann-Elizabeth und Margaret-Ella sowie einem Mann namens Casey Troy ein. Casey Troy war vor zwei Monaten mit einigen Empfehlungsschreiben nach Highboro gekommen und hatte sich bequem in dem kleinen Hotel niedergelassen, wo er nicht lange auf Aufträge warten mußte, die Porträts der wohlhabenden Familien zu malen. Eines der wärmsten Empfehlungsschreiben war an die Clays gerichtet; es stammte von einem alten Geschäftsfreund von Sefton Clay in Savannah, und Casey Troy hatte bald nach seiner Ankunft ein Gruppenbild der Familie Clay gemalt, das mit so viel Begeisterung aufgenommen worden var, daß er daraufhin den Auftrag erhalten hatte, Einzelporträts von den Töchtern und eines von Mrs. Clay zu malen, wobei Sefton vorschlug, daß das Bild seiner Frau auch die Haustiere der Familie, eine rötlichgelbe Katze namens Amos und einen Springerspaniel namens Rufus, einschließen sollte. Mr. Troy tat, wie ihm geheißen.

Sein Ruhm verbreitete sich in der Umgebung, wie es stets geschah, wenn er sich an einem neuen Ort niederließ. Er hatte drei feste Aufträge für Porträts und ein Dutzend begeisterte, aber noch unschlüssige Interessenten. Casey Troy genoß das Leben, das er sich geschaffen hatte; es war nicht das Resultat eines vorgefaßten Plans, sondern hatte sich fast von selbst ergeben: Er besaß Talent und Geschicklichkeit im Umgang mit Menschen, er mußte sich seinen Unterhalt verdienen, und er wollte ihn sich auf die angenehmste Art verdienen, die ihm offenstand. Er war intelligent, ohne arrogant zu sein, lebhaft, ohne albern zu erscheinen. Er hatte gute Manieren und Geschmack, und nicht nur sein Talent, sondern auch sein angenehmes Wesen machte ihn überall zu einem gern gesehenen Gast. Er genoß die Gesellschaft von Männern und war diskret, was das Vergnügen betraf, das er an der Gesellschaft von Frauen fand. Außerdem hatte er ehrliche Freude an seiner Arbeit. Er war mit seinem Pinsel kein zynischer Geldverdiener. Er bemühte sich und setzte seinen Stolz darein, ein lebensechtes Bild von seinem Modell zu malen, und das gelang ihm glücklicherweise ohne Schmeichelei oder Beleidigung.

Was seinen Auftraggebern meistens besonders gefiel, waren die Details seiner Porträts. Er war sehr geschickt in der Wiedergabe von Kleidung, Haaren, Schuhen und Juwelen. Und er verstand es gut, die Persönlichkeit von Haustieren zu erfassen und mit Farbe auf die Leinwand zu bringen. Nachdem er die Würde und Rätselhaftigkeit von Amos und die eifrige Freundlichkeit von Rufus festgehalten und damit den Ehemann zufriedengestellt hatte, der für die Porträts zahlen würde, konnte er es darauf ankommen lassen, daß Mrs. Clay sich fragte, ob ihr Mund tatsächlich so verkniffen wirkte und ob ihre Augen wirklich so klein waren. Wie sollte sie sich auch über derlei Dinge beklagen, wenn Mr. Clay hocherfreut lachte und Casey Troy versicherte, er habe den Teufelskerl Rufus wahrhaftig lebensecht eingefangen!

Und so kam Casey Troy jetzt unter den späten Gästen mit der Familie Clay herein; Sarah und Leon gingen zur Tür, um sie zu begrüßen, während Lovey ihnen die Mäntel und Umhänge abnahm und sie anderen Dienstboten reichte, die sie nach oben brachten. Als Casey seinen Gastgebern vorgestellt wurde, musterte er unwillkürlich einen Augenblick ihre Gesichter, als ob er im Begriff sei, sie zu malen – was er bestimmt zu tun beabsichtigte, sobald sie glaubten, daß die Idee von ihnen selbst stammte. Er wußte sehr wohl, daß es in erster Linie notwendig war, den Beifall des Mannes zu finden, der ihn bezahlen würde, und so war er sorgsam darauf bedacht, sich Leon angenehm zu machen. Da er Männer gern hatte und Vergnügen an ihrer Gesellschaft fand, war dieser Teil seiner Arbeit nicht weiter schwer, und er und Leon hatten noch nicht fünf Minuten miteinander gesprochen, als Leon sich sagte, daß er unbedingt die Porträts der Familie Clay sehen müsse, die er nur vom Hörensagen kannte, und daß er, falls sie seinen Eindruck von dem gesunden Menschenverstand des Malers bestätigten, Mr. Troy bitten müsse, auch seine Familie zu malen. Troy erkannte sofort mit geübtem Auge, daß sein Gastgeber diesen Entschluß gefaßt hatte, und wandte daraufhin seine Aufmerksamkeit der Herrin des Hauses zu. Als er das tat, sah er, daß sie seinen Gedankengang erraten hatte, ebenso wie er Leons erraten hatte. Sie lächelte ihm zu – nicht, als ob sie ihn ertappt hätte, sondern eher, als wäre ihre Wahrnehmung der Anfang einer Freundschaft. Er erwiderte ihr Lächeln – zuerst, um seine leichte Verlegenheit zu verbergen, und dann, weil er sah, wie hübsch sie war. Dies war keine von den üblichen reichen Farmersfrauen.

Die Musiker hörten auf zu spielen. Mr. Midas Mott, der Tanzlehrer, klatschte in die Hände und verkündete mit seiner besten Vortragsstimme, daß die Tänzerinnen und Tänzer, die für die Quadrille vorgemerkt waren, ihre Plätze einnehmen sollten. Sarah sah Leon an. Sie lächelten und nickten den Gästen zu, die um sie herum standen, dann legte Sarah die Hand auf Leons Arm, und sie entfernten sich, um den Ball zu eröffnen.

4

Ebenso wie Beulah Land dank der gemeinsamen Bemühungen von Sarah, Leon und Floyd und der Zuschüsse von Felix, Nell und Penelope seine Schulden abgezahlt hatte und wieder zu Wohlstand kam, so war auch Roscoe Elk vorangekommen und hatte seine Unternehmungen erweitert. Die Viehfarm hatte sich unter Turnips Aufsicht gut entwickelt. Sie hatte jetzt einen Bestand von hundert Rindern, und außer Turnip arbeiteten dort noch zwei weitere Sklaven und eine Sklavin, Puddy, die Turnip geheiratet hatte, weil es ihnen zweckdienlich erschien, und die das neue Haus in Ordnung hielt, das um den Schornstein des alten Hauses der Ralstons herum errichtet worden war.

Außer der Viehfarm, die er durch zusätzliche Käufe vergrößert hatte, besaß Roscoe jetzt eintausend Morgen gutes Waldland, drei Häuser im Geschäftsviertel von Highboro und das Haus, das Felix und Nell gehört hatte. Dieses letztere zu erwerben hatte Zeit und Umsicht erfordert.

Zwei Monate nach dem großen Brand, Anfang März 1838, hatte Nell beschlossen, das Haus in der Stadt aufzugeben. Als Felix sich körperlich und seelisch zu erholen begann, zeigte sich deutlich, daß er nicht mehr imstande sein würde, seinem Beruf und seinen Geschäften nachzugehen. Er sprach immer häufiger von Beulah Land, und seine Gedanken und Erzählungen kehrten zu den Zeiten zurück, die er als Kind dort mit seinem Bruder Arnold verlebt hatte. Leon, der Felix schon von jeher sehr gern mochte, redete Nell zu, die Stadt zu verlassen und ganz nach Beulah Land zu ziehen. Das Haus bot reichlich Platz für alle, und das fortwährende Hin und Her zwischen Stadt und Land war einfach unmöglich für Nell und Felix und unbequem für Sarah und Leon.

So entschlossen sich Felix und Nell, nach Beulah Land zu übersiedeln. Nell nahm nur mit, was sie besonders liebte, und ließ die ganze übrige Einrichtung zurück, um sie zusammen mit dem Haus zu verkaufen. Es war letztlich ein beglückender Entschluß für sie beide, denn Nell hatte sich zwar angesichts der schweren Krise, der Krankheit ihres Mannes und des drastischen Wandels in ihrem Geschick stark und mutig gezeigt, aber sie war müde. Es lag ihr nichts mehr daran, ein eigenes Haus zu haben. Sie gab leichten Herzens den Haushalt auf und verkaufte alle Sklaven mit Ausnahme von Bianca, die schon seit vielen Jahren ihre Kammerjungfer war.

Da Felix nach seiner Heirat mit Nell seinem Stolz zuliebe das umliegende Land gekauft hatte, stand das Haus allein am Ende einer eigenen kleinen Sackgasse. Die Stadt hatte sich notwendigerweise in die entgegengesetzte Richtung ausgedehnt. Obgleich die Bank es zum Verkauf anbot, fand sich über ein Jahr lang kein Käufer. Niemand schien es zu wollen oder genügend Geld dafür zu haben. Dann deutete Roscoe eines Nachmittags nach einer langen, ernsten Unterredung mit dem Bankdirektor, Woodrow Saxon, behutsam an, daß er bereit sei, den Besitz zu kaufen. Mr. Saxon, der immer mehr Grund hatte, Roscoe Elk als Kunden zu schätzen, sprach daraufhin mit Leon, Felix und Nell über die Angelegenheit. Leon war energisch gegen den Verkauf, aber Felix erklärte, diese Einstellung sei lediglich auf seine Voreingenommenheit zurückzuführen, und Nell sagte, sie könnten es sich nicht leisten, solch ein Angebot auszuschlagen. Tatsächlich hingen weder Felix noch Nell besonders an dem Besitz. Ihre Ehe war auf ihre Art gut gewesen, aber sie hatten nie Kinder gehabt, deren Jugend sich in ihrer Erinnerung mit dem Haus verbinden und ihm dadurch einen gewissen sentimentalen Wert hätte verleihen können. So wurde es mitsamt der Einrichtung verkauft, die Nell zurückzulassen beschlossen hatte. Das Geld aus dem Verkauf, oder besser gesagt: die größere Kreditwürdigkeit, die es ihnen bei der Bank gab, bedeutete für Beulah Land eine zusätzliche Sicherheit während seines zweiten schweren Jahres.

Obgleich Roscoe Elk beabsichtigte, mit seiner Familie in diesem Haus zu wohnen, ließ er sich Zeit. Zuerst sollte die Stadt sich an die Tatsache gewöhnen, daß der Besitz ihm gehörte. Er deutete Mr. Saxon gegenüber an, daß er eventuell bereit wäre, das Haus weiterzuverkaufen, falls sich ein passender und zahlungsfähiger Käufer fände. Es fand sich keiner, obwohl Mr. Saxon pflichtgetreu Roscoes Verkaufsangebot in Umlauf brachte, und das war alles, was Roscoe gewollt hatte.

Der neue Eigentümer ließ den Besitz bewußt verkommen. Gras und Unkraut wucherten im Garten. Die Schrauben an den Scharnieren der beiden Vorderfenster lockerten sich, so daß die Fensterläden schief herabhingen. Ein Zaunpfahl wurde morsch, aber niemand reparierte ihn. Der mit Ziegelsteinen gepflasterte Fußweg zu den Stufen der Haustür fing an zu zerbröckeln. Als der Verfall offensichtlich wurde, krochen Jungen durch das hohe Stechapfelgebüsch, spielten Cowboy und Indianer und schossen mit ihren Steinschleudern die Fensterscheiben ein. Die Tatsache, daß das Haus nicht bewohnt war und außerdem noch einem Neger gehörte, verringerte seine Bedeutung. Was nicht gewünscht wird, bleibt unbeachtet. Kurz ehe der Besitz vollkommen verfiel, fing Roscoe mit den Reparaturen an und zog mit seiner Familie ein. Selbst der Einzug der Elks wurde von einer kleinen Geste begleitet, die jede mögliche Mißbilligung entkräftete.

Clovis war stolz auf das Ansehen gewesen, das sie als Roscoe Elks Frau genoß, aber als sie es überdrüssig wurde, ihre Sklaven anzulernen und zu tyrannisieren – sie besaßen mittlerweile sehr viel mehr als die zehn, mit denen sie begonnen hatten –, fing sie an, sich zu langweilen. Als Roscoe Geschäftshäuser in der Stadt erwarb, glaubte sie, eine Möglichkeit für eine interessante Beschäftigung zu sehen, die ihr gleichzeitig auch ein gewisses Maß an Unabhängigkeit verschaffen würde. Sie bat Roscoe, ihr einen seiner leeren Läden zu geben und sie eine Damenschneiderei aufmachen zu lassen. Ohne die Frage zu erörtern oder ihr auch nur direkt zu antworten, lehnte er es mit einem Kopfschütteln ab. Aber als er beschloß, in das Stadthaus zu ziehen, ließ er ein Schild malen und brachte es selbst im Vordergarten neben dem kürzlich erneuerten Fußweg an. Darauf stand: DAMENSCHNEIDERIN. Dieses Detail rechtfertigte die Tatsache, daß eine Negerfamilie dort wohnte. Niemand kam zu Clovis, um sich etwas nähen zu lassen, aber das war nicht wichtig. Man hatte den Leuten zu verstehen gegeben, daß das Haus eine Arbeitsstätte, nicht nur ein Wohnsitz war. Als die Leute in der Stadt sich an den Gedanken gewöhnt hatten, daß die Elks dort wohnten, entfernte Roscoe das Schild.

Seine Söhne waren erwachsene Männer von zweiundzwanzig und dreiundzwanzig Jahren. Junior, wie der ältere genannt wurde, hatte die Trägheit seiner Jugendjahre überwunden oder verloren und machte sich in Roscoes geschäftlichen Unternehmen nützlich. Aber der jüngere Sohn, Alonzo, neigte zur Faulheit, und Roscoe erklärte, daß Clovis ihn verzärtelt und verwöhnt habe. Als er anfing, sich mit minderwertigen weißen Jungen herumzutreiben, als sein zügelloses Verhalten Formen annahm, die man nicht mehr als bloße »Jugendsünden« bezeichnen konnte, und als mit Prügel bei dem erwachsenen Jungen nichts mehr auszurichten war, warf Roscoe ihn aus dem Haus und schickte ihn auf die Anderson-Farm – so wurde der Besitz nach wie vor allgemein genannt, und selbst Roscoe gab ihm in Gedanken seinen alten Namen –, damit er Landwirtschaft lernte. Da dieses Leben Alonzo die Illusion von Freiheit gab, fing er an zu arbeiten, und es sah fast so aus, als ob Roscoe das Richtige getroffen hätte. Clovis wählte eine der älteren Frauen, die sie angelernt hatte, als Haushälterin für Alonzo. Maude war eine mütterlich wirkende Frau, die mehr redete als arbeitete und es sehr gut verstand, dabei den Eindruck von großem Fleiß zu erwecken. Sobald Clovis in die Stadt zurückgekehrt war, erklärte sie Alonzo jammernd, daß sie eine Hilfe brauche. Er suchte sich die hübscheste Sklavin, ein Mädchen namens Geraldine, unter den Arbeiterinnen auf dem Scheunenhof aus, und sie diente als Gehilfin der alten Maude und als Alonzos Geliebte. Er machte sich nichts aus ihr, aber sie war da, wenn sein Körper nach einer Frau verlangte, und das genügte ihm. Da er außerordentlich freundlich mit den Sklaven der Farm verkehrte und sie dann wieder tyrannisierte, wenn er glaubte, sie mit seiner Nachsicht zu sehr verwöhnt zu haben, machte er die Leute unsicher und veranlaßte sie, ihn zu verachten.

Wenn Roscoe, von anderen Dingen in Anspruch genommen, ihn zur Arbeit anzuspornen vergaß, langweilte Alonzo sich und beneidete seinen älteren Bruder, der in der Stadt lebte und sich mit geschäftlichen Angelegenheiten befaßte. Er sah sich nach Unterhaltung um und fand nichts, was ihm gefiel. Es gab keine freien Neger, mit denen er sich als seinesgleichen hätte anfreunden können. Kein Mädchen, das er gesehen hatte, ob Sklavin oder frei, erweckte in ihm den Wunsch, zu heiraten und eine eigene Familie zu gründen. Gebildet genug, um lesen, schreiben und rechnen zu können, aber nicht genug, um Ablenkung und Trost in Büchern und Gedanken zu finden, wußte er in seinen Mußestunden nichts mit sich anzufangen, und seine Aufmerksamkeit richtete sich, ob er wollte oder nicht, auf Oaks und Beulah Land, deren große Felder, die an seine eigenen, kleineren grenzten, ihm das Gefühl gaben, unbedeutend zu sein, und ihn daran erinnerten, daß nicht einmal dieses kleine Stückchen Land ihm selbst gehörte, sondern daß er lediglich der Stellvertreter seines Vaters war.

Bruce Davis war kühl und höflich, wenn sie sich begegneten, wie es manchmal bei ihren Streifzügen über die Felder geschah, denn Farmer waren nie sehr sorgsam darauf bedacht, innerhalb ihrer eigenen Grenzen zu bleiben. Sie fühlten sich berechtigt, zu reiten, wohin es ihnen beliebte, besonders wenn es keinen Zaun gab, der ihnen Einhalt gebot; und sie scheuten sich auch nicht, ein Tor zu öffnen und zu schließen, denn niemand hatte etwas dagegen, solange die Tore, die man öffnete, wieder sorgfältig geschlossen wurden. Manchmal begegnete Alonzo den Kindern der Davis, aber nicht sehr oft, denn ihr Vater hatte sie ermahnt, das Gebiet der Elks nicht zu betreten.

Viel häufiger traf Alonzo jedoch jemanden von Beulah Land, für gewöhnlich Leon oder Floyd oder auch beide zusammen. Bei diesen Begegnungen waren Floyd und Leon kühl und höflich, ohne sich je auch nur auf ein kurzes Gespräch mit ihm einzulassen. Hin und wieder sah Alonzo die kleine Rachel, strahlend und stolz auf dem Rotschimmel, den sie vor anderthalb Jahren zu ihrem achten Geburtstag bekommen hatte. Mit einem freundlichen Lächeln rief sie ihm einen raschen Gruß zu und war gleich darauf verschwunden. Offenbar hatte man auch ihr gesagt, sie solle sich nicht mit den Leuten abgeben, die auf der Farm zwischen Oaks und Beulah Land lebten.

Am meisten beeindruckten Alonzo die gelegentlichen Begegnungen mit Sarah Kendrick. Wenn sie sich zu Fuß oder zu Pferde trafen, sah sie ihn an und grüßte ihn ruhig und gelassen, ohne seinem Blick auszuweichen oder irgendwie unnatürlich die Stimme zu verändern.

»Guten Tag, Mr. Elk«, sagte sie kühl, und Alonzo erwiderte in unbewußter Nachahmung ihres Tons ebenso förmlich: »Guten Tag, Mrs. Kendrick.«

Er hätte sie bitten mögen, mehr zu sagen, aber ihre unpersönliche Höflichkeit ließ es nicht zu. Er wußte erstaunlich wenig über die Beziehung seines Vaters zu den Besitzern von Beulah Land, und auch das nur ganz verschwommen. Natürlich wußte er, daß er auf der Plantage geboren war und seine Kindheit dort verbracht hatte, bis seine Mutter eines Tages mit ihm und seinem Bruder in ihrem neuen Wagen unter dem spöttischen Gelächter der Sklaven, die sie aus ihrem Versteck beobachteten, fortgefahren war. Er wußte, daß es eine gewisse Spannung zwischen ihnen gab, aber er wußte nicht, warum. Niemand hatte es gewagt, ihm zu sagen oder auch nur anzudeuten, was zwischen seiner Mutter und Leon Kendrick vorgefallen war. Er ahnte nichts von der seltsamen Ironie, die in der engen Verbundenheit von Roman und Sarah, von Roman und Rachel lag.

Während Junior heimliche Mutmaßungen angestellt hatte, die ihn der Wahrheit nahe brachten, hatte Alonzo noch nicht einmal darüber nachgedacht. Er war kein schlechter Mensch, nur unwissend und einsam und allzu bereit, seinen Trieben freien Lauf zu lassen, wann immer sich ihm eine Gelegenheit bot. Hätte Sarah sich bei ihren zufälligen Begegnungen ihm gegenüber ein wenig zugänglicher gezeigt, so hätte sie ihm möglicherweise dazu verhelfen können, besser zu werden, als man ihn zu sein gelehrt hatte, oder er hätte vielleicht sogar angefangen, es von allein zu lernen. Aber sie brachte es nicht fertig, denn sie sah in ihm nur den Sohn ihres Feindes Roscoe Elk. Da sie nicht freundlich war, fing er an, sie als jemanden zu betrachten, den man besiegen mußte, jemanden, dem man zeigen mußte, daß er ein Mann war und ein Recht darauf hatte, wie ein Mann behandelt zu werden.

Als sie sich einmal im Winter begegneten, beide allein und zu Pferde, blieb er neben ihr stehen, aber sie ritt in leichtem Galopp an ihm vorbei. In ihrer Eile, sich von ihm zu entfernen, verlor sie einen Handschuh, den sie zwischen den Händen gehalten hatte. Er stieg ab und rief ihr nach, um sie auf ihren Verlust aufmerksam zu machen, doch sie ritt weiter, als ob sie ihn nicht gehört hätte.

Er nahm den braunen Lederhandschuh von der Stechpalme, an der er beim Fallen hängengeblieben war. Das Leder war weich wie die Brust einer Frau, und als er ihn an sein Gesicht hob, wußte er, daß der Duft, den er ausströmte, der Duft von Sarah Kendrick war. Er stand eine Weile da und blickte ihr nach, bis sie aus seinem Blickfeld verschwand. Dann bestieg er sein Pferd und ritt zornig nach Hause. Auf dem Hinterhof sah er Geraldine, die Wäsche aufhängte; er griff nach ihrem Handgelenk und brachte sie in sein Schlafzimmer, wo er sie aufs Bett warf und sie vögelte, ohne sich die Mühe zu machen, auch nur ein Stück von ihrer oder seiner Kleidung auszuziehen. Nachdem er gekommen war, überkam ihn ein Gefühl des Widerwillens; er löste sich von ihr und setzte sich auf die Bettkante. Verwirrt von seinem sonderbaren Verhalten, schwang sie die Beine vom Bett, richtete sich auf und blieb mit dem Rücken zu ihm schweigend auf der anderen Bettkante sitzen, bis er sie anschrie: »Raus mit dir! Du stinkst. Dein Körper stinkt. Mach, daß du rauskommst!«

5

Die Grenzen zwischen Oaks und der Anderson-Farm waren nicht schnurgerade, sondern folgten den topographischen Gegebenheiten des Geländes, und ein gewisser schmaler Streifen, der zu Oaks gehörte, war beinahe völlig vom Besitz seines Nachbarn umgeben. Es war Waldland, und die Büsche und Bäume machten es unmöglich, die Grenzlinien zu erkennen, die in den Büchern der Kreisstadt festgelegt waren. Das zu Oaks gehörige Stück Land war eine Lichtung mit einem Bach, der sich zwischen Schiefer und Fels dahinzog. Im Sommer, wenn die Bäume dicht belaubt waren, war es dort selbst zur Mittagszeit kühl und beinahe dunkel. Im Winter gab es genügend immergrüne Pflanzen, um den Platz abgeschieden und verschwiegen erscheinen zu lassen. Driscoll Proctor hatte ihn auf einem einsamen Spaziergang im ersten Herbst seines Aufenthalts auf Oaks entdeckt, und als er und Roman Freunde wurden, machten sie ihn zu ihrem Treffpunkt. Sie hatten es nicht nötig, sich heimlich zu treffen, taten es aber manchmal, wenn sie ungestört sein wollten.
Um dorthin zu gelangen, mußte Roman ein Stück des Anderson-Landes durchqueren, aber da es bewaldet war und er sich vorsichtig zwischen den Bäumen hindurchschlich, glaubte er, daß niemand ihn bemerkte. Die beiden Männer hatten ihren Unterricht für den Tag beendet, als sie sich an einem warmen Frühnachmittag im Februar dort trafen. Proctor war schon ein Weilchen da und saß neben dem Bach an einen Fels gelehnt, auf den ein Sonnenstrahl fiel. Er hatte den Hut abgenommen und hielt die Augen geschlossen.
»Du bietest einen sehr tiefsinnigen, poetischen Anblick«, sagte Roman, als er aus dem dunkleren Wald trat. Proctor lächelte, ehe er die Augen öffnete, aber sie reichten sich nicht die Hand und berührten sich auch nicht auf irgendeine andere Art, um sich zu begrüßen. »Es müßte hier eine mit Efeu bewachsene Ruine geben und möglichst noch eine Eule, die droben blind umherflattert. Woran dachtest du gerade, oder hast du geträumt?«
»An dich.«
»Gut!«
»Wie war die Schule heute?« fragte Proctor.
»Die Kinder fangen an, unruhig zu werden. Das geschieht immer gegen Ende des Winters. Es ist, als ob die Bänke plötzlich härter würden; sie

zappeln herum und starren vor sich hin, und wenn ich eins aufrufe, hört es nicht einmal seinen Namen, und die anderen fangen an zu kichern und stoßen sich gegenseitig an. Wie waren deine?«

»James ist das Gegenstück zu deiner Gruppe. Seine Augen aus dem Fenster, seine Gedanken bei seiner ›Farm‹. Mr. Davis hat ihm auf sein Bitten hin einen Morgen Land zur Verfügung gestellt, mit dem er dieses Jahr machen kann, was er will. Er wird es umackern, bepflanzen, pflegen und abernten. Mit zwölf hält er sich bereits für einen Farmer wie sein Vater.« Proctor zuckte die Achseln, bückte sich, um ein Stück Schiefer aufzuheben, und musterte es, ehe er es in den Bach fallen ließ. »Zumindest hat er angefangen, sich für Arithmetik zu interessieren – solange ich das jeweilige Problem in Scheffeln Mais, Litern Milch und Pfunden Baumwolle formuliere. Adam arbeitet fieberhaft. Er will sich nicht blamieren, wenn er auf die Universität geht. Und in Latein, Algebra und Geschichte des Altertums wird er es auch nicht. Aber Griechisch ist nicht seine Stärke.«

»Sprich nicht von Griechisch, sonst komme ich mir ganz und gar ungebildet vor.«

»Adam wird die englische Grammatik niemals so gut beherrschen wie du. Und wie geht es Miss Sarah?«

»Gut.« Romans Stimme klang ein wenig überrascht.

»Den anderen Damen?«

»Auch gut.« Er konnte sich nicht recht erklären, was dies alles zu bedeuten hatte.

»Es gibt so viele. Und Rachel?«

»Sie muß gerade in diesem Augenblick aus der Mädchenschule nach Hause kommen, wenn sie nicht mit Annabel und Doreen nach Oaks gegangen ist. Falls sie zu Hause ist, wird sie mich wahrscheinlich suchen. Sie gibt mir Französisch-Unterricht und zeigt mir, wie man Walzer tanzt; und sie bringt uns alle zum Lachen, wenn sie Mr. Midas Mott nachahmt, wie er Julia deklamiert.«

Proctor legte eine Pause ein und musterte aufmerksam das Gesicht seines Freundes. »Und du? Wie geht es dir?«

Jetzt berührten sie sich, begierig und ungeschickt; sie rieben sich gegenseitig die Hände, streichelten sie. Dann entspannten sie sich und lehnten sich zusammen, Seite an Seite, Arm in Arm, die Finger verschlungen, gegen den von der Sonne beschienenen Fels. Ihre Schenkel berührten sich, vereint und doch getrennt von den fast gleichen wollenen Hosen, die sie trugen.

»Ich habe heute mit der Post einen Brief von meiner Freundin in Philadelphia, Miss Eliza Truman, bekommen«, sagte Proctor. Roman runzelte leicht die Stirn, das war also das kleine Geheimnis. Er kannte ihren Namen aus früheren Erzählungen seines Freundes. »Es ist ihr endlich gelungen, einige von ihren wohlhabenderen Bekannten für die Schule zu interessieren, die sie gründen will. Sie ist entschlossen, im Oktober anzufangen. Ein gewisser Mr. McLeod, der einen Stall in der Chestnut Street besitzt, hat ihr dort im Obergeschoß ein paar Räume zur Verfügung gestellt; sie können als Klassenzimmer und gleichzeitig auch als Wohnheim für gewisse Schüler dienen, die obdachlos zu ihr kommen.«

Roman hielt Proctors Hand fest umklammert. »Du hast mir schon von ihr erzählt.«

»Ja, aber jetzt hat ihr Plan endgültige Formen angenommen.«

»Sie ist doch, soviel ich weiß, die ›Dame‹, die den ›armen Negern‹ helfen möchte«, sagte Roman spöttisch.

»Mach dich nicht lustig über sie.«

»Warum nicht? Was weiß sie schon?«

»Sie weiß eine ganze Menge, und sie hat ein gutes Herz.«

»Womit du sagen willst, sie hat sich Vorträge von Abolitionisten angehört und zweifellos *The Emancipator* abonniert.«

»Stell dich mir gegenüber nicht als Zyniker hin!«

»Ich stelle mich als gar nichts hin«, sagte Roman. »Diese ›Dame‹...«

»Eliza Truman«, unterbrach Proctor ihn kurz angebunden. »Du kennst ihren Namen.«

»...hat es sich zur Aufgabe gemacht, etwas für den armen, unwissenden Südstaatenneger zu tun, der seinem grausamen Herrn entkommen ist und zerlumpt, ausgehungert und mit Tränen in den Augen an ihre Tür klopft.«

»Sie wird eine Schule für freie Neger gründen«, sagte Proctor.

»Und für diejenigen, an deren Füßen noch der Lehm von Georgia klebt und die es irgendwie fertigbringen werden, sich gen Norden zu schleppen.«

»Hast du die Absicht, mich zu reizen?«

Roman schüttelte den Kopf. »Ich brauche sie nicht. Vielen Dank, aber ich bin jenseits von alledem.«

»Empfindest du nichts, kein Mitleid, kein Erbarmen mit den...«

»Mein lieber Proctor, ich stehe sozusagen mit jedem Fuß in einem Lager. Meine Mutter, wenn man sie so nennen kann, war eine Sklavin.«

»Sie ist jetzt eine freie Frau.«

»Und mein Vater ist Herr einer jener Plantagen, von denen Miss Truman so inbrünstig hofft, künftige Schüler anzuwerben.«

»Erkennt dieser Vater dich als seinen Sohn an?«

»Du weißt, daß er das nicht kann.«

»Ich weiß, daß er es nicht will, nicht einmal privat. Hat's nicht getan und wird's auch nie tun.«

»Er hat mich freigelassen.«

»Um seine Eitelkeit und sein Gewissen zu beruhigen. Konnte er sein eigen Fleisch und Blut Sklave bleiben lassen?«
»Viele tun es. Und überhaupt, es war Sarah, meine wundervolle, schöne Sarah, die mich befreit hat.«
»Das weiß ich. Und du weißt, daß ich sie deswegen respektiere.«
»Ich respektiere sie nicht nur deswegen – ich liebe und verehre sie deswegen. Sie ist die wundervollste Frau, die es je gegeben hat, die gütigste, die schönste – die beste. Ich würde für sie sterben.«
»Sie ist eine ungewöhnliche Frau, das gebe ich zu.«
»Und sie hat mich nicht erst befreit, als sie mir an meinem einundzwanzigsten Geburtstag die silbernen Manschettenknöpfe und ein Stück Papier gab. Sie hat mich befreit, als sie mich zum erstenmal berührte und mit mir sprach. Ich war ein häßliches Kind ohne einen einzigen Freund. Es interessierte niemanden, ob ich lebte oder starb, denn ich war nichts weiter als eine mißgestaltete Peinlichkeit.«
»Du hast es ihr mit deiner Liebe vergolten – und mit der Schule.«
»Ich kann es ihr nie ›vergelten‹, Proctor.«
»Glaubst du nicht, daß man dir etwas schuldig war, daß ein Teil ihrer Güte dir gegenüber vielleicht einem Schuldgefühl entsprang?«
»Vielleicht zu Anfang – nur zu Anfang. Du kannst an dem, was sie getan hat, nicht rütteln.«
»Ich will es auch nicht. Das ist nicht meine Absicht.« Sie saßen eine Weile still da, ohne sich zu berühren. »Nun«, sagte Proctor, »was wirst du tun?«
»Tun? Ich tue. Ich arbeite und lebe. Hier, jetzt.«
»Könntest du jemals daran denken, hier fortzugehen, um irgendwo anders mit mir ein neues Leben anzufangen?«
Roman sah seinen Freund aufmerksam an. »Du hast nicht die Absicht zurückzukommen, nachdem du Adam auf die Universität gebracht hast, nicht wahr?«
Proctor lächelte freudlos. »Um James zu lehren, wie man sein Land kultiviert?«
»Es gibt andere Familien in der Umgebung. Man kennt deine Fähigkeiten. Wenn du die Leute wissen läßt, daß du neue Schüler suchst, könntest du in der Stadt leben und eine eigene Schule gründen.«
»Der heutige Brief von Eliza Truman ist nur das letzte Glied einer langen Reihe von Gedanken, die mich beschäftigt haben. Sie hat mich aufgefordert, mit ihr zusammen die Schule zu gründen, und sie bittet mich, dich zu überreden, daß du dich uns anschließt.«
»Ich!«
»Ja.«
»Warum?«

»Ich habe ihr natürlich von dir geschrieben und ihr von deiner Arbeit hier erzählt. Sie möchte, daß du uns hilfst.«

Roman schwieg und dachte eine Weile darüber nach, ehe sein Gesicht sich erhellte. »Ich soll also das erste Schaustück sein. Wie Sie sehen, meine Damen und Herren, hängen nicht alle am Schwanz in den Bäumen und fressen Bananen; einige sind recht gelehrig. Seht da! Dieser hier ist sogar imstande, seine Kleidung auf- und zuzuknöpfen, sich zu verbeugen und ›danke schön‹ zu sagen.«

»Roman – hör auf, hör auf!«

Sie sahen sich starr an; Proctors Blick war flehend, Romans enttäuscht.

»Du hast beschlossen fortzugehen«, erklärte Roman. »Sonst würdest du nicht automatisch jede Idee verwerfen, die ich vorbringe, um dich zum Bleiben zu überreden.«

»Was für eine Art Schule könnte ich hier leiten, die irgendwie von Bedeutung wäre? Soll ich mein Leben lang nichts andres tun, als einer Handvoll ruhelosen Farmerssöhnen Cicero einpauken?«

Roman packte seinen Freund am Arm. »Psst!«

»Was ist?« Proctor blickte sich um.

»Ich glaube, ich habe jemanden gehört.« Roman lief ins Gebüsch, und als er eine Minute später zurückkehrte, sagte er: »Es war mein Halbbruder Alonzo. Ich möchte wissen, wie lange er uns schon hier beobachtet. Wir dürfen nicht mehr hierherkommen.«

6

Es wäre Bruce nie in den Sinn gekommen, daß er Porträts von seinen Töchtern brauchte, wenn sie ihn nicht so eindringlich darum gebeten hätten. Aber als ihre besten Freundinnen – Rachel war noch zu klein, um mit der Bezeichnung »beste Freundin« beehrt zu werden – und größten Rivalinnen in der Mädchenschule, Ann-Elizabeth und Margaret-Ella Clay, nicht nur auf dem Familienporträt, sondern auch noch auf Einzelporträts verewigt wurden und damit den unerträglichen Vorteil genossen, ein Bild mit dem anderen vergleichen zu können, verlangten Annabel und Doreen Davis von ihrem Vater, daß er Mr. Casey Troy ihre Porträts malen lasse. Natürlich war Annabel dabei die treibende Kraft. Obwohl Doreen die Schwestern Clay fast ebenso haßte, wie Annabel es tat, hätte sie in Wirklichkeit eigentlich lieber ein neues Pferd gehabt. Sie langweilte sich mit der schwerfälligen, unerschütterlichen »Genesis«, die den Wind schluckte, als ob er Heu wäre, und die schon alt gewesen war, als ihr Vater sie Doreen vor fünf Jahren geschenkt hatte.

Aber Annabels Eitelkeit war ehrgeizig und aggressiv, mußte befriedigt werden, mußte sich behaupten. Sie erklärte, daß Adam auf die Universität von Virginia geschickt werde und daß James seinen Morgen Land bekommen habe. Daher müsse sie zumindest als Trost ihr Porträt haben, und zwar bitte von sich allein, nicht mit ihrer Schwester. Man müsse sie getrennt malen, beharrte Annabel, damit diejenigen, die nur eine von ihnen bewunderten, nicht gezwungen wären, die andere mit in Kauf zu nehmen. Angesichts der Lage der Dinge tat Bruce Annabel den Willen, aber er versprach Doreen als nächstes Weihnachtsgeschenk ein junges Pferd. Sie dürfe sogar mitkommen und es sich selbst aussuchen, sagte er. Auf dieses Versprechen hin ließ auch sie sich friedlich malen, als der Augenblick gekommen war. Casey Troy war an junge Mädchen gewöhnt, die Pferde ihrem eigenen Bild vorzogen, und mochte sie sogar recht gern, obgleich er sehr wohl wußte, daß die Annabels diejenigen waren, die seinen Geldbeutel füllten.

Es war eine Beerdigung, die Annabel Gelegenheit bot, ihren Freundinnen Ann-Elizabeth und Margaret-Ella Clay – und auch jedem anderen, der es hören wollte – mitzuteilen, daß man sie in Öl auf Leinwand malen werde. Der alte Dr. Chester Porterfield, der mit Hilfe ungeheurer Mengen von Kuchen, Käse und Brandy Deborah Kendrick bei ihrem Abschied von dieser Welt und Rachel Kendrick bei ihrer Ankunft zur Seite gestanden hatte, war vor vier Jahren gestorben. Nun war es seine brave Frau Mamie, die zum letzten und vielleicht einzigen Mal angestarrt wurde und für deren Seelenfrieden man betete, ehe man ihre sterblichen Überreste zu Grabe trug.

Während die Trauernden langsam durch die Kirchentür in die Vorhalle gingen, streckte Annabel ihren sich rundenden Busen vor und zog noch weiter die Aufmerksamkeit auf sich, indem sie wie ein Schmetterling, der seine Flügel erprobt, ihren Schal in der Luft flattern ließ.

»Es kommt mir vor«, sagte Annabel seufzend zu Leon, dem sie sich beim Hinausgehen verstohlen genähert hatte, »als ob ich immer nur zu Beerdigungen und Hochzeiten ginge.«

Die Augen auf ihren jungen Busen geheftet, lächelte Leon mitfühlend.

Edna, die seit über einem Monat an einer hartnäckigen Bronchitis litt, ging zum Geländer der Vorhalle, räusperte sich geräuschvoll und spuckte in den Hof.

Annabel lächelte peinlich berührt. »Liebe Granny, muß das sein?«

»Warum, um alles in der Welt, sollt' ich Eiter und Fäulnis schlucken, wenn's einen Hof gibt, in den man spucken kann?« erwiderte Edna und spuckte abermals, um ihren Worten Nachdruck zu verleihen.

Leon gab Annabel zuliebe vor, nichts gesehen oder gehört zu haben, und Annabel wandte sich mit einem süßen Lächeln an Sarah. »Tante Sarah«, sagte sie, »du siehst heute wirklich sehr hübsch aus!«

»Oh, vielen Dank, Annabel«, erwiderte Sarah halb belustigt, halb verärgert.
»Dieser großartige Ball, den du letzten Monat gegeben hast, hat dich richtiggehend aufgemöbelt«, fuhr Annabel fort.
»Offenbar habe ich mich vorher schrecklich gehenlassen, wenn der Unterschied jetzt so augenfällig ist.«
»Nun, jedenfalls siehst du in letzter Zeit sehr gut aus, wirklich sehr gut!«
Sarah nickte kurz und wandte sich Leon zu, der eifrig damit beschäftigt war, die beiden nicht zu beachten. Sarah war keine eifersüchtige Ehefrau im üblichen Sinne des Wortes, aber sie hatte im Gegensatz zu ihrem Mann keine Veranlassung, sich mit Annabels Albernheit abzufinden.
»Wo ist Rachel?« fragte Sarah.
»Ich glaube, sie ist schon auf den Friedhof gegangen«, sagte Nell.
»Sie liebt Trauerfeiern«, setzte Penelope, die neben Nell stand, hinzu. »Besonders die Zeremonie am Grab.«
Annabel legte die Hand leicht auf Leons Arm, als ob sie einen Halt brauchte. »Ist der Tod nicht eine traurige Angelegenheit? Selbst wenn er zu denjenigen kommt, die das Leben fast zur Neige ausgekostet haben und schon seit langem gezwungen waren, auf seine Freuden zu verzichten.«
Leon sah Annabel ebenso ernst an wie sie ihn, aber seine Gedanken beschäftigten sich nicht mit Philosophie. Sarah wandte sich ab und sah sich Casey Troy gegenüber, den sie in der Kirche nicht bemerkt hatte.
»Mr. Troy!«
Er verbeugte sich. »Mrs. Kendrick.«
»Ich hatte nicht erwartet, Sie hier zu sehen«, sagte sie.
Er erwiderte ihren Blick mit gespieltem Ernst. »Ich hoffe, das bedeutet, daß Sie darüber nachgedacht haben, ob Sie mich heute nachmittag hier sehen würden oder nicht.«
»Es ist sehr mitfühlend und liebenswürdig von Ihnen, unsere ländlichen Kümmernisse zu teilen. Haben Sie die Tote porträtiert?«
»Nein. Ich finde lediglich Vergnügen an geselligen Ereignissen jeder Art, vor allem, wenn sie mir Gelegenheit geben, diejenigen zu sehen, die sich sonst fast nie in der Stadt blicken lassen.«
»Was für ein vollendeter Charmeur Sie sind.«
»Das ist ein nützlicher Bestandteil meines Berufes.« Er lächelte, aber seine Augen verspotteten sie ein wenig.
»Natürlich.« Sie fühlte, daß sie errötete, und versuchte, ihn abzulenken. »Miss Annabel Davis hat gerade heute morgen die frohe Kunde verbreitet, daß Sie ihr Porträt malen werden, eine Neuigkeit, über die wir uns, wie es scheint, alle hocherfreut zeigen müssen. Sie liebt es ebenfalls, zu flirten – natürlich auf eine völlig unschuldige und harmlose Art.«
Seine Augen folgten den ihren zu ihrem Mann und dem Mädchen. »Ich

bewundere Kinder nur als Kinder, und auch dann nur, wenn sie bewundernswert sind.«

Sarah konnte nicht umhin, sich für den Mann zu erwärmen, obwohl sie erkannte, daß er bewußt charmant und liebenswürdig war. »Ich habe gehört, daß Sie auch Miss Doreen Davis malen werden, obgleich sie mit sehr viel mehr Begeisterung von dem Pferd spricht, das ihr Vater ihr versprochen hat, als von dem geplanten Porträt.«

»Sie scheint ein sehr vernünftiges Mädchen zu sein. Ich würde gerne ihre Großmutter malen, aber sie will nichts davon wissen. Sie hat ein interessantes Gesicht, schön auf seine eigene Art.«

»Sie ist meine liebste Freundin«, erklärte Sarah. »Wie scharfsichtig von Ihnen, diese Schönheit zu erkennen.«

Casey Troy verbeugte sich leicht. »Sie erwähnen nichts davon, daß ich vor oder nach den beiden Schwestern Davis mit den Damen von Beulah Land beginnen soll und daß ich auch das Bild des Hausherrn malen werde.«

»Das war die Bedingung, unter der ich eingewilligt habe, mein eigenes malen zu lassen. Ich möchte sehr gern ein Porträt meines Mannes haben.«

»Er ist ein gutaussehender Mann«, sagte Casey.

»Ja, das ist er«, stimmte Sarah ihm bei. »Ich werde sein Bild im Wohnzimmer über den Kamin hängen.«

»Dieser Platz ist im allgemeinen eigentlich der Herrin des Hauses vorbehalten.«

»Oh, meins kann irgendwo anders hängen; es ist mir egal. Am passendsten wäre es wohl über dem Schreibtisch im Büro.«

»Verbringen Sie soviel Zeit mit den geschäftlichen Angelegenheiten der Plantage?«

»O ja. Besonders in den letzten Jahren. Da der Preis der Baumwolle nach wie vor sehr niedrig ist, widmet Mr. Kendrick einen großen Teil seiner Zeit dem Holzgeschäft.«

»Sie haben eine Sägemühle.«

Sie nickte.

»Ich bin auf einem meiner Streifzüge daran vorbeigekommen. Es macht mir Freude, mir die Landschaft anzusehen. Sie ist sehr schön. Natürlich darf ich mich nicht sehr oft dabei erwischen lassen, daß ich mich müßig mit meinem Pferd in der Gegend herumtreibe, sonst glauben meine Auftraggeber, ich mache mir das Leben allzu leicht.«

»Wenn Sie nach Beulah Land kommen, um uns zu malen – und ich bitte Sie, das erst zu tun, nachdem Sie Annabel und Doreen Davis glücklich gemacht haben –, steht es Ihnen frei, zu reiten, soviel Sie wollen. Je schneller die Porträts fertig sind, um so lieber ist es mir!«

»Das klingt aber nicht sehr gastfreundlich!«
»Oh! Das tut mir leid. So habe ich es nicht gemeint. Ich will nur sagen – ich werde bestimmt ungeduldig sein und ein schlechtes Modell abgeben. Ich bin ein ruheloser Geist. Nicht weil ich nervös bin, sondern weil es immer so viele Dinge gibt, die ich tun will, so viele Plätze, wo ich überall auf einmal sein müßte.«
»Wenn Sie mir Modell sitzen, werde ich versuchen, Sie mit amüsanten Geschichten ruhig zu halten.«
»Können Sie denn reden und malen?«
»Ich versichere Ihnen, das geschieht mit einem ganz anderen Teil meines Gehirns.«
»Ich sollte Sie wohl lieber darauf aufmerksam machen, daß meine Tanten Penelope und Nell sehr eifersüchtig aufeinander sind. Wenn Sie sie malen, hoffe ich, daß es Ihnen gelingen wird, ihre Bilder gleich gut wirken zu lassen.«
»Vielen Dank! Solche Hinweise sind außerordentlich nützlich. Ihre Schwägerin, Mrs. Davis – können Sie mir sagen, wie ich mich ihr gegenüber zu verhalten habe? Ich bin ihr nur das eine Mal bei Ihrem Ball begegnet.«
Sarah lachte. »O ja, das kann ich. Sie haben bereits alles besprochen. Ihre – Gesellschafterin ist eine Negerin, an der sie sehr hängt. Tatsächlich kommt die Frau aus einer Familie, die wir alle sehr lieben und schätzen. Meine Schwägerin beharrt darauf, daß sie Sie bitten will, sie zusammen zu malen. Wohlgemerkt, nicht Seite an Seite, sondern wie eine Spielkarte. Sie hat die Absicht, das Porträt umzudrehen, wenn ihr danach zumute ist – einmal das eine Gesicht nach oben und das andere umgekehrt, ein andermal … Nun, Sie verstehen.«
Casey unterdrückte sein Lachen, als ein Blick von Sarah ihn daran erinnerte, daß sie bei einer Trauerfeier auf dem Weg von der Kirche zum Friedhof waren. »Was für eine originelle Idee! Ich werde es gerne tun.«
»Hier«, sagte Sarah.
Sie kamen zum offenen Tor des Friedhofs und blieben stehen. Sarah wurde plötzlich verlegen, als sie erkannte, wie ungezwungen sie sich mit Mr. Troy unterhalten hatte, ohne an das Ereignis zu denken, das die Ursache ihrer Begegnung war. Sie blinzelte im grellen Sonnenlicht, als sie nach Leon Ausschau hielt und ihn entdeckte. Er kam gerade, von Annabel begleitet, auf sie zu.
Rachel wartete neben dem offenen Grab. Sie beobachtete die anderen, als sie hereinkamen, und fragte sich, warum die Menschen wohl auf Friedhöfen immer so behutsam gingen. Fürchteten sie, daß die Toten ihre Schritte fühlen würden?

Nach Beendigung der Trauerfeier am Grab kam Edna auf Sarah zu, hakte sich bei ihr ein und führte sie durch das Tor zu dem Gehölz, wo ihre Kutschen standen.
»Wir haben einen Brief von Bonard erhalten«, sagte Edna, sobald sie den Friedhof verlassen hatten, als ob sie sich scheute, seinen Namen an einer geheiligten Stätte zu erwähnen.
Sarah schwieg, aber ihr Ausdruck ließ erkennen, wie gespannt sie war.
»Ja«, fuhr Edna fort. »Sie sind in Kalifornien. Haben Sie nichts von Ihrer Schwester gehört?«
»Zum letztenmal vor etwas über einem Jahr«, erwiderte Sarah. »Damals waren sie noch in Texas.«
»Unser Brief ist fast drei Monate alt. Bonard schreibt begeistert über das neue Land dort drüben und meint, es wird sich bestimmt von Mexiko trennen und den Vereinigten Staaten anschließen.«
»Was berichtet er über Lauretta?«
»Nur: ›Meiner Frau geht es gut.‹«
Sarahs Stimme klang beinahe entschuldigend. »Praktisch gesehen sind sie doch Mann und Frau.«
»Rechtlich gesehen sind sie es nicht.« Edna seufzte tief. »Er erwähnt nichts von einer regulären Beschäftigung. Ich fürchte, daß Bonard, seit er uns verlassen hat, sich seinen Lebensunterhalt mit Spekulationen, wenn nicht sogar mit Schlimmerem verdient. Es ist, als ob eine ehrlose Handlung zwangsweise zu anderen führte.«
»Glauben Sie, daß wir sie jemals wiedersehen werden?«
Edna schüttelte den Kopf. »Ich halte es für sehr unwahrscheinlich.« Sie sah ihrer Freundin ins Gesicht, um zu lesen, was darin stand. »Hoffen Sie auf eine mögliche Rückkehr Ihrer Schwester?«
»Nein, ganz gewiß nicht.« Sarahs Stimme war so kalt wie der Leichnam, dessen Begräbnis sie soeben mitangesehen hatten. »Es würde nur Unheil und Verwirrung anrichten.«
»Rachel hält sich für Ihr Kind«, sagte Edna, und es war weder eine Frage noch eine Behauptung.
»Sie ist unser Kind. Ehe wir sie auf den Namen Rachel Kendrick tauften, hat Onkel Felix das gerichtliche Verfahren eingeleitet, durch das sie uns zugesprochen wurde. Ihre Mutter hat sie verlassen, sagt das Gesetz, und das stimmt. Auf jeden Fall gehört sie uns.«
»Ich glaube, die Leute haben vollkommen vergessen, daß Sie nicht ihre leibliche Mutter sind.«
»Ich glaube, ich habe es selbst vergessen.«
Rachel kam mit Adam in das Gehölz. Sie lachten, dann brachen sie plötzlich ab und steckten ernst die Köpfe zusammen, während Rachel etwas sagte, was Sarah und Edna nicht hören konnten.

»Werden Sie ihr jemals die Wahrheit sagen?« fragte Edna.
Sarah antwortete nicht.

7

Ungeachtet der Tatsache, daß Annabel sie als »ältere Dame« betrachtete, wurde Sarah allgemein von Männern bewundert und verehrt. Sie besaß eine doppelte Anziehungskraft: eine tugendhafte Frau, die gleichzeitig körperlich begehrenswert war. Von allen Männern, die sie kannten, war Leon wohl der einzige, der nicht auf ihren sinnlichen Reiz ansprach. Casey Troy war offensichtlich hingerissen von ihr, wenn auch Sarah selbst seine Komplimente weitgehend als übertriebene Höflichkeit und kluge Geschäftstaktik abtat.

Bruce Davis hatte sich lange Zeit stark zu ihr hingezogen gefühlt. Er gehörte zu den Männern, die sich nur einmal im Leben verlieben. Trudy Coker war für ihn die einzige Frau gewesen, die er lieben konnte, und er hatte sie während des Frühlings ihrer Verlobung und Heirat wirklich geliebt. Manche Männer haben das Bedürfnis, immer verliebt zu sein, und sind es ihr ganzes Leben lang, sooft auch der Gegenstand ihrer Liebe wechseln mag. Bruce gehörte nicht zu ihnen; er mußte sich auf die Angelegenheiten konzentrieren, die seinem Herzen und seiner Seele näherstanden, als eine Frau es konnte. Es war, als ob die Natur ihn für sich selbst beanspruchte und ihn nur für kurze Zeit hatte entbehren können.

Dennoch hatte es vor acht Jahren eine Zeit gegeben, wo er von Sarah träumte, ohne sie vielleicht wirklich zu lieben. In seinem Gefühl lag kein bewußtes Verlangen. Aber er ertappte sich dabei, daß er sich fragte: Falls Leon unerwartet sterben sollte, sagen wir, bei einer Epidemie, und ihm, Bruce, die Aufgabe zufiele, der Witwe bei der Verwaltung von Beulah Land zur Seite zu stehen, würde sie empfänglich für seine Zuneigung sein? Würde er sie eines Tages ansehen und sie seinen Blick erwidern, und würden sie beide erkennen, was geschehen war? An diesem Punkt verschwamm sein Tagtraum jedesmal diskret in einem Nebelschleier; aber da Bruce ehrlich war, gestand er sich ein, was er getan hatte: Er hatte von einem Ehebruch mit der Frau seines Nachbarn geträumt. Sich dessen bewußt zu werden bestürzte und erregte ihn zugleich. Offenbar hatte Sarah damals seine Gefühle erkannt, denn es war zu dieser Zeit, daß sie aufhörte, ihn mit dem Spitznamen seiner Kindheit – Rooster – anzureden, und anfing, ihn »Bruce« zu nennen. Edna hatte geahnt, wie es um ihren Sohn stand. Es gab daher niemanden, an dessen Begräbnis sie mit leichterem Herzen teilgenommen hätte als an Leons, obwohl sie nicht das geringste gegen ihn hatte. Aber die Vorstellung, Sarah als Schwiegertochter

zu haben, gefiel Edna außerordentlich. So begehen gute Christen manchmal bedenkenlos einen Mord in ihrem Herzen.
Ein unterdrücktes Feuer ist nichtsdestoweniger ein Feuer, aber die Liebe, die Floyd für Sarah empfand, wurde so streng im Zaum gehalten, daß sogar Lovey sich selbst gegenüber vorgeben konnte, sie sei während jener Jahre der Abwesenheit ihres Sohnes von Beulah Land erloschen. Er war unbefangen in Sarahs Gegenwart. Sarah zu sehen und zu wissen, daß er sie nicht haben konnte, schien ihm keinen Kummer zu bereiten. Es war für ihn sogar ein Gewinn, mit ihr zusammenzusein. Sein Gemüt nährte sich von ihr, wenn auch sein Körper es nicht konnte. Und er war auch nicht dazu geschaffen, Verlangen zu sublimieren. Er war ein gesunder Mann mit einem gesunden Geist und Körper, und er versagte sich nichts. Es gab viele Frauen, an denen er Gefallen fand, und er genoß das Zusammensein mit ihnen, solange sie ihm gefielen. Aber er konnte es nicht über sich bringen, zu heiraten.
Er war nicht unglücklich. Glück besteht nicht darin, alles zu besitzen, was das Herz begehrt, sondern vielmehr darin, dem, was man haben kann, die beste Seite abzugewinnen. Wenn eine echte, große Liebe unerreichbar ist, kann ein Mann trotzdem eine amüsante Geschichte, eine Frau und ein Schweinskotelett genießen.
So war es. Und so ist es, allen Romantikern zum Trotz.

8

Annabel Davis, die am meisten von allen langwierige Sitzungen genossen hätte, bei denen der Künstler Skizzen machte, um sie dann mit einem gequälten Stöhnen zu verwerfen und ihr ernst zu erklären, wie schwierig es sei, ihre einzigartigen Züge und ihre empfindsame Seele einzufangen – Annabel war, wie sich herausstellen sollte, am leichtesten zu malen; und Casey Troy beendete ihr Porträt in vier Tagen. Sogar er war erstaunt und fragte sich, ob das Bild wohl wegen der Schnelligkeit, mit der es gemalt worden war, abgelehnt werden würde.
Er hätte sich keine Sorgen zu machen brauchen.
Annabel hatte das Bild während seiner Entstehung nicht zu sehen bekommen. Als es fertig war und sie aufgefordert wurde, es sich anzusehen, brach sie in Freudentränen aus und erklärte, das sei sie selbst in eigener Person, Annabel Davis, genau wie sie war, und wenn sie sich über die Geschwindigkeit seiner Arbeit gewundert habe, so erkenne sie jetzt die Wahrheit: Er sei inspiriert gewesen. Sie rief ihrem Vater und ihrer Großmutter zu, sie sollten sofort kommen und sich mit ihr freuen. Da sie beide zufällig im Haus und in Hörweite waren, kamen sie; Bruce sah sich das

Bild an und sagte, es sei wirklich sehr schön. Er blinzelte, um anzudeuten, daß er das außergewöhnliche Kunstwerk zu würdigen wußte, und hielt die Hände hinter dem Rücken, als fürchte er, es könnte ihn beißen. Nachdem Edna es einen Augenblick aufmerksam gemustert hatte, sagte sie: »Es schmeichelt dir.«

Die Kendricks wurden gebeten, an diesem Abend zum Essen zu kommen, und Sarah, Leon und Rachel folgten der Einladung. Die Besichtigung des Porträts war natürlich das wichtigste Ereignis des Abends. Rachels begeisterte Ausrufe befriedigten Annabel, aber sie konnte es kaum erwarten, das Bild den Schwestern Clay zu zeigen. Leon betrachtete es in einer Art verzückter Benommenheit, dann wandte er sich an den Maler und sagte: »Sir, es ist Ihr Meisterwerk.« Annabel verlor vorübergehend ihren Aplomb und jauchzte vor wahrhaft kindlicher Freude. Sie hüpfte sogar ein paarmal auf und ab und belohnte Leon mit einem Kuß auf die Wange, was in der Erregung des Augenblicks durchaus natürlich schien.

»Ein ausgezeichnetes Bild«, stimmte Sarah ihm bei, und da sie sich unbeobachtet wußte, suchten ihre Augen die des Malers. Casey Troy lachte laut, was man als Befriedigung über das Lob auslegen konnte, das man seinem Werk gespendet hatte. In Wirklichkeit lachte er jedoch, weil Sarahs Blick ihm sagte, daß sie genau wußte, was er getan hatte. Gewiß schmeichelte das Bild, das er gemalt hatte, dem Modell. Edna hatte das als erste erkannt und gesagt. Aber Casey hatte noch etwas anderes getan. Damit, daß er die Schönheit des Mädchens so sehr übertrieb, verspottete er sie, und der Ausdruck, den er den Augen verliehen hatte, war reinste Spiegeleitelkeit.

»Es wundert mich nicht«, sagte Sarah, an Annabel gewandt, »daß du in Tränen ausgebrochen bist, als du es zum erstenmal gesehen hast. Solch einer – Offenbarung gegenüberzustehen, ist kein alltägliches Erlebnis.«

»Oh, Tante Sarah, wie schön du das gesagt hast!« rief Annabel und stürzte mit einer zärtlichen Gebärde auf die ältere Frau zu, aber sie umarmten sich nicht. Annabel legte lediglich die Hand auf Sarahs Arm, und auch das nur kurz. »Ich bin sicher, daß es Mr. Troy gelingen wird, etwas sehr Achtbares aus dir zu machen, wenn du an die Reihe kommst.«

Diese Unverfrorenheit gestattete es Sarah, Casey Troy mit gutem Gewissen offen zuzulächeln.

Casey brauchte für Doreens Porträt länger als für das von Annabel. Es war nicht leicht, sie zu malen, obwohl sie ihm still saß, als ob sie fürchtete, daß das fertige Bild, falls sie lachte oder sprach, irgendwie ihre mangelnde Aufmerksamkeit verraten würde und ihr Vater ihr das versprochene Pferd vorenthalten könnte. Doreen befand sich in einem Stadium zwischen Mädchen und Frau, und das machte es dem Maler schwer, sie auf eine Art und Weise darzustellen, die nach zwei Jahren nicht lächerlich wirken würde. Ihre Gesichtszüge hatten sich noch nicht klar herausgebildet, waren noch in jugendliches Fett und jugendliche Vieldeutigkeit gehüllt. Casey sprach mit Doreen ernsthaft über Pferde und gewann durch seine Sachkenntnis und seine Liebe zu ihnen ihr Vertrauen. Als das Bild fertig war – Casey hatte fast drei Wochen daran gearbeitet –, war Doreen froh, endlich erlöst zu sein. Annabel, die diesmal nicht auf die Überraschung des vollendeten Werkes warten mußte, hatte seine Entwicklung aufmerksam verfolgt.

»Er braucht wohl so lange«, erklärte sie Ann-Elizabeth Clay vertraulich, »weil er beim besten Willen nicht weiß, was er mit dem armen Ding anfangen soll.«

»Es war das gleiche mit Margaret-Ella«, erwiderte Ann-Elizabeth. »Wie lästig für einen Maler, der ein Auge für Schönheit hat, einfach irgend jemanden malen zu müssen.«

Die Reaktion von Ann-Elizabeth und Margaret-Ella auf Annabels Porträt war zufriedenstellend gewesen und hatte die Mädchen wieder zu Freundinnen gemacht, zumindest für ein paar Wochen, bis irgendeine neue Rivalität sie abermals entzweien würde.

Sowohl Bruce als auch Edna waren aufrichtig angetan von dem Porträt und sagten es. Casey hörte sich ihre Bemerkungen aufmerksam an, denn dieses Bild war ihm wichtiger als das von Annabel. Als Doreen selbst es zum erstenmal sah, musterte sie es so lange, ohne etwas zu sagen, daß Casey ein wenig unruhig wurde, dann lächelte sie plötzlich – ein Lächeln, das zaghaft begann und sich allmählich über ihr ganzes junges Gesicht ausbreitete. »Oh, ich werde wie Granny aussehen«, sagte sie erfreut, als hätte sie soeben entdeckt, wer sie war. Casey hatte das Gefühl, noch nie ein so befriedigendes Kompliment über seine Arbeit bekommen zu haben.

9

Sarah sollte sich später fragen, ob irgendeine innere Stimme sie gewarnt und zu zögern veranlaßt hatte, obwohl sie wußte, daß das, was in jenem Sommer geschah, ebensogut auf andere Art zu einer anderen Zeit hätte geschehen können, denn der Beginn dieser sommerlichen Ereignisse lag weit in der Vergangenheit und sie hatten eine lange Inkubation durchgemacht. Nachdem Leon die Porträts sämtlicher Familienmitglieder in Auftrag gegeben hatte, schob Sarah es immer wieder hinaus, Casey Troy nach Beulah Land kommen zu lassen. Es sei der falsche Zeitpunkt. Sie hätten alle sehr viel Arbeit, erklärte sie, und sie wolle Mr. Troy nicht zumuten, womöglich tagelang warten zu müssen, bis sie Zeit fanden, ihm Modell zu sitzen. Es gab ja auch niemals eine wirklich müßige Zeit auf Beulah

Land; es gab nur sehr arbeitsreiche und weniger arbeitsreiche Tage und Jahreszeiten. Jeder Farmer weiß, wie alles immer auf einmal zu kommen scheint, und wenn er noch so sorgfältig im voraus plant, und seine sofortige Aufmerksamkeit erfordert, ohne daß er irgend etwas verschieben oder auch nur eine Arbeit der anderen vorziehen kann. Der Grund dafür ist die ständige Unberechenbarkeit der Natur – nicht nur die Witterungsverhältnisse, sondern zum Beispiel auch die Qualität der Samen und die Beschaffenheit des Bodens, die sich stündlich ändert –, und damit muß man sich abfinden, ob man will oder nicht.

Soweit unter diesen Umständen Ordnung herrschen kann, herrschte sie auf Beulah Land. Floyd leitete und überwachte die Arbeit der Sklaven auf der Plantage, und er beriet sich häufig mit Leon und Sarah. Leon führte die Aufsicht über die Entkörnungsmaschine und die Lagerhäuser in Highboro, das fünf Kilometer von Beulah Land entfernt war, und über das Sägewerk, das in entgegengesetzter Richtung acht Kilometer entfernt lag. Um von dem einen zum anderen zu gelangen, was oft notwendig war, mußte man demnach dreizehn Kilometer reiten oder fahren.

Die Arbeitseinteilung war flexibel. Wenn die Sägemühle eine Woche besonders viel Arbeit hatte, wurde Floyd gebeten, einige der Neger von den Feldern in die Mühle zu schicken, und wenn es im Sägewerk wenig Arbeit gab, sandte Leon Mühlenarbeiter zu Floyd, falls dieser sie brauchte.

Sarah hatte von allen die beste allgemeine Übersicht über die Angelegenheiten von Beulah Land, sowohl in geschäftlicher Hinsicht als auch, was seine Bewohner betraf. Sie führte die Bücher der Plantage, des Sägewerks und der Entkörnungsmaschine. Lovey beaufsichtigte die Dienerschaft des Hauses, aber Sarah war von allem unterrichtet, was geschah, und wenn sie Lovey, Clarice oder Myrtis auch nie zu einer förmlichen Besprechung zu sich kommen ließ, waren sie doch ständig in Verbindung und begegneten sich häufig genug im Haus und auf dem Hof.

Besondere Anliegen und gelegentliche Beschwerden wurden Sarah vorgetragen. Bei aller Sanftmut hatte Sarah eindeutig festgelegt, daß niemand außer ihr über ihren Haushalt zu bestimmen hatte. Kein anderer durfte den Dienstboten oder gar Lovey einen direkten Befehl erteilen. Ausnahmen von dieser allgemeinen Regel waren Clarice, deren erste Aufgabe es war, Penelopes Wünsche zu befriedigen, Bianca, die nur für Nell sorgte, Stella, die Felix betreute, und natürlich Pauline, die überhaupt nicht als Dienerin, sondern als Selmas Gesellschafterin angesehen wurde. Juanita, die Rachels Kindermädchen gewesen war, hatte jetzt Zeit, andere Pflichten zu erfüllen, denn das Kind brauchte nur noch wenig Aufsicht, aber sie betrachtete Rachel immer noch als ihren Schützling und kümmerte sich um ihre Kleidung und ihr Zimmer. Sarah hatte niemanden, dessen Hauptaufgabe es war, sie zu bedienen. Sie zog es vor, die

Dinge selbst zu tun, es sei denn, sie war krank, und das war sie fast nie. Sie war dazu erzogen worden, für sich selbst zu sorgen, und sie genoß die Ungestörtheit, die es ihr bot, das auch weiterhin zu tun, denn da sie inmitten von fast zweihundert Menschen lebte, die entweder direkt oder indirekt von ihr abhängig waren, hatte sie sonst kaum Gelegenheit, allein zu sein.

Nachdem Casey Troy sich ein ums andre Mal mit liebenswürdigen und besorgten Worten hatte vertrösten lassen, lachte er schließlich, als Sarah noch einmal dringend um einen Aufschub bat, und sagte, er habe alle anderen Aufträge in der Umgebung ausgeführt und müsse jetzt oder nie nach Beulah Land kommen, denn er beabsichtige, sich spätestens im September auf den Weg nach Savannah zu machen.

»Gut«, sagte sie, in sein Lachen einstimmend. »Kommen Sie jetzt und bleiben Sie, bis Sie eine ganze Galerie von Kendrick-Porträts gemacht haben. Aber ich warne Sie: Sie müssen sehen, wie Sie uns alle erwischen, denn es ist die arbeitsreichste Zeit.«

»Zu welcher Tageszeit besteht denn die größte Aussicht, Sie alle zu ›erwischen‹?«

»Nein, Sie haben mich mißverstanden.« Sie schüttelte den Kopf. »Ich meine, Sie müssen natürlich kommen und bei uns wohnen. Ich werde dafür sorgen, daß Sie ein bequemes Zimmer bekommen, das Sie nach Belieben in ein Atelier umwandeln können, obwohl es Ihnen selbstverständlich freisteht, uns Modell sitzen zu lassen, wo immer Sie wollen. Wir könnten noch ein Dutzend Leute unterbringen, ohne daß das Haus zu voll würde, und es ist doch sinnlos, daß Sie jeden Tag zwischen Beulah Land und Ihrer Wohnung in der Stadt hin- und herreiten. Haben Sie schon einmal die Sommerhitze auf dem Land erlebt? Der bloße Anblick eines Maisfeldes läßt Sie nach Luft schnappen.«

Casey Troy verbeugte sich. »Ich nehme gern Ihre freundliche Einladung an. Aber die Hitze wird mich nicht stören; ich werde jede Stunde meines Aufenthalts auf Beulah Land genießen!« Er verbeugte sich abermals und lächelte. Sie lächelte ebenfalls, aber sie spürte, daß eine Ader in ihrer Schläfe zu pochen begann, und wußte sehr wohl, daß die Aussicht, einen netten Gast bei sich zu empfangen, nicht der einzige Grund dafür war.

10

So kam Casey Troy nach Beulah Land und wurde bequem in einem Zimmer am hinteren Ende des Obergeschosses untergebracht. Es war ein großer, fast quadratischer Raum mit drei Fenstern, von denen eines bis zum Boden reichte und auf einen eigenen kleinen Balkon führte, der von Glyzinienranken eingerahmt und beschattet wurde. Man hatte den Balkon Leons Großtante Prudence, einer unverheirateten Schwester seines Großvaters, zuliebe angebaut, die, wie es hieß, ein wenig schwach auf der Brust gewesen war und bis zu ihrem Tod im Jahre 1793 dieses Zimmer bewohnt hatte.

Jetzt, wo Casey da war, bereit, mit seiner Arbeit zu beginnen, beteuerten Nell und Penelope, die vorher vor Ungeduld gebrannt und es Sarah insgeheim verübelt hatten, daß sie Mr. Troys Besuch immer wieder hinausschob, sie seien »nicht erpicht darauf«, die ersten zu sein. Jede behauptete von sich, daß sie ein schwieriges und undankbares Objekt für einen Maler sei, und erklärte, Mr. Troy müsse sich erst an die Eigenheiten von Licht und Schatten auf Beulah Land gewöhnen, ehe sie sich auf seinem Modellstand wohl fühlen könnten. So waren Selma und Pauline die ersten, die ihm Modell saßen, und sie taten es mehr oder minder zur gleichen Zeit.

Er benutzte keinen Modellstand und schlug ihnen auch nicht vor, wie sie sich kleiden sollten, weil er hoffte, sie dadurch besser kennenzulernen. Er war froh, als Selma ihm sagte, daß sie es vorziehen würden, in ihrem Zimmer zu bleiben, statt in seines zu gehen. Erstens wußte er, daß Selma ein Unikum und eine Art Einsiedlerin war, und er nahm an, daß sie sich in ihren eigenen vier Wänden unbefangener geben würde als in seinem neutralen Atelierzimmer. Und zweitens bekam ihr Zimmer das Licht hauptsächlich von Norden, und obwohl ihm das nicht so wichtig war, wie es vielleicht anderen Malern sein mochte, nutzte er es gern aus, wenn es sich ihm bot, weil er bei diesem Licht die Farbtöne besser beurteilen konnte. Als er sah, wie die Frauen sich gekleidet hatten, vermutete er, daß sie ihn hänseln und herausfordern wollten, denn Selma war ganz in Schwarz und Pauline ganz in Weiß. Er machte keinerlei Bemerkung und setzte sie sofort auf zwei gegenüberstehende Stühle, um Studien zu machen. Als Selma einwandte, daß sie doch wohl nicht im Profil gemalt werden sollten, sagte er ihr, er habe andere Gründe, sie so zu setzen, und sie gab sich damit zufrieden.

Diese ersten Skizzen, für die sie auf seinen Befehl regungslos dasaßen, während er umherging, verhalfen ihm nicht nur dazu, sich mit seinen Modellen vertraut zu machen, indem sie ihm die Linien, Flächen und Formen ihres Gesichts und Körpers zeigten. Was er in ihren Gesichtern sah, während sie dasaßen und einander starr anblickten, kam nicht auf den Skizzen zum Ausdruck, war aber auf dem vollendeten Porträt zu sehen und machte es zu einem guten Gemälde statt lediglich zu einem gelungenen Scherz, obwohl es auch etwas davon an sich hatte, was vermutlich, sagte er sich, der Absicht der beiden Frauen entsprach.

Er arbeitete abwechselnd an ihnen, nachdem er den großen Rahmen mit der straff gespannten Leinwand auf die Staffelei gestellt und die Farben auf eine saubere Palette gepreßt hatte. Diejenige, die gerade nicht saß, blieb im Zimmer und beobachtete ihn bei der Arbeit; aber Casey war an Situationen aller Art gewöhnt, und es machte ihm nichts aus, solange die Beobachterin keine Bemerkung machte. Beide Frauen spürten sehr rasch, mit welch ernsthaftem Eifer er sich seiner Arbeit widmete, und schon nach kurzer Zeit herrschte in dem Zimmer eine Atmosphäre von Harmonie und gegenseitigem Respekt. Niemand anderes wurde hereingelassen, um zuzusehen. Casey fing Mitte Juni an zu arbeiten, und das erste Drittel des Monats Juli war vorüber, ehe er das Doppelporträt kritisch betrachten und für vollendet erklären konnte.

Die Hauttöne der beiden Frauen waren weder schwarz noch weiß, und so war die Wirkung weit entfernt von der so augenfälligen Interpretation, die sie durch die Art, wie sie sich beim erstenmal gekleidet hatten, von ihm verlangt zu haben schienen: schwarz auf weiß und weiß auf schwarz. Er erfand einen farbenfrohen Hintergrund von schwebenden Blumen um beide Gesichter herum. Die Gesichter ließ er beinahe frei; sie waren wenig mehr als farbige Zeichnungen. Ihr Ausdruck war weder geheimnisvoll noch rätselhaft, sondern wurde absichtlich nicht enthüllt.

Was aber das Doppelporträt zu einem hervorragenden Gemälde machte, war etwas, das Casey nicht erklären konnte, obwohl er es zweifellos bei seiner Arbeit beabsichtigt und zum erstenmal bei den frühen Studien empfunden hatte. Keines der beiden Gesichter offenbarte sich durch sich selbst, sondern brauchte das andere, so daß jeder, der das Bild ansah, es herumdrehen wollte, um auf dem zweiten Gesicht zu finden, was er auf dem ersten nicht hatte entdecken können.

Selma und Pauline waren erfreut über das Resultat, und Selma sagte, ohne daß sie gewußt hätte, was sie wollten, sei es genau das, was sie wollten. Andere Familienmitglieder kamen herein, um es zu sehen, und es wurde allgemein bewundert, obwohl seine Seltsamkeit die Betrachter nervös machte, denn sie waren nicht an Bilder gewöhnt, die derart vom üblichen Stil abwichen. Nell flüsterte Mr. Troy zu, sie hoffe, wenn er sie malte, werde er ihr Gesicht nicht so blaß finden, wie das von Selma wirke, und fragte, ob sie Karmin auftragen solle. Casey versicherte ihr, daß es nicht nötig sei und daß er jedes Modell individuell behandle.

Nach dem Spielkartenbild malte er Penelope und Nell – in dieser Reihenfolge, denn sie hatten es unter sich so ausgemacht. Er arbeitete genau eine Woche an jedem der beiden Porträts. Nell beschloß, ihr Ballkleid anzuziehen, um sich, wie sie sagte, immer daran erinnern zu können. Penelope trug ihr altes, bestes graues Kleid, aber Mr. Troy ließ sowohl das Kleid als auch sie selbst alles andere als farblos erscheinen. Tatsächlich lag in Penelopes Porträt etwas mehr unschuldig Mädchenhaftes als in jedem der Bilder der Schwestern Davis. Er verlieh Nell ein weltlicheres Aussehen, als sie es für gewöhnlich hatte, obgleich in ihren Augen ein Anflug von Wehmut lag, der die Pracht der cremefarbenen Spitzen, des grünen Kleides und der Kameenbrosche ein wenig dämpfte. Jede der Damen lobte überschwenglich das Bild der anderen und zog insgeheim das ihrige vor, überzeugt, daß Mr. Troy sie aus irgendeinem Grunde gesehen hatte, wie sie wirklich war.

Als Leon Anfang August vorübergehend etwas weniger beschäftigt war, stellte er sich Casey zur Verfügung, und Casey machte sich rasch an die Arbeit. Er wußte, was er wollte, und als er Leon seine Absicht auseinandersetzte, erklärte Leon sich einverstanden. Casey benutzte eine große Leinwand und malte den Herrn von Beulah Land in voller Gestalt vor einem leicht stilisierten Hintergrund, auf dem das Haus, ein paar Bäume und zwei Pfauen zu sehen waren. Es war ein gelungenes Bild, und alle lobten es. Sarah bestand darauf, daß es über den Kamin im großen Wohnzimmer gehängt wurde, noch ehe es gefirnißt und gerahmt war. Man könne es später zu diesem Zweck ja wieder herunterholen, sagte sie.

Es war jetzt Ende August, und obwohl Casey das Porträt der fast zehnjährigen Rachel schon beinahe beendet hatte, bat Sarah ihn immer noch, Geduld zu haben, »denn es ist unsere arbeitsreichste Zeit«, während er darauf beharrte, daß er so früh wie möglich im September nach Savannah weiterreisen müsse.

Während dieses ganzen, von künstlerischem Schaffen erfüllten Sommers auf Beulah Land ging die andere Arbeit, die der Daseinsgrund für die Plantage war, mit ungeminderter Geschwindigkeit voran. Die Sägemühle wurde beinahe stillgelegt, während alle verfügbaren Arbeitskräfte für die Mais- und Baumwollernte eingesetzt wurden. Die Entkörnungsmaschine in Highboro arbeitete siebzehn Stunden am Tag, und Tag und Nacht warteten dort eine Reihe von Wagen mit Baumwolle, die entkörnt werden sollte. Leon verbrachte den größten Teil der Zeit bei der Entkörnungsmaschine und den Lagerhäusern und schlief oft in seinem Büro, das sich in einer kleinen Hütte dicht neben der Maschine befand. Er sagte immer, daß er ein richtiges Büro haben müsse, und tat nie etwas dafür.

Das Wetter blieb heiß und sonnig, und der Rhythmus der Tage war bestimmt von der Arbeit – Arbeit, die Männer und Frauen müde machte, aber es gab so viel zu tun, daß wenig Zeit zum Ausruhen blieb und keine, sich zu beklagen. Die Arbeit selbst wurde zu einer Art notwendigem Fieber, das sich aus sich selbst nährte. Sogar die Tiere wurden von der herrschenden Stimmung angesteckt. Die Maulesel gaben ihren Starrsinn auf und zogen und zerrten, wenn man es ihnen befahl. Die für die Ernährung notwendigen Tiere – Rinder, Schweine, Geflügel – fraßen, bis sie nicht mehr fressen konnten, als ob sie sich mit ihrer Bestimmung abgefunden hätten, fett zu werden, um die Männer und Frauen zu ernähren, die sie

fütterten und betreuten. Sie fraßen, standen stumpfsinnig im Schatten, wenn sie welchen fanden, und warteten.
Es gab keine Zeit zum Angeln, aber gegen Abend schlossen sich hin und wieder auch die Erwachsenen vorübergehend den Spielen der Kinder an, oder irgend jemand erschien mit Wassermelonen, die den ganzen Tag in einem Brunnen gekühlt worden waren; dann nahm ein anderer eine Fiedel oder ein Banjo auf, und dieselben Leute, die noch eine Minute zuvor geschworen hatten, daß ihnen nicht genügend Kraft blieb, sich auszuziehen, ihre Füße zu waschen und sich bis zum Morgengrauen des nächsten Tages ins Bett fallen zu lassen, fingen lachend an, in die Hände zu klatschen und zu tanzen.
Auch in der Küche des großen Hauses herrschte emsige Geschäftigkeit, denn es wurde dort für die Landarbeiter gekocht. Frauen, die für gewöhnlich für ihre Männer kochten, arbeiteten jetzt Seite an Seite mit ihnen auf den Feldern, und nur einige wurden ins Haupthaus geschickt, um dort zusammen mit dem regulären Küchenpersonal für alle zu kochen. Kaum war das Frühstück – gebratener Speck, Maispfannkuchen und Sirup – verzehrt, fingen die Köchinnen an, das Mittagessen vorzubereiten. In riesigen Töpfen wurden frische Erbsen mit Speck gekocht, und dazu gab es später Reis, knusprig gebratene Maiskuchen und soviel gehackte Zwiebeln, wie jeder haben wollte, um die Speisen zu würzen.
Die Bewohner des großen Hauses aßen ebenfalls täglich gekochte Erbsen und Maiskuchen, ergänzten die Mahlzeit jedoch mit anderen Dingen, wie geschnittenen Tomaten, Kürbis, grünen Bohnen oder schwarzen Bohnen, Mais, vom Kolben gelöst und im Backofen geröstet, und Reis. Außerdem gab es fast täglich Huhn: gebraten, geschmort oder kleingeschnitten in einer Pastete mit Dörräpfeln dazu. Als Nachtisch aßen sie Beeren- oder Pfirsichtorte und tranken riesige Mengen Tee. Als ob es nicht schon genügend Arbeit bedeutete, all diese Mahlzeiten vorzubereiten, kochten die Frauen in der Küche Früchte zu Gelee und Marmelade ein und füllten Gläser mit süßsauren Tomaten, Gurken, Paprika und all den anderen Gemüsen, die sich zum Einmachen für den Winter eigneten.
Sarah übertrieb nicht, wenn sie sagte, es sei die arbeitsreichste Zeit auf Beulah Land, und sie genoß es in vollen Zügen – war hier und dort und überall, berauscht von all der Geschäftigkeit, bis sie das Gefühl hatte, daß sie wie ein Derwisch durch die heißen Tage wirbelte und sich ewig weiterdrehen könnte, denn es war leichter fortzufahren als aufzuhören. Und trotz allem fand sie in diesen fieberhaften Wochen, wo Tätigkeit weitere Tätigkeit hervorzubringen schien und man Energie aus gerade jener Hitze schöpfte, die einen in ruhigeren Zeiten ermatten ließ, immer noch Gelegenheit, sich um Penelope, Nell und Onkel Felix zu kümmern, zu sehen, wie es Selma und Pauline erging, zehn Minuten mal mit Roman, mal mit

Rachel zu verbringen, oder häufig auch mit beiden zusammen, denn von allen Menschen auf Beulah Land waren sie diejenigen, die am wenigsten zu tun hatten. Sie fand auch Zeit, für das Wohl ihres Gastes Casey Troy zu sorgen, der selbst wenig Gelegenheit zur Muße hatte, so sehr war er von seinen Aufträgen in Anspruch genommen.

Sarah und Leon, wenn er aus Highboro heimkehren konnte, waren mit Casey hauptsächlich während des Mittag- und Abendessens zusammen. Aber manchmal sah Sarah ihn auch bei anderen Gelegenheiten. Obwohl er sich seiner Arbeit wegen nie weit vom Haus entfernte, schlich er sich doch hin und wieder hinaus, um sich auf den Feldern und in den Ställen umzusehen. Sie sah ihn zurückkommen, den Hemdkragen geöffnet, das Hemd durchnäßt von Schweiß, Schweißperlen an Augenbrauen, Schnurrbart und dem Haar an seinen Schläfen, aber es lag stets ein frohes Lächeln auf seinem Gesicht, wenn er von diesen kurzen Streifzügen zurückkehrte.

Niemand war krank, niemand starb. Man hatte keine Zeit dafür. Alle Sinne waren geschärft. Die Worte und das Lachen der Kinder schienen wohltönender als sonst. Das Essen schmeckte gut und lag leicht im Magen. Es gab mehr sexuelles Treiben als zu jeder anderen Zeit des Jahres. Alles wurde benutzt. Alles wurde geerntet.

11

»Und jetzt Sie«, sagte Casey nach dem Frühstück zu Sarah. Sie nahm für gewöhnlich ihr Frühstück mit Lovey und Clarice in der Küche ein, noch ehe irgend jemand anderes im großen Haus aufgestanden war, und schon allein die Tatsache, daß sie an diesem Morgen mit Nell und Penelope, Rachel und Casey Troy am Frühstückstisch im Speisezimmer saß, ließ darauf schließen, daß ihre Arbeit zwar keineswegs beendet war, aber doch genügend nachgelassen hatte, um ihr eine Atempause zu gestatten.

»Ja, einverstanden«, erwiderte sie zu ihrer beider Überraschung.

»Hurra!« rief er wie ein Junge, und sie lachten.

»Sie müssen aber zuerst Rachels Bild beenden.«

»Es ist fertig. Oder beinahe. Sie braucht mir nicht mehr zu sitzen. Ich kann es ohne sie beenden. Wann werden Sie bereit sein?«

»Wie ich sehe, wollen Sie möglichst rasch mit mir fertig werden«, sagte sie, »um den Zug nach Savannah nehmen zu können.«

»Und Sie mit Ihren Aufschüben würden mich ewig hierbehalten!«

Sie hatten in einem ungezwungenen, scherzhaften Ton gesprochen, aber seine letzten Worte ließen sie beide verlegen lächeln, bis Sarah zu lachen anfing.

»Die Erwähnung von Savannah hat mich an meine Schwester Lauretta erinnert, und ich mußte plötzlich daran denken, wie sehr Sie ihr gefallen hätten.«
Er seufzte in gespielter Verzweiflung. »Es ist entmutigend, eine Frau sagen zu hören, daß man sie an ihre Schwester erinnert.«
»Das würden Sie nicht sagen, wenn Sie sie sähen.«
»Ist sie so hübsch wie Sie?«
»Viel hübscher – wenn auch etwas älter.« Er lachte vergnügt. »Sie sind der einzige Mensch, der mich veranlaßt, boshaft über andere Frauen zu sprechen.«
»Das gibt mir wieder Mut. Wann werden Sie mir sitzen?«
Sie runzelte die Stirn. »Morgen«, sagte sie. »Ich meine, wir sollten morgen darüber reden und dann eine Zeit vereinbaren, die ich – das verspreche ich – bestimmt einhalten werde.«
»Keine weiteren Aufschübe. Sie hören mich immer nur scherzen, aber ich kann auch ernst sein.«
»Mir gefallen Ihre Scherze.«
»Heute – halb elf? Auf der schattigen Seite des Hauses.«
»Oh«, sagte sie in einem Ton, der erleichtert klang, »Sie haben vor, mich als Pendant zum Porträt meines Mannes im Freien zu malen?«
»Ich habe hundert verschiedene Möglichkeiten erwogen, aber heute morgen mache ich Studien.«
»Halb elf? Ich werde versuchen, dazusein, obwohl...«

12

Obwohl Leon eigentlich nicht das war, was man als korrupt bezeichnen könnte, hatte er seinen Wünschen nie großen Widerstand entgegengesetzt, wenn es möglich war, sie zu erfüllen, und in einigen Fällen – wie bei seinen kurzen sexuellen Abenteuern mit Clovis und Lauretta – hatte seine mangelnde Willenskraft zu ernsten Folgen geführt.
Wenn er jetzt zu Pferde oder mit dem Wagen zwischen Beulah Land, dem Sägewerk und der Entkörnungsmaschine die Runde machte, legte er oft eine kurze Pause auf Oaks ein. Es gab auf Oaks ebensoviel Arbeit wie auf Beulah Land, und Leon erfuhr für gewöhnlich, daß Bruce Davis nicht zu Hause, sondern bei seinen Arbeitern draußen auf den Feldern sei. Edna ging ebenfalls regelmäßig auf die Felder, um mit eigenen Augen die Arbeit zu beobachten, über die Bruce beim Mittag- oder Abendessen sprach, den einzigen Gelegenheiten, bei denen sie während der Erntezeit so etwas wie eine Unterhaltung mit ihm führen konnte. Doreen begleitete ihre Großmutter, wann immer es ihr gelang, sie beim Fortgehen zu erwischen,

und nach einer Weile gewöhnte sich die alte Dame an, nach ihr zu rufen, während sie ihren Sonnenhut aufsetzte, um sich auf den Weg zu machen. Der junge James war so eifrig mit seinem Morgen Land beschäftigt, als gelte es, mit seiner Ernte eine nackte, hungrige Welt zu ernähren und zu kleiden. Adam arbeitete von früh bis spät mit Driscoll Proctor.

So konnte Leon mit Sicherheit erwarten, nur Annabel zu Hause anzutreffen, für gewöhnlich auf der von Kletterpflanzen beschatteten Veranda, die an zwei Seiten des Hauses entlanglief, und an deren einem Ende man noch die Rampe sehen konnte, die vor Jahren nach Benjamins erstem Schlaganfall für seinen Rollstuhl angelegt worden war. Es war zu heiß, als das Annabel hätte spazierengehen können – kein Hut oder Sonnenschirm konnte diese zarte, helle Haut vor der grellen Sommersonne von Georgia schützen. Da sie wenig Vergnügen am Lesen und überhaupt keines an häuslichen Arbeiten fand, fühlte sich Annabel oft einsam und gelangweilt, und sie hieß Leon begeistert willkommen – um so mehr, als sie sich seiner Bewunderung für ihr Gesicht und ihre Gestalt sehr wohl bewußt war.

Obgleich sie sich nie eine Gelegenheit entgehen ließ, Sarah als »Tante« anzureden, verzichtete sie auf die Anrede »Onkel«, wenn sie mit Leon sprach, und sagte statt dessen »Sir«, eine Anrede, die eine Dame jeden Alters gegenüber einem Herrn jeden Alters gebrauchen konnte.

»Ich bin so froh, Sie zu sehen!« rief Annabel aus, wenn Leon von seinem Pferd oder von seinem Wagen sprang und die Zügel eigenhändig am Geländer der Verandatreppe befestigte, denn in jenen arbeitsreichen Wochen gab es keinen Stalljungen, der einem Besucher hätte behilflich sein können. »Springen« war etwas, das Leon nur um Annabels willen tat. Mit seinen vierzig Jahren stieg er, obwohl noch kraftvoll und elastisch, normalerweise eher behutsam aus einem Sattel oder Wagen, als daß er sprang. Aber in Annabels Gegenwart fühlte er sich jünger, als er war, und hoffte, auch so zu wirken.

Lächelnd stieg er jedesmal die Stufen hinauf, verbeugte sich vor ihr und sagte höflich: »Miss Annabel«, ehe er sich erkundigte, ob ihr Vater irgendwo in der Nähe des Hauses sei.

»Ich vermute, er ist auf einem der entlegeneren Felder«, war ihre übliche Antwort. »Haben Sie irgend etwas Besonderes mit ihm zu besprechen? Wenn ja, will ich gern jemanden hinausschicken...«

»Nein, eigentlich nichts Besonderes. Ich wollte mich nur erkundigen, wie er mit seiner Ernte vorankommt.«

»Nun, Sir, dann müssen Sie sich mit meiner Gesellschaft begnügen.«

Sie war, fand er, solch ein liebenswürdiges junges Mädchen, stets bereit, über alles zu sprechen oder ihm zuzuhören, wenn er ihr irgendeine Neuigkeit oder eine Anekdote von gemeinsamen Bekannten zu erzählen hatte. Sie wirkte so ungeheuer lebendig und aufgeschlossen. Es kam ihm nie in den Sinn, in ihrer Lebhaftigkeit eine Reaktion auf die Langeweile zu sehen, die sie unmittelbar vor seiner Ankunft empfunden hatte; statt dessen deutete er sie als besondere Zuneigung.

Er hatte stets Komplimente auf Lager. Sie kamen ihm leicht über die Lippen, weil er Annabel nicht ansehen konnte, ohne sich zu sagen, wie hübsch sie war, wie süß sie duftete, wie wundervoll es wäre, sie auf andere Art und Weise zu berühren, als höfliche Manieren es gestatteten. Er konnte unentwegt ihrem Geschwätz zuhören, oder besser gesagt: er sah sie an und hörte nur soweit zu, wie es nötig war, um Stichworte aufzufangen, falls es welche gab, und zu murmeln, sooft sie eine Pause einlegte: »Ach, wirklich?« oder: »Du liebe Güte.«

Natürlich war Edna manchmal zu Hause und gelegentlich sogar auch Bruce; dann unterhielt er sich mit ihnen und ließ nur hin und wieder seine Blicke zu Annabel schweifen, die sich heimlich lächelnd in ihrem Sessel zurücklehnte, ihm belustigt zuhörte und ihm mit ihrem Lächeln zu verstehen gab, daß sie schon wußte, er hätte es vorgezogen, sie allein anzutreffen.

Annabel, die sich aufs Kokettieren verstand und sich vollkommen sicher dabei fühlte, ging allmählich dazu über, Leon auf eine vertrauliche Art zu necken und mit ihm in einem Ton zu verkehren, den sie nicht gewagt hätte, wäre jemand anderes zugegen gewesen. Sie flirtete gern; es gab ihr ein Gefühl von Bedeutsamkeit, ja sogar Macht. Sie hatte nichts Böses im Sinn, fand es einfach amüsant. Und er war da und war liebenswürdig, der erste erwachsene Mann, der bemerkt hatte, daß sie kein Kind mehr war. Hin und wieder bat sie ihn, irgendeine Kleinigkeit für sie in der Stadt zu besorgen, denn in dieser arbeitsreichen Zeit fuhr nur selten jemand von Oaks nach Highboro, und wenn er ihr das Stickgarn mitbrachte, um das sie ihn gebeten hatte, fügte er manchmal als Überraschung ein kleines Geschenk hinzu.

Kürzlich hatte er ein Fläschchen französisches Parfüm mitgebracht, und als sie es sah, wurden ihre Augen groß und sie sagte: »Oh!«, als wäre sie überwältigt von Dankbarkeit und Liebe; doch dann hielt sie ihm die Flasche wieder hin. »Ich darf's nicht. Sie sollten es Miss Sarah geben.«

Leon errötete. »Ich bin sicher, sie kauft sich selbst, was immer sie an derlei Dingen braucht«, sagte er.

»Ich weiß genau, Granny würde nein sagen, aber ich bin trotzdem in Versuchung, es anzunehmen.«

»Behalt es und sag deiner Großmutter nichts davon. Du sagst ihr doch auch sonst nicht alles, oder?«

»Nein.« Sie lachte und hielt das Fläschchen fester in der Hand. »Ich werde tun, was Sie sagen, werde sie nur aufmachen, wenn ich allein bin, und einen Tropfen nehmen, ehe ich abends zu Bett gehe, damit es mich an schöne Dinge denken und glücklich einschlafen läßt.«

Leon, der sich die Szene ausmalte, rutschte unruhig auf seinem Stuhl hin und her.

Als er das nächstemal nach Oaks kam, war Doreen mit Annabel auf der Veranda und lief sofort hinein, um ihre Großmutter zu rufen, die den Mädchen in der Küche zusah, wie sie Brombeeren für Marmelade einkochten und Erbsen fürs Abendessen enthülsten. Es war Nachmittag. Edna freute sich, Leon zu sehen, genau wie sie sich über jeden anderen Besucher gefreut hätte, und stellte ihm eine Reihe von Fragen über Sarahs Tätigkeit; aber er konnte ihr nicht viel darüber sagen, weil er sich nur selten darum kümmerte, womit Sarah ihre Zeit verbrachte. Dann sprachen sie über die Ernte und verglichen den Ertrag an Mais und Baumwolle pro Morgen, denn jeder von ihnen kannte die Beschaffenheit der diversen Felder des anderen ebensogut wie seine eigenen. Doreen hörte ihrer Großmutter und Leon begierig zu, nahm aber nicht an dem Gespräch teil, denn sie war in einem Alter, wo Mädchen Männern gegenüber besonders schüchtern sind. Annabel lehnte sich mit dem üblichen heimlichen Lächeln in ihrem Stuhl zurück; sie fühlte sich allen überlegen, und die Situation amüsierte sie, denn Leon war so offensichtlich enttäuscht gewesen, sie nicht allein anzutreffen.

»Doreen!« sagte Edna, sich an das jüngere Mädchen wendend. »Was war es doch gleich, woran ich mich gestern abend beim Essen zu erinnern suchte und was dein Vater mir nicht sagen konnte? – Oh, ich weiß.« Sie wandte sich wieder an Leon. »Wie hieß diese rothaarige Frau, die, ehe sie starb, zwei Häuser von Upton Cooks Schnittwarengeschäft gewohnt hat? Hatte einen Kropf so groß wie meine beiden Fäuste – damit wissen Sie bestimmt, wen ich meine.«

»Ja, ich weiß, Miss Edna, aber ich kann mich nicht an ihren Namen erinnern.«

»Genau wie ich.« Sie nickte rasch, als hätte die Tatsache, daß auch er sich nicht erinnern konnte, sie ermutigt. »Das wird mich jetzt quälen, bis ich's rauskriege – Sie wissen ja, wie einem so was im Kopf rumgeht und man's nicht loswerden kann, ehe man damit fertig ist. Ich muß Lovey fragen, wenn ich sie das nächstemal sehe. Sie erinnert sich an alles und jeden. Ihr Gedächtnis ist besser als ein Stammbaum in der Bibel. Sarah kann es nicht wissen, denn es war, bevor sie kam.«

Annabel und Doreen, die sich nur mühsam beherrscht hatten, brachen plötzlich wie auf Verabredung in brüllendes Gelächter aus. Sie waren beide in einem Stadium, wo sie ihre Großmutter komisch fanden, wobei jedoch Doreens Belustigung liebevoll, die Annabels gönnerhaft war.

»Was?« rief Edna überrascht aus. »So dumm! So dumm!« Sie sprach ru-

higer, als sie sich wieder an Leon wandte. »Diese Kinder glauben, alles, was sich vor ihrer Geburt zugetragen hat, ist vollkommen nebensächlich, und jeder, der gestorben ist, ehe sie geboren wurden, hätte ebensogut niemals zu leben brauchen. Der Gedanke, daß sie mit der Zeit älter und vernünftiger werden, ist mein einziger Trost.«
»Großmutter!« riefen die beiden Mädchen gleichzeitig, Doreen versöhnlich, Annabel empört.

Leon, der alt genug war, die Alten zu würdigen, suchte jetzt häufiger den Rat seines Onkels, als er es in den letzten Jahren getan hatte. Von Natur aus geduldig und anpassungsfähig, hatte Felix nach seiner Erkrankung keine Zeit mit Selbstmitleid verloren, sondern Gott gedankt, daß er noch bis zu einem gewissen Grad sein Leben genießen konnte, wenn es ihn auch oft schmerzte, nicht nach Belieben und auf seinen eigenen zwei Beinen herumgehen zu können. Den Vorschlag, einen Rollstuhl zu benutzen, lehnte er ab. Er hatte den Anblick von Benjamin Davis seinerzeit unerträglich und bemitleidenswert gefunden. So beschloß er, in seinem Zimmer zu bleiben. Mit Stellas Hilfe konnte er, wenn er wollte, sich anziehen und sich vom Bett zum Sessel bewegen, aber für gewöhnlich zog er es vor, im Bett zu bleiben. Wenn er schon nicht gehen und fahren konnte, wohin es ihm beliebte, so konnte er zumindest beschließen, es sich bequem zu machen.
Sarah kam und ging zwei- bis dreimal am Tag. Rachel stattete ihm, wenn seine Tür offen war, zahllose Besuche ab. Penelope kam nicht oft herein, aber sie blieb an der offenen Tür stehen, um zu fragen, wie er sich fühle und ob sie irgend etwas für ihn tun könne. Er mochte Penelope recht gern, hatte ihr jedoch nie viel zu sagen. »Nein, nein, liebe Kusine«, antwortete er für gewöhnlich, obwohl sie nicht seine Kusine war; aber es war Sitte unter den Südstaatlern, einen Menschen, der einem nahestand, aber kein Verwandter war, mit einer Verwandtschaftsbezeichnung anzureden. Nell kam regelmäßig zu ihm, wofür er dankbar war, denn ihre Regelmäßigkeit ermöglichte es ihm, sich auszurechnen, wann sie aller Voraussicht nach nicht kommen würde.
Aber jetzt empfing er diese leicht beunruhigenden Besuche von Leon. Er hatte den Jungen schon von jeher geliebt, und sie waren – oh, viele Jahre hindurch – gute Kameraden gewesen, sie und Bonard. Er seufzte vor Vergnügen bei der Erinnerung an ihre gemeinsamen Erlebnisse, nicht alle erfreulich, aber alle erinnernswert. Doch jetzt kam Leon herein, saß da, redete und sah seinen Onkel an, als erwartete er, daß Felix ihm Fragen beantworte, die er niemals richtig stellte. Felix versuchte zu erraten, was Leon bewegte, und lieber die unausgesprochenen Fragen zu beantworten als die unklar formulierten. Wenn es um juristische oder kaufmännische

Dinge ging, war Felix energisch und hilfreich. Seine körperliche Behinderung hatte seine geistigen Fähigkeiten nicht beeinträchtigt.

Als Leon eines Tages unschlüssig und sich seiner selbst nicht sicher zu sein schien und Felix das Gefühl hatte, daß er wissen wollte, ob er den gesellschaftlichen Konventionen oder seiner eigenen Neigung folgen solle, sagte Felix, der vermutete, daß er dabei an irgendeine Frau dachte: »Mein lieber Junge, soweit es möglich war, ohne jemanden zu kränken oder die öffentliche Moral zu verletzen, habe ich immer getan, was ich wollte. Ich glaube, ich habe nie etwas bereut, was ich getan habe, aber jetzt, wo ich nicht mehr imstande bin, in welchem Ausmaß auch immer unmoralisch zu sein, denke ich mit Bedauern an mancherlei Unfug, den ich gerne ausprobiert hätte und vor dem ich aus – oh, wahrscheinlich aus Furchtsamkeit zurückgeschreckt bin. Tu das nicht. Um Gottes willen, oder vielleicht sollte ich besser sagen: um des Teufels willen, folge deinen Wünschen.«

Ein andermal antwortete Felix, dem die Rolle des Mentors nicht zusagte, ein wenig gereizt auf eine ungeschickt gestellte halbe Frage: »Die Entscheidungen, die wir treffen, sind für gewöhnlich vom Zufall bestimmt, und dann verbringen wir den Rest unseres Lebens damit, uns so gut es geht mit dem Resultat abzufinden.« Er lächelte, um die Schärfe seines Tons zu mildern. »Sieh dir dein eigenes Leben an. Hast du es so geplant?«

»Mit anderen Worten«, entgegnete Leon, »du willst sagen, es ist nicht wichtig.«

»Keineswegs. Was ›es‹ auch immer sein mag, es ist verdammt wichtig. Nun gut, für heute habe ich es satt, Onkel zu sein und Fragen zu beantworten, die ich ohnedies nicht verstehe. Ist sie hübsch, hm? Nimm's mir nicht übel, mein Junge, ich mache nur Spaß. Stella! Wo bist du?« Sie war natürlich in seiner Nähe, aber sein Bewußtsein gab es zu oder leugnete es, je nachdem, ob er sie brauchte oder nicht. Sich wieder an Leon wendend, machte Felix jetzt seinerseits eine vage Andeutung. »Wenn du nichts dagegen hast, ich glaube, ich...«

»Ich bin gerade im Begriff zu gehen, Onkel.« Er ging hinaus, und Stella schloß die Tür hinter ihm.

Felix hatte sich schon seit langem angewöhnt, auf diese oder ähnliche Art anzudeuten, daß er müde war oder das Bedürfnis hatte, ein privates Geschäft zu verrichten, wenn er denjenigen, der bei ihm war, für den Augenblick als lästig empfand und allein sein wollte. Immer mehr zog er die Gesellschaft von Stella derjenigen aller anderen vor. Er dankte Gott für das Ereignis, das ihn und Stella zusammengebracht hatte.

Als Leon das nächstemal auf Oaks haltmachte, kam er mit seinem kleinen Wagen direkt vom Sägewerk und hatte sich noch nicht entschlossen, ob er nach Highboro zur Entkörnungsmaschine oder direkt nach Hause fahren sollte. Man würde in Highboro zweifellos auch einmal ohne ihn auskommen, sagte er sich. Es war ein heißer Nachmittag Anfang September, und er traf Annabel allein auf der Veranda an; sie trug ein hübsches, neues Kleid, als ob sie auf ihn oder jemand anderen gewartet hätte.
»Annabel, du siehst wie eine Dame aus, die im Begriff ist, zu einer Party zu gehen. Erwartest du Besuch?«
»Ich wünschte, es wäre so«, klagte sie wehmütig. »Ich weiß schon gar nicht mehr, wie lange es her ist, seit ich zum letztenmal auf einer Party war. Es ist, als ob dieser Sommer niemals enden würde. Man wird immer Baumwolle ernten und heuen, und ich komme um vor Langeweile!«
Leon lachte leise. »Wenn ich dir Gesellschaft leisten kann – ich stehe dir zur Verfügung.« Als er sich über sie beugte, fing er ihren Duft auf. »Du hast das Parfüm benutzt. Hast du geahnt, daß ich heute kommen würde?«
»Natürlich nicht!« Sie warf den Kopf zurück, wie sie es ältere Mädchen hatte tun sehen, wenn sie vorgaben, einen Mann mit einem leichten Verweis in Schranken zu halten. Aber dann lächelte sie verschwörerisch. »Ist es Ihnen wirklich Ernst damit, daß ich über Sie verfügen kann?«
»Vollkommen.«
»Machen Sie mit mir eine Spazierfahrt in Ihrem Wagen!«
»Jetzt?«
»Ja!«
»Nur wir zwei allein?«
»Warum nicht?«
»Natürlich, es spricht nichts dagegen, aber...«
»Ich sehe, daß Ihr Angebot nur leeres Gerede war, Sir!«
»Keineswegs – aber ist deine Großmutter zu Hause? Vielleicht solltest du ihr nur schnell Bescheid sagen, damit sie sich keine Sorgen macht.«
»Sie sind allesamt auf den verdammten Feldern!«
»Dann komm!«
»Soll das heißen, daß Sie es tun?«
»Gewiß.«
»Oh!« Sie sprang von ihrem Stuhl auf, tänzelte über die Veranda und hüpfte die Stufen hinunter. Er folgte ihr rasch und griff neben dem Wagen nach ihrem Arm, um ihr hinaufzuhelfen; sie zog mit der freien Hand den Rock eng um ihre Beine, damit er nicht von den Rädern beschmutzt wurde. Nachdem er die Zügel losgebunden hatte, sprang er von der anderen Seite her auf den Kutschersitz neben sie, und sie fuhren los.
Sie sagten nichts, bis sie sich vom Haus entfernt hatten.

»Oh!« rief sie dann in fast dem gleichen beglückten Klageton, den sie geäußert hatte, als sie das Parfüm bekam. »Mir ist, als ob ich heimlich davonliefe!«

Leon grinste, blickte geradeaus und spornte das Pferd zu einem schnelleren Trab an. Ihm wurde nicht bewußt, daß sie »ich« statt »wir« gesagt hatte.

»Weiter, weiter! Ich möchte ewig weiterfahren! Ganz egal, wohin!« Aber als das Pferd zu einem immer schnelleren Trab angetrieben wurde und schließlich in einen Galopp überging, rief sie gleich darauf: »Bitte! Nicht so schnell! Wohin fahren wir denn?«

»Wird Boiling Springs dir für den Anfang genügen?«

»O ja, ich liebe es!«

Boiling Springs war ein Picknickhain, dessen Name von einer besonders starken Quelle stammte, die Wasser an der Oberfläche eines kleinen Sees, der sich um sie herum gebildet hatte, hervorsprudeln ließ. Manchmal badeten Herren in diesem See, aber für die Damen wurde er als gefährlich angesehen, und so konnten sie nur die Finger durchs Wasser gleiten lassen und sich über seine Kälte wundern.

In wenig mehr als einer Viertelstunde waren sie an ihrem Bestimmungsort angelangt. Leon ließ das Pferd im Schritt gehen, als sie in den Hain kamen. Selbst der gefurchte Pfad war mit duftenden, frischen Kiefernnadeln übersät, die über den älteren, braunen lagen. Nachdem Leon den Wagen zum Halten gebracht hatte, schlang er die Zügel um einen Baum, sprang herunter und ging rasch zur anderen Seite, um Annabel beim Aussteigen zu helfen.

Seine Hand haltend, stieg sie aus dem Wagen wie eine Prinzessin, die auf einem Ball eintrifft. »Ah...«, sie atmete tief die nach Kiefern duftende Luft ein. »Wie kühl. Wie hübsch ist es hier. Ich bin so froh, daß Sie gekommen sind. Ich war nahe daran, vor Stumpfsinn zu sterben!« Sie entfernte sich ein paar Schritte vom Wagen, dann drehte sie sich um und machte einen Knicks vor ihm. »Ich danke Ihnen, Sir, daß Sie diese arme Jungfrau vor den Dämonen der Langeweile gerettet haben!«

»Was hättest du denn getan, wenn ich nicht gerade in diesem Augenblick gekommen wäre?«

Sie hatte sich vor seiner Ankunft überlegt, ob sie nicht in ihr Zimmer gehen sollte, um ihre Bänder, Hüte und Kleider zu betrachten, ein Zeitvertreib, der ihr immer wieder Vergnügen bereitete, ganz gleich, wie vertraut ihr all diese Dinge waren. »Ich wäre gestorben. Ja, ich wäre ganz bestimmt gestorben. Sie haben mir das Leben gerettet.«

»Das gibt mir einen gewissen Anspruch darauf, findest du nicht?«

Ihr wurde plötzlich bewußt, daß sie allein waren, zusammen und allein auf eine Art, wie sie es noch nie bei irgend jemandem empfunden hatte.

Sie ging vom Wagen zu dem kleinen See, den die Quelle gebildet hatte, und als er ihr folgte, atmete er den Duft ihres Körpers ein, der sich mit dem des Parfüms und dem Aroma der Pinien vermischte.

Er kam von hinten an sie heran, während sie am Ufer stand und auf das Wasser hinuntersah, das knapp einen halben Meter von ihren Füßen entfernt war. Bestrickt vom Zauber ihrer Jugend, legte er die Hände um ihre Taille, drehte sie zu sich herum, umarmte sie und preßte seine Lippen auf die ihren, noch ehe sie vor Überraschung aufschreien oder zurückweichen konnte.

Nach einem Augenblick der Betäubung entwand Annabel sich ihm mit einem derart heftigen Ruck, daß sie um ein Haar in den See gefallen wäre. Er ließ sie los, ebenso erschrocken über ihre völlige und brutale Ablehnung, wie sie es über seinen unvermuteten Angriff gewesen war.

»Was tun Sie, Onkel Leon? Sie benehmen sich abscheulich!« Dies waren nicht mehr die Worte und der Tonfall des koketten jungen Mädchens, das er eben noch gekannt hatte, sondern der Ausbruch eines empörten Kindes.

Er konnte nur murmeln: »Ich hatte nicht die Absicht – aber du hast mich zu der Annahme verleitet...«

Sie brach in Tränen aus, ließ sich auf einen Baumstumpf nieder und heulte laut vor Wut. Er ließ sie eine Weile vollkommen in Ruhe, dann sagte er: »Komm, Annabel, mach kein solches Theater!«

Annabel hörte mitten in einem Schluchzer zu weinen auf und sah zu ihm hinauf. »Was ist das?« fragte sie überrascht und mit offensichtlichem Interesse.

»Das«, hätte er ihr sagen können, war ein steifer Schwengel, der in seinen locker sitzenden Hosen bauchig hervortrat, aber es war nicht nötig, etwas zu erklären, denn unter dem Sturzbach ihrer tränenvollen Unschuld klang die physische Äußerung seines Verlangens sehr rasch ab.

»Na also«, sagte er schwach. »Verzeih, wenn ich dich erschreckt habe. Das wollte ich nicht.«

Sie stand auf. »Wie können Sic es wagen, mich auf eine so rohe Art zu berühren?«

Er konnte sich nicht helfen – er mußte einfach lächeln, als ihm plötzlich klarwurde, wie absurd die ganze Episode war. »Es tut mir leid«, sagte er. Da sie aus seinem Lächeln zu ersehen glaubte, daß er sich irgendwie über sie lustig machte, wurde sie instinktiv rachsüchtig. »Was würde Tante Sarah dazu sagen, wenn ich es ihr erzählte?«

»O Gott.«

»Keine Angst, Sir!« sagte sie spöttisch. »Ich sehe, daß Sie im Grunde Ihres Herzens ein Feigling sind.«

»Jeder Mann ist im Grunde seines Herzens ein Feigling. Aber ich glaube,

ich sollte deiner Großmutter im Vertrauen mitteilen, was geschehen ist, und mich bei ihr entschuldigen, so wie ich es eben bei dir getan habe.«
»Das werden Sie ganz gewiß nicht tun! Ich flehe Sie an. Denn sie würde nur mir die Schuld daran geben!« Ihr entrüsteter Ton wandelte sich in eine wimmernde Anklage. »Wie konnten Sie nur, Onkel Leon? Bloß weil ich mit Ihnen geredet habe – schließlich war ja niemand anderes da –, und weil Sie mir ein paar Kleinigkeiten geschenkt haben. Nun, Sie können alles zurückhaben. Was haben Sie sich nur dabei gedacht? Ich will sagen, sehn Sie sich doch an. Ihr Anzug ist über und über mit Sägemehl beschmutzt...«
Er begann eilig, seine Kleidung zu schütteln und abzustauben. Dann beugte er sich vornüber und klopfte die Sägespäne ab, die am unteren Rand seiner Hosenbeine hängengeblieben waren.
»Und Sie sind alt!«
Leon hörte auf, seine Hosenbeine zu säubern, hob langsam den Kopf und richtete sich auf. Er hatte gute Lust, sie zu ohrfeigen. Statt dessen zwang er sich, die Hand zu heben und auf den Wagen zu deuten. »Wenn es dir recht ist, werde ich dich jetzt nach Hause bringen.«
»Versprechen Sie, daß Sie Granny nichts sagen werden?«
Er nickte.
»Wenn Sie schnell fahren, sind wir zurück, ehe die anderen nach Hause kommen. Und wenn sie vor uns da sind, wird mir schon irgend etwas einfallen.«
Als sie zum Wagen kamen, hob die Stute den Schwanz und ließ mit offensichtlicher Befriedigung ein paar Pferdeäpfel auf den Waldboden fallen. Annabel brach wieder in Tränen aus, und Leon rettete sich durch Gelächter aus seinem Zorn. »Ach, steig schon ein, Kind, damit ich dich nach Hause bringen kann.«
Sie stieg, diesmal ohne seine Hilfe, in den Wagen, und er zog sich mit einem Brummen auf den Kutschersitz. Sie sprachen während der Fahrt kein Wort. Aber als sie zur Auffahrt von Oaks kamen, sagte sie: »Ich fühle mich soviel älter als vor unserer Abfahrt.«
»Ich auch«, erwiderte er.

13

Roman und Proctor hatten seit ihrer Auseinandersetzung zu Anfang des Frühlings ihre Meinungsverschiedenheiten nicht beigelegt oder es fertiggebracht, sie als unwichtig anzusehen. Sie nutzten jede Gelegenheit zu einem physischen Zusammensein aus, ohne daß sie imstande waren, zu einer inneren Verständigung zu gelangen. Der Geist ist anspruchsvoller und weniger realistisch als der Körper. Sie freuten sich aneinander; es gab keinen anderen Menschen, der einem von beiden so nahegestanden hätte. Aber ihr Stolz und das, was sie Prinzipien nannten, ließen sie bei ihren Begegnungen wachsam sein und hinderten sie daran, auch nur sich selbst, geschweige denn dem anderen, einzugestehen, daß die Summe ihrer Liebe größer war als ihre Abzüge. Wäre es aus irgendeinem Grund dringend notwendig gewesen, so hätten sie wohl ihren Stolz und ihre Prinzipien vergessen oder durch einen Kompromiß befriedigt, aber Proctors Zeit war ganz und gar damit ausgefüllt, Adam auf die Universität von Virginia vorzubereiten; und Roman hatte Rachel. Er war der einzige von ihren drei liebsten Menschen, der in diesem Sommer immer Zeit für sie hatte, und der Altersunterschied zwischen ihnen war so groß, daß er überhaupt keine Rolle spielte.

Auf der benachbarten Farm überwachte Alonzo, mehr mit bewußtem Eifer als aus ehrlicher Neigung, weiter seine Felder. Er war morgens früh auf den Beinen, um seine Sklaven zu wecken und sie ein oder zwei Stunden arbeiten zu lassen, bis Maude und Geraldine das Frühstück für sie fertig hatten. Von dem schwachen Klingeln einer Handglocke herbeigerufen, kamen sie von den Feldern und versammelten sich, die Füße noch feucht vom Morgentau, auf den Stufen der Hintertür, um von Blechtellern zu essen.

Alonzo aß allein in der Küche, während sie draußen ihr Frühstück zu sich nahmen. Er war stets vor ihnen fertig und wartete darauf, ihre Rückkehr zur Arbeit zu überwachen. Die treibende Kraft seines Fleißes war Langeweile, für die jede Art von Betätigung eine Erleichterung bedeutete. Langeweile machte ihn auch ungeduldig mit der trägen, ewig schwatzenden alten Maude, dem schlechten Essen, das sie kochte, und ihrer noch schlechteren Haushaltsführung. Bei einem der Besuche seiner Mutter auf der Farm beschwerte er sich über Maude, und nachdem Clovis die Frau gescholten hatte, die ihr nur mit wichtigtuerischem Geplapper antwortete, beschloß sie, auf der Farm zu bleiben, um Alonzo während der Erntezeit zur Seite zu stehen.

Roscoe erhob keinen Einwand, als sie es ihm sagte; er war froh, sie los zu sein. Ihr Körper reizte ihn schon lange nicht mehr – denn Vergnügen dieser Art suchte und fand er woanders –, und er hätte gelacht, wenn jemand ihm gesagt hätte, daß Clovis oder irgendeine andere Frau Verstand besaß. Während der letzten zwei Jahre hatte sie angefangen, mehr zu trinken, als sie vertrug, und in den vergangenen Wochen hatte er sie bei seiner Heimkehr mehrmals betrunken und aggresiv oder betrunken und weinend oder betrunken und schnarchend vorgefunden, meistens auf dem Boden. Sie zu verprügeln änderte nichts an ihrem Verhalten. Und mit ihr zu reden hatte er nicht versucht, das hatte er noch nie getan.

Jedenfalls war er froh, sie fortgehen zu sehen, und sie war froh, ihn zu verlassen. Wozu brauchte sie ein Haus in der Stadt, wenn sie doch immer nur allein darin saß?
Clovis war eine energische, tatkräftige Frau; sie fand es schön, etwas zu tun zu haben. Untätigkeit und die Tatsache, daß niemand sie brauchte, hatten sie zum Trinken getrieben. Nachdem sie Maude einen Tag lang beobachtet und sich ihr Gewäsch angehört hatte, versetzte sie ihr eine Tracht Prügel und schickte sie fort, sich um die Sklavenhütten und Höfe zu kümmern. Clovis wußte, daß Geraldine mit Alonzo ins Bett ging, wenn es ihm beliebte, sie zu nehmen, und es machte ihr nichts aus. Aber sie war keineswegs bereit, Geraldine deswegen irgendwelche Sonderrechte einzuräumen. Sie sagte dem jungen Mädchen, welche Hausarbeit es zu verrichten hatte, und zeigte ihm, wie man es machte. Als Geraldine erst murrte und dann sich dumm stellte, gab Clovis ihr eine Ohrfeige und zeigte es ihr noch einmal. Nach zwei Tagen hatten Clovis und Geraldine gelernt, sich zu verstehen, und sie kamen gut miteinander aus. Clovis trank immer noch, aber jetzt mit Maß und zum Vergnügen. Ihre Tage waren ausgefüllt. Sie war zur Farmarbeit geboren, und sie fühlte sich zum erstenmal seit ihrer Mädchenzeit wirklich befriedigt. Sie eignete sich nicht dazu, in der Stadt zu leben, sagte sie sich. Hier draußen konnte sie Clovis sein, statt immer nur die Frau von Roscoe Elk.
Auch Alonzo war zufrieden. Er sprach mit seiner Mutter und schlief allein, denn er erlaubte Geraldine nicht, in seinem Bett zu bleiben, nachdem sein Verlangen nach ihr befriedigt war. Sie war jetzt sauberer; das Haus war in Ordnung; die Mahlzeiten waren besser zubereitet, und er brauchte sich nicht das Geschwätz der dummen, wichtigtuerischen alten Maude anzuhören. Obwohl er es nicht aussprach, war er Clovis dankbar, daß sie Ordnung in sein Leben gebracht hatte. Er hatte ihr immer ein wenig gegrollt und war ihr nach Möglichkeit aus dem Weg gegangen, weil er glaubte, daß sie seinen Bruder Roscoe ihm vorzog. Aber seit Roscoe, genannt Junior, mit seiner arroganten Selbstzufriedenheit seinem Vater immer ähnlicher geworden war und keinen Hehl daraus machte, daß er alle anderen, einschließlich seiner Mutter und seines Bruders, für dumm oder schwach oder beides hielt, hatte Clovis angefangen, sich mehr ihrem jüngeren Sohn zuzuwenden.
Alonzo vergaß nicht, was er zwischen seinem Bruder Roman und dem weißen Mann, der die Jungen der Familie Davis unterrichtete, beobachtet hatte. Tatsächlich kehrte er regelmäßig zu der Lichtung zurück, um zu sehen, ob er sie erwischen konnte. Aber soviel er wußte, waren sie nie mehr dorthin gekommen, und allmählich wurde dieser Ort für ihn zu einer Art Schlupfwinkel, den er fast als sein Eigentum betrachtete, und er ging nicht mehr dorthin, um zu spionieren, sondern um allein und unge-

stört zu sein, wenn die Farm ihn langweilte und er es satt hatte, an Wetter, Unkraut und Ernteerträge zu denken.
Er vergaß auch Sarah Kendrick nicht, obgleich er sie jetzt nicht sah. Aber er wußte, daß alle Leute auf Beulah Land ebenso beschäftigt waren wie er selbst und keine Zeit hatten, müßig umherzustreifen. Wenn die Erntezeit vorüber war, würde er ihnen wieder begegnen und sie beobachten. Er war dazu erzogen worden, die Kendricks zu hassen, ohne daß er sich der Gründe entsann. Unterdessen war sein Haß zum großen Teil der Neugier gewichen. Hin und wieder, wenn er an dem Ende seines Besitztums stand, das Beulah Land am nächsten lag, sah er Floyd zwischen den Landarbeitern umhergehen. Es waren so viele, daß ihre Arbeit nicht allzu schwer oder dringlich erschien. Und manchmal fingen sie zu seinem Erstaunen ohne irgendein Signal, das er gesehen oder gehört hatte, zu singen an. Wie eine Schar Vögel begannen sie plötzlich alle auf einmal und fuhren fort, bis irgend etwas sie veranlaßte aufzuhören. Er sah, daß Floyd ungezwungen mit den Männern und Frauen verkehrte, ebenso wie sie mit ihm. Es gab Lachen und Scherze, oder sie hörten alle vorübergehend zu arbeiten auf, standen einfach da, ruhten sich aus und sahen sich um, während seine eigenen Leute – jedenfalls solange er bei ihnen war – mit gesenktem Kopf arbeiteten.
Obgleich das Dasein eines Farmers ihm eintönig erschien, war Alonzo froh, einen Besitz zu haben, den er als seinen eigenen betrachten konnte, ungeachtet der Tatsache, daß sein Vater und Junior regelmäßig kamen, um zu sehen, wie die Dinge standen, um zu kritisieren und zu nörgeln, ganz gleich, wie erfolgreich er gewesen war, doch niemals, um zu lächeln und zu loben. Aber das wirkliche Leben, das gute Leben war dort drüben auf Beulah Land, dachte er bei sich, jenseits der unsichtbaren und unüberwindlichen Grenze, die die große Plantage so schützend wie eine Festungsmauer umgab. Dort drüben waren sie glücklich, oder schienen es zu sein. Hier waren sie es nicht.
Er schickte seine Baumwolle zur Entkörnungsmaschine der Kendricks. Familienhaß hielt Roscoe nicht davon ab, auszunützen, was zweckdienlich und am billigsten war, trotz des kleinen Gewinns, der dabei seinen alten Feinden zufloß. Als der Mais trocken war, schickte Alonzo ihn zur Mühle, um ihn zu Maismehl mahlen zu lassen, das häufiger als Weizenmehl zum Backen von Brot benutzt wurde. Alonzo brachte die erste Wagenladung selbst zur Mühle, weil es eine angenehme Abwechslung war, die Farm auch nur für eine kleine Weile zu verlassen, und er kehrte zurück, von oben bis unten mit einer feinen Schicht Maismehl bedeckt, die ihn wie ein Gespenst erscheinen ließ, wie ihm Clovis sagte, als er zur Tür hereinkam.
Als die Erntezeit so gut wie beendet war und es nur noch hier und dort

ein paar verstreute Maiskolben und Baumwollkapseln zu pflücken gab, ging Alonzo wieder dann und wann zur Lichtung; er erwartete nicht, jemanden dort zu treffen, war aber dennoch wachsam und gespannt. Eines Tages saß er gegen den Fels gelehnt, an dem er Driscoll Proctor damals hatte sitzen sehen, als er plötzlich jemanden kommen hörte. Er ging rasch fort, blieb aber stehen und wartete, sobald er hinter Bäumen verborgen war, um zu sehen, wer kam.

Der Mann war ein Fremder. Alonzo musterte ihn durch das Laub, und schließlich fiel ihm ein, wer es war. Er hatte ihn ein paarmal auf dem Gehsteig vor dem ehemaligen Depot der Postkutsche gesehen. Es war der Mann, der Porträts malte. Alonzo hatte gehört, daß er die Familie Davis gemalt hatte und jetzt auf Beulah Land war, um die Kendricks zu malen. Er beobachtete ihn eine Weile, aber der Mann tat nichts Besonderes, setzte sich nur neben den Bach und starrte auf das Wasser, und so überließ Alonzo ihn seinen Gedanken – wenn auch mit einem leichten Groll, denn er betrachtete die Lichtung mittlerweile praktisch als sein Eigentum.

Während er langsam zu seinem eigenen Besitz zurückging, kam ihm plötzlich der Gedanke, daß er vielleicht umkehren und dem Mann sagen sollte, wer er war, um ihn dann zu bitten, er möge zu ihm kommen, wenn er seine Arbeit auf Beulah Land beendet habe. Er konnte seine betrunkene Mutter malen, die schlampige Maude, Geraldine – sogar ihn selbst, den Herrn der Farm, genau wie Leon Kendrick Herr von Beulah Land war. Zuerst belustigte ihn der Gedanke, aber bis er zu Hause ankam, war er zornig, ohne daß er wußte, warum.

14

Die Eisenbahnlinie, die Savannah mit Macon verband, war 1843 fertiggestellt worden. Das Wimmern der Zugpfeife und der Lärm der Güterwagen drangen weit über das stille Land, und die Rauchfahne der Lokomotive war immer noch ein Anblick, der die Menschen den Kopf von ihrer Arbeit heben und staunen ließ.

Highboro hatte das Glück, direkt an der Linie zu liegen, und Leon sandte schon seit mehreren Jahren seine Baumwolle und das Holz per Bahn nach Savannah. Die Tatsache, daß das Reisen auf einmal bequemer geworden war, veranlaßte freilich die Bewohner von Beulah Land nicht, öfters nach Savannah zu fahren, als sie es zuvor getan hatten. Ihre Gesellschaft war, wenn auch nicht in sich geschlossen, so doch mehr oder minder auf die Grenzen des Bezirks beschränkt.

Penelope korrespondierte mit Freunden in Savannah, war jedoch nur einmal vor drei Jahren zu Besuch dorthin zurückgekehrt. Als sie wiederkam, erklärte sie, die alte Stadt sei »heruntergekommen« und wachse viel zu schnell für ihren Geschmack; ja, sie sei tatsächlich Menschen vorgestellt worden, von denen sie vor ihrer Übersiedlung nach Beulah Land noch nie etwas gehört habe.

Es war üblich, daß jeder, der von Highboro nach Savannah fuhr, Einkäufe für Freunde und Verwandte machte. Während des Herbstes fuhren jedoch eine Reihe von Männern und einige Frauen mit dem Zug nach Savannah, um ihre Ernten zu verkaufen und Dinge zu besorgen, die sie nicht selbst produzierten und in ihrer eigenen kleinen Stadt nicht finden konnten. Leon war einer von ihnen. Ein paar Tage nach der Wagenfahrt mit Annabel Davis zu Boiling Springs fuhr er fort, froh, ein wenig zeitliche und räumliche Distanz zwischen diese Episode und die Zukunft zu legen. Er beabsichtigte, zwei bis drei Wochen in Savannah zu bleiben, und hatte lange Listen mit Aufträgen von sämtlichen weiblichen Familienmitgliedern, einschließlich Selma, die, obwohl sie sich so streng von der Welt zurückgezogen hatte, sich nichtsdestoweniger nach einigen von deren Gütern sehnte, die es in den Läden von Highboro nicht gab.

Sarah konnte, allen Versprechungen zum Trotz, Casey Troy nicht viel von ihrer Zeit widmen, bis Leon fort war. Dann aber erklärte sie, daß sie ihm jetzt ganz und gar zur Verfügung stünde. Zwei Nachmittage lang machte er Studien von ihr. Auf ihren Vorschlag hin zeichnete er sie in ihrer üblichen Tageskleidung am Schreibtisch des Büros. Auf seinen Vorschlag hin zog sie das rosa-goldene Brokatkleid an, das sie sich für den Ball im Spätwinter hatte machen lassen, bei dem Casey sie zum erstenmal gesehen hatte. Keine der Zeichnungen gefiel ihm oder überzeugte ihn genügend, um als Grundidee für ihr Porträt zu dienen.

Während sie ihm saß und er arbeitete, gewann sie neuen Respekt vor dem Maler, wie es manchmal geschieht, wenn man einen anderen Menschen in seine Arbeit vertieft sieht. Bis jetzt waren ihre Begegnungen erfreulich gewesen, aber es hatte zwischen ihnen immer der gleiche ungezwungene und scherzhafte Ton geherrscht. Jetzt sah sie ihn ernst, nicht bemüht, sie zu unterhalten, vollkommen auf die Arbeit seines Geistes und seiner Hände konzentriert. Gewiß, sie war im Augenblick der Mittelpunkt dieser Arbeit, aber gerade das gab ihr zum erstenmal beim Zusammensein mit ihm ein Gefühl von Anonymität. Genauso wie er sie prüfend musterte und versuchte, den Schlüssel zu ihrem inneren Ich zu finden, musterte sie auch ihn.

Sie wußte, daß er gutaussehend war, aber gutgeschnittene Gesichtszüge sind nicht immer das, was einem am besten gefällt. Jetzt sah sie unter der äußeren Schale des Mannes etwas, worauf sie reagierte und was sie unwiderstehlich anzog. Verwirrt richtete sie den Blick in die Weite, über seine Schulter hinweg, dann auf den Punkt zwischen seinen Augen, wo sie ihn praktisch nicht sah. Aber sie kehrte immer wieder zu ihm zurück, zu der Art, wie der Knochenwulst über seinen Augen hervorsprang; sie entdeckte auf der linken Wange, zwei Zentimeter neben der Spitze seines Schnurrbarts, einen Pickel, der sich durch unvorsichtiges Rasieren entzündet zu haben schien; sie betrachtete die rote, feuchte Zungenspitze, die er zwischen den Zähnen hielt, um sich besser zu konzentrieren; das dunkle, sich lockende Haar auf seinem Handrücken.

Er legte Zeichenstift und Block aus der Hand und sagte leise: »Es ist falsch. Es kommt nicht so heraus, wie ich will.«

»Das soll heißen, ich bin ein schlechtes Modell«, sagte sie, wieder den scherzhaften Ton annehmend, den sie ihm gegenüber immer gebrauchte.

»Es soll nichts dergleichen heißen«, erwiderte er. »Es hat nichts mit Ihnen zu tun.« Er setzte sich hin, ohne noch etwas zu sagen, und runzelte die Stirn, während er über das Problem nachdachte. Als sie merkte, daß er sie nicht mehr ansah, entspannte sie sich.

So blieben sie etwa fünf Minuten lang. Sein Stirnrunzeln wurde finsterer, tiefer und verschlossener; und dann endlich begannen seine Augen zu leuchten, und seine Gesichtsmuskeln lockerten sich ein wenig. Er sah sie an. »Wollen Sie etwas tun – oder besser gesagt, etwas versuchen? Mag sein, daß auch das nicht geht, aber ich muß mich auf meinen Instinkt verlassen, wenn ich nicht vorankomme; und ich komme nicht voran.«

»Natürlich«, sagte sie. »Es ist wahrscheinlich doch meine Schuld. Ich habe Sie so oft vertröstet, daß jegliche Idee, die Sie gehabt haben mögen, unterdessen verschwunden ist.«

»Ich habe eine Stelle gefunden...« Er machte eine Pause, um sich zu verbessern. »Ich kenne eine Stelle. Ich habe sie während eines Spaziergangs gefunden, als ich auf Oaks war. Der Hauslehrer – Mr. Proctor? –, ein sehr netter Mann, hat mich eines Tages zu ihr geführt und gesagt, niemand außer ihm gehe je dorthin, und er werde vorläufig keine Zeit dafür haben, denn er arbeite den ganzen Tag mit dem jungen...«

Als er wieder eine Pause einlegte, sagte sie: »Adam.«

Er nickte. »Und ich brauchte auch keine Angst zu haben, daß eine von den jungen Damen mich dort überraschen werde, denn Miss Annabel gehe nie spazieren und Miss Doreen gehe nur mit ihrer Großmutter und ihrem Bruder James über die Felder und Scheunenhöfe.«

Sie fing jetzt an, die Stirn zu runzeln und sich zu fragen, wohin seine Gedanken führten. Als er ihre Unschlüssigkeit bemerkte, lächelte er und zuckte die Achseln. »Es ist einfach ein hübscher Platz. Bewaldet. Felsen und ein kleiner Bach. Aber er hat eine gewisse Atmosphäre, und ich sehe Sie dort.«

»Es kommt mir ein wenig umständlich vor, dafür extra nach Oaks zu gehen. Wir haben reichlich Wald hier und einen kleinen Fluß in unmittelbarer Nähe. Wenn Sie wollen...«

»Nein, nein. Wir brauchen nicht nach Oaks zu gehen. Ich weiß, wie man von hier aus dorthin gelangen kann. Letzte Woche, während ich – wartete, bin ich spazierengegangen und habe die Stelle wiedergefunden. Ich möchte sehr gern, daß Sie sie sehen. Das ist alles.«

»Dann soll ich Ihnen also nicht in meinem Brokatkleid sitzen.«

»Nein. Kommen Sie morgen mit mir dorthin. Vielleicht irre ich mich. Aber lassen Sie uns sehen, was geschieht.«

15

Nachdem die Ernte eingebracht war, machte Clovis keine Anstalten, in die Stadt zurückzukehren. Roscoe sagte ihr nicht, daß sie nach Hause kommen solle, und Alonzo bat sie nicht, auf der Farm zu bleiben. Nichtsdestoweniger blieb sie. Sie fuhr nur einmal nach Highboro und kaufte Stoff für zwei Winterkleider und für ein halbes Dutzend Hemden, die sie Alonzo nähen wollte. Sie hatte schon von jeher gerne geschneidert, und jetzt verbrachte sie ihre Zeit damit, Schnittmuster anzufertigen, sie auf den Stoff zu stecken und die Kleidungsstücke zuzuschneiden. Sie wußte genau, wie ein Ärmel eingesetzt werden mußte, wie man einen Kragen nähte und glättete, damit er die richtige Form bekam.

Geraldine war unter ihrer Leitung zu einer recht annehmbaren Köchin geworden, und Clovis überlegte sich, ob es nicht vielleicht ganz gut für Alonzo wäre, sie zu seiner Frau zu machen. Das Mädchen war eigentlich gar nicht so übel, nur ein bißchen primitiv, und sie brauchte eine feste Hand. Clovis hoffte fast, daß Geraldine schwanger werden würde, und fragte sich, warum sie es eigentlich nicht schon längst geworden war.

Alonzo war nicht der Mensch, sich anderen mitzuteilen, aber als er Geraldine in der Küche sah und die Speisen roch, die sie für sie zubereitete, wurde ihm bewußt, daß die Disziplin seiner Mutter dem Mädchen ein gewisses Selbstbewußtsein verliehen hatte. Das freute und beunruhigte ihn zugleich. Es war angenehmer, gute Speisen zu essen als schlechte, eine saubere Frau im Bett zu haben statt einer übelriechenden; aber diese veränderte Geraldine schien ihm, Alonzo, eine Verantwortung für sie aufzuerlegen, die ihm nicht behagte. Auf jeden Fall war es keine dringliche Angelegenheit.

Dagegen freute er sich wirklich ehrlich und ohne jeden Vorbehalt über das Wiederaufleben seiner Mutter. Sie war geschäftig, guter Laune und, dachte er bei sich, sogar fast wieder hübsch. Ihre Augen hatten ihren trüben, ausdruckslosen Blick verloren, waren jetzt klar und lebendig. Selbst wenn sie trank – und sie tat es immer noch –, fing sie nicht an zu nuscheln und wirres Zeug zu reden. Ein Glas Whisky machte sie jetzt fröhlich statt verbittert und aggressiv.

Sie sang – nun, vielleicht nicht ganz, aber beinahe. Das hatte sie, soviel er wußte, noch nie getan. Aber während sie stundenlang dasaß, die Schultern eifrig über ihr Nähzeug gebeugt, die Augen ruhig und zielbewußt, summte sie kleine Melodien, die nicht zu irgendwelchen Liedern gehörten, die er kannte, aber der Ausdruck ihres inneren Friedens waren.

Er fing an, mit ihr zu scherzen, sie mit kleinen Anspielungen auf irgendein Ereignis oder einen Ausspruch von ihr zu necken, und wenn sie auch nicht darüber lachte, so ließ sie doch vorübergehend die Arbeit sinken und ihre Augen wurden weich, so daß er sich ermutigt fühlte, öfters mit ihr zu reden.

Aber jedesmal, wenn er gerade anfing, zufrieden, ja sogar beinahe glücklich zu sein, kam sein Vater oder sein Bruder mit mißtrauischen Fragen und mürrischer Nörgelei über die Arbeit, die auf der Farm geleistet wurde. Nichts, was er tat, war richtig. Nichts konnte sie zufriedenstellen. Er müsse sich mehr Mühe geben, erklärten sie, müsse die Sklaven zu größerem Fleiß anspornen. Sie würden zuviel essen. Der Preis der Baumwolle sei immer noch niedrig. Die Farm bringe keinen Verdienst. Du lieber Himmel!

Nach diesen Besuchen war Alonzo jedesmal erfüllt von ohnmächtigem Zorn, den er nicht gegen Roscoe oder Junior zu richten gewagt hatte und jetzt auch nicht mehr an Geraldine oder seiner Mutter auslassen wollte. So würgte er seine Verbitterung in sich hinein, und sie nahm ihm den wenigen Stolz, den er besaß, machte seine Zufriedenheit zunichte und ließ jeglichen Ehrgeiz, den er zu hegen begonnen hatte, im Keim erstikken. Nach so einer Begegnung mit seinem Vater oder Junior oder beiden zusammen wollte er nichts von Geraldine und seiner Mutter wissen. Er schrie sie an, beschimpfte sie und fluchte, wenn sie versuchten, eine versöhnliche Bemerkung zu machen oder ihn zu trösten.

In solchen Augenblicken haßte er sie alle; er zog sich von ihnen zurück. Seine Gedanken flogen nach Beulah Land hinüber, wo die Menschen schön und höflich waren, selbst wenn sie ihn mit Abneigung betrachteten, wo die Sklaven aufrecht wie Männer einhergingen und ihre Frauen sowohl vor Freude als auch vor Kummer sangen. Und er kehrte ein ums andre Mal zu der Lichtung zurück, die knapp jenseits seiner eigenen Grenzen lag, als ob er nur dort daran glauben könnte, daß es irgendwo eine freundlichere, glücklichere Welt gab als diejenige, in der er lebte.

In dieser Stimmung von ohnmächtigem Zorn und Sehnsucht ging er eines Tages wieder einmal dorthin und entdeckte Sarah Kendrick und Casey Troy. Er wäre beinahe auf die freie Fläche hinausgetreten, die zum Bach führte, ehe er sie sah, denn sie verhielten sich vollkommen still. Alonzo erstarrte, wagte nicht einmal zu atmen, bis er wieder im Schutz der dunklen Bäume war.

Die Frau lehnte sich gegen den großen Fels neben dem Bach; auf ihrem Gesicht lag ein Ausdruck von stiller Nachdenklichkeit. Sie hätte im Begriff sein können, zu lächeln oder die Stirn zu runzeln. Es war, als hätte er sie am toten Punkt eines unbeendeten Gedankens erwischt. Sie hielt die Hände lose im Schoß verschlungen. Die Haut ihres Halses schimmerte feucht. Ihr Haar war weder ordentlich noch unordentlich, sondern wirkte frei und lebendig; ein paar zarte Strähnen, weich wie Babyhaar, flatterten in der leichten Brise um ihr Gesicht.

Der Mann stand etwa zwei Meter von ihr entfernt. Seine muskulösen Beine waren weit gespreizt, und aus der ganzen Haltung seines Körpers sprach gespannte Aufmerksamkeit. Sein linker Arm hielt den großen Zeichenblock, während der rechte mit dem dunklen Zeichenstift, der ebenfalls lebendig zu sein schien, rasch und zielbewußt über das Papier fuhr. Die Augen des Mannes bewegten sich schnell zwischen der Frau und dem Block hin und her.

Alonzo beobachtete die beiden eine Viertelstunde lang, während sie so verharrten: der Mann in starrer Haltung, aber mit aufmerksam hin und her schweifenden Augen und emsiger Hand, die Frau regungslos, abgesehen von dem regelmäßigen Heben und Senken ihrer Brust, während sie atmete.

Dann entspannte sich der Mann und warf einen kurzen Blick auf seine Zeichnung, ehe er zu arbeiten aufhörte und Block und Zeichenstift ebenso zwanglos auf einen Baumstumpf legte, wie er sie auf einen Tisch in seinem Zimmer hätte legen können. Als er sich der Frau näherte, blieb sie still in ihre Träumerei versunken, bis er dicht vor ihr stand. Sie sah ihn einen Augenblick erstaunt an, dann mit einem Blick, der begriff, sich fügte, bat.

Es gab keinen Protest, keine vorgetäuschte Überraschung, kein Sich-Abwenden. Er griff nach ihrer Hand, hielt sie kurz in der seinen, dann legte er ihre offene Handfläche an seine Wange. Sie beugte sich seinen Lippen entgegen. Sie hielten sich umschlungen und küßten sich.

Alonzo starrte sie verblüfft an. War dies die Frau, die stolz auf ihrem Pferd gesessen und ihn kühl angesehen – mit betonter Höflichkeit zu ihm gesprochen, ihren Handschuh hatte fallen lassen und fortgeritten war, ohne seinen Ruf zu beachten? Diese Frau preßte sich an den Mann, als ob sie der Mann wäre und er die Frau, die erobert werden sollte.

Alonzo hielt wie benommen die Luft an. Er mußte gehen – er mußte bleiben. Er mußte bleiben und sehen, was geschah. Er sah, wie sie sich küßten, sich umarmt hielten und sich voneinander lösten; dann, wie sie ihre Kleidung auszogen oder öffneten, um den unmittelbaren Kontakt herzustellen. Er sah, wie ihre glühenden Körper sich vereinten, hörte ihre Schreie. Erst da – erst, als er mit Haß und Zorn das Glück ihrer Vereinigung sah und hörte, ging er fort. Als er so weit entfernt war, daß er sie nicht mehr hören konnte, auf dem Land, das er sein eigen nannte, fing er an zu weinen. Es war, als ob die Frau ihn betrogen hätte. Er verachtete sie wegen ihres Verrats, während er gleichzeitig darüber frohlockte. Sie war nicht besser als Geraldine! Trotz all ihres vornehmen Gebarens war sie weder schön noch gut; sie hatte sich hemmungslos hingegeben wie eine brünstige Sau.

Aber was hatte das alles mit ihm zu tun?

Sehr viel!

Tag um Tag kehrte Alonzo zur Lichtung zurück, aber das Liebespaar kam nie wieder dorthin. Er legte die Hand auf den warmen, von der Sonne beschienenen Felsen, an dem die Frau gelehnt hatte. Er stellte sich auf den Platz, wo der Mann gestanden und sie gezeichnet hatte, und versuchte, sich einzubilden, daß er sie dort vor sich sah. Er kniete sich auf die Blätter, auf denen sie eng umschlungen gelegen hatten, als hoffte er, dort etwas zu finden, das bewies oder leugnete, was er mitangesehen hatte.

16

Während des Tages, wenn sie ihm saß und er hinter seiner Staffelei stand und an ihrem Porträt arbeitete; wenn sie sich bei den Mahlzeiten trafen; oder selbst wenn sie während einer kurzen Unterbrechung der Arbeit am Porträt zusammen die Umgebung durchstreiften – stets war ihr Verhalten so unauffällig, als ob die Rollen, die sie spielten, der Wirklichkeit entsprächen. Ihre Diskretion war weniger eine vorsätzliche Täuschung als vielmehr Besonnenheit. Wenn sie allein und unbeobachtet waren, freuten sie sich ihrer Liebe, aber sie hatten nicht das Bedürfnis junger Menschen, diese Liebe vor anderen zur Schau zu stellen. Ihre Tage waren allen zugänglich und korrekt. Aber des Nachts, wenn es still im Hause war und Sarah wußte, daß all seine Bewohner sich auf ihren Zimmern befanden, verließ sie das ihre und ging zu Casey.

Sie tat es ohne große Heimlichkeit und ohne schlechtes Gewissen. Sie zündete keine Kerze an, weil sie keine brauchte. Ihre Augen waren selbst in der Dunkelheit noch scharf, aber auch wenn sie blind gewesen wäre, hätte sie sich zurechtgefunden, so gut kannten ihre anderen Sinne jeden Winkel des Hauses.

Sarah war glücklich in ihrer Liebe, obwohl sie wußte, daß sie enden würde, wenn Casey Beulah Land verließ. Alles, wovon sie als junges

Mädchen geträumt und was sie sich erhofft hatte, alles, was sie als Frau hatte entbehren müssen, wurde ihr jetzt während der Nächte mit Casey offenbart. Es war nicht nötig, viel zu sprechen. Die Leidenschaftlichkeit ihrer Gefühle war so überwältigend, daß sie keiner Worte bedurfte und ganz gewiß nicht der Versicherung durch Worte. Wer sieht, wie ein hungriger Mensch sich an einer vollen Tafel gütlich tut, braucht nicht zu fragen, ob er gesättigt oder noch hungrig ist.

Während der Nacht dachte Sarah nicht nach, aber am Tage, wenn sie ihren diversen Beschäftigungen nachging, wunderte sie sich, daß die Liebe von Casey, die Liebe zu Casey ein so gesonderter und persönlicher Teil ihres Lebens sein konnte und war, ohne daß sie sie bewußt dazu gemacht hatte. Sie war ein einmaliges Erlebnis und sie würde keine Zukunft haben. Sie mußte jetzt voll ausgekostet werden, und das war es, was Sarah tat und wie sie es tat.

Casey war es, der Bedauern äußerte, als sie enden mußte. Die Nacht nach dem Tag, an dem er das Porträt vollendete, war die letzte, die sie zusammen verbrachten; und wenn sie ihnen als die schönste von allen erschien, so lag das zweifellos daran, weil sie beide wußten, daß es ihre letzte war. Ihre Körper waren einander nie so vertraut und nah, nie der eine so empfänglich für den anderen gewesen, ihre Ruhepausen nie harmonischer, ihre Höhepunkte nie so vollkommen aufeinander abgestimmt, in einem bebenden Gleichgewicht zwischen Geburt und Tod.

Als sie gegen Morgen endlich, endlich miteinander fertig waren, zündete er eine Kerze an, und sie lagen wie Freunde Seite an Seite in seinem Bett und sprachen.

»Wirst du den ganzen Winter in Savannah bleiben?«

»Ich hoffe es. Ich habe einige Aufträge in Aussicht.«

»Die dir zweifellos weitere einbringen werden.« Sie lächelte. »Du wirst alles wieder von vorne anfangen, nicht wahr?«

»Ja.«

»Und dies wird auch wieder geschehen«, sagte sie ohne Koketterie.

»Ja. Nicht dies, aber etwas Ähnliches. ›Dies‹ ist mir noch nie zuvor widerfahren, aber etwas Ähnliches ist schon öfter geschehen und wird sicherlich auch wieder geschehen.«

Nach einer Pause sagte Sarah: »Wirst du jemals heiraten?«

»Ich wünsche mir keine Frau, ich hätte ihr auch kein Heim zu bieten.«

»Wünschst du dir auch keine Kinder?«

»Meine Bilder sind meine Kinder. Das sagen alle Maler. Aber bei mir ist es wirklich so. Ich möchte Bilder malen, solange ich kann. Und wenn ich es nicht mehr kann, hoffe ich zu sterben – natürlich auf schmerzlose Art.«

»Ich habe keine Kinder«, sagte Sarah.

Zum erstenmal, seit sie sich kannten, lachte Casey sie aus. »Du bist mit Beulah Land verheiratet. Du hast zweihundert Kinder – zweihunderttausend. Nicht nur die Leute, sondern jede Grille, Kröte, Biene; jeder Schmetterling, jede Baumwollkapsel, jeder Maiskolben und Zuckerrohrstengel – sie alle sind Sarahs Kinder.«

»Wenn du nicht mein Geliebter wärst, würde ich dich bitten, zu bleiben und mein Freund zu sein.«

»Wenn du nicht meine Geliebte wärst«, sagte er, »würde ich dich bitten, mit mir zu kommen und meine Freundin zu sein.«

»Casey! Du bist ein lieber, guter Mensch!«

Sie küßten sich rasch wie zwei gute Freunde. Sarah stieg aus dem Bett und zog ihren Schlafrock an. »Sugar oder Plumboy werden dich rechtzeitig zum Zug in die Stadt fahren.«

Er stand auf und begleitete sie nackt zur Tür.

»Du siehst komisch aus«, sagte sie. »Es paßt nicht zu einem traurigen Gesicht.«

»Mich friert.«

»Geh wieder ins Bett.«

»Nicht für lange. Es ist beinahe Tag.«

»Gute Nacht«, sagte sie.

»Lebe wohl.«

Ihr Lächeln war liebevoll und dankte ihm. »Gott schütze dich.«

Sarah schloß ohne Heimlichkeit die Tür. Sie war die Herrin von Beulah Land und konnte jederzeit gehen, wohin es ihr beliebte. Casey hatte gesagt, sie sei mit Beulah Land verheiratet. Sie lächelte bei dem Gedanken daran, während sie über den langen Korridor zu ihrem eigenen Zimmer ging.

17

Driscoll Proctor sagte: »Wir fahren am Montag ab.«

»Montag ist ein guter Tag, eine Reise anzutreten«, erwiderte Roman.

»Ich hatte diese Woche wieder einen Brief von Miss Eliza Truman. Sie bittet mich dringend, dir noch einmal zuzureden...«

»Hocherfreut«, sagte Roman eisig, »aber ich brauche Miss Elizas Huld und Gnade nicht.«

»Hör auf, dich mir gegenüber so arrogant und überlegen aufzuführen! Ich bitte dich nicht als einer von diesen sentimentalen Abolitionisten, die du, wie du sagst, nicht ausstehn kannst, sondern als dein Freund!«

»Und ich danke dir. Sehe ich dich noch vor deiner Abreise?«

»Ich bitte dich inständig, komm mit mir. Bitte!«

Roman schwieg, aber als Proctor ihn ansah, als hoffte er, daß sein Freund sich seinen Entschluß noch einmal überlegte, sagte Roman: »Nein, Proctor. Ich denke nicht darüber nach. Ich habe meine Schule. Meine Schule hat mich.«
»Sie braucht jemanden, aber nicht unbedingt dich«, entgegnete Proctor.
»Seh ich dich noch einmal?« fragte Roman in weniger schnippischem Ton als zuvor.
Roman war mit Sugar nach Highboro gefahren, als dieser Casey Troy und sein Gepäck zum Bahnhof brachte. Er hatte gewußt, daß Proctor an diesem Morgen dort Besorgungen machte, und so hatte er die Gelegenheit genutzt. Sie hatten sich wie zufällig auf dem Postamt getroffen, als der Zug abgefahren war und die Post sortiert wurde.
»Ich weiß es nicht«, erwiderte Proctor auf Romans Frage. »Ich möchte für immer mit dir zusammensein, aber ich glaube nicht, daß ich dich noch einmal für eine halbe Stunde sehen will.«

18

Das warme Wetter würde noch sechs bis acht Wochen anhalten, aber Nell und Penelope und sogar Selma und Pauline sprachen über die Wintersachen, die Leon für sie in Savannah besorgen sollte. Es waren unter anderem Toilettenartikel, die es in Highboro nicht gab, Weihnachtsgeschenke für Freunde und Verwandte sowie Kleiderstoffe. Die Anweisungen für diese letzteren waren sehr genau gewesen, und man hatte Leon dringend ersucht, sie gewissenhaft zu befolgen – denn was versteht ein Mann schon von Stoffmustern und Qualität? Falls es absolut notwendig wäre, etwas anderes zu nehmen, sollte er irgendeine vertrauenswürdig aussehende ältere Dame um Rat fragen, sofern sich zufällig eine gleichzeitig mit ihm im Laden befand; aber keinesfalls dürfe er sich von Verkäufern beraten lassen, denn sie würden es ausnutzen, daß er ein Mann war und nichts von diesen Dingen verstand.
In den Wochen bis zu Leons Rückkehr sprachen Nell und Penelope und manchmal sogar Sarah, wenn sie einen Augenblick Zeit fand, sich zu ihnen zu setzen, unermüdlich über diese Fragen, während sie sich auf der kühlen, von Säulen eingefaßten Veranda in ihren Schaukelstühlen hin und her wiegten. Die beiden älteren Frauen hatten eine wahre Leidenschaft fürs Schaukeln entwickelt, und so hatte Leon ihnen vor ein paar Jahren zwei genau gleiche Stühle geschenkt, denen sie, um sie unterscheiden zu können, sofort ihr eigenes Beiwerk hinzugefügt hatten. Nell stattete den ihren mit Sitz- und Rückenpolstern sowie kleinen bunten Kissen aus. Penelope begnügte sich mit roten Samtbändern am oberen Ende der Rük-

kenlehne und einem dünnen, gesteppten Polster für den Sitz. Jede der beiden musterte die Zutaten der anderen mit einem liebenswürdig spöttischen Lächeln.

Besonders Penelope gewöhnte sich an, ihre jeweilige Gemütsverfassung mit Hilfe des Schaukelstuhls zum Ausdruck zu bringen. Wenn sie zufrieden war, saß sie da und bewegte ihn nur leicht oder oft minutenlang überhaupt nicht. Fühlte sie sich glücklich, schaukelte sie munter hin und her und stieß sich jedesmal leicht ab, wenn ihre kleinen, kindlichen Füße bei der Vorwärtsbewegung des Stuhls den Boden berührten. Wenn sie zornig war oder einfach »verstimmt« – für gewöhnlich über Nell, denn ihr Groll konzentrierte sich meistens auf die andere alte Frau–, oh, dann schaukelte sie ungestüm hin und her, hielt die Armlehnen grimmig umklammert und blickte mit zusammengekniffenen Lippen starr vor sich hin, bis irgend jemand sich die Mühe nahm, sie zu besänftigen. In ihrem Schaukelstuhl las sie, dort machte sie hin und wieder ein kurzes Nickerchen, sie nähte dort, aber vor allem saß sie da und tat ihre Meinung über die Welt und ihre Bewohner kund. Der Stuhl war ihr Forum, ihre Kanzel, ihre Zuflucht, ihr einziger, ausschließlicher, unumstrittener Besitz. Niemand anderes, nicht einmal eine Katze, wagte es, sich auf ihn zu setzen.

Zwei Tage nach Casey Troys Abreise fand Sarah endlich eine ruhige halbe Stunde, um zum erstenmal ernsthaft ihr Porträt zu betrachten. Sie hatte es natürlich schon gesehen und sich die Bemerkungen der übrigen Bewohner des Hauses angehört. Obgleich niemand es rundheraus sagte, mochte keiner von ihnen das Bild; es beunruhigte und reizte sie. Als Sarah es jetzt aufmerksam musterte, erkannte sie den Grund. Casey hatte sie in der Lichtung gemalt, obwohl sie nur einmal zusammen dort gewesen waren; so verliehen die Umgebung und das schlichte Kleid, das sie trug, dem Porträt einen Anstrich von Zwanglosigkeit. Nell hatte für alle gesprochen, als sie sagte, ihm fehle die Autorität und Würde, die Sarah besaß und die auf einem Bild der Herrin von Beulah Land in Erscheinung treten sollten. Damit, sagte Sarah sich, waren sie vermutlich der Wahrheit so nahe gekommen, wie sie ihr kommen konnten.

Es war in der Tat kein Porträt der Herrin von Beulah Land, sondern ein Porträt von Sarah. Es verriet mehr, als sie zu sehen gewohnt waren, und es zeigte eine Seite von ihr, die nur Casey kannte. Ebenso wie es einem Kind unmöglich ist, sich mit dem Gedanken an die Sexualität seiner Eltern abzufinden, so neigte auch Sarahs Familie dazu, die ihre zu leugnen, und lehnte die diesbezügliche Anspielung des Künstlers als eine falsche Auslegung ab. Es gab natürlich nichts Offensichtliches, nur ein Leuchten in ihren Augen, einen feuchten Schimmer auf ihren Lippen, eine leichte Neigung des Kopfes, die eine Aufforderung anzudeuten schien, eine sinnliche Lässigkeit in der entspannten Haltung der Arme.

Sarah lächelte. Er hatte das Porträt für sie gemalt, damit sie sich immer – als ob sie ein Bild dafür brauchte! – an die Zeit erinnerte, die sie zusammen verbracht hatten. Als sie jetzt daran erinnert wurde, empfand sie zum erstenmal Kummer über den Abschied von Casey und beschloß, zur Lichtung zu gehen, wo sie so an ihn denken konnte, soviel sie wollte, ohne daß jemand ihre Träume stören würde.
Die Uhr zeigte beinahe vier. Eigentlich war es schon zu spät am Nachmittag für solch einen Spaziergang, denn die Tage wurden kürzer. Aber sie wollte es jetzt tun, wollte dem Impuls des Augenblicks folgen, denn wenn sie es verschob, war es nicht mehr das gleiche. Sie nahm einen Schal von der Rückenlehne des Stuhls, auf dem sie gesessen hatte, während sie das Bild betrachtete. Da sie den Schal noch nicht brauchte, legte sie ihn über den Arm, und dann schlich sie leise durch die Halle und zur Hintertür hinaus; sie hoffte, daß niemand, nicht einmal Rachel oder Roman, sie sehen und bitten würde, mitkommen zu dürfen, denn diesmal wollte sie allein sein. Als sie wußte, daß sie unbemerkt entkommen war, lachte sie und fühlte sich so frei und ungebunden wie ein junges Mädchen.

Roscoe und Junior waren an diesem Nachmittag zusammen auf die Farm gekommen und hatten Alonzo gerade eben kochend vor Wut zurückgelassen, nachdem sie ihm erklärt hatten, daß selbst Clarence Anderson mehr Ballen Baumwolle pro Morgen herausgewirtschaftet habe als er. (Sie hatten natürlich keinerlei Anhaltspunkte dafür, aber Alonzo hätte nie gewagt, etwas zu bestreiten, was sie als Tatsache hinstellten.) Sie bemängelten auch das Aussehen der Kühe: Bei einer war das Euter blau und zusammengeschrumpft; bei einer anderen war das Fell rauh. Zum Schluß sagte Junior noch verächtlich: »Wie ich sehe, hast du's immer noch nicht für nötig befunden, neue Angeln für diese Stalltür zu beschaffen.« Er gab der Tür einen groben Fußtritt und bestieg sein Pferd.
Roscoe, der bereits aufgesessen war, sah auf seinen jüngeren Sohn hinunter und sagte: »Höchste Zeit, daß du mit der Bummelei aufhörst und was zuwege bringst.«
Er sah zu, wie sie fortritten, und dann ging er ins Haus. Als er von der hinteren Veranda in die Küche kam, stieß er auf seine Mutter und Geraldine, die mit den Vorbereitungen fürs Abendessen beschäftigt waren. Sie hörten auf zu reden, als sie ihn sahen.
»Sind sie weg?« fragte Clovis.
Er nickte.
Sie seufzte erleichtert. »Gott sei's gedankt.«
Alonzo ging zum runden Eßzimmertisch und nahm sich eine kalte, gebackene Batate, die vom Mittagessen übriggeblieben war. Nachdem er ein Ende abgezwickt hatte, schälte er sie sorgfältig und fing an, sie zu essen.

Clovis wandte sich wieder an Geraldine. »Erzähl mir weiter von dem Kuchen.« Sie goß Buttermilch in eine Schüssel mit Mehl.
Geraldine lachte leise. »Gut. Während es noch hell war, schickte Mama mich raus zum Kleinholzhacken, damit sie am nächsten Morgen den Herd anzünden konnte. Das war noch in Mrs. Considines altem Haus, erinnern Sie sich?« Clovis nickte. »Nun, ich kam an dem Tisch vorbei, wo dieser Schokoladenkuchen stand. Der Guß wurde gerade hart, und er sah so gut aus, daß ich sagte: ›Mama, kann ich ein Stück von diesem Kuchen haben?‹ Und sie sagte, nein, nicht bis nach dem Abendessen, dann würden wir sehn, was sie übrigließen, falls überhaupt etwas. Mir war, als ob ich mir noch nie irgendwas so sehr gewünscht hätte wie diesen Kuchen in diesem Augenblick, aber ich ging raus zum Holzhaufen, wie sie's mir gesagt hatte, und fing an, das Holz zu hacken.
Ich mußte mittendrin aufhörn, um mir einen Splitter aus der Hand zu ziehn, Sie wissen ja, wie splittrig Kiefernholz ist, aber es hat kaum geblutet, weil meine Hand so hart von der Feldarbeit war.
Plötzlich rieche ich Feuer. Ich dreh mich um und sehe es, und es dauert nur ein paar Minuten, bis das ganze Haus in Flammen steht. Sie haben nicht ein einziges Möbelstück retten können, aber alle sind rausgekommen...«
»Gott sei Dank!« murmelte Clovis.
»Ja, Ma'am. Sogar der alte Kater, Abraham hieß er. Nun, ich konnte an nix andres denken als an diesen Kuchen, wie er da auf dem Tisch gestanden hatte und ich so gern ein Stück haben wollte, und jetzt war er zusammen mit allem übrigen verbrannt.«
Beide Frauen waren nachdenklich. »Die Dinge, an die man sich erinnert«, sagte Clovis mit einem Kopfschütteln.
Alonzo, der die Kartoffel aufgegessen hatte, ließ die weiche, klebrige Schale auf den Tisch fallen und ging hinaus.
»Wohin gehst du?« rief Clovis ihm nach.
»Nur ein bißchen in der Gegend herum«, sagte Alonzo.
»Geh nicht zu weit und denk ans Abendessen.«
Alonzo ging über den Hof zum Stall. Er stieß mit dem Fuß leicht gegen die Tür, dann trat er dicht an sie heran, um die Angeln zu untersuchen. Eine mußte ausgewechselt werden. Die andere brauchte nur ein oder zwei große Nägel, die man halb hineinschlagen und dann umbiegen mußte. Er würde es morgen tun – vielleicht. Er schnitt eine Grimasse; allmählich fühlte er sich wieder besser. Er ging in den Stall, durchwühlte einen Kasten mit Nägeln, alten Angelhaken und Scharnieren, bis er sah, daß er hatte, was er brauchte, und nicht extra in die Stadt fahren mußte. Dann trat er aus dem Stall, reckte die Arme hoch und sah sich um.
Mit dem Teil seines Geistes und Sehvermögens, dessen Aufmerksamkeit

ständig auf das Stück Land gerichtet war, das zur Lichtung führte, sah er die Gestalt einer Frau, die am Rand eines Feldes entlangging, und wußte, daß es Sarah Kendrick war. Sarah Kendrick, allein. Er hatte auf dem Postamt gehört, daß der Maler den Zug nach Savannah genommen hatte. Während er sie beobachtete, bog sie in den Wald ein. Sie ging zu der Stelle, wo er sie mit dem Maler gesehen, wo er ein andermal Roman mit dem Hauslehrer von Oaks gesehen hatte.

Ohne es sich bewußt vorzunehmen, machte er sich auf den Weg, um ihr zu folgen. Er ging mit raschen Schritten und fing erst an, sich leise zu bewegen, als er in die Nähe der Lichtung kam, denn er wollte lediglich sehen, was die Frau im Schilde führte. Vielleicht war der Mann, mit dem er sie beobachtet hatte, gar nicht fortgefahren, sondern war nur zu einer anderen Familie in der Nähe gezogen, und sie hatten vereinbart, sich heute hier zu treffen.

Er brauchte fünf Minuten, um sich die letzten dreißig Meter zu einer Stelle zu schleichen, die ihm einen freien Blick auf die Lichtung bot. Sarah hätte ihn auch nicht gehört, wenn er sich ohne Heimlichkeit genähert hätte, denn sie erwartete niemanden. Seine List diente keinem anderen Zweck, als die Spannung in seinem Inneren auf den Höhepunkt zu treiben. Als er den letzten belaubten Zweig beiseite schob, um die Lichtung überblicken zu können, stand er im fast völligen Dunkel der Bäume, und auch der Platz, an dem sie sich befand, lag in tiefem Schatten, so daß er die Augen zusammenkneifen mußte, um ihr Gesicht zu erkennen.

Sie saß gegen den großen Felsen gelehnt, genau wie an jenem Tag, als der Maler ein paar Schritte von ihr entfernt gestanden und sie mit raschen Strichen gezeichnet hatte. Damals war sie nachdenklich gewesen; jetzt hielt sie die Augen geschlossen, und ein Lächeln spielte um ihre Lippen.

Er musterte sie und wartete, aber nichts geschah, niemand kam. Allmählich wurde ihm klar, daß sie den Mann nicht erwartete. Sie war einfach hierher zurückgekehrt, um zu tun, was sie tat. Er bückte sich, hob ein kleines Stück Schiefer auf und warf es auf die Lichtung, so daß es unweit ihrer Füße gegen den Felsen schlug. Sie öffnete die Augen nicht, und das hätte sie bestimmt getan, wenn sie jemanden erwartet hätte. Er ließ eine Minute verstreichen, dann griff er nach einem trockenen Tannenzapfen, der neben ihm auf der Erde lag, und schleuderte ihn in ihre Richtung. Er traf ihre Schuhe und prallte ab.

Stirnrunzelnd öffnete sie die Augen und blickte nach oben, als vermutete sie, daß der Tannenzapfen von einem der Bäume gefallen sei, deren Äste sich hoch oben über ihrem Kopf ausbreiteten und die Lichtung jetzt, da die Sonne tief am Himmel stand, in Dämmer hüllten. Dann sah sie sich langsam, ohne Erwartung oder Besorgnis, um. Aber trotz ihres unerschrockenen Gebarens fing sie an zu zittern. Sie breitete den Schal aus, den sie mitgebracht hatte, legte ihn um ihre Schultern und band die Enden lose zusammen. Die Schultern hochgezogen und die Arme über der Brust gekreuzt, um sich gegen die Kühle des hereinbrechenden Abends zu schützen, ließ sie die Augen umherschweifen und holte tief Luft.

Sie war im Begriff fortzugehen, sagte er sich.

Er würde sie nicht gehen lassen – nicht, ohne ihr zu zeigen, daß er hier war; und auch nicht, sagte sein nächster Gedanke ihm, ohne sie wissen zu lassen, daß dieser Ort ebenso ihm gehörte wie ihr – da er ja in Wirklichkeit keinem von ihnen gehörte –, daß er das gleiche Recht hatte, hier zu sein, wie sie; und daß er nicht nur vor und nach ihr hier gewesen war, sondern sie auch hier gesehen hatte.

Er trat aus dem Dunkel der Bäume auf die Lichtung hinaus. Ihr überraschter Ausruf befriedigte ihn.

»Wer...?«

Spöttisch die Sitten vornehmer Leute nachäffend, verbeugte er sich tief vor ihr. Als er sich aufrichtete und sie wieder ansah, trug sie die kühle, förmliche Miene zur Schau, die sie immer aufgesetzt hatte, wenn er ihr zu Fuß oder zu Pferde begegnet war.

»Sie sind Roscoe Elks...«

»Ich bin Alonzo Elk«, sagte er in einem Ton, der ihre eigene Förmlichkeit nachahmte und verspottete.

»Dies ist nicht Ihr Land. Oder doch? Man hat mir gesagt...«

»Auch nicht das Ihre!« sagte er. Die Schroffheit seiner Stimme überraschte ihn, gab ihm aber gleichzeitig ein Gefühl der Sicherheit.

»Nein. Es gehört, soviel ich weiß, zu Oaks.«

Er ging zwei Schritte auf sie zu, ehe ihre Stimme ihn innehalten ließ.

»Was tun Sie hier?«

Er starrte sie an, erstaunt, Angst in ihrem Gesicht zu sehen. »Ich komme auch manchmal hierher«, sagte er und wußte, daß sein Ton jetzt zu sanft war. Sie würde glauben, daß er sich vor ihr fürchtete.

»Was soll das heißen, sie kommen *auch* hierher?«

»Ich habe Sie hier gesehen.«

»Ich war bisher erst einmal hier.«

»Ja.« Er lächelte, und je mehr die Angst in ihrem Gesicht zunahm, um so unverhohlener wurde die bewußte Anspielung in seinem Lächeln. »Ich habe Sie damals gesehen.« Er kam weiter auf sie zu.

»Bleiben Sie stehen! Bitte...«

Er fuhr fort zu lächeln und fühlte sich mit jedem Schritt stärker. »Ich habe Sie mit dem Mann gesehen. Dort auf der Erde.«

»Kommen Sie nicht näher!«

Ihre Worte waren für ihn der Schlüssel zu dem, was er als nächstes tat. Er hatte keine bewußten Absichten gehabt, was sie betraf, bis das, was sie ihn *nicht* zu tun bat, ihn veranlaßte, es zu tun. Er mußte das positive Gegenteil jedes negativen Befehls ausführen, den sie ihm gab. Es war mehr eine Frage von Geltungsbedürfnis als von Trotz, verursacht dadurch, daß Roscoe und Junior immer wieder seinen Stolz verletzten, indem sie ihm vorschrieben, was er zu tun und zu lassen hatte, und ihm fortwährend erklärten, wie wertlos er war.

»Rühren Sie mich nicht an...«

Er griff nach einem ihrer Handgelenke, und als sie versuchte, sich zu befreien, packte er das andere. Sie gab ihm einen Fußtritt, und er zog sie dicht an sich heran, damit sie keinen Platz hatte, noch einmal nach ihm zu treten.

Während sie mit ihm rang, erklärte sie: »Sie sind so niederträchtig und gemein wie Ihr Vater!«

Er warf den Kopf zurück, als ob er sich von etwas befreien wollte. »Nein.«

»Lassen Sie mich los!« Als sie verzweifelt versuchte, sich von ihm loszureißen, fiel ihr Schal zu Boden, und ihr Kleid zerriß vom Hals bis zur rechten Schulter.

Er starrte sie an, immer noch ohne irgendeine Absicht, bis Sarah sie ihm eingab. Sie fing an zu schreien, und er preßte sie mit einem Arm an sich, während er die andere Hand über ihren Mund legte. Als sie sich energisch zu wehren begann und er sich bemühte, sie festzuhalten, erwärmten sich ihre Körper, und er wurde sich zunehmend ihrer Nähe und ihres Geruchs bewußt. Ein anderer Teil ihres Kleides zerriß infolge ihrer eigenen heftigen Bewegungen. Sie schüttelte den Kopf frei und rief: »Nein! Nein!«, als ob er ihr etwas angetan hätte, und das hatte er nicht, oder zumindest hatte er es nicht gewollt. Sie begann zu weinen und zu flehen: »Bitte nicht – tun Sie mir nichts! – Erbarmen Sie sich! Oh, erbarmen Sie sich!«

Ihre Schwäche machte ihn stark. Es war nicht ihr Widerstand, der ihn erregte, sondern sein eigener. Er konnte Widerstand leisten, erkannte er. Er brauchte nicht nachzugeben, wenn man ihm sagte, daß er nachgeben solle. Er war nicht der Dienstbote seines Vaters oder seines Bruders; er war nicht der Hund dieser Frau, dem sie Befehle erteilen konnte. Er würde sie erobern – und danach alle, die ihn für schwach hielten.

Er hielt sie fest in den Armen, und sie konnte nur bitten und flehen: »Erbarmen Sie sich! Erbarmen Sie sich meiner!« Dann war sie plötzlich, erschreckenderweise, nicht mehr schwach, sondern eine Gewalt, die sich zur Wehr setzte und ihn zu überwältigen drohte. »Gott verdamme Sie!« schrie sie. »Gott verdamme Sie, Roscoe Elk!«

Er schlug mit der Faust nach ihr, und sie stürzte zu Boden. Er fiel auf sie; und als sie aus ihrer Benommenheit zu erwachen begann, schlug er sie immer wieder ins Gesicht, bis sie still dalag. Dann zog er sich von ihr zurück, griff nach dem Saum ihres Kleides und riß es bis zu ihrer Brust auf.

Auf die Hände gestützt, ließ er sich sanft auf sie nieder. Sie war so weich; sie war so sauber. Das, was das Verlangen ihres Mannes entwaffnet hatte, fachte das von Alonzo an. Als wäre er eine Marionette in einem Stück, das vor langer Zeit geschrieben worden war, von dem er nichts wußte und über das er keine Gewalt hatte, nahm er sie als seine Beute, obwohl es für ihn keinen Triumph bedeutete, denn sie lag da, als wäre sie tot. Während er in sie drang, preßte er den Mund auf ihre schlaffen, schlafenden Lippen und ließ Tränen der Wollust und des Schreckens auf ihr Gesicht fallen.

19

Sie kam zu sich und hörte das Bellen von Hunden.
Sie fror.
Sie lag auf der Erde.
Warum lag sie auf der Erde?
Sie streckte automatisch die Hand aus, um den Rock über ihre Beine zu ziehen, und dabei entdeckte sie, daß ihr Kleid zerfetzt war. Als sie sich aufsetzte und versuchte, ihre Gedanken zu sammeln, erinnerte sie sich, was geschehen war, und fing an zu schreien.
Roman war es, der sie fand. Dem Ton ihrer Stimme folgend, kam er eilig herbei, in einer Hand eine Laterne, während die andere seine Augen gegen das Licht abschirmte, das ihm den Weg erleuchtet hatte und ihn jetzt daran hinderte, sie zu sehen. Sie kniete, das Gesicht in den Händen vergraben, neben dem Felsen; ihre Schreie waren verstummt.
Die Laterne, die er neben sie auf den Boden stellte, zeigte ihm den Zustand ihrer Kleidung. Er warf ihr die Steppdecke über, die er mitgebracht hatte, und sie zog sie eng um sich, ehe sie aufsah und ihn erkannte. »Roman.«
»Wir haben Sie vor Stunden vermißt – wir haben überall gesucht!«
Sie streckte die Arme nach ihm aus, und er ließ sich auf die Knie fallen und preßte ihren Kopf an seine Brust. »Bist du verletzt, meine Sarah?«
Mit wirren, unzusammenhängenden Worten berichtete sie ihm, was geschehen war. Das Bellen der Hunde wurde lauter, und gleich darauf waren sie von Männern von Oaks und Beulah Land umringt. Floyd war da, und eine Minute später kamen Bruce Davis und Driscoll Proctor. Proctor versuchte, die Hunde zum Schweigen zu bringen. Bruce ließ sein Pferd heranführen, saß auf, und Floyd hob Sarah zu ihm hinauf. Dann führte Floyd das Pferd aus der Lichtung und zurück nach Beulah Land. Sarah, der man einen großen Schluck Brandy zu trinken gegeben hatte, lag schlaff in Bruces Armen und versuchte nicht, zu sprechen.
Roman ging neben Floyd her und erzählte ihm flüsternd, was Sarah in

der kurzen Zeit, die sie vor dem Eintreffen der anderen allein gewesen waren, gesagt hatte.
Floyd nickte, und dann nickte er grimmiger. »Sobald wir sie im Haus haben, geh ich in die Stadt.«
»In die Stadt!« sagte Roman.
»Um Sheriff Byrne und Roscoe Elk zu holen und mit ihnen zur Farm zu gehen und Alonzo zu verhaften...«
»Alonzo verhaften! Jeder wird erfahren...«
»Halt du dich aus der Sache raus«, sagte Floyd warnend. »Leon ist nicht hier. Ich tue das, was richtig ist.«
»Denk an sie! Wenn es einen Prozeß gibt...«
»Sei still!« sagte Floyd gereizt, und Roman gehorchte; so gut er Floyd kannte – er verstand nicht, daß der Zorn seines Freundes nicht ihm galt, sondern dem, was geschehen war.
Während sie sich Beulah Land näherten, wurde ihr Gefolge immer größer, so daß sie, als sie beim Haus eintrafen, von einem Haufen Männer begleitet wurden. Rachel schrie, als sie Sarah sah, und Edna Davis, die auf der Veranda wartete, packte sie beim Arm und übergab sie Juanita, der sie sagte, sie solle das Kind zu Felix bringen. Dann gingen Edna und Lovey voran ins Haus und die Treppe hinauf zu Sarahs Zimmer, wobei Lovey mit drohender Stimme nach rechts und links Befehle austeilte. Floyd und Bruce machten im Büro halt, während Driscoll Proctor draußen bei den Männern blieb und mit ihnen sprach, um sie zu beruhigen. Man habe die Herrin gefunden. Sie scheine keine ernsthaften Verletzungen erlitten zu haben, aber man werde auf jeden Fall den Arzt holen lassen. Sie sollten alle nach Hause und zu Bett gehen. Es bestehe kein Grund mehr zur Beunruhigung.
Floyd und Bruce stellten rasch einen Plan auf. Die Frauen würden sich um Sarah kümmern. Sie, Floyd und Bruce, würden zusammen in die Stadt reiten und Dr. Theodore Platt, der als Ersatz für den verstorbenen Dr. Porterfield nach Highboro gekommen war, nach Beulah Land schicken. Dann würden sie zu Sheriff Byrne gehen, ihm ausführlich berichten, was geschehen war, und gemeinsam mit ihm Roscoe Elk ersuchen, sie zur Anderson-Farm zu begleiten, um Alonzo zu verhaften und ihn sowohl im Interesse seiner eigenen Sicherheit als auch um der Gerechtigkeit willen ins Gefängnis zu bringen. Sie würden so diskret wie möglich vorgehen, aber es ließ sich nicht vermeiden, daß das Ereignis als solches bekannt wurde, und es war besser, wilden Gerüchten vorzubeugen, indem man so viel von der Wahrheit sagte, wie notwendig schien.
Sie gingen zusammen nach oben und stießen auf Nell, die vor Sarahs Tür Wache stand, um jeden fernzuhalten, der nicht gebraucht wurde. Sie hatte es bereits sehr zu ihrer Befriedigung fertiggebracht, sowohl Pene-

lope als auch Selma zu beleidigen, indem sie ihnen sagte, sie könnten nichts Besseres tun, als auf ihre Zimmer zu gehen und dortzubleiben. Ehe sie ihren Posten bezog, war sie kurz in das Zimmer ihres Mannes gegangen, um ihm und Rachel in großen Zügen von dem Vorfall zu berichten. So matt und träge sie auch im täglichen Leben wirkte, hatte sie doch einen klaren, praktischen Verstand, wenn die Umstände es erforderten.
Nell sagte Bruce und Floyd, daß Edna mit Sarah beschäftigt sei und nicht herausgerufen werden könne; so erklärten sie ihr, was sie zu tun beabsichtigten, und sie versprach, Edna und Lovey davon zu unterrichten. Wie würden sie es Leon mitteilen? fragte sie. Bruce sagte ihr, daß er mit dem nächsten Zug nach Savannah fahren werde, um Leon zu benachrichtigen. Als sie wieder herunterkamen und durch den Laufgang auf den Hof gingen, stießen sie auf Driscoll Proctor, der immer noch mit den Männern sprach, von denen die meisten dageblieben waren. Driscoll fragte: »Wo ist Roman?« Sie schüttelten den Kopf und gingen zum Stall, um ihre Pferde zu holen.

20

»Was is los mit dir?« fragte Clovis mürrisch, als sie das Zimmer betrat, wo Alonzo allein vor dem Kamin saß, in dem kein Feuer brannte. »Kommst nach Hause geschlichen, nachdem wir alle längst zu Abend gegessen haben, willst nichts essen und auch nicht sagen, wo du gewesen bist...«
»Ich sag dir doch, ich habe keinen Hunger.«
»Bist du krank?«
»Nein.«
»Du siehst so komisch aus. Wo warst du?«
»Das ist doch nicht wichtig.«
»Die Batate, die du gegessen hast, liegt dir wahrscheinlich im Magen. Ich hab Geraldine gleich gesagt, sie sind zu grün und zu fasrig, um sich gut backen zu lassen; sie müssen erst richtig trocken werden. Aber sie sagt, du magst sie gebacken, und du bekommst sie gebacken, solange sie für dich kocht.«
»Mama, hast du Whisky?«
Sie sah ihn aufmerksam an; ihr Gesicht entspannte sich vor Erleichterung. »Das Beste, was du tun kannst, wenn du einen verdorbenen Magen hast und schlechter Laune bist. Ich hol ihn.« Sie ging in ihr Schlafzimmer.
Als sie mit der Kruke zurückkam, saß er immer noch in der gleichen Haltung da, aber neben ihm stand Geraldine; sie hielt etwas über dem Arm.

»Sehn Sie sich an, was ich gefunden habe«, sagte sie. Alonzo blickte weiter auf den leeren Kamin, aber Clovis kam näher und sah einen Schal, rot mit dunkelblauem Besatz und in gutem Zustand, abgesehen davon, daß er schmutzig war. »Er gehört mir nich«, sagte sie.
»Wem gehört er dann?« fragte Geraldine. »Ich hab noch nie so was Gutes besessen.«
»Hast du den Whisky gebracht, Mama?« fragte Alonzo.
»Hier.« Sie hielt ihm die Kruke und ein Glas hin. Er nahm sie und füllte das Glas. Nachdem er es halb geleert hatte, blickte er zum erstenmal auf den Schal.
»Wo hast du das gefunden?« wollte er wissen.
»Im Hof«, sagte Geraldine, »als ich rausgegangen bin, um einen Eimer Wasser zu holen. Ich hatte geglaubt, wir hätten genug, aber dann sah ich nach und merkte, daß es nicht reichte. Ich bin im Dunkeln draufgetreten. Zuerst dachte ich, es sei ein toter Vogel, aber es war das hier.«
Er sah den Schal an. »Gib ihn mir.«
»Weißt du, wem er gehört?« fragte Clovis.
»Ich hab ihn fallen lassen«, sagte er, nahm den Schal zwischen die Hände und hielt ihn an sein Gesicht, um daran zu riechen, ehe er ihn mit einem hilflosen Achselzucken auf den Schoß fallen ließ.
»Wo hast du so was her?« fragte Clovis schroff, um die Angst zu verbergen, die wie Übelkeit in ihr aufstieg.
Alonzo nahm wieder einen Schluck aus dem Glas, das jetzt beinahe leer war.
»Da kommt jemand.« Geraldine legte den Kopf zur Seite und lauschte.
»Was?« sagte Clovis.
»Ich dachte, ich hätt jemanden gehört.«
»Vielleicht einer von unsern Leuten«, meinte Clovis.
»Sie kommen nicht zur Vordertür.«
Alonzo schien nicht interessiert.
Dann hörten sie Schritte auf der Veranda, und die Tür wurde ohne vorheriges Klopfen geöffnet. Als eine Sekunde später der Mann unaufgefordert das Zimmer betrat, starrten alle drei ihn überrascht an.
»Was willst du hier?« fragte Clovis ärgerlich.
Roman beachtete sie nicht; er hielt die Augen auf den Mann geheftet, der, einen Damenschal auf dem Schoß, vor dem dunklen Kamin saß.
»Das ist ihrer«, sagte Roman. Er griff unter den Mantel und holte eine große Pistole hervor. Geraldine schrie laut auf, rührte sich aber nicht vom Fleck. Alonzo hob den Schal an sein Gesicht, als ob er sich darin verbergen könnte, aber Roman, der die schwere Pistole mit beiden Händen hielt, zielte auf seinen Bruder und schoß.

21

Zwei Tage später trafen sich vier Männer in dem kleinen Gefängnis, das nur eine Zelle hatte, und auch sie wurde selten benutzt. Es waren Leon Kendrick, Roscoe Elk, Sheriff Charles Byrne und Richter Fulton Maynard, der aus der Kreishauptstadt herbeigerufen worden war.
Sheriff Byrne und Richter Maynard waren bereits auf Beulah Land gewesen, wo sie lange und ausführlich zuerst mit Sarah Kendrick und dann mit Roman Elk gesprochen hatten. Sie waren auf der Anderson-Farm gewesen, um Clovis Elk zu verhören. Sie hatten mit Roscoe Elk und mit Leon Kendrick, mit Bruce und Edna Davis und mit Dr. Theodore Platt gesprochen. Alle wußten, wie man die Angelegenheit regeln würde; es mußte nur noch getan werden.
Richter Maynard führte den Vorsitz. »Stellt irgend jemand die Tatsache in Frage, daß Notzucht stattgefunden hat?« fragte er.
Roscoe wandte den Kopf und sah Leon an. »Angesichts des ärztlichen Gutachtens besteht für mich kein Zweifel, daß mein Sohn Alonzo Mrs. Leon Kendrick vergewaltigt hat. Was allerdings zu der Tat geführt haben mag...«
Leon sagte nichts; sein Gesicht war ausdruckslos.
»Und es scheint auch kein Zweifel zu bestehen«, fuhr der Richter fort, nachdem er Roscoe einen Augenblick fest angesehen hatte, »daß Roman Elk, der Mrs. Kendrick sehr verehrt, weil sie ihm eine mütterliche Freundin ist, eine Pistole aus Leon Kendricks Schreibtisch genommen hat, zu der Farm gegangen ist, die hier allgemein die ›Anderson-Farm‹ genannt wird, und seinen Bruder Alonzo Elk erschossen hat – nachdem er, Roman Elk, von Mrs. Kendrick den Namen des Mannes erfahren hatte, der sie angegriffen hat.«
Niemand hatte etwas dafür oder dagegen zu sagen.
»Der Tote ist begraben. Ein schändliches Vergehen ist geahndet worden. Wenn dies ein Fall vor Gericht wäre und die Tatsachen vorgebracht würden, wie sie mir berichtet worden sind, so würde ich als Richter den Fall als bereits erledigt abweisen. Würde er verhandelt werden, so wäre der Urteilsspruch zweifellos, daß die Tötung gerechtfertigt war. Man wird Roman Elk nicht vor Gericht stellen und bis zum Jüngsten Tag kein Urteil über ihn sprechen. Die Sache noch weiter zu erörtern würde nichts an der Rechtslage ändern und lediglich die Frau noch mehr beunruhigen, die ohnedies schon genug gelitten hat und jede nur mögliche Rücksicht verdient. Gibt es irgendeinen Einspruch gegen diese Regelung, irgendeinen Kommentar, oder sind Sie einverstanden?«
»Einverstanden«, sagte Leon.
Die anderen sahen Roscoe Elk an. Nachdem er sie mit einer seiner langen

Pausen in Spannung gehalten hatte, fing er schließlich an zu sprechen. »Sosehr ich mich auch über das – Sie müssen mir gestatten zu sagen – Hauptopfer dieses Vorfalls, meinen Sohn Alonzo Elk, grämen mag, hoffe ich doch, daß er Vergebung und Verständnis bei unserem Herrgott gefunden hat.« Die drei weißen Männer hielten den Kopf gesenkt und starrten stirnrunzelnd auf ihre Hände. »Was den Sohn meiner Frau, Roman, betrifft, beantrage ich, schlage ich vor und bestehe darauf – angesichts der Tatsache, daß ich kein gewöhnlicher ›freier Neger‹ bin, sondern ein Mann mit beträchtlichem Landbesitz und somit einen Anspruch auf Rücksichtnahme von seiten des Gesetzes habe –, bestehe ich darauf, daß der Mann namens Roman Elk für die Dauer seines Lebens nicht nur von der Plantage, Beulah Land genannt, und aus der Stadt Highboro, sondern aus dem Staate Georgia verbannt werde.«

Richter Maynard und Leon sahen sich überrascht an; diesen Vorschlag hatten sie nicht erwartet. Aber der Richter hatte Erfahrung darin, die Gesichter von Menschen zu deuten. Jetzt sah er Leons Gesicht, und da er den Fall beenden und heimkehren wollte, fragte er: »Haben Sie etwas dagegen einzuwenden?«

Leon war Roscoe zum erstenmal in seinem Leben dankbar. »Nein, nichts«, sagte er.

Driscoll Proctor wartete mit Bruce und Adam Davis vor dem Gefängnis, und als Leon herauskam, berichtete er ihnen, was sich drinnen zugetragen hatte. Daraufhin sprach Proctor von dem Angebot, das seine Freundin, Miss Eliza Truman aus Philadelphia, Roman gemacht hatte, und sie waren alle der Meinung, daß dies eine ausgezeichnete Lösung sei.

Und so teilte man Roman mit, daß er Beulah Land verlassen und mit Driscoll Proctor nach Philadelphia gehen sollte, um dort sein Glück zu versuchen. Er würde am Montag mit Proctor und Adam Davis den Zug nach Savannah nehmen und von dort aus mit dem Küstenschiff nach Norfolk fahren. Dort sollte er auf Proctor warten, der Adam zur Universität von Charlottesville begleiten würde. Dann würden er und Proctor ihre Reise nach Philadelphia fortsetzen. Leon kaufte ihm einen Koffer und Reisetaschen und gab Driscoll Proctor fünfhundert Dollar für ihn. Proctor sollte davon Romans Reisekosten bezahlen und ihm den Rest, der zweifellos den größten Teil ausmachen würde, nach ihrer Ankunft aushändigen, um ihm den Beginn seines neuen Lebens in der fremden Stadt zu erleichtern.

Roman war völlig durcheinander. Er fühlte keine Gewissensbisse oder Reue, daß er einen Menschen getötet hatte, obgleich dieser Mensch sein Halbbruder war. Ihre Verwandtschaft ging von einer Frau aus, die ihn nicht liebte; und die andere Hälfte von Alonzo stammte von einem Mann her, den Roman haßte, und der ihn haßte. Für Roman zählte einzig und allein die Tatsache, daß Sarah vergewaltigt worden war. Sein Zorn hatte wenig mit dem spezifisch sexuellen Charakter des Vergehens zu tun; er hätte ebenso reagiert, wenn ihr Angreifer sie lediglich in gewalttätiger Absicht berührt hätte. Er hätte ihn tausendmal töten können, ohne das Gefühl zu haben, daß die Schuld gesühnt worden war.

Was sein Fortgehen betraf, so wurde sein anfänglicher Groll über den damit verbundenen Zwang sehr bald durch die Aussicht besänftigt, daß er reisen und neue Dinge sehen würde, daß er während eines Teils der Fahrt die Gesellschaft seines früheren Idols Adam Davis genießen und schließlich mit dem Freund, dessen Liebe er sich für immer zu erhalten hoffte, an einem Ort eintreffen würde, wo er, wie er wußte, willkommen war. Lovey packte seine Kleidung und seine Bücher in den Koffer, den Leon ihm gekauft hatte. Zum erstenmal seit seiner Geburt war Lovey mit Roman einverstanden und behandelte ihn mit Respekt und Achtung. All das, was sie ihm insgeheim verübelt hatte – die Tatsache, daß er unehelich gezeugt worden war und ein Leben geführt hatte, das sie als nutzlos und verweichlicht betrachtete –, hatte er in ihren Augen mit einer einzigen Tat wiedergutgemacht.

Sarah blieb nach dem Zwischenfall nur einen Tag in ihrem Zimmer. Sie wollte nicht, daß ihre Leute flüsterten und besorgte Vermutungen anstellten. Als sie sich unter sie mischte, sahen sie ihre Verletzungen und Blutergüsse, aber nach dem ersten Ausbruch von Mitleid und Zorn schenkten sie ihrem Aussehen ebensowenig Beachtung wie sie selbst. Sie wagte sich jedoch nicht über die unmittelbare Umgebung des Hauses hinaus. Als sie sich dessen bewußt wurde, zwang sie sich, über die Felder und in den Wald zu gehen. Unterwegs dachte sie an Clovis Elk. Sie hatte die Frau nie gemocht, und sie verübelte es ihr und beneidete sie, daß sie ein Kind von Leon geboren hatte, während sie selber es nicht konnte. Aber jetzt wurde ihr zum erstenmal klar – und sie schämte sich, daß es ihr nicht schon früher in den Sinn gekommen war –, daß Clovis Alonzo geliebt haben mußte und zweifellos um ihn trauerte. Sie erinnerte sich an den Tag vor vielen Jahren, als sie Clovis mit ihren beiden jüngeren Söhnen gesehen und ihre offensichtliche Zuneigung zu ihnen beobachtet hatte, selbst als sie versuchte, beleidigend zu Sarah zu sein.

Einer plötzlichen Eingebung folgend, verließ sie den Wald und ging geradewegs in Richtung des Hauses der Anderson-Farm. Alonzo war vor zwei Tagen beerdigt worden, aber sie hatte die Frauen in der Küche sagen hören, daß Clovis nicht in die Stadt zurückgekehrt war. Nach einer Viertelstunde kam sie zu dem Haus. Clovis saß allein auf der vorderen Veranda. Sie hielt ein halbvolles Glas zwischen den Händen auf dem Schoß, und auf dem Boden neben ihrem Stuhl stand eine Kruke. Ihre Augen waren offen, aber abgesehen davon hätte sie schlafen können, so still saß sie da, und so ausdruckslos war ihr Gesicht.

Sarah ging nicht auf die Veranda, sondern blieb wenige Meter von Clovis entfernt auf dem Hof stehen.
»Es tut mir leid für Sie«, sagte Sarah. »Es tut mir sehr leid.«
Sie glaubte schon beinahe, daß die Frau sie nicht gehört hatte, als Clovis mit heiserer Stimme sagte: »Scheren Sie sich weg von meinem Land.«

Am Tag von Romans Abreise holte Proctor ihn mit einem großen Wagen ab, der sie und das ganze Gepäck zum Bahnhof bringen sollte. Adam fuhr mit seinem Vater, seinen Schwestern und seiner Großmutter in der Familienkutsche direkt nach Highboro.
Nachdem Roman sich von Floyd verabschiedet hatte, war er die letzte Stunde mit Sarah allein gewesen, und sie hatten nicht über die Vergangenheit, sondern über Romans Zukunft im Norden gesprochen. Er versprach, ihr regelmäßig zu schreiben, und sie sagte – obwohl keiner von beiden es wirklich glaubte –, daß sie eines Tages nach Philadelphia kommen werde und daß er und Mr. Proctor ihr die Stadt zeigen müßten. Er mache sich Sorgen um die Schule, sagte Roman, aber Sarah versicherte ihm, daß sie sie in Gang halten werde, und außerdem habe sie beschlossen, darauf zu bestehen, daß Selma künftig den Unterricht leite. Es sei genau das, was Selma brauche, um ihrem Leben einen Inhalt zu geben.
»Und Pauline kann mit einer Pfirsichbaumgerte für Disziplin und Ordnung sorgen«, sagte Roman. Sie lächelten bei dem Gedanken an das Bild, das die beiden dabei abgeben würden.
In diesem Augenblick kam Lovey, um ihnen mitzuteilen, daß der Wagen vor dem Haus wartete. Sie gingen hinaus und sahen, daß Sugar bereits Romans Gepäck aufgeladen hatte. Lovey blieb auf der Veranda, aber Sarah ging die Stufen hinunter zum Wagen und begrüßte Proctor. Dann wurden sich Sarah und Roman plötzlich in der gleichen Sekunde klar, daß der Augenblick des Abschieds gekommen war, und wandten sich erschreckt und schmerzbewegt einander zu. Sarah schlang die Arme um Roman, und so standen sie eine Weile zitternd vor Tränen da. Als sie sich voneinander lösten, küßte sie ihn. Er wandte sich blind dem Wagen zu, stellte den Fuß auf eine der Sprossen des Rades und stieg hinauf. Proctor gab dem Kutscher einen eiligen Befehl, und sie fuhren los. Sarah folgte ihnen ein paar Schritte, dann blieb sie stehen und winkte, bis Roman, der, ebenfalls winkend, am hinteren Ende des Wagens stand, hinter der Biegung der Auffahrt verschwunden war. Auf der kleinen Veranda des oberen Stockwerks saß Rachel, die erklärt hatte, sie wolle Roman nicht fortfahren sehen, und blickte wie betäubt vor Kummer dem Wagen nach.

Anfang November wußte Sarah, daß sie schwanger war. Nachdem sie zu diesem Schluß gelangt war, empfand sie einen Tag lang eine Freude, ein

Gefühl der Glückseligkeit, wie sie es noch nie zuvor in ihrem Leben kennengelernt hatte. Aber am zweiten Tag zwang sie sich, die praktische Seite der Dinge zu erwägen, und sofort kamen ihr Zweifel und Bedenken. Sie sagte sich, daß sie mit irgend jemandem reden müsse, dem sie vertrauen und den sie um Rat fragen konnte. Edna war ihre beste Freundin, aber es war unmöglich, mit ihr darüber zu sprechen. Es gab keine andere Frau. So seltsam es scheinen mochte, dachte sie bei sich, Lauretta wäre diejenige gewesen, die ihr hätte zuhören und sie beraten können. Nach ihrem anfänglichen Vergnügen an dem »Drama« des Dilemmas hätte Lauretta ruhig darüber nachgedacht und ihr einen vernünftigen Rat erteilt. Trotz ihrer romantischen Veranlagung hatte sie einen praktischen, klaren Verstand und ein gutes Urteilsvermögen, soweit es andere und nicht sie selbst betraf. Nell kam nicht in Frage. Selma schon gar nicht. Und auch Lovey nicht.

Also keine Frau.

Es mußte Felix sein. Er war klug und tolerant; seine Gedanken bewegten sich nicht in vorgeschriebenen Bahnen, und er erging sich nicht in Gemeinplätzen. Sarah wartete bis nach dem Frühstück am nächsten Morgen. Nachdem Stella ihn gewaschen, ihm sein Frühstück gegeben und sein Bett gemacht hatte, brachte sie das Geschirr und das Waschwasser hinunter und schwatzte danach für gewöhnlich eine Stunde oder länger mit den Frauen in der Küche.

Felix' Tür stand offen. Sarah klopfte an, als sie hineinging, dann schloß sie die Tür hinter sich.

Felix klappte sein Buch zu. »Guten Morgen, liebes Kind.«

»Guten Morgen, Onkel.« Sie ging ans Bett und küßte ihn auf die Wange.

Er blickte über ihre Schulter auf die geschlossene Tür und fragte: »Soll dies eine vertrauliche Unterredung sein?«

»Ja, bitte.«

»Setz dich.« Sie zog einen Stuhl dicht an sein Bett. »Ich fühle mich geschmeichelt, daß du zu mir kommst.«

»Nur du kannst mir raten.«

Er hob die Hand. »Meine liebe Sarah! Bitte nicht. Du irrst dich. Ich tauge nicht dazu, jemandem Ratschläge zu erteilen, und schon gar nicht einem Menschen, der so gut und klug ist wie du.«

»Du mußt, Onkel.«

Er seufzte und sah sie aufmerksam an.

»Ich bekomme ein Kind.«

Er ließ einen Augenblick vorübergehen. »Ich glaube, ich irre mich nicht, wenn ich annehme, daß du dir schon immer eigene Kinder gewünscht hast?«

»Ja.«

»Und? Ach du lieber Himmel! Natürlich. Vielleicht ist es nicht von Leon. Das meinst du doch, nicht wahr?«
»Nicht ›vielleicht‹. Es kann nicht von ihm sein.«
Er sagte langsam: »Ich hatte mir gedacht, daß ihr euch in dieser Beziehung nicht nahesteht.«
»Es ist nicht meine Schuld.«
»Ach?«
»Ich kann mich nicht über Leon beklagen...«
Felix lächelte müde und griff nach ihrer Hand. »Ich auch nicht über deine Tante. Manche Menschen – nun, sie sind nun einmal anders beschaffen. Ich weiß nicht warum, aber wir dürfen ihnen keinen Vorwurf machen.« Nach einer kurzen Pause nickte er energisch mit dem Kopf. »Dann war's der Neger, und du mußt sofort den Arzt kommen lassen. Es braucht niemand zu erfahren, nicht einmal Leon, falls du es ihm lieber nicht sagen willst. Jeder Arzt hat Verständnis dafür. Man kann nicht dulden, daß eine weiße Frau ein farbiges Kind zur Welt bringt. Das weißt du doch sicherlich selbst?«
»Onkel, ich kann mir nicht vorstellen, daß es farbig sein wird. Wie könnte dieser eine Gewaltakt... Nein, ich bin sicher, daß es weiß sein wird.«
Seine Augen weiteten sich vor Überraschung. »Der Maler?« Sie antwortete nicht. »Nein, bleib still, laß mir deine Hand.«
»Hat es Gerede gegeben, als er hier war?« wollte sie wissen.
»Nicht, daß ich wüßte. Aber als ich das Porträt sah, mein Kind, wurde ich nachdenklich. Ich habe eine üble Phantasie – oder auf jeden Fall bin ich nicht so arglos wie der Rest der Familie.«
»Du bist nicht schockiert?«
»Nein.« Er runzelte die Stirn.
»Aber du verurteilst mich.«
Er überlegte es sich, ehe er antwortete. »Nein, ich glaube nicht – das heißt, nicht dich persönlich. Wenn die Tatsache mich beunruhigt, so hat das mehr mit Beulah Land als mit dir zu tun. Aber lassen wir das. Wer auch immer der Vater sein mag, du mußt tun, was ich dir gesagt habe. Ruf den Arzt und laß es dir wegnehmen. Sofort. Und damit ist der Fall erledigt.«
Sie fing an, lautlos zu weinen. »Ich will mein Kind zur Welt bringen.«
Er hielt ihre beiden Hände an seine Brust gepreßt, um sie zu trösten. »Nein, Sarah.«
»Es wird mein Kind sein, nur meines.«
»Es wird der Erbe von Beulah Land sein und kein Kendrick. Du bist keine gewöhnliche Farmersfrau, die getrost ein wenig fremdes Blut unter ihre eigene Sippe mischen kann, ohne daß irgend jemand es ihr verübelt. Jedes Kind, das du zur Welt bringst, wird eines Tages diesen Besitz erben. Ich bin hier geboren. Ich bin hier aufgewachsen. Ich werde hier sterben. Beu-

lah Land ist unser Zuhause und mehr als unser Zuhause. Das ist einer der Gründe, Sarah, weshalb ich dich schon immer so lieb gehabt habe: Ich wußte von Anfang an, noch ehe du Leon geheiratet hast und für immer hierhergekommen bist, daß es für dich das gleiche bedeutet wie für mich. Du bist nicht irgendeine Frau, die über sich selbst verfügen kann. Du bist die Herrin von Beulah Land.«

Sie hörte auf zu weinen und saß still da. Die Tränen trockneten auf ihrem Gesicht, ohne daß sie sich darum kümmerte. Sie sahen einander nicht an, und sie sprachen lange Zeit kein Wort. Schließlich stand Sarah von ihrem Stuhl auf. »Ich werde Dr. Platt rufen lassen«, sagte sie und ging gebeugt wie eine alte Frau hinaus.

Sechster Teil: 1853

1

An einem kalten Januarmorgen stand Leon vor Tagesanbruch auf und zog die derbe, schwere Kleidung an, die Sarah ihm zurechtgelegt hatte. Ohne sich die Mühe zu nehmen, eine Kerze anzuzünden, schlich er die Treppe hinunter ins Büro. Dort nahm er aus der Vitrine, in der alle seine Waffen lagen, das Gewehr, das er am Abend zuvor gereinigt hatte. Dann ging er durch die große Halle und den Laufgang in die Küche, wo Floyd, das Gewehr gegen einen Stuhl gelehnt, auf ihn wartete.

Die beiden Männer sagten nichts, nickten sich nur grüßend zu. Floyd stellte zwei Gläser auf den Tisch und goß aus einer Steinkruke, die er aus dem untersten Fach eines Vorratsschrankes nahm, drei Fingerbreit Whisky hinein. Sie hoben die Gläser und tranken.

Leon hob ein Tuch von einem Blech mit kalten, süßen Brötchen, das am hinteren Ende der Herdplatte stand. Er aß mit einem Biß die Hälfte von einem und gab Floyd ein anderes. Nachdem jeder ein Brötchen gegessen hatte, stopften sie die übrigen unter ihre Hemden, um sie mit ihrem Körper zu wärmen und weich zu machen. Dann tranken sie ihren Whisky aus, griffen nach den Gewehren und gingen zur Hintertür hinaus; draußen neben dem alten Feigenbaum stand Joe-Tom mit zwei ihrer besten Jagdhunde, Brutus und Molly.

Joe-Tom, ein magerer, vierzehnjähriger Junge, war der Sohn von Sallou, die, zusammen mit Sharon und Lotus, immer noch unter Myrtis' Leitung in der Küche arbeitete. Der Junge hatte eine Leidenschaft für Hunde und fürs Jagen. Er war nicht eigens dafür bestimmt worden, sondern hatte sich, wie es oft auf Beulah Land geschah, diese Stellung aus eigener Neigung geschaffen. Er betreute die Hunde, richtete die jungen Tiere ab und sagte Leon und Floyd, wenn sie auf die Jagd gingen, welche von ihnen sich am besten für die jeweilige Art von Beute eigneten. Floyd und Leon waren die einzigen auf der Plantage, die jagten. Sie machten sich beide nicht viel aus der Jagd an sich, aber sie wanderten gern gemeinsam über die Felder und durch den Wald, wie sie es seit ihrer frühen Jugend getan hatten. Hin und wieder erklärte irgend jemand im großen Haus, wie langweilig es sei, immer das gleiche Fleisch zu essen – hauptsächlich Schwein und Geflügel, manchmal auch Rindfleisch–, oder äußerte einfach den Wunsch nach Wildbret; und dann zogen Leon und Floyd los, wie sie es an diesem Morgen taten.

»Hallo, Joe-Tom«, sagte Floyd.

»Hallo!« erwiderte der Junge ein wenig ungeduldig. Er hatte gewartet, und er war nicht so warm gekleidet wie sie. Er trug Hosen, die ihm zu kurz waren, ein dickes, wollenes Hemd und eine Zipfelmütze. Es mochte noch so kalt sein, er trug nie mehr als das, denn seine Bewegungsfreiheit war ihm wichtiger als Wärme. Seine Hände waren kalt, und er rieb sie aneinander und schlug mit den Armen, aber es half nicht viel. Er würde sich wieder wohl fühlen, sobald sie sich auf den Weg machten; es war nur das Warten, das ihn störte.

»Sind die Hunde bereit?«

»Ja, Sir.«

Molly wedelte beim Anblick der Männer und der Gewehre erfreut mit dem Schwanz, und Leon bückte sich, um ihren Kopf zu streicheln. Brutus hob das Bein am Feigenbaum, und sein Urin dampfte in der kalten Luft.

»Alles fertig?« fragte Floyd; er holte ein Brötchen aus seinem Hemd und gab es dem Jungen.

»Ja, Sir!« Joe-Tom interessierte sich im Augenblick mehr fürs Jagen als fürs Essen, aber er aß die Hälfte des Brötchens und brach die andere Hälfte in zwei Stücke, die er Molly und Brutus zuwarf; sie fingen sie auf und schlangen sie gierig hinunter, dann liefen sie den anderen voraus über den Hof, dicht an den Holztischen und Kesseln vorbei, wo an sonnigen Tagen die Wäsche gewaschen wurde. Sie schlugen zu Anfang stets diese Richtung ein, ganz gleich, wohin ihr Weg sie hinterher führen mochte. Es begann zu dämmern, als die Männer über die mit dickem Reif bedeckten Felder gingen. Die Erde war gefroren und knirschte unter ihren Füßen.

Sie erlegten in eineinhalb Stunden ein Dutzend Eichhörnchen – genug für ein reichliches Gulasch zum Mittagessen und Brühe für eine Haferschleimsuppe für Felix, falls er sie zu sich nehmen konnte. Felix hatte am ersten Weihnachtstag wieder einen leichten Schlaganfall erlitten, und obwohl er sich anfangs recht gut davon zu erholen schien, hatte sich sein Zustand gestern beängstigend verschlechtert.

Aber daran dachten Floyd und Leon nicht, als sie jetzt mit Joe-Tom und den Hunden in einer Lichtung saßen, die Hunde auf der Erde, die Männer Seite an Seite auf einem gefällten Stamm, der Junge rittlings auf einem niedrigen Baumstumpf. Sie teilten sich die restlichen Brötchen, und die Hunde, deren Jagdfieber sich noch nicht gelegt hatte, liefen, die Nase dicht am Boden, ins Gebüsch.

Joe-Tom summte leise vor sich hin, als Floyd sich an ihn wandte und mit scheinbar ernster Miene sagte: »Joe-Tom, man hat mir berichtet, du könntest wie ein wilder Truthahn kollern. Stimmt das?«

Der Junge grinste. Alle ihre Jagdausflüge endeten auf diese Art. Sie warteten, und gleich darauf kollerte er tatsächlich wie ein Truthahn, und der Ton, den er hervorbrachte, war so echt, daß die Hunde aufgeregt herbeigelaufen kamen, um zu sehen, was es gab.

Die Männer lachten, und die Hunde ließen sich verwirrt neben ihnen nieder.
Mit ausdruckslosem Gesicht fragte Floyd: »Joe-Tom, kannst du auch Vogelrufe nachahmen?«
Joe-Tom tat es. Bei einigen der Rufe gebrauchte er die Finger, meistens aber nur Lippen, Zähne und Zunge. Die Hunde, die jetzt hinter das Geheimnis gekommen waren, wedelten mit dem Schwanz und bellten Beifall und Protest.
Als Joe-Tom mit seinem Repertoire am Ende war, gratulierten die Männer ihm lachend zu seinem Vortrag. Leon schlug sich auf die Schenkel, stand auf und reckte sich. »Laßt uns nach Hause gehn und frühstücken!«
Leon und Floyd machten sich mit raschen Schritten auf den Weg, dann fingen sie an zu laufen und rannten um die Wette, wie sie es als Jungen so oft getan hatten. Joe-Tom, der jetzt sowohl die Gewehre als auch die Jagdbeute des Morgens trug, folgte ihnen langsam, und die Hunde blieben zurück, um ihm Gesellschaft zu leisten.
Sie waren immer noch bei guter Laune, als sie zur Küchentür kamen, wo Lovey sie erwartete.
»Ich habe die Schüsse gehört. Was habt ihr mitgebracht?«
»Ein gutes Dutzend Eichhörnchen«, erwiderte Leon.
»Sagt Joe-Tom, er soll sie zum Enthäuten und Ausnehmen in den Stall bringen. Ich will nicht, daß Myrtis sich hier in der Küche damit rumplagen muß.«
»Das weiß er, Mama«, sagte Floyd.
Sie sah die beiden gutgelaunten Männer brummig an. Ohne sich umzudrehen, sagte sie: »Myrtis! Sie sind da. Fang an.« Und dann zu Leon und Floyd. »Putzt euch die Schuhe ab, ehe ihr hereinkommt.« Sie gehorchten, und dann gingen sie in die Küche, wo Myrtis Eier in eine Pfanne schlug. Auf der warmen Herdplatte stand ein Teller mit gebratenem Schinken und daneben ein Topf Hafergrütze. »Ihr eßt hier«, sagte Lovey, auf den runden Tisch deutend, an dem sie, Floyd und Clarice zu essen pflegten.
Sharon goß warmes Wasser in eine Blechschüssel, und sie wuschen sich die Hände. Sallou deckte den Tisch und holte Gläser mit Pflaumenmarmelade und eingemachten Feigen, von denen sie wußte, daß sowohl Leon als auch Floyd sie besonders liebten. Dann war alles fertig, und sie setzten sich an den Tisch und aßen. Zwischendurch wechselten sie hin und wieder ein paar Worte; sie kannten einander so gut, daß es meist keiner vollen Sätze zwischen ihnen bedurfte. Oft genügte ein Blick oder ein Kopfnicken für eine Mitteilung, die vollständiger war, als andere sie mit vielen Worten zuwege bringen.
Sie hatten die Hafergrütze und den Schinken aufgegessen und wischten gerade das letzte Eigelb vom Teller, als Sarah hereinkam. Sie sah müde

und besorgt aus. Ihr Gesicht war hagerer geworden, und ihr Kinn und ihre Nase wirkten spitzer als in ihrer Jugend. Obgleich die Haut unter Wangen und Kinn noch straff war, hatten sich an ihrem Hals Runzeln gebildet. Ein Netz von Fältchen lag um ihre Augen, und zwei tiefe Falten klammerten ihren Mund ein.

»Guten Morgen«, sagte Leon.

Erst jetzt bemerkte sie die Männer. »Oh. Guten Morgen. Wart ihr auf der Jagd?«

Leon nickte. »Haben Eichhörnchen mitgebracht.«

Sarah hatte nicht auf seine Antwort gewartet; sie sprach mit Lovey. »Sag Otis, er soll ein Pferd satteln und dann zu mir ins Büro kommen. Er muß gleich in die Stadt reiten.«

»Wie geht es Onkel Felix?« fragte Leon.

»Otis soll Dr. Platt holen«, sagte sie.

Leon war sofort auf den Beinen. »Was kann ich tun?«

Noch ehe der Satz beendet war, hatte Sarah sie bereits verlassen.

Floyd stand vom Tisch auf. »Ich werde es Otis sagen, Mama.« Er ging hinaus.

»Wo sind die anderen?« fragte Leon, an Lovey gewandt.

»Miss Nell oben bei Mister Felix. Miss Pea, Miss Selma im Eßzimmer beim Frühstück. Mister Adam Davis ist vor einer Weile hereingeschneit, wie wenn er ganz zufällig hier vorbeigekommen wäre, und hat Miss Rachel gebeten, mit ihm spazierenzureiten.« Sie brummte. »Wenn Sie mich fragen, sie hatten's heimlich untereinander ausgemacht. Jedenfalls ist sie ohne ihr Frühstück auf und davon, als ob sie's nicht hätte erwarten können.« Als Leon zur Hintertür ging, fragte sie: »Wo gehn Sie hin?«

»Zum Stall.«

Der Reif war geschmolzen, und die Eiszapfen an der Seilrolle über dem Brunnen, der dem großen Haus am nächsten war, tropften in einem raschen, stetigen Rhythmus. Leon traf Joe-Tom vor dem Kuhstall an. Er half dem Jungen, die Eichhörnchen fertig auszunehmen, und er versuchte ein paar Scherze mit ihm, aber der Morgen hatte seinen Glanz verloren. Als er die Eingeweide aus dem Kadaver eines Eichhörnchens zog und sie über den Zaun auf den Hühnerhof warf, kam ein großer roter Hahn herbeigestürzt, um sie für sich mit Beschlag zu belegen; die Hennen kreischten in gespielter Angst und machten ihm eilig Platz.

2

Ihr Ritt hatte sie zu derselben Lichtung geführt, die Roman und Proctor einst als geheimen Treffpunkt benutzt hatten, auf der Sarah und Casey

Troy ein Liebespaar geworden waren, und wo Alonzo Elk, der jetzt seit über sieben Jahren im seinem Grabe lag, Sarah vergewaltigt hatte. Sie wußten natürlich nicht, was dort geschehen war, und waren sogar überzeugt, daß erst sie diese Lichtung entdeckt hatten. Nachdem sie abgesessen waren, schlenderten sie Hand in Hand umher, und Rachel hielt Adams Finger fest mit den ihrigen umklammert.
»Bringst du es tatsächlich fertig zu warten, bis ich im Oktober achtzehn werde?« fragte sie nicht zum ersten- oder zehnten- und auch nicht zum letztenmal.
»Nun...« Er runzelte die Stirn und schien es sich zu überlegen. »Ich muß es wohl, nicht wahr? Sie haben gesagt, du mußt achtzehn sein, ehe wir heiraten dürfen.«
»Ich weiß nicht, warum!« rief Rachel aus. »Viele Mädchen heiraten schon mit fünfzehn oder sechzehn. Annabel war gerade siebzehn, als sie Blair Saxon geheiratet hat.«
»Es hieß, Annabel sei außergewöhnlich reif für ihr Alter.«
»Ich weiß nur, daß sie mit siebzehn bereits ebenso töricht und eitel war, wie sie es heute ist.«
Adam lachte schallend. »Ich werde ihr erzählen, daß du das gesagt hast!«
»Bemüh dich nicht. Ich werde es ihr eines Tages selber sagen, aber erst, wenn ich verheiratet bin und wir endlich gleichgestellt sind.«
»Das macht euch immer noch nicht gleichgestellt. Sie hat bereits zwei Kinder.«
»Die werde ich auch haben – und noch mehr.«
»Ihre Kinder werden immer älter sein als deine.«
»Unsere werden klüger und schöner sein.« Er lächelte. »Hast du gehört, was ich gesagt habe? Ich habe gesagt unsere. *Unsere* Kinder! Überläuft es dich dabei nicht heiß und kalt?«
Er zuckte die Achseln und versuchte, nicht wieder zu lächeln, obwohl alles, was sie sagte und tat, ihm gefiel. »Alle haben Kinder, und demnach werden wir vermutlich auch welche haben.«
Sie zog ihre Hand aus der seinen. »Du bist abscheulich! Du hast nicht mehr Gefühl als ein Floh!«
»Bist du sicher, daß Flöhe nicht auch von Leidenschaft überwältigt werden?«
»Glaubst du, daß sie's werden?«
Sie mußten beide über ihre Albernheit lachen.
»Ich wünschte nur«, sagte sie, scheinbar wieder ernst, »ich wünschte nur, daß du nicht so gelassen und vernünftig wärst.«
»Anwälte müssen vernünftig sein. Es wäre nicht sehr zweckdienlich, mitten in einer Gerichtsverhandlung in Tränen oder schallendes Gelächter auszubrechen. Niemand würde uns achten oder uns vertrauen.«

Sie hob gebieterisch die Hand. »Ich will, daß du vor Verlangen nach mir brennst und schwörst, daß du nicht bis Oktober warten kannst!«
»Oh«, sagte er gelassen, »ich brenne vor Verlangen nach dir.«
»Tust du das?« fragte sie zweifelnd. »Sag mir, wie.«
»Ich – brenne. Das ist alles.«
Sie nahm seine Hand und küßte sie. »Und ich nach dir.«
»Das schickt sich nicht. Mädchen sollten kühl und ›ungeweckt‹ sein.«
»Nun, es freut mich, dir sagen zu können, daß ich vollkommen ›wach‹ bin. Willst du mich nicht küssen, Adam?«
Seine Lippen legten sich leicht auf die ihren, aber kein anderer Teil seines Körpers berührte sie.
»Ich habe dich Tante Edna schon mit mehr Inbrunst küssen sehen.«
Er lachte. »Nun, sie ist ja auch meine Großmutter – da darf man es.«
»Du bist viel zu korrekt!«
»Bei meiner Seele! Du erklärst mich für abscheulich und formell, gefühllos und kalt. Es wundert mich, daß du überhaupt bereit bist, mich zu heiraten.«
»Wahrscheinlich nur, weil ich niemand anderen kenne.«
»Du kennst jeden Menschen in der Umgebung.«
»Dann ist es vielleicht, weil ich dich zuerst gesehen und mich schon von klein auf an den Gedanken gewöhnt habe, daß du vollkommen bist. Du bist nicht vollkommen. Du bist voller Fehler.«
»Natürlich bin ich das, und du auch.«
»Wie kannst du das sagen! Du solltest mich als den Inbegriff aller Tugenden betrachten!«
»Aber das bist du nicht. Du bist ein verwöhntes junges Mädchen.«
»Bin ich das wirklich?« fragte sie kläglich.
»Nein«, sagte er rasch. »Du bist der Inbegriff – jeder zweiten Tugend. Das muß dir genügen – und jetzt müssen wir gehen.«
»Oh, noch nicht.«
»Ich muß um zehn im Gericht sein.«
»Da hast du noch stundenlang Zeit.«
»Das habe ich nicht, und ich muß den Fall noch einmal in Gedanken durchgehen.«
»Worum geht es dabei?«
»Willst du das wirklich wissen?«
»Ja!«
»Mein Klient, Orin Swerdlow, behauptet, daß ein gewisser Peter Constable sein Vieh auf seinem, Orin Swerdlows, Land grasen läßt, und da ...«
»Nein, erzähl's mir nicht.«
»Siehst du?« Er ging auf die Pferde zu, die, ungehalten über das lange Herumstehen in der Kälte, sich unruhig hin und her bewegten und mit

den Füßen stampften. Sie lief ihm nach, packte ihn von hinten und fing an, ihn an den Rippen zu kitzeln. Lachend machte er sich frei. »Hör auf! Hab Erbarmen! Hör auf...«
»Küß mich.« Er tat es. »Nein. Küß mich richtig – dann laß ich dich los.« Er küßte sie abermals.
Sie legte die Arme um seine Taille und preßte sich an ihn. »Adam, du bist sehr lieb. Nur sei nicht zu ›vernünftig‹ mit mir.«
Er küßte sie noch einmal langsam, und sie hielten sich umschlungen, bis er plötzlich versuchte, sich von ihr zu lösen. »Nein!« sagte sie und hielt ihn fest.
Er griff nach ihren Händen und zwang sie, ihn loszulassen.
Sie schien nachzugeben, aber sobald er ihre Hände freigab, schoß eine von ihnen nach vorn und berührte ihn. »Du bist steif!« flüsterte sie triumphierend. »Oh, Adam! Du brennst wirklich vor Verlangen nach mir, nicht wahr?«
»Du bist ein närrisches Geschöpf«, erklärte er, und sein Gesicht wurde rot, als er sich von ihr abwandte und die Zügel über den Kopf seines Pferdes warf.
»Gut«, sagte sie sanftmütig. »Ich werde brav sein – ein Muster von Tugend. Aber ach, es geht gegen die Natur!«
Er führte ihr Pferd zu ihr, dann bückte er sich und verschränkte die Finger, um ihr beim Aufsitzen zu helfen. Sie beugte sich rasch hinunter und küßte ihn auf die Stirn. »Siehst du«, sagte sie lächelnd, nachdem sie aufs Pferd gestiegen war, »ich kann mich so geziemend benehmen, wie du es wünschst.« Er saß auf, und sie führten die Pferde im Schritt aus der Lichtung.
»Ein hübscher Platz«, sagte sie, als sie sich entfernten. Schweigend ritten sie aus dem Wald hinaus und am Rande eines Feldes entlang. Plötzlich rief Rachel: »Schau, da ist sie.«
»Clovis Elk?«
»Sie hat uns gesehen!«
»Schon gut«, sagte Adam.
Sie wandten ihre Blicke bewußt von der Frau ab, die in einiger Entfernung neben einem umzäunten Gehege unweit des Stalls stand. Sie hielt die Arme verschränkt und starrte in ihre Richtung.
»Ich bekomme eine Gänsehaut, wenn ich sie nur sehe«, sagte Rachel. »Sie ist wie eine Hexe. Mama sagt, ich soll mich hüten, ihr Land zu betreten.«
»Wir reiten ja nur am Rand entlang«, sagte Adam ruhig. »Dagegen kann sie doch nichts einzuwenden haben, oder?«
»Sie haßt uns wegen der Dinge, die geschehen sind«, erwiderte Rachel. »Es erschreckt mich, wenn ich daran denke, daß irgend jemand uns haßt.«
Sie spornte ihr Pferd zum Galopp an, und er galoppierte hinter ihr her;

schon nach ein paar Minuten kamen sie in Sichtweite des großen Hauses von Beulah Land.

3

Er hatte den ganzen Tag geschlafen, oder zumindest schien es, als ob er schliefe; seine Brust hob und senkte sich in unregelmäßigem Rhythmus, sein Atem drang pfeifend aus seiner Kehle, dann rasselte er so grausig wie trockene Samen in einer Kürbisflasche. Er hatte keine Nahrung zu sich genommen, nur ein wenig Wasser aus einem Löffel, wobei das meiste von seinen Lippen auf sein hochgeschlossenes Nachthemd tröpfelte. Aber nach dem Abendessen, als sämtliche Familienmitglieder auf Zehenspitzen ins Krankenzimmer gekommen waren, um sich besorgt nach seinem Befinden zu erkundigen, öffnete Felix plötzlich die Augen und schien vorübergehend wieder vollkommen klar. Sein Blick wanderte in einer Art zorniger Verwunderung von Sarah zu Leon, dann weiter zu Penelope, Rachel und Selma und blieb schließlich auf Nell haften. Er versuchte, sich im Bett aufzurichten; Stella eilte herbei, um ihn zu stützen, und er sagte protestierend: »Seid ihr gekommen, mich sterben zu sehen? Schert euch fort! Um Himmels willen, Nellie, schick sie hinaus!«
Er sank zurück; Stella legte behutsam seinen Kopf auf die Kissen und zog die Decke über seine Arme. Seine Augen waren geschlossen; er hätte wieder eingeschlafen sein können, wenn sich nicht Tränen unter seinen Lidern gesammelt hätten und aus seinen Augenwinkeln gesickert wären. Schweigend, ohne einander anzusehen, verließen alle außer Nell und Stella das Zimmer. Sarah, die als letzte hinausging, schloß lautlos die Tür hinter sich; aber Felix spürte, daß sie wieder allein waren, und entspannte sich – oder besser gesagt: er bemühte sich mit der ganzen Willenskraft, die ihm blieb, einfach weiter ein- und auszuatmen.
Felix hatte Lungenentzündung und lag im Sterben. Niemand hatte es ausgesprochen, aber alle wußten es. Dr. Platt war heute zweimal gekommen, um nach ihm zu sehen, aber auch er konnte nichts weiter tun als sein Ohr an die Brust des alten Mannes legen und mit ernstem Gesicht auf die Töne lauschen. Es gibt bei derartigen Gelegenheiten einen Augenblick, wo alle sich mit der Gegenwart und der Unvermeidlichkeit des Todes abfinden. Die instinktive Erkenntnis, daß dies geschehen war, hatte Felix zum Protest aufgerüttelt; aber jetzt, da man ihn mit Nell und Stella allein gelassen hatte, fuhr er, so gut er konnte, mit dem kläglichen Geschäft des Sterbens fort.
Nell und Stella waren die ganze letzte Nacht und diesen Tag bei ihm gewesen. Sie hatten Kaffee und hin und wieder einen Schluck Brandy ge-

trunken, hatten jedoch nichts essen wollen. Mit einem betrübten Kopfschütteln hatte Penelope beim Mittagessen erklärt: »Arme Nell, geschmorte Eichhörnchen ist eine ihrer Lieblingsspeisen.« Lovey und Pauline gingen im Krankenzimmer ein und aus, aber es gab nichts, womit sie Felix hätten helfen können, obwohl Pauline verzweifelt versuchte, sich an die Mittel zu erinnern, die Ezra seinen Patienten in derartigen Fällen zu verabreichen pflegte.

Sarah kam kurz vor Mitternacht mit heißem Kaffee herein und bat Nell: »Bitte geh zu Bett. Laß mich bei ihm wachen. Ich rufe dich, wenn irgendeine Veränderung eintritt.«

Nell antwortete nicht, und nachdem Sarah eine Weile schweigend dagestanden hatte, ging sie wieder hinaus. Stella und Nell saßen neben dem Bett, jede auf einer Seite, ohne miteinander zu reden, aber auch ohne gegenseitigen Groll. Es gab einen Augenblick während der ersten Stunden des neuen Tages, wo sie von einer derart quälenden Müdigkeit ergriffen wurden, daß sie insgeheim und selbstsüchtig wünschten, er möge sterben, damit sie ihn verlassen konnten. Einfache, brutale Gedanken über die, die wir lieben, stellen sich in solchen Momenten sehr häufig ein.

Dann kam die Stunde der Nacht, wo beide Frauen sich so verzweifelt nach dem Tag sehnten, daß sie tatsächlich den ersten Lichtschimmer zwischen den Vorhängen zu entdecken glaubten, aber es war noch immer Nacht, und Felix atmete immer noch, obwohl sein ganzer Körper jetzt unter der Anstrengung bebte.

Auf dem Kaminsims brannte eine Kerze nieder. Das Feuer im Kamin glühte schwach unter der grauen Aschenschicht. Man hätte es nur ein wenig zu schüren und ein Scheit aufzulegen brauchen, um es wieder anzufachen, aber die beiden Frauen saßen regungslos da und blickten auf den sterbenden Mann. Plötzlich schossen seine Hände unter der Bettdecke hervor, und jede von ihnen griff nach einer und hielt sie fest. So vereinigt, teilten sie sich alle drei in die schreckliche Mühe seines Sterbens.

Sie konnte nicht eingeschlafen sein, sagte sie sich, aber eine Weile später erwachte sie aus einer Art Betäubung, als sie Stella sagen hörte: »Er ist tot.« Nell hielt immer noch seine rechte Hand, ebenso wie Stella seine linke hielt. Die Hand war trocken und starr, aber warm, oder vielleicht war es auch nur die Wärme ihrer eigenen Hände, die diesen Eindruck erweckte. »Er ist tot«, sagte Stella noch einmal. »Ich kenne diesen Mann, und ich weiß, er ist von uns gegangen.«

Nell wußte nicht recht, was sie mit seiner Hand machen sollte, und so legte sie sie nach einer Weile wieder behutsam unter die Decke, ehe sie sein Gesicht ansah. Sein Mund war leicht geöffnet; seine Augen waren es gottlob nicht. Es war weniger er selbst als vielmehr das Haar auf seinem Kopf und die Stoppeln auf seinen Wangen, die leblos schienen.

Kurz darauf wurde Nell sich bewußt, daß Stella den Kopf neben Felix aufs Bett hatte sinken lassen. Die arme Frau war natürlich vollkommen erschöpft. Sie hatte ihn betreut, seit sie kurz nach seinem ersten Schlaganfall nach Beulah Land übersiedelt waren; sie hatte ihn liebevoll gepflegt und ihm das Leben erträglich gemacht.
Vertrautheit läßt kein Grausen aufkommen, und so saßen die zwei Frauen noch eine weitere Stunde neben dem Toten, ehe Nell bemerkte, daß Licht – wirkliches, nicht nur erhofftes Tageslicht – durch die Vorhänge am Fenster drang; und sie hörten schwache Geräusche unten auf der Rückseite des Hauses. Myrtis oder eine ihrer Gehilfinnen hatte Feuer im Küchenherd gemacht; bald würde der Geruch von Kaffee, gebratenem Schinken und frisch gebackenen Brötchen durch die unteren Räume ziehen.
Nell erhob sich von dem Stuhl, auf dem sie so lange gesessen hatte, und ging zur anderen Seite des Bettes. Stella, die hellwach war, hob den Kopf und sagte: »Ich will nicht, daß irgend jemand außer mir diesen Mann berührt. Ich werd ihn waschen und anziehn. Das hab ich ihm versprochen. Wenn Sie runtergehn, sagen Sie in der Küche, eins von den Mädchen soll mir einen Kessel heißes Wasser raufbringen.«
Nell nickte und ging hinaus. Sie traf Sallou und Lotus in der Küche an und sagte Lotus, sie solle einen Kessel Wasser aufstellen und ihn, wenn er heiß sei, zu Stella ins Zimmer von Mister Felix bringen. Dann wandte sie sich an Sallou. »Ich habe Hunger«, sagte sie.
»Sie haben gestern den ganzen Tag nix gegessen, Miss Nell«, erwiderte Sallou.
»Ist etwas von den geschmorten Eichhörnchen übriggeblieben?«
»Nein, Ma'am.«
»Das hatte ich mir gedacht. Nun, brat mir ein paar Eier, und wenn es noch kalte Brötchen vom Abendessen gibt...«
»Ja, Ma'am, es sind noch welche da.«
»Schneid sie durch, bestreich sie mit Butter, wie Myrtis es manchmal für mich macht, und wärme sie im Backofen auf.«
Sallou nickte. »Sofort, Ma'am.«
Nell setzte sich an Loveys Eßtisch, um auf ihr Frühstück zu warten. »Nachdem ich gegessen habe, lege ich mich ins Bett und schlafe. Sag den anderen, wenn sie aufstehen, Mister Felix sei gestorben, und sie sollen veranlassen, was immer sie für richtig halten; nur soll mich niemand stören. Ich möchte nichts wie schlafen. Nachdem ich gegessen habe.«
»Ja, Ma'am.«
Nell stand auf, ging zur Hintertür und blickte hinaus. Es war ein klarer, kalter Morgen.
»Ich bin Witwe«, sagte sie ohne Selbstmitleid.

»Ja, Ma'am«, pflichtete Sallou ihr ein wenig verlegen bei, während Lotus mit dem Heißwasserkessel und einer Blechschüssel hinauseilte.
»Sind meine Eier fertig?« fragte Nell.
»Noch nicht, Ma'am. Ich...«
»Beeil dich. Ich komme um vor Hunger.«

4

Die Trauerfeier war für die Jahreszeit sehr gut besucht. Felix hatte praktisch sein ganzes Leben lang als Anwalt und Geschäftsmann in Highboro gearbeitet, und fast jede Familie der Stadt war beim Gottesdienst durch eines oder mehrere Mitglieder vertreten. Ganz abgesehen von seiner juristischen und kaufmännischen Tätigkeit hatte Felix sich auch durch seine Güte und Großzügigkeit die Zuneigung der Leute erworben. Ohne sich jemals für einen »guten Menschen« zu halten, war er doch einer gewesen. Niemandem, ob Neger oder Weißer, der arm war und Schwierigkeiten hatte mit dem Gesetz oder mit seinen Mitmenschen, hatte er je Rat und Hilfe verweigert. Da ihm keine eigenen Kinder vergönnt waren, hatten ihm stets die Bedürfnisse der Kinder anderer am Herzen gelegen. Mehr als ein Mann mittleren Alters hätte die Schuld an seinen faulenden Zähnen den Bonbons zuschreiben können, die Felix freigebig unter den Kindern verteilt hatte, wenn er von seinem Haus ins Büro, aufs Gericht oder zum Postamt ging; und eine Reihe von Frauen mittleren Alters, sowohl die unscheinbaren als auch die immer noch hübschen, erinnerten sich mit wehmütiger Dankbarkeit an seine schmeichelhaften Blicke und Komplimente, als sie noch linkische junge Mädchen waren. Und so kamen sie, und alle – jeder Mann, jede Frau und jedes Kind – hatten das Gefühl, daß gerade sie eine ganz besondere, persönliche und gegenseitige Zuneigung mit dem Mann verbunden hatte, dessen Leichnam jetzt in dem aufgebahrten Sarg dort vor der Kanzel lag.
Es hatte vorher einen Trauergottesdienst auf Beulah Land gegeben, bei dem alle Neger – die ihn, wenn sie alt waren, sein ganzes Leben lang gekannt hatten, und wenn sie jung waren, *ihr* ganzes Leben lang – ihm nicht aus Pflicht, sondern aus ehrlicher Zuneigung die letzte Ehre erwiesen hatten.
Bei der kurzen Trauerfeier am Grab waren nur die Angehörigen und engsten Vertrauten zugegen: Nell, Leon und Sarah, Penelope, Selma, Rachel, Lovey und Stella. Felix hatte Stella in seinem Testament die Freiheit gegeben und tausend Dollar vermacht. Sie hatte seit seinem Tod mit Lovey und Clarice in dem kleinen Haus gewohnt, das die beiden Frauen miteinander teilten. Clarices Tochter Ricey hatte vor fünf Jahren, sehr zur Er-

leichterung ihrer Mutter, den Kesselflicker von Oaks geheiratet und war dorthin gezogen. Leon hatte Stella angeboten, für immer oder so lange, wie sie wollte, auf Beulah Land zu bleiben, aber da sie erst in den Vierzigern war und außerdem gesund und abenteuerlustig, zog sie es vor, nach Savannah zu gehen, und Penelope gab ihr eine Reihe von Empfehlungsschreiben an Freunde und Bekannte, falls sie vorhatte, sich eine Arbeit als Krankenschwester zu suchen.

Die Erde füllt Löcher aus, die in der Landschaft entstanden sind, und macht sie wieder eben. Aber nachdem Felix gestorben und begraben war, blieb die Erinnerung an ihn lebendig. Vor allem in Leons Leben hinterließ Felix' Tod eine Lücke, die nie ganz zu schließen sein würde, eine Lücke, die immer bestehen und ihn ein wenig einsam machen würde. Felix, wenngleich sein Onkel, war ein Teil seiner Jugend, seines ganzen bisherigen Lebens. Wenn Floyd sein »guter« Freund gewesen war und immer sein würde, so waren Felix und Bonard seine »bösen« Freunde gewesen – vielleicht noch notwendiger als der erstere, weil sie seine Schwächen verstanden und geteilt hatten.

Im Grunde waren sie beide für ihn verloren gewesen, seit Bonard mit Lauretta fortgegangen war und Felix beim Brand des Lagerhauses vor beinahe fünfzehn Jahren seinen ersten Schlaganfall erlitten hatte. Aber obwohl sie ihre Funktion als »böse« Freunde seit damals nicht mehr ausgeübt hatten, waren sie doch am Leben gewesen; und jetzt waren sie tot.

Im vergangenen Oktober hatte Sarah einen Brief von Lauretta erhalten, die zu jener Zeit in San Francisco lebte. Lauretta hatte unter anderem geschrieben:

»Es wird Dich überraschen zu hören, daß ich nicht mehr Mrs. Bonard Davis bin. *(Sie hatte vergessen oder zog es vor zu übersehen, daß sie rechtlich niemals Mrs. Bonard Davis hätte sein können.)* Du hast sicherlich von dem Goldfieber gehört, das unzählige Menschen an die Westküste gelockt hat. Bonard, mein verstorbener Mann, ist leider auf den Goldfeldern auf keine ›reiche Ader‹ gestoßen. Er hat jedoch beträchtliches Glück an den Spieltischen gehabt, die ihm, wie er selbst immer sagte, besser gefielen als ›der Esel, die Picke und die Pfanne‹ des Goldsuchers! Vor etwas über einem Monat schien ihn das Glück jedoch verlassen zu haben. Er wurde beschuldigt, beim Kartenspiel zu mogeln – was natürlich eine Lüge war! Er war viel zu klug und geschickt, um bei irgendeinem Spiel mogeln zu müssen. Aber das ist jetzt nicht wichtig. Sein Widersacher, der zu dieser Zeit betrunken gewesen sein soll, verließ den Raum, kehrte kurz darauf mit einem Gewehr zurück und schoß ihm eine Kugel ins Herz. Er starb sofort, und die Karten, die er in den Händen hielt (ein einmalig gutes Blatt, wie man mir sagte – aber das mag aus sentimentaler Freundlichkeit mir gegenüber geschehen sein), fielen mit der Bildseite nach unten auf den Tisch. Ich war, wie Du Dir vorstellen kannst, untröstlich. Aber das Schicksal ist unberechenbar, und wir können nie wissen, was als nächstes geschieht! Nun gut! Bonard war gerade erst begraben, als – aber ich will Dich nicht mit Einzelheiten auf die Folter spannen! Laß mich Dir gleich sagen, daß ich, noch ehe ein Monat vergangen war – tatsächlich vor genau fünf Tagen–, einwilligte, die Frau eines gewissen Mr. Robb Quale Tilly zu werden–, dessen (für manche) etwas komisch klingender Name durch die Tatsache wettgemacht wird, daß er ein reicher Mann ist. Er ist, meine liebe Sarah, *sehr* reich, und *ich* bin sehr reich! Beneidest du mich nicht?«

Sie hatte noch mehr, viel mehr geschrieben, aber als Leon den Brief las, hatte er nur die Tatsache in sich aufgenommen, daß Bonard tot war. Und nun war auch Felix tot. Er dachte an all die Jahre, in denen sein Onkel seine kleinen Sünden unterstützt oder sich belustigt seine diesbezüglichen Berichte angehört hatte, und die Erinnerung an einen Zwischenfall führte ihn zum vorhergehenden, bis er schließlich zu jener Begebenheit in seiner frühen Jugend kam, wo sie zum erstenmal Komplicen gewesen waren – und Felix hatte nicht einmal etwas davon geahnt! Er wünschte, daß er es ihm erzählt hätte; sie hätten bei einem Glas Whisky und einer guten Zigarre darüber lachen können. Es war jener Sommer im Jahr 1820, als er und Clovis – als er, Floyd und Clovis sich zuerst zu dritt getroffen hatten und dann er und Clovis allein. Sie hatte einen Lohn von ihm gefordert, und er hatte ihr schließlich das Goldstück gegeben, das Felix ihm im Jahr zuvor zu Weihnachten geschenkt hatte.

Wie lange war das her. Wie jung waren sie alle – selbst Felix – damals gewesen!

Der Gedanke an Clovis, wie sie zu jener Zeit gewesen war – jung, keck und heißblütig–, veranlaßte ihn, an sie zu denken, wie sie heute war. Er wußte, daß sie immer noch auf der Anderson-Farm lebte, obwohl niemand sie je erwähnte und kaum jemand außer ihren Sklaven sie zu sehen bekam. Roscoe hatte nach Alonzos Tod Turnip und seine Frau von der Viehfarm herübergeholt und ihn zum Aufseher der Anderson-Farm ernannt. Turnips Frau Puddy war hocherfreut, so nah bei der Stadt zu leben; sie trug nun auch im Sommer Schuhe und pflegte Zähne und Zahnfleisch durch regelmäßiges Kauen von Kautabak.

5

Roscoe Elk war wohlhabender und somit einflußreicher denn je. Er und Junior waren ein erfolgreiches Zweigespann. Als Junior Urteilskraft und

Geschicklichkeit in geschäftlichen Verhandlungen zu zeigen begann, war Roscoe klug genug gewesen, ihm mehr Handlungsfreiheit und in einigen Unternehmungen sogar völlige Unabhängigkeit zu gewähren. Junior seinerseits nahm gewissenhaft die Interessen seines Vaters wahr und war selbst einsichtig genug, um zu erkennen, wieviel es gab, was er noch lernen mußte, und daß sein Vater der beste Lehrer war, den er sich wünschen konnte. Junior wußte, daß die Art, wie ein ehrgeiziger Neger vorankam, nicht die gleiche war, die ein ehrgeiziger Weißer wählen würde. Außerdem war Roscoe dreiundsechzig; eines Tages würde Junior schalten und walten können, wie es ihm gefiel. Die Zukunft gehörte ihm.

Sie lebten ruhig, aber gut in dem jetzt schlicht und vornehm eingerichteten Haus, das Roscoe von Felix Kendrick gekauft hatte. Geraldine, die dank der Erziehung, die Clovis ihr hatte zuteil werden lassen, Roscoes Interesse geweckt hatte, war kurz nach Alonzos Tod ins Stadthaus gebracht worden. Ihre Stellung war nicht eindeutig definiert. Sie war nicht die Köchin und offiziell auch nicht die Haushälterin. Vielmehr half sie, wie es hieß, den Haushalt führen. Sie aß in der Küche mit der Köchin und den übrigen im Haus beschäftigten Sklaven. Und sie wußte, daß sie für Roscoe dazusein hatte, wann immer er zu Hause war, es sei denn, er befahl ihr, fortzugehen und ihn in Ruhe zu lassen. Diese diskrete Zweideutigkeit ihrer Stellung beruhte zum Teil auf der Tatsache, daß Roscoe sich für eine zu bedeutende Persönlichkeit hielt, um offen einzugestehen, daß er ein ungebildetes Sklavenmädchen zur Geliebten hatte; und zum Teil geschah es aus Respekt vor Juniors Frau Dorothy.

Bei Juniors Eheschließung hatten geschäftliche Erwägungen eine wesentliche Rolle gespielt, obwohl die junge Frau zweifellos hübsch, ja sogar beinahe schön war; und sie hatte eine gute Erziehung genossen. Sie kam aus Savannah. Ihre Mutter war dunkelbraun und mit einem Mann verheiratet, der so schwarz war, wie ein Mensch nur sein kann. Dorothy hatte eine bläßliche, hellbraune Färbung, und man wußte, daß ihr Vater ein verheirateter weißer Bankier war. Er hatte die Heirat ihrer Mutter veranlaßt und ihr ausreichende Mittel für die Erziehung des Kindes zur Verfügung gestellt. Im Lauf der Jahre hatte er eine große Zuneigung zu Dorothy gefaßt und sogar mit dem Gedanken gespielt, sie in ein Internat im Norden zu schicken, wo sie eines Tages eine angemessene und würdevolle Ehe schließen könnte.

Aber das Mädchen war zu zart – oder zumindest wurde das als Grund für die Tatsache angeführt, daß jeglicher Plan, ihr eine anspruchsvollere Erziehung zuteil werden zu lassen, zum Scheitern verurteilt war, denn sie hatte weder den Charakter noch die Fähigkeiten für eine besondere geistige Entwicklung.

Roscoe, der den weißen Vater kannte, da er seit Jahren mit ihm geschäftlich in Savannah zu tun hatte, wußte über das Mulattenkind Bescheid. Die Mutter brachte Dorothy manchmal sogar zu ihrem Vater in die Bank, und so war sie auch einmal dort gewesen, als Roscoe zu einer Unterredung im Büro des Mannes war. Roscoe begann, die möglichen Vorteile einer Heirat zwischen Junior und dem jungen Mädchen zu erwägen. Er wartete mit seinem Vorschlag, bis er wußte, daß der Vater seine ehrgeizigen Pläne hinsichtlich der Zukunft seiner Tochter aufgegeben hatte und vermutlich bereit sein würde, eine finanziell gesicherte und achtbare Ehe für das Mädchen in Betracht zu ziehen. Und so war es. Junior erkannte sofort die Möglichkeiten, die diese Verbindung ihm für seine künftigen Unternehmungen in Savannah boten; und Dorothy war viel zu schwach, sich den Wünschen ihres Vaters zu widersetzen. Sie heirateten in Savannah – ein Ereignis, bei dem Clovis nicht zugegen war–, und Junior brachte seine junge Frau nach Hause. Sie gebar in drei Jahren zwei Kinder, ein Mädchen, das nach wenigen Monaten starb, und einen Jungen, den sie Roscoe nannten. Das fette, ernst dreinblickende Baby hatte sogar schon in der Wiege etwas von dem verschlagenen Ausdruck seines Großvaters.

Clovis blieb die meiste Zeit sich selbst überlassen. Niemand fragte sie um Rat, was die Angelegenheiten der Farm betraf, weil sie für gewöhnlich zu schwach und verwirrt vom Alkohol war, um irgendwelche Entscheidungen zu treffen. Roscoe, der früher einmal versucht hatte, sie mit seinen Fäusten zur Vernunft zu bringen, ließ sie jetzt in Ruhe. Er wollte sie nicht in der Stadt haben. Sie bekam von ihm gerade genügend Geld, um sich regelmäßig mit Whisky einzudecken. Anfangs hatte er versucht, es ihr zu verweigern, aber sie verkaufte oder verpfändete alles, was ihr unter die Finger kam, um sich das einzige zu beschaffen, was sie trösten und beruhigen konnte.

Der Gedanke an sie machte Leon neugierig, sie zu sehen. Er ließ Andeutungen fallen, stellte scheinbar beiläufige Überlegungen an, die eine Antwort herausforderten, aber er erfuhr nichts anderes als das, was ohnehin allgemein bekannt war. Ohne es sich bewußt vorzunehmen, ritt er an mehreren Regentagen im Februar, als es wenig Arbeit im Sägewerk und auf der Plantage gab, mehrmals am Rand der Anderson-Farm entlang, in der Hoffnung, ihr zu begegnen.

Und dann sagte er eines Tages einfach laut: »Hol's der Kuckuck!« und gab zu, daß er den Wunsch hatte, sie zu sehen. Nachdem er sich auf diese Art Luft gemacht und sich angesichts seiner Ehrlichkeit berechtigt fühlte, zu handeln, wie ihm zumute war, führte er sein Pferd den Pfad entlang zum Vordereingang des Hauses der Anderson-Farm. Er saß nicht ab, um an die Tür zu klopfen; er rief nicht. Er sah niemanden, aber er ritt nicht fort. Irgendwann würde jemand seine Gegenwart bemerken, sagte er sich.

Es ging nur ein leichter Sprühregen nieder, aber er war kalt. Nichtsdestoweniger wartete er.
Kurz darauf öffnete eine Frau die Tür und kam herausgetorkelt. Er hätte Clovis fast nicht erkannt, wenn nicht das Geschwätz der Leute ihn auf ihre Erscheinung vorbereitet hätte. Ihr Haar sah aus, als wäre es seit Tagen nicht richtig frisiert worden; es stand wirr und zerzaust von ihrem Kopf ab. Ihr Kleid war nicht ausgesprochen schmutzig, aber es hatte Flecken, die von nachlässigem Essen und Trinken stammten. Der Schal, den sie aufgenommen und um die Schultern geschlungen haben mußte, ehe sie in das naßkalte Wetter hinaustrat, war – wie Leon verblüfft bemerkte – derselbe, den Sarah am Tag der Vergewaltigung getragen und den Alonzo, laut Romans Bericht, wie einen Schleier vors Gesicht gehalten hatte, als Roman die Pistole hob, um ihn zu töten.
Sie kam zum Rand der Veranda und hielt sich an einem hölzernen Pfosten fest, während sie die Augen zusammenkniff, um zu erkennen, wer der Besucher war. Nachdem sie sich vergewissert hatte, sagte sie: »Ich kenne dich. Geh weg.«
Er antwortete nicht, und als das Pferd, durch den Ton und die Erscheinung der Frau beunruhigt, nervös zu werden begann – Leon fühlte, wie der Körper sich zwischen seinen Schenkeln straffte –, blieb er still sitzen, hielt die Zügel ein wenig fester und erwiderte den Blick der Frau, um ihr damit zu verstehen zu geben, daß es an ihr sei, den nächsten Schritt zu tun, obwohl sie als letzte gesprochen hatte.
»Ich hab dir gesagt – mach, daß du wegkommst!«
Da er befürchtete, daß sie ihn einfach stehenlassen würde, sagte er schließlich: »Clovis?«
»Du erinnerst dich an meinen Namen, nicht wahr?«
Er erwiderte nichts.
Nach einer kleinen Pause sagte sie: »Ich kenne deinen auch. Leon Kendrick.«
Er rührte sich nicht, sagte nichts.
»Dein Sohn Roman«, fuhr sie nach einem Augenblick fort, »ist hergekommen und hat meinen Sohn Alonzo getötet!« Sie zog die Silben der letzten Worte in die Länge, so daß sie wie eine Art heulender Fluch klangen.
Er saß immer noch da und erwiderte nichts.
Sie riß sich mit einer ungestümen Bewegung den Schal von den Schultern. »Siehst du das hier?« Sie hielt ihn in die Höhe. »Es ist Blut dran! Es sieht jetzt aus wie Rost, aber es war Blut! Ich laß ihn nie waschen. Weißt du, wem er gehört?«
Jetzt drehte er sein Pferd herum und begann, im Schritt davonzureiten, aber als er ihr herausforderndes, kindisch triumphierendes Gelächter

hörte, machte er wieder kehrt und führte das verwirrte Pferd zu der Stelle zurück, wo es zuvor gestanden hatte. »Clovis?« sagte er.

Verblüfft über seine Rückkehr, hörte sie auf zu lachen. Sie stützte sich wieder gegen den Pfosten.

»Clovis?« wiederholte er.

Den Pfosten fest umklammernd, sagte sie: »Ja – *Junge?*«

Er saß da und starrte sie an. Das Pferd scharrte nervös mit den Hufen. Sie erwiderte seinen Blick. Als er wieder »Clovis?« sagte, lief sie stolpernd und blind ins Haus zurück.

Leon blieb noch eine Weile, wo er war, bis es stärker zu regnen begann; dann schlug er den Jackenkragen hoch, zog den Hut in die Stirn und ritt fort. Er spürte, daß sie ihn vom Fenster aus beobachtete, daß ihre Augen wie ein gespanntes Gewehr auf seinen Rücken gerichtet waren.

6

Er kehrte zurück, aber sie kam nicht heraus, obwohl er eine halbe Stunde vor ihrem Haus auf seinem Pferd saß und sich dabei von Minute zu Minute törichter vorkam. Sie stand die ganze Zeit drinnen neben dem Fenster und beobachtete ihn verstohlen durch den Vorhang hindurch. Als er schließlich die Absätze in die Weichen des Pferdes drückte, seinen Kopf mit dem Zügel herumdrehte und die kleine Straße entlangritt, hatte sie das Gefühl, etwas gewonnen zu haben, und dann tat es ihr sofort leid, daß sie nicht hinausgegangen war, um mit ihm zu reden, denn ihr Leben war so eintönig, daß selbst das unerklärliche Erscheinen des Mannes eine Abwechslung bedeutete, die man ausnutzen sollte – es war auf jeden Fall besser als herumzusitzen, ohne daß überhaupt etwas geschah.

Eines Tages ertappte sie sich dabei, daß sie auf ihn wartete, und zwar lediglich, weil es vier Tage nach seinem zweiten Besuch war, und dieser vier Tage nach dem ersten stattgefunden hatte. Er kam nicht, und als der Tag zur Neige ging, fing sie an, stärker als sonst zu trinken. Sie aß nichts, trank sich jedoch am frühen Abend um Sinn und Verstand. Turnip schleppte sie ins Bett, als er von der Arbeit heimkam; Puddy hatte Angst vor ihr, wenn sie betrunken war, und näherte sich ihr nicht, es sei denn, man befahl es ihr.

Clovis schlief bis Mitternacht. Als sie aufwachte, hatte sie Schüttelfrost und konnte nicht aufhören zu zittern, bis sie ein halbes Glas Whisky getrunken hatte. Als sie sich besser zu fühlen begann, zündete sie im Wohnzimmer ein Feuer an und trank langsam bis zum frühen Morgen, wie Clarence Anderson es in demselben Zimmer vor ihr getan hatte. Je länger sie trank und über die Dinge nachdachte, um so klarer wurden sie.

Sie entdeckte, daß sie tatsächlich einen sehr guten und scharfen Verstand besaß: Er erklärte ihr die ganze Vergangenheit und zeigte ihr, wie eines zum anderen geführt hatte, bis ihr ganzes Leben, auf nichts anderem als den törichten Impulsen ihrer Jugend aufgebaut, vergeudet war. Immer noch auf dem Stuhl sitzend, schlief sie wieder ein. Etwa eine Stunde später wachte sie zitternd vor Kälte auf, nahm sich jedoch nicht die Mühe, das Feuer wieder anzufachen, sondern legte sich, wie sie war, ins Bett; sie zog nur die Schuhe aus und kicherte leise vor sich hin, während sie Sarahs alten Schal um ihre Füße wickelte, um sie zu wärmen.

Als sie wieder aufwachte, war es bereits zehn Uhr morgens, und sie fühlte sich miserabel. In der Kruke war kein Whisky mehr, und es war ihr letzter gewesen. Sie hatte ihn zu schnell ausgetrunken. Was noch zwei Tage hätte reichen sollen, bis Roscoe kam, um ihr etwas Geld zu geben, war zu Ende, und sie würde zittern und leiden müssen. *Tu was, lieber Gott*, sagte sie im stillen. Sie ging in die Küche und war froh, Puddy nicht dort anzutreffen. Sie zwang sich, ein Brötchen zu essen, obwohl sie das Gefühl hatte, daß jeder Bissen, den sie kaute und schluckte, ihr im Hals steckenbleiben würde. Auf dem Küchentisch lag ein Stück gebratenes Schweinskotelett, in seinem eigenen Fett erstarrt. Sie wischte das Schmalz an ihrem Kleid ab und biß hinein. Der fettige Salzgeschmack des Fleisches verursachte ihr Übelkeit; aber nachdem sie es hinuntergeschluckt hatte, fühlte sie sich besser und sicherer auf den Beinen. Sie aß den Rest und dazu noch ein kaltes Brötchen. Puddy kam herein, eine Ladung Kleinholz auf dem Arm, und fragte, ob sie etwas wünsche. Sie sagte nein und ging ins Wohnzimmer, um sich den neugierigen, furchtsamen Blicken der Frau zu entziehen. Kurz darauf hörte sie ein Pferd und fragte sich verwundert, ob Roscoe wohl früher als erwartet gekommen sei. Es hatte tagelang nicht geregnet, und die Erde auf dem Vorderhof war trocken und fest, so daß die Hufe des Pferdes laut wie auf einer harten Lehmstraße klapperten. Sie ging zum Fenster und sah, daß es Leon Kendrick war und daß er an der gleichen Stelle haltgemacht hatte wie die beiden Male zuvor. Ohne daran zu denken, wie sie aussah – und sie sah wie eine geistesgestörte Hexe aus–, trat sie auf die Veranda hinaus.

Leon nickte, als er sie sah. »Clovis«, sagte er so gelassen, wie er den Namen irgendeiner zufälligen Bekannten hätte aussprechen können, die er auf dem Bahnhof oder Postamt begrüßte.

Ihr Verlangen gewann die Oberhand über ihre Unsicherheit, und sie rief ihm heiser zu: »Hast du was zu trinken?«

»Was?« Er legte die Hand ans Ohr und neigte den Kopf in ihre Richtung.

»Ich sagte: Hast du Whisky dabei?«

Er schüttelte den Kopf. »Nein.«

»Ach.« Sie machte eine Faust und rieb sich den Magen. »Ich hab so

Schmerzen im Leib, und da dacht ich mir, 'n Schluck Whisky könnt mir helfen.«
»Oh«, sagte er und überlegte einen Augenblick. »Ich habe keinen bei mir, aber ich kann dir welchen holen.«
»Nun...« Ihre Stimme klang zweifelnd, aber hoffnungsvoll. »Ich hatte selbst noch welchen, aber ich kann mich nich erinnern, wo er geblieben ist.«
»Es würde nicht lange dauern, ihn zu holen und wiederzukommen«, sagte er.
»Ich will dir keine Mühe machen...«
»Keine Mühe. Ich habe nichts zu tun. Warte hier. Ich bin in einer halben Stunde wieder da.« Er schlug leicht mit den Zügeln auf den Hals des Pferdes und wandte sich ab.
»He!« rief sie. »Einen Augenblick...«
Er hielt inne, stellte sich in den Steigbügeln auf und drehte den Kopf zu ihr herum.
»Ich will nicht, daß alle Welt über meine Angelegenheiten Bescheid weiß. Komm nicht hierher zurück. Siehst du das kleine Wäldchen dort zwischen deinen Feldern und meinen?« Er nickte. »Ich komme dorthin.«
Er ritt fort, zuerst im Trab die Straße entlang und dann im Galopp über die Felder auf Beulah Land zu.
Als er zwanzig Minuten später zurückkehrte, wartete sie im Wäldchen auf ihn. Sie trug einen alten Mantel von Alonzo, um sich warm zu halten, aber sie zitterte immer noch. Als er herangeritten kam, erhob sie sich von dem Baumstamm, auf dem sie gesessen hatte, ließ sich jedoch wieder nieder, als er vom Pferd stieg und die Kruke entkorkte, die er mitgebracht hatte. Sie griff gierig nach dem Gefäß und trank direkt daraus, während er ihr half, es festzuhalten. Als sie den Kopf hob und Atem holte, stellte er die Kruke neben sie auf die Erde und trat höflich ein paar Schritte zurück.
Nachdem der Whisky sie gewärmt hatte, blickte sie zu ihm hinauf. Sie musterte kritisch sein Gesicht, und als sie weder Verachtung noch fromme Mißbilligung oder glotzendes Mitleid, sondern nur einen offenen, ruhigen Ausdruck darin sah, entspannte sie sich. »Es ist, wie wenn meine Gedärme sich winden und zerren, wenn sie keinen Whisky bekommen, der sie zusammenhält.«
Er nickte. »Mir ist es oft ebenso ergangen.«
Sie lachte, als hätte er einen Witz gemacht. »Ach, wirklich?«
»O ja«, sagte Leon.
Sie berührte die Kruke mit der Spitze ihres Schuhs. »Wenn du welchen willst, nimm ihn. Nur hab ich kein Glas dabei. Du kannst ja den Rand gut abwischen.«

»Im Augenblick nicht«, erwiderte er, und sein Ton deutete höflich an, daß er vielleicht etwas später einen Schluck nehmen werde.
»Nun«, sagte sie, »ich glaube, ich trink noch was.« Er kam näher, um ihr zu helfen. »Nein, ich kann's jetzt allein.« Nachdem sie getrunken hatte, stellte sie die Kruke nieder und lehnte den Kopf an einen kahlen Ast, der von dem gefällten Baumstamm abzweigte. »Ich hab drüber nachgedacht«, sagte sie.
»Hast du?« Er hockte sich in ihrer Nähe nieder, so daß ihre Köpfe etwa auf gleicher Höhe waren, und wartete.
»Ich hab lange, lange drüber nachgedacht, und mir scheint, daß alles auf diesen Tag damals zurückgeht – erinnerst du dich?« Er nickte. »'s war höllisch heiß. Ich hab Wäsche gewaschen. Ich seh dich und Floyd noch, wie ihr Holz gesägt und euch dann davongemacht habt, um angeln zu gehn. Und bald danach bin ich euch gefolgt.« Ihr Kinn schob sich vor; die Haut ihres Gesichts straffte sich unter der Anstrengung des Nachdenkens. »Mir scheint, 's geht alles auf diesen Tag zurück – und auf die andren, die ihm folgten. Alles. Denk drüber nach.« Er blinzelte und schwieg. »Trotzdem, ich geb dir nicht die Schuld – ich geb Gott die Schuld. Glaubst du, daß es einen Gott gibt? Hat er jemals deine Hand gehalten oder dir auf die Schulter geklopft? Bei mir hat er's nie getan.« Sie lehnte den Kopf wieder gegen den aufragenden Ast und schloß die Augen. Einen Augenblick später fing sie an zu schnarchen. Sie schnarchte viermal leicht und das fünftemal laut und rasselnd.
Leon näherte sich ihr und schüttelte sanft ihren Arm. Sie schlug die Augen auf und zog Alonzos Mantel fest um sich; ihr Gesicht war ruhig und zufrieden.
»Solltest du nicht lieber nach Hause gehen?« fragte Leon. »Ich begleite dich.«
Sie schüttelte den Kopf. »Mir geht's sehr gut. Ich möcht mich nur ein bißchen hier ausruhn. Du brauchst nicht zu bleiben.« Sie schloß wieder die Augen.
Er sah sie eine Weile unschlüssig an, aber sie schien sich wohl zu fühlen, wo sie war, und so beschloß er zu gehen. Er verschloß die Kruke mit dem Stöpsel, damit der Inhalt nicht auslief, falls sie im Schlaf mit dem Fuß daran stieß. Er blickte in den Himmel und sah nichts, was auf Regen hindeutete. Leise wie eine Mutter, die das Kinderzimmer verläßt, nachdem ihr Kind eingeschlafen ist, setzte er den Fuß in den linken Steigbügel und schwang sich aufs Pferd. Er streichelte den Hals des Pferdes, um es sanft anzuspornen, ließ es in einem engen Kreis herumgehen und ritt langsam aus dem Wäldchen.

7

Doreen liebte ihren Bruder James, und deshalb wußte sie – und sie war die einzige außer James selbst, die es wußte–, daß er Rachel liebte. James war mit zwanzig ein stämmiger junger Mann mit einem von Wind und Wetter gegerbten Gesicht und kräftigen Händen, ernst in seinem Gebaren – bereits ein richtiger Farmer. Er verließ Oaks nur selten, außer in Angelegenheiten, die das Land und seine Produkte betrafen. Doreen, die nur zwei Jahre älter war als er, sah aus wie dreißig. Sie war eine robuste, einfache Frau mit energischen Gesichtszügen und großen Händen und Füßen. Sie beide, James und Doreen, waren Landkinder, ebenso wie Annabel und Adam Stadtkinder waren. Adam wohnte zu Hause, ritt aber jeden Tag nach Highboro in die Anwaltspraxis und sprach davon, daß er dort, wenn er heiratete, ein Haus bauen wolle. Es war jedoch bisher noch nichts in dieser Hinsicht beschlossen worden, denn Rachel lebte gern auf dem Land, und er mußte sie erst überreden, sich mit dem Stadtleben abzufinden.

Annabel hingegen war mit Begeisterung in die Stadt gezogen. Sie hatte mit siebzehn Blair Saxon, den ältesten Sohn des Bankiers, geheiratet, und Mr. Woodrow Saxon hatte ihnen ein Haus geschenkt. Es sei ausreichend als »erstes Haus«, meinte Annabel, die insgeheim bereits ein Auge auf das elegantere Haus ihrer Schwiegereltern geworfen hatte. Sie hatte sich mit Feuereifer darangemacht, die teuersten Möbel zu kaufen, die Blair ihr zu kaufen erlaubte, denn es ging wieder einmal darum, ihre Freundinnen Ann-Elizabeth und Margaret-Ella (geborene Clay) auszustechen, die weniger als einen Monat vor Annabel auf einer Doppelhochzeit getraut worden waren, was Annabel als »schäbig und nur dazu bestimmt, Geld zu sparen« bezeichnet hatte.

Bis jetzt war Annabel ihnen voraus: Ihr Silber war schwerer, und ihr Wohnzimmer hatte einen Aubusson-Teppich aufzuweisen. Im übrigen hatte sie zwei Kinder und jede ihrer Freundinnen nur eins; ihre Kinder waren Jungen, die der beiden anderen Mädchen. Blair junior war sechs und Bonard vier. Sie waren zu dick und häufig krank, wurden abwechselnd verwöhnt und verprügelt. Trotz ihrer jungen Jahre waren sie beide vollendete Lügner und freche kleine Diebe. Annabel erklärte jedem, der es hören wollte, daß sie ihre Kinder vergötterte, wohingegen diese oft träumten, daß ihre Mutter vor ihren Augen von einem Krokodil verschlungen wurde.

Ihr Vater hatte Blair junior – oder Klein-Blair, wie er zu seinem berechtigten Zorn genannt wurde – zu Weihnachten ein Buch geschenkt, in dem eines dieser furchterregenden Tiere abgebildet war. Und der kleine Bonard war es dann gewesen, der, auf das riesige, weit offene Maul der Bestie starrend, gesagt hatte: »Oh, was wär, wenn's Mama fressen würde?« Die beiden kleinen Jungen hatten bei der Vorstellung vergnügt gelacht, und Annabel, die in diesem Augenblick das Zimmer betrat, wo die Kinder mit ihren Bilderbüchern auf dem Boden vor dem brennenden Kamin lagen, hatte ihrem jüngeren Sohn auf gut Glück eine gelangt. Um ihn für die Ohrfeige zu entschädigen, erlaubte sie ihm, beim Abendbrot zwei große Stücke Obsttorte zu essen, die er später auf ihrem Aubusson-Teppich erbrach, wodurch er mit ihr quitt wurde. Nach einem hysterischen Anfall legte Annabel sich ins Bett und stand erst am folgenden Nachmittag wieder auf, als ihr durch Dienstbotenklatsch die Nachricht zugetragen wurde, daß Ann-Elizabeth und Margaret-Ella mit dem Zug von einer Reise nach Savannah zurückgekehrt seien, wo sie »ein paar sehr elegante neue Kleider und Hüte für den Sommer« gekauft hätten. Blair Saxon wurde sehr gelobt wegen der Ernsthaftigkeit, mit der er sich seiner Arbeit bei der Bank widmete, und sein Vater Woodrow erklärte oft voller Stolz: »Ich muß ihm buchstäblich abends befehlen, nach Hause zu gehen!«

Sowohl Edna als auch Bruce waren zufrieden mit James und Doreen. Obgleich sie Doreen oft neckend darauf hingewiesen hatten, daß sie sich ein wenig mehr anstrengen müsse, wenn sie keine alte Jungfer werden wolle, bedauerten sie nicht, sie weiterhin im Haus zu haben. Es ist immer eine gewisse Genugtuung für einen Vater, wenn eine Tochter es vorzieht, unter seinem Dach zu bleiben. Casey Troy hatte mit seinem Porträt von Doreen großen Scharfblick bewiesen: Sie glich immer mehr ihrer Großmutter. Die beiden Frauen, die junge und die ältere, waren ruhige, gute Freundinnen. Es herrschte Zuneigung und Vertrauen zwischen ihnen.

Nur wenige junge Männer hatten sich um Doreen bemüht. Sie war nicht schön. Und als zweite Tochter in einer Familie mit zwei Söhnen hatte sie keine große Mitgift zu erwarten. Aber der Hauptgrund, weshalb sie nicht geheiratet hatte, lag bei ihr selbst. Sie wollte nicht. Ohne daß sie unfreundlich gewesen wäre, hatte ihre Gleichgültigkeit gegenüber den jungen Männern, die sich ihr bei den gesellschaftlichen Veranstaltungen in Highboro näherten, jede etwaige Zuwendung im Keim erstickt. Sie brauchte keinen Mann außer ihrem Vater und ihren Brüdern.

James war ihr ein und alles. Das, was sie empfand, wenn sie sah, wie er sich mit Leib und Seele der Arbeit widmete, wenn sie seine Sorgen über das Wetter teilte und seinen Bedürfnissen zuvorzukommen suchte, wo immer sie konnte, war mehr als der Stolz und die Liebe einer Schwester: Es hatte eher etwas von den Gefühlen einer Mutter und mehr noch von denen einer liebenden Frau an sich. James liebte sie ebenfalls; aber Rachel war es, an die er des Nachts mit Sehnsucht dachte.

Doreen hätte Rachel hassen mögen, weil sie das Herz ihrer beiden Brüder gefangenhielt; aber sie konnte es nicht, denn Rachel war der ganzen Familie Davis so aufrichtig zugetan, sie war eine so heitere und warmherzige Freundin, und sie hegte eine so offensichtliche Bewunderung für die beiden Brüder, wenngleich sie nur Adam liebte. Sie hatte auch Edna sehr gern, und in diesem Frühling gingen sie und Doreen zum erstenmal mit Edna und Sarah auf den Friedhof, um die Familiengräber in Ordnung zu bringen, wobei die jüngeren Frauen den größten Teil der mühevollen körperlichen Arbeit verrichteten, während Sarah und Edna zwischen den Gräbern umherwanderten und sich über Familiengeschichten unterhielten. Felix' Grab sah noch neu und frisch aus, und sie pflegten es besonders liebevoll. Wenn sie allein waren, hegte Doreen nichts wie freundschaftliche Gefühle dem jüngeren Mädchen gegenüber. Wenn sie jedoch alle zusammen waren und sie die sehnsüchtige Liebe in James' Augen sah, während er Rachel und Adam beobachtete, wünschte sich Doreen unmögliche Dinge, wie zum Beispiel, daß James an ihrer eigenen Liebe Genüge finden und sich nichts daraus machen möge, daß Rachel für ihn unerreichbar war.

Zwei der Mädchen, die alt genug waren, mit der Schule aufzuhören, die jedoch aus Zuneigung zu Selma gebeten hatten, auch weiterhin am Unterricht teilnehmen zu dürfen, brachten ihr eines Tages einen Strauß Veilchen, die sie im Wald gepflückt hatten. Selma stellte sie in ein Glas auf ihr Pult, und sie wußten alle, daß es Frühling war.

Selma war eine eifrige und begeisterte Lehrerin geworden. Sie hatte sich schon als Kind zu den Negern der Plantage hingezogen gefühlt, und jetzt, nach den Jahren relativer Einsamkeit, teilte sie wieder ihr Leben mit ihnen, und es machte sie froh und glücklich. Sarah hatte recht gehabt, als sie sagte, daß Selma eine gute Lehrerin abgeben würde. Scheu oder gleichgültig den meisten Menschen ihresgleichen gegenüber, wurde sie munter und lebendig, wenn sie die Kinder der Sklaven vor sich sah, die selber schüchtern waren und sich zu Anfang vor der Schule fürchteten. Sie zu lehren und sie lernen zu sehen wurde für sie eine Freude, die ihr neue Kraft verlieh. Sie liebte die Unschuld der Kinder, und sie unterrichtete sie auf eine so ungezwungene Art, daß die klügsten unter ihnen rasche Fortschritte machten, wie junge Vögel, die beim ersten Versuch fliegen lernen.

Ebenso wie Sarah recht gehabt hatte, was Selma betraf, hatte auch Roman recht gehabt, was Pauline betraf: Sie wurde eine ausgezeichnete Erzieherin. Pauline besaß einen klaren Verstand und gute Urteilskraft. Sie bestrafte, sie lobte; und sie war nie im Zweifel, was von beidem sie zu tun hatte oder bis zu welchem Ausmaß. Sie hatte Kinder gern, aber sie zeigte ihnen gegenüber nicht die Rührseligkeit, zu der Selma neigte. Ihr ständig waches Mißtrauen flößte den Kindern Achtung ein und amüsierte sie zugleich, aber sie würden Pauline niemals lieben, wie sie Selma liebten.

Roman schrieb regelmäßig mindestens einmal im Monat an Sarah. Die Schule, die Miss Eliza Truman in Philadelphia gegründet hatte, war sehr erfolgreich und nahm jetzt zwei Häuser in der Nähe der Hafengegend ein. Roman und Proctor wohnten in einem von ihnen und überwachten dort die Klassenräume und den Schlafsaal. Eliza und eine andere weiße Lehrerin, eine gewisse Miss Felicity Chapman, wohnten im anderen Haus und beaufsichtigten die Schlafräume der Mädchen. Die Jungen und Mädchen nahmen gemeinsam am Unterricht in den Klassenräumen beider Gebäude teil. Außer diesen vier Lehrern hatten die Schirmherren der Schule diverse Handwerker engagiert, die einem Teil der Schüler gleichzeitig eine Berufsausbildung gaben.

Sowohl Roman als auch Proctor gehörten einem kleinen Orchester an und musizierten immer noch regelmäßig. Roman schrieb Sarah über Theatervorstellungen und Vorträge, die sie besuchten, und schickte ihr Ausschnitte aus Zeitungen und Zeitschriften, von denen er annahm, daß sie Sarah interessieren würden. Er schrieb auch an Rachel, aber im Lauf der Jahre immer seltener und schließlich überhaupt nicht mehr. Für ihn war Sarah gleichbedeutend mit Beulah Land. Rachel begann zu verblassen, bis sie schließlich nur noch ein Teil von Sarah war; und als Rachels Leben von neuen Menschen und anderen Zuneigungen erfüllt wurde, fing auch sie an, ihn zu vergessen. Manchmal fiel es Roman schwer, sich zu erinnern, wer die Leute waren, von denen Sarah in ihren Briefen sprach – sie nahm offensichtlich an, daß er sich an jeden Menschen auf der Plantage erinnerte, aber das war nicht der Fall, und er mußte häufig nachdenken und sich dann etwa sagen: »Ach ja, das muß das Kind von Pecora sein.« Er las jedoch mit großem Interesse alles, was sie ihm an Neuigkeiten zu berichten hatte, denn all das war ein Teil der Welt, in die er hineingeboren war und zu der er immer gehören würde.

Nach den Veilchen blühten andere Blumen, Gräser und Bäume. Die Felder wurden bestellt. Die winterliche Stille machte dem Lärm des Frühlings und des Sommers Platz. Nell und Penelope stellten ihre Schaukelstühle auf die vordere Veranda, wiegten sich, schwatzten und lachten. Und hin und wieder stritten sie sich auch und machten sich über einander lustig. Sie hatten nichts anderes zu tun.

8

Die langgestreckte, von Säulen gesäumte Veranda war in diesem Sommer nicht nur ein schattiger Zufluchtsort für die alten Damen; sie wurde auch zu einem beliebten Treffpunkt sowohl für gelegentliche Besucher als auch für die übrigen Bewohner von Beulah Land, die sich jedoch ängstlich hüteten, die älteren Rechte von Nell und Penelope zu verletzen. Eines Morgens stellte Selma einen Stuhl ein wenig entfernt von den beiden Frauen auf, und bald darauf gesellten sich Pauline und ein hochaufgeschossenes Mädchen von elf namens Lilac zu ihr, das nur aus Augen, linkischen Händen und langen Beinen zu bestehen schien. Lilac hatte im letzten Winter so schnell gelernt – sie hatte sich vorher nie durch besondere Auffassungsgabe ausgezeichnet–, daß Selma und Pauline es nicht ertragen konnten, sie während der langen Sommerferien wieder in geistige Trägheit verfallen zu lassen; und so hatten sie sich erboten, ihr Einzelunterricht in Lesen und Grammatik zu erteilen, falls ihre Eltern sie täglich ein oder zwei Stunden entbehren konnten.

Dieses Trio versammelte sich jetzt jeden Morgen von neun bis gegen zwölf auf der Veranda, und wenn der Unterricht vorüber war, blieben Selma und Pauline für gewöhnlich dort sitzen, so daß dieser Teil bald als der ihrige betrachtet wurde, ebenso wie das andere Ende anerkanntermaßen Nell und Penelope gehörte. Nachdem diese letzteren sich überzeugt hatten, daß ihr Besitzanspruch respektiert wurde, fanden sie sich bereitwillig mit der Gesellschaft ab und hörten während des Unterrichts sogar auf zu sprechen, um die anderen nicht zu stören.

Obgleich man gewisse allgemeine Regeln und Gewohnheiten befolgte, wurde der Haushalt nicht streng methodisch geführt, und häufig fanden improvisierte Besprechungen auf der Veranda statt. Wenn Lovey dort auf Sarah stieß, die sich ein Weilchen ausruhte oder auch nur kurz stehengeblieben war, um ein paar Worte mit ihren Tanten zu wechseln, nutzte sie die Gelegenheit aus, um irgendeine Frage mit ihr zu erörtern. Andere wurden zu Sarah auf die Veranda geschickt, oder auch zu Lovey, wenn sie einen Stuhl heranzog und längere Zeit neben Sarah sitzen blieb.

Rachels Hochzeit, die Mitte Oktober stattfinden sollte, warf bereits während des ganzen Sommers ihre Schatten voraus. Es gab tausend Einzelheiten zu regeln, und die kühle, schattige Veranda war der beste Platz dafür. Sarah und Rachel hielten dort lange Vorbesprechungen mit dem Pfarrer und dem Chorleiter, mit Schneiderinnen sowie mit jeglicher Art von Beratern.

Da die Gerichte im Sommer geschlossen waren, hatten die Anwälte nicht viel zu tun, und so hielt sich Adam oft bei Rachel auf der Veranda auf, wenn es zu heiß war, als daß sie zur Lichtung hätten gehen können, um ungestört zu sein. Es gab keine Trennung zwischen geschäftlichem und gesellschaftlichem Umgang; diese Verschmelzung gehörte damals zur ungezwungenen Demokratie des Südens. Wenn irgend jemand den Wunsch nach einer Erfrischung äußerte, wurden Wassermelonen aus dem mit Ziegeln verblendeten Brunnen geholt und auf den Boden der Veranda gelegt. Obwohl das Aufschneiden der Früchte weder Kraft noch besondere Geschicklichkeit in der Handhabung des Messers erforderte, fiel diese Aufgabe für gewöhnlich einem Mann zu, und so ging Adam – oder Leon – in den Vordergarten hinunter und benutzte den Boden der Veranda als Tisch, während er die Wassermelonen in Stücke schnitt; dann verteilte er sie an Rachel, einen Spitzenhändler – einen beliebten Sänger von Liebesliedern, der nach der Trauung, wenn jeder jedem gratulierte und die Leute aßen und tranken, für die angemessene Stimmung sorgen sollte –, an einen Hersteller von feinem Zuckerwerk, an Nell und Penelope, Sarah, Selma, Pauline und jeden anderen, der sich gerade auf der Veranda befand.

Es war für alle eine heitere, unbeschwerte Ruhepause, wenn die Melonen zerschnitten und die Stücke je nach Wunsch mit oder ohne Salz herumgereicht wurden; doch eine halbe Stunde später, nachdem sie aufgegessen, die Schalen in einer Ecke der Veranda gesammelt, aber noch nicht in die Schweinekoben gebracht worden waren, kamen die Fliegen herbei, um sich auf den klebrigen Resten niederzulassen und sich an dem süßen Saft zu berauschen. Wer zum Haus gehörte, ging hinein, um sich die Hände zu waschen oder auch nur, um den Fliegen zu entkommen, und die Geschäftsleute, die zufällig zugegen gewesen waren, als die kühlen Früchte angeboten wurden, kehrten in die Stadt zurück. Dies war der Augenblick, den Adam und Rachel benutzten, sich verstohlen davonzumachen, wobei sie schnell von einem Schatten zum anderen huschten, um der ärgsten Hitze zu entgehen, bis sie zu ihrem geheimen Plätzchen in der Lichtung kamen.

Am ersten Sonntag im August, kurz bevor die hektische Zeit der großen Ernte begann, wurde die Familie Davis für den ganzen Tag nach Beulah Land eingeladen. Es konnte keine Rede davon sein, daß an diesem Sonntag irgend jemand von ihnen in die Kirche ging; schon allein die Frage des Transports wäre viel zu kompliziert gewesen. Beide Familien kamen überein, »es nicht so genau zu nehmen«. Die Davis wurden aufgefordert zu kommen, wann sie wollten – »aber je früher, desto besser, und bleibt so lange wie möglich«, hatte Rachel gedrängt, als sie die Einladung überbrachte.

Sämtliche Familienmitglieder auf Oaks und Beulah Land waren bereits vor Tagesanbruch auf den Beinen, um sich zu waschen und zu rasieren oder ihre Haare zu locken, sich zu schmücken und sich nach Möglichkeit an all die vielen Dinge zu erinnern, die sie einander sagen wollten und bei den eiligen Begegnungen der sommerlichen Geschäftigkeit immer wieder vergaßen. (»Tante Pea, bitte erinnere mich daran, daß ich Edna sagen muß – was war es doch gleich?«)

Zu leben ist an sich schon schwierig genug; zu leben und einigermaßen wohlwollend aufeinander zu reagieren, kann alles erfordern – vom natürlichsten, mühelosesten Verhalten bis zum größten Heldentum. In unseren Träumen werden wir verfolgt und bedroht, verletzt und beschämt – und verherrlicht, beinahe gottähnlich gemacht. Wir sind mit Menschen vertraut, die wir noch nie gesehen, von denen wir vielleicht lediglich einmal gehört haben; wir handeln auf eine Art, die in krassem Gegensatz zu unserem Charakter zu stehen scheint. Der Schlaf macht Dinge annehmbar, die am hellichten Tag Ausgeburten der Phantasie wären. Alles ist möglich, und manchmal taucht während der Stunden des Wachens irgendein seltsamer Impuls aus einem vergessenen Traum auf und überrascht uns.

Nell, die nicht damit zu rechnen brauchte, daß man irgend etwas von ihr verlangen werde, und plötzlich mit panikartigem Schrecken erkannte, daß in ihrem ganzen Leben nie wieder etwas von ihr gefordert werden würde, konnte in eine Träumerei versinken, in der sie heute den jungen James mit seinem unschuldigen Körper ansah und regelrechte Lust verspürte, die Hände an seine roten Wangen zu legen und seine Lippen zu schmekken.

Selma, die fünfundvierzig Jahre alt und von ihren Schülern ebenso verwöhnt war wie sie ihrerseits die Kinder verwöhnte, blickte über den Eßtisch hinweg auf die besorgte, schlichte, junge Doreen, halb so alt wie sie, und hätte die Hand ausstrecken, sie berühren und ihr sagen mögen: »Was auch immer dich zittern und die Stirn runzeln läßt, es wird vorübergehen. Ich weiß es aus eigener Erfahrung.«

Sarah und Bruce unterhielten sich an einem Ende des Tisches, und Leon und Edna unterhielten sich am anderen. Dazwischen saßen Doreen und James, Nell, Penelope und Selma, Rachel und Adam.

Sie sprachen. Sie diskutierten.

Für Sarah gab es einen Augenblick, wo sie, obgleich ihr Gesicht seinen ruhigen Ausdruck beibehielt, im stillen dachte: »Alle sind mir fremd.« Sie erinnerte sich an Roman, der so weit fort war, und weinte fast vor Sehnsucht nach ihm.

Nach dem reichhaltigen Mittagessen schlug man vor, sich hinzulegen, und diejenigen, die allein sein wollten, gingen nach oben, während andere sich auf die Veranda begaben, um müßig dazusitzen, sich hie und da ein paar Minuten lang angeregt zu unterhalten und dann plötzlich wieder in Schweigen zu verfallen.

Adam und Rachel gingen in den Garten vor der Veranda, und nachdem sie sich nach dem Haus umgewandt und es einen Augenblick schweigend gemustert hatten, fingen sie an, langsam hin und her zu schlendern. James war der einzige, der sie beobachtete, als sie in Richtung des Obstgartens gingen. Obgleich sie nicht hungrig waren, konnten sie dem leuch-

tenden Rot und Gelb der spät reifenden Pflaumen nicht widerstehen. Adam pflückte ein paar, und sie rieben sie zwischen den Händen blank und aßen sie.
Bruce und Leon waren auf der Veranda in ihren Korbsesseln eingeschlafen. Edna, Nell, Penelope und Selma hatten sich oben hingelegt. Jetzt stand Sarah auf, um in ihr Zimmer zu gehen. Ihr folgte Doreen, die James beobachtet hatte, während seine Augen an dem Liebespaar hingen, das im Obstgarten verschwand. Sie berührte wortlos seinen Arm, als sie an ihm vorbeikam und hinter Sarah ins Haus ging. James' Augen waren die einzigen, die Rachel und Adam sahen, als sie um das Haus herumgingen, ohne sich ihm zu nähern, und sich dann in Richtung der Felder entfernten.
Nach einer halben Stunde kamen sie zur Lichtung. Sie hatten keine Eile, denn es kümmerte sie nicht, wo sie waren, so lange wie sie zusammen sein konnten; aber ihre Liebe trieb sie zu dem Platz, an dem sie sich immer am wenigsten gestört fühlten. Sie schwiegen, dann sprachen sie und berührten sich, dann küßten sie sich rasch, dann küßten sie sich langsam. Als Adam sich von ihr zu lösen suchte, war es zu spät; Rachel ließ es nicht zu. Sie gaben sich und nahmen einander; und beide weinten vor Erleichterung, als die Erfüllung kam. Dann lagen sie eine Weile Arm in Arm, still, staunend. Nachdem sie sich ausgeruht hatten, berührten und vereinigten sich ihre Körper abermals – jetzt wissender und vertrauensvoller als zuvor. Es war spät am Nachmittag, als sie sich daran erinnerten, daß sie zum Haus zurückkehren mußten. Sie kühlten ihre heißen Gesichter im Bach, dann musterten sie einander kritisch, um sich zu vergewissern, daß bei keinem von beiden Anzeichen des bedeutsamen Ereignisses von diesem Nachmittag zu bemerken waren. Es war das erste Zugeständnis, das sie gemeinsam der Gesellschaft machten. Glücklich und ihrer Liebe gewiß, wollten sie nicht die Seelenruhe derer stören, die sie liebten. Als jeder mit dem Aussehen des anderen zufrieden war, verließen sie die Lichtung.
»Ich werde es nie vergessen«, sagte Rachel. »Ich bin so froh, daß dieser Platz ein Teil von Oaks ist. Er wird für alle Zeiten uns gehören.«
»Glaubst du, daß niemand ihn vor uns entdeckt hat?« fragte er. »Ich könnte schwören, daß keiner etwas davon weiß!«
»Oh«, sagte sie mit unbekümmerter Arroganz, »wer von allen, die wir kennen, könnte sich je einen so ungestörten Platz gewünscht haben wie wir?«

9

»Liebe, *liebste* Sarah!«

Sarah, die gerade die Uhr auf dem Kaminsims aufgezogen hatte, drehte sich überrascht um und sah Lauretta. Ohne es sich zu überlegen, gab sie ihr eine kräftige Ohrfeige, und dann brachen sie beide in Tränen aus. Clarice, die Lauretta auf ihren Wunsch leise und ohne anzuklopfen in Sarahs Zimmer gelassen hatte, machte sich eilig aus dem Staub.

Sarah packte ihre Schwester bei den Armen und sagte: »Oh, wie du mich erschreckt hast!«

»Ich wollte dich doch nur überraschen!« rief Lauretta.

»Das hast du allerdings getan! Ich glaube, ich habe noch nie im Leben eine angenehme Überraschung gehabt!«

»Keine sehr herzliche Begrüßung!«

»Nun, meine Liebe, du kommst einfach so – genau wie du uns verlassen hast. Bist du nicht Leon auf der Veranda begegnet? Und Bruce, James?«

»Es war niemand da. Ich bin mit dem Zug aus Savannah gekommen und habe in Highboro einen Wagen gemietet, der mich hierhergebracht hat. Meine Koffer sind noch auf dem Bahnhof.«

»Aber – weshalb bist du hier? Ich will sagen, woher kommst du, und wo ist Mr. – Robb Quale Tilly? So heißt er doch?«

»Ja, und wo er ist, mag der Teufel wissen – mich interessiert es nicht!«

»Was soll das heißen?«

Lauretta schüttelte energisch den Kopf. »Das hat Zeit.«

Sarah, die ihren Schreck noch nicht überwunden hatte, stammelte: »Ich kann mir nicht vorstellen, daß niemand auf der Veranda war. Irgend jemand ist doch immer dort. Und wir haben Besuch. Die Familie Davis ist hier. Edna und Bruce – Doreen, Adam und James.«

»Die Kinder der Davis? Ich erinnre mich an sie. Nun, wahrscheinlich spielen sie irgendwo im Garten.«

»Die ›Kinder‹, an die du dich erinnerst, sind mittlerweile erwachsen. Tatsächlich heiratet einer von ihnen demnächst...« Sie brach ab, aber Lauretta bemerkte ihre plötzliche Vorsicht nicht.

»Die jungen Leute heiraten heute viel zu früh, ohne sich überhaupt richtig zu kennen«, sagte sie.

Sarah lachte nervös. »Ausgerechnet du sagst das. Ich erinnre mich...«

»Bitte, fang nicht an, dich an vergangene Dinge zu erinnern, sonst finden wir kein Ende. Ich bin ein wenig müde. Können wir uns setzen?«

»Oh, verzeih!« Sarah führte sie zur Chaiselongue am Fuß ihres Bettes und zog sich selbst einen Stuhl heran. Lauretta setzte sich, nahm den Hut ab und ließ ihn neben sich auf den Boden fallen. »Kann ich dir etwas bringen lassen? Tee? Ein Glas Wein? Etwas zu essen?«

Lauretta schüttelte den Kopf. »Laß mich nur ein Weilchen ruhig sitzen und mich an den Gedanken gewöhnen, daß ich hier bin.«
»Natürlich, meine Liebe. Müde oder nicht, du siehst sehr gut aus.«
Lauretta seufzte und rollte die Augen. »Ich achte sehr auf mein Aussehen – aber ich bin vierzig, und heute spüre ich es.«
»Du bist vierundvierzig, Lauretta, und ich bin zweiundvierzig.«
Lauretta sah Sarah aufmerksam an. »*Du* hingegen hast nicht auf dich geachtet. Bist alt geworden, gar nicht mehr hübsch. Ich fand dich früher einmal sehr hübsch. Du hattest so ein frisches, mädchenhaftes Aussehen – wirklich sehr anziehend.«
»Nun«, sagte Sarah ruhig, »ich bin kein junges Mädchen mehr.«
»Das Leben ist schwer!« rief Lauretta aus. Tränen traten ihr in die Augen, und ihre Unterlippe bebte. »Das Leben hat uns beide hart angefaßt, Schwester!«
»Es hat nichts dergleichen getan – zumindest nicht mit mir. Ich tue so ziemlich, was mir gefällt – aber weißt du, es gibt so schrecklich viel zu tun!«
»Du arbeitest zuviel. Man sieht es an den Falten in deinem Gesicht. Ich werde mit Leon über dich sprechen.«
»Nein, das wirst du nicht tun. Ich bin sehr glücklich.«
»Willst du sagen, daß du dich wirklich für glücklich hältst?« fragte Lauretta ungläubig.
»Zumindest bin ich nicht *un*glücklich. Das genügt.«
»Dir vielleicht. Du hast nie sehr viel vom Leben verlangt. Aber ich – ich wollte die Welt erobern!« Lauretta brach wieder in Tränen aus und verbarg das Gesicht in den Händen.
Sarah setzte sich neben sie auf die Chaiselongue, legte den Arm um ihre Schultern und wiegte sie sanft, ohne ihr Worte des Trostes zu sagen. Aber es war, als hätte sie es getan, denn Lauretta riß sich plötzlich zusammen, hörte auf zu weinen und putzte sich die Nase. »Du hast recht. Ich darf nicht weinen. Es schadet meinem Aussehen. Tränen sind ein Luxus, den sich Frauen unsres Alters nicht ungestraft erlauben dürfen!« Sie stand von der Chaiselongue auf und ging zu Sarahs Toilettentisch; zuerst betrachtete sie sich kritisch im Spiegel, dann plusterte sie die Haare an den Schläfen auf. Sie musterte die Gegenstände auf dem Tisch, und ihre Hände strichen über Kamm und Bürste, als ob sie ihr gehörten. »Du hast wirklich nicht viel – eine Dose Puder und ein einziges Fläschchen Parfüm. Kein Wunder, daß du so unscheinbar aussiehst. Ich werde dir einige von meinen eigenen kleinen Hilfsmitteln leihen. Eine der Schwierigkeiten in Kalifornien war, daß es kein wirklich gutes Haarfärbemittel gab.«
»Komm, setz dich wieder zu mir und unterhalte dich mit mir. Du hast noch gar nichts von dir selbst erzählt.«

Lauretta wandte sich um und lächelte strahlend. »Freust du dich, mich zu sehen?«
»Ich weiß nicht, aber jedenfalls bist du mir willkommen. Jetzt komm.« Lauretta kehrte zurück und setzte sich sanftmütig auf den Stuhl neben der Chaiselongue, auf der Sarah immer noch saß. »Um von hinten anzufangen – du bist hier.« Lauretta nickte zustimmend. »Du kommst aus Savannah.«
»Und bis dort bin ich mit einem Klipper aus San Francisco gekommen. Wie ich das Meer hasse! Es ist so unberechenbar. Obgleich Captain Slocum immer wieder erklärt hat, wir hätten großes Glück mit dem Wetter, war ich den größten Teil der Reise seekrank.«
»Das sieht man dir nicht an«, sagte Sarah.
»Ich bin nicht unterzukriegen.«
»Das stimmt weiß Gott.« Lauretta kicherte, als ob sie ein Kind wäre, das einen Erwachsenen neckt. »Wieso bist du allein gereist? Als letztes hattest du geschrieben, daß Bonard gestorben ist...«
»Der arme, liebe Bonard! Erinnre mich nicht daran...«
»...und daß du einen reichen Mr. Tilly geheiratet hast.«
»Noch nie ist eine Frau schmählicher betrogen worden!«
»Bitte erkläre mir, was das heißen soll, Lauretta.«
»Das soll heißen, ja, ich habe Robb Quale Tilly geheiratet – was für ein lächerlicher Name! –, und ja, er war steinreich. Wir waren knapp sieben Wochen verheiratet, als das abscheulichste Weibsbild, das du dir vorstellen kannst – fett, häßlich und ohne jede Lebensart –, mit einem Klipper in San Francisco eintraf und direkt in das Hotel kam, wo wir wohnten. Wir hatten noch nicht angefangen, ein Haus zu bauen, obwohl Robb täglich davon sprach, daß er es tun wollte! Unterdessen blieben wir der Bequemlichkeit halber im Hotel. Dieses zänkische Frauenzimmer, das jede oder sämtliche Hexen in *Macbeth* hätte spielen können, kam also ins Hotel und erklärte, daß *sie* – man stelle sich das vor! – Mrs. Robb Quale Tilly sei!«
»Und was hatte Mr. Tilly dazu zu sagen?«
»Er sagte zu ihr: ›Ich hatte dich nicht so bald erwartet, Liebling.‹ Dann machte er Anstalten, ihre warzige Wange zu küssen – dieser Mann, mit dem ich sieben Wochen lang in dem Glauben gelebt hatte, seine Frau zu sein –, und sie versetzte ihm eine Ohrfeige. Es gab eine schreckliche Szene mitten in der Hotelhalle. Ich weiß nicht, wer von uns wütender war. Der arme Robb hatte wahrhaftig nichts zu lachen.«
»Das kann ich mir vorstellen«, sagte Sarah. Sie sahen einander an, wandten rasch den Blick ab, dann sahen sie sich wieder an und brachen im gleichen Augenblick in schallendes Gelächter aus. Immer noch lachend standen sie auf und umarmten sich; und als sie sich ein wenig beruhigt hatten,

sagte Sarah: »Ja, du bist willkommen, Lauretta, und ich freue mich wirklich, dich zu sehen. Du bist solch ein Dummkopf, daß ich mir daneben richtig klug vorkomme. Das entschuldigt alles bei dir.«

»Nun, ich hatte mir eigentlich einen höflicheren, mitfühlenderen Empfang erhofft...«, sagte Lauretta mit kläglicher Stimme; dann zuckte sie die Achseln und sah ihre Schwester lächelnd an. »Es ist meine romantische Natur. Weißt du, ich glaube jedem, besonders Männern – und vor allem denjenigen, die sagen, ich sei schön. Ich kann mir nicht vorstellen, was ich anfangen werde, wenn ich alt bin.« Sie schauderte. »Ein schrecklicher Gedanke.«

Sarah trat einen Schritt zurück und sah sie staunend an. »Dreimal Ehefrau und niemals verheiratet!«

»Oh«, sagte Lauretta, als hätte man ihr ein Kompliment gemacht, »man kann wohl sagen, es gibt Frauen, die ein langweiligeres Leben geführt haben.«

»Ja, das kann man allerdings«, pflichtete Sarah ihr bei. »Was geschah nach dem dramatischen Auftritt in der Hotelhalle?«

»Halb San Francisco lachte mich aus, während die andere Hälfte mich bemitleidete und verachtete. Die kürzlich eingetroffene Mrs. Tilly zog ebenfalls ins Hotel, und Robb lief einen halben Tag lang zwischen unsern Zimmern hin und her, bis wir zu einer Einigung gelangten. Die ›rechtmäßige‹ Mrs. Tilly bestand darauf, daß ich San Francisco verließ, und ich muß gestehen, nach dem, was geschehen war, hatte ich wenig Verlangen, dort zu bleiben. So erklärte ich mich einverstanden, das erste Boot zur Ostküste zu nehmen – natürlich gegen Bezahlung der Reise und noch ein wenig nebenbei.«

Sarah schüttelte den Kopf und lächelte. »Wie du ganz richtig sagst – du bist nicht unterzukriegen.«

»Ich hasse alles Vulgäre, und ich habe gelernt, im geeigneten Augenblick das Feld zu räumen. Ich besitze eine gute Portion Eitelkeit, aber nur die Reichen können es sich leisten, stolz zu sein. Wir anderen müssen uns mit den Brocken begnügen, die wir erwischen können.«

»Nach der Eleganz deines Kleides zu schließen, muß es ein ganz guter Brocken gewesen sein, den du erwischt hast.«

Lauretta griff nach der Hand ihrer Schwester, setzte sich wieder auf die Chaiselongue und zog Sarah neben sich. »Aber dein Leben ist weniger romantisch gewesen, nicht wahr?«

Sarah sagte behutsam: »Ich hätte es nicht romantischer haben wollen, als es war.«

»Das kommt, weil du gut und selbstlos bist.« Lauretta seufzte. »Und ich bin es nicht. Aber das liegt nun mal in meinem Charakter. Wie geht es Leon?«

»Es geht ihm gut. Onkel Felix ist gestorben.«

»Ach!«

»Sie sind seinerzeit nach unserem großen Unglück alle für immer hierhergezogen. Du weißt doch – ich habe dir damals über den Brand des Lagerhauses in der Stadt geschrieben.«

Lauretta sah vage vor sich hin. »Ach ja. Ich glaube, du hast mir etwas darüber geschrieben. Leons Onkel und Tante und unsre Tante Penelope.«

»Ohne Tante Pea hätten wir wahrscheinlich Beulah Land verloren.«

»War es wirklich so schlimm?«

»Jetzt ist alles wieder gut«, versicherte Sarah ihr, um das Thema zu beenden, denn sie sah, daß Lauretta sich nicht erinnerte und es sie auch nicht interessierte, was geschehen war.

»Oh, das freut mich. Ich hasse Schwierigkeiten. Aber wenn ihr schon so viele seid – hast du überhaupt Platz für mich?«

»Natürlich.«

»Du bist sehr lieb.« Sie drückte Sarah die Hand. »Und ich bin müde. Ich möchte gern ein Weilchen hierbleiben und Atem schöpfen.«

»Hast du irgendwelche Pläne für die Zukunft?« fragte Sarah.

»Ich?« erwiderte Lauretta. »Du weißt doch, daß ich niemals Pläne mache. Es ergibt sich immer alles von selbst. Manchmal denke ich daran, zur Bühne zurückzukehren. Ich bin noch nicht zu alt. Man kann in jedem Alter die weiblichen Shakespeare-Rollen spielen – abgesehen von Julia natürlich; und selbst diese Rolle habe ich schon Frauen proben sehen, die über *fünfzig* waren!« Sie lachte. »Es hat einen Negerjungen gegeben, der dir auf Schritt und Tritt gefolgt ist – dich angebetet hat. Hast du ihn immer noch?«

»Nein, er ist jetzt erwachsen und frei. Er lebt in Philadelphia und unterrichtet dort an einer Schule.«

»Du liebe Güte! Und lehrst du noch an deiner eigenen kleinen Schule?«

»Nicht viel. Ich schaue hin und wieder hinein, aber Selma hat sie übernommen, und Pauline hilft ihr.«

»Selma.« Lauretta runzelte die Stirn.

»Leons Schwester«, sagte Sarah, als ob sie die beiden einander vorstellte. »Bonards Frau.«

»Ich hoffe, sie hat es mir nicht verübelt...«

»Selma lebt in ihrer eigenen Welt, und ich glaube, es hat ihr nichts ausgemacht, daß du mit Bonard fortgegangen bist. In gewisser Weise war es vielleicht sogar eine Erleichterung für sie.«

»Ja, das hatte ich mir gedacht«, sagte Lauretta eifrig. »Man könnte fast sagen, sie müßte mir dankbar sein.«

»Ich würde an deiner Stelle lieber keine Dankesbezeigungen erwarten.«

»Ich vermute, du – du hast nie etwas darüber geschrieben, nicht ein Wort.

Aber sicher hast du mich verabscheut wegen der – der Sache, von der ich dir erzählt habe...« Sie machte eine Pause, aber Sarah schwieg. »Wir haben noch mit keinem Wort über...« Zum erstenmal waren beide Frauen verlegen und vorsichtig. »Du hast niemals etwas über sie geschrieben. Es war doch ein Mädchen, nicht wahr? Ja, ich erinnre mich genau. Ich habe es damals dir überlassen, einen Namen für sie zu wählen.«
»Rachel.«
»Ist sie am Leben geblieben?«
»Ja.«
»Ich habe ein Kind. Was für ein sonderbares Gefühl. Wo ist sie? Laß sie von irgend jemandem zu uns bringen!«
»Sie geht gerade mit Adam Davis spazieren. Die beiden heiraten im Oktober, sobald sie achtzehn ist.«
»Achtzehn Jahre! Kannst du dir das vorstellen?«
»Ja«, sagte Sarah. »Ich habe sie hier verbracht.«
»Sieht sie mir ähnlich?« Sarah antwortete nicht. »Oder ihrem Vater? Ist sie häßlich oder hübsch, vernünftig wie du oder romantisch wie ich?«
Sarahs Stimme zitterte, als sie sprach. »Ich vergleiche sie nicht. Für mich ist sie nur sie selbst.«
»Du sagst, sie wird Adam Davis heiraten. Wie ist seine Stellung innerhalb der Familie?«
»Er ist der ältere Sohn, vierundzwanzig Jahre alt und, wie es heißt, ein vielversprechender Rechtsanwalt. Er hat die Universität von Virginia in Charlottesville besucht. Schon als sie beide noch Kinder waren, hat er Rachel geliebt, aber wir nahmen an, das würde sich während der jahrelangen Trennung ändern. Es hat sich nicht geändert.«
»Nun, zumindest scheint *er* romantisch zu sein! Ist er schwächlich oder stark?«
»Adam ist ein gesunder junger Mann«, erklärte Sarah, »wenn auch vielleicht nicht ganz so robust wie sein Vater und sein Bruder.«
»Meine Tochter wird Herrin einer großen Plantage sein!«
»Du vergißt, daß Adams Vater, Bruce, der Herr von Oaks ist und es wahrscheinlich auch noch zwanzig oder dreißig Jahre bleiben wird, und Bruces Mutter – Adams Großmutter – ist sehr eindeutig Herrin von Oaks.«
»Ich erinnre mich an sie – eine ungehobelte Frau. Sie muß mittlerweile uralt sein. Da hat sie doch bestimmt nicht mehr viel mitzureden.«
»Laß sie das lieber nicht hören.«
»Und sie sind alle heute den ganzen Tag über hier?«
Sarah nickte. »Ja.«
»Was für ein Glück, daß ich gleich weitergefahren bin, statt noch länger in Savannah zu bleiben!« rief Lauretta aus. »Als ob ich es geahnt hätte. Oh, wie habe ich geweint, als ich Tante Penelopes Haus sah. Jetzt wohnen

Fremde dort – wie konnte sie das nur zulassen? Ich habe es nicht gewagt, zu klopfen und ihnen zu sagen, wer ich bin. Das Haus von innen zu sehen, hätte mir das Herz gebrochen.«

»Nun, Lauretta...«

»Aber das gehört zur Vergangenheit. Ich werde beim Abendessen alle wieder kennenlernen! Sie bleiben doch bis zum Abend?«

Sarah zögerte, ehe sie antwortete. »Lauretta, du bist zu voreilig. Ich bitte dich, denk ein wenig nach.« Lauretta wartete und sah ihre Schwester fragend an. »Zunächst einmal – vergiß nicht, daß du vor achtzehn Jahren – zur allgemeinen Überraschung – mit Bruces Bruder, Ednas Sohn, Selmas Mann davongelaufen bist. Du kannst nicht – wirklich, du kannst nicht einfach erscheinen und erwarten, daß alle dich freudig begrüßen, als ob nichts geschehen wäre.«

»Ich kann mir wahrhaftig nicht vorstellen, womit ich deiner Meinung nach irgend jemanden beleidigt haben sollte!« Lauretta stand auf und stürmte erregt quer durchs Zimmer zum Fenster; sie sah sich in die Defensive gedrängt, und das paßte ihr nicht. Nachdem sie eine Weile schweigend hinausgeblickt hatte, rief sie plötzlich: »Da geht ein Mädchen mit einem jungen Mann! Oh, das ist bestimmt das Liebespaar – Rachel mit ihrem Verlobten, dem künftigen Herrn von Oaks!«

Noch ehe Lauretta den Satz beendet hatte, ging Sarah rasch zu ihr ans Fenster, denn sie wußte, daß ihre Schwester durchaus imstande war, irgend etwas hinunterzurufen. Sie sah hinaus und atmete erleichtert auf. »Das ist James Davis mit seiner Schwester Doreen, Bruces jüngerer Tochter. Die ältere hat Blair Saxon, den Sohn des Bankiers von Highboro, geheiratet.«

»Wie vernünftig von ihr«, sagte Lauretta. »Offensichtlich ist es eine kluge Familie, der meine Tochter angehören wird.«

»Lauretta...« Sarah nahm sie bei der Hand und zog sie vom Fenster fort zu einem Stuhl. Sie zwang sie, sich hinzusetzen, blieb vor ihr stehen und sah sie einen Augenblick an. Mit einem Kopfschütteln zog sie einen zweiten Stuhl heran und setzte sich dicht neben Lauretta. »Du übertriffst wahrhaftig alles!«

»Was habe ich denn getan?« jammerte Lauretta vorwurfsvoll und defensiv zugleich.

»Du tust, was du schon immer getan hast – läßt dich von deinen Impulsen mitreißen, ohne an jemand anderen als an dich selbst zu denken!«

Lauretta warf den Kopf zurück. »Wenn ich hier nicht willkommen bin, werde ich natürlich...«

»Ach, sei still, sei still!« Sarah erhob sich und ging im Zimmer auf und ab; dann blieb sie vor Lauretta stehen und sagte: »Erinnerst du dich an den Brief, den du mir zurückgelassen hast, als du fortgingst?«

»O Sarah, hör auf mit diesen alten Eifersüchteleien und Vorwürfen!«
»Sei still und hör zu! In diesem Brief hast du mir gesagt, daß Rachel Leons Tochter ist und daß du sie deswegen getrost verlassen kannst. In diesem Brief hast du mir das Kind übergeben.«
»Dir zur Betreuung übergeben – natürlich. Was blieb mir anderes übrig?«
»Du hast sie mir geschenkt. Ich habe den Brief noch.«
»Oh!« erklärte Lauretta. »Es ist ein großer Fehler, alte Briefe aufzubewahren!«
»Dieser Brief war die Grundlage dafür, daß wir Rachel rechtmäßig adoptieren konnten. Onkel Felix hat die ganze Sache für uns erledigt. Rachel ist *mein* Kind.«
Lauretta begann aufzustehen, fiel auf den Stuhl zurück und hob die Hand an die Wange, als ob sie einen Schlag erhalten hätte. Sie schloß die Augen, preßte ein paar Tränen hervor und öffnete sie wieder. »Wie grausam, mir so etwas zu sagen. Wie kann sie dein Kind sein, wenn sie meines ist?«
»Du selbst, Lauretta, hast sie fortgegeben.«
»Was hätte ich denn sonst tun sollen?«
»Ich nahm sie und lernte es, dankbar für das Geschenk zu sein.«
Lauretta schwieg ein Weilchen, dann fragte sie: »Was sagt sie zu alledem? Hat sie dich nie nach ihrer wirklichen Mutter gefragt?«
»Sie hält mich für ihre Mutter«, sagte Sarah.
Lauretta lachte, nicht boshaft, sondern als ob die ganze Sache eine Art Familienwitz wäre.
»Du kannst gerne hierbleiben«, sagte Sarah, »aber nur, wenn du dich einverstanden erklärst, Rachel in Ruhe zu lassen – sie nicht mit irgendwelchen dramatischen Enthüllungen zu beunruhigen, die dir, wie ich deutlich sehe, schon jetzt im Kopf herumschwirren!«
Lauretta richtete sich hoch auf. »Du verlangst von mir, daß ich für mein eigenes Kind eine Fremde bleibe?«
»Hör doch auf, zu dramatisieren! Gibt es für dich keine Wirklichkeit? Kannst du denn an niemanden denken außer an dich?«
»Du bist hart und grausam geworden. Das ist's, was dich hat altern lassen, was dein Gesicht, deinen Hals gezeichnet hat...«
»Lauretta, du kannst bleiben oder du kannst gehen, aber wenn du bleibst, mußt du versprechen, daß du über das Thema deiner – Mutterschaft schweigen wirst.«
Lauretta sah Sarah blinzelnd an. »Ich bin ein einsames Geschöpf, ohne Freunde. Es bleibt mir nichts anderes übrig, als zu schweigen.«
»Ich hab dir gesagt, du sollst aufhören, die Dinge zu dramatisieren...«
»Gut«, sagte Lauretta mürrisch. »Ich werde still und brav sein – vorläufig. Ja, ich bin einverstanden. Ich sehe ein, daß ich allen Beteiligten einen

Dienst erweise, indem ich schweige. Aber daß du mir nach allem, was ich durchgemacht habe, noch Vorwürfe machen kannst, ist einfach unfaßbar.«

Sarah betrachtete einen Augenblick prüfend ihr Gesicht, dann nickte sie. »Du hast es versprochen.«

Lauretta nickte ebenfalls, aber vage, als ob das, worüber sie gesprochen hatten, sie plötzlich langweilte. Sie ging zum Kamin und blickte zu dem Porträt hinauf, das über dem Sims an der Wand hing. »Oh, das bist du!« rief sie aus und wandte sich nach Sarah um. Dann blickte sie wieder auf das Bild und musterte es aufmerksam mit zunehmendem Staunen. »Sarah!« sagte sie, mehr wie wenn sie laut dächte, als wie wenn sie zu der Frau neben ihr spräche. »Du warst schön, meine Liebe. Was, um alles in der Welt, hat sich damals zugetragen?«

10

Otis wurde mit einem Wagen zum Bahnhof von Highboro geschickt, um Laurettas Koffer zu holen. Sarah führte ihre Schwester in ihr Zimmer und ließ sie allein, denn Lauretta hatte erklärt, sie brauche ein wenig Zeit, um sich zu sammeln, ehe sie mit den anderen zusammentreffe. Sarah ging hinunter und bat Clarice, dem neuen Gast in einer Stunde eine Kanne heißes Wasser bringen zu lassen; und dann ging sie auf die vordere Veranda, wo die Familie und die Gäste sich jetzt wieder zu versammeln begannen. Mit kurzen Worten berichtete sie ihnen von Laurettas Ankunft.

Sobald Lauretta allein war, legte sie sich, wie sie war, aufs Bett. Da sich ihr Sarahs Bitte, sie solle »aufhören zu dramatisieren«, mittlerweile fest eingeprägt hatte, gab sie sich jetzt der Überlegung hin, wie sie sich in nächster Zeit verhalten sollte. Am Spätnachmittag klopfte Sarah an die Tür; Lauretta bat sie, einzutreten. »Bist du bereit, zu uns herunterzukommen?« fragte Sarah.

Lauretta nickte. Sie hatte sich umgezogen, trug ein schlichtes Kleid ohne jeden Schmuck, und sie hatte alle Spuren von »kleinen Hilfsmitteln« aus ihrem Gesicht entfernt, so daß sie jetzt diejenige war, die blaß und farblos wirkte. Ihre Haare waren glatt zurückgekämmt und im Nacken zu einem Knoten aufgesteckt, und sie hatte ihre Ringe abgelegt.

Sie gingen zusammen hinunter auf die Veranda, wo die anderen auf sie warteten. Abgesehen von Edna erhoben sich alle wie auf Befehl. Penelope küßte Lauretta, aber kurz, pflichtschuldig, ohne Herzlichkeit. Nell und Edna nickten nur und musterten sie mit zusammengekniffenen Augen. Bruce, James und Adam verbeugten sich steif. Leon reichte ihr verlegen die Hand und hieß sie auf Beulah Land willkommen. Doreen machte eine rasche, linkische, knicksähnliche Bewegung; dann schien ihr klarzuwerden, daß diese Geste kindisch war, und sie schüttelte Lauretta die Hand. Rachel begegnete ruhig ihrem Blick, obgleich Sarah eine verstohlene Neugier hinter ihrer Zurückhaltung zu bemerken meinte, dann streckte sie ihr die Hand hin.

Lauretta schien zu zögern, aber plötzlich schoß ihr Kopf vor, und sie küßte Rachel auf die Wange. »Es genügt mir nicht«, sagte sie, »meinem – meiner Schwester Kind nur die Hand zu reichen.«

Selma kam näher und verbeugte sich wie ein Mann. Als Lauretta sich ihr mit sanftem Blick zuwandte, sagte Selma: »Sarah hat uns gesagt, daß Sie geheiratet hätten, nachdem mein Mann ermordet worden ist, aber daß auch das vorüber sei. Unter welchem Namen kennt man Sie jetzt, und wie sollen wir Sie nennen, Ma'am?«

Mit einer Stimme, die zu ihrem demütigen Gesichtsausdruck paßte, erwiderte Lauretta: »Ich hoffe, meine Liebe, daß Sie mich Lauretta nennen werden, und man soll mich bitte nur als Sarah Kendricks Schwester kennen, eine Frau, die nach langer Abwesenheit mit kummervollem Herzen zu Besuch gekommen ist und sich nichts anderes wünscht als ein ruhiges, friedliches Leben, wenn es Gott so gefällt.«

Selmas Gesicht und die Gesichter der Männer wurden weich bei diesen Worten, aber die Mienen der anderen Frauen erstarrten vor Mißtrauen.

»Nun!« sagte Sarah munter. »Setzen wir uns.«

Lauretta ging auf den Stuhl neben dem von Penelope zu, aber Nell verkündete: »Das ist mein Stuhl«, und jeder der anwesenden Männer schickte sich an, seinen Stuhl zu dem Platz zu bringen, den Lauretta sich gewählt hatte. Sie nahm, scheinbar aufs Geratewohl, Adams Angebot an, aber sie lächelte ihm vertraulich und dankbar zu und murmelte: »Ich danke Ihnen, Sir.«

Bis sie zum Abendessen gerufen wurden, hielt Lauretta ihre Zuhörer mit einem Bericht über die Gefahren ihrer langen Seereise in Atem, wobei sie Captain Slocum zu einem größeren Helden machte, als sie es zuvor Sarah gegenüber getan hatte. Alle hörten ihr zu; es gab keine anderen Gespräche, und wenn hin und wieder eine Frage gestellt wurde, war die Stimme des Fragenden ebenso ernst und ruhig wie die der Erzählerin.

Edna fragte, nachdem sie die ganze Zeit geschwiegen hatte: »Was ist mit Kalifornien? Sie haben es mit keinem Wort erwähnt.«

Lauretta wartete einen Augenblick, ehe sie antwortete, und dann sagte sie so leise, daß die anderen sich vornüberbeugten, um die Worte zu verstehen: »Es ist kein Platz für Damen, die etwas auf sich halten, Ma'am. Ich kann Ihnen, wenn wir einmal allein sind, mehr darüber erzählen, aber nicht hier vor diesen jungen Leuten.«

Mit dem Instinkt der Schauspielerin hatte sie genau den richtigen Augen-

blick für diese sittsame, geheimnisvolle Bemerkung gewählt. Die Worte waren kaum ausgesprochen, als Lotus erschien, um zu verkünden, daß das Essen serviert sei, und: »Mama läßt Sie alle bitten, gleich zu kommen, solange die Brötchen noch heiß sind.«
Sie setzten sich zu zwölft um den Tisch. Lauretta aß mit großem Appetit, was ihr den Respekt von Nell eintrug. Während die anderen, die sich am reichlichen Mittagsmahl satt gegessen hatten, Lauretta beobachteten, empfanden sie Mitleid mit ihr, verziehen ihr und nahmen sie in ihre Mitte auf – wie Menschen es mit denen tun, die in Not zu sein scheinen. Kaum einer schlief an diesem Abend ein, ohne zuvor noch freundlich an die arme Frau zu denken, die heute zu ihnen zurückgekehrt war.

Laurettas Anwesenheit wurde in der arbeitsreichen Zeit der Ernte, die am Tag nach ihrer Ankunft begann, bald als selbstverständlich betrachtet. Ihr Verhalten war ein Musterbeispiel von Sittsamkeit und Rücksichtnahme. Entgegen ihrer Neigung, sich hervorzutun und stets im Mittelpunkt stehen zu wollen, gab sie sich bescheiden, ein wenig zögernd, immer höflich. Sie mischte sich niemals in ein Zwiegespräch ein oder schloß sich einer plaudernden Gruppe an, ohne zu fragen, ob es ihr gestattet sei.
Sie schmeichelte Selma und Pauline, die jetzt, da Lilac bei der Ernte helfen mußte, nichts zu tun hatten, indem sie ihnen tausend Fragen über ihre Schule stellte und sogar den Anschein erweckte, als ob sie sich aufmerksam ihre Antworten anhörte. Sie brachte Abwechslung in Nells und Penelopes mürrische Zweisamkeit, indem sie ihnen amüsante Lügen über ihr Leben im Westen erzählte. Wenn Sarah und Rachel über die Hochzeit sprachen, was sie jetzt fast ständig taten – es gab nur zwei Themen auf Beulah Land: Ernte und Hochzeit–, saß Lauretta schweigend dabei, ein sehnsüchtiges Lächeln um die Lippen, als ob sie sich an ihre eigene Jugend erinnerte. Sie war sogar rücksichtsvoll gegen die Dienstboten und ehrerbietig stumm in Loveys Gegenwart, was jedoch wenig dazu beitrug, Loveys Meinung von ihr zu bessern.
Zum erstenmal waren Lovey und Clarice nahe daran, sich zu streiten. »Sie hat sich wirklich verändert«, erklärte Clarice. »Ich kenne sie praktisch seit ihrer Geburt, und ich kann dir sagen, sie hat sich verändert. Sie hat nichts mehr von dem Mädchen an sich, das wütend mit dem Fuß aufzustampfen und mir zu sagen pflegte, ich hätt ihre Rüschen schlecht gebügelt.«
»Sie mag älter sein, aber sie ist die gleiche«, erwiderte Lovey. »Eine Schlange kann eine Haut abstreifen, aber sie hat schon eine andre darunter. Und darum bleibt sie doch immer dieselbe Schlange.«
Sie sprachen den Rest des Tages kein Wort miteinander.
Rachel war höflich, ohne herzlich oder auch nur so zwanglos mit ihr zu sein, wie sie es für gewöhnlich mit anderen Menschen war. Sarah be-

merkte es und nahm sich vor, darüber nachzudenken, sobald sie Zeit dafür fand, aber sie war jetzt ständig so beschäftigt, daß sie nicht dazu kam. Außer bei den Mahlzeiten war es leicht für Leon, Lauretta zu meiden, und während der Ernte aß er oft allein, früher oder später als die anderen, manchmal im Sägewerk oder oft auch mit Floyd am Küchentisch. Wenn es in der Küche zu heiß war, weil Myrtis und ihre Gehilfinnen Früchte und Gemüse zum Einmachen kochten, nahmen sie ihre Teller und Bestecke und gingen hinaus, um im Schatten des großen Feigenbaumes zu essen.

Nur Floyd wußte, daß Leon alle paar Tage zur Anderson-Farm ritt, um Clovis zu besuchen. Leon hatte nicht darüber gesprochen, und Floyd hatte nicht herumspioniert; aber die beiden Männer kannten einander so gut, daß es keiner vertraulichen Mitteilungen oder direkten Beobachtungen bedurfte. Floyd war beunruhigt über diese Besuche, fragte sich, was geschehen würde, wenn Leon und Roscoe sich eines Tages dort drüben begegneten, und fragte sich auch, warum Leon wohl dorthin ging und was er und Clovis einander zu sagen hatten, wenn sie zusammen waren.

Wenn Bruce in dieser arbeitsreichen Jahreszeit überhaupt nach Beulah Land kam, ritt er meistens hinten über die Felder, um zu sehen, wie Leon und seine Leute mit der Ernte vorankamen; aber eines Tages kam er statt dessen auf dem Rückweg von Highboro, wo er auf dem Postamt und bei der Entkörnungsmaschine gewesen war, die Auffahrt entlang auf das Haus zu. Lauretta war allein auf der Veranda, und Bruce machte in ihrer Nähe halt, um ein paar höfliche Worte mit ihr zu wechseln, ehe er weiter um das Haus herum ritt. Aber ohne zu wissen, wie es geschehen war, oder sich auch nur der Tatsache bewußt geworden zu sein, saß er eine halbe Stunde später, die Zügel des Pferdes lose in der Hand, auf dem Rand der Veranda und unterhielt sich angeregt mit Lauretta.

In diesem Augenblick kam Sarah aus der Halle, und obgleich sie kein Wort ihrer Unterhaltung hören konnte, denn sie sprachen mit gedämpfter Stimme, war sie sofort auf der Hut. Schon allein der Anblick der beiden machte sie, wenn auch vielleicht ungerechterweise, ärgerlich auf Bruce. Er hatte einmal für sie geschwärmt; sie hatte es gewußt und sich darüber gefreut, ohne ihn zu ermutigen und ohne daß seine Schwärmerei irgend jemandem weh getan hatte.

Aber bei Lauretta war das etwas völlig anderes. Unschuld war eine Eigenschaft, deren Lauretta sich nicht rühmen konnte. Sarah erinnerte sich plötzlich an den Tag der Ankunft ihrer Schwester, als Lauretta begeistert über den Gedanken gewesen war, daß ihre Tochter Herrin von Oaks werden würde; und Sarah hatte ihr gesagt, daß diese Möglichkeit in weiter Ferne liege, da Bruce Davis voraussichtlich noch weitere zwanzig oder dreißig Jahre Gebieter von Oaks sein werde. War es möglich, daß Lauretta

über die Bemerkung nachgedacht und den Plan gefaßt hatte, *selbst* Herrin von Oaks zu werden?
Ja, es war möglich.

11

»Ich bin achtundsiebzig, du bist neunundsiebzig«, sagte Posie zu Buttercup.
»Nein. Du bist neunundsiebzig, und ich bin achtundsiebzig«, sagte Buttercup zu Posie.
Die beiden alten Frauen verrichteten jetzt keine reguläre Arbeit mehr. Sie hielten ein paar Hühner und machten sich hin und wieder in dem kleinen Garten zu schaffen, den sie ihr eigen nannten; aber meistens saßen sie in ihren frisch gewaschenen und gestärkten Baumwollkleidern mit Sonnenhauben aus dem gleichen Material dösend im Schatten eines Zedrachbaumes. Wenn irgend jemand bei ihnen stehenblieb, wurden sie munter und erzählten mit geschwätziger Prahlerei von den Zeiten, wo eine von ihnen Kindermädchen von »Massa Leon« und die andere Kindermädchen von »Missy Selma« gewesen war.
Leon und Selma besuchten sie regelmäßig, um sich zu erkundigen, wie es ihnen ging und ob sie etwas brauchten, und brachten ihnen Zucker, Schnupftabak oder irgendwelche anderen Kleinigkeiten mit. Ihr Streit über das Alter war das einzige anregende Thema, das ihnen geblieben war, und es verging kaum ein Tag, ohne daß sie sich darüber in den Haaren lagen. In Wirklichkeit erinnerte sich keine von beiden, wie alt sie war, und was den Unterschied zwischen ihnen betraf, hätten sie tatsächlich Zwillinge sein können.
Aber eines Abends gingen sie nach ihrem gewohnten Streit zu Bett, ohne sich versöhnt zu haben. Am nächsten Morgen entdeckte Posie, daß Buttercup während der Nacht gestorben war, und als sie, noch im Nachthemd, stolpernd auf den Hof hinauslief, um Hilfe zu holen, stürzte auch sie tot zu Boden. Die beiden Schwestern, die nie verheiratet gewesen waren und dreißigtausend Nächte miteinander das Bett geteilt hatten, wurden jetzt Seite an Seite auf dem kleinen, für die Sklaven der Umgebung bestimmten Landfriedhof beerdigt, wo ihre sterblichen Überreste bis in alle Ewigkeit ruhen konnten.

Roscoe ritt auch weiterhin einmal in der Woche zur Anderson-Farm hinaus, um nach dem Rechten zu sehen und Clovis etwas Geld zu geben, aber das machte den Whisky, den Leon ihr häufig bei seinen eigenen Besuchen mitbrachte, nicht weniger willkommen. Diese zusätzliche Menge bedeutete lediglich, daß sie so viel trinken konnte, wie sie wollte, und je mehr sie trank, um so mehr brauchte sie, um den ersehnten Seelenfrieden zu finden. Leon fragte sich nicht, weshalb er Clovis besuchte; er wußte nur, daß irgend etwas ihn dazu trieb. Vielleicht war es die Erinnerung an die gemeinsame Jugend oder lediglich die Tatsache, daß sie ihn an seine eigene erinnerte – der Wunsch, ihr etwas Gutes zu tun, oder ein Schuldgefühl oder beides zusammen. Manchmal unterhielten sie sich in höflichem und gesetztem Ton, aber sie sprachen nie über persönliche Dinge. Als er sie jedoch eines Tages in dem kleinen Wäldchen zwischen ihren Feldern antraf, sie sich auf den Baumstamm setzten und abwechselnd aus der Kruke tranken, wobei jeder nach dem Trinken sorgsam den Rand abwischte, da schloß sie fünf Minuten die Augen. Er dachte sich nichts dabei, denn es war etwas, das sie öfter tat. Vielleicht schlief sie, oder vielleicht »überlegte« sie auch nur. Dann öffnete sie die Augen, und ihr angespannter Ausdruck ließ erkennen, daß sie nicht geschlafen, sondern nachgedacht hatte, und sie sagte: »Ich wette, du möchtest wissen, ob er's getan hat oder nicht.«

»Ob wer es getan hat?« fragte er vage, denn er war nicht sicher, daß er sie richtig verstanden hatte.

Sie nickte, noch mit ihrem eigenen Gedankengang beschäftigt. »Nun, er hat es getan. Er mußte es jemandem sagen. Hat's mir gesagt, niemandem außer mir – das weiß ich bestimmt.«

»Wer?«

»Roscoe«, sagte sie.

»Roscoe hat es getan?« wiederholte er verwirrt. »Was?«

»Hat den Wächter betrunken gemacht und den Brand gelegt.«

Er antwortete nicht, sondern sah an ihr vorbei und erinnerte sich an die Nacht, da er und Floyd, die Augen auf den schrecklichen roten Schimmer am Himmel geheftet, in wildem Galopp nach Highboro geritten waren.

»Verstehst du?« fragte sie.

»Ja.«

Sie lachte höhnisch auf. »Du kannst es nich beweisen.«

»Nein.«

»Ich würde sagen, daß ich dir nie nix gesagt habe.«

»Es ist lange her«, sagte er.

Sie grübelte darüber nach. »Alles is lange her.«

Als er sie verließ, fragte er sich, ob das, was sie ihm gesagt hatte, wahr sein mochte, und kam zu dem Schluß, daß es so oder so nicht mehr von Bedeutung war.

Lauretta war immer noch eine hübsche Frau, und sie hatte nach dem ersten, bewußt schlichten Auftritt am Tag ihrer Ankunft die Strenge ihres

Äußeren gemildert, trug jetzt die Haare in weichen Locken ums Gesicht und wandte einige ihrer weniger auffälligen Kunstgriffe an, um ihr Aussehen zu verbessern, ohne erkennen zu lassen, daß sie der Natur nachgeholfen hatte. Aber ihre Wirkung auf Bruce – und er ertappte sich dabei, daß seine Gedanken trotz der Sorgen um Ernte und Wetter häufig bei ihr weilten – beschränkte sich nicht auf mechanische Hilfsmittel. Sie beherrschte die Kunst, sittsam, aber verführerisch zu gehen und zu sitzen, zuzuhören, zu sprechen – vor allem mit den Augen zu sprechen –, auf eine Art und Weise, die schon die Aufmerksamkeit von welterfahreneren Männern als Bruce Davis erregt und gefesselt hatte.

Er fing an, bei den Mahlzeiten im Kreis der Familie Bemerkungen über sie zu machen, die er für beiläufig hielt, die Edna jedoch aufhorchen ließen und sogar die arglose Doreen veranlaßten, James verstohlen zuzulächeln. Diese Bemerkungen wurden immer häufiger und überschwenglicher, obwohl niemand etwas darauf erwiderte oder sie herausforderte. Edna hielt es für klüger, zu schweigen, denn sie betrachtete die Schwärmerei ihres Sohnes als eine vorübergehende Verblendung. Aber eines Tages sagte er beim Mittagessen ganz unverblümt: »Wenn sie auch kein junges Mädchen mehr ist, wage ich zu behaupten, daß ihr das nur zum Vorteil gereicht. Ein Mann könnte sich glücklich schätzen, sie zur Frau zu haben!«

Es machte Adam, James und Doreen verlegen, ihren Vater so unverhohlen seine Gefühle offenbaren zu hören, und sie fingen rasch an, unter sich zu reden. Adam sollte am übernächsten Tag nach Savannah fahren, um über den Verkauf der Baumwolle zu verhandeln. Ebenso wie früher sein Onkel Bonard hatte er kaum mit der Landwirtschaft an sich zu tun, machte sich aber nützlich, was die geschäftlichen Interessen der Plantage betraf.

Es war Mitte September. Die Ernte war zum größten Teil eingebracht, aber sowohl Bruce und James als auch Edna und Doreen hatten immer noch viel zu tun und würden bis zu Adams Hochzeit, die in einem Monat stattfinden sollte, voll beschäftigt sein. So sprachen sie über Savannah, und Doreen erinnerte Adam an einige persönliche Aufträge, die er dort für sie zu erledigen versprochen hatte. Nach einer Weile standen die Geschwister vom Tisch auf und ließen Edna und Bruce allein.

Sie waren immer gern zusammen, aber jetzt bemerkte Bruce, daß seine Mutter ihn finster anstarrte. »Was ist los?« fragte er.

»Ist es dir Ernst mit dem, was du über diese Frau gesagt hast?«

Er tat erstaunt. »Miss Lauretta?«

Sie nickte kurz. »Wenn sie nicht Sarah Kendricks Schwester wäre, würde ich mich keinen Augenblick im selben Raum mit ihr aufhalten.«

»Mama, du überraschst mich!«

»Und du überraschst mich!«

»Aber – mein Sohn heiratet ihre Tochter.«

»Ich betrachte Rachel als Sarahs Kind. Sie hat sie großgezogen und zu dem liebenswerten Mädchen gemacht, das sie für uns alle ist. Ich werde sie mit Freuden willkommen heißen.«

»Dann mußt du doch einsehen, daß du ihre Mutter nicht schneiden kannst.«

»Sie weiß nicht, daß Lauretta ihre Mutter ist.«

»Bist du dessen sicher?« fragte Bruce.

»Soweit ich es sein kann. Aber das ist jetzt nicht wichtig. Mich interessiert im Augenblick allein die Tatsache, daß du auf eine Art von ihr sprichst, die selbst bei einem naiven Jüngling lächerlich wäre – und du bist alles andre als das. Willst du wirklich behaupten, daß du Hochachtung vor dieser Frau hast?«

Bruce spielte mit seinem Glas und machte mit der feuchten Unterseite Abdrücke auf das Tischtuch. »Ich finde sie hübsch und ihre Gesellschaft angenehm. Mehr als das habe ich nicht gesagt.«

»Ich hoffe, du hast ihr selbst weniger als das gesagt.«

»Sie weiß bestimmt, daß ich sie verehre.«

»Dann wirst du künftig deine Verehrung für dich behalten, denn ich erlaube es nicht!«

»Mama!« rief er protestierend, und seine Stimme klang mehr wie die eines Jungen als die eines Mannes von beinahe fünfzig.

»Nein, Sir!« erklärte sie mit Nachdruck. »Ich erlaube es nicht! Sie ist ein leichtfertiges Geschöpf, das an niemanden außer an sich selber denkt. Wenn ich sie und Sarah zusammen sehe, fällt es mir schwer zu glauben, daß sie Schwestern sind.«

»Du urteilst sehr hart über sie, Mama.«

»Hart oder nicht – das ist meine Meinung, und ich werde sie nicht ändern. Wenn du daran denkst – auch nur im entferntesten daran denkst –, sie zu deiner Frau zu machen, so schlag es dir aus dem Kopf. Es kommt nicht in Frage – auf gar keinen Fall! Ich würde lieber das Haus in Brand stecken, ehe ich sie als Herrin über diese Schwelle lasse!«

»Mama, du kannst einen wirklich zur Verzweiflung bringen! Und außerdem regst du dich ganz unnötig auf. Ich habe nur gesagt, ich finde sie nett.«

»*Nett?* Diese Teufelshure?«

»Mama, bitte! Ich bitte dich! Man wird dich in der Küche hören.«

»Von mir aus können sie mich auch auf Beulah Land hören – und ich verspreche dir, sie werden mich hören, wenn du dich auch nur noch ein einziges Mal diesem durchtriebenen, intriganten, gottlosen Geschöpf näherst, das sein Kind im Stich gelassen hat, das deinen Bruder und meinen Sohn von Heim und Herd fortgelockt und in irgendeiner lärmenden Grenzstadt hat ermorden lassen!«

Bruce bemühte sich um Würde. »Ich habe gewiß nicht die Absicht, Miss Lauretta ernsthaft den Hof zu machen.«
»Es freut mich, das zu hören.«
Er schlug plötzlich erzürnt mit der Faust auf den Tisch. »Trotzdem, Mama! Ich kann nicht zulassen, daß du dich in meine Privatangelegenheiten mischst und mir Vorschriften machst.«
»Habe ich je versucht, das zu tun?« erwiderte Edna unschuldsvoll. »Ich, mein Sohn? Oh, ich würde eher dieses Haus verlassen und den Rest meiner Tage, die ja wohl ohnedies gezählt sind, in einer der Negerhütten verbringen, als mich in deine persönlichen Entschlüsse mischen. Solltest du eine geeignete Frau finden und heiraten wollen, so werde ich gewiß nichts dagegen einzuwenden haben.« Sie seufzte tief. »Ich werde nicht ewig leben, und ich verstehe, daß du jemanden brauchst, der für dich sorgt. Natürlich hat Doreen bis jetzt offenbar nicht die Absicht zu heiraten – und wird es vielleicht auch nie tun. Und Rachel wird bald als junge Ehefrau hier einziehen. Ich kann mir keine bessere künftige Herrin von Oaks vorstellen als Rachel Kendrick, wenn sie Rachel Davis ist.«
»Ich habe nicht vor, wieder zu heiraten«, sagte Bruce steif.
»Nun, wie gesagt, das bleibt ganz und gar dir überlassen.«
Bruce schob den Stuhl zurück und stand auf. »Die Leute pflücken Streubaumwolle auf dem oberen westlichen Feld. Sie tun es sehr ungern, und ich muß sie dabei überwachen.«
Sie nickte und erhob sich ebenfalls. »Und ich muß Doreen helfen. Wir machen das ehemalige Zimmer von Bonard zurecht. Es soll alles frisch und neu sein, wenn das junge Paar dort einzieht.«
Und so wurde Laurettas Hoffnung, Herrin von Oaks zu werden, zunichte gemacht.
Sie selbst ahnte zu diesem Zeitpunkt noch nichts davon.

12

Eine Stunde nachdem Floyd am nächsten Morgen aus der Stadt zurückgekehrt war und die Post mitgebracht hatte, die täglich mit dem Zug aus Savannah eintraf, ritt Rachel, so schnell sie konnte, von Beulah Land nach Oaks. Dort angekommen, brachte sie das Pferd zum Stehen, sprang leichtfüßig hinunter, lief ins Haus und rief: »Adam! Adam, du kannst nicht fahren! Wo bist du?«
Doreen kam eilig aus Bonards ehemaligem Zimmer, wo sie mit ihrer Großmutter gearbeitet hatte, die Treppe herunter in die Halle. Edna, von Rachels lärmender Ankunft neugierig gemacht, folgte ihr ein wenig langsamer, um zu erfahren, was los war.

»Dieser Brief!« rief Rachel erregt und hielt ein Blatt in die Höhe. »Er berichtet vom Gelbfieber in Savannah!«

»Ich hol Adam«, sagte Doreen, als Edna unten eintraf.

Edna führte Rachel in den kleinen Salon neben dem großen Wohnzimmer. »Beruhige dich, liebes Kind. Es gibt für alles ein Mittel im Leben. Unnütze Aufregung schadet nur. Was ist das für ein Brief, von wem ist er?«

»Oh...« Rachel setzte sich neben die ältere Frau auf ein kleines Sofa. »Es tut mir leid, wenn ich zuviel Spektakel gemacht habe. Sicherlich habe ich auch Tante Pea ziemlich erschreckt. Dieser Brief ist an sie, von einer Freundin in Savannah, die in der Broughton Street wohnt, dicht bei dem Haus, wo Mama als Mädchen gewohnt hat. Sie schreibt, das Gelbfieber sei schlimmer, als es seit der Epidemie von 1820 jemals gewesen ist! Ich habe Mama davon erzählen hören, obwohl sie damals noch ein Kind war und Tante Pea sie alle aufs Land gebracht hat, bis die Gefahr vorüber war! Oh, Sie sehen es doch ein, nicht wahr? Wir dürfen Adam nicht fahren lassen. Man muß ihn überreden, auf seine Reise zu verzichten oder sie zumindest zu verschieben.«

Adam kam herein, von Doreen gefolgt, die ihn mit James im Büro über den Rechnungen und Büchern der Plantage angetroffen hatte. »Rachel?« sagte er, ging auf sie zu und griff nach ihren Händen, als sie vom Sofa aufstand. Rachel fand zuerst keine Worte. Ihr Geist, der den Ereignissen vorausgeeilt war und sich bereits das Unheil ausgemalt hatte, brauchte einen Augenblick, um in die Gegenwart zurückzukehren und zu erkennen, daß Adam gesund und munter vor ihr stand.

»Sie ist unglücklich über einen Brief, den Miss Penelope von einer Freundin aus Savannah erhalten hat«, erklärte Edna ruhig.

»Ist das alles?« Adam lachte erleichtert. »Der Radau und Doreens Dringlichkeit hatten mich wahrhaftig das Schlimmste befürchten lassen.«

Rachel drückte ihm den Brief in die Hand.

»Du bittest mich, einen fremden Brief zu lesen?« fragte er.

Sie nahm ihn wieder an sich und faltete den Bogen auseinander. »Ich werde ihn dir vorlesen, und dann wirst du mich nicht mehr für albern halten.« Sie glättete das Papier und hielt es in die Höhe, um das Licht vom Fenster hinter ihr aufzufangen. »Ich lese nur den Absatz über das Fieber. Tante Pea hat den Brief leise gelesen, und als sie zu dieser Stelle kam, stieß sie einen Schrei aus und fing an, ihn uns vorzulesen, weil sie ja weiß, daß du nach Savannah fahren willst.« Rachels Augen liefen über die Zeilen und fanden den Absatz, den sie suchte. Dann begann sie laut zu lesen, bemüht, ihre Stimme ruhig zu halten.

»›Die Epidemie ist verheerend. Die Leute sagen, es hat seit 1820 keine schlimmere gegeben. Man erzählt sich, daß die Hälfte aller Einwohner aus

Angst aufs Land gegangen seien, um den giftigen Ausdünstungen der Stadt zu entgehen. Nicht eine einzige Glocke hat letzten Sonntag zur Kirche geläutet, so sehr waren diejenigen, die hiergeblieben sind, von den Kranken, den Sterbenden und Toten in Anspruch genommen...‹« Rachel brach mit einem Schluchzen ab und hielt Adam den Brief hin. »Siehst du jetzt ein, Adam, weshalb du nicht fahren darfst?«

»Mein liebes Kind!« Edna legte den Arm tröstend um Rachels Schulter, während Adam ihr den Brief aus der Hand nahm und ihn überflog. Nach einem Augenblick versuchte auch er, Rachel zu beruhigen, und Doreen, die sich überflüssig vorkam und um James' willen ein wenig eifersüchtig war, verließ den Salon und ging zu ihrem Bruder ins Büro.

Aber als sie eintrat und ihm berichtete, was Adam von der geschäftlichen Besprechung der beiden Brüder fortgeholt hatte, runzelte James ernst die Stirn und schloß das Hauptbuch, das er in den Händen hielt. Er ging, von Doreen gefolgt, durch die Halle und kam gerade rechtzeitig zur offenen Vordertür, um Adam und Rachel die Stufen hinunter in den Garten gehen zu sehen. James' Stirnrunzeln vertiefte sich, während er sie beobachtete, und Doreen, die ihrerseits James beobachtete, spürte, wie ihre Kehle und ihre Augen von Tränen brannten, die sie ihm nicht zeigen durfte.

»Schon gut, schon gut, schon gut, schon gut...«

Ihr unterdrücktes Weinen verwandelte sich in einer Sekunde in keuchendes Gelächter. »Hör auf – oh, hör auf! Das klingt ja, als ob jemand Tauben ruft.«

Er nutzte ihr Gelächter aus, um bewußt einen Scherz daraus zu machen, und sagte noch einmal: »Schon gut, schon gut...«

Sie schloß seine Lippen mit der Hand, und während er eine Geißblattrebe am Eingang der Laube hob, zu der sie gekommen waren und die sie jetzt betraten, umfaßte er den Mittelfinger der rügenden Hand mit seinen Lippen und Zähnen und fing an, daran zu saugen. Sie schmiegte sich an ihn, sobald sie im Dunkel der Reben waren, holte tief Luft und hielt den Atem an. Ohne zu atmen, preßte sie ihren Körper fest an den seinen. Seine Zähne ließen ihre Fingerspitze los; seine Lippen suchten die ihren und fanden sie. Sie hielten einander umschlungen und küßten sich wie Hungernde. Als sie schließlich aufhören mußten, um nicht zu ersticken, lachten sie über sich selbst, und Adam lachte noch einmal, als sie still blieb und ihn ansah.

»Wie können wir heiraten und zusammen leben?« fragte er. »Ich werde dich jeden Augenblick in den Armen halten und lieben wollen! Wir werden verhungern, weil wir nicht ans Essen denken, ersticken, weil wir uns küssen und zu atmen vergessen!«

»Adam – du wirst nicht fahren?«

»Irgend jemand muß es. Soll ich etwa meinen Bruder oder Vater bitten, an meiner Stelle zu fahren? Sie bitten mich ja auch nicht, ihre Arbeit zu tun.«

»Es hat doch bestimmt Zeit...«

»Nein, mein Liebes. Dies ist keine Sache, die man nach Belieben aufschieben kann – es handelt sich um geschäftliche Dinge von größter Wichtigkeit für Oaks – und ebenso für Beulah Land. Ich fungiere auf dieser Reise auch als Baumwollagent für deinen Vater.«

»Ich werde ihm sagen, er soll dich nicht gehen lassen!«

Er hielt sie an beiden Handgelenken fest. »Rachel! – Ich liebe dich! – Ich liebe dich! Aber du darfst diese Tatsache nie dazu ausnutzen, deinen Kopf bei mir durchzusetzen, hörst du?«

»Es dreht sich doch nicht darum, meinen Kopf durchzusetzen. Du hast den Brief gelesen.«

»Ja, und ich habe auch andere Berichte und Gerüchte gelesen und gehört. Es gibt Tausende.«

»Dies ist kein Gerücht – es kommt direkt aus der Broughton Street!«

»Wer sich im Zentrum eines Wirbelsturmes befindet, merkt nicht, wenn er vorübergeht. Sei vernünftig. Ich finde es lieb, daß du dir Sorgen um mich machst, aber ich fahre nur auf ein oder zwei Tage, allerhöchstens drei, und ich habe gehört, daß das Schlimmste bereits vorüber sei. Ich werde erledigen, was ich zu erledigen habe. Ich werde mich von jeder Gefahr fernhalten, falls noch Gefahr besteht. Und ich werde zurückkehren, und dann lachen wir beide, du und ich, über diese dumme Angst.«

»Der Brief sagt – oh, er klingt so schrecklich, Adam –, daß das Gaswerk wegen des Orkans versagt hat und die ganze Stadt dunkel war.«

»Ich werde meine Arbeit auf die Stunden des Tageslichtes beschränken.«

»Mach dich nicht über mich lustig...«

»Das tue ich nicht und werde es auch niemals tun. Rachel, ich halte dich nicht für töricht, mein liebster Schatz, sondern nur für ein bißchen überängstlich – weil ich dein liebster Schatz bin. Aber ich werde fahren.«

»Adam! Ich möchte, ich möchte...«

Er zog sie an sich und schloß ihre Lippen mit den seinen.

13

Lauretta saß mißmutig, eine Stickerei im Schoß, auf der Veranda zwischen Nell und Penelope, die in ihren Schaukelstühlen eingeschlafen waren. Es war vier Uhr nachmittags, die schlimmste Tageszeit. Das Land brauchte Regen. Die Bäume und Gräser waren grau und matt vor Staub, die Luft war heiß und trocken. Mit gespitzten Lippen sah Lauretta auf die Stickerei hinunter und kam zu dem Schluß, daß sie die falsche Schattierung für die Brustfedern des Vogels gewählt hatte. Sie löste die runden hölzernen Rahmen, die das vorgezeichnete Bild straff hielten; einer fiel hinunter und schlug ein paarmal leicht auf den Boden auf, ehe er von der Veranda in den Garten rollte. Sie hätte am liebsten geflucht, aber sie wollte die beiden Frauen nicht wecken. Ihre Sorge galt jedoch weniger ihnen als ihr selbst. Sie hatte ihnen nichts zu sagen, kein Lächeln, um ihre niederdrückende Langeweile zu mindern. So stand sie leise von ihrem Stuhl auf und ging auf Zehenspitzen in den Garten.

Sie fand ohne große Schwierigkeiten den herumirrenden Reifen und streifte ihn über ihr Handgelenk. Er war wie ein Armband, nur zu groß. Sie schob ihn über den Ärmel ihres Kleides, wo er einen Augenblick hängenblieb, ehe er wieder herunterfiel. Sobald sie außer Sichtweite der Veranda war, ließ sie den Reifen durch die Luft segeln und beobachtete mit Befriedigung, wie er in einem Rosenstrauch landete und die Blätter von einer weit aufgeblühten Rose schüttelte, die sich unterwürfig dem Ende des Sommers ergab. Sollte irgend jemand ihn dort finden und sich fragen, was, zum Teufel, das sein mochte! Zwei Reifen eines Stickrahmens waren leicht zu identifizieren, da einer genau in den anderen paßte. Aber ein einzelner Reifen bedurfte einer Erklärung, stellte ein Rätsel dar.

»Di di di di-di-dum«, trällerte sie, dann hielt sie inne und sah sich um; sie haßte das trockene Gras und die staubigen, immergrünen Eichen, den welkenden, sterbenden Obstgarten, den sie in der Ferne sah. Und als sie den Kopf zurückwandte, haßte sie das Haus – dieses große, häßliche, behäbige Haus, das sie alle in ihrer selbstgefälligen Zufriedenheit beherbergte, in dem es ständig nach Essen und nach Negern roch, mit all seinem Kommen und Gehen, wovon nichts sie selbst betraf.

Sie drehte sich ganz herum und stemmte die Hände in die Hüften, während sie starr auf das Haus blickte, das ihr feindselig die Stirn zu bieten schien. Das Haus war das Herz von Beulah Land, das die Menschen beschützte, deren Wille, Ehrgeiz und Gewissenhaftigkeit sein Fortbestehen bedeuteten. Vor Zorn ballte sie ihre Hände zu Fäusten. Die Fäuste auf den Hüften, die Beine gespreizt, stand sie wie eine höhnische Zigeunerin da, bis ihr Gedankengang den verkrampften Zorn in ihrem Herzen löste, und das wiederum löste die Muskeln ihres Körpers, machte die Fäuste wieder zu Händen, erlaubte den Armen, herabzusinken und sich lässig übereinanderzulegen, den Beinen, sich zu entspannen, den Schultern, sich zu runden.

Sie wußte plötzlich, was mit ihr los war, denn ihre zornige Langeweile hatte ihr ein Bild von dem eingegeben, was sie aus dieser Langeweile befreien könnte: die Ankunft eines Verehrers – Bruce Davis' zum Beispiel, in dessen Macht es stand, ihrem Leben eine neue Wendung zu geben. Er war weiß Gott ein stumpfsinniger Mann, aber sie war – zwar noch nicht

alt, aber doch in einem Alter, wo sie die friedlichere Strömung der Gewißheit zu schätzen wußte und bereit war, auf die dahinstürmende Ungewißheit der Stromschnellen zu verzichten.
Er hatte Gefallen an ihr gefunden – war mehr als nur oberflächlich interessiert gewesen, fast schon der Ihre. Dann war irgend etwas geschehen. Ja, irgend etwas war geschehen, das wußte sie, ohne zu ahnen, was es war. Als er gestern mit dem ersten Bericht von seinem Sohn Adam gekommen war, der sich in Savannah aufhielt, um über den Verkauf und die Verschiffung der Baumwolle von Oaks und Beulah Land zu verhandeln, da hatte sie ihn angesehen, als er mit seinem Geschäftsbericht fertig war; sie hatte ihn mit einem verständnisvollen, vertraulichen, vielsagenden Lächeln angesehen – und seine Augen hatten den Ausdruck eines aufgescheuchten Kaninchens angenommen, das verzweifelt zu entkommen sucht. Zum Teufel mit diesem Karnickel!
Gerade als sie an ihn dachte, sah sie ihn. Sie hatte sich in einem Winkel vom Haus entfernt, der ihr jetzt einen Ausblick auf die Höfe hinter dem Haus bot. Und dort stand er nahe bei der Hintertür, hielt noch die Zügel des Pferdes in der Hand – offenbar war er gerade erst eingetroffen – und sprach mit Rachel. Lauretta war zu weit von ihnen entfernt, um auch nur den Ton ihrer Stimmen zu hören, und sie konnten sie nicht sehen, weil sie im Schatten der immergrünen Eichen stand. Aber sie machten auch keineswegs den Eindruck, als ob sie nach ihr Ausschau hielten.
Lauretta beschloß, mit scheinbarer Ziellosigkeit weiterzugehen, um sie dann plötzlich ganz zufällig zu »entdecken«. Es würde eine ausgezeichnete Gelegenheit zum Erröten sein, und das entzückte jeden Mann, gab ihm ein Gefühl der Überlegenheit und weckte seinen Beschützerinstinkt. Oh, wenn sie doch nur noch erröten *könnte*! Nun, sie würde es versuchen. Mit großer Konzentration bemühte sie sich, an die peinlichsten Zwischenfälle ihres vergangenen Lebens zu denken – es hatte wahrhaftig genügend gegeben–, aber leider brachte die Erinnerung sie nur zum Lächeln. Vielleicht würde auch Lachen den Zweck erfüllen. Sie konnte fast immer auf Befehl lachen, denn für gewöhnlich kam ihr die Welt lächerlich vor. Und Männer mochten Lachen fast ebenso gern wie Erröten. Sie betrachteten es als einen Beweis von Gutherzigkeit, was natürlich ein Irrtum war. Und es entspannte sie, solange es nicht den Eindruck erweckte, daß man sich über sie lustig machte.
Als sie nach einer kleinen Weile wieder zu den beiden hinüberblickte, sah sie, daß Bruce im Begriff war, sein Pferd zu besteigen. Demnach war er also absichtlich von hinten ans Haus herangekommen, um ihr aus dem Weg zu gehen, in der Annahme, daß sie entweder drinnen oder auf der vorderen Veranda, aber keinesfalls hinter dem Haus sein würde. Als sie ihn jetzt im Sattel sah, geriet sie wieder in Rage.

Sie wurde ignoriert; sie wurde vernachlässigt; sie wurde übergangen; man gestattete ihr lediglich, alten Damen Gesellschaft zu leisten! Sie war zu gütig gewesen: so erging es ihr immer. Selbst Sarah hatte zugegeben, als sie ihr eine Diskretion auferlegte, die einer Lüge gleichkam, daß sie damit allen einen großen Gefallen tun würde.

Nachdem Bruce sich vom Sattel aus verbeugt hatte, drehte er sein Pferd herum, ließ es ein Stück weit im Schritt gehen, dann setzte er es in Trab und war bald darauf verschwunden. Nun, wenn der Herr von Oaks für sie verloren war, blieb ihr immer noch das Mädchen, das sie mit seinem gleichgültigen Verhalten demütigte. Wie rasch würde diese unbekümmerte Ruhe verschwinden, wenn Rachel die Wahrheit über ihre verwandtschaftliche Beziehung erfuhr!

Lauretta lief im Schutz der Bäume eilig weiter, obwohl kein Grund zur Eile bestand, denn Rachel ging nicht ins Haus, sondern stand still da und dachte anscheinend über ihr Gespräch mit Bruce Davis nach. Sie war so tief in Gedanken versunken, daß sie kaum reagierte, als Lauretta auf sie zutrat und fragte: »War das unser guter Nachbar, Mr. Bruce Davis, der gerade fortgeritten ist?«

»Ja«, sagte Rachel.

»Hat er vielleicht nach mir gefragt? Ich hatte ihn gebeten, sich um eine gewisse Angelegenheit – nichts Wichtiges – zu kümmern...«

»Nein, Ma'am, er hat nichts davon erwähnt, und er hat auch nicht nach Ihnen gefragt.«

»Und hat er dir eine Nachricht aus Savannah gebracht?«

»Keine, die ich nicht selbst schon brieflich erhalten hatte.«

Zum Teufel mit dem Mädchen – konnte man ihr denn nichts entlocken?

»Nun, ich hoffe, diese Nachricht stellt die baldige Rückkehr eines gewissen Jemand in Aussicht, der hier vermißt wird!«

Rachel ging zu dem knorrigen Feigenbaum neben der Hintertür; sie bemerkte nichts zu der von Lauretta geäußerten Hoffnung, sondern berührte ein staubiges Blatt, dann einen harten Ast, und ihre Finger fuhren über seine Oberfläche wie die Hand eines Blinden, der das Gesicht eines anderen Menschen abtastet, um es zu »sehen«. Sie wandte sich an Lauretta und sagte: »Der Baum steht schon so lange hier, daß er mir etwas von seinem Leben zu geben scheint, wenn ich ihn berühre.«

Lauretta, die nicht recht wußte, was sie mit dieser Bemerkung anfangen sollte, versuchte mit mäßigem Erfolg, ein verständnisvolles Lächeln zu zeigen. »Wirklich eine hübsche Vorstellung.«

»Manchmal berühre ich ihn und wünsche mir etwas.« Rachel ging langsam auf den Hof hinaus, und Lauretta hielt sich neben ihr, als ob sie beschlossen hätten, zusammen spazierenzugehen. Angesichts dieser unerwarteten Gesellschaft sagte Rachel, um nicht unhöflich zu erscheinen, das

erste, was ihr in den Sinn kam. »Hat man Ihnen jemals von diesem Baum erzählt, Ma'am?«
»Warum – was gibt es da zu erzählen?«
»Lovey sagt, als Papa und Onkel Floyd klein waren, hat sie beide gestillt – zusammen, einen auf jeder Seite, zur gleichen Zeit...«
»Empörend! Ich vermute, niemand ist alt genug, es zu bestreiten.«
»...und wenn die Babys getrunken hatten, steckte Lovey sie in wattierte Kissenbezüge, die Onkel Ezra an einen dicken Ast des Feigenbaums hängte, so daß sie im Wind hin und her schwangen.«
»Alte Dienstboten pflegen häufig solche Geschichten zu erzählen. Es macht sie stolz, und man läßt sie gewähren.«
»Oh, ich weiß, daß es so war! Nur fällt es mir schwer, mir Papa und Onkel Floyd als Babys vorzustellen!«
»Ja, das kann ich verstehen«, stimmte Lauretta liebenswürdig zu und nahm den Arm des Mädchens; mochte Sarah, falls sie aus irgendeinem Fenster sah, sich ruhig Gedanken über das vertraute Bild machen, das sie boten.
Aber Rachel fragte: »Sind Sie müde, Ma'am?«
»Nun, ich war eine Weile spazierengegangen, ehe ich dir begegnete. Ich bin nicht müde, aber ich hätte Lust, mich hier ein paar Minuten auszuruhen, wenn du mir Gesellschaft leisten willst.« Sie waren zu einer Bank gekommen, die um den Stamm einer Eiche herum gezimmert worden war. Lauretta setzte sich und zog das Mädchen sanft neben sich nieder. Als Rachel ihre Hand entschlossen, aber nicht unhöflich aus der ihren gelöst hatte, sagte Lauretta: »Oh, es ist so friedlich hier. Nach der anstrengenden Reise von Kalifornien hierher war es eine Wohltat für mich, bei euch zu sein. Ihr seid alle so gütig und gastfreundlich gewesen.«
»Ich bin sicher, daß Sie allen willkommen sind, Ma'am.«
»Wie lieb von dir, das zu sagen.« Aber Lauretta fand, daß diese Unterhaltung sie wenig weiterbrachte. Nach einer Pause sagte sie behutsam: »Ich bin natürlich schon einmal hiergewesen, aber es ist lange her.«
»Ja, ich habe es gehört.«
»Tatsächlich war ich vor achtzehn Jahren hier, als du geboren wurdest.«
Rachel erwiderte nichts, und Lauretta sagte, wobei sie sie ernst ansah: »Hast du, wenn wir zusammen waren, noch nie das Gefühl gehabt, daß zwischen dir und mir ein – besonderes Band besteht?«
»Nein, das kann ich eigentlich nicht sagen, Ma'am.«
Lauretta brauchte nur einen Augenblick, um sich in die geeignete Gemütsverfassung zu versetzen. »Rachel – du bist mein Kind!« rief sie und brach in Tränen aus, in der Erwartung, zärtlich in die Arme geschlossen und befragt zu werden. Als nichts dergleichen geschah, ließ Lauretta langsam ihre Tränen versiegen und machte sichtliche Anstrengungen,

ihre Fassung wiederzugewinnen; aber sie wagte es noch nicht, Rachel anzusehen. Als sie das Gefühl hatte, wieder mit einiger Würde sprechen zu können, sagte sie: »Vielleicht hast du nicht verstanden, was ich dir gesagt habe. Ich hoffe es. Ich – habe mich vergessen. Es ist gewiß nicht mein Wunsch, jemand anderem ein Leid zuzufügen. Du mußt mir bitte verzeihen. Ich bin eine sehr gefühlvolle Frau, und ich fürchte, daß ich mich einen Augenblick lang von – mütterlichen Gefühlen habe hinreißen lassen. Oh, ich sollte das nicht sagen! Ich bitte dich, vergiß alles, was sich eben zwischen uns zugetragen hat.«

»Gut, Ma'am.«

Lauretta konnte es sich jetzt nicht versagen, Rachel anzusehen. »Nun«, sagte sie und putzte sich mit einer Art sanfter Entschiedenheit die Nase. »Ich bin so froh, daß ich kein Unheil angerichtet habe und daß du mein Geheimnis nicht erraten hast.«

»Oh, ich bin mir vollkommen klar darüber, daß Sie mich geboren haben, Ma'am.«

Die Tränen kehrten zurück; die Arme flogen in die Höhe. »Mein Kind!«

Rachel rückte behutsam fort.

Lauretta hielt die Luft an, dann ließ sie ihre Unterlippe zittern und fühlte mit Befriedigung, daß Tränen von ihren Wimpern auf ihre Wangen tropften. »Du verweigerst deiner Mutter ein gutes Wort, eine Berührung?«

»Ich gebe zu, daß Sie mich geboren haben, Ma'am, aber nicht, daß Sie meine Mutter sind. Mama ist meine Mutter.«

Lauretta, die nicht wußte, wie sie fortfahren sollte, änderte ihre Taktik. »Sie halten dich alle für so unschuldig!«

»Die Leute glauben, Kinder bemerken nichts, aber sie tun es doch. Es gab so viele kleine Winke und Andeutungen. Eines Tages fragte ich Tante Selma, und Tante Selma sagte es mir. Sie und Tante Pauline haben es mir zusammen gesagt. Sie waren der Meinung, daß ich es wissen sollte. Ich war sehr froh, endlich eine Erklärung für das Geheimnis zu haben. Das war vor einigen Jahren.«

»Aber du hast Sarah nie gesagt, daß du es weißt?«

»Nein, Ma'am. Da sie es mir nicht selbst gesagt hat, nahm ich an, daß sie sicherlich ihre Gründe dafür hat – vielleicht einen verständlichen Stolz.«

»Stolz? Was willst du damit sagen?«

»Wäre es leicht für sie, einzugestehen, daß ihr Mann und ihre Schwester sie betrogen haben? Sie können sich doch sicher vorstellen, wie ihr dabei zumute gewesen wäre?«

Lauretta seufzte und versuchte, die Aufmerksamkeit wieder auf ihre Person zu lenken. »Es war in Charleston in Südkarolina. Weißt du, Charleston ist eine so hübsche, romantische Stadt. Ich trat dort in einem Stück von Shakespeare auf. Wir – Leon und ich – wurden von einer unwiderstehlichen Leidenschaft verzehrt.«

»Armer Papa.«

»Wie kannst du es wagen!«

»Ich wollte Sie nicht beleidigen, Ma'am. Nur muß Papa sehr verwirrt und unglücklich über die ganze Sache gewesen sein.«

Lauretta lachte ironisch. »Und ich – ich, die ich deine Mutter bin–, bin ich gar nicht zu bemitleiden?«

»Ich habe versucht, es mir so vorzustellen: Sie und Mama sind Schwestern. Vom gleichen Fleisch und Blut sozusagen. Ich bin zu dem Schluß gekommen, daß Sie mich für sie geboren haben, weil sie es nicht konnte.«

»Das nenne ich höchst entgegenkommend von mir!« erklärte Lauretta wütend.

»Ja, das war es allerdings, Ma'am. Und nach Erledigung dieses schwesterlichen Dienstes verließen Sie – ich mache Ihnen keinen Vorwurf – das Kind, das Sie geboren hatten.«

»Wie herzlos von dir, das zu sagen!«

»Es tut mir leid, daß Sie es so empfinden, Ma'am, aber das ist nicht meine Sache.«

»Wäre es dir vielleicht lieber gewesen, daß ich dich mitgenommen hätte?«

»Sie meinen, als Sie mit Onkel Bonard auf und davon sind?«

»Um Himmels willen, hör auf, jeden Menschen Onkel und Tante zu nennen! Diese Südstaatensitte ist wirklich albern! Onkel Floyd! Tante Pauline! Onkel Ezra!«

»Es ist nicht zu leugnen, Ma'am, daß Onkel Bonard mein Onkel war – zweimal mein Onkel, könnte man sagen, da er mit der Schwester meines Vaters verheiratet war, ehe er der angebliche Ehemann der Schwester meiner Mutter wurde. Wenn das ihn nicht zu meinem Onkel macht, was dann? Und Sie sind meine Tante Lauretta.«

»Habe ich dir nicht einen besseren Dienst erwiesen, indem ich dich hier bei deinem Vater gelassen habe, statt dich mitzunehmen?«

»Sie haben mir zweifellos damit, daß Sie mich hiergelassen haben, den besseren Dienst erwiesen«, stimmte Rachel zu. »Aber Sie sollten nicht so tun, als ob der Gedanke an mein Wohlergehen Ihren Entschluß wesentlich beeinflußt hätte. Ein brüllendes Balg in den Armen würde der Flucht eines Liebespaares zweifellos einen guten Teil ihrer Romantik nehmen.«

Lauretta bemühte sich immer noch, einen letzten Rest von Würde zu wahren. »Die beste Lösung für dich und meine eigenen Bedürfnisse stimmten in diesem Fall überein.«

»Was für ein Glück für uns beide.« Rachel stand auf. »Und damit wären wir quitt. Ich werde Sie jetzt Ihren Gedanken überlassen, Ma'am, und werde mich meinen eigenen widmen, die im Augenblick anderen Dingen gelten.«

»Du wirst«, begann Lauretta hoffnungsvoll, »du wirst deiner – wirst Sarah nichts von dieser Unterhaltung sagen?«

»Ich halte es für besser, es nicht zu tun, Sie nicht auch?« sagte Rachel.

Lauretta antwortete nicht.

Rachel verließ den Garten und ging, tief in Gedanken versunken, über die Felder und in den Wald. Als sie spät am Nachmittag zurückkehrte, traf sie Sarah allein an ihrem Schreibtisch im Büro an. Sie näherte sich ihr von hinten und legte die Arme um sie. Sarah wandte sich überrascht um, und die tiefen Falten ihres Gesichtes glätteten sich in dem Lächeln, mit dem sie Rachel ansah. Rachel ließ sich auf die Knie sinken und brachte nur hervor: »Mama, ich liebe dich!« Dann brach sie, den Kopf auf Sarahs Knie gelegt, in Schluchzen aus.

Sarah streichelte ihr übers Haar, umarmte und wiegte sie, und ihre eigenen Tränen, die auf den Kopf des Mädchens fielen, waren wie eine glückliche Segnung. »Mein Kind, mein liebes Kind!«

14

»Geh zur Lichtung, geh zur Lichtung...«

Die Worte wiederholten sich ein ums andere Mal, und Rachel erkannte, daß es ihre eigene innere Stimme war, die es ihr sagte, obwohl sie spürte, daß ein anderer Wille als der ihre sie sprechen ließ. Der Befehl war zuerst leise, und sie tat ihn als eine romantische Einbildung ab. Aber die Stimme wollte nicht schweigen und wurde allmählich immer eindringlicher. »Geh zur Lichtung...«

Beim Mittagessen saß sie zwischen den anderen, aß wenig, war sich der Unterhaltung um sie herum bewußt, nahm jedoch nicht daran teil, außer wenn sich jemand direkt an sie wandte. Sobald sie vom Tisch aufstehen konnte, ohne unhöflich zu sein oder die Aufmerksamkeit der anderen zu erregen, bat sie, man möge sie entschuldigen und verließ leise das Haus, nachdem sie sich vorher noch rasch einen Schal geholt hatte, den sie am Morgen im Büro hatte liegenlassen. Es war ein warmer Tag, aber in der Lichtung würde es kühl und schattig sein.

Es gelang ihr, unbemerkt zu entkommen, was in einem so großen Haushalt, wo jeder seiner eigenen Beschäftigung nachging, gar nicht so einfach war; und es schien ihr wichtig, daß niemand sie sah, denn eine zweite, leisere Stimme, empfahl ihr Alleinsein und Verschwiegenheit.

Sie rannte die letzten vierhundert Meter, so eilig hatte sie es, dorthin zu kommen, und als sie schließlich angelangt war, schnappte sie keuchend nach Luft. Nachdem sie sich kurz umgesehen hatte, lehnte sie sich gegen den Felsen, legte den zusammengerollten Schal unter ihren Kopf und ruhte sich aus. Sie schloß die Augen und lauschte auf die vertrauten Geräusche – das leise Plätschern des Wassers, das Zittern und Seufzen von Blättern, die der Wind bewegte, und in der Ferne das Bellen eines Hundes, das bald darauf verstummte.

Ein weiterer innerer Befehl: Sie öffnete die Augen. Ein weiterer: Sie wandte den Kopf. Und dort war er.

Er trat gerade in diesem Augenblick auf die Lichtung. Er kam so lautlos, und der Ausdruck auf seinem Gesicht war so anders als alles, was sie je dort gesehen hatte, daß es ihr vorkam, als sei es nicht Adam, sondern sein Geist. Sie schrie und hörte nicht auf zu schreien, bis er auf sie zulief, sie in die Arme nahm und rief: »Rachel! Mein Liebling!«

Da wußte sie, daß er kein Geist war, und weinte vor Erleichterung und Freude. »Du bist zu Hause. Du bist wieder da!«

»Sch-sch. Es ist ja alles gut. Es ist gut, mein Liebling. Beruhige dich...«

»Ich war so einsam! Bist du's wirklich?«

Er lachte und hielt sie einen Augenblick auf Armeslänge, damit sie einander ansehen konnten.

»Du bist's, du bist's!«

»Ja!«

»Du bist's!«

»Sch-sch, still...«

»Wieder zu Hause!«

»Ja!«

»Und gesund?«

»Gott sei Dank.«

»Oh, lieber Gott, *ich* danke dir, ich danke dir...« Abwechselnd beruhigt und von neuem verängstigt, mußte sie ihn berühren, ihn festhalten, ihn küssen, seine Hände und Arme, Lippen und Wangen fühlen, ihm in die Augen sehen und ihm hundertmal sagen, daß sie ihn liebte.

Als sie sich ein wenig daran gewöhnt hatten, wieder vereint zu sein, erzählte sie ihm von dem seltsamen Erlebnis der inneren Stimme, die ihr befohlen hatte, zur Lichtung zu gehen. Und er erzählte ihr, daß er am späten Vormittag mit dem Züg angekommen und von Highboro nach Hause gefahren sei (es hatte ihn niemand vom Bahnhof abgeholt, weil er nicht gesagt hatte, wann er kommen würde, und so hatte er sich von dem Wagen einer hinter Oaks gelegenen Farm mitnehmen lassen, der in die Stadt gekommen war, um die Post und einige Nahrungsmittel zu holen) und daß er nach seiner Ankunft zu Hause sogleich wieder fortgegangen sei,

weil er bei ihr sein wollte. Er hatte nicht gewartet, bis man sein Pferd gesattelt hatte, sondern war zu Fuß den kürzeren Weg über die Felder gekommen, der ihn zur Lichtung geführt hatte.
Sie erklärten beide, daß es wie ein Wunder sei, und kamen zu dem Schluß, daß ihre Liebe sie mit einem besonderen Wissen um die Gedanken des anderen gesegnet hatte.
Adam brachte Rachel am Spätnachmittag nach Hause und verabschiedete sich von ihr an der Tür, um nach Oaks zurückzukehren, ohne hineinzugehen und ihre Familie zu begrüßen, denn er spürte jetzt nachträglich, wie er sagte, daß die Reise ihn ein wenig ermüdet hatte.
Er hatte hohes Fieber, als er auf Oaks eintraf, phantasierte während der Nacht und war am nächsten Mittag tot.

15

Die Tatsache, daß Rachel ebenfalls am gelben Fieber erkrankte, war kein reines Unglück, denn so erfuhr sie nicht sofort von Adams Tod. Seine Beerdigung fand am nächsten Tag in aller Stille statt. Furchtsamer Aberglaube und ärztliche Meinung sorgten dafür, daß die Opfer des Gelbfiebers so schnell wie möglich beigesetzt wurden. Leon war zugegen; Sarah nicht. Sarah saß Tag und Nacht an Rachels Bett, bis Dr. Platt ihr versichern konnte, daß das Mädchen nicht mehr in Lebensgefahr schwebte. Als Sarah sich nicht mehr zu ängstigen brauchte, ging sie selbst zu Bett und schlief die ganze Nacht und den größten Teil des folgenden Vormittags.
Als sie um elf Uhr aufwachte, zog sie sich an und trank Kaffee mit Lovey, die hereingekommen war, um ihr kurz über den Haushalt zu berichten; dann ging sie wieder geradewegs in Rachels Zimmer, wo Juanita damit beschäftigt war, so gut sie konnte, Rachels Haare zu bürsten, während ihr Kopf noch auf dem Kissen lag.
Rachels erste Worte waren: »Was ist geschehen, Mama? Niemand will es mir sagen.«
Sarah griff nach ihrer Hand, und Juanita zog sich in eine Ecke zurück. »Du warst krank, aber jetzt geht es dir wieder besser.«
»Was habe ich gehabt? Ich weiß, daß ich nicht bei mir war.«
»Gelbes Fieber«, sagte Sarah.
»Hat Adam auch gelbes Fieber gehabt? Sag's mir!«
»Ja, mein Liebling, er auch.«
Das schien sie beinahe zu befriedigen. »Dann ist das also der Grund, weshalb er nicht gekommen ist.«
Sarah nickte und legte die Hand an Rachels Stirn, die jetzt kühl und trokken war.

»Wirst du ihm sagen, daß ich nach ihm gefragt habe?«

Nach einem kurzen Zögern nickte Sarah abermals.

»Ein schönes Geschenk hat er uns aus Savannah mitgebracht! Ich werde ihn schelten.«

»Du darfst nicht soviel reden, mein Liebling.«

Rachels Gesicht entspannte sich. »Wirst du bei mir bleiben?«

»Ja«, sagte Sarah und küßte ihr die Wange. »Versuch zu schlafen. Ich werde hier sein, wenn du aufwachst. Das verspreche ich dir.«

Rachel schloß die Augen.

Am nächsten Tag war sie ein wenig mehr bei Kräften und fragte wieder nach Adam.

»Du weißt doch – ich habe dir gesagt, daß er krank war«, erwiderte Sarah.

»Aber Adam ist sehr widerstandsfähig«, erklärte Rachel. »Er erholt sich doch bestimmt ebenso schnell wie ich. Ich wünschte, er würde mir schreiben, und sei es nur ein Wort. Wirst du ihm das sagen, Mama?« Sarah konnte nicht sprechen. »Mama, bitte bring mir Papier und einen Federhalter, damit ich ihm ein paar Zeilen schreiben kann.«

»Nicht jetzt, Liebling. Du bist noch nicht kräftig genug. Ruh dich aus.«

»Bitte, Mama.«

»Vielleicht ein wenig später.«

Rachel lag eine Weile schweigend da, aber ihre Augen waren offen, und sie runzelte besorgt die Stirn. Sarah machte sich mit den Gegenständen auf einem kleinen Tisch in der Nähe zu schaffen; aber das kam ihr herzlos und feige vor, und so kehrte sie gleich darauf zum Bett zurück und zog einen Stuhl heran. Rachel sah sie nicht an, aber sie wußte, daß ihre Mutter zurückgekehrt war, denn sie sagte: »Mama, du hast mir immer die Wahrheit gesagt.« Sarah wartete in schweigender Angst. »Ist Adam am Leben?«

Sarah kniete sich neben das Bett, nahm Rachels Hände und hielt sie wortlos an ihre Lippen. Als sie es wagte, Rachel anzusehen, sah sie, daß ihr Gesicht ausdruckslos war. Rachel war ohnmächtig geworden. Sarah brachte sie mit Salmiakgeist wieder zu sich, während Juanita ihr Kampferlösung auf die Stirn strich.

Rachel sah niemanden an, aber während sie nachdachte, wurde ihr Ausdruck entschlossener, und schließlich sagte sie: »Er lebt. Ich weiß es.« Und für den Augenblick war Sarah bereit, es dabei zu belassen.

Während der nächsten Tage schlief Rachel fast ständig. Dr. Platt kam einmal statt zweimal am Tag und dann überhaupt nicht mehr, sondern bat nur, daß man ihn rufen möge, falls der Zustand der Patientin sich verschlechtern sollte, was er nicht erwartete.

Lauretta wählte diesen Zeitpunkt, sich zu verabschieden. »Jetzt, da ich

weiß, daß der Engel des Todes das Haus verlassen hat«, flüsterte sie Sarah mit bedeutungsvoll bebender Stimme zu. Ihre Koffer waren gepackt, und sie machte sich auf den Weg; ihr Ziel war Atlanta. Sie schien keine festen Pläne zu haben. »Es wird sich schon irgend etwas ergeben«, meinte sie.
Rachel nahm Nahrung zu sich. Sie sprach nicht oft, und wenn sie es tat, nannte sie niemals Adams Namen. Sarah war zuerst froh darüber, aber dann begann sie, sich Sorgen zu machen, denn wenn Rachel nicht schlief, schien sie ständig in tiefe Gedanken versunken zu sein. Sie bat nie um Nahrung, aber wenn man sie ihr brachte, aß sie ein wenig; wenn ihr Wasser angeboten wurde, trank sie ein paar Schluck. Sie setzte sich im Bett auf, wenn man ihr Kissen in den Rücken legte, um sie zu stützen. Sie lächelte den übrigen Familienmitgliedern zu, wenn Sarah sie auf einen kurzen Besuch hereinließ. Aber sie schien sich nur über Sarahs und Leons Gegenwart zu freuen, und sie hatte ihnen wenig zu sagen.
Eines Morgens – es war jetzt Mitte Oktober – kam Sarah in Rachels Zimmer und sah, daß Juanita sie gewaschen und ihr geholfen hatte, sich anzuziehen; Rachel saß in einem Sessel neben dem Fenster und blickte hinaus.
»Guten Morgen, Mama«, sagte Rachel.
Sarah beugte sich hinunter und küßte sie. »Guten Morgen, Rachel. Hast du gut geschlafen?«
»Ja. Heute ist ein besonderer Tag, nicht wahr?«
»Erinnerst du dich daran?« fragte Sarah beglückt.
»O ja«, erwiderte Rachel. »Ich habe Juanita gebeten, mir meinen Kalender zu bringen und mir zu sagen, wie viele Tage vergangen sind. Ich werde heute achtzehn. Und jetzt kann ich heiraten!«
»Rachel!«
Das Mädchen sah aus dem Fenster. »Du sprichst so scharf, Mama. Was ist los?«
»Es ist höchste Zeit, daß wir über Adam sprechen.«
Rachel sah weiter aus dem Fenster.
Sarah zog einen Stuhl heran, setzte sich und schickte Juanita mit einer Kopfbewegung hinaus. Sie sehnte sich danach, Rachel zu berühren, ihre Hand zu nehmen oder ihr die Wange zu streicheln, aber sie fürchtete, daß Rachel es nicht wünschte. So saß sie still da und beruhigte sich, ehe sie sprach. »Dr. Platt sagt, du seist beinahe gesund. Es ist Zeit, daß du verstehst – und dich mit der Tatsache abzufinden versuchst, daß Adam tot ist. Er ist am gelben Fieber gestorben.«
Rachel runzelte leicht die Stirn, aber ihr Blick blieb auf dem haften, was immer ihn in der Ferne gefesselt hielt.
Sarah fuhr fort: »Adam ist aus Savannah zurückgekehrt, überzeugt, wohlauf zu sein, aber er war es nicht. Nachdem er dich getroffen hatte, ging er nach Hause, und er war bereits krank, als er dort ankam. Während

er noch bei Bewußtsein war, erzählte er seinem Vater und seiner Großmutter, daß er in Savannah zufällig unserer Stella begegnet sei. Sie pflegte eine kranke Familie und war nur kurz fortgegangen, um Zitronen und Kalomel zu holen. Adam half ihr bei ihren Besorgungen, dann verließ er sie. Sie sei vollkommen gesund gewesen, sagte er. Aber er hatte sich das gelbe Fieber zugezogen. Und du hast dich bei ihm angesteckt, ehe er wußte, daß er es hatte. Sein Fall war hoffnungslos, und er ist gestorben.«
Rachel blickte immer noch aus dem Fenster; ihr Ausdruck war sanft, entspannt. »Ich weiß, daß du das glaubst, Mama.«
»Es ist wahr, mein Liebling.«
»Nein Mama. Ich lasse es nicht gelten.«
»Du mußt!«
»Nein.«
»Rachel!« Sarahs Stimme war so scharf, wie sie es Rachel gegenüber noch nie gewesen war. »Du wirst es dir eingestehen – und wenn ich den Wagen anspannen muß, um dich zum Friedhof von Highboro zu fahren und dir sein Grab zu zeigen. Du mußt hinnehmen, was geschehen ist, sonst wirst du wieder krank.«
Rachel schüttelte den Kopf. »Du könntest mir ein Dutzend Gräber zeigen, aber ich würde trotzdem wissen, daß Adam lebt.«
»Wie kannst du das sagen?« fragte Sarah mit zorniger Besorgnis.
Rachel lächelte. »Weil ich sein Kind in mir trage. Und darum lebt er.«

»Glauben Sie, daß es stimmt?« fragte Edna.
»Ja«, sagte Sarah. »Ich habe sie weiter ausgefragt. Dr. Platt hat mit ihr gesprochen, und auch er ist überzeugt davon. Sie ist keineswegs geistesgestört, wie ich zuerst befürchtet hatte. Sie sagt, an dem Tag vor Beginn der Ernte, als Sie alle zu Besuch bei uns waren, seien sie zum erstenmal zusammengekommen.«
»Das war Anfang August. Nun, was sollen wir tun? Was sollen wir bloß tun? Doreen?«
»Ja, Großmutter?« Sarah hatte Doreen fast vergessen, so ruhig hatte das Mädchen dagesessen, während Sarah und Edna miteinander sprachen.
»Sag Violet, sie soll uns Kaffee und ein paar Stück von der Obsttorte bringen, die sie als Probe fürs Erntedankfest gebacken hat.«
»Ja, Großmutter.«
Doreen verließ den kleinen Salon und ging geradewegs zu James ins Büro, um ihm zu sagen, was sie gehört hatte.
»Sie muß mich heiraten«, sagte James.

16

Die Idee einer Heirat zwischen Rachel Kendrick und James Davis hatte nur den einen Nachteil, daß sie sofort von allen Seiten mit allzu großer Begeisterung aufgegriffen wurde. Diejenigen, die sie befürworteten, ahnten nichts von James' wahren Gefühlen – und vergaßen Rachels Gefühle, während sie die praktischen Seiten der Lösung eines Problems erwogen, das unlösbar erschienen war.

James und Adam waren Brüder gewesen; somit würde Adams Kind mit Recht ein Davis sein.

Die benachbarten Plantagen würden eines Tages zusammengelegt werden. Wenn James und Rachel verheiratet waren, würde ihr doppeltes Erbe an ihre Söhne fallen.

Rachel würde keine ledige »Witwe« sein und ihr Kind keine Waise. Die gesellschaftlichen Konventionen, so oft ein Opfer der Leidenschaften der Familie Kendrick, würden zu guter Letzt gewahrt werden.

Wer konnte sich diesem Plan widersetzen, wo alles doch so bestechend logisch war?

Rachel konnte und tat es.

Nachdem die Sache einmal falsch begonnen hatte, lief sie auch falsch weiter. An dem Abend des Tages, an dem Sarah mit der Nachricht von Rachels Schwangerschaft nach Oaks gekommen war, erzählte Doreen ihrer Großmutter – in bester Absicht – von James' Äußerung, und Edna sprach mit Bruce darüber. Eine Stunde nach dem Abendessen fuhren Edna und Bruce mit dem Wagen nach Beulah Land, wo sie hinter verschlossenen Türen eine ernste, aber allseitig zufriedenstellende Unterredung mit Sarah und Leon hatten. Sarah wurde natürlich mit der Aufgabe betraut, Rachel den Plan zu unterbreiten, was sie am nächsten Morgen in der liebevollsten Weise tat. Aber während sie noch sprach, merkte sie bereits selbst, wie grausam »zweckmäßig« die ganze Sache klang.

Als Rachel, die leichenblaß vor Bestürzung war, schließlich Worte der Erwiderung fand, sagte sie: »Ich habe in meinem ganzen Leben noch nie etwas so Kaltblütiges gehört. Nein, ich will damit nichts zu tun haben. Mein eigenes Leben ist vorüber. Ich werde nicht James' Leben ruinieren. Ich werde mein Kind bekommen und hier in aller Stille leben, wenn ihr es mir erlaubt. Sollen die Leute reden, soviel sie wollen, das kümmert mich nicht. Es tut mir nur leid, wenn ich dir Kummer gemacht habe, Mama. Aber ich bereue nicht, daß Adam und ich uns geliebt haben. Das kann ich nicht – ich kann nur Gott dafür danken.«

Sie saßen beide ein paar Minuten schweigend da, jede mit ihren eigenen Gedanken beschäftigt.

»Weißt du, Mama – als du hereinkamst und von einem ›Plan‹ zu sprechen

anfingst, fürchtete ich, daß du mich bitten würdest, mir das Kind – vielleicht mit Dr. Platts Hilfe – fortnehmen zu lassen.«
Sarah ging zu Rachel, griff nach ihren Händen, zog sie vom Stuhl auf und nahm sie in die Arme. »Nie könnte ich dich bitten, das zu tun!«
Und so erfuhr James, daß sein Vorschlag abgelehnt worden war, ohne daß man ihm Gelegenheit gegeben hatte, selbst mit Rachel zu sprechen. Dieser für gewöhnlich so sanfte und gelassene junge Mann war wie vom Donner gerührt, als Bruce und Edna es ihm sagten.
»Was für ein Recht hattet ihr, in meinem Namen zu handeln? Und ohne daß ich auch nur wußte, was ihr vorhattet?«
»Aber Doreen sagte uns, daß du...«
»Ich habe vertraulich mit ihr gesprochen. Papa, wie konntest du es wagen! Großmutter, ihr habt alle sehr unrecht gehandelt!«
Er ging mit langen Schritten aus dem Zimmer, lief vom Haus zum Stall, um sein Pferd zu satteln, und dann galoppierte er, so schnell er konnte, nach Beulah Land.
Sarah sprach gerade mit Otis im Hof, als James eintraf. Er saß ab, noch ehe er das Pferd zum Stehen gebracht hatte, und warf Otis die Zügel zu.
»Tante Sarah, wo ist Rachel?«
»Auf ihrem Zimmer. James!«
Er war bereits ins Haus und durch den Laufgang geeilt, als Sarah ihn einholte. »James! Du kannst sie nicht sprechen! Sie ist noch nicht gesund! Was willst du! Sie darf nicht gestört werden!«
Er wandte sich am Fuß der Treppe um. »Tante Sarah, mir scheint, ich kann die Dinge nicht schlimmer machen, als ihr alle zusammen sie bereits gemacht habt. Ich habe vor, allein mit Rachel zu sprechen, und ich wäre Ihnen dankbar, Ma'am, wenn Sie sich heraushalten würden, bis ich gesagt habe, was ich ihr sagen will!«
Dann lief er, zwei, drei Stufen auf einmal nehmend, die Treppe hinauf, während Sarah unten stehenblieb und ihm verblüfft nachstarrte. Sie wußte nicht recht, was sie tun sollte, tat jedoch nichts, um ihn noch weiter zurückzuhalten. Aber als sie ihn an die Tür hämmern und »Rachel!« rufen hörte, ging sie ebenfalls die Treppe hinauf und wartete, was geschehen würde.
Hinter geschlossener Tür, um Besucher abzuhalten, hatte Rachel den ganzen Nachmittag am Fenster ihres Zimmers gesessen. Auf ihrem Schoß lag *Das Haus der sieben Giebel* von Hawthorne, eines der Bücher aus Felix' Besitz, die Nell ihr gebracht hatte, um ihr die müßigen Stunden zu verkürzen. Zwar hatte Rachel das Buch bisher mit großem Interesse gelesen, doch heute konnte sie sich nicht darauf konzentrieren, denn ihre Gedanken kehrten immer wieder zu dem Gespräch mit Sarah zurück.
Da sie keinen Besuch erwartete, nicht einmal einen ihrer eigenen Ange-

hörigen, war sie überrascht, vor ihrer Tür James' Stimme zu hören, die ihren Namen rief und Einlaß forderte. Sie hatte James seit Adams Reise nach Savannah nicht mehr gesehen, und das schien eine Ewigkeit her zu sein. Ohne zu überlegen, sagte sie: »Herein.«

James riß die Tür auf, kam herein und ging geradewegs auf Rachel zu, die vor Überraschung das Buch fallen ließ und den Schal enger um ihre Schultern zog, als ob sie sich vor einem Angriff schützen wollte.

»Hör zu, Rachel«, sagte James. »Es tut mir leid, daß man die Sache so ungeschickt angepackt hat, und ich bin gekommen, mich bei dir zu entschuldigen!«

»Du wußtest nichts von dem Vorschlag, ehe er gemacht wurde?« fragte sie erstaunt.

»Nein, wahrhaftig nicht. Doreen hat etwas gehört, was ich ganz in Gedanken zu mir selbst gesagt habe, das ist alles. Und daraus ist die ganze Geschichte entstanden, ohne daß ich etwas davon ahnte. Ich war sehr böse, als ich erfuhr, was sie getan haben.«

»Das kann ich mir vorstellen!« erklärte Rachel.

»Sie glauben, mit mir kann man alles machen. Sie betrachten mich immer noch als den Jungen, dem sie einen Morgen Land zum Bebauen gegeben haben. Aber das bin ich nicht mehr – ich bin ein ausgewachsener Mann. Man kann mich nicht mehr wie einen Jungen behandeln – man kann mich nicht mehr übergehen und ignorieren, nur weil ich der zweitgeborene Sohn bin!« Rachel starrte ihn verblüfft an. So heftig und erregt hatte sie ihn noch nie gesehen. »Es war plump und gefühllos von ihnen, dich auf diese Art zu überfallen – und deshalb bin ich gekommen, um selbst mit dir zu sprechen und dir zu sagen, daß du mich trotz alledem heiraten mußt!«

Sie ließ sich tiefer in den Sessel sinken. »Ich kann nicht!«

»Warum?«

Sie schluckte und suchte nach Worten. »Ich – ich liebe dich nicht – wie ich lieben muß, um die Frau eines Mannes zu werden.«

»Oh!« rief er. »Du denkst nur an dich selbst.«

»Nein, das stimmt nicht...«

»Doch, das tust du! Du willst aus purer Halsstarrigkeit ein Kind als Bastard zur Welt kommen lassen, das ein Recht darauf hat, ehelich zu sein!«

Ihre Augen glühten vor Verachtung. »Meinst du, das wäre für mich Grund genug zum Heiraten?«

»Ja, allerdings, aber das ist noch nicht alles. Wie steht's mit dem Anspruch des Kindes auf Oaks? Den mußt du schützen. Wie steht's mit der Erbschaft von Beulah Land?«

»Ich verstehe«, sagte sie leise. »Du denkst an Besitz.«

»Ich dachte, du hängst ebenso an Beulah Land wie ich an Oaks...«

»Anscheinend nicht auf die gleiche Art.«

»Was willst du damit sagen?« wollte er wissen.

»Nur, daß meine Gefühle und Ehrbegriffe keine Handelsware sind wie ein Baumwollballen oder ein Stapel Holz! Und was das betrifft, frage ich mich, wie du so wenig Achtung vor dir selber haben kannst, daß du bereit bist, ohne Liebe zu heiraten.«

»Ich kann noch nicht erwarten, daß du mich liebst – es ist zu früh. Aber eines Tages wirst du es, das weiß ich.«

»Warum sollte ich? Weil es zweckmäßig für Oaks und Beulah Land ist?«

»Nein! Weil ich dich von ganzem Herzen liebe!« Er brach ab, als er sah, daß ihr Tränen in die Augen stiegen. »Verzeih mir. Ich war ebenso gedankenlos und ungeschickt wie die anderen. Du mußt natürlich tun, was du willst und was dein Gefühl dir sagt. Nur – ich habe dich schon immer geliebt, Rachel. Obwohl ich wußte, daß es hoffnungslos war, daß du Adam heiraten würdest, konnte ich nicht aufhören, dich zu lieben. Ich bin deswegen von Schuldgefühlen gequält worden, denn es schien mir wie ein Verrat – und ich liebte Adam auch. Nicht nur, weil er mein Bruder war, sondern weil er Adam war. Um Adams willen ebenso wie um meiner selbst willen lehne ich ab, was du tust. Du hast kein Recht, Adams Kind unehelich geboren werden zu lassen, wenn ich, der ich euch beide liebe, dir mein Herz und meine Hand biete! O Rachel, du brauchst nicht vorzugeben, daß du mich liebst. Sag nur, daß du mich nicht haßt wegen meines Vorschlags. Und werde meine Frau, denn ohne dich gibt es für mich nichts als Einsamkeit.«

»Du sagst, du liebst mich um meiner selbst willen?« Ihre Stimme zitterte, als sie die Worte sprach.

»Ja, verdammt noch mal! Habe ich nicht deutlich genug gesprochen?«

Sie lächelte beinahe. »Ja, du hast deutlich gesprochen. Wenn es dir Ernst ist mit all dem, was du sagst...«

»Wie kannst du an meinen Worten zweifeln?«

»Dann werde ich dich heiraten.«

»Gott sei Dank! Du meinst es doch im Ernst?«

»Ich meine es im Ernst.«

Jetzt standen die Tränen in seinen Augen. »Oh, meine liebste Rachel! Wie habe ich mich danach gesehnt, dich so zu nennen, und wie oft habe ich dich in meinen Träumen so genannt.« Sie streckte ihm die Hände hin; er griff nach ihnen und zog sie hoch. »Ich bin zu plump und linkisch. Aber ich liebe dich, Rachel – du weißt, daß ich es tue.« Er küßte ihre Hände. Sie zögerte, dann küßte sie ihn sanft auf die Wange.

Als sie den Kopf zurückbeugte, um ihn ernst anzusehen, lächelte sie plötzlich; es war das erste wirkliche Lächeln seit ihrer Krankheit. »James,

ich hoffe, es wird nie mehr nötig sein, aber solltest du je in die Lage kommen, noch einmal einen Heiratsantrag zu machen, tue es nicht anders als dieses Mal.«
»Was, um alles in der Welt, willst du damit sagen?«

Und so gab es eine Hochzeit auf Beulah Land, wenn auch mit einem anderen Bräutigam und etwas später als geplant. Die Gesellschaft des Bezirks, gegen deren Gesetze Rachel zu verstoßen bereit gewesen war, wurde formell von dem Ereignis unterrichtet, wenn man ihr auch nicht gestattete, dabeizusein.
Stewart Throckmorton, der seit dem Tod von Reverend Curtis Lamont Pfarrherr der St.-Thomas-Kirche war, kam am Erntedankfest aus Highboro nach Beulah Land, um die Trauung zu vollziehen. Es war eine stille, glückliche Feier, an der nur die Familie teilnahm. Die einzige taktlose, boshafte Bemerkung, die gemacht wurde und die Blair Saxon erröten ließ, kam von Annabel. »Wahrhaftig«, sagte sie, an Rachel gewandt, »ich habe noch nie solch einen Glückspilz wie dich gesehen – meine beiden Brüder einzufangen! – Blair junior! Bonard! Wenn ihr mich lieb habt, lauft nicht so wild herum – dies ist ein feierliches Ereignis. Hat Mama euch nicht vorher gesagt, daß ihr euch *benehmen* sollt?«

Nach der Trauungszeremonie, die um zwölf Uhr stattfand, setzten sich James und Rachel mit der ganzen Familie zum Essen. Dann fuhr das junge Paar allein in James' Buggy nach Oaks. Den Rest des Nachmittags verbrachten sie mit einem langen, gemächlichen Spaziergang durch die Gärten und über die Felder von Oaks. Sie unterhielten sich ruhig, während Rachel alles mit neuem Interesse betrachtete, denn sie wußte, daß sie eines Tages Herrin dieser Plantage sein würde. Sie aßen allein, nur von Violet bedient, bei Kerzenlicht zu Abend und zogen sich danach in das Zimmer zurück, das Edna und Doreen für Rachel und Adam vorbereitet hatten. Als Bruce, Edna und Doreen nach einem späten Abendessen auf Beulah Land nach Oaks zurückkehrten, hatte es angefangen zu regnen. Im Laufe der Nacht regnete es stärker. Rachel und James lagen, ohne sich zu berühren, in dem großen Bett des Zimmers, das einst Bonard gehört hatte und Selmas Brautgemach gewesen war. Keiner von beiden schlief. Sie hatten nicht miteinander gesprochen, seit sie zu Bett gegangen waren, sondern lagen still da und lauschten auf den trommelnden Regen.
Nach einer Weile gab James vor zu schlafen, indem er tief und regelmäßig atmete, denn er hoffte, damit jegliche Besorgnis zum Schweigen zu bringen, die Rachel empfinden mochte. Aber als sie zu weinen begann, wußte er es, obgleich sie kaum ein Geräusch machte, um ihn nicht zu stören. Er nahm an, daß sie um die Hochzeitsnacht weinte, die Adams Tod ihr

versagt hatte. Seine Kehle schmerzte vor Liebe und Mitleid, aber er wagte nicht, sich umzudrehen und sie zu trösten.

17

Nicht nur Rachel und James lagen in dieser Nacht wach und horchten auf den Regen.

Selma erinnerte sich an ihre eigene Hochzeitsnacht vor fünfundzwanzig Jahren und wandte sich ihrer Freundin zu, die ihre Gedanken erraten hatte und darauf wartete, sie zu trösten.

Nell dachte an Felix; das tat sie immer, wenn es nachts regnete – warum, wußte sie nicht. Sie sah im Geist den Friedhof mit seinen feucht glänzenden Eichen und Weiden, die frischen Gräber, die das Wasser aufsaugten und hinunter zu den wehrlosen Toten mit ihren vermoderten Kleidern und kalten Knochen sickern ließen. Dem Schlaf nahe, aber immer noch mit dem Regen beschäftigt, grübelte sie: »Wenn ich ihm doch nur trokkene Strümpfe anziehen könnte!« Der Gedanke ließ sie einen Augenblick wieder wach werden, und sie zitterte vor Erleichterung, daß sie am Leben und warm in ihrem eigenen Bett war; dann schlief sie, immer noch das Geräusch des Regens in den Ohren, endlich ein und träumte, daß Myrtis zum Frühstück Pfannkuchen aus süßen Kartoffeln backen würde, um den feuchten Morgen ein wenig freundlicher zu machen.

Edna fand Trost im Regen und in dem Bewußtsein, daß James und Rachel zusammenlagen. Für sie bedeutete Regen aufgehende Saat; mit der Zeit würden aus der Verbindung von James und Rachel Söhne und Töchter hervorgehen, die wieder Leben ins Haus brachten und für den Fortbestand des Besitzes sorgten. Edna dachte nie an den Friedhof, wenn es nachts regnete. Die Toten waren tot. Bei Tageslicht mochte sie den Wunsch verspüren, zu Benjamins Grab zu gehen, die Blätter fortzufegen und den Rand aus Ziegelsteinen geradezurichten, den der Sturm in Unordnung gebracht hatte. Aber jetzt ruhte sie sich aus, verdaute gemächlich die Kürbispastete vom Abendessen und schlief friedlich ein.

Doreen lag lange steif wie ein Leichnam in ihrem Bett, bis sie laut herausschrie: »O Gott, ich wünschte, ich läge an ihrer Stelle!« Und nachdem sie eine Weile geweint hatte, um sich Erleichterung zu verschaffen, bat sie Gott, ihr zu verzeihen und die Ehe zu segnen, die an diesem Tag geschlossen worden war.

Müde und erleichtert lauschte Sarah auf den Regen, und dann schämte sie sich ihrer Erleichterung, denn war sie nicht ein Widerhall und eine Variante der Erinnerung an Casey Troy? Wo mochte er jetzt sein? fragte sie sich. Welche Farmersfrau machte er heute nacht glücklich? Sie wälzte

sich unruhig im Bett umher und warf die Decke fort, dann erschauerte sie und zog sie wieder über sich.
Leon war noch hellwach, als er hörte, wie Sarah sich in ihrem Bett bewegte. Er lag still da, denn er wollte nicht mit ihr sprechen. Manchmal, wenn sie wußte, daß er noch nicht schlief, fragte sie ihn irgend etwas oder machte eine Bemerkung über ein Ereignis des vergangenen Tages, und dann lagen sie im dunklen Zimmer und unterhielten sich freundschaftlich von Bett zu Bett. Aber heute hatte er den ganzen Tag mit Verwandten und Freunden zugebracht, war *ihr* Leon Kendrick, der Herr von Beulah Land, und nicht einen Augenblick sein eigenes, ungezwungenes Ich gewesen, und so wollte er jetzt allein mit seinen Gedanken sein. Er erinnerte sich an Lauretta – nicht an das geschminkte, unnatürliche Geschöpf mit der erschlaffenden Haut, das kürzlich zu Besuch auf Beulah Land gewesen war, sondern an die unabhängige, lachende, so bezaubernd unersättliche Frau, die er vor vielen Jahren ein paar Nächte in Charleston geliebt und die daraufhin das Kind geboren hatte, das heute Rachel war. Von dort aus wanderten seine Gedanken weiter zurück zu Floyd und ihrer gemeinsamen Jugend, zu den heißen Sommertagen mit den großen gelben Sonnenblumen und zum Flußufer (seine Gedanken ließen keinerlei Erinnerung an Roman zu) mit der durchtriebenen, wollüstigen Clovis – wie sie damals gewesen war.
Am Morgen regnete es immer noch. Ob aus eigenem Antrieb oder durch Gedankenübertragung, Myrtis hatte tatsächlich Pfannkuchen aus süßen Kartoffeln gebacken, die sie mit frischer Butter und Sirup aßen. Während Nell eine herzhafte Mahlzeit genoß, knabberte Penelope an einem Stück durchweichtem Toast und murmelte etwas von Gott und sündhafter Schlemmerei, aber niemand kümmerte sich um sie.
Nach dem Frühstück zog Leon hohe Stiefel an und verbrachte den Rest des Vormittags mit Floyd in den Ställen und Scheunen. Floyd hatte einige Männer dazu angestellt, Hacken und Pflugmesser zu wetzen. Sie arbeiteten zufrieden nach dem gestrigen Feiertag und sagten nur halb im Scherz, daß sie genug von Truthähnen hätten, und : »Hoffentlich ist es bald kalt genug, um Schweine zu schlachten.«
Die meisten Bewohner von Beulah Land zogen sich nach dem Mittagessen zurück, um sich ein Weilchen hinzulegen und zu schlafen, aber Leon war ruhelos. Es regnete nur noch leicht, als er sein Pferd sattelte und zur Anderson-Farm ritt. Er hatte Clovis seit einer Woche nicht gesehen. Als er bei ihrem Haus eintraf, spürte er die gleiche Scheu wie beim erstenmal, als er sie aufgesucht hatte, und er blieb wieder mit dem Pferd im Vorderhof stehen, bis ihn jemand bemerkte. Kurz darauf hörte er einen Hund bellen, und dann kam Clovis heraus und rief: »Steig ab und komm rein.«
Sie hatte ihn noch nie zuvor aufgefordert, das Haus zu betreten. Bisher

hatten sie sich immer im Wäldchen oder an irgendeiner anderen entlegenen Stelle getroffen, aber bei diesem Wetter wollte Clovis offenbar lieber im warmen Zimmer bleiben. »Findest du das richtig?« fragte er.

»Er war vorgestern hier. Zu dieser Jahreszeit kommt er höchstens einmal in der Woche.«

Leon saß ab, führte das Pferd zur Veranda, schlang die Zügel lose um den Pfosten des Geländers am oberen Ende der Stufen und folgte Clovis ins Haus. Im Wohnzimmer brannte der Kamin, und vor dem Feuer stand ein Schaukelstuhl, auf dem sie gesessen hatte. Ein großer Jagdhund lag, der Länge nach ausgestreckt, neben dem Stuhl.

»Setz dich hin und wärm dich«, sagte sie und ging hinaus. Als Leon zum Kamin trat und die Hände vors Feuer hielt, hob der Hund den Kopf vom Boden und blickte ihn ernst an. »Hallo, alter Junge«, sagte Leon. Der Hund stand träge auf, streckte die Hinterbeine und gähnte. Dann ging er schwanzwedelnd auf den Mann zu. Leon griff mit beiden Händen nach seinen Ohren, zog an ihnen und kraulte sie. »Was ist das?« fragte er, als er an einem der beiden Ohren eine tiefe Kerbe fühlte.

Clovis kam mit Gläsern und einer Kruke zurück und stellte sie auf einen runden Tisch, von dem sie eine kleine Decke entfernte, an der sie gearbeitet hatte. »Ich seh', ihr habt euch angefreundet«, sagte sie, während sie den Whisky einschenkte. »Das einzige Lebewesen hier, das ich ertragen kann. Das einzige Lebewesen, das mich ertragen kann.« Der Hund ging von Leon zu Clovis und rieb den Kopf an ihrem Schenkel.

»Was ist mit seinem Ohr geschehen?« fragte Leon.

»Dieser Turnip – war es letzten Winter oder im Jahr zuvor? Ich weiß es nicht. Ist auch nicht wichtig. Zwei oder drei meiner Schweine sind ausgebrochen und haben hinten im Wald wild gehaust. Zu Anfang des Frühlings ist Turnip mit Sunup dorthin gegangen, um sie zusammenzutreiben. Sie haben's geschafft, aber vorher hat eine wütende Sau ihm ein Stück aus dem Ohr gebissen und ihm den linken Hinterlauf verletzt. 's hat ausgesehn, wie wenn er verbluten würde. Hier.« Sie hielt Leon ein Glas hin. Er nahm es und trank. Sie setzte sich mit ihrem Glas vor den Kamin und sagte: »Zieh dir einen Stuhl ans Feuer.« Er holte einen anderen Schaukelstuhl und stellte ihn in rechtem Winkel zu ihrem, so daß sie einander nach Belieben ansehen konnten, ohne sich direkt gegenübersitzen zu müssen. »Seitdem«, fuhr sie fort, während der alte Hund den Kopf auf ihr Knie legte, »will Sunup nur noch Haushund sein. Will nich rausgehn, außer zum Pissen und so. Hat Angst.« Sie fuhr mit der Hand leicht über Schnauze und Nase des Tieres. »Keine Sorge, Sunup, wir halten zusammen.«

Sie saßen vorm Feuer und tranken langsam ihren Whisky; hin und wieder sprachen sie ein paar Worte, aber meistens zogen sie es vor zu schweigen.

Als Leon aufstand, um nach Hause zu gehen, war es beinahe dunkel. Clovis und Sunup begleiteten ihn zur Tür. Clovis kniff die Augen zusammen, um das Wetter zu prüfen, während Leon aufsaß. »Regnet es noch?« rief sie, mehr aus Höflichkeit, als um eine Antwort zu bekommen.

»Hat beinahe aufgehört«, sagte Leon. Er beschrieb einen engen Kreis, und als er etwa in der Mitte des Hofes war, drehte er sich im Sattel herum und winkte. Clovis und der Hund standen noch in der Tür, und das Feuer hinter ihnen ließ deutlich ihre Umrisse erkennen. Leon ritt den ganzen Heimweg ruhig und friedlich im Schritt.

Turnip und Puddy hatten oft über Leons Besuche gesprochen und sich gefragt, ob sie Roscoe etwas davon sagen sollten oder nicht. Wenn sie es nicht taten und er es herausbekam, würde er sie schelten und verprügeln, vielleicht sogar verkaufen; und sie wollten lieber bleiben, wo sie waren, denn schließlich konnte man nie wissen, wie es ihnen bei einem anderen Herrn ergehen würde. Aber wenn sie es ihm sagten, würden sie bestimmt auch irgendwie getadelt werden. Schließlich kamen sie überein, zu tun, als ob sie nichts sähen und nichts wüßten, und so schwiegen sie, solange Clovis und Leon sich fern vom Hause trafen. Aber die Tatsache, daß Leon heute hereingekommen war, hatte alles geändert. Während Leon und Clovis, den Hund zwischen sich auf dem Boden, vor dem Feuer saßen, ritt Turnip zu Roscoe in die Stadt.

Er hatte gerade erst stotternd die Einleitung zu seinem Bericht vorgebracht, als Roscoe wortlos hinausging, das Pferd bestieg, mit dem Turnip in die Stadt gekommen war, und davontrabte. Turnip, der jetzt von Angst gepackt wurde und nicht mehr sicher war, daß er richtig gehandelt hatte, bat Junior, ihm ein Maultier zu leihen, und folgte Roscoe ein paar Minuten später.

Turnips Worte: »Master Leon von Beulah Land – Miss Clovis – trinken zusammen...« hatten genügt, Roscoe auf die Beine zu bringen. Was er empfand, war mehr eine Art kalter Ärger als heißer Zorn. Eifersucht hatte wohl kaum etwas damit zu tun. Clovis, so wie sie heute war, interessierte ihn nicht im geringsten, und was immer er an Eifersucht empfand, bezog sich auf die ferne Vergangenheit, auf die Tatsache, daß Leon sie vor ihm gevögelt und den Bastard Roman gezeugt hatte, der zum Mann geworden war und *seinen* Sohn Alonzo getötet hatte.

Als er bei der Farm eintraf, ließ er das Pferd langsam gehen und suchte sich behutsam einen Weg durch die Dunkelheit ums Haus herum zum Stall. Das Pferd war ein Besitz, den man hüten mußte. Einer der Feldarbeiter, der sich im Stall befand, kam ihm entgegen. Roscoe übergab ihm das Pferd, ohne sich um das nervöse Geplapper des Mannes zu kümmern.

Er öffnete die Tür zur Küche; Puddy, die am Herd stand und Maisbrei kochte, ließ den Löffel fallen und kauerte sich verängstigt neben die Brennholzkiste. Roscoe beachtete sie nicht, sondern ging geradewegs durchs Eßzimmer in den Wohnraum. Clovis saß mit dem Rücken zu ihm auf ihrem Stuhl, das Nähzeug im Schoß, und schaukelte langsam hin und her. Sie war sich Roscoes Gegenwart nicht bewußt, bis Sunup sich flach auf den Boden preßte und knurrte. Dann drehte sie sich im Stuhl herum, sah ihn und rief: »Warum schleichst du dich so an mich heran?« Sie stand auf, zündete einen Strohhalm am Kaminfeuer an und dann mit dem Strohhalm eine Kerze auf dem Tisch.

Von ihrem Ton und ihrer Bewegung ermutigt, stand der Hund ebenfalls auf; seine Hals- und Rückenhaare sträubten sich, und er knurrte abermals. Ohne jede Hast ging Roscoe auf den Hund zu und versetzte ihm einen Fußtritt in die Flanke. Sunup jaulte und lief aus dem Zimmer.

»Laß meinen Hund in Ruhe!« sagte Clovis.

»Halt den Mund, bis ich dir erlaube, ihn aufzumachen.« Roscoe stand mit dem Rücken zum Feuer und sah sie an. Sie setzte sich wieder, nahm das Nähzeug zur Hand und zog die Kerze näher heran, als ob sie mit ihrer Arbeit fortfahren wollte.

»Wie ich sehe, hast du getrunken«, sagte er.

»Ich trinke seit Jahren«, erwiderte sie.

»Vornehm von dir, zwei Gläser zu benutzen.«

Sie musterte stirnrunzelnd ihre Arbeit, hielt sie näher ans Licht und spitzte die Lippen, als ob sie angestrengt über irgendeine Einzelheit nachdächte.

»Ich wußte nicht, daß du Besucher mit meinem Whisky bewirtest. Vielleicht ist das der Grund, warum du so viel brauchst.«

Sie machte behutsame, kleine Stiche am Saum des Tischläufers, den sie bereits gestickt hatte.

Seine Hände öffneten und schlossen sich hinter dem Rücken, ein Zeichen seines Zorns, das sie nicht sehen konnte. »Wer war hier?«

Sie fuhr fort zu nähen, während er auf sie zutrat. Seine Ohrfeige ließ den Stuhl herumwirbeln und warf sie beinahe zu Boden. Sie versuchte aufzustehen. Er stieß sie zurück. »Ich habe dich etwas gefragt.«

»Du hast gesagt, ich soll den Mund halten.«

»Bis ich dir erlaube, ihn aufzumachen. Mach ihn auf und antworte mir, Frau. Wer war hier?«

Sie ließ sich tiefer in den Schaukelstuhl sinken und blitzte ihn mit einer Unerschrockenheit an, die sie nicht empfand. »Wie lange schleichst du schon hier herum, um mir nachzuspionieren?«

»Ich brauche dir nicht nachzuspionieren.«

»Tun es andre für dich?«

»Ich hab dich was gefragt.«
»Haben deine Schnüffler dir nicht schon die Antwort gegeben?«
»Fordre mich nicht heraus, Frau. Antworte mir.«
Clovis stand vorsichtig von ihrem Stuhl auf, und er tat nichts, sie daran zu hindern. Sie ging zum Tisch, nahm den Korken aus der Kruke und schenkte ein halbes Glas Whisky ein. Er wartete, bis sie einen Schluck getrunken hatte.
»Wer?« fragte er.
Sie lächelte scheinbar unbekümmert, sah aber dabei nicht ihn an, sondern blickte ins Leere, als ob sie allein wäre. »Hat der Wind dir was zugeflüstert?«
Eine weitere Ohrfeige ließ das Glas, das sie in der Hand hielt, klirrend in den Kamin fliegen. Sie sah einen Augenblick auf das zischende Feuer, dann goß sie langsam, bedächtig Whisky aus der Kruke in das andere Glas und füllte es bis zum Rand. Sie trank, ohne einen Tropfen zu verschütten, um ihm zu zeigen, wie ruhig ihre Hand war und daß sie keine Angst hatte. Dann stellte sie das Glas auf den Tisch und sagte: »Leon Kendrick war hier. Hast du was dagegen? Ich lebe hier. Du lebst in der Stadt. Du bist vielleicht ein einflußreicher Mann, aber nicht einflußreich genug, um Leon Kendrick zu verbieten, daß er herkommt, wenn er kommen will und ich ihn lasse. Ich und er – wir sind so was wie gute Nachbarn.«
»Worüber redet ihr – über Alonzo? Trinkt ihr meinen Whisky und unterhaltet euch darüber, wie dein weißer Bastard Alonzo getötet hat?«
»Nein!«
Er ließ sie wieder das Glas aufnehmen, daraus trinken und es niederstellen. »Du bist zu alt und zu häßlich, als daß er den Wunsch haben könnte, dich zu vögeln. Warum kommt er also?«
»Was kümmert's dich?« sagte sie dumpf. »'s hat nichts mit dir zu tun. Du hast Geraldine. Sie is mehr, als du in deinem Alter schaffst.«
»Ich hab dich gefragt, warum er kommt. Über was redet ihr?«
»Vielleicht reden wir über – Jugendzeiten, als wir am Fluß lagen und vögelten!«
»Komm mir nicht mit unverschämten Lügen, du dreckige Hure!«
Sie griff nach der Stuhllehne, um sich zu stützen. »Ich bin müde. Ich will dich hier nicht haben. Geh nach Hause; geh in die Stadt zurück.«
»Ihr sitzt zusammen in diesen beiden Stühlen – oder sitzt er und du bedienst ihn, wie wenn du immer noch die Sklavin seiner Mama wärst?«
»Ich wünschte bei Gott, daß ich's wär.«
Roscoe schüttelte den Kopf. »Ich kann mich nicht erinnern, daß ich mich jemals bei ihm hingesetzt habe. Er hat immer auf seinem Arsch gesessen, während ich stand. Er hat gefragt, und ich habe geantwortet.«
»Ach, wirklich?« Sie lachte spöttisch. »Stell dich bloß nich als schüchter-

nen kleinen Neger hin, der vor den weißen Leuten katzbuckelt. Daß du ihn bestohlen hast, davon sagst du nix.«
»Ich hab gestanden, aber du sitzt. Du und er, ihr sitzt. Zusammen, wie wenn ihr beide weiß oder beide schwarz wärt. Stimmt's?«
»Was weißt du schon davon«, sagte sie.
»Ich versuche es herauszufinden.«
»Geh nach Hause. Laß mich in Ruhe.«
»Du sagst, ich bin nicht einflußreich genug, um ihn daran zu hindern, daß er herkommt, wenn er kommen will und du ihn läßt?«
»Kümmre dich nich um das, was ich sage. Geh nach Hause.«
»Vielleicht redet ihr auch über andre Dinge, du und er?« Clovis verließ mit entschlossenen Schritten das Zimmer und ging in die Küche. Er folgte ihr nicht. Sie konnte nirgendwo hingehen, wo er sie nicht finden würde, wenn er wollte.
Turnip war jetzt bei Puddy in der Küche, aber Clovis tat, als sähe sie keinen von beiden. Sie ging zu einem kleinen Schrank, öffnete eine Schublade und holte ein langes Messer heraus. Puddy und Turnip erstarrten vor Schreck, während Clovis ins Wohnzimmer zurückkehrte.
Das Messer am steif gestreckten Arm in die Höhe haltend, ging sie auf Roscoe zu, der am Kamin stand, machte jedoch ein paar Schritte vor ihm halt. »Raus mit dir!«
»Vorsicht. Du könntest dich damit verletzen.«
»Gehst du?«
Roscoe seufzte. »Worüber *sprichst* du mit ihm?«
Sie ließ die Hand mit dem Messer sinken, hielt es aber immer noch auf ihn gerichtet. Ihre Stimme klang ebenso beherrscht wie die seine, als sie sagte: »Wir sprechen über dieses und jenes. Wie du das Lagerhaus niedergebrannt und versucht hast, auch die Entkörnungsmaschine niederzubrennen, nachdem du diesen armen Wächter getötet hattest. Dann sprechen wir darüber, wie dein Arsch für den Rest deines Lebens im Gefängnis faulen wird, wenn du jemals mir oder ihm gegenüber einen falschen Ton anschlägst – falls er nicht beschließt, dich statt dessen zu töten. Jetzt weißt du, worüber wir reden.«
In der Küche kauerten Turnip und Puddy dicht aneinandergedrängt an der Tür und horchten. Sie hörten, wie Clovis' Stimme lauter wurde, während sie sprach, und dann hörten sie ihren Schrei. Ein Scharren von Füßen, ein dumpfer Aufprall, ein leiser, winselnder Ton, wie ein Hund ihn ausstößt, dann nichts. Sie hockten wie versteinert in der Stille. Als Turnip sich wieder bewegen konnte, packte er Puddy beim Arm und zog sie in die entfernteste Ecke der Küche. Mit weit aufgerissenen Augen und offenem Mund standen sie nebeneinander, als Roscoe vom Eßzimmer hereinkam.

Er sah sie an, und sie wagten nicht zu atmen. Er nahm ein Küchenhandtuch von einem Nagel an der Wand und wischte sich das Blut von den Händen. Sie starrten ihn an. »Eure Herrin hat sich im Rausch die Kehle durchgeschnitten«, sagte er. »Sie hat damit gedroht, daß sie es tun würde, und deshalb bist du in die Stadt geritten, mich zu holen. Erinnre dich daran, Turnip.« Der Sklave nickte mühsam. »Ich bin rausgekommen und habe versucht, sie zu beruhigen, aber es hat nichts geholfen. Du hast sie hier hereinkommen und ein Fleischmesser holen sehen, nicht wahr, Puddy?« Puddy schrie auf, als sie sich direkt angesprochen sah, dann legte sie die Hand über den Mund und nickte stumm. Roscoe wandte sich wieder an Turnip. »Geh in die Stadt und erzähl Junior, was geschehen ist. Sag ihm, er soll den Sheriff holen und mit ihm rauskommen. Ist dir klar, was du zu sagen hast?«

»J-ja, Sir.«

»Dann geh. Ich bleibe hier bei der Missus.«

Turnip lief eilig durch die Hintertür hinaus, und als Roscoe ihn kurz darauf fortreiten hörte, befahl er Puddy: »Beruhige dich«, und ging wieder ins Wohnzimmer. Er sah sich aufmerksam im Zimmer um, ehe er sich in einen der Schaukelstühle setzte und ins Feuer starrte, ohne auf die tote Frau zu seinen Füßen zu achten, deren Augen glasig ins Leere blickten und aus deren Hals immer noch Blut sickerte.

18

Sheriff Byrne sah in dieser neuen Tragödie lediglich eine Fortsetzung des Fluchs, der mit dem Selbstmord von Clarence Anderson begonnen hatte. Roscoe Elks Version des Vorgangs wurde allgemein als wahr hingenommen, und die nervöse Erregung von Puddy und Turnip trug lediglich dazu bei, seinen Aussagen Gewicht zu verleihen. Clovis starb am Freitag und wurde am Sonnabend ohne jede Förmlichkeit nach einer kurzen Andacht begraben, wobei der angebliche Selbstmord als Erklärung für die Hast und Kürze diente. Von denjenigen, die an der offiziellen Darstellung zweifeln mochten, wußte nur Leon mit Sicherheit, daß Clovis ermordet worden war, aber es gab nichts, was er in dieser Sache hätte tun können. Er konnte nicht an die Öffentlichkeit treten und sagen, daß er eine Stunde vor ihrem Tod bei ihr gesessen und sich mit ihr unterhalten habe und daß sie – zumindest für ihre Verhältnisse – in guter Stimmung gewesen sei. Er konnte nicht sagen, daß er sie oft besucht und genausogut wie jeder andere gekannt hatte, ohne damit den alten Skandal ihres einstigen Liebesverhältnisses wieder aufleben zu lassen.

Er schwieg; nur als man am Samstagmorgen auf Beulah Land von ihrem

Tod erfuhr, sprach er kurz mit Floyd über sie. Floyd erbot sich, zur Beerdigung zu gehen, denn er sah, wie beunruhigt Leon war, und wußte, daß Leon selbst nicht gehen konnte, ohne eine Erklärung abzugeben, zu der er nicht bereit war. Lovey ging mit Floyd. Als sie zurückkehrten, gingen sie zusammen ins Büro, um Sarah und Leon von der Trauerfeier zu berichten. Man hatte Clovis überhaupt nicht in die Kirche gebracht, sondern lediglich über ihren sterblichen Überresten neben dem offenen Grab ein Kapitel aus der Bibel gelesen. Einschließlich Loveys und Floyds hatten knapp ein Dutzend Menschen an der Beerdigung teilgenommen. Roscoe und Junior waren zugegen gewesen, nicht aber Juniors Frau und Kind. Die Elks hatten keinerlei Notiz von Loveys und Floyds Anwesenheit genommen. Lovey sagte jetzt: »Er hat sie im billigsten Sarg beerdigt, den er auftreiben konnte.«

»Armes Ding«, murmelte Sarah.

»Es macht ihr nichts mehr aus«, sagte Leon.

Zornig und bekümmert und ohne sich mit jemandem aussprechen zu können, ging Leon am Sonntagmorgen allein im Wald spazieren. Er konnte nicht sagen, daß er Clovis auf eine Art und Weise geliebt hatte, die irgend jemand anders verstehen würde, aber es gibt verschiedene Arten und Ausmaße von Liebe. Zweifellos hatte es während des letzten Jahres zwischen ihnen eine Gemeinsamkeit gegeben, die auf dem Vergehen ihrer Jugend – falls es ein Vergehen gewesen war – und auf der Enttäuschung ihrer reifen Jahre beruhte. Wie dem auch sein mochte – er empfand Zorn und Trauer.

Es war kälter geworden, und Leon ging mit raschen Schritten. Über dem Fluß lag dichter Nebel, und sein Atem dampfte in der Luft. Seine Gedanken und Erinnerungen führten ihn fast ohne sein Zutun zu der Stelle am Flußufer, wo er und Floyd an jenem Tag vor dreiunddreißig Jahren Clovis zum erstenmal begegnet waren. Während er dort stand, hörte er im trokkenen Gestrüpp hinter ihm ein Geräusch, und als er sich umdrehte, sah er einen Jagdhund aus dem Schutz des Waldes auftauchen. Der Hund jaulte, als ob er ihn kennen würde oder zumindest brauchte; und dann erkannte er den Hund. Das Tier sah krank und verwahrlost aus und konnte sich offenbar kaum auf den Beinen halten. Als Leon auf ihn zuging, blieb der Hund stehen, dann kam er wieder mühsam näher. Leon berührte den Kopf des Tieres, fand das zerbissene Ohr und sagte zu ihm: »Sunup?«

Der Hund winselte und fiel erschöpft zu Boden. Leon kniete nieder und untersuchte ihn. Er hatte ein paar Hautrisse, in seinem Fell klebten Kletten und trockener Schlamm, aber abgesehen davon war er unversehrt. Der Hund ließ ein Winseln der Erleichterung hören, als Leon ihn in die Arme nahm. Er zitterte, aber er hatte keine Angst mehr, denn er wandte

den Kopf, um das Gesicht des Mannes zu sehen. Leon hielt den Hund auf dem ganzen Heimweg fest an sich gedrückt.
Mit regelmäßigem Fressen, einem warmen Platz zum Schlafen und einer Salbe, die Pauline nach einem der Rezepte von Ezra herstellte, erholte sich Sunup in wenigen Tagen. Leon gab ihn Joe-Tom zur Betreuung, aber der Hund wollte niemandem außer Leon gehören. Da er anfangs nicht ins Haus gelassen wurde, wartete er geduldig an der Tür, bis Leon erschien, und folgte ihm auf Schritt und Tritt. Nach einiger Zeit nahm Leon ihn mit ins Haus, und er wurde auch dort sein ständiger Begleiter. Er benahm sich gut, machte drinnen keinen Lärm und störte niemanden, aber er wich seinem Herrn nicht von der Seite; er schlief sogar auf dem Boden neben Leons Bett. Leon sagte nie, woher er gekommen war.

19

Es war kurz vor Weihnachten, und ebenso wie die meisten Menschen es gegen Ende des Jahres zu tun pflegen, stellten auch die Bewohner von Beulah Land, vor allem die älteren Frauen, Betrachtungen über das vergangene Jahr an, wobei Penelope wohl die Gedanken aller ausdrückte, als sie bemerkte, daß es ein Jahr gewesen sei, in dem der Engel des Todes über ihnen geschwebt habe.
Es verging kein Tag, ohne daß Rachel zu Besuch kam. Sarah, die zuerst erfreut gewesen war, fing an, sich zu fragen, ob es nicht eher ein schlechtes Zeichen sei, denn es ließ darauf schließen, daß Rachel sich nicht an das Leben auf Oaks gewöhnen konnte. Wenn sie und James mit anderen zusammen waren, verkehrten sie ruhig und höflich miteinander, aber James hatte jetzt nichts mehr von der Überschwenglichkeit an sich, die ihm Rachel zur Frau gewonnen hatte. Trotz all seiner äußerlichen Robustheit war James im Grunde ein schüchterner Mensch mit wenig Selbstvertrauen gegenüber denjenigen, die ihm nahestanden, und vor allem gegenüber Rachel, von der er sehr wohl wußte, daß sie immer noch um Adam trauerte. Mitte Dezember nahmen sie an einer großen Gesellschaft bei Annabel in Highboro teil, aber das war eine steife Angelegenheit, denn Annabel hatte kein Talent, ihre Gäste herzlich zu empfangen und es ihnen gemütlich zu machen; sie wollte lediglich, daß man sie und alles, was ihr gehörte, bewunderte. Und der arme Blair wurde derart von ihr und ihren Kindern tyrannisiert, daß er schon kaum mehr wagte, überhaupt etwas zu sagen.
Es gab andere Gesellschaften, und es gab schlichte, ungezwungene Zusammenkünfte, die nicht so genannt wurden. Sarah und Floyd gingen eines Tages in den Wald und fällten eine junge Tanne, die Floyd auf der

Schulter nach Hause brachte und die Sarah schmückte; Selma und Pauline halfen ihr dabei, während Nell und Penelope daneben saßen und gute Ratschläge erteilten. Aber trotz all dieser Geschäftigkeit bemerkte Sarah mit wachsender Besorgnis, daß Rachel und James einander noch nicht als Mann und Frau akzeptiert hatten.

Rachel war sich über den Stand der Dinge vollkommen im klaren. Obgleich sie und James im selben Bett schliefen, gab es keinerlei körperliche Berührung zwischen ihnen, wenn sie dort nachts nebeneinanderlagen. An dem Tag, als James sie gebeten hatte, seine Frau zu werden, hatte sie zum erstenmal ein leises Interesse für ihn als Mann empfunden, während sie ihn vorher lediglich als Nachbar und Freund, fast als eine Art Bruder betrachtet hatte. Aber jetzt, da sie mit ihm verheiratet war, spürte sie einen fast perversen Wunsch, ihn zu bestrafen. Es war, als ob sie sich, nachdem die Forderungen der gesellschaftlichen Konvention und der beiden Familien befriedigt waren, um Adams willen dem widersetzte, was sie getan hatte. Sie wußte, daß James sie lieben wollte, und dieses Wissen ließ sie ihn ein wenig verachten, gab ihr ein Gefühl von unglücklicher Überlegenheit. Bei Adam war sie eifrig darauf bedacht gewesen, ihm zu gefallen; bei James war es ihr nicht wichtig. Sie dachte an Adam und an sein Kind, das sie zur Welt bringen würde; das genügte ihr und trieb sie zu einer Art Egoismus oder innerer Unabhängigkeit, wie schwangere Frauen sie oft empfinden. Sie stritten sich nie, aber manchmal sah er sie traurig und enttäuscht an. Wenn er es tat, empfand sie Genugtuung, und dieses Gefühl erfüllte sie mit Schrecken und Stolz zugleich, denn es schien Adam für sie lebendig zu halten. Sie sagte im Geist zu Adam: Ich bin dir treu. Und dann wieder beobachtete sie James in seiner Unsicherheit, die ihn linkisch und verlegen machte, und hatte Mitleid mit ihm, aber nicht genug, um ihr Verhalten ihm gegenüber zu ändern.

Doreen befand sich während dieser Zeit in einem Zwiespalt der Gefühle, denn während ein Teil von ihr über die Tatsache frohlockte, daß Rachel für James nicht mehr Ehefrau war als sie selbst – tatsächlich sogar weniger, denn Doreen tat alles, was sie konnte, um ihm das Leben angenehm und bequem zu machen –, litt ein anderer Teil von ihr nichtsdestoweniger, als sie seiner Unzufriedenheit und Unerfülltheit gewahr wurde.

Edna brütete, aber ihr war klar, daß sie diesmal schweigen mußte.

Am Heiligen Abend fuhren beide Familien mit mehreren Kutschen nach Highboro zum Gottesdienst. In der Kirche, die mit hundert Kerzen beleuchtet war, herrschte feierliche, erwartungsvolle Stille, während die Gemeinde sich versammelte. Leon saß mit Sarah, Nell und Penelope in seinem Kirchenstuhl. Selma saß oben auf der Empore mit Pauline. Im Stuhl der Davis, direkt vor dem der Kendricks, saß Edna zwischen Bruce und Doreen. Neben Doreen saßen Rachel und James. Rachel trug einen ruhigen »Kirchen«-Ausdruck zur Schau und tat, was von ihr verlangt wurde, aber sie schien losgelöst von dem Ereignis und den Menschen neben ihr und um sie herum.

Als jedoch der Chor zu singen begann, kehrte ihr Geist in die Gegenwart zurück. Sie roch die Tannenzweige und die brennenden Kerzen. Sie fühlte die Gegenwart der Menschen, die sie umgaben. Es war, als wäre sie lange Zeit fortgewesen und jetzt nach Hause zurückgekehrt. Hier waren sie, neben ihr, hinter ihr – all die, die sie liebte. Sie hatten auf sie gewartet. Der Chor sang:

»Stille Nacht, heilige Nacht!
Alles schläft, einsam wacht
Nur das traute, hochheilige Paar,
Holder Knabe im lockigen Haar,
Schlaf in himmlischer Ruh,
Schlaf in himmlischer Ruh.«

Als der reine, liebliche Ton der Worte und der Musik ihr Sein durchdrang, löste sich Rachel von Adam. Sie verlieh ihrem Gefühl keinen Ausdruck, aber Tränen traten ihr in die Augen, und sie griff blind nach James. Und James war da.

Siebter Teil: 1861

1

Das Wetter war in diesem Winter kalt und feucht, und viele Menschen litten an Erkältungen und Schlimmerem, aber Sarah und Edna fanden Anfang Januar einen milden Tag, um nach Highboro zu fahren und die Gräber ihrer Angehörigen in Ordnung zu bringen.

Doreen lenkte den neuen sechssitzigen Landauer, und neben ihr saß Rachels Sohn Benjamin Bruce, B. B. genannt. Rachel und James liebten ihn und waren stolz auf ihn, aber James war völlig vernarrt in seine Tochter Deborah Jane, kurz Jane genannt, die im Juni 1855 geboren war.

Doreen und B. B. also saßen auf dem Kutschersitz, und Doreen gab hin und wieder B. B.'s Bitten nach und ließ ihn die Zügel halten, obwohl sie, sehr zu seinem Unwillen, lose die Arme um ihn legte, um ihm im Notfall die Zügel abzunehmen. Auf dem Rücksitz, mit dem Gesicht nach vorn, saßen Edna und Rachel, und ihnen gegenüber kaute Jane an den Bändern ihrer Haube; sie hatte erklärt, sie würde gern rückwärts und allein fahren, aber der eigentliche Grund war, daß sie sich schon darauf freute, bald neben Sarah zu sitzen, die sie »Andermama« statt Großmutter nannte.

Als sie nach Beulah Land kamen, fuhr Doreen in schnellem Trab die Auffahrt entlang und lenkte den Wagen ums Haus herum zu den Hinterhöfen, wo die Wäscherinnen ebenfalls den sonnigen Tag ausnutzten, um an ihren Zubern und Kübeln zu arbeiten. Noch fast ehe der Wagen hielt, war Jane heruntergesprungen und lief auf die Küchentür zu, wo Sarah, die gerade herauskam, sich bückte und das Kind auffing, um es hochzuheben und zu küssen. Bis sie zum Wagen kam, um die anderen zu begrüßen, war Rachel ausgestiegen. Nachdem sie Sarah und, einer plötzlichen Regung folgend, auch Jane geküßt hatte, sah sie Sarah streng an und sagte: »Du und James, ihr verwöhnt sie viel zu sehr.«

»Das sagst ausgerechnet *du*, nachdem dein Vater und ich...« Sarah lachte.

»Ich habe kutschiert, Großmama!« prahlte B. B.

»Oh, wirklich?« Zu Edna sagte sie: »Meine Essenskörbe sind fertig. Sie brauchen gar nicht auszusteigen. Edna, was ist los?«

»Das frage ich Sie!« erwiderte Edna. »Was, um alles in der Welt, geschieht dort drüben?«

Sarah folgte Ednas Blick, und als sie sah, was Edna so verblüfft hatte, lachte sie. »Selma und Pauline lassen die Schulkinder marschieren. Wenn sie vom langen Sitzen müde sind, haben sie eine Pause, und statt im Spiel umherzulaufen – marschieren sie jetzt.«

»Sind das, was die Frauen tragen, echte Flinten?« fragte Edna erstaunt.
»Nein!« Sarah lachte wieder. »Floyd hat ihnen aus alten Brettern flintenähnliche Gebilde gesägt, und die Kinder tragen nur Stöcke – aber sie bestehen darauf, irgend etwas zu tragen!«
»Nun, ich mag gar nicht an die ganze Sache denken«, sagte Edna. »Kommt – steigt alle ein, damit wir losfahren können.«
»Haben Sie auch nichts vergessen?« Edna wurde nervös, während Sarah die Geräte auf dem Boden des Wagens prüfte. »Harke, Hacke, Schere...«
»Es ist alles da«, sagte Edna. »Wenn Sie meine Meinung wissen wollen: Ich finde es eine reichliche Kühnheit von Selma, ihre geheimen Wünsche zu befriedigen, indem sie hier wie ein Feldwebel umherstolziert!«
»Jane! B. B.! Kommt zurück, oder wir fahren ohne euch!« rief Doreen, aber die Kinder hatten sich der Marschkolonne angeschlossen und gaben vor, sie nicht zu hören.
»Machen Sie sich nichts draus«, sagte Sarah zu Edna. »Hier kommt Lotus mit den Picknickkörben. Ich dachte mir, wenn wir genügend Platz haben, könnte sie uns heute begleiten.«
Lotus, jetzt eine stämmige, tüchtige Frau, die nach und nach die Herrschaft ihrer Mutter Myrtis über die Küche übernahm, war durch die Hintertür herausgekommen und stieß sie mit dem Fuß hinter sich zu. Sie trug in jeder Hand einen großen, tiefen Korb; und obwohl sie kräftig war, senkten sich ihre Schultern unter der schweren Last.
Doreen und Sarah schoben die Gartengeräte beiseite, um Platz für die Essenskörbe zu machen. Als die Kinder auch auf die drohenden Rufe hin nicht kamen, lief Rachel hinüber, um sie zu holen. Dann verging noch einige Zeit mit der Verteilung der Plätze im Wagen. Edna und Sarah saßen auf dem Rücksitz mit dem Gesicht nach vorne, und Jane, die vergessen zu haben schien, daß sie lieber rückwärts fuhr, verlangte einen Platz zwischen ihnen. Rachel und Lotus setzten sich ihnen gegenüber. Doreen und B. B. teilten sich wieder in den Kutschersitz. Als Doreen den Wagen in einem weiten Kreis umdrehte, drangen Selmas abgehackte Befehle an die Kinder zu ihnen herüber: »Links, rechts, auf, ab! Setzt euch in Trab!«

Edna ruhte sich auf einer Steinbank zwischen den Grabstätten der Davis und der Kendricks aus, während die anderen arbeiteten. Die Sonne schien eine Zeitlang schwach, dann wurde sie von den sich verdichtenden Wolken verdeckt. Sarah, die sich mit dem Ärmel ihres Kleides den Schweiß vom Gesicht wischte, gesellte sich zu Edna und sagte: »Ich kann nicht mehr soviel arbeiten wie früher. Es ist das Bücken. Oh, ich kann mich gut bücken, aber dann ist es schwer, sich wieder aufzurichten!« Sie lachte über sich selbst und bog den Rücken, bis die Knochen sich einrenkten.
»Während ich hier sitze und nichts tue«, bemerkte Edna.

»Sie haben mehr in Ihrem Leben getan, als wir alle zusammen je tun werden, vergessen Sie das nicht.«

»Selbst wenn es wahr wäre, ist das kein Ersatz dafür, daß ich jetzt nichts tun kann.« Sie schwieg nachdenklich, und ihr Gesicht nahm einen erstaunten Ausdruck an. »Ich verstehe es nicht, ich kann es einfach nicht verstehen. Zuerst habe ich das Gefühl, daß ich ebensoviel tun kann wie jede andere; und wenn ich anfange, hör' ich dieses schreckliche Geräusch, und mir wird klar, daß es mein eigenes Keuchen ist.«

»Sie nehmen sich zuviel auf einmal vor«, sagte Sarah gelassen.

»Es ist nun mal schwer zuzugeben, daß man alt ist und zu nichts mehr taugt.«

»Hören Sie auf, sich zu bemitleiden«, schalt Sarah sie sanft, »und helfen Sie mir mit dem Proviant. Lotus! Bring diese schmutzigen Kinder zum Brunnen hinter der Kirche und wasch ihnen die Hände. Dann hol die Körbe und hilf uns, alles zurechtzumachen, hörst du?«

»Wenn ich diese Bank frei mache, können wir die Sachen darauf ausbreiten.« Edna legte die Hände an die Knie und stand mühsam auf.

Kurz darauf kehrte Lotus mit den Kindern zurück, die beide versuchten, ihr beim Tragen der Körbe zu helfen. Rachel und Doreen hatten den größten Teil ihrer morgendlichen Arbeit beendet und gingen jetzt zum Brunnen, um sich Gesicht und Hände zu waschen. Als sie zurückkehrten, sprach Doreen, die sich in letzter Zeit angewöhnt hatte, öffentlich zu beten, ein kurzes Tischgebet. Sie standen alle um die Bank herum und aßen auch in dieser ernsten und würdevollen Umgebung vergnügt und zufrieden. Dann brachte Lotus die Kinder zum Wagen, wo sie ihre Mittagsruhe halten sollten; aber sie waren zu sehr zum Kichern aufgelegt, um zu schlafen, und jedesmal, wenn B. B. still wurde, brachte Jane ihn wieder mit irgendeiner Dummheit zum Lachen.

Rachel und Doreen machten sich wieder an den Gräbern zu schaffen. Sie knieten dabei die meiste Zeit auf dem Boden – eine Art von Arbeit, wie keine von ihnen sie je woanders verrichtete, aber hier taten sie es aus Pietät und Familiensinn. Sie waren noch zu jung, um daran zu denken, daß auch sie eines Tages hier begraben sein würden, während vielleicht Jane die Arbeit tat, mit der sie augenblicklich beschäftigt waren.

Aber Sarah saß, nachdem sie die leeren Teller in die Körbe gepackt hatte, neben Edna auf der Bank und dachte an die Zeit, da sie hier für immer ruhen würde. »Nur, bitte, Gott, noch nicht so bald!« bat sie im stillen.

Edna sagte: »Ich wünschte, ich wäre tot.«

»Und ich habe gerade gedacht, daß ich ewig leben möchte.«

»In Ihrem Alter sollen Sie das auch denken.«

»Ein Mensch, der mit solch gesundem Appetit Obstkuchen und gekochten Schinken essen kann, wie Sie es vor einer Weile getan haben, sieht sich

bestimmt noch nicht Harfe spielend auf einer Wolke.« Sie schwiegen ein paar Minuten, bis Sarah sagte: »Ich kann mir nicht vorstellen, daß Sie und ich auf Flügeln im Himmel umherschweben. Können Sie's?«
»Um meinen Hintern in der Luft zu halten, wären größere Flügel nötig, als ich je an einem Vogel gesehen habe!« Sarah lachte und umarmte Edna.
»Sie sind sehr gut zu mir«, sagte Edna.
»Ich weiß nicht, was ich ohne Sie getan hätte.« Sarah schüttelte den Kopf. »Es hat Zeiten gegeben, wo ich das Gefühl hatte, daß Sie die einzige Freundin sind, die ich habe.«
Edna dachte eine Weile schweigend nach. »Es war mir Ernst mit dem, was ich gesagt habe. Es gibt Krieg, Sarah.«
Nach kurzem Zögern erwiderte Sarah: »Gebe Gott, daß es nicht dazu kommt!«
Edna nickte. »Südkarolina hat den Anfang gemacht. Rooster sagt, auch die übrigen Südstaaten werden sich bald vom Norden trennen.«
»Ja, das sagt Leon auch«, gab Sarah zu. »Trotzdem...«
»Es gibt kein ›trotzdem‹ mehr. Es kommt. Ich wünschte nur, daß ich von der Bildfläche verschwunden wäre und dort drüben neben meinem Benjamin läge. Ich habe mein Leben gelebt. Ich will nichts mit dem zu tun haben, was nach Ansicht aller geschehen wird. Manche meinen, die Nordstaaten werden uns friedlich aus der Union austreten lassen. Aber andere sagen, sie werden kämpfen, um uns zurückzuhalten. Warum können sie uns nicht einfach in Ruhe lassen? Was wir tun, geht sie nichts an. Wir sind keine Union mehr, dafür sind wir zu verschieden. Und dieser häßliche Lincoln mit seiner ordinären Frau! Schwarze Republikaner!« Edna spuckte auf den Boden, dann schüttelte sie sich und rückte näher an Sarah heran. Sarah lächelte.
»Viele Leute im Norden und einige hier im Süden sagen, daß Sklaverei ein Unrecht sei.«
Edna warf den Kopf zurück. »Das haben sie nicht gesagt, solange sie mit ihren Schiffen zwischen Amerika und Afrika hin- und herfuhren und uns die Sklaven verkauften! *Jetzt* sprechen sie über Moral! Oh, es gibt nichts Erbärmlicheres als einen Yankee, das wissen Sie ebensogut wie ich. Sie stellen sich immer mehr gegen uns, und glauben Sie mir, ganz gleich, was sie sagen, sie tun es nur um des Geldes willen. Rooster sagt, wir werden uns nie von ihnen zu irgend etwas zwingen lassen!«
Sarah wartete eine Weile, ehe sie sprach: »Edna, sie sind ebenso überzeugt, im Recht zu sein, wie wir. Roman schreibt mir regelmäßig, und er sagt...«
»Er ist ein Neger – mittlerweile ein *Nord*staaten-Neger.«
»Er ist Roman, und er gehört zu uns, ganz gleich, wo er lebt, und er leidet im Grunde seines Herzens genau wie wir. Er liebt den Süden, aber er kann

nicht heimkehren, das wissen Sie. Nicht, solange die Elks hier leben, und es sieht so aus, als ob sie von Jahr zu Jahr einflußreicher würden. Roman sagt, die Gerüchte in Philadelphia seien einfach lächerlich, aber viele einfältige Menschen und auch manche, die gar nicht so einfältig sind, würden sie glauben. Die Abolitionisten sagen...«

»Lügnerische Heuchler!«

»Sie behaupten, sie hätten unsere Leute heimlich mit Arsen und Strychnin versorgt, damit sie uns töten, wenn die Zeit gekommen ist!«

»Wer das sagt, sollte geteert und gefedert werden! Ausgezogen, in siedenden Teer getaucht und gefedert, sag' ich! Wenn ich an meine Leute denke... Können Sie sich vorstellen, daß Lovey Sie vergiftet?«

»Roman sagt, es sei lächerlich, aber die Menschen glaubten es, weil sie es glauben wollen. Selbst anständige und vernünftige Leute hören ihnen zu.«

»Falls es solche überhaupt nördlich der Mason-Dixon-Grenze gibt...«

»Und sie hätten angefangen, uns hier unten für Verräter und – Unmenschen zu halten!«

»Es sind all diese Theorien, über die sie reden«, sagte Edna. »Ich kann nicht darüber diskutieren, ich werd' einfach wütend. Jeder kann mich zum Dummkopf machen, wenn's darum geht, über *Theorien* zu sprechen. Trotzdem weiß ich, was recht und unrecht ist. Diese Leute gebrauchen Worte, die nichts mit dem zu tun haben, wie wir wirklich leben und handeln. Fangen Sie bloß nicht an, auf sie zu hören und sich von ihren Theorien den Kopf heiß machen zu lassen. Rooster sagt, das ist's, was sie wollen – uns gegeneinander aufhetzen. – Doreen! Rachel!«

Die beiden jungen Frauen hatten ihre Arbeit beendet und standen, jede den Arm lose um die Taille der anderen gelegt, ruhig Seite an Seite da, während sie auf Benjamins Grabstein starrten und an die Toten um sie herum dachten – an die, die sie gekannt hatten, und an jene, die sie nur aus Erzählungen kannten. Als sie Ednas Stimme hörten, wandten sie den Kopf. »Ich bin müde, und es fängt gleich an zu regnen«, sagte Edna. »Sammelt die Geräte ein und laßt uns nach Hause fahren.«

2

Der Regen kam und hielt mit kurzen Unterbrechungen eine Woche an, aber er hinderte die beiden Familien nicht daran, am Sonntag zum Gottesdienst nach Highboro zu fahren. Angesichts der Ungewißheit von Gegenwart und Zukunft wollten sie mit anderen Familien des Bezirks zusammentreffen, um Neuigkeiten auszutauschen und einander zu versichern, daß sie zusammenhalten würden, was auch immer geschehen mochte.

Am Ende seiner Predigt bat Reverend Stewart Throckmorton die Gemeinde, mit ihm zu beten, »daß unser Allmächtiger und Himmlicher Vater den ungerechten und gottlosen Krieg abwenden möge, den der Norden uns aufzuzwingen entschlossen ist«.

Während sich Annabel und Blair Saxon hinterher mit den erwachsenen Kendricks und Davis in der Vorhalle der Kirche unterhielten, jagten Blair Junior und sein Bruder Bonard, B. B. und Jane um den Friedhof herum, deuteten mit dem Zeigefinger auf sie und riefen: »Ihr seid die Yankees, und wir werden euch töten! Peng! Peng! Peng!«

Penelope hatte Neuigkeiten aus Savannah zu berichten. »Rosalie Pernell schreibt, es gebe täglich eine Gebetsversammlung. Aber sie sagt, bei Georgias Abfall sei die Demonstration nicht so eindrucksvoll gewesen wie damals der große Fackelzug, als Südkarolina tapfer mit gutem Beispiel vorangegangen war.«

»Es hat doch sicherlich eine Festbeleuchtung gegeben?« fragte Annabel.

»O ja, ich glaube schon«, erwiderte Penelope vage.

Annabel lachte. »Nun, sollen die Männer Reden halten und kämpfen, ich genieße das alles, solange ich kann. Trotz des Regens sind wir – ich, Ann-Elizabeth und Margaret-Ella – letzten Dienstag mit meinem Wagen zu dem Übungsplatz gefahren, wo Captain Buck seine Kompanie drillt. Es ist einfach umwerfend komisch, diese Männer dort hin und her marschieren zu sehen. Sie müssen unbedingt auch hingehen, Tante Sarah.« Sarah schüttelte den Kopf. »Wollen Sie sagen, daß Sie es nicht vorhaben? Oh, ich bin sicher, es würde Sie ablenken und Sie ebenso wie uns zum Lachen bringen!«

Edna sagte: »Du warst ein albernes Mädchen, und du bist eine alberne Frau.«

Ein wenig abseits unterhielten sich die Männer: Bruce, Leon, James und Blair. Nach einem Blick auf seine Frau sagte Blair: »Wenn es zum Krieg kommt, und das wird es bestimmt, warte ich nicht, bis ich einberufen werde. Ich melde mich sofort. Du nicht, James?«

»Ich gehe nur, wenn ich unbedingt muß«, erwiderte James.

Blair errötete. »Das ist ein schlechtes Beispiel für andere. Sie richten sich danach, was wir tun – wegen unserer Stellung. Ich hatte angenommen, daß du genau wie ich darüber denkst.«

Mit einem vielsagenden Blick auf Annabel, die ausgelassen lachte, weil sie ihren Regenschirm nicht aufspannen konnte, sagte James: »Ich habe nicht einen so triftigen Grund wie du, Hals über Kopf in den Krieg zu ziehen.«

Bis Ende Januar hatten Louisiana, Mississippi, Alabama, Florida und Georgia beschlossen, Südkarolinas Beispiel zu folgen und aus der Union auszutreten. Nell und Penelope fuhren mit Selma und Pauline zum Truppenübungsplatz, und alle vier kehrten voller Erregung nach Beulah Land zurück. »Wenn ich doch nur ein Mann wäre!« rief Selma aus, und Pauline nickte mitfühlend. Von da ab sahen die älteren Frauen – Nell gebrauchte jetzt einen Stock, wenn sie draußen umherging – regelmäßig bei den Marschübungen zu, die Selma und Pauline mit den Kindern veranstalteten. Wenn ihr kriegerischer Enthusiasmus bei den Mahlzeiten überfloß und sie versuchten, Sarah ins Gespräch zu ziehen, erwiderte Sarah: »Es ist alles umsonst, denn hier wird nichts geschehen. Gott sei Dank sind wir nicht groß genug. Wir sind nur ein Punkt auf der Landkarte zwischen Atlanta und Savannah. Ich werde versuchen, auch weiterhin genauso zu leben, wie wir immer auf Beulah Land gelebt haben.« Als sie Leon über den Tisch hinweg ansah, lächelte er ihr dankbar zu.

3

Leon, der schon sein ganzes Leben lang zu einer gewissen Melancholie geneigt hatte, war in den letzten Jahren recht einsam geworden. Er machte täglich seinen üblichen Rundgang über die Felder, obgleich er wußte, daß es unnötig war, denn Floyd war als Aufseher ebenso energisch und erfahren, wie er gerecht war. Im Sägewerk sprach Leon mit den Männern, während er umherging und ihnen bei der Arbeit zusah, aber das Werk wurde von einem Vorarbeiter geleitet, der jetzt mehr Erfahrung mit den Leuten und dem Betrieb hatte als Leon.

Und so wußte Leon, der nicht faul, aber auch nicht sonderlich erpicht auf Arbeit war, oft nichts mit seiner Zeit anzufangen; und es gab auch niemanden mehr, der ihm hätte Gesellschaft leisten können. Floyd war beschäftigt. Selbst ihre gemeinsamen Angel- und Jagdausflüge wurden zu besonderen Erlebnissen, denn sie waren nicht mehr an der Tagesordnung.

Und jetzt redete alle Welt mit Begeisterung von dem kommenden Krieg, einem Krieg, dessen Anlaß Leon nicht verstand. Aber er verstand genug, um zu wissen, daß dieser Krieg, ganz gleich, wie er ausging, für sie alle das Ende ihrer gewohnten Lebensweise bedeuten würde.

Leon hatte sich nie viel um Politik gekümmert. Wenn er wenig von Regierungsangelegenheiten wußte, so deshalb, weil sie ihn nicht interessierten. Seine Sorge hatte immer persönlichen Dingen gegolten. Er konnte sich ebensowenig wie Edna für »Theorien« begeistern oder darüber diskutieren. Ihn interessierten seine Familie und Beulah Land. Er hatte Rachel verloren, als sie James heiratete. Er hatte sich schon lange mit der Tatsache abgefunden, daß Sarah nicht ihn, sondern eigentlich Beulah Land geheiratet hatte.

Die glücklichsten Stunden verbrachte er jetzt mit Jane. Er hatte von Anfang an um ihre Zuneigung geworben, und sie, obgleich von Menschen umgeben, die sie liebten – einschließlich ihres vernarrten Vaters –, war nicht übersättigt und selbstzufrieden, sondern sah in Leons Liebe ein besonderes Geschenk, das sie beglückte. Schon von frühester Kindheit an interessierte sie sich, abgesehen von Sarah, wenig für Frauen.
Sarah war »Andermama«, Leon war »Anderpapa«; aber die Art, wie Jane diese Ausdrücke gebrauchte, sie jeweils als ein einziges Wort aussprach, als ob es eher ein Name als eine Bezeichnung wäre, hatte dem Zusatz »ander« nie die Bedeutung von etwas »Zweitem« verliehen. Leon ritt täglich nach Oaks hinüber, um Jane zu sehen, selbst wenn er wußte, daß er sie später am selben Tag ohnedies sehen würde. Er brachte ihr oft Geschenke, aber das war nicht der Grund, weshalb sie ihn liebte. Er nahm sie mit in die Stadt, wobei sie entweder neben ihm auf dem Kutschersitz seines Wagens saß oder in seinen Armen vor dem Sattel ritt. Keiner von beiden war je glücklicher, als wenn sie zusammen waren.
An einem jener Tage band er sein Pferd an einem der Pfosten hinter dem Postamt fest, und sie gingen über die Schienen zum Bahnhof, um auf den Zug zu warten, der die Post aus Savannah brachte. Leon stand bei einer Gruppe von Männern, die Tabak kauten, spuckten und wie üblich über Davis, Lincoln und den kommenden Krieg sprachen. Jane lief hinter einer schwarzweißen Katze her, die mit behutsamen Schritten aus dem Telegrafenhäuschen getreten war und sie kalt anstarrte, ehe sie vom Bahnsteig hinuntersprang und sich umdrehte, um zu sehen, ob sie noch beobachtet wurde. Es entsprach nicht Janes Charakter, solch einer Herausforderung zu widerstehen.
Und dann geschah es: das Wunder der Ankunft des Zuges. Kein schwacher, ferner Ton mehr, sondern das harte Bremsen von Eisen, das Zischen von Dampf und das Krachen von Güterwagen, die gegen ihre Kupplungen stießen, als die Lokomotive stehenblieb. Unter den Männern erhob sich ein allgemeiner Seufzer der Befriedigung. Jane drehte sich in Leons Armen um, und sie sahen einander mit einer Erregung an, die nie nachließ, sooft sie auch dieses Schauspiel schon zusammen gesehen hatten. Sie stieß mit dem Kopf an sein Kinn, und er warf sie in die Luft und rief: »Jane kann fliegen!« Er fing sie wieder auf, während sie vor Vergnügen schrie, und setzte sie auf dem Bahnsteig ab. Sie griff nach seiner Hand und zog ihn zur Lokomotive. Und dort sah Leon Roscoe Elk mit seinem Enkel; sie waren ebenfalls gekommen, um die Ankunft des Zuges zu sehen. Der kleine Roscoe, ein stämmiger, kecker schwarzer Bursche von neun Jahren, starrte wie gebannt auf die Lokomotive. Jane begrüßte mit lauten Rufen den Zugführer, der sie kannte, seine Mütze abnahm und ihr zuwinkte. Leon und Roscoe sahen sich kurz an, dann wandte sich jeder von ihnen

wieder seinem Enkelkind zu. Zum erstenmal kam es Leon in den Sinn, daß Roscoe sterblich war, denn er sah alt und elend aus.

4

Eines Nachmittags, kurz nach der Antrittsrede Lincolns, die erregte Debatten hervorgerufen und alle einmütig zu der Überzeugung gebracht hatte, daß ein Krieg jetzt unvermeidlich war, zog Leon sich auf Beulah Land in sein Büro zurück; er wußte, daß niemand außer Sarah ihm dorthin folgen würde, und Sarah war, wie er ebenfalls wußte, zu einer der Sklavenhütten gegangen, um eine Frau zu verarzten, die unter Zahnschmerzen litt. Obwohl ein Hauptbuch offen vor ihm lag, saß er müßig an seinem Schreibtisch, als es an der Tür klopfte. Lovey kam auf seine Aufforderung hin herein und verkündete mit ebenso großer Überraschung, wie Leon die Worte hörte: »Roscoe Elk ist hier.«

»Was will er?« Der Name rief bei Leon immer noch den gleichen Schrekken hervor, den er in seiner Jugend empfunden hatte.

»Er sagt, er will Sie allein sprechen.«

»Nun, bring ihn her.«

Leon stand neben seinem Stuhl, als Roscoe hereinkam; Lovey schloß die Tür hinter ihm und ließ die beiden Männer allein. Sie sahen sich ohne ein Wort der Begrüßung an, bis Roscoe sagte: »Ich bin gekommen, um die Sache zu beenden.«

Während Leon ihn beobachtete, fiel ihm ein, daß Roscoe über siebzig sein mußte. Das glatte Haar, das dem Gerücht von indianischem Blut Nachdruck verliehen hatte, war so schwarz wie eh und je, und er stand so gerade da, wie er es immer getan hatte; aber er tat es jetzt bewußt, nicht mehr mit der unwillkürlichen Arroganz seiner jüngeren Jahre. Sein Gesicht war magerer, als Leon es in Erinnerung hatte, aber darin mochte Leon sich irren, denn ein Gesicht, das man haßt, sieht man sich selten aufmerksam an. »Zwischen uns ist schon seit langem alles beendet«, sagte Leon.

»Nein, es geht weiter.« Roscoes Stimme klang schwach und brüchig, aber ruhig, und seine Augen waren stechend.

Leon zuckte die Achseln und wartete. Roscoe sah sich langsam um, als ob er etwas suchte. Als er Sarahs Porträt über dem Kaminsims sah, verzogen seine Lippen sich zu einem kleinen Lächeln, aber der Ausdruck seiner Augen änderte sich nicht. »Die Herrin von Beulah Land.«

»Vor einigen Jahren gemalt«, sagte Leon.

»Ja«, erwiderte Roscoe, »in dem Jahr, in dem mein Sohn Alonzo ermordet wurde.«

Leon sah ihn scharf an. »Das ist alles damals erledigt worden.«
Roscoe fuhr fort, das Zimmer zu mustern, wobei sein Körper sich überhaupt nicht bewegte und sein Kopf nur gerade soviel wie nötig. »Es ist ein Raum, in dem viel über Geld gesprochen worden ist, und Geld den Besitzer gewechselt hat.« Leon nickte kurz. »Es ist das Zimmer, wo ich meine erste Sklavin – Clovis – gekauft und für sie bezahlt habe.«
Leon saß regungslos da.
»Sie erinnern sich natürlich an sie!« sagte Roscoe mit einem plötzlichen Nachdruck, der beinahe an offenen Zorn grenzte.
»Ja, natürlich erinnere ich mich an sie«, erwiderte Leon.
»Sie haben ihr die Ehre erwiesen, sie im letzten Jahr ihres Lebens zu besuchen, als sie auf der Farm neben der Ihren lebte.«
»Hat sie Ihnen das gesagt?«
»Ich wußte es«, erwiderte Roscoe, ohne darauf einzugehen. »Das war nur Ihre spätere Bekanntschaft. Ihre frühere Bekanntschaft, wenn ich es so nennen darf, hatte die Geburt des Krüppels namens Roman zur Folge, den Ihre Frau so sehr liebte und zu ihrem besonderen Schützling machte. Tatsächlich war seine Zeugung der Anlaß dazu, daß ich das Mädchen geheiratet habe. Ihre Mutter, die damalige Herrin von Beulah Land, duldete keine unehelichen Kinder, und ich tat damit allen Beteiligten, wie ich wohl sagen darf, einen Gefallen. Es war bei dieser Gelegenheit, in diesem Zimmer, daß sie mir den Titel ›Aufseher‹ verlieh. Es schien mir damals sehr wichtig, aber das ist alles so lange her.«
Leon hörte sich Roscoes Ausführungen mit einem leichten Stirnrunzeln an. »Das weiß ich alles, aber ich weiß nicht, warum Sie es gerade jetzt wieder zur Sprache bringen.«
Roscoe hob beide Hände, als bäte er um Geduld, dann ließ er sie sinken. »Alles zu seiner Zeit.« Er schwieg, um darüber nachzudenken. »Sie werden es bald wissen.« Fast unmerklich verlagerte er sein Gewicht von einem Bein aufs andere, und Leon sagte sich abermals, daß er nicht nur alt, sondern auch gebrechlich aussah, obwohl die düstere Kraft seiner Augen jedem Anschein von Schwäche widersprach. »Sie sind nicht zu ihrer Beerdigung gekommen.«
»Unsere Familien«, sagte Leon vorsichtig, »stehen sich nicht so nah.«
Roscoe nickte ironisch. »Das stimmt. Die Sphären von Vertrautheit und Förmlichkeit zwischen Schwarz und Weiß sind zweifellos eine komplizierte Angelegenheit. Und Selbstmord verursacht immer ein gewisses Unbehagen. Die Menschen wollen nichts davon wissen, und ich kann verstehen, daß Sie es vorgezogen haben, die Sache zu ignorieren. Und dennoch – ich war bei ihr, als sie gestorben ist, und sie hatte gerade erst von Ihnen gesprochen. Sie sehen also, daß sie an Sie gedacht hat.«
Leon bewegte sich auf seinem Stuhl, dann neigte er sich, die Ellbogen auf

die Knie gestützt, die Hände gefaltet, entschlossen vornüber. »Ich bin kein dummer Junge, den Sie mit Ihren vieldeutigen Reden in Verlegenheit bringen können. Und wir sind beide zu alt, um Katz und Maus zu spielen. Ich bin, das kann ich Ihnen ruhig sagen, schon seit langem überzeugt, daß Sie sie umgebracht haben. Auch ich war an dem Tag, als sie gestorben ist, bei ihr gewesen. Wir haben miteinander gesprochen, wie wir es damals manchmal taten. Und ich weiß, daß sie nicht daran dachte, sich umzubringen.«

»Wenn Sie, wie Sie sagen, überzeugt sind, daß ein Mord und nicht ein Selbstmord verübt worden ist, warum haben Sie mich dann nicht angezeigt?«

Leon lehnte sich in seinem Stuhl zurück, um das Gesicht des Mannes zu mustern. »Ich hätte es nicht beweisen können.«

Roscoe nickte ruhig. »Die Vertraulichkeit mit Negern macht so oft vor dem Gesetz halt.« Er nickte wieder, als ob er Leons Diskretion zustimmte. »Ihr Leben war wertlos, abgesehen davon, daß sie mir zwei Söhne geboren hat, von denen einer am Leben ist.«

»Ich habe gehört«, sagte Leon, »daß Sie in diversen geschäftlichen Unternehmungen sehr erfolgreich gewesen sind.«

»Das stimmt. Aber das, was ich mir am sehnlichsten wünschte, habe ich nicht bekommen. Sie wissen, was das war.«

»Sie wollten Beulah Land haben«, sagte Leon.

»Ja, ich wollte Beulah Land haben«, stimmte Roscoe ihm bei. »Ich habe es nicht bekommen, aber mein Sohn wird es bekommen.«

Leon unterdrückte einen Ausruf und versuchte, seinen Zorn zu beherrschen, ehe er sprach. »Sie sollten jetzt lieber gehen, denn ich habe gute Lust, Sie umzubringen.«

»Das werden Sie nicht tun, und ich werde nicht gehen, ehe ich nicht alles gesagt habe, was ich Ihnen sagen will.«

»Wenn Sie nicht sofort gehen, lasse ich Sie, so alt, wie Sie sind, hinauswerfen.«

Roscoe dachte einen Augenblick nach. »Wir sind noch nicht mit Clovis fertig. Ich möchte wissen, ob das, was sie mir gesagt hat, wahr ist.« Leon wartete. »Daß sie Ihnen erzählt hat, ich sei schuld an dem Brand, der Sie beinahe Ihren Besitz gekostet hätte.«

»Ja, sie hat es mir gesagt. Und daß Sie den Wächter umgebracht haben.«

»Er war unwichtig.«

»Nichtsdestoweniger hat sein Tod Sie mindestens zu einem zweifachen Mörder gemacht.«

»Aber nur von Negern, und die sind doch in Wirklichkeit nicht von Bedeutung, oder?« Der Hohn in seiner Stimme war bewußt herausfordernd.

»Sie gehen, wie ich sehe, mit der Zeit, was Fragen des Gewissens betrifft. Soviel ich weiß, waren Sie nicht immer gegen Sklavenhalterei.«

»Ich gehe mit keiner Zeit außer meiner eigenen«, sagte Roscoe. »Es kümmert mich nicht im geringsten, daß Neger als Sklaven gehalten werden, und ich beabsichtige, die Sklaven, die ich besitze, so lange zu behalten, wie das Gesetz es erlaubt. Ich bin jedoch ein Mensch, der eine günstige Gelegenheit nutzt, wenn er sie sieht. Es wird Krieg geben, und der Norden wird gewinnen, weil man Ihre Häfen blockieren wird. Sie können Ihre Baumwolle und Ihr Holz nicht mehr verkaufen, und Sie können nicht die Waffen herstellen, die Sie für den Krieg brauchen.« Roscoe schwieg nachdenklich. »Wie ich sehe, widersprechen Sie mir nicht mit Reden über Mut – und der allgemein üblichen Behauptung, daß ein Soldat der Konföderierten Armee zehn Soldaten der Union aufwiegt!«

»Ich gebe nicht vor zu wissen, wie es verlaufen wird«, sagte Leon.

»Es wird so verlaufen, wie ich es Ihnen sage. Vielleicht schnell, vielleicht langsam. Aber wenn es zu Ende ist, werden mein Sohn und sein Sohn in diesem Bezirk und Bundesstaat auf eine Art und Weise zu Macht und Einfluß gelangen, die Sie sich nicht haben träumen lassen. Wenn das geschieht, werden sie Beulah Land bekommen. Sie werden es nicht einmal kaufen müssen.«

»So alt, wie Sie sind, und so einflußreich, wie Sie zu sein glauben – Sie würden diesen Tag nicht überleben, wenn ich in der Stadt nur die Hälfte von dem erzählte, was Sie mir heute hier gesagt haben.«

»Aber Sie werden es nicht erzählen«, erwiderte Roscoe.

»Warum sollte ich es nicht tun?«

»Weil ich etwas weiß, was ich bisher niemandem gesagt habe, aber Ihnen jetzt sagen werde.«

»Noch eine weitere Neuigkeit?« fragte Leon ironisch.

»Ich vermute, es wird für Sie eine Neuigkeit sein. Ja.« Roscoe verlagerte abermals sein Gewicht und wandte den Blick Sarahs Porträt zu. »Es ist ein schönes Bild«, sagte er und nickte. »Ich verstehe nichts von Kunst, aber ich kann erkennen, daß es keine gewöhnliche Arbeit ist, sondern vielmehr – ein Werk der Liebe. Ich habe die Herrin nie mit solch einem Ausdruck gesehen, und ich frage mich« – Roscoe ließ die Augen vom Porträt zu Leons Gesicht schweifen –, »ich frage mich, ob Sie sie je so gesehen haben.«

»Ich verbiete Ihnen, über Mrs. Kendrick zu sprechen!«

Roscoe setzte eine bestürzte Miene auf. »Aber das ist doch gerade der Grund, weshalb ich gekommen bin.«

»Was hat das Bild oder Mrs. Kendrick mit Ihnen zu tun?«

Roscoes Stimme gewann an Kraft, war jetzt nicht mehr anzüglich und spöttisch. »Ich kenne den Platz, der als Hintergrund für das Bild gedient hat. Er ist leicht erkennbar für jeden, der einmal dort gewesen ist. Es ist der Platz, an dem Ihre Frau gefunden wurde, nachdem sie, wie sie sagte, von meinem Sohn vergewaltigt worden war.«

Das Schweigen zwischen ihnen hatte den Pulsschlag eines klopfenden Herzens.

»Sie haben vermutlich nie etwas von einer Frau namens Geraldine gehört.«

Leon antwortete nicht.

»Sie lebt in meinem Haus und betreut mich. Vorher hat sie das gleiche für meinen Sohn Alonzo getan. Sie war an dem Abend zugegen, als Ihr verkrüppelter Bastard mit Ihrer Pistole dort eingedrungen ist und ihn getötet hat. Clovis war ebenfalls zugegen, aber sie war sinnlos betrunken, und nur Geraldine hat die Worte gehört und sich später daran erinnert. Nachdem der Mörder die Pistole abgefeuert hatte, ging er fort. Mein Sohn lebte noch lange genug, um zu sagen, daß er vor einiger Zeit an dieser selben Stelle die Herrin von Beulah Land und den Künstler Casey Troy wie Hunde auf der Erde hatte vögeln sehen.«

Leon saß so still auf seinem Stuhl, daß er hätte tot sein können, aber kurz darauf fing er an zu zittern, und sein ganzer Körper zuckte wie in einem Anfall von Malaria, so daß er sich an den Armlehnen seines Stuhls festhalten mußte.

»Das ist's, was ich Ihnen sagen wollte. Das ist's, was zwischen uns noch nicht beendet war.« Roscoe machte eine leichte Verbeugung, wie er es in früheren Zeiten getan hatte. Dann wandte er sich ab und ging zur Tür, aber noch ehe er sie öffnen konnte, fand Leon seine Stimme wieder.

»Warum haben Sie sich entschlossen, mir diese Dinge zu sagen?«

Ohne sich umzudrehen, sagte Roscoe mit ruhiger Stimme, als spräche er über etwas vollkommen Alltägliches. »Ich leide an Schwindsucht und habe nicht mehr lange zu leben. Das weiß ich schon seit einiger Zeit. Als ich Sie an jenem Tag auf dem Bahnhof sah, kam ich zu dem Schluß, daß ich nicht sterben kann, ohne daß Sie wissen, was ich weiß. Und zum Abschied möchte ich Ihnen noch sagen, daß mein Enkel der Meinung ist, Ihre Enkelin sei ein hübsches kleines Ding.«

Roscoe öffnete die Tür und ging hinaus.

5

Annabel war beglückt über die Möglichkeiten, die sich ihr jetzt durch die Kriegsvorbereitungen boten. Oberflächlich, eitel und tatkräftig wie sie war, eignete sie sich hervorragend für die Rolle, die sie jetzt übernahm. Als sie von Penelope hörte, daß die Damen von Savannah sich zu organisieren begonnen hatten, um sich patriotisch zu betätigen, klatschte sie begeistert in die Hände und suchte sofort Ann-Elizabeth und Margaret-Ella auf. Obwohl diese zwei sich hinter ihrem Rücken über ihre Herrschsucht beschweren sollten, waren sie mit Freuden bereit, sie bei der Leitung der weiblichen Komitees zu unterstützen, die bald darauf anfingen, Bandagen und Zupflinnen vorzubereiten, Flanellhemden zu nähen und schließlich – für Annabel die aufregendste Tätigkeit überhaupt – Kartuschen für Musketen und Geschütze zu füllen. Es gab so viel zu tun. Endlich hatte sie eine Beschäftigung, die ihrer würdig war!

Penelope und Nell boten ihre Hilfe an, aber Annabel sagte ihnen, mit einundachtzig und neunundsiebzig seien sie zu alt, um sich nützlich zu machen. Sie bat statt dessen um Selma. So überließ Selma ihrer Freundin Pauline die Aufsicht über die Schule von Beulah Land, während sie nach Highboro ging, um an der Arbeit der Frauen teilzunehmen. Selbst Doreen schloß sich ihnen zweimal in der Woche an, so sehr hatte Annabel ihr zugesetzt. Nur Sarah, Edna und Rachel widerstanden ihrem Drängen. Sie hätten genug auf Oaks und Beulah Land zu tun, erklärten sie; und so war es auch.

Bei der vielen Arbeit, die der Frühling mit sich brachte, achtete Sarah nicht weiter darauf, daß Leon sich immer mehr von ihnen allen zurückzog. Sie traf ihn eines Morgens im Büro an, wo er wie gebannt auf ihr Porträt starrte, aber als sie hereinkam, ging er sofort hinaus. Niemand sprach darüber, daß er nach Whisky roch, wenn er sich mittags und abends zu Tisch setzte. Er hatte schon immer gern hin und wieder einen Schluck getrunken; nur trank er jetzt mehr als das, es schien ihm keinerlei Genuß zu bereiten. Er war nie betrunken, aber seine Augen waren oft feucht und glasig. Wenn andere sich unterhielten, schwieg er. Und er ging jetzt auch nicht mehr mit Floyd über die Felder, um die Leute bei der Arbeit zu beaufsichtigen.

Jane spürte deutlicher als jeder andere die Veränderung an ihm. Aber sie war ein Kind, und das Verhalten der Erwachsenen, selbst das von »Anderpapa«, war für sie etwas, das man nicht in Frage stellte. Er kam jetzt nicht mehr jeden Tag zu ihr; aber wenn er es tat, versuchte sie, ihn auf die altgewohnte Art zu unterhalten. Sie machte sogar mehr Aufhebens von ihm und seinen Besuchen, als sie es früher getan hatte. Einmal jedoch bekam sie, nachdem er fort war, einen Weinkrampf, was noch nie zuvor geschehen war. Rachel nahm die Kleine erschreckt auf den Schoß, versuchte, sie zu beruhigen, und bat sie, ihr zu sagen, was sie bekümmerte.

Schließlich schrie Jane: »Warum ist Anderpapa so traurig?«

»Das ist er nicht, liebes Kind – er macht sich nur ein wenig Sorgen um die Zukunft.«

»Warum?« jammerte Jane.

»Nun, weil es vielleicht Krieg geben wird – und es ist nicht alles so, wie es sein sollte.«
»Warum?«
»Hör auf damit. Hör auf zu weinen. Es ist nicht gut für dich, und ich will es nicht haben.« Das Kind hörte auf zu weinen, aber es machte sich frei, rutschte vom Schoß seiner Mutter und lief fort. »Jane, komm zurück!« rief Rachel, aber sie lief ihr nicht nach. Sie hatte jetzt ihre eigenen Ängste und Sorgen, was James betraf.
Rachel war von einer fast widerstrebenden, still in ihr Schicksal ergebenen Braut zu einer liebenden Frau geworden. Sie war von Natur aus so warmherzig und leidenschaftlich, daß sie sich James' Liebe nicht entziehen konnte und es auch nicht wollte. Wann immer sie jetzt an Adam dachte, war er für sie »dieser liebe Junge«, aber ihre Frauenliebe gehörte dem Mann James. Und James, der sich standhaft weigerte, der Tatsache ins Auge zu sehen, daß der Krieg unvermeidlich war, würde, wenn er kam, in den Kampf ziehen. Sie wußte es, und wenn sie daran dachte, glaubte sie, es nicht ertragen zu können. Der Gedanke, ohne James leben zu müssen, ließ ihr Herz erzittern und erfüllte ihr ganzes Sein mit Angst und Schrecken.
Und dann geschah, worüber sie alle so lange gesprochen hatten: Fort Sumter im Hafen von Charleston und Pickens in der Bucht von Pensacola waren die einzigen größeren Festungen der Konföderierten Staaten, die noch von Truppen der Union besetzt waren. Lincoln beschloß, sie nicht aufzugeben. Der Konföderierten-Kriegsminister in Montgomery befahl dem Brigadegeneral P. G. T. Beauregard in Charleston, die Übergabe von Sumter zu fordern. Der Kommandant der Festung, Major Robert Anderson, erwiderte, daß er sie mit seinen Truppen räumen werde, es sei denn, er erhielte Versorgungsmaterial und neue Befehle. Lincoln sandte das Versorgungsmaterial und erklärte, daß er entschlossen sei, die Festung nicht den Südstaatlern zu übergeben. Um 4 Uhr 30 am Morgen des 12. April eröffneten die Truppen von General Beauregard das Feuer auf Fort Sumter. Der Krieg hatte begonnen.
Als Leon die Nachricht erhielt, verließ er das Haus und ging allein in den Wald, den er seit seiner frühesten Kindheit kannte und liebte. Als er zurückkam, ging er in den großen Viehstall und erhängte sich. Joe-Tom fand ihn einige Stunden später (Leon hatte einen Raum gewählt, der selten benutzt wurde) und lief hinaus, um Floyd zu suchen. Floyd kehrte mit Joe-Tom zurück und durchschnitt ungläubig das Seil, das seinen Freund erlöst hatte. Ehe er fortging, um Sarah zu benachrichtigen, stützte er Leon sanft gegen einen Heuhaufen, legte die Arme um ihn und weinte bitterlich.

6

Ende April trat James in das Freiwillige Schützenregiment des Bezirks ein und ritt täglich zum Truppenübungsplatz, um zu exerzieren. Einen Monat später erhielt das Regiment den Befehl, sich nach Savannah zu begeben, wo man ihm Verteidigungsstellungen längs der Küste zuweisen würde. Savannah war bereits von einem Schiff der Union, der *Harriet Lane*, blockiert.

Als James an dem Tag, an dem das Regiment den Befehl erhielt, nach Oaks zurückkehrte, sagte er es Rachel.

»Und so wirst du also gehen«, sagte sie. »Ich habe von Anfang an gewußt, daß du es tun würdest.«

»Es ist mir schrecklich, Rachel. Glaub mir, ich will nichts weiter als dich und unsere Kinder – und das Land bebauen. Alles andere ist mir vollkommen egal. Aber ich muß gehen. Wenn der Krieg nur von Männern geführt würde, die gerne kämpfen, wer würde ihn dann führen?«

Sie schüttelte weinend den Kopf und klammerte sich an ihn. Er umschloß sie fast völlig mit seinen Armen und seinem Körper, während sie sagte: »Ich werde mein möglichstes tun, aber erwarte nicht von mir, daß ich tapfer bin, denn ich bin es nicht. Ich kann dich nicht winkend und lachend ziehen lassen, wie Annabel es mit Blair getan hat. Ich werde wahrscheinlich schreien, bis ich heiser bin, und man wird mich mit Gewalt davon zurückhalten müssen, mit dir in den Zug zu steigen!«

Doch dazu kam es nicht, als es soweit war.

Edna wollte nicht in die Stadt gehen; sie sei zu alt für eine öffentliche Zurschaustellung, sagte sie, und sie bat, daß man ihr die Kinder lassen möge. B. B. wollte nicht zu Hause bleiben, bis Doreen erklärte, sie werde ebenfalls bleiben. Sarah kam morgens nach Oaks, und sie und Bruce saßen auf dem Kutschersitz, um James und Rachel hinten allein sitzen zu lassen. So war es zumindest geplant worden. Aber als James sich verabschiedete, war Jane nicht von ihm loszureißen. Obgleich sie versprochen hatte, bei den anderen zu bleiben, kam man zu dem Schluß, daß es das einfachste sein würde, sie mitfahren zu lassen. Sie saß ruhig auf dem Schoß ihres Vaters. James und Rachel hielten sich bei der Hand und sprachen während der ganzen Fahrt nach Highboro kaum ein Wort.

Bruce stellte den Wagen in der Nähe des Bahnhofs ab. James verabschiedete sich rasch von ihnen und schloß sich seinem Regiment an, das sich vor dem Postamt formierte. Die ganze Stadt hatte sich versammelt, und als in der Ferne das Pfeifen des Zuges ertönte, stimmte die Kapelle *Dixie* an, und das Regiment marschierte, von der Menge gefolgt, die kurze Strecke zum Bahnhof. Kinder tanzten und hüpften zur Musik und schrien vor Erregung; Hunde bellten und liefen neben ihnen her.

Einer nach dem anderen verließen die Männer die Reihen, um einer Frau oder Mutter einen letzten Kuß zu geben oder ein Kind in die Arme zu nehmen. Jede Frau hatte einen Blumenstrauß mitgebracht, den sie einem Soldaten, den sie liebte oder auch nur kannte, in die Hand drückte; und so trugen die meisten Männer Blumen in einer Hand und ein Gewehr in der anderen.

Bruce und Sarah blieben im Wagen, und Sarah hielt Jane gewaltsam fest, damit Rachel und James noch ein paar Minuten allein sein konnten.

»Mach dir keine Sorgen um mich, Liebling. Es wird mir nichts geschehen, das schwöre ich dir. Ich werde der am wenigsten wagemutige Soldat unseres ganzen Heeres sein.«

Rachels Lachen klang gezwungen. »Versprich mir«, sagte sie. »Versprich mir, daß du ein Feigling sein wirst!«

»Sei überzeugt davon und hab keine Angst. Denn ich werde zurückkommen, und zwar bald, und dann machen wir genauso weiter wie zuvor. Nichts kann uns daran hindern, mein liebster Schatz, nichts, außer Gott selbst.«

Als James in den Zug stieg, sah Rachel so verlassen aus, daß Sarah dem Verlangen von Jane nachgab und sie zu ihrer Mutter laufen ließ. Dann stieg Sarah nach einer Weile ebenfalls aus und ging auf den Bahnsteig, weil sie fürchtete, daß Jane eine Belästigung für Rachel bedeuten könnte. Ein Pfiff ertönte, eine Glocke schlug, die großen Räder der Lokomotive fingen an, sich zu drehen. Der Zug fuhr langsam, dann schneller und war bald darauf verschwunden.

7

Sarah und Floyd hatten seit dem Abendessen sorgenvoll im Büro über den Büchern gesessen und gearbeitet. Es war jetzt beinahe zehn, und Sarah hatte die anderen Familienmitglieder schon vor einer ganzen Weile auf ihre Zimmer gehen hören. Sie saß am Schreibpult und Floyd an einem kleinen Tisch, den er dicht zu ihr herangezogen hatte. Jeder von ihnen hatte eine Talgkerze vor sich stehen; Wachs und Lampenöl waren Luxusgegenstände geworden.

Sarah zog tief und langsam die Luft ein, um sich ein wenig zu beruhigen; als es ihr nicht gelang, schob sie mit einem Seufzer das Hauptbuch von sich. »Hören wir auf. Ich bin zu müde, um weiterzumachen«, sagte sie. Sie stand auf und ging zu einem Büfett, in dem Gläser, zwei Steinkruken und einige Karaffen standen. »Trinken Sie ein Glas Wein mit mir, falls Sie nicht lieber gehen wollen. Ich weiß, daß Sie auch müde sind und mit mehr Grund als ich, denn Sie waren den ganzen Tag auf den Feldern.«

»Ich trinke gern ein Glas«, erwiderte er.
Sie füllte zwei Gläser bis oben hin mit Rotwein, reichte Floyd eines, stellte das andere auf den Schreibtisch und setzte sich wieder. Nach einem Blick auf das Hauptbuch schloß sie es. »Ein Dollar für drei Pfund Reis! Keinen Kaffee und nicht ein Gramm Mehl! Und wir haben erst seit zwei Monaten Krieg. Was machen wir, wenn er ein Jahr dauert?«
Floyd holte ein Taschenmesser heraus, öffnete es und fing an, einen Federkiel zu schneiden. »Wir werden schon zurechtkommen. Vergessen Sie nicht, England braucht unsere Baumwolle, also wird England unsere Häfen offenhalten.«
Sie seufzte und nahm einen Schluck aus ihrem Glas. »Ich wünschte, ich wäre dort drüben – oder irgendwo, nur nicht hier!«
Er lachte. »Nein, das ist nicht wahr. Und wenn man Ihnen die ganze Welt zur Wahl überließe – Sie würden immer diesen kleinen Flecken wählen.«
Sie entspannte sich, schlug die Beine bequem übereinander und wippte mit dem freien Fuß. »Es tut gut, zu reden. Einfach zu reden, meine ich. Nicht über das, was wir brauchen und uns nicht leisten können, und auch nicht über die Klagen aller anderen. Außer Edna sind Sie der einzige Mensch, mit dem ich reden kann. Selbst Ihre Mutter klagt darüber, ›wie es gewesen ist, wie es sein sollte‹.« Er nickte. »Mit den anderen rede ich nicht. Ich versuche, sie zu trösten, zu beruhigen, obwohl ich eher Lust hätte, ihnen energisch die Meinung zu sagen.« Sie wandte den Kopf, und als sie ihn direkt ansah, zeigte sie sich überrascht. »Wahrhaftig, Floyd, Sie werden alt!« Sie schüttelte den Kopf. »Natürlich meine ich das nicht so. Nur – wir sehen uns niemals richtig an, weil wir so daran gewöhnt sind, uns zu sehen. Und ich habe Sie eben angesehen, und dabei ist mir eingefallen, daß Sie nicht mehr jung sind.«
»Ich bin fünfundfünfzig«, sagte er trocken.
»Ich sehe Sie immer noch als den jungen Mann, der an jenem ersten Tag, als ich nach Beulah Land kam – Leon kutschierte den Wagen, mit dem wir aus der Stadt gekommen waren – erinnern Sie sich?«
Er nickte.
»Und Sie kamen herbei, um neben uns herzureiten; und dann fingen Sie plötzlich an zu lachen, ritten durch den Obstgarten voran und riefen: ›Es kommt Besuch!‹«
Nach einem kurzen Lächeln sagte er: »Ich sehe Sie immer noch als das hübsche junge Mädchen in dem Wagen, der Sie nach Beulah Land brachte. Ich erinnre mich, wie wir uns alle wünschten, daß Sie bleiben sollten.«
»Nun, ich habe es getan – und es ist nett, das zu hören, Floyd.« Sie stand auf und ging zum Büfett. »Ich möchte noch ein Glas, aber diesmal werde ich es langsamer trinken, sonst kriege ich den Schluckauf. Nehmen Sie

noch eins?« Er nickte. Sie füllte beide Gläser, und als sie zurückkam und sich wieder setzte, sagte sie: »Ich beklage mich, und dabei sollte ich eigentlich mit einem geduldigen, sanftmütigen Gesicht herumlaufen, so wie es allgemein von uns erwartet wird. Aber ich gehöre nicht zu dieser Art von Frauen.«

»Gott sei Dank«, sagte er. »Meine Arbeit ist ohnedies schon schwer genug.«

Sarah hatte ihn nicht gehört; sie war mit einem anderen Gedanken beschäftigt. »Wirkliche Sorgen mach' ich mir jedoch nur, wenn ich manchmal nachts aufwache und mich frage: Was wird, wenn Floyd fortgeht?«

»Das brauchen Sie nicht zu fürchten«, sagte er.

Sie musterte sein Gesicht. »Beulah Land bedeutet Ihnen ebensoviel wie mir.«

»Es ist seit längerer Zeit mein Zuhause als das Ihre«, erinnerte er sie.

»Und deshalb sind Sie zurückgekommen, als Sie damals fortgegangen waren.«

Er überlegte es sich eine Weile. »Ja, das könnte man sagen.«

»Ich weiß, daß Sie wegen Lovey – und Ezra – zurückgekommen sind, aber wollen Sie damit andeuten, daß es noch einen anderen Grund gegeben hat? Ich war so froh, Sie zu sehen, daß ich niemals darüber nachgedacht habe.«

»Ich bin aus dem gleichen Grund zurückgekommen«, sagte er bedächtig, »aus dem ich fortgegangen bin.«

»Das klingt wie ein Rätsel.«

»Nein, es ist nur die Wahrheit.«

Sie schwieg und dachte über seine Worte nach. »Wollen Sie es mir sagen?«

Er nahm einen Schluck Wein, wobei er nahezu sein Glas leerte. Als er sprach, kamen die Worte langsam von seinen Lippen. Es war ihm wichtig, die richtigen zu wählen. »Ich bin fortgegangen, weil ich entdeckte – Mama hat es übrigens geahnt, obwohl wir nur einmal kurz darüber gesprochen haben –, ich hatte entdeckt, daß ich Sie auf eine Art liebte, wie ich es nicht durfte.« Sie sah ihn fest an. »Ich bin zurückgekommen, weil ich immer noch das gleiche empfand.« Er nickte. »Ich habe recht daran getan. Während ich hier in Ihrer Nähe war, mit Ihnen die Sorge für das Land teilte, Sie Ihr Leben leben sah und das meine lebte, änderte sich das Gefühl, das ich gehabt hatte. Oder nein – es wuchs auf eine andre Art. Ich sagte vorhin, für mich sind Sie immer noch das junge Mädchen, das an jenem ersten Tag mit dem Wagen hier angekommen ist. Gewiß, das stimmt, aber ich sehe Sie auch noch anders. Ich habe Sie fluchen hören, und ich habe Sie gesehen, wenn Ihnen der Schweiß übers Gesicht lief, Ihre Haare zerzaust und Ihre Hände aufgesprungen und schmutzig waren. Sie vergessen

einfach immer wieder, daß Sie eine Dame sind!« Sie verbarg eine Hand im Schoß, während die andere nach ihren Haaren tastete. »Ich habe Sie in Tränen aufgelöst gesehen und mit einem Gesicht, das dem eines trauernden Marmorengels auf dem Friedhof glich. Sie sind die Herrin von Beulah Land. Sie sind die Witwe meines Freundes. Aber wenn alles anders gewesen wäre, hätte ich versucht, Ihre Liebe zu gewinnen. So wie die Dinge liegen, werde ich Beulah Land nie verlassen. Um Ihretwillen, um Leons willen und um meinetwillen. Es ist alles eins geworden.«
»Glauben Sie, wir könnten noch ein Glas Wein trinken?« fragte sie nach einer kleinen Weile.
»Warum nicht?« erwiderte er. »Sind Sie nicht die Herrin dieser Plantage?«
»Natürlich bin ich das!« Sie stand lachend auf, holte die Karaffe und schenkte den Wein ein, wobei sie ein wenig neben sein Glas schüttete. »Verzeihung.«
Er leckte seine nassen Finger ab. »Das ist nur Großzügigkeit.«
»Ich bin nicht beschwipst. Nur müde, und es ist schön, zu reden.« Sie schloß die Augen, und sie saßen still da. Mit geschlossenen Augen begann sie wieder zu sprechen. »Erinnern Sie sich? Nein, natürlich nicht, Sie waren ja nicht hier. Es war am Morgen, nachdem Sie fortgegangen waren, der Tag nach dem Erntedankfest. Ich ging auf den Hof hinaus und traf dort Onkel Felix, der mir sagte, daß Sie fort seien.«
»Richtig, er hat mir geholfen.«
»Er hatte es gerade Lovey und Ezra gesagt. Ich konnte es nicht glauben. Es hat mich sehr erregt. So sehr, daß es ihn überraschte. Dann entdeckten wir, daß meine Schwester mit Bonard Davis davongelaufen war – es kam alles zusammen, und ich habe nie darüber nachgedacht, warum ich so erregt gewesen war. Ich habe Sie vermißt, aber dann kamen Sie wieder nach Hause. Und als ich Sie sah, wußte ich, daß Sie zu den Menschen gehörten, die ich am meisten liebte. Sie, Leon, Rachel und Roman.« Sie blickte stirnrunzelnd in ihr Glas. »Ich habe nichts von Roman gehört, seit im April der Postverkehr unterbrochen wurde. Und ich werde wohl auch nichts von ihm hören, bis alles vorüber ist. Ich möchte ihn hier haben, aber das ist egoistisch von mir. Er ist dort viel besser aufgehoben. Nur ist es schwer zu ertragen, keine Nachricht von ihm zu bekommen.«
Floyd schwieg eine Weile, dann fragte er: »Hat Leon jemals etwas über Roscoes Besuch damals gesagt?«
Sie schüttelte den Kopf. »Kein Wort, und als ich ihn fragte, starrte er mich nur an. Wir werden nie wissen, was geschehen ist, außer daß es etwas – nicht alles, aber sicherlich etwas – mit seinem Tod zu tun hatte.«
»In der Stadt sagt man, Roscoe habe nur noch einen Monat zu leben.«
»Haben Sie ihn gesehen?«

Floyd schüttelte den Kopf. »Er geht nicht mehr aus dem Haus.«
»Trinken wir noch ein Glas – auf Roscoes Tod!« Sie ging mit festen Schritten zum Büfett, um die Karaffe zu holen, und füllte die Gläser. Dann hob sie das ihre und sagte: »Auf den Tod von Roscoe Elk!«
Sie tranken. Sarah bekam den Schluckauf. »Ich sollte niemals trinken, wenn ich etwas Schlechtes denke. Ich bin froh, daß er stirbt, aber es ist eine Sünde, sich über den Tod eines Menschen zu freuen.«
»Halten Sie die Luft an und zählen Sie bis zehn.«
Sie versuchte es, aber es half nichts. Ärgerlich über sich selbst schüttelte sie den Kopf, dann griff sie nach ihrem Glas. Nachdem sie getrunken hatte, stieß sie auf und wartete. Eine Weile später, als sie sicher war, sagte sie: »Es ist vorbei. Und das bißchen, was ich zuviel getrunken habe, hat mich nur nüchtern statt beschwipst gemacht.«
Er leerte sein Glas. »Nun, mich hat's ein bißchen betrunken gemacht. Oder wenn auch nicht richtig betrunken, so hat es mir doch zumindest die nötige Bettschwere gegeben.«
»Gehen Sie schlafen und lassen Sie mich hier.« Als er die Stirn runzelte, setzte sie hinzu: »Es geht mir jetzt sehr gut.« Sie stand auf, tat einen Schritt und blieb in lauschender Haltung stehen. »Dieses große Haus, das so viel und so viele gesehen hat – es ist jetzt nur das Domizil von Frauen, die zurückgeblieben sind! Es ist wahr, überlegen Sie es sich. Es gibt keinen Mann auf Beulah Land – nicht einmal einen Jungen. Wir sind ein Häuflein alte Weiber, die sich bekritteln und aufeinander herumhacken.« Er sah sie mit müder Besorgnis an. Sie lächelte. »Nehmen Sie es nicht so ernst. Ich begleite Sie zur Tür.« Sie blies ihre Kerze aus. Er nahm die seine mit, um ihnen den Weg zu leuchten, und hielt die Hand schützend vor die Flamme. Sie gingen durch die Halle und den Laufgang zur Hintertür. Dort gab er ihr den Kerzenhalter. Sie nahm ihn und blies die Kerze aus. Der Geruch des verbrannten Talgs hing einen Augenblick in der warmen, feuchten Luft, dann verflog er. »Ich finde den Weg im Dunklen. Mir ist jeder Winkel in diesem Haus vertraut.«
»Sarah?«
Sie zitterte, ließ den Kerzenhalter fallen und nahm sich nicht die Mühe, ihn aufzuheben. Er sah, daß sie die Hand ausstreckte. Er legte die Arme um sie; sie legte die ihren auf seine Schultern. Sie hielten sich fest umschlungen und weinten um das, was gewesen war, was nicht gewesen war und was niemals sein würde. Als sie sich voneinander lösten, sprachen sie im Flüsterton, obgleich es niemanden gab, der sie hätte hören können.
»Bis morgen«, sagte er.
»Solange du das sagst, lebt meine Welt fort. Du und ich, wir sind die Überlebenden, Floyd!«

»Wir sind nur die Verwalter und die Sklaven von Beulah Land. Gute Nacht, Sarah.«
»Bis morgen.«

8

Nell wachte jählings auf und rief: *»Tippecanoe and Tyler too!«*
Penelope, die im Schaukelstuhl neben ihr saß, spitzte spöttisch die Lippen. Sie schloß mit einem leisen Klappern ihren Elfenbeinfächer und stieß damit gegen Nells fetten Schenkel, der unter der Seitenlehne ihres Stuhls hervorquoll. »Alte Närrin«, sagte sie. »Das war vor langer Zeit. Jetzt heißt's: *›Noli me tangere!‹*«
»Oh, das weiß ich. Ich habe geträumt.«
Es war Montag, der 29. Juli, und die beiden alten Frauen saßen seit dem Mittagessen zusammen auf der Veranda, schaukelten mit ihren Stühlen und nörgelten aneinander herum. In einiger Entfernung von ihnen saßen Selma und Pauline, die Flanellhemden für die Soldaten nähten.
»Träum ich immer noch?« sagte Nell. »Wer ist denn das, die Frau, die da kommt? Ist es...?«
Penelope folgte mißtrauisch Nells Blick und sah die einzelne Gestalt einer Frau, die langsam, mit hängenden Schultern – erschöpft, wenn der Schein nicht trog – durch den Obstgarten auf das Haus zukam. Penelope stand auf, als ob sie im Stehen besser sehen könnte. »Ja, lieber Gott im Himmel, sie ist's!« rief sie aus. »Es ist Lauretta!«
»Na also!« erklärte Nell triumphierend, als hätte jemand an ihren Worten gezweifelt. Auf ihren Stock gestützt, stand sie ebenfalls auf.
Penelope rief: »Selma, sehen Sie mal, wer dort die Auffahrt entlangkommt!«
Selma erhob sich, und nach ihr Pauline, so daß sie jetzt alle vier dastanden und auf die Frau starrten, die sich ihnen mit gesenktem Kopf näherte. Sie schien niemanden zu bemerken, bis sie zu dem kurzen Backsteinweg direkt vor der Veranda kam. Staubbedeckt und zitternd vor Müdigkeit oder Aufregung – oder wahrscheinlich beidem – hob sie die Augen und sah die Frauen an.
»Ja, ich bin's«, sagte Lauretta, als sie ihren verblüfften Blick bemerkte. »Ein Flüchtling aus dem Norden. Vertrieben, mittellos und nahe daran...« Sie sprach den Satz nicht zu Ende, denn sie wurde ohnmächtig. Oder jedenfalls schloß sie die Augen und sank zu Boden. Selma und Pauline ließen das Nähzeug fallen, das sie noch in den Händen hielten, und liefen zu ihr, um sie aufzuheben und ihr die Stufen zur Veranda hinaufzuhelfen. In diesem Augenblick trat Sarah aus dem Haus und sah ihre

Schwester. »Ach du lieber Gott!« rief sie, und dann brach sie in Gelächter aus.

Von der ersten Erregung erholt, Kleid, Korsett und Schuhe ausgezogen, Gesicht und Hände gewaschen, lag Lauretta auf der Chaiselongue in Sarahs Zimmer. Nach dem Genuß von drei Glas Wein und einem halben Brathuhn mit süßsauren Pfirsichen, die Myrtis aus Neugier eigenhändig heraufgebracht hatte, waren ihre Lebensgeister wieder einigermaßen erwacht. Bis jetzt hatte Lauretta nur unklar davon gesprochen, wie und weshalb sie nach Beulah Land gekommen war, und Sarah hatte sie nicht gedrängt. Aber jetzt, da sie wußte, daß Lauretta nicht krank war, daß sie gegessen hatte und nicht mehr übermäßig erschöpft zu sein schien, zog Sarah einen Stuhl dicht an die Chaiselongue und setzte sich.

Lauretta wandte den Kopf, um ihrer Schwester in die Augen zu sehen, und sagte leise: »Du bist sehr gut zu mir. Und wieviel Kummer und Leid habe ich mitansehen müssen, seit wir uns getrennt haben! Gerade gestern, als ich in Savannah eintraf, gab es eine Beerdigung, zu der anscheinend die ganze Stadt auf den Beinen war. Ich fragte nach dem Namen des Verstorbenen, und man sagte mir, es sei ›Colonel Bartow, der Held von Manassas‹. Hast du von ihm gehört?« Sarah nickte. »Nun«, fuhr Lauretta fort, »es war eine sehr großartige Angelegenheit. Die Straßen waren gedrängt voll von Negern und Weißen. Und dann kam ich heute hier an und stand vor dem Bahnhofsgebäude, nachdem ich meinen Koffer hatte hineinbringen lassen – ich habe jetzt nur einen; wirst du bitte jemanden beauftragen, ihn zu holen? –, und ich überlegte mir, was ich als nächstes tun sollte, denn ich hatte kein Geld, um einen Wagen zu mieten, der mich hierherbringen könnte, als wieder ein Leichenzug an mir vorbeikam. Es schien solch ein feierliches und irgendwie zwar nicht sehr großes, aber *bedeutsames* Ereignis, daß ich fragte, wer gestorben sei, und erfuhr... Nein, wahrhaftig!« Sie runzelte die Stirn und zuckte ärgerlich die Achseln, denn sie hatte den Namen vergessen.

Sarah half ihr. »Roscoe Elk.«

»Ja! Aber war er nicht ein Neger?«

»Ein sehr wohlhabender ›freier Farbiger‹«, sagte Sarah langsam.

»Und ist er nicht der Mann, der...?«

Sarahs Kopfnicken füllte die neue Pause aus. »Genau.«

»Das hatte ich mir gedacht!« rief Lauretta aus, als wäre sie besonders klug gewesen. »Zwei Beerdigungen an zwei Orten in zwei Tagen – nun, du kannst dir denken, wie mich das erschüttert hat. Mich überlief wahrhaftig eine Gänsehaut.«

»Und dann? Du bist doch sicherlich nicht den ganzen Weg aus der Stadt zu Fuß gegangen – es sind ja fast fünf Kilometer.«

»Nein«, gab Lauretta zu. »Nur von der Landstraße hierher. Ich habe mich von einem Wagen mitnehmen lassen, der nach Oaks fuhr und von einem ihrer Leute kutschiert wurde. Wie geht's der Familie auf Oaks?«
»Ganz gut. Rachel hat James geheiratet.«
»Aber ist er nicht gestorben?«
»Das war Adam. James ist sein Bruder.«
»Du meine Güte! Ich wünschte, du hättest mir geschrieben.«
»Du hast nie eine Adresse angegeben.«
»Nun, weißt du – ich bin sehr viel herumgezogen. Aber ich habe dir geschrieben.«
»Ja, das hast du. Dreimal in acht Jahren. Rachel hat zwei Kinder, einen Jungen und ein Mädchen.«
»Ich bin Großmutter!« entdeckte Lauretta. »Ich! Und meine Tochter ist Herrin einer großen Plantage!«
»Noch nicht«, sagte Sarah. »Bruce Davis ist immer noch der Herr von Oaks.«
»Willst du sagen, daß er wieder geheiratet hat?«
»Nein, aber er hat eine Tochter...«
»Töchter zählen nicht.«
Sarah unterdrückte ein Lächeln und sagte: »James ist nicht mehr zu Hause. Er ist mit seinem Regiment in den Krieg gezogen.«
»Und du hast gar nicht gesagt – wie geht es Leon?«
Nach kurzem Zögern erwiderte Sarah: »Leon ist seit dreieinhalb Monaten tot.«
»Oh!« jammerte Lauretta verzweifelt. »Ich hätte es mir denken sollen! Du in Schwarz! Aber irgendwie hatte ich das mit dem Krieg in Verbindung gebracht. Und alle auf der Veranda waren ebenfalls schwarz gekleidet. Oh, es ist eine traurige, grausame Zeit. Mein armer Leon!« Lauretta weinte.
Ohne auf ihre Tränen zu achten, sagte Sarah ruhig: »Und was ist mit dir, meine Liebe? Du hast mir noch nicht gesagt, wie es kommt, daß du hier bist.«
»Ich ging wieder zum Theater und trat bei verschiedenen Truppen unter meinem alten Namen, Mrs. Lauretta Savage, auf. Ich mußte Shakespeare aufgeben, weil ich mich nicht immer wortgetreu an den Text erinnern konnte, und die Zuschauer kennen die Stücke so gut, daß sie es sogar wagen, einen mitten in der Aufführung zu korrigieren...« Als sie den Ausdruck der Ungeduld auf Sarahs Gesicht wahrnahm, fuhr sie rasch fort: »Daraufhin bin ich in zeitgenössischen Komödien, amerikanischen und englischen, aufgetreten. Ich war sehr erfolgreich, nachdem ich es aufgegeben hatte, die Rollen der Naiven zu spielen. Nun, mit dem Krieg – oder eigentlich schon einige Monate zuvor – fingen die Schwierigkeiten an. Ich

stamme aus dem Süden; meine Stimme hat das, was man den Südstaaten-Tonfall nennt.« Sie dachte einen Augenblick nach. »Natürlich schreibe ich einen großen Teil von dem, was sich in Philadelphia zugetragen hat, der Eifersucht einer anderen Schauspielerin zu, deren Mann angefangen hatte, mir ziemlich offensichtlich den Hof zu machen – unerwünscht und ohne daß ich ihn je dazu ermutigt hätte, das versichre ich dir. Aber man kann ja schließlich nicht grausam oder unhöflich sein. Nun, vor zehn Tagen spielten wir im Walnut Street Theatre ein Stück von Anna Cora Mowart, das *Fashion* heißt. Ich war kaum zwei Minuten auf der Bühne und hatte erst ein paar Sätze gesprochen, als von der Galerie ein Ruf ertönte: ›Sie ist eine Spionin aus dem Süden!‹ Die Frau, von der ich dir eben erzählt habe, hatte natürlich jemanden beauftragt, das zu tun. Wir versuchten, mit dem Stück fortzufahren. Aber sobald ich wieder zu sprechen anfing, kam abermals der gleiche Ruf von der Galerie: ›Südstaatenspionin!‹ Ich machte eine Pause, weil ich nicht wußte, ob ich noch einmal von vorne anfangen sollte oder ... Da nahm jemand anderes den Ruf auf und dann noch jemand, bis die ganze Galerie zu zischen und zu brüllen schien: ›Südstaatenspionin! Spionin! Spionin! Spionin!‹ Das Stück mußte abgebrochen werden. Der Vorhang wurde heruntergelassen, und das Publikum tobte wie wild. Die Polizisten konnten die Leute nur mit Mühe davon abhalten, hinter die Bühne zu stürmen. Ich war kaum in meiner Garderobe angelangt, als der Leiter der Truppe hereinkam, um mir zu sagen, daß ich entlassen sei.«

»Ungeheuerlich! Abscheulich!«

»Nun, ich weiß nicht«, sagte Lauretta in plötzlich sehr vernünftigem Ton. »Man kann es ihm eigentlich nicht verübeln. Die Gemüter waren erregt, und es hatte schon hin und wieder Gemurmel gegeben, ehe wir in Philadelphia spielten.«

Lauretta fuhr fort: »Ich saß allein in der Garderobe, als es an der Tür klopfte. Zuerst dachte ich, es sei diese Frau, die mir ihre Schadenfreude zeigen wollte, aber als ich fragte, wer da sei, sagte eine Stimme: ›Roman Kendrick!‹ «

»Roman!«

»Ja. Roman Kendrick, sagte er. Natürlich nehmen sie den Namen ihres Gebieters an, wenn sie frei werden, nicht wahr?«

»Roman trägt mit vollem Recht den Namen Kendrick«, sagte Sarah. »Er ist Leons Sohn.«

»Aber er ist doch ein Neger.«

»Schockiert es dich zu erfahren, daß du nicht Leons erster – Zeitvertreib warst?« fragte Sarah.

»Aber mit einer Schwarzen! Das finde ich widerwärtig! Ich muß schon sagen, Sarah, du hast dich wirklich mit den schlimmsten ...«

»Ach, hör auf, und erzähl mir von meinem geliebten Roman! Der Postverkehr ist unterbrochen, und ich habe schon seit drei Monaten keine Nachricht mehr von ihm.«

»Er war ein vollkommener Gentleman, falls man einen Neger so nennen kann, und tatsächlich mein Retter in dieser schweren Stunde. Als ich ihn hereinließ, erklärte er mir, wer er sei. Er war sehr gut gekleidet, sehr wohlerzogen, ja, wirklich ein Gentleman. Sogar gutaussehend, soweit ein Neger... Er war im Zuschauerraum gewesen und wußte alles. Er hatte mich wiedererkannt, obwohl er meinen Namen nicht auf den Plakaten gesehen hatte. Wir sprachen eine Stunde lang, bis das Theater für die Nacht geschlossen wurde. Er erbot sich, mir zu helfen. Ich sagte ihm, ich hätte nur den einen Wunsch, so schnell wie möglich aus dem Norden zu verschwinden und zu meinen eigenen Leuten zurückzukehren. Er erzählte mir kurz von der Schule, die er zu verlassen im Begriff war...«

»Im Begriff, die Schule zu verlassen?« rief Sarah aus.

»Ja, er war zu dem Schluß gekommen, daß er am Krieg teilnehmen wollte, aber nicht an den Kämpfen; so hat er jetzt die Schule seinen Freunden überlassen und ist nach Washington gegangen, um dort im Lazarett zu arbeiten, so dringend sie ihn auch in Philadelphia brauchten. Er bot mir an, ein paar Tage in der Schule zu wohnen – ich traute mich nicht, noch weiter mit den anderen Schauspielern im Hotel zu bleiben –, bis er mit seinen Reisevorbereitungen fertig war. Auf dem Weg nach Wahington begleitete er mich bis Baltimore und besorgte mir einen Platz auf einem Schiff, das die Blockade durchbrechen und nach Norfolk in Virginia fahren wollte. Und das hat es getan. Von Norfolk fuhr ich nach Charleston. Von dort aus nach Savannah. Von Savannah hierher. Ich habe einen Brief von Roman für dich – falls ich mich erinnern kann, wo ich ihn hingetan habe.«

»Einen Brief von Roman!«

Sarah riß ihn ihr fast aus der Hand, dann blieb sie unschlüssig stehen, denn sie wollte ihn nicht in Gegenwart ihrer Schwester lesen. »Vielleicht möchtest du ein Weilchen schlafen?«

»Nein, vielen Dank, ich bin gar nicht mehr müde.«

»Ich sollte wirklich lieber in der Küche nach dem Rechten sehen. Hast du noch irgendeinen Wunsch, ehe ich hinuntergehe?«

Lauretta griff nach Sarahs Hand und hielt sie einen Augenblick fest. »Es gibt etwas, das ich mir verzweifelt wünsche!« sagte sie.

»Was denn, meine liebe Lauretta?« fragte Sarah, erschreckt über die Eindringlichkeit, mit der ihre Schwester gesprochen hatte.

»Dein Versprechen, daß du mich hierbleiben läßt.«

»Du kannst natürlich gerne bleiben, solange du willst.«

»Nein, ich meine, nicht so, in der gesellschaftlichen Art und Weise, wie ein Besuch; das meine ich keineswegs. Ich will damit sagen, ich bin...« Sie wandte das Gesicht ab. »Nun, ich hatte immer geglaubt, ich sei stark genug, um von einem komischen Mißgeschick ins andere zu stolpern, den Lächerlichkeiten des Lebens eine Menge Spaß und manchmal sogar einen gewissen Nutzen abzugewinnen. Aber jetzt bin ich verwirrt. Ich finde mich in dieser neuen Welt des Krieges nicht mehr zurecht. Alle sind so todernst. Ich verstehe nicht, daß Menschen andere Menschen hassen können, die sie nicht einmal kennen. Wie ist das möglich? Ich bin sehr oft auf jemanden zornig gewesen – fünf Minuten oder manchmal sogar fünf Tage lang –, aber ich habe nie jemanden gehaßt. Dein Roman hat sehr viel mit mir gesprochen – und auch sehr nett. Er hat mich wirklich ernst genommen, und das ist mir bisher sehr selten widerfahren. Und so dachte ich, nachdem ich mich von ihm verabschiedet hatte, auch weiter ernst über mich nach. Und ich versichre dir – es war alles andre als erfreulich! Ich bin vielleicht oberflächlich, aber ich bin nicht dumm. Ich stand sozusagen außerhalb meiner selbst, und ich erkannte: So reizend die Welt selbst heute vielleicht eine hübsche und junge Lauretta finden würde, sie hat keine Verwendung für eine alternde und verängstigte Lauretta. Ich bitte dich um – eine Zufluchtsstätte. Wenn es irgend etwas gibt, womit ich mich nützlich machen, dir helfen oder dienen kann, sag es mir. Nur bitte – ich flehe dich an: Schick mich nicht fort!«

Sarah nahm ihre Schwester zärtlich in die Arme und hielt sie einen Augenblick an sich gepreßt. »Du bist willkommen, und wir werden wahrscheinlich wirklich etwas finden, womit du dich nützlich machen kannst. Was ›Zuflucht‹ betrifft – du findest sie hier, für so lange, wie du willst, und so lange, wie Beulah Land sie irgendeinem von uns bieten kann.«

»Ich danke dir, Schwester!«

»Jetzt muß ich mich wirklich an die Arbeit machen!« sagte Sarah. »Aber wenn du nicht sehr müde bist – warum ziehst du nicht einfach ein Kleid über und gehst hinunter, um dich mit den anderen zu unterhalten? Ich bin sicher, daß sie darauf warten, von deinen Abenteuern zu hören.«

»Glaubst du, es würde sie wahrhaftig interessieren?«

»Bestimmt. Sie sind einsam. Ich habe nicht viel Zeit für sie. Sie brauchen jemanden wie dich, der sie unterhält. Und weißt du, was wir tun werden? Ich schicke einen der Leute nach Oaks und lasse Bruce und Rachel bitten, gleich heute abend zum Essen zu kommen. Edna geht abends nicht mehr aus, und Doreen bleibt bei ihr...«

»Oh, eine kleine Gesellschaft, das ist nett!« Lauretta klatschte in die Hände. »Nur bitte ich dich: Verschieb es auf morgen, bis ich Zeit gehabt habe, mich auszuruhen, ein hübsches Kleid aus dem Koffer zu holen und dieses arme, alte, gebleichte Haar ein wenig in Ordnung zu bringen!«

Sie hielten sich bei den Händen und lachten. »Gut«, sagte Sarah, »aber

geh hinunter und befriedige ihre Neugier!« Sie küßte Lauretta auf die Wange und ging hinaus.
Sarah zupfte mit beiden Daumennägeln am Siegellack, während sie die Treppe hinunter ins Büro ging; dann schloß sie die Tür hinter sich, um ungestört ihren Brief zu lesen. Er war kurz und offensichtlich in Eile geschrieben; aber als sie ihn beendet hatte, sehnte sie sich mehr denn je nach einem Wiedersehen mit ihrem geliebten Roman.
Sie las noch einmal den letzten Absatz seines Briefes, in dem er geschrieben hatte:

»Ich muß Dir von einem eigenartigen Traum erzählen, den ich neulich hatte. Glaubst Du an Träume? Ich nicht, es sei denn, sie sagen mir etwas, das ich glauben möchte. Nun, Sarah! In diesem Traum erschien Leon. Nicht so, wie ich ihn kannte, sondern jung, lächelnd und glücklich, wie ich ihn gesehen habe. Trotzdem wußte ich, daß er es war. Er lachte. Er nannte mich auf eine ungezwungene – man könnte fast sagen, zärtliche – Art beim Namen; und er sagte: ›Sag Sarah, daß ich sie liebe.‹ Nun, ist das nicht sonderbar und interessant? Angesichts meines Alters – vierzig, wie Du weißt! – mag es seltsam klingen, aber ich hatte zum erstenmal in meinem Leben das Gefühl, einen Vater zu haben. Ich muß diesen Brief schließen und Deiner Schwester geben, denn sie ist zur Abfahrt bereit. Ich weiß, Du wirst gut zu ihr sein, weil sie Dich braucht. Ich liebe Dich immer und ewig, meine Schönste! Roman.«

Sarah saß eine Zeitlang mit dem Brief in der Hand da, bis die Geräusche des Hauses in ihr Bewußtsein drangen und sie daran erinnerten, daß außerhalb dieses Zimmers Pflichten auf sie warteten, daß sie aufstehen, hinausgehen, sich zeigen und vernünftige Dinge sagen mußte. Morgen oder übermorgen würden sie anfangen, die Baumwolle zu pflücken und sie zum Entkörnen nach Highboro zu bringen.
Plötzlich sah sie im Geiste deutlich die Schaufeln voll Erde, die auf den Sarg von Roscoe Elk geworfen wurden. Roscoe war tot, aber sein Sohn und sein Enkel lebten weiter und waren stark. Nun, sie war es auch; und Beulah Land war nie schöner gewesen als jetzt in der Üppigkeit seiner reifenden Ernte. Sie mußte hinausgehen und Floyd suchen, wo auch immer er sein mochte – in den Ställen oder auf den Feldern –, und ihm den Teil des Briefes vorlesen, in dem Roman von Leon und dem Traum sprach.
Als sie in die Halle trat, ließ der Klang von Laurettas Stimme auf der Veranda sie innehalten und lauschen. Lauretta machte ihre Flucht aus Philadelphia zu einem aufregenden Abenteuer. Sarah ging zur offenen Haustür, ohne sich jedoch zu zeigen.
Dort waren sie, eine Reihe von alten Damen in ihren Schaukelstühlen,

in denen sie sich gemächlich hin und her wiegten: Selma, Pauline, Penelope und Nell – und jetzt Lauretta, die gerade eine Pause in ihrer Erzählung eingelegt hatte. Mit herausforderndem Blick, die Hände um die Armlehnen ihres Stuhls geklammert, rief Nell: *»Noli me tangere!«*

Die anderen nickten und stimmten in den Warnruf ein: *»Noli me tangere!«*

»Noli me tangere!«

Sarah wandte sich von ihnen ab, um durch die breite Halle und den Laufgang zur Hintertür zu gehen; und als sie auf den Hof hinaustrat, fing sie an zu laufen und rief: »Floyd! Floyd! Wo bist du?«